ULLSTEIN

Das Buch

Fünf Wochen lang hatte Fregattenkapitän Richter, Kommandant der USS *Tulsa*, die *Uriv Dolgorukiy*, fast ununterbrochen verfolgt und Daten gesammelt: das erste neue U-Boot, das die Russen nach der Beendigung des Kalten Krieges konstruiert und gebaut hatten. Da geschieht das Unglaubliche! Die Wucht einer Kollision schleudert alle Männer der *Tulsa* quer durch das Boot. Über die Notsprechanlage kommt die fast atemlose Meldung: »Wassereinbruch im Wellentunnel!«

In der Zentrale des russischen U-Bootes *Gepard* blickt Fregattenkapitän Borzhov in diesem Moment auf den Wachhabenden. Jegliche Farbe ist aus dem Gesicht des Offiziers gewichen. Borzhov ist klar, daß sie das Yankee-Boot gerammt haben, aber er beschließt augenblicklich, alles zu tun, daß sich aus der Sache kein diplomatischer Zwischenfall entwickelt. Er befiehlt, eine Meldung über den Vorfall so lange wie möglich hinauszuziehen, auch wenn das die Chancen für das Überleben der Amerikaner beeinträchtigen sollte.

Ein Wettlauf mit der Zeit setzt ein. Verletzte müssen an Bord der *Tulsa* von Laien notoperiert werden, die Atemluft wird knapp, während amerikanische und der NATO zugehörige Spezialisten versuchen, ihre Kameraden aus der Tiefe zu holen ...

Der Autor

James Francis, geboren 1952 in Winchester, Großbritannien, gehörte von 1978 bis 1996 der Royal Navy an. 1984 spezialisierte er sich als Arzt auf dem Gebiet der Tauchmedizin und nahm für die US Navy an zahlreichen Trainingsprojekten zur Rettung gesunkener U-Boote teil. Er veröffentlichte mehr als 100 wissenschaftliche Arbeiten zu diesem Thema.

James Francis

Atom-U-Boot-Kollision im Eismeer

Roman

Aus dem Englischen
von Horst Rehse

Ullstein

Umwelthinweis:
Dieses Buch wurde auf chlor-
und säurefreiem Papier gedruckt.

Ullstein Taschenbuchverlag
Der Ullstein Taschenbuchverlag ist ein Unternehmen der
Econ Ullstein List Verlag GmbH & Co. KG, München
Deutsche Erstausgabe
1. Auflage September 2002

Veröffentlicht mit freundlicher Genehmigung von James Francis M.D. Ph.D.
Titel der australischen Originalausgabe:
Danger's Hour
Übersetzung: Horst Rehse
Dieses Werk wurde vermittelt durch die Literarische Agentur Thomas Schlück GmbH.,
Garbsen
Umschlaggestaltung: Hansbernd Lindemann, Grafikdesign, Berlin
Titelabbildung: Sylvia Christoph
Gesetzt aus der Sabon
Satz: Pinkuin Satz und Datentechnik, Berlin
Druck und Bindearbeiten: Ebner & Spiegel, Ulm
Printed in Germany
ISBN 3-548-25445-4

Kapitel 1

Donnerstag, 28. Oktober

1145A, USS *Tulsa*
Fregattenkapitän Richter saß auf seinem Sessel in der Zentrale, er war sehr erschöpft. Nachdem er das Ziel fünf Wochen lang verfolgt hatte und, wie das bei solchen Einsätzen häufig vorkommt, die ganze Zeit immer nur kurz hatte schlafen können, waren es jetzt nur noch Berufsethos und Professionalismus, die ihn und seine Besatzung weiter wach hielten. Sie hatten die *Uriv Dolgorukiy*, ein neues russisches U-Boot, bei ihren Tauch- und Auftauchmanövern akustisch überwacht. Erst hatte das Ganze im Übungsgebiet vor Murmansk stattgefunden, später hatten die Russen dann für Erprobungen bei größerer Wassertiefe in das europäische Nordmeer, die Norwegensee verlegt.

»Steuerstand von Sonar.«

»Steuerstand«, antwortete sofort Kapitänleutnant Schwartz, der Wachhabende Offizier.

»Ziel reduziert Tiefe.« Schwartz sah Richter an, er wartete auf eine Anweisung.

»Na los, Harvey, folgen Sie ihm nach oben.«

Richter wandte seine Aufmerksamkeit von den Beurteilungen seiner Offiziere wieder dem Ziel zu. Die *Uriv Dolgorukiy* war das erste neue U-Boot, das die Russen nach der Beendigung des Kalten Krieges konstruiert und gebaut hatten. Der Fortgang dieses Projektes war immer wieder unterbrochen worden, je nachdem, ob die Politiker gerade Geld verfügbar machten oder nicht. Trotz dieser Verzögerungen war das Boot ein potentiell gefährlicher Gegner. Diese Borey-Klasse war die vierte Generation von U-

Booten mit ballistischen Flugkörpern. Sie war etwas kleiner als die Boote der Typhoon-Klasse, das waren die größten Boote, die die Russen oder irgendein anderer jemals gebaut hatten. Die Borey-Klasse war aber größer als die Boote der Delta-Klasse, die in den siebziger und achtziger Jahren das Kernelement der sowjetischen Zweitschlagkapazität gebildet hatten. Wenn sie erst einmal richtig einsatzbereit sein würden, konnten sich die Boote der Borey-Klasse, falls denn überhaupt noch weitere gebaut werden würden, in den Weiten der Meere verstecken und jeden bedrohen, der dumm genug war, Mutter Rußland anzugreifen. Jetzt, in diesem Augenblick, war das Boot aber vorerst nur ein Zeichen für den Wunsch Rußlands, ein ernst zu nehmender Mitspieler in der Riege der Nuklearmächte zu bleiben.

Die *Tulsa* hatte das russische U-Boot fast ununterbrochen verfolgt, seit es den Stützpunkt Zatpana Litsa zu seinen ersten Seeerprobungen verlassen hatte. Richters Auftrag war, mit den hochwertigen Sonars der *Tulsa* die akustischen Ausstrahlungen des neuen russischen Bootes genau zu erfassen und zu dokumentieren, so daß es in Zukunft besser erfaßt und eindeutig identifiziert werden konnte. Er wollte auch gerne die operativen Leistungsdaten des neuen Bootes ermitteln, also etwa die maximale Tauchtiefe und die Höchstgeschwindigkeit. Bekannt war, daß das Boot nach Geheimdienstinformationen einen neuartigen Antrieb hatte. Zusätzlich zu einem herkömmlichen Staustrahlantrieb hatte es noch eine Art Magnetpumpe, die die elektrische Leitfähigkeit des Seewassers nutzte, um das Boot durch die Meere zu treiben. Dieser Antrieb hatte keine beweglichen Teile, er hatte daher das Potential, sehr, sehr leise zu arbeiten. Wenn man dann noch die technologischen Fortschritte einbezog, die die Russen in letzter Zeit auf dem Gebiet der Reaktorkühlung und der Rumpfisolation gemacht hatten, dann war die *Uriv Dolgorukiy* ein U-Boot, das sehr schwierig zu finden und zu verfolgen war.

Bis jetzt war jedoch von all dem kaum etwas zu spüren. Meist war die Verfolgung sogar ziemlich langweilig gewesen. Das Ziel hatte nur den konventionellen Antrieb eingesetzt, und auch das nur bei mäßigen Geschwindigkeiten. Erprobungen mit Höchstfahrt, mit Flugkörpern, mit Torpedos oder unter Nutzung des neuartigen Antriebs hatten nicht stattgefunden. Alles war ohne sonderliche Aufregung verlaufen, aber trotzdem hatte keiner auf der *Tulsa*, am wenigsten Richter, sich wirklich Ruhe und Entspannung gönnen können. Jeden Augenblick mußte damit gerechnet werden, daß die Russen etwas Überraschendes machten. Niemand wunderte sich, daß es bisher kein Flugkörperschießen gegeben hatte. Es war bekannt, daß es in Rußland Verzögerungen bei der Entwicklung der zugehörigen Flugkörper gab, und das war, soweit Richter wußte, ein immer noch andauerndes Problem. Fast wäre wohl das ganze Programm mit dem neuen U-Boot deswegen aufgegeben worden.

Richter sah wieder auf die Beurteilungen, die er zum Ende des jetzigen Einsatzes fertig haben mußte. Ganz besonders problematisch für ihn war die Beurteilung des Schiffstechnischen Offiziers John Dowling. Dies war eindeutig der schwierigste Fall. Richter klemmte in einer Zwickmühle. Korvettenkapitän John Dowling war ein vorzüglicher Techniker und Organisator. Er hatte alles fest im Griff, und Materialerhaltung, Sicherheit und Dienstaufsicht in seinem Hauptabschnitt waren vorzüglich. Nach all diesen Leistungen würde John ganz klar Fregattenkapitän werden können, aber dennoch gab es zwei ernste Probleme für eine Beförderung: Das erste war, daß John früher, wie so viele, manchmal Marihuana konsumiert hatte. Er hatte immer Glück gehabt, und in den achtziger Jahren war das bei den gelegentlichen Urintests nie aufgefallen. Er hatte dazugelernt, und das Ganze war Vergangenheit. Schwerwiegender war Johns mangelnde Sportbegeisterung. Und das war schon sehr milde ausgedrückt. Er haßte es, laufen zu müssen, und nach einem Unfall in seiner Kindheit, bei dem er fast ertrunken wäre, hatte er Angst vor dem Wasser. Er ging nie zum Schwimmen oder Baden. Richter hatte sich oft gefragt, warum ein solcher Mensch ausgerechnet zur Marine gegangen war. Daß er sich dann auch noch zu den U-Booten meldete, war noch erstaunlicher. Eine Abneigung gegen jede körperliche Anstrengung wäre nicht so schlimm gewesen, es kam aber noch eine Vorliebe für die Haute Cuisine hinzu. Dowlings Frau machte das mit und unterstützte dieses Laster auch noch. Das Ergebnis war, daß Johns Figur so gar nicht mit den Vorstellungen seiner Vorgesetzten übereinstimmte. John hatte gravierende Schwierigkeiten, den Anforderungen des sportlichen Leistungstests zu genügen, den die Offiziere zweimal im Jahr absolvieren mußten. Er hätte auf dem Wasser wandeln und fünftausend Hungrige mit einem Zwei-Personen-Picknick speisen können, ja selbst wenn er Wasser in Wein verwandelt hätte, hätte es die körperlichen Mißstände nicht aufgewogen. Es stand schlecht um seine Beförderung. Was die Sache für Richter noch unangenehmer machte, war der Umstand, daß er John seit vielen Jahren gut kannte.

»Steuerbord eins-fünf, neuer Kurs wird null-acht-null«, befahl Schwartz.

»Steuerbord eins-fünf, neuer Kurs wird null-acht-null«, wiederholte der Rudergänger.

Richter sah auf die Lagedarstellung. Auf diesem Kurs stieg der Meeresboden in Kürze scharf von 900 Meter Wassertiefe auf unter 300 Meter Wassertiefe an.

»Was hat der Russe vor, Herr Schwartz?«

»Er will wohl wieder zurück auf das Shelfgebiet, Herr Kap'tän.«

»Okay, bleiben Sie dran.«

Richter sah wieder auf Dowlings Beurteilung. John war mehr für ihn als ein guter Bekannter. Obwohl John fünf Jahre jünger war als er selbst, war er mit Abstand Richters bester Freund, und das machte die Formulierung der Beurteilung so schwierig. Sie mußte nüchtern und objektiv erscheinen, obwohl Richter gerne dafür gesorgt hätte, daß John zunächst Erster Offizier auf einem Nuklear-U-Boot und danach hätte befördert werden können. Er fragte sich im stillen, wie John wohl die Beurteilung formulieren würde, wenn die Rollen umgekehrt verteilt wären. Aber dann wäre das natürlich ein anderer Sachverhalt. Richter hielt sich fit und sah auch danach aus. Seine achtunddreißig Jahre sah man ihm kaum an, nur der langsam zurückgehende Haaransatz und die Lachfalten an den Augen verrieten, daß er nicht mehr ganz jung war. Er war intelligent. Seine Selbsteinschätzung war nicht nur ein Zeichen von Eitelkeit, das wußte jeder bei den U-Boot-Fahrern. Trotzdem, seine Männer achteten ihn mehr aus Anerkennung als aus Furcht. Lediglich seine gelegentlichen äußerst bissigen Bemerkungen in Fällen schlechter Leistung sorgten dafür, daß die Anerkennung seiner Männer nicht ins Grenzenlose wuchs. Mangelndes Wissen verzieh er seinen Männern, das konnte man nachbessern, aber Dummheit hielt er für einen Kardinalfehler. Richters Abneigung gegen dumme Menschen war weit bekannt. Vielleicht war das sein größter Fehler, denn er wollte daran auch nichts ändern. Er hätte sich jedoch mehr Humor gewünscht. Er wußte, daß er sich und das Leben zu ernst nahm. Seine mangelnde Toleranz und seine Unfähigkeit, fünfe gerade sein zu lassen, hatten schon mehrere Beziehungen zerstört, und er hatte sich allmählich damit abgefunden, daß die Marine seine einzige Braut bleiben würde. Nach dem Tod seines jüngeren Bruders bei einem Motorradunfall vor fast zwanzig Jahren hatte sein Vater darauf vertraut, daß er einmal den Familiennamen an Kinder weitergeben würde. Das war aber die einzige Erwartung seines Vaters, von der es so aussah, als würde der Sohn ihr nicht genügen können.

1150A, RFS *Gepard*

»Bitte, nehmen Sie Platz, meine Herren«, sagte Fregattenkapitän Borzhov, als er die Offiziersmesse betrat. »Ich habe Sie rufen lassen, um Ihnen unseren Einsatzbefehl bekannt zu geben und um Ihnen zu erläutern, wie ich ihn auszuführen gedenke.« Er sah kurz jeden Einzelnen an. Alle hatten einen aufmerksamen, ja sogar gespannten Gesichtsausdruck. »Die Lage«, fuhr Borzhov fort, »ist die, daß ein amerikanisches U-Boot, eins von diesen verbesserten Los Angelas-Klasse-Booten, Klasse 688, die USS *Tulsa*, unsere *Uriv Dolgorukiy* beschattet, seitdem sie mit ihren See-Erprobungen begonnen hat. Bisher war die *Uriv Dolgorukiy* nicht in der Lage, das amerikanische Boot abzuschütteln. Unsere Aufgabe ist es also, das für die *Uriv Dolgorukiy* zu erledigen.«

Borzhov sah auf ein Stück Papier, das er seiner Jackentasche entnommen hatte, und wandte dann wieder seinen Blick auf die erstaunte Zuhörerschaft. Er hob kurz seine dicken Augenbrauen und fuhr fort: »Es ist wohl nicht so schwierig, wie Sie sich das vielleicht vorstellen. Wir werden die *Tulsa* nicht suchen müssen, denn die *Uriv Dolgorukiy* wird sie zu uns führen.« Er stand von seinem Stuhl auf, entfaltete eine Karte und legte sie auf die Mitte des Tisches. »Wir sind etwa hier«, er zeigte auf der Karte auf einen Punkt südöstlich der Bäreninsel, »und die *Uriv Dolgorukiy* ist etwa hier, vierzig Meilen westlich von Island. Sie läuft für die nächsten zwei Stunden mit acht Knoten nach Osten. Ich beabsichtige, dicht an diese Unterwasserfelsformation hier«, er zeigte wieder auf die Karte, »heranzumanövrieren, dort werden wir warten, bis die *Tulsa* kommt. Ist das soweit klar?«

»Schon, Herr Kapitän, aber was machen wir, wenn die *Tulsa* einmal da ist?« Die Frage war von Kapitänleutnant Meltzer gestellt worden, einem jugendlich aussehenden Offizier mit rötlichem Gesicht, der aber älter war, als er aussah, und dessen Dienstgrad seine geringe See-Erfahrung verschleierte.

»Sobald sie an uns vorbei ist, warten wir, bis wir richtig in ihrem achteren Sektor sind. Dann dampfen wir von achtern auf und verpassen ihr einen ›Ping‹. Eine kräftige Ausstrahlung mit unserem aktiven Sonar aus geringer Entfernung wird die Männer der *Tulsa* im Sonarraum und in der Zentrale ganz schön durcheinander wirbeln, und unser ›Ping‹ wird gleichzeitig das Zeichen für die *Uriv Dolgorukiy* sein, sich aus dem Staub zu machen.«

Rund um den Tisch in der Offiziermesse wurde gegrinst. Das war ein eleganter und auch einfacher Plan.

»Und was ist, wenn das nicht so klappt wie erwartet?« insistierte Meltzer.

»Das lösen wir, wenn es soweit ist. Ich bin aber überzeugt, daß es klappen wird. Der Kommandant der *Tulsa* heißt Richter. Dies ist seine erste Verwendung als Kommandant. Ich glaube nicht, daß er noch weiter hier in diesem Seegebiet bleiben will, wenn er erst mal weiß, daß wir ihn entdeckt haben. Ich glaube sogar, daß er eine ordentlich hohe Wäscherechnung haben wird, wenn der Nachmittag erst einmal zu Ende ist!«

Die Offiziere lachten.

Borzhov wartete, bis wieder Ruhe eintrat, und erhob eine Hand. »Noch irgendwelche Unklarheiten?« Borzhovs Augenbrauen hoben sich wieder erwartungsvoll, während er in die Runde blickte.

Der Navigationsoffizier stellte noch eine Frage: »Und wenn wir den Ami verscheucht haben, was machen wir dann?«

»Unsere primäre Aufgabe wird sein, das 688-Klasse-Boot auf gehörigen Abstand zu halten. Weiterhin werden wir für die *Uriv Dolgorukiy* als Zielschiff dienen bei einer ganzen Reihe von Sonarerprobungen. Ich denke, das wird uns für zwei Wochen beschäftigen, vielleicht auch noch länger. Ich werde Ihnen das ganze Programm zuleiten, sobald ich es habe. Sonst noch was?« Borzhov sah auf seine Uhr. »Na, ich will mal Herrn Zerchev ablösen. Sie sind doch auch jetzt mit der Wache dran, Herr Meltzer, oder?«

1350A, USS *Tulsa*

Seit zwei Stunden kämpfte Richter jetzt mit der Formulierung von Dowlings Beurteilung, die *Tulsa* war die ganze Zeit dem Ziel gefolgt. Er bekam diese Formulierungen nicht zufriedenstellend hin, und die ganze Seite war mit eingekreisten Texten, Querverweisen und Streichungen verziert. Bald würde er selbst nicht mehr daraus schlau werden. Er lehnte sich in seinem Sessel zurück und rieb sich die Augen. Sollte er etwas schlafen und es dann noch einmal versuchen? In wenigen Minuten würde der Erste Offizier ihn ablösen, dann konnte er ausruhen. Ein Lautsprecher unter einem Unterzug unterbrach die Stille.

»Steuerstand von Sonar.«

Schwartz langte nach dem Mikrophon. »Ja, hier Steuerstand.«

»Ich habe einen neuen *Towed-Array*-Kontakt achteraus, dicht bei. Ich glaube, der ist unter Wasser.«

»Ja, verstanden, Sonar.«

»Wo kommt der denn her?« fragte Richter.

»Sieht so aus, als ob er gerade vom Boden hochgekommen ist, Sir. Da muß er wohl auf uns gewartet haben.« Schwartz wandte sich der Lagedarstellung zu. »Wir haben einen neuen Unterwasserkontakt an Steuerbord achteraus, ziemlich dicht und näherkommend. Nehmen Sie als Anfangsentfernung tausend Yards. Der neue Kontakt hat Bezeichnung Master-17 und ist ab sofort unser wichtigstes Ziel. Machen Sie eine Bewegungsanalyse für Master-17.«

Schwartz und Richter starrten beide auf die Sonartochter am vorderen Schott der Zentrale.

»Was haben Sie vor, Mr. Schwartz?«

Der Wachhabende Offizier zog seine Stirn in Falten, öffnete den Mund, als ob er etwas sagen wollte, und sah dann doch stumm auf die Lagedarstellung. Es war ganz klar, daß er immer noch bemüht war, die Situation zu analysieren. Richter überlegte ebenfalls. Dieser Kontakt war ganz offenbar ein U-Boot, und es war kein eigenes. Wahrscheinlich ein russisches. Was hatte es vor? Der Sonarmeister hatte sich richtig besorgt angehört, das war immer ein schlechtes Zeichen.

»Ich werde Kurs und Fahrt beibehalten, Herr Kap'tän, bis wir wissen, wann und wo der Punkt der nächsten Annäherung des neuen Zieles eintritt«, sagte Schwartz.

»Nein, hier ist was faul. Wir wollen abhauen«, sagte Richter.

»Jawohl, aber wir werden dann wohl die *Uriv Dolgorukiy* verlieren.«

»Machen Sie sich keine Sorgen, die finden wir leicht wieder«, beruhigte ihn Richter.

Schwartz zog ein Tuch aus seiner Hosentasche und wischte sich möglichst unauffällig den Schweiß von der Stirn. »Maschine voraus Große Fahrt, Backbord eins-fünf, neuer Kurs wird drei-fünf-null«, befahl er mit so ruhiger Stimme wie möglich.

»Backbord eins-fünf«, wiederholte der Rudergänger, »neuer Kurs wird drei-fünf-null. Ruder liegt Backbord eins-fünf. Maschine voraus Große Fahrt.« Schwartz ging Richtung Sehrohr, um das Lagedarstellungsteam zu informieren.

»Meine Absicht ist, mich von dem neuen Kontakt nach Backbord hin zu lösen und größeren Abstand zu gewinnen. Wir wollen auf diesem Kurs dann die genaue Entfernung ermitteln und …«

»Steuerstand von Sonar. Master-17 ist ein Akula II, er macht 150 Wellenumdrehungen. Das bedeutet, er läuft 28 Knoten. Der kommt an wie nichts, Herr Kaleu!«

»Sonar von Steuerstand, verstanden!« Schwartz schaltete die Gegensprechanlage ab. »Also, alle mal zuhören, bei 28 Knoten fliegt der wahrscheinlich blind durch die Gegend und hat uns möglicherweise noch gar nicht entdeckt. Sobald wir auf Kurs drei-fünf-null sind …«

Richter war aufgestanden und starrte auf den Bildschirm für das *towed array*. Plötzlich verschwand die Darstellung darauf völlig. »Scheiße!« fluchte er ganz leise.

»Steuerstand von Sonar. Wir haben das *towed array* verloren. Ich schätze, daß der Kontakt jetzt weniger als zweihundert Yards entfernt …«

Die Wucht der Kollision schleuderte alle, die gerade standen, zu Boden oder gegen das, was gerade hinter ihnen war. Schwartz griff instinktiv nach der Vorhangschiene, die um den Sehrohrstand herumlief, dabei riß er die Halterungen dieser Schiene ab. Der Navigationsmaat, der das Echolot ablesen wollte, wurde gegen den Kartentisch geschleudert und fiel auf Richter, der sich nicht mehr bewegte. Für einen Augenblick wurde es dunkel, dann ging die Notbeleuchtung an. Der Nachhall der Kollision wich dem ohrenbetäubenden Kreischen von Metall, wenn es zerrissen und deformiert wird. Übertönt wurde das noch von den donnernden Reibgeräuschen, die entstanden, als das Akula-Boot an der Backbordseite der *Tulsa* entlangschrammte. Die Erschütterungen waren plötzlich zu Ende, als die Boote sich trennten.

Harvey Schwartz kam wieder auf die Füße und schrie: »Kollisionsalarm auslösen!«

Hauptbootsmann Hicks, der Tauchoffizier, bediente den roten Hebel. Sofort ertönte im ganzen Boot Kollisionsalarm. Der Lärm übertönte fast die atemlose Meldung, die von achtern über die Notsprechanlage kam: »Wassereinbruch im Wellentunnel! Wassereinbruch im Wellentunnel!«

Schwartz sah, daß der Wachhabende Portepeeunteroffizier immer noch nicht wieder auf den Beinen stand und sich den Kopf hielt. Er griff wieder nach dem Mikrophon der Gegensprechanlage. »Wassereinbruch im Wellentunnel! Maschine voll Voraus, Tauchoffizier, auf 120 Fuß Tiefe gehen!«

Der Navigationsmaat sah zu, daß er vom Kommandanten weg kam. Richter bewegte sich wieder und öffnete die Augen. Er konnte nicht klar sehen und hatte Kopfschmerzen, diese Schmerzen wurden noch schlimmer, als er sich aufsetzte. Er sah, daß an der Stelle, wo er gelegen hatte, eine Blutlache war, faßte sich an den Kopf und merkte, daß es sein eigenes Blut sein mußte. Er zog ein Taschentuch aus seiner Hosentasche und preßte es gegen die klaffende Wunde vom linken Ohr bis fast zur Augenbraue. Das Taschentuch war im Nu mit Blut getränkt. Richter blinkerte ein paar mal mit den Augen, um den rosa Schleier loszuwerden, der vor seinem Blick zu hängen schien. Dann wandte er sich dem Problem zu, das sich für ihn stellte. Seine Gedanken wurden von einer neuen Durchsage aus dem Maschinenraum unterbrochen.

»Steuerstand von Maschine. Wir haben unnormale Geräusche im Getriebe ... Wir stoppen und setzen die Welle fest.«

»Maschine von Steuerstand: verstanden«, antwortete Schwartz, der auch lädiert aussah. Er war blaß, sprach in einem seltsamen stakkato-artigen Ton, und seine Augen blinzelten dauernd, als er sich in der Zentrale umsah.

Richter wurde klar, daß keine Zeit für langes Nachdenken war. Sein Boot war offenbar bei einer Kollision beschädigt worden, vermutlich sogar schwer beschädigt worden, und es wurde Zeit, aufzutauchen.

»Ich übernehme! Notanblasen«, befahl er mit kräftiger, aber ruhiger Stimme.

Jeder an Bord wußte, daß es keine Verzögerungen geben durfte. Der PUO der Wache war wieder auf den Beinen und löste den Alarm aus. Der Lärm übertönte sofort alles andere. Hauptbootsmann Hicks langte nach den zwei Hebeln, die oberhalb der Ballaststandanzeige angebracht waren. Er warf sie herum, und sofort schoß Luft mit hohem Druck in die Tauchzellen. Das Röhren dieser Luft war zu spüren und zu hören. Er sah dann über seine Schulter auf den Tiefenanzeiger und begann, den Anzeiger laut abzulesen: »412 Fuß ... 413 Fuß ... 414 Fuß ...«

Richter sah Schwartz an und ihm wurde klar, daß der Mann vor Angst wie versteinert war. Er stand am großen Sehrohr, seine Augen traten hervor, er hielt sich immer noch an dem Rest der Vorhangschiene fest und hatte einen Ausdruck absoluter Panik im Gesicht. Auf seiner Stirn perlte der Schweiß.

Richter stand auf und griff nach dem Mikrophon.

»Maschine von Steuerstand: Melden Sie die Ursache des Wassereinbruchs in den Wellentunnel und die Höhe des Wasserstandes im Tunnel.«

»Steuerstand von Maschine: Die Stopfbuchsen sind undicht. Da kommt das Wasser rein. Die Wache da achtern versucht, die Notstopfbuchsen aufzublasen und so den Wassereinbruch zu stoppen. Der STO und der Wachleiter sind auch da unten.«

»Maschine von Steuerstand: verstanden.«

Richter dachte einen Augenblick nach. Die Auslösung des Kollisionsalarms hatte zur Folge, daß das Schott zwischen der vorderen und der achteren Abteilung fest verschlossen worden war. Das war eine Sicherheitsmaßnahme, die erreichen sollte, daß der Bereich, der bei einer Beschädigung der Außenhaut vollief, begrenzt wurde. Er hatte keinesfalls die Absicht, diesen Verschlußzustand aufzuheben. Herr Gott, dachte er, wenn John Dowling und seine Techniker da achtern es nicht schafften, den

Wassereinbruch zu stoppen, dann gab es für sie keinen Weg der Rettung.

»429 Fuß ... 430 Fuß ... 431 Fuß ...«, sang der Tauchoffizier mit mechanischer Stimme aus. Neben ihm hatte der PUO der Wache sein stromloses BÜ aufgesetzt und schrieb fleißig in seinen Notizblock. Er sah über seine linke Schulter auf Schwartz.

»Herr Kaleu, der Maschinenraum meldet, daß der Wassereinbruch nicht durch die Notstopfbuchse gestoppt werden kann. Er meldet auch einen Bruch in der Haupthydraulikleitung im Wellentunnel. Der STO empfiehlt, auf geringere Wassertiefe zu gehen, um den Außendruck zu mindern.«

»Was glaubt der wohl, warum ich das Notanblasen befohlen habe?« antwortete Richter. »Vielleicht um ein paar schöne Blasen zu machen? Der STO soll mich über das stromlose Telefon anrufen.« Richter fühlte sich schwindelig und ging zu seinem Stuhl. Kurz darauf quakte das stromlose Telephon neben ihm, und Richter hob den Hörer ab. »John! Was zum Teufel ist los da achtern bei euch?«

»452 Fuß ... 452 Fuß ... 451 Fuß«, war der Tauchoffizier in seinem monotonen Singsang zu hören. »Offenbar geht's jetzt nach oben, Herr Kaleu.«

»Steuerstand von Sonar: Master-17 – das Akula-Boot ist langsamer geworden und taucht offenbar auf.«

Richter, der mit einem Ohr dem STO zuhörte, sah Schwartz an. Er erwartete, daß dieser die Meldung quittierte. Schwartz stand aber immer noch wie eingefroren an derselben Stelle, deshalb griff Richter nach dem Mikrophon.

»Sonar von Steuerstand, ja, verstanden.« Er wandte sich wieder dem Telefon zu. »Entschuldige, John, was hast du gesagt?«

Seine Konzentration wurde wieder gestört, als der PUO der Wache meldete: »Herr Kapitän, alle Stationen bis auf den Maschinenraum, untere Plattform, melden Gefechtsverschlußzustand hergestellt. Der Maschinenraum, untere Plattform, kämpft immer noch mit dem Wassereinbruch und anderen Ausfällen im Wellentunnel. Es ist eine Hydraulik-Notschaltung hergestellt worden.«

Richter nickte und konzentrierte sich wieder auf den Telefonhörer. »John, macht, was ihr machen könnt«, sagte er und legte den Hörer wieder auf. Dann sah er zum PUO der Wache hinüber und quittierte: »Ja, danke.« Richter ließ sich Zeit, über den Schadenbericht nachzudenken, den er gerade von John erhalten hatte. Die ganze Sache machte ihm so viele Sorgen, daß er den schwachen Blutstrom, der von seiner Schläfe herablief und langsam den ganzen Kragen durchweichte, nicht bemerkte. Er griff nach dem Mikrophon der Schiffslautsprechanlage: »An alle Stellen. Hier spricht der Kommandant. Wir sind soeben mit einem russischen U-Boot kollidiert und haben einen Wassereinbruch im Maschinenraum. Unsere Hauptmaschine ist zur Zeit ausgefallen, und wir haben Notanblasen durchgeführt. Wir sind jetzt auf 400 Fuß Wassertiefe und beim Auftauchen. Das sieht alles gut aus. Alle Stationen werden umgehend Verletzte melden und alle losen Gegenstände verzurren. Es wird wohl noch so'n bißchen rauf und runter gehen.«

Richter schaltete das Mikrophon ab und dachte über dieses letzte Meisterstück seiner üblichen Untertreibungen nach. Da das Boot keine Vorwärtsbewegung mehr machte, konnte man auch die Lage des Bootes während des Auftauchvorganges nicht mehr steuern. Dieses Nuklear-U-Boot von fast 7000 Tonnen würde sich verhalten wie ein Gasbläschen in einem Glas Whisky und Soda.

1400A, RFS *Gepard*

In der Zentrale des Akula-Bootes war es ungewöhnlich ruhig. Fregattenkapitän Borzhov blickte auf den Wachhabenden Offizier, der neben ihm stand und sich am Koppeltisch festhielt. Jegliche Farbe war im Augenblick der Kollision aus dem Gesicht des Offiziers gewichen, und er sah aus, als könne er jeden Augenblick umkippen.

»Na, Meltzer, setzen Sie sich lieber hin, bevor Sie aus den Schuhen kippen.«

Auf den Lippen des jungen Offiziers zeigte sich ein leichtes

Grinsen, als er sich nach einer Sitzgelegenheit umsah. Die *Gepard* wäre nie mit dem Yankee-Boot kollidiert, wenn das Kurs und Fahrt beibehalten hätte. Borzhov fluchte leise. Er war zu spät in die Zentrale gekommen, als daß er den Lauf der Dinge noch hätte ändern können. Meltzer hatte sich selbständig entschlossen, wie verrückt auf die *Tulsa* loszudampfen. Er würde sich später mit dem jungen Kerl befassen.

Borzhov konzentrierte sich zunächst auf die Dinge, die auf den Nägeln brannten. »Die Schadenberichte, bitte, meine Herren.«

Er wurde immer besonders höflich, wenn er gelassen erscheinen wollte, und, es wunderte ihn selbst, er war jetzt auch ganz ruhig. Die Kollision war heftig gewesen, aber er hatte schon schlimmere Dinge überlebt. Sein Boot schien in Ordnung, wenn es auch eine leichte Schräglage nach Steuerbord hatte.

Der Tiefenrudergänger hatte es aufgegeben, sein Rad zu drehen, er protestierte: »Herr Kapitän, ich wiederhole, das Steuerbord-Tiefenruder vorn klemmt.«

Borzhov wäre erstaunt gewesen, wenn er eine solche Kollision ohne jede Schramme überstanden hätte, aber ein klemmendes Tiefenruder war natürlich ein ernstes Problem. »In welcher Lage sitzt es fest?«

»In fünf Grad abwärts«, erwiderte der Tiefenrudergänger.

»Wie schnell sind wir jetzt?«

»18 Knoten, Herr Kap'tän.«

Borzhov dachte einen Augenblick nach. Das paßte alles nicht zusammen. »Voraus langsame Fahrt, bringen Sie uns auf Sehrohrtiefe, Herr Meltzer.«

Als Borzhov gerade seinen Befehl ausgesprochen hatte, konnte man in der Zentrale der *Gepard* das Notanblasen der *Tulsa* hören.

Borzhov sagte laut: »Sonar von Zentrale.«

»Sonar!«

»Was ist los?«

»Herr Kap'tän, ich glaube, der vordere Sonardom ist beschädigt.«

»Können Sie was von dem US-U-Boot hören?«

»Vor dem Notanblasen haben sie gestoppt und die ganze Antriebsanlage runtergefahren. Die machten einen Höllenlärm. Ich glaube, daß wir deren Schraube zerbröselt haben.«

»Tauchen die auf?«

»Schwer zu sagen, ich glaube aber nicht, Herr Kap'tän.«

Borzhov wollte vermeiden, daß sich aus der ganzen Sache ein diplomatischer Zwischenfall entwickelte. Die Zeiten hatten sich geändert. Rußland wollte sein Verhältnis zum Westen verbessern, obwohl die NATO sich nach Osten ausgedehnt hatte und sich in Jugoslawien wie verrückt gebärdete. Wenn dieses Los-Angeles-Klasse-Boot ernstlich beschädigt war, würde sich das auf Borzhovs Karriere nicht vorteilhaft auswirken, geschweige denn, wenn das Ding absaufen sollte.

Das Geräusch des Notanblasens der *Tulsa* ließ langsam nach, als das Anblasen der *Gepard* begann.

»Sonar, was macht das andere Boot jetzt?«

»Ich glaube, sie steigen, aber ganz langsam.«

Na, Gott sei Dank, dachte Borzhov. Die Luft in den Tanks des US-Bootes würde sich mit nachlassendem Druck immer weiter ausdehnen, und das würde das Aufsteigen beschleunigen.

»Sehrohrtiefe, Herr Kap'tän«, meldete Meltzer.

Borzhov bewegte einen Schalter, und das Suchsehrohr wurde geräuschlos ausgefahren. Da er direkt daneben saß, konnte er sofort in das Okular sehen und den Horizont absuchen.

»Radarmast ausfahren. Seeziel-Radar einschalten!«

»Jawohl, Radar ausfahren und einschalten.«

Auf mehreren Schirmen in der Zentrale leuchteten die Radarbilder auf. Zwei weitere Bildschirme zeigten das Videobild der Sehrohrkamera, die Borzhov eingeschaltet hatte. Meltzer beobachtete abwechselnd beide.

»Gebe Gott, daß das U-Boot hochkommt«, flüsterte er leise.

Ein Unteroffizier überreichte ihm ein Stück Papier.

»Die Schadenberichte, Herr Kaleu.«

»Na, wie sieht es denn aus«, fragte Borzhov, dabei blickte er immer noch in die Sehrohr-Optik.

»Die Verschlußklappen von den Rohren 1, 3 und 5 sitzen fest. Rohre 1 und 3 sind vollgelaufen. Der vordere Sonardom ist schwer beschädigt. Der gesamte Druckkörper ist unbeschädigt, kein Wassereinbruch, bei der Besatzung nur einige kleinere Verletzungen.«

»Ja, danke, Herr Meltzer«, antwortete Borzhov. Wenn das andere Boot ernste Schwierigkeiten hatte, würde die *Gepard* helfen können, wenn es nur auftauchte. Beim eigenen Boot mußten die Taucher nach dem Sonardom sehen und auch das vordere Tiefenruder inspizieren. Da keine anderen Fahrzeuge in Sicht waren, zögerte er nicht mehr: »Auftauchen!«

Sobald die *Gepard* aus dem Wasser war, sprintete Borzhov die Leiter in den Turm hoch. Er öffnete beide Luks auf dem Weg nach oben und sprang auf die Brücke, Meltzer folgte ihm auf den Hakken. Ein eisiger arktischer Wind empfing beide, und sie bedauerten sofort, sich nicht etwas Warmes angezogen zu haben.

Borzhov suchte den Horizont mit seinem hervorragenden Zeiss-Glas ab, das ein persönliches Geschenk von Admiral Konstantin war. Konstantin war ein alter, jetzt sehr einflußreicher Freund. Die dichte Wolkendecke deutete auf baldigen Regen hin – oder vielleicht auf Schnee. Er sah auf seine Uhr. Wenn man die Sonne hätte sehen können, hätte sie tief am Südwest-Himmel gestanden, kurz vor dem Untergehen. Die Dämmerung würde noch etwa eine Stunde dauern. Plötzlich ertönte etwas, das sich wie eine schwache Explosion anhörte. Beide Offiziere warfen den Kopf herum und sahen ungläubig nach rechts. Kaum 300 Yards von ihnen entfernt, war die *Tulsa* in sehr steilem Winkel aufgetaucht. Aus den offenen Wassereintritten der vorderen Tauchtanks strömte eine Mischung von Wasser und Druckluft. Der Schwung riß sie aus dem Wasser, bis fast der ganze Turm in der Luft war. Das US-Boot hatte starke Schlagseite nach Backbord.

»In der Lage kann sie nicht lange bleiben«, sagte Borzhov, dabei warf er einen Blick auf Meltzer, dessen Augen das beschädigte US-Boot fixierten. »Sie verliert zuviel Luft aus den Tauchtanks.«

Als ob das Boot zustimmen wollte, veränderte es seinen Winkel, und die *Tulsa* tauchte langsam wieder weiter in das Wasser ein. Meltzer sah, daß das Wasser achteraus vom Turm weiter zu kochen schien. Er sah Borzhov an und zeigte auf das schaumige Wasser.

»Was ist das, Herr Kap'tän?«

Borzhov sah kurz in Richtung Heck des US-Bootes. »Die Frage, die Sie hätten stellen sollen, ist: Woher kommt das?« Borzhov blickte auf die auseinandergerissenen Rumpfteile an seinem eigenen Boot vorne am Bug. Es sah aus, als sei dort jemand mit einem riesigen Büchsenöffner am Werk gewesen. Er konnte das beschädigte Tiefenruder nicht sehen, aber er konnte sich vorstellen, wie es aussah. »Die Antwort auf Ihre Frage liegt bei den achteren Tauchtanks. Zumindest bei den Backbord-Tauch-Tanks, wahrscheinlich bei allen dreien. Da setz' ich ein ganzes Monatsgehalt drauf.« Das hörte sich nach einem Wettangebot an, war es aber nicht. Wie die ganze Besatzung hatte auch der Kommandant in den letzten drei Monaten überhaupt kein Gehalt bekommen. »Das erklärt die Schlagseite und auch, warum das Boot mit dem Heck so tief im Wasser liegt. Vielleicht hat sie achtern auch noch weiteren Wassereinbruch.« Borzhov sah in Richtung des jungen Offiziers. Sein Gesicht war noch blasser als zuvor, seine Stirn in tiefen Sorgenfalten. »Ich wette auch«, fuhr Borzhov fort, »daß die Taucher bei uns nicht mehr viel vom Steuerbord-Tiefenruder finden werden. Das steckt nämlich zum großen Teil im Heck von dem US-Boot.«

1420A, USS *Tulsa*

Richters Erleichterung darüber, daß die *Tulsa* auftauchte, währte nur kurz. Während das Boot immer schneller nach oben schoß, hing das Heck immer mehr nach unten. Die Schlagseite nach Backbord nahm auch aus irgendeinem Grund immer mehr zu. Er wußte, daß er daran jetzt nichts ändern konnte. Alles, was er tun konnte, war, die Auswirkung auf seine Männer zu minimieren. Er griff nach dem Mikrophon für die Schifflautsprechanlage.

»An alle Stellen. Hier spricht der Kommandant. Wir haben zur Zeit keine Möglichkeit, unsere Trimmlage zu beeinflussen. Dukken Sie sich und halten Sie sich gut fest. Ich melde mich wieder, wenn wir oben sind.« Richter schaltete das Mikrophon aus und bemerkte sofort, daß in der Zentrale völlige Stille herrschte. »Das gilt auch hier. Jeder geht in Deckung und hält sich gut fest.«

Die Ereignisse der nächsten Minuten verliefen rasend, die Geschehnisse mit und in der *Tulsa* entwickelten eine ausgeprägte Eigendynamik. Aus unbekanntem Grund begann das Heck auf und ab zu schwingen wie der Schwanz eines Delphins. Zunächst war diese Bewegung kaum wahrnehmbar, es waren nur vier oder fünf Grad. Aber mit zunehmendem Schwung wurde die Bewegung ausgeprägter. Dabei wurde schnell klar, daß die Kombüse nicht richtig seeklar gemacht worden war. Der Inhalt der Friteuse wurde über das Deck geschleudert, ein Teil landete auf einer heißen Herdplatte. Im Nu stand die Kombüse in Flammen. Schwarzer, alles erstickender Rauch drang in die Mannschaftsmesse und zog durch den Längsgang auf dem mittleren Deck.

Der Rumpf gab knackende Geräusche ab, als mit abnehmender Tiefe auch der Druck rasch abnahm. Plötzlich hörte das heftige Schwingen auf. Wie auf einer Schaukel, die den obersten Punkt erreicht hat, wurde der Aufstieg erst langsamer, dann hörte er ganz auf, und die *Tulsa* sank zurück ins Wasser. Die Männer waren herumgeschleudert worden wie die Plastikbälle in einer Lotteriemaschine, zum Schluß waren sie an irgendeiner Stelle liegen geblieben. Trotzdem brachen all die, die dazu noch in der Lage waren, in ein Jubelgeschrei aus, als die *Tulsa* an der Oberfläche schwamm.

Richter, der sich unter seinem Sitz eingeklemmt und sich, verzweifelt um sein Leben kämpfend, ordentlich festgehalten hatte, war weniger optimistisch. Ihm war klar, daß die *Tulsa* sinken würde. Die Luft schoß aus den Lecks der Tauchtanks und wurde dabei durch Wasser ersetzt. Das Boot lag schon tief im Wasser und begann langsam abzusacken. Dabei verlor es auch die extreme Trimmlage mit dem Bug nach oben. Der Winkel verringerte sich von fast 40 Grad auf 30 und dann auf 20. Noch einen Augenblick, und er konnte es wagen aufzustehen. Die Gedanken schossen nur so durch Richters Kopf. Er mußte einen Notruf über Funk absetzen. Er versuchte, sich an die letzte Wassertiefe zu erinnern, die er auf der Karte gesehen hatte. Waren das 170 Meter gewesen? Irgend so etwas. Das war weit unterhalb der maximalen Tauchtiefe der *Tulsa*, das Boot würde also nicht vom Wasserdruck zusammengepreßt werden. Man würde sie retten können, aber nur, wenn er den Notruf raus bekam. Bei solchen geheimen Einsätzen, wie ihn die *Tulsa* gerade unternahm, wurden die sonst üblichen täglichen Meldungen nicht gemacht. Was sollte er der Besatzung sagen? Und was war überhaupt achtern im Wellentunnel los? Er mußte noch mal mit John sprechen.

»Was zeigt der Tiefenanzeiger?« fragte Richter.

»45 Fuß, Sir«, antwortete Hauptbootsmann Hicks.

»Scheiße«, fluchte Richter leise.

Die *Tulsa* war schon wieder unter die Wasseroberfläche abgesackt und würde sehr bald zu tief für einen Sehrohreinsatz sein. In der Zentrale jubelte niemand mehr. Der Trimm der *Tulsa* betrug jetzt nur noch 15 Grad, Bug nach oben.

Richter kroch also unter seinem Stuhl raus und setzte sich darauf. Er sah zu Schwartz, der offenbar die Kontrolle über sich zurückgewonnen hatte. »Schwartz, setzen Sie sofort über Funk einen Notruf ab.«

»Jawohl, Herr Kap'tän«, antwortete Schwartz.

Richter griff wieder nach dem stromlosen Telefon und drehte die Kurbel.

»STO«, war die erwünschte Meldung am Telefon.

»Wie sieht's denn nun bei euch da achtern aus?« wollte Richter wissen.

»Keine guten Neuigkeiten, fürchte ich.« Richter konnte die Belastung in der sonst immer so ruhigen Stimme seines besten Freundes spüren. »Ich kann den Wassereinbruch durch die Stopfbuchse nicht stoppen, und ich habe vermutlich drei Mann verloren. Sie wurden bei den wilden Bewegungen ins Wasser geschleudert und sind nicht wieder aufgetaucht. Viele Männer sind verletzt. Hauptbootsmann Armstrong hat sich ein paar Rippen gebrochen. Er kann kaum noch atmen, und es sieht echt schlecht um ihn aus. Ein paar der Männer haben gebrochene Arme ... das war hier eine Riesenscheiße beim Auftauchen ...«

»Okay, John, mach, was du machen kannst. Was schätzt du, wie stark ist der Wassereinbruch?«

»Nicht mehr als 15 Prozent des Raumvolumens bis jetzt.«

Richter dachte einen Augenblick nach. Er wollte den Nuklear-Reaktor in Gang halten, wenn das irgend möglich war. Er hoffte sehr, daß der sich nicht automatisch abgeschaltet hatte bei diesen wilden Bewegungen der *Tulsa*. Wenn sie über die Leistung des Reaktors verfügen konnten, war das Überleben am Meeresgrund für sehr lange Zeit möglich, und zwar unter durchaus erträglichen Bedingungen. Er wollte das Maschinenpersonal erst einmal lassen, wo es war, und die ganze Lage noch einmal neu beurteilen, sobald das Boot unten auf dem Meeresgrund lag. Es war aber kein übliches Verfahren, ein Nuklear-U-Boot auf den Meeresgrund zu legen. Da gab es die Kühlwassereintritte unten im Rumpf ...

Seine Gedanken wurden durch die Auslösung des Alarms »Feuer im Schiff« unterbrochen, außerdem tauchte Schwartz neben ihm auf und sagte mit mutloser Stimme: »Wir sind zu tief, wir können keinen Funkspruch mehr absetzen.«

»Heute ist nicht mein Tag«, murmelte Richter. »Okay, Harvey, wenn wir unten sind, lasse ich Hauptbootsmann Czapek eine Notfunk-Boje ausstoßen.«

Das war natürlich nur eine nicht zufriedenstellende, zweitbeste Lösung. Diese Bojen hatten nur begrenzte Reichweite, gerade mal zehn Seemeilen für Schiffe, hoch fliegende Flugzeuge konnten die Boje allerdings in bis zu hundert Meilen Entfernung empfangen. Aber nur sehr wenige Flugrouten führten über dieses Seegebiet, und da es hier auch kaum Überwasserschiffe gab, wäre es schon ein ziemlicher Glücksfall, wenn irgend jemand das SOS-Signal während den achtzehn Stunden, die die Boje sendete, auffing.

Richter wandte sich dem nächsten Problem zu. »Wo ist das Feuer?«

»In der Kombüse, Herr Kap'tän«, antwortete Schwartz. »Der vordere Schiffssicherungsgruppenstand bekämpft den Brand.«

»Ich will, daß das so schnell wie möglich gelöscht wird. Wir wollen nicht auch noch Atemschutzgeräte tragen müssen, falls es nicht absolut sein muß.«

»Gebe ich weiter, Herr Kap'tän.«

Das entwickelt sich hier langsam zum Alptraum, dachte Richter. Auch wenn die Atemschutzgeräte die Besatzung für viele Stunden versorgen konnten, so hätte dazu doch der Druck im Boot erhöht werden müssen. Das wäre zunächst nicht weiter schlimm gewesen, aber es konnte bei der Rettung zu einem echten Problem werden. Die Männer wurden dadurch zu Tiefseetauchern und mußten beim Auftauchen dekomprimieren, um nicht die Taucherkrankheit zu bekommen. Eine weitere Sorge war, daß das Boot wahrscheinlich die Fähigkeit verlieren würde, elektrische Leistung zu produzieren, wenn es erst auf Grund lag. Das bedeutete, daß man wohl auch die Luft im Boot nicht mehr von toxischen Bestandteilen reinigen konnte. Wenn die Männer erst einmal Atemschutzmasken anlegen mußten, dann würden sie die Dinger nicht wieder ablegen können, und das bedeutete, daß sie durch den großen Notausstieg das Boot verlassen mußten.

Richter wollte darüber jetzt nicht weiter nachdenken. Selbst wenn sie es bis zur Wasseroberfläche schafften, war die Wassertemperatur etwa null Grad, und kein einziges Besatzungsmitglied würde länger als eine Stunde überleben.

Die *Tulsa* sackte über das Heck ab und zwar mit immer weiter zunehmender Geschwindigkeit. Mit steigender Tiefe stieg der Druck, und die noch verbliebene Luft in den Tauchtanks wurde auf ein immer kleiner werdendes Volumen komprimiert. Wasser lief in die Tanks, füllte den Raum, und das Boot wurde schwerer und schwerer. Anfangs ging das Durchsacken langsamer als der Aufstieg. Aber das änderte sich mit zunehmender Geschwindigkeit. Die Beschädigungen der achteren Tiefenruder, des Ruders selbst und der Stabilisatoren, die wohl auch schon die wilden Bewegungen beim Aufstieg verursacht hatten, wirkten sich jetzt bei der rauschenden Fahrt in die Tiefe in gleicher Weise aus.

Richter ergriff wieder das Mikrophon für die Schifflautsprechanlage. »An alle Stellen. Hier ist noch einmal der Kommandant. Ich wollte eigentlich noch eine Durchsage machen, als wir an der Oberfläche waren. Aber so wie die Dinge liefen, hatte ich dazu keine Zeit. Wir sinken jetzt, und wir werden bald auf dem Grund aufschlagen. Vom Trimm her werden wir wohl mit dem Heck zuerst aufkommen. Gehen Sie in Deckung, wie eben auch, und halten Sie sich gut fest. Wir werden wohl ziemlich hart aufschlagen. Außerdem: Bleiben Sie ruhig! Auch wenn wir gesunken sind, ist das nicht das Ende für uns. Das Erntedankfest ist erst in vier Wochen, und ich habe die feste Absicht, es zu Hause zu feiern! Also, mal zu und Mut!«

Richter zog sich wieder an seinen sicheren Platz unter dem Stuhl zurück und hielt sich fest in Erwartung des Aufschlags.

Er brauchte nicht lange zu warten. Die *Tulsa* schlug mit dem Heck zuerst auf dem felsigen Meeresboden auf. Einen Augenblick später knallte das Vorschiff auf, im Schiffsinneren hörte es sich an wie ein schlecht geschlagener riesiger Gong. In der Zentrale segelte ein Kaffeebecher, dessen Griff sowieso schon abgebrochen war, durch den Raum, rutschte über das Deck und blieb am Fuß des Rudergängers hängen. Dann trat Stille ein.

Richter kroch unter seinem Stuhl hervor, stand auf und sackte prompt wieder zusammen, auf den Stuhl. Sein Kopfschmerz wurde immer schlimmer. Er betastete die linke Seite seines Kopfes mit einem Finger. Alles war klebrig, und es trat offenbar immer noch frisches Blut aus der Wunde. Obwohl die Wundränder sich taub anfühlten, wenn er mit der Hand dagegen drückte, schmerzte es. Er tupfte die Wunde wieder mit seinem Taschentuch ab, aber er wußte, daß das ein vergebliches Unterfangen war. Das Taschentuch war schon völlig durchgefeuchtet. Gut war, daß die *Tulsa* auf beinahe völlig ebenem Kiel zum Liegen gekommen war. Richter versuchte, noch irgend etwas Positives zu erkennen, aber er fand nichts. Gedanken schossen ihm durch den Kopf: Was war zuerst zu tun? Das Feuer mußte gelöscht werden, und er mußte er herausfinden, wie es achtern aussah. »WO!«

Kapitänleutnant Schwartz sprang auf. »Herr Kap'tän!«

»Lösen Sie den Ersten Offizier ab und übernehmen Sie die Leitung der Brandbekämpfung. Dann melden Sie sich bei mir, wenn das Feuer gelöscht ist. Und sagen Sie bitte dem Sanitätsmeister, er möchte in die Zentrale kommen.«

»Jawohl, Herr Kapitän.«

Richter griff nach dem stromlosen Telefon. Er erkannte sofort Dowlings Stimme. »John, was gibt es Neues?«

»Wir haben hier einen Wassereinbruch, den wir nicht in den Griff bekommen. Das Wasser steigt ziemlich schnell. Es steht jetzt so hoch, daß ich nicht mehr sagen kann, wo es herkommt, aber ich wette, es ist die Stopfbuchse. Das Aufkrachen auf den Grund war hier verdammt hart zu spüren.«

»Wie ist jetzt der Wasserstand?«

»Das untere Deck ist jetzt etwa voll, ich schätze, das sind ungefähr 25 Prozent des Raumvolumens. Als nächstes wird es über die Wechselrichter und Generatoren steigen, GB.«

Richter lächelte kurz. John hatte immer Schwierigkeiten damit gehabt, ihn mit »Herr Kap'tän« anzureden. Genauso hatte er aber auch erkannt, daß er Richter nur im strikt privaten Umgang mit dem Vornamen anreden konnte. Sein Kompromiß, ihn mit den Anfangsbuchstaben seiner beiden Vornamen anzusprechen, gefiel Richter gut, zumindest solange kein höherer Vorgesetzter es hören konnte.

»Okay, John. Dir ist ja klar, daß ich nicht das ganze Boot unter Überdruck setzen kann, um euch von da achtern nach vorne zu bringen. Fahr bitte den Reaktor runter, und dann steigt ihr alle durch den achteren Ausstieg aus. Wie viele Leute seid ihr da achtern?«

»Alle, oder nur die, die noch zu einem Ausstieg in der Lage sind?«

»Beide Zahlen!«

»Ich glaube, hier sind noch siebzehn Überlebende, acht davon sind vielleicht noch in der körperlichen Verfassung, um auszusteigen.«

»Okay. Laß die Leute mit guter körperlicher Verfassung zuerst aussteigen, das schließt dich selbst ein. Die anderen können es danach versuchen. Packt euch ordentlich warm ein, das Wasser draußen ist dicht am Gefrierpunkt.«

»Ich weiß, GB, ich weiß. Ich bin patschnaß von dem kalten Wasser!«

Kurz darauf gingen die Lichter aus, und das Summen der Ventilatoren, die die umfangreichen elektronischen Anlagen in der Zentrale kühlten, verstummte. In der schummrigen Notbeleuchtung wurde das ganze Ausmaß des Unglücks der *Tulsa* in krasser Weise deutlich.

»Sie wollten mit mir sprechen, Herr Kap'tän?«

Richter drehte sich um und sah Korvettenkapitän Curtis Mitchell, den Ersten Offizier, vor sich stehen. Dessen rechter Arm hing in einer Schlinge, die aus einem Kopfkissenbezug gemacht und völlig mit Blut getränkt war. Mitchell war blaß, und seine Augen verrieten den Schmerz. Es war klar, daß er versuchte, sich den Schmerz nicht anmerken zu lassen.

»Na, das sieht aber nicht gut aus, Curtis.«

»Auch nicht schlimmer als Ihr Kopf, Herr Kap'tän, glaub' ich.«

»Was ist passiert?«

»Ich lag in der Koje und bin beim Notanblasen aus der Koje gefallen, dumm aufgeschlagen und habe mir den Arm gebrochen. Ich habe mir auch den Fuß verstaucht, aber das ist nicht so schlimm. Ich kann mich noch fortbewegen.«

Richter sah sich den Arm näher an, soweit das möglich war. Der Bruch war ganz klar zu erkennen, der Unterarm sah so aus, als gäbe es ein zweites Ellbogengelenk. Er stand in einem Winkel von fast 90 Grad quer zum natürlichen Verlauf. Es wirkte grotesk. Mitchell hustete zweimal und schaffte es dabei nicht, den Schmerzausdruck auf seinem Gesicht zu unterdrücken. Er schluckte kräftig und grinste. Seine Zähne waren von einem dünnen hellroten Blutfilm überzogen.

»Vielleicht hab' ich mir auch noch ein paar Rippen gebrochen.« Er hustete wieder. »Aber das ist nicht so schlimm – das ist mir beim Fußballspielen schon öfter passiert.« Er versuchte wieder zu lächeln, aber sein Gesicht war von den offenbar starken Schmerzen verzerrt.

»Maat Chavez, bringen Sie den IO in den SAN-Bereich und sagen Sie Doctor Richards, er soll ihn wieder heil machen.«

»Jawohl, Herr Kap'tän!«

»Hört alle her: Es bringt jetzt nichts mehr, wenn wir alle in der Zentrale bleiben. Ich will zur Besatzung sprechen und ein paar Dinge organisieren. Alle, die noch gehen können oder sich mit Hilfe noch bewegen können, gehen in die Mannschaftsmesse. Ich komme gleich nach.«

Die Zentrale leerte sich, nur Richter saß noch auf seinem Stuhl. Er senkte seinen Kopf und stützte ihn mit den Händen ab. Er fühlte sich todmüde. Schlaf schien ihm der einzige Weg, diesen wahnsinnigen Kopfschmerz loszuwerden, der ihm das Gefühl gab, als könne sein Kopf jeden Augenblick wie ein Vulkan auseinanderbersten. Er nahm wieder das stromlose Telefon, aber er kannte die Stimme nicht, die am anderen Ende war.

»Ist Korvettenkapitän Dowling da? Hier spricht der Kommandant.«

»Ja, einen Augenblick ...«

»Was gibt's, GB?«

»Wie sieht's aus, John?«

»Wir haben gerade die achtere Notschleuse vorbereitet, und wir überprüfen die Steinke-Hauben. Du hast wohl einen Witz gemacht, als du empfohlen hast, daß wir uns warm anziehen sollen. Wir haben hier achtern nur die Klamotten, die wir am Leib tragen. Aber schwimmen vor dem Essen regt ja bekanntlich den Appetit an. Der Reaktor ist runtergefahren. Irgendein Zeichen, daß der Wassereinbruch nachließe, gibt es aber nicht, das Wasser hier achtern im Boot steigt weiter.«

»Ich weiß nicht, was ich jetzt noch sagen soll, John.«

»Es gibt auch nicht mehr viel zu sagen, GB ... Herr Kap'tän. Du warst immer ein prima Kerl, und ich bin gerne auf deinem Boot gefahren.«

»He, gib nicht auf. Ich bin sicher, der Russe schwimmt noch da oben rum. Nach so einer Kollision hat er bestimmt auch irgendwelche Schäden, und er muß sich wahrscheinlich um sein zerbröseltes Vorschiff quälen. Ich denke, bei ihm kannst du heute dein Abendbrot essen. Also, wir hier vorne werden wohl nur was aus der Dose bekommen, und das wird auch noch eiskalt sein.«

»Ich hab' nicht aufgegeben, aber ich hab' Schwierigkeiten, die anderen zu überzeugen, daß der Ausstieg klappen wird und daß sie noch leben werden, wenn sie oben ankommen.«

»Wenn einer das kann, dann bist du das. Du hast mich doch auch davon überzeugt, dein Schrottauto zu kaufen, weißt du noch?« Richter grinste. Das war fast dreizehn Jahre her. Damals hatte er eine echte Rostlaube von John erworben, eine echt saure Zitrone, wenn es nicht bräunlich, sondern gelb gewesen wäre. In den achtzehn Monaten, die er das Auto besessen hatte, war er nur knapp 10 000 Kilometer damit gefahren. Die meiste Zeit war die Kiste zur Reparatur gewesen. Der Verkauf war glatter Beschiß gewesen, und es war eigentlich erstaunlich, daß ihre Freundschaft das überstanden hatte. Doch jetzt wollte Richter diese Unterhaltung beenden, er mußte in die Mannschaftsmesse. »John, ich muß los und das Durcheinander in diesem Teil unseres Bootes sortieren. Ich ruf' dich wieder an, sobald ich kann.«

»Klar, GB, aber mach nicht zu lange. Wir sind in einer Stunde entweder hier raus oder tot.«

Richter wollte in keinem Fall so lange mit dem nächsten Anruf warten. Wenn einer heil nach oben kam und von dem russischen U-Boot gerettet wurde, dann stiegen die Chancen für sie alle zweifellos ganz erheblich. »Klar doch, John.«

Richter legte den Hörer auf und dachte einen Augenblick nach. Was er von John erwartete, war nicht einfach. Soweit er wußte, war in den letzten Jahren keine Notausstiegsschleuse auf einem amerikanischen U-Boot in einem echten Notfall benutzt worden. Theoretisch war alles ganz einfach: Zwei Mann, jeder mit einer aufblasbaren Steinke-Haube über den Kopf, kletterten in die Schleuse. Nachdem das untere Luk, durch das die zwei in die Schleuse konnten, geschlossen war, wurde sie mit Seewasser gefüllt, bis das Wasser in Höhe des Halses der beiden Männer stand. Dann wurde das Fluten der Schleuse beendet. Sinnigerweise wurde dieser Wasserstand als »Blubbergrenze« bezeichnet. Danach wurde Druckluft in die Schleuse geleitet, bis der Druck in der Schleuse dem Druck im Seewasser außerhalb des Bootes glich. Dann konnte das obere Luk geöffnet werden, und die zwei Schleuseninsassen sollten an die Oberfläche schwimmen und dort auf ihre Rettung warten. Das obere Luk wurde dann wieder hydraulisch geschlossen, das Wasser in der Schleuse in die Bilgen entleert, und die nächsten zwei Männer konnten mit der Ausstiegsprozedur beginnen. Wenn alles klappte, konnten theoretisch sechs Mann pro Stunde ausgeschleust werden. Richter wußte aber nicht, ob die Schleuse in 170 Meter Wassertiefe richtig funktionieren würde und ob die Aussteigenden überhaupt noch lebten, wenn sie oben ankamen. Immerhin würden sie erst auf mehr als den sechzehnfachen Druck der normalen Atmosphäre zusammengepreßt und dann wieder auf den normalen atmosphärischen Druck zurückgebracht werden, und das alles in sehr kurzer Zeit. Außerdem konnten noch eine ganze Reihe anderer Dinge beim Ausstieg schiefgehen. Ihm war klar, daß die Maschinenleute im achteren Teil des Bootes kaum eine andere Möglichkeit hatten, aber dennoch bedurfte es einer Menge Mut, diese Art Rettung zu versuchen.

Richter stand auf, um in die Mannschaftsmesse zu gehen, aber er mußte sich sofort festhalten, um nicht umzufallen. Ihm war schwindelig, und er konnte sich kaum auf den Füßen halten. Nachdem er mühsam das Gleichgewicht wiedergewonnen hatte, ging er langsam und vorsichtig aus der Zentrale hinunter in das mittlere Deck. Der Brandgeruch war immer noch stark zu spüren, und die Luft war noch nicht klar. Seine Augen brannten.

»Das Feuer ist gelöscht«, sagte Schwartz, der neben ihm aufgetaucht war.

»Gut. Irgend jemand verletzt?«

»Herr Kap'tän, es gibt eine ganze Menge von Verletzten, aber bei der Brandbekämpfung hat sich nur ein Mann verletzt.«

»Wer ist es?«

»Koch Taylor, Herr Kap'tän. Er hatte sich schwere Verbrennungen zugezogen und ist gestorben.«

»Wie viele Tote und Verletzte sind es denn insgesamt?«

Schwartz sah auf den Zettel, den er in der Hand hielt. »Wir wissen es noch nicht ganz genau, aber so wie es aussieht, sind 22 Mann achtern. Von den 106 Mann im Vorschiff sind 8 tot, und 16 haben schwere Verletzungen: gebrochene Knochen, Kopfverletzungen oder ähnliches; weitere 39 sind leicht verletzt.«

»So, und wo haben Sie mich eingereiht?« wollte Richter wissen.

»Äh, also, 40 Leichtverletzte.« Schwartz versuchte zu grinsen, aber auf seinem Gesicht war auch nicht der mindeste Ansatz zur Freude zu entdecken.

»Da kann unser Doktor Richards ja wirklich zeigen, daß er sein Geld wert ist.«

»Leider nicht, Herr Kap'tän. Er ist einer der Toten.«

Richter war verblüfft. Jetzt, da er zum ersten Mal einen guten Sanitäter hätte brauchen können ...

»Mein Gott, was ist passiert?«

»Er wurde aus seiner Koje geschleudert. Er ist ja ziemlich groß, und soweit ich weiß, ist er auf seinen Kopf gefallen und hat sich das Genick gebrochen.«

Richter schwieg und dachte nach. »Was sollen wir denn bloß machen mit all den Verletzten? Zum Beispiel mit dem IO? Der braucht doch einen Arzt für seinen Arm!«

»Selbst- und Kameradenhilfe, Herr Kap'tän, das ist alles, was wir noch zu bieten haben.«

»Heute läuft aber auch alles schief?« antwortete Richter. Dann wandte er sich den Männern in der Mannschaftsmesse zu.

Das allgemeine Gemurmel verstummte.

Richter kam gleich zur Sache. »Wir sind gesunken, die achtere Abteilung läuft langsam voll. Abgesehen von den Batterien haben wir keine elektrische Leistung mehr verfügbar, und wir haben keine Möglichkeit, das Boot zum Auftauchen zu bringen. Wie wir in diese Situation gekommen sind, ist jetzt nicht mehr wichtig. Wichtig ist, wie wir wieder rauskommen. Zunächst will ich feststellen, daß die Situation keineswegs hoffnungslos ist. Wenn der Russe, der uns gerammt hat, nicht auch gesunken ist – und das glaube ich nicht –, dann wird er sehr wahrscheinlich da oben schwimmen. Die Maschinenleute werden bald von achtern mit dem Ausstieg beginnen.«

Wie auf ein Zeichen war das Füllen der achteren Schleuse mit Druckluft ganz klar zu hören.

»Die ersten zwei sind schon unterwegs. Ich erwarte, daß sie oben den Seenotfall auslösen werden, sobald sie oben angekommen sind. Um das noch zu unterstützen, stoßen wir jetzt sofort noch ein rotes Rauchsignal und eine Notfunkboje aus.« Richter sah sich in der Messe um und entdeckte Hauptbootsmann Czapek. »Sie sorgen dafür, bitte.«

»Kein Problem, geht los, Herr Kap'tän.«

»Wenn die erst wissen, wo wir stecken, wird es wohl eine ganze Weile dauern, bis sie mit dem Rettungsgerät, dem DSRV, hier bei uns sind. Das Ding lagert in San Diego, es wird also ein paar Stunden dauern, bis sie es in so ein großes C5-Transportflugzeug verstaut haben und es dann über den Teich fliegen können. Ich vermute, daß sie es nach Reykjavik oder Stavanger bringen, vielleicht sogar nach Glasgow. Dann müssen sie es auf ein anderes U-Boot aufsetzen, das könnte eins von unseren Booten oder ein britisches oder französisches Boot sein, das muß dann in Überwasserfahrt hierher zu uns rauskommen. Ich schätze, daß das Ganze etwa fünf oder sechs Tage dauern wird. Es gibt aber auch noch eine andere Möglichkeit. Sowohl die Schweden als auch die Briten haben Rettungsfahrzeuge, die uns hier rausholen könnten. Das ginge dann wohl schneller. Die ganze Welt wird an dieser

Sache Anteil nehmen, und ich will es denen sehr leicht machen, uns zu finden. In der Zwischenzeit müssen wir uns hier unten so gemütlich einrichten, wie das eben möglich ist.«

Richter machte eine Pause und tupfte vorsichtig seine Schläfe ab. »Das Wichtigste ist, daß wir die Zusammensetzung unserer Atemluft unter Kontrolle behalten. Das Kohlendioxyd, das wir ausatmen, wird sich schnell in der Bootsatmosphäre ansammeln, und auch den Fittesten unter uns wird schlecht werden, wenn wir die Luft nicht reinigen. Wir müssen also alle Lithiumhydroxyd-Kanister und alle Verteilgeräte, die wir an Bord haben, zusammentragen.« Er hielt einen Augenblick inne und sah seine Zuhörer an. Trotz der Stille sprachen die langen, besorgten Gesichter Bände. »Wer weiß eigentlich, wie das mit dem Lithiumhydroxyd richtig funktioniert?« Weiterhin Stille. »Na, nun nicht alle auf einmal.« Er sah auf dem Gesicht des Sonargasten Evans ein leichtes Lächeln. »Evans?«

»Das reagiert mit dem Kohlendioxyd aus der Luft zu Lithiumkarbonat. Es bindet das Kohlendioxyd aus der Luft.«

»Na, prima, danke. Und wozu sind die Verteilgeräte?«

»Die blasen die Luft durch die Kanister mit dem Lithiumhydroxyd.«

»Warum hab' ich nicht schon früher gemerkt, was Sie für ein Genie sind, Evans? Das brauchen Sie aber nicht zu beantworten.« Richter lächelte. »Wichtig ist, daß wir auch den allerletzten Kanister mit Lithium hier an Bord finden. Ich will, daß alle Räume sorgfältig durchsucht werden.« Richter hustete. Die Luft reizte seine Schleimhäute. »Wir werden dann irgendwann auch noch Sauerstoff in unserer Atemluft ergänzen müssen. Wir wollen von der Messe aus die Kontrolle der Atemluft betreiben. Ich möchte, daß alle tragbaren Überwachungsgeräte hierher gebracht werden, auch die Reservebatterien müssen alle hierher.« Richter fühlte jeden Pulsschlag in seinem Kopf, und er mußte wieder eine Pause einlegen. »Es wird im Bootsinneren kalt werden in den nächsten zwei Tagen. Sehr kalt sogar«, fuhr er fort. »Wir müssen eine genaue Bestandsaufnahme von allen warmen

Bekleidungsstücken, Decken und Schlafsäcken machen. Zunächst mal möchte ich, daß sich jeder mit seinem eigenen Bettzeug und seinen eigenen Sachen hilft. Wenn irgend jemand nicht genug hat, um sich warm zu halten, müßte im Boot insgesamt genug vorhanden sein. Für den Fall, das irgend etwas schiefgehen sollte, werden wir die vordere Ausstiegsschleuse für den Ausstieg vorbereiten; ich glaube aber, daß wir vorerst nicht darauf angewiesen sein werden.«

»Nun noch was zur Verpflegung. Wir werden wohl mit dem Essen etwas bescheidener sein müssen, als wir es sonst hier an Bord gewohnt sind. Ich hab' keine Ahnung, was wir essen sollen, ich weiß nur, daß wir nichts kochen können.«

Richter sah sich um und entdeckte den Versorgungsoffizier, der am achteren Schott lehnte. Der Mann sah wirklich elend aus. Die sonst freundlichen Gesichtszüge von Kapitänleutnant Gallagher waren so entstellt, daß Richter ihn kaum erkannte. Die linke Seite des Gesichts war geschwollen und blau angelaufen, das linke Auge war durch die Schwellung völlig geschlossen.

»Tim, kannst du die Sache mit der Verpflegung in die Hand nehmen?«

Gallagher versuchte zu sprechen, aber nur seine rechte Gesichtshälfte bewegte sich entsprechend. Richter konnte Gallaghers dumpfe Antwort kaum verstehen, aber er ging davon aus, daß der Versorgungsoffizier die Frage bejahen wollte.

»Okay, lassen Sie sich bei der Erstellung einer Liste der eßbaren Dinge ordentlich helfen.« Richter versuchte, sich auf seine Zuhörerschaft zu konzentrieren. »Wir haben nur begrenzte elektrische Kapazität zur Verfügung. Die Notbeleuchtung wird eine ganze Weile funktionieren können, aber trotzdem wollen wir jede entbehrliche Birne aus den Lampen drehen, um Strom zu sparen, und alle möglichen tragbaren Lampen, Taschenlampen, Ersatzbatterien et cetera hier sammeln. Der Frischwassertank wird durch Druckluft unter Druck gehalten, das Wasser müßte also weiter aus den Hähnen laufen. Wir dürfen aber keinesfalls verschwenderisch damit umgehen. Duschen ist nicht, noch nicht einmal kalt! Dennoch: Achten Sie auf Ihre persönliche Sauberkeit. Wenn Sie die Toilette benutzen, bitte sehr, waschen Sie sich die Hände. Für den Umgang mit Lebensmitteln gilt das auch. Das letzte, was wir jetzt brauchen können, ist, daß auch noch jemand krank wird.« Er machte wieder eine Pause und versuchte, den rasenden Schmerz in seinem Kopf zu unterdrücken. »Ich bin jetzt seit siebzehn Jahren U-Boot-Fahrer«, fuhr er dann fort. »Einer oder zwei von Ihnen sind noch länger dabei.« Er blickte durch die Reihen und sah Oberstabsbootsmann Steadman, den COB, der ein leichtes Grinsen auf dem Gesicht hatte. »Keiner von uns war je zuvor in einer solchen Situation, wenn also jemand einen Beitrag leisten kann, so ist mir der sehr willkommen. Als letztes will ich noch sagen, und es mag sich etwas seltsam anhören, zumal wir jetzt erst mal 'ne Menge zu tun haben: Tatsache ist, daß man um so mehr Kohlendioxyd produziert, je mehr man sich anstrengt. Das heißt also, daß wir dann mehr Lithiumhydroxyd verbrauchen. Agieren Sie deshalb nur langsam, wir haben Zeit. Wenn Sie keinen direkten Auftrag zu erledigen haben: Gehen Sie in die Koje, ruhen Sie sich aus. Mancher unter Ihnen wird froh sein, wenn er in die Koje kriechen kann. Na, wir kennen uns doch.« Einige lachten. »Folgen Sie dem Beispiel der Langschläfer. Ich werde selbst den Sonargast-Evans-schönster-Traum-Preis stiften und an den überreichen, der am längsten geschlafen hat.«

Gelächter folgte, und Sonargast Evans wurde knallrot. Alle konnten das sehen, trotz der schwachen Beleuchtung. Er war bei der ganzen Besatzung für sein Schlafvolumen bekannt und hatte schon den Spitznamen RiF bekommen, für: Ruhe in Frieden. »Ich muß mich jetzt noch um ein paar andere Dinge kümmern. Da der Erste Offizier verletzt ist, wird der Navigationsoffizier die Leitung übernehmen.« Richter blickte hinüber zu Kapitänleutnant Enzo Raschello. »Okay, Enzo?«

»Jawohl, Herr Kap'tän.«

»Wir müssen alle das Beste aus der Situation machen.« Mit diesen Worten drehte sich Richter um und ging zurück in die Zentrale. Er hatte keinen Beifall erwartet, aber die Stille, die jetzt herrschte, machte ihm Sorgen. Er mußte darauf achten, daß die Männer ihre Motivation nicht verloren, sonst konnte die Lage wirklich noch sehr ernst werden.

1420A, RFS *Gepard*

Es hatte gerade angefangen zu schneien. Borzhov zitterte und schlug sich mit den Händen gegen die Brust, dann schlang er seine Arme um den Oberkörper, um sich warm zu halten. Da das andere U-Boot nun abgesackt war, war es nicht sinnvoll, sich hier oben zu Tode zu frieren. Er hatte also den Ersten Offizier angewiesen, ihn auf der Brücke abzulösen. Zusammen mit Meltzer kehrte er zurück in das warme Innere der *Gepard*.

»Wie geht's nun weiter, Herr Kap'tän«, fragte Meltzer.

»Wir gehen auf meine Kammer, und ich will von Ihnen keinen einzigen Ton hören, bevor wir da sind«, antwortete Borzhov, dem die Gedanken noch schneller als sonst durch den Kopf schossen. Er hatte über all die Dinge nachgedacht, die sie jetzt zu erledigen hatten, und er wollte sie in der Reihenfolge ihrer Dringlichkeit abarbeiten.

Über die Kollision eine Meldung zu machen war einer der Punkte dieser Liste, aber nicht der vordringlichste. Was sollte denn wohl passieren? Sicher, er hatte gelernt, daß Ehrlichkeit am längsten währte, und er hatte auch an mehreren bitteren Beispielen gelernt, daß Schnelligkeit noch wichtiger war. Tatsache war – daran gab es keinen Zweifel –, daß die Wahrheit immer rauskommen würde, früher oder später.

Die *Uriv Dolgorukiy* mußte gehört haben, was passiert war, und sie mußte sich wohl auch ziemlich genau die Konsequenzen der Kollision im klaren sein. Da die *Gepard* nun nicht weiter an ihrer Erprobung teilnehmen konnte, würde sie wahrscheinlich früher als geplant in den Hafen zurückkehren und eine Meldung abgeben. Es würden auch Teile des US-Bootes zwischen den verbogenen Metallteilen seines eigenen Bootes hängen und gefunden werden, wenn es erst mal zur Instandsetzung ins Dock ging. Man konnte versuchen, das zu vertuschen, aber wenn man nicht große Summen an alle möglichen Leute verteilte, dann würde die Angelegenheit wohl nicht lange geheim bleiben. Und soviel Geld hatte Borzhov nicht. Das Ganze war also sehr einfach: Er mußte über kurz oder lang die Flottenführung über den Vorfall informieren. Nach den internationalen Seefahrtsvorschriften mußte er die Notmeldung für das US-Boot so bald wie möglich absetzen, und unter normalen Umständen hätte er das auch getan. Die Leute, die solche Vorschriften machten, hatten dabei allerdings nicht an geheime U-Boot-Operationen gedacht, das war schon mal klar. Darüber hinaus hatte das Ganze auch eine politische Dimension. Was auch immer Meltzer sich als Wachhabender Offizier der *Gepard* bei seinem Vorgehen gedacht haben mochte – was er gerade getan hatte, konnte man natürlich als die absichtliche Versenkung eines Seefahrzeugs einer fremden Nation deuten. Wenn eine angespannte Phase diesem Zwischenfall vorausgegangen wäre, hätte man alles auch als einen kriegerischen Akt einstufen können. Das Ganze war eine Aufgabe, die weit über Borzhovs Hutschnur ging. Das war Sache des Hauptquartiers, mindestens; wahrscheinlich sogar für die Leute in Moskau. Wenn er jetzt einen Notruf auf öffentlichen Frequenzen abgab, dann war die Bombe geplatzt. Es würde dem russischen Hauptquartier die Möglichkeit nehmen, in angemessener Weise zu reagieren. Borzhov mußte also dafür sorgen, daß die zuständigen Herren zu Hause Zeit für ihre Reaktion bekamen.

Es gab noch einen weiteren Aspekt, der ihn beunruhigte. Was war, wenn es da unten in dem US-Boot noch Überlebende gab? Nach allem, was er gesehen hatte, mußte die Besatzung ganz schön durcheinander geflogen sein. Trotzdem war es wahrscheinlich, daß einige überlebt hatten. Vermutlich hatten sie die ganze Druckluft zum Auftauchen verbraucht, und ohne die Hauptmaschine würde das Boot nie wieder mit eigener Kraft auftauchen können. Irgendwie kam Borzhov an dieser Stelle gedanklich nicht weiter. Natürlich würden die Amerikaner das Boot irgendwann bergen, und wenn sie es nur taten, damit die streng geheimen Krypto-Verschlüsselungsunterlagen und Geräte nicht in falsche Hände fielen. Und die Umweltschützer würden selbstverständlich fordern, daß der Reaktor geborgen wurde ... Ja, klar, man würde das Boot heben und bergen. Und was würde man sehr wahrscheinlich im achteren Tauchtank finden? Den Großteil seines vorderen Tiefenruders. Es gab keinen Zweifel, Borzhov mußte bei seinem Bericht an das Hauptquartier bei der Wahrheit bleiben. Er mußte genau mitteilen, was geschehen war, und das bald.

Borzhovs Gehirn arbeitete wie rasend, während er zu seiner Kammer ging. Die politische Lage würde schwierig sein, es konnte nicht reichen, in geeigneter Weise zu sagen: »Oh, es tut uns leid.« Rußland hatte in den letzten sechs Monaten immer wieder beim Weltwährungsfonds und bei der Weltbank darum gebettelt, daß die Kredite verlängert wurden. Diese Bettelei zog sich nun immer weiter hin, seitdem sich die ökonomische Situation in den neunziger Jahren so sehr verschlechtert hatte. Da die USA in diesen Organisationen das Sagen hatte, stand es natürlich nach so einem Zwischenfall nicht günstig um die russischen Anträge. Jeder Verzug bei diesen Kreditverlängerungen war kritisch. Er selbst hatte zwar nichts damit zu tun, aber Borzhov hatte gehört, daß im Militär ein Staatsstreich vorbereitet wurde. Dahinter steckte im wesentlichen die Überzeugung, daß der Kapitalismus in Rußland versagt habe. Würde vielleicht diese Kollision mit dem US-Boot dazu führen, daß die ökonomische Situation noch schlechter wurde und ein bewaffneter Aufstand losbrach? Schon der Gedanke flößte Borzhov Entsetzen ein.

Sie waren in Borzhovs Kammer angekommen. Der Kommandant schob Meltzer hinein, schloß die Tür hinter sich und setzte sich an seinen Schreibtisch. Nach einem Augenblick des Schweigens forderte Borzhov Meltzer durch eine Geste auf, Platz zu nehmen. Er hob die Augenbrauen. »Herzlichen Glückwunsch. Das ist vermutlich Ihr erster Versenkungserfolg.« Seine Stimme triefte vor Sarkasmus. »Nennen Sie mich altmodisch, aber ich ziehe es vor, Ziele mit Torpedos oder Flugkörpern zu versenken. Außerdem ist es allgemein üblich, nur feindliche Fahrzeuge zu versenken. Ist Ihnen irgend etwas von kriegerischen Verwicklungen zwischen den USA und Rußland bekannt ... also ich meine, bevor Sie diesen großartigen diplomatischen Coup gelandet haben?«

»Nein, Herr Kap'tän.« Meltzer hatte erwartet, einen ordentlichen Rüffel zu bekommen. Immerhin war er zum Zeitpunkt der Kollision der Wachhabende Offizier gewesen, und er ging davon aus, das Borzhov ihn gehörig anpfeifen würde. Das kannte er schon von vorherigen Kommandos. Er konnte das ertragen; wichtig war, daß der Kommandant seinem Ärger ordentlich Luft machte und sich das Ganze darauf beschränkte, daß man angebrüllt wurde. Allerdings war Borzhov anders. Meltzer hatte noch nie erlebt, daß er auch nur mit erhobener Stimme gesprochen hätte.

»Nein, Herr Kap'tän, das dachte ich mir schon.«

»Haben Sie darüber nachgedacht, bevor Sie mein Boot in diesen Ami reingerammt haben, daß auch wir derjenige hätten sein können, der sinkt?«

Meltzer hatte auch diese Frage schon erwartet und sich eine Antwort zurechtgelegt: »Ja, Herr Kap'tän. Aber unsere Boote sind unglaublich stabil gebaut. Wir sind auch deutlich größer, als das Ziel es war, und ich hatte mir überlegt, daß die Wahrscheinlichkeit, daß wir bei einer solchen Kollision sinken, sehr gering ist. Das ist ja nicht, als ob man gegen einen Felsen rammt ...« Meltzer verstummte, ihm wurde klar, daß er hätte eine bessere Antwort geben können.

»Haben Sie gerade der Tatsache Ausdruck verliehen, daß Sie das 688-Klasse-Boot absichtlich gerammt haben?«

»Nein, Herr Kap'tän, wirklich nicht. Aber ich mußte doch über den Eventualfall nachdenken, und da dachte ich, daß uns nichts Ernstes passieren würde.«

»So, Sie dachten. Schmerzt das, wenn Sie denken?«

Meltzer rutschte auf seinem Stuhl hin und her, aber er konnte keine bequeme Stellung finden. Diese Abkanzelung mit Worten war schlimmer als sonst, und obendrein machte Borzhov den Eindruck, als bereite ihm die Sache auch noch Vergnügen.

»Sie werden mir nachsehen«, sagte Borzhov, »wenn es mich in keiner Weise erleichtert, daß Sie der Meinung waren, daß mein Boot und meine Männer nicht gefährdet waren bei dem, was Sie gemacht haben? Das war nach allen gängigen Maßstäben ein absolut rücksichtsloses Manöver.«

Meltzer hielt die letzte Bemerkung von Borzhov für eine rhetorische Frage und konzentrierte seine Gedanken auf die Minuten, bevor er sich entschieden hatte, auf das US-Boot loszufahren. Der Kommandant hatte ihn in der Zentrale allein gelassen, weil er auf die Toilette mußte. Da mußte der Kommandant öfter hin. Borzhov hatte sich offenbar bei einem Aufenthalt in Wladiwostock mit Amöben-Ruhr oder irgend etwas ähnlichem infiziert, und das war er nie wieder richtig los geworden. Alle Wache gehenden Offiziere wußten das.

»Wie lautet mein ständiger Befehl, wenn ich kurzfristig die Zentrale verlassen muß?« fragte Borzhov.

»Also, Herr Kap'tän, normalerweise sollen wir Kurs, Fahrt und Tiefe beibehalten. Aber in diesem Fall fuhr das Ziel direkt über uns hinweg, und Sie hatten doch vorher genau erklärt, was Sie vorhatten.«

»Ich wiederhole meine Frage: Wie lautet mein ständiger Befehl, wenn ich mal schnell die Zentrale verlassen muß?«

»Wie ich es gerade gesagt habe, Herr Kap'tän.«

»Und was haben Sie gemacht?«

»Herr Kap'tän, unser Auftrag war es ...«

»Erzählen Sie mir nicht, was unser Auftrag war, Herr Meltzer«, unterbrach ihn Borzhov. Es war kaum zu glauben, aber er hatte seine Lautstärke leicht gesteigert. »Ich will von Ihnen kein Wort mehr hören.« Borzhov machte wieder eine Pause. Die Adern auf seinem Hals traten hervor, sein ganzes Gesicht war rot unterlaufen. Das erstaunte und verängstigte Meltzer. »Sie wußten genau, was ich vorhatte. Nie habe ich auch nur angedeutet, daß wir mit 28 Knoten an die *Tulsa* heranschließen sollten. Oder?« Er senkte seine Stimme und schien sich zu beruhigen. »Geben Sie bloß keine Antwort.« Meltzer sah, wie Borzhov mit beiden Händen sein Gesicht massierte. »Haben Sie schon darüber nachgedacht, was Sie als Zivilist machen wollen?«

So, darauf wollte er also hinaus. Meltzer hatte tatsächlich schon darüber nachgedacht, daß die U-Boot-Fahrerei und vielleicht die ganze Marine für ihn wohl keine Lebensaufgabe waren. Es war klar, daß Borzhov keine leere Drohung ausstieß.

»Holen Sie mir den neuesten Seewetterbericht, dann lösen Sie den IO auf der Brücke ab, und sagen Sie ihm, er möchte zu mir kommen. Ihre Wache ist ja noch nicht zu Ende.« Dann fügte Borzhov noch hinzu: »Informieren Sie mich, sobald der CPA irgendeines Fahrzeuges näher als fünf Meilen wird. Sie werden ja hoffentlich noch wissen, wie man den CPA ermittelt.«

»Jawohl, Herr Kap'tän.«

»Gut. Ich will heute keine weiteren Kollisionen.«

»Nein, Herr Kap'tän.« Meltzer stand auf, sagte aber noch: »Bitte nehmen Sie meine Entschuldigung an für ...«

Der Kommandant hörte aber überhaupt nicht zu, er begann, sein Papier zu bearbeiten, das sauber aufgetürmt in einem Korb auf seinem Schreibtisch lag.

Borzhov blickte auf, als Meltzer die Kammer verlassen hatte, und wandte sich wieder den Dingen zu, die jetzt dringend zu erledigen waren. Der IO mußte inzwischen einen Überblick über die eigenen Schäden haben, aber nach allem, was er wußte, gab es ohnehin keinen Zweifel, daß sie zurück in den Stützpunkt mußten. Vorher wollte Borzhov aber noch das Vorschiff von seinen Tauchern von außen inspizieren lassen. Bald würde es dunkel sein, dann mußte man eben mit Lampen arbeiten. Der Zeitpunkt einer möglichen Tauchuntersuchung hing vom Wetter ab. Seine Gedanken wurden vom Klopfen an der Tür unterbrochen.

»Herein.« Borzhov drehte sich um und sah den IO, Korvettenkapitän Wladimir Zerchev. »Bitte machen Sie doch die Tür wieder zu.«

»Ich hab' hier die Wettervorhersage, Herr Kap'tän.« Zerchev überreichte ein Stück Papier.

»Meltzer hat wohl nicht den Mumm, mir die Wettervorhersage selbst zu überreichen. Ich habe echt die Schnauze voll von dem Blödmann.«

Zerchev war über die Härte der Vorwürfe von Borzhov erstaunt.

»Sie erkennen ja sicher, Herr Kap'tän, daß das eigentlich nicht Meltzers Schuld war? Mir wurde berichtet, daß das US-Boot Kurs geändert hat und uns vor den Steven gelaufen ist.«

»Das weiß ich, aber er hätte niemals Umdrehungen für 28 Knoten machen dürfen. Er hätte überhaupt nichts machen dürfen, bevor ich nicht wieder in der Zentrale war. Das hier ist doch nur der letzte Fall in einer ganzen Serie von Fehlleistungen, die er produziert hat. Der Mann ist eine Gefahr. Das ist der erste Mann, dem ich begegne, der Inkompetenz und Versagen zur Wissenschaft erhoben hat und dabei auch noch ohne jede erkennbare Berechtigung ein hochnäsiges Arschloch bleibt. Für jemanden mit derart geringen Fähigkeiten wäre etwas Bescheidenheit am Platze. Davon ist aber bei Meltzer nichts zu erkennen. Wenn der ein Beispiel für das Niveau der Absolventen der U-Boot-Ausbildung ist, sollten wir und ganz Rußland uns mit dem Gedanken vertraut machen, daß wir bald keine schlagkräftige U-Boot-Flotte mehr haben werden, egal wie viele Boote wir bauen. Also, ich will nicht mehr drüber reden. Was haben Sie Neues?«

»Die ersten Schadenmeldungen sind bestätigt worden, außerdem haben wir zwei Leichtverletzte. Es besteht keinerlei Gefahr, daß wir sinken, aber das Steuerbord-Tiefenruder sitzt völlig fest, und getaucht wird das Boot nicht oder nur sehr schwer zu manövrieren sein.«

»Vielleicht. Ich wünsche, daß unsere Taucher sich das Vorschiff ansehen.« Borzhov sah vom Wetterbericht auf. »Das sieht doch gut aus. Seegang drei, und es wird die ganze Nacht schneien.«

»Ich schicke die Taucher sofort ins Wasser, Herr Kap'tän.«

»Gut. Lassen Sie uns dann entscheiden, wie es weiter gehen soll, wenn wir den Bericht der Taucher haben.«

»Noch ein Punkt, Herr Kap'tän.« Zerchev sah recht angespannt aus.

»Und der wäre?«

»Das 688-Boot hat gerade einen roten Rauchmarker und eine Notfunk-Boje aufsteigen lassen.«

Borzhov zog die Stirn in Falten. »Dann gibt es also Überlebende.« Er machte eine Pause und zog eine Augenbraue hoch. »Ich will nicht, daß die ganze Welt alarmiert ist, bevor unser Flottenkommando Zeit gehabt hat, über die Sache nachzudenken. Die Taucher sollen die Notfunk-Boje einsammeln. Um das Rauchsignal brauchen Sie sich nicht zu kümmern, das sieht doch keiner außer uns. Bitte machen Sie einen Entwurf für unseren Funkspruch an das Flottenkommando, sobald wir die Meldung unserer Taucher haben.«

»Jawohl, Herr Kap'tän.«

»Danke sehr, Wladimir, und halten Sie ein Auge auf Meltzer.«

»Mach' ich.«

1430A, USS *Tulsa*

»Danke, daß du dich noch mal meldest, GB.« Dowlings Stimme klang sehr nasal und flach, mehr noch als das normalerweise bei den stromlosen Telefonen der Fall war.

»Wie sieht's aus, John?«

»Du willst es nicht wissen.«

»Doch, klar doch.«

»Ich habe hier achtern noch zwei weitere Männer verloren.« Dowlings Stimme war nicht nur nasal, er klang absolut mutlos.

»Los, weiter ...«

»Die ersten zwei, Domico und Shaphiro, sind gut in die Schleuse gekommen. Es war etwas eng, da ist kaum Platz für die Beine. Vielleicht hätte ich nicht ausgerechnet Shaphiro nehmen sollen, der Kerl ist glatte ein Meter neunzig groß. Also, die Probleme begannen, als die Schleuse geflutet wurde. Wir drehten das Wasser ab, als es ihnen bis zum Bauch stand, weil es so unheimlich kalt ist. Ich konnte über das BÜ hören, wie sie mit den Zähnen klapperten. Ich habe versucht, die Männer davon zu überzeugen, daß sie weitermachen müssen, aber sie haben sich schlichtweg geweigert. Also habe ich das Ventil von außen geöffnet. Als die Blubbergrenze erreicht und damit genug Wasser in der Schleuse war, da waren sie so durchgefroren, daß sie nicht mehr in der Lage waren, das Ventil für die Druckluft zum Druckausgleich zu öffnen. Also haben wir das auch von außen gemacht. Ich habe das Ventil dann dicht gedreht, als die Druckanzeige von außen und in der Schleuse den gleichen Wert anzeigten. Dann habe ich ihnen gesagt, sie sollen ausschleusen.«

Dowling schwieg, und Richter stützte seinen Kopf mit den Händen. Es bedurfte keiner weiteren Erläuterung, ihm war klar, daß dieser Ausschleusversuch in einem Desaster geendet hatte.

»Ich konnte nicht richtig verstehen, was sie sagten«, fuhr Dowling fort. »Sie atmeten so schnell, es war mehr ein Nachluftschnappen. So wie es aussieht, ging das Luk nur halb auf ... es war nicht weit genug geöffnet, sie paßten nicht durch ...«

Richter konnte hören, wie Dowling schluckte, seine Stimme war plötzlich von seiner Erregung gefärbt. Es hörte sich an, als finge er an zu weinen.

»Sie waren schon viel zu ausgekühlt, um noch aktiv an dem Geschehen teilzunehmen ... Shaphiro ist ein starker Kerl, aber auch er konnte nicht ...«

Richter hörte, wie Dowling sich die Nase putzte und sich schneuzte.

»Ich wußte nicht, was ich machen sollte. Schließlich habe ich mich entschlossen, die Schleuse nach innen zu entleeren, um sie da raus zu kriegen. Also hab' ich Maat Willmot beauftragt, mit der Handhydraulik das Außenluk der Schleuse wieder zu schließen. Erst als ich im BÜ hörte, wie Shaphiro schrie, wurde mir klar, daß Domico im Luk stecken geblieben war ...«

Dowlings Bericht endete in fortgesetztem Weinen.

Richter war durch das, was er gerade gehört hatte, sehr beunruhigt, er versuchte erneute Kontaktaufnahme: »John?«

»Ja, GB«, antwortete Dowling. Er hatte sich wieder gefaßt.

»Ich muß wissen, wie es nun mit der Schleuse bei euch aussieht«, fragte Richter abrupt, obwohl es ihm schwerfiel, in so einem Augenblick so sachlich zu sein.

»Ausgefallen, Herr Kap'tän. Sie enthält jetzt viel Wasser, zwei Tote, und das Außenluk der Schleuse kann nicht geschlossen werden. Einer der Toten ist eingeklemmt. Willmot hat die Hydraulik bis auf 240 bar hochgepumpt, er hatte gehofft, das, was das ordnungsgemäße Schließen der Schleuse verhinderte, durch Druck überwinden zu können. Es war aber nicht erfolgreich. Weitere Einzelheiten will ich mir sparen.«

»Habt ihr versucht, ob das Luk frei kommt, wenn ihr den Druck von der Hydraulik nehmt?«

»Nein, noch nicht, aber wir werden das machen. Ich fürchte, daß das aber auch die letzte Möglichkeit ist, die wir noch ausprobieren können.« John schneuzte sich wieder und wechselte das Thema. »Hört sich meine Stimme für dich fremd an? Mir selbst kommt sie komisch vor.«

»Wie ist der Wasserstand jetzt da achtern?« wollte Richter wissen.

»Bis zu meinen Knien.«

»Dann muß der Druck ja so ungefähr jetzt bei zweieinhalb bar liegen. Das reicht aus, da hört sich die Stimme seltsam an.« Richter war sich bewußt, daß seine Erfahrung als Taucher ihm schon in den seltsamsten Zusammenhängen geholfen hatte. Noch ein paar Atmosphären mehr Druck, und die langsam einsetzende Bewußtlosigkeit, von dem verstorbenen Jacques Cousteau so eloquent als »Tiefenrausch« bezeichnet, würde eine segensreiche Erleichterung für John sein. Richter hatte selbst schon diese beginnende Bewußtlosigkeit erlebt, und er war sich sicher, daß das eine gute Weise war zu sterben. Es war einer Überdosis an Schlaftabletten vergleichbar. Leider war es aber wohl so, daß die Unterkühlung John schon früher zu Tode bringen würde. Das erschreckte Richter, er haßte die Kälte. Herr Gott, es tat ihm leid um John. Er kannte dessen Furcht vor dem Wasser; ein solcher Tod war das letzte, was er ihm gewünscht hätte. Wenn die Ausstiegsschleuse nicht wieder zum Funktionieren gebracht werden konnte, dann gab es keinen Weg für John, um herauszukommen. Die Maschinisten alle in die vordere Abteilung zu holen kam nicht in Frage. Damit wäre die ganze Besatzung gefährdet. Was um Himmels willen sollte er bloß Marie sagen?

Richter hatte eine gewisse Schwäche für Johns Frau und das schon seit Jahren. Sie hatten für mehrere Monate eine Art Verhältnis gehabt, dann hatte er das aber beendet. Erst später war John aufgetaucht und hatte Marie nach einiger Zeit die entscheidende Frage gestellt. Marie war ganz versessen auf das Heiraten gewesen, aber er, Richter, war damals noch nicht soweit – und war es immer noch nicht. Dennoch, als sie ihm von ihrer Verlobung mit John erzählte, war er eifersüchtig gewesen, völlig irrational, denn er hatte eine solche Verbindung für sich selbst ja abgelehnt. Trotzdem war er ganz klar eifersüchtig gewesen, nicht etwa sauer, und deswegen hatte er Johns Bitte nicht abgelehnt, als Trauzeuge zu fungieren. Eines Tages wollte er sich hinsetzen und in Ruhe die Gründe für diese Gefühle analysieren. Marie war eine Art Frau, die aussah wie jede andere auch, es war äußerlich nichts Besonderes an ihr. Seine seltsame Haltung hatte also nichts mit Schönheit zu tun und auch nicht damit, daß sie eine freundliche, verständnisvolle Frau war. Diese Eigenschaften hatte sie tatsächlich erst im Laufe der Jahre entwickelt. Tatsache war, daß sie eine starke Sexualität ausstrahlte. Er brauchte nur in einem Raum mit ihr zu sein, schon regte sie ihn an. Richter hatte das noch nie vorher oder hinterher bei einer Frau erlebt. Das ist eines der kleinen Rätsel des Lebens, dachte er.

»Laß uns den Tatsachen in die Augen sehen, GB, ich werde hier nicht mehr rauskommen.« John hörte sich jetzt ruhiger an, wenn auch seiner Stimme deutlich anzuhören war, daß er vor Kälte bibberte.

Es hat keinen Zweck, jetzt noch drum herum zu reden, dachte Richter.

»Nein, John, es sieht schlecht aus. Wenn es für dich irgend etwas bedeutet, ich schätze meine eigenen Chancen nicht viel besser ein, wenn es uns nicht gelingt, dem Rest der Welt mitzuteilen, wo wir sind.«

»Was ist denn mit dem Russen? Wo ist der?«

»Keine Ahnung. Wir haben ein Rauchsignal und eine Notfunk-Boje ausgestoßen. Wenn er noch oben aufgetaucht ist, weiß er, daß wir hier sind und daß es noch Überlebende in dieser Blechdose gibt.«

In einer Zeit der Satellitenkommunikation, zu der jeder Küstensegler Zugang hatte, konnte er noch nicht einmal der U-Boot-Führung in Norfolk mitteilen, daß er in Schwierigkeiten steckte? Nicht daß es keine geeigneten Geräte gegeben hätte, die Technologie war durchaus vorhanden. Es gab in der Marine eine gewisse Anzahl von Seenot-Funkbojen, die auch von Satelliten empfangen werden konnten. Aber es waren nur wenige davon vorhanden, und auf diesen Einsatz waren keine mitgegeben worden.

»Und was ist, wenn der Russe getaucht ist?«

»Wie meinst du das?«

»Hast du daran gedacht, das Sonar zu benutzen?«

Richter dachte einen Augenblick nach. Er konnte den Russen nicht mit dem Hauptsonar anpingen, weil das an der Stromversorgung durch die Generatoren hing. Aber das BNQ-13, der Sonarnotsender, der lief auf Batterien.

»Danke, John, ich werden das vordere BNQ-13 anschmeißen lassen. Achtern habt ihr auch eins, der Schalter ist gleich an der Notausstiegsschleuse. Es kann nicht schaden, wenn ihr das auch anstellt. Die Dinger senden mit 80 Dezibel oder so, die Russen müßten taub oder Meilen entfernt sein, wenn sie das nicht hören.« Richter fühlte sich etwas besser.

»Nochmal zurück zu dem, was ich schon sagte, GB. Es sieht im Augenblick nicht so aus, als wenn ich hier lebend rauskommen werde. Deine Chancen stehen da etwas günstiger, würdest du mir einen Gefallen tun?«

»Frag nur, na klar, John.« Richter bemerkte eine Bewegung neben sich und sah, daß Kapitänleutnant Raschello die Zentrale betreten hatte. »Einen Augenblick mal, John. Was gibt's, Enzo?«

»Wir haben ein ernstes Problem, Herr Kap'tän. Die Verteilgeräte funktionieren nicht.«

»Wie bitte?«

»Die Dinger laufen nur auf Wechselstrom, und den haben wir nicht mehr.«

»Um Himmels willen ... wer zum Teufel hat die denn konstruiert? Jeder Idiot kann sich doch überlegen, daß wir keinen Wechselstrom mehr haben, wenn wir die Verteilgeräte benutzen müssen.« Er versuchte, einen klaren Gedanken zu fassen, aber er schaffte es im Augenblick nur, seiner Frustration Ausdruck zu geben. »Wir haben genug Saft in den Hauptbatterien, um die *Tulsa* Gott weiß wie viele Meilen durch das Wasser zu treiben, und Sie melden mir jetzt, daß wir diese verdammten Verteilgeräte nicht betreiben können? Toll.«

Richter bedauerte seine Reaktion sofort. Das half aber Enzo auch nicht weiter.

»Was können wir denn jetzt noch machen?«

»Also, Herr Kap'tän, nach den Vorschriften sollen wir die Kanister mit dem Lithiumhydroxyd aufbrechen und das Zeug an Deck verteilen.«

»Na, das sollten wir denn ja wohl am besten machen.« Er dachte noch einen Augenblick nach. »Nein. Warten Sie noch. Ich komme gleich runter.« Richter machte eine Pause und sah auf Raschello. »Was wissen Sie über den Sachstand achtern im Boot?«

»Ich habe gerade genug gehört, Herr Kap'tän, ich weiß, daß es schlecht aussieht.«

»Okay. Behalten Sie es für sich. Und schalten Sie das BNQ-13 ein.«

»Jawohl, Herr Kap'tän.«

Enzo ging, und Richter ergriff wieder das stromlose Telefon. »Was kann ich also für dich tun, John?«

»Kümmer dich um Marie und die Kinder. Du bist ja sowieso so eine Art zweiter Vater in unserer Familie, und mir ist das wichtig.«

Richter konnte das unmöglich ablehnen. Er würde alles für Marie und die beiden Jungen tun … aber erst mußte er aus diesem Sarg rauskommen.

»Sicher, doch, John. Das ist mir eine Ehre, wenn Marie nur damit einverstanden sein wird.«

»Das wird sie. Wir haben schon über diesen Fall gesprochen. Du weißt ja, daß sie eigentlich dich haben wollte, aber du hast ja die Flucht ergriffen.«

Richter konnte John kaum noch verstehen, so klapperten seine Zähne. »John, paß auf, ich muß jetzt in die Mannschaftsmesse. Du wirst es nicht glauben, aber diese Verteilgeräte laufen nur mit Wechselstrom.«

»Ja, ja, das Leben ist eine Hure … bis es fast zu Ende ist. Scheiße, mir ist vielleicht kalt, ich kann meine Füße überhaupt nicht mehr spüren. Bleib nicht zu lange weg, GB.«

»Ich bin gleich wieder da. Oh, du, John, man kann das vorne hören, wenn achtern Druckluft in die Schleuse geblasen wird. Mach das doch bitte noch ein paarmal. Das wird die Moral vorne stärken. Nur zuviel Luft darfst du nicht verschwenden, die brauchen wir vielleicht noch.«

»Okay, GB.«

Als John den Hörer auflegte, begann gerade das BNQ-13 alle fünf Sekunden einen scharfen Puls auszusenden. Im Gegensatz zur bisherigen Ruhe im Boot war das etwas, an das man sich erst gewöhnen mußte. Richter wischte sich die Augen aus, erhob sich langsam und ging zur Mannschaftsmesse.

Als Richter eintrat, sah er eine Gruppe Männer mit Schraubendrehern und anderen Werkzeugen, sie standen um einen der Tische. Auf dem Tisch stand eine große, zylinderförmige Maschine, die schon halb auseinander gebaut war. Enzo kam zu ihm.

»Der Elektrotechnikmeister glaubt, er kriegt das Verteilgerät zum Laufen, Herr Kap'tän.«

»Prima. Würden Sie mir einen der Kanister mit dem Lithium besorgen, bitte?«

Enzo ging zu einem der anderen Tische, nahm eine graue Dose in die Hand und kam zurück. »Hier, das ist so'n Ding. Sechseinhalb Pfund Lithiumhydroxyd.«

»Was wissen Sie noch von Chemie?«

»Na, ich weiß doch noch dies und jenes.«

»Korrigieren Sie mich, wenn ich nicht recht habe. Dies Zeug ist doch ein stark reagierendes Alkali, nicht wahr?«

»Ja, genau. Das ist genauso gefährlich wie kaustisches Soda. Wohl sogar noch gefährlicher.«

Richter schüttelte einen der Kanister, er konnte hören, wie das Granulat innen im Kanister hin und her rutschte. Er sah das Etikett auf dem Kanister genauer an: Er war 1989 hergestellt. Das Zeug lagert also schon über zehn Jahre in dem Kanister, dachte er.

»Lassen Sie uns einen Kanister aufmachen«, befahl er dann.

Enzo ging zu dem anderen Tisch und kam mit einem großen Schraubendreher zurück. Den schob er unter den mit Silikon abgedichteten Deckel des Kanisters und drehte ihn hin und her. Der Deckel löste sich und fiel ab. Man konnte ein Metallgitter sehen, und darunter schien eine Lage Filterpapier zu sitzen. Richter nahm den Kanister in die Hände, drehte ihn um und schüttelte ihn kräftig. Feines, staubförmiges weißes Pulver fiel aus der Öffnung. Er bückte sich und roch an dem Staub, aber sofort schreckte er zurück und rang um Atem. Er bekam starke Kopfschmerzen, ihm wurde schwindelig, und er ließ sich auf Hände und Knie sacken. Dadurch atmete er noch mehr von dem Zeug ein. Er kroch weg von dem Lithiumhydroxyd, dabei keuchte er und seine Augen schmerzten.

»Scheiße!« schrie er und griff nach seinem Taschentuch, das inzwischen eine Art blutgetränkter Pfropfen war. In der Mannschaftsmesse schwiegen alle. »Holen Sie mir einen Lappen oder ein Handtuch oder sonst irgendwas, mit dem ich mir die Augen auswischen kann, um Himmels willen!«

Enzo reichte ihm ein Papiertuch, und Richter wischte sich die stark tränenden Augen.

»Da haben wir schon mal eine weitere klare Entscheidung. In keinem Fall möchte ich das Höllenzeug an Deck verteilen.« Richter stand langsam wieder auf. »Das Arschloch, das sich so was ausgedacht hat, möchte ich mal persönlich treffen. Meine Herren, wir müssen uns eine andere Methode ausdenken. Dieses Zeugs in den Kanistern ist nicht zu benutzen. Das heißt, es hängt alles an Ihnen, E-Meister.«

»Es wird wohl etwas dauern, Herr Kap'tän. Viele Werkzeuge, die ich brauche, sind im Achterschiff.«

»Tun Sie, was Sie tun können. Mehr kann auch ich nicht erwarten.«

»Kann ich den Ventilator aus dem Batterieraum benutzen?«

Richter dachte einen Augenblick nach. »Ja, wir werden die Batterien für die nächste Zeit doch nicht mehr laden. Sie können das Ding nehmen.«

Richter war sich völlig darüber im klaren, daß John wohl nur noch ein paar Minuten zu leben hatte, aber er fühlte sich gezwungen, sich erst um das Problem der Atemluftzusammensetzung zu kümmern und ein Gefühl dafür zu bekommen, wie lange sie alle noch hier im Boot ausreichend Atemluft haben würden. Er wurde in seiner Hoffnung, daß achtern noch jemand am Leben war, dadurch bestätigt, daß er wieder das Geräusch der Druckluft hörte, die in die Schleuse eingeblasen wurde. Vorne in der Messe waren zwei Stapel mit Kanistern aufgebaut worden, der eine bestand aus Lithiumhydroxydkanistern und der andere aus »Kuchen« von chlorsaurem Kalk, die man in einem besonderen Ofen »verbrennen« konnte. Dabei sollte Sauerstoff frei werden. Allerlei anderes Gerät war auf einem Nachbartisch zusammengetragen, mehr und mehr wurde von der Besatzung herangeschleppt. Richter sah sich das alles an und traf auf Kapitänleutnant Schwartz, der neben dem IO hockte. Er winkte ihn zu sich.

»Harvey, Sie übernehmen die Überwachung der Atemluft. Dokumentieren und steuern Sie die Zusammensetzung, soweit das geht. Besorgen Sie sich das Handbuch über die Atemluftzusammensetzung. Ich glaube, da ist ein Exemplar in der Offiziermesse, vielleicht hat aber auch Enzo sie schon genommen. Sie müssen genau nachlesen, wie wir dieses Zeug hier einsetzen sollen.« Er sah auf den immer noch wachsenden Berg von Geräten. »Da werden Sie sich helfen lassen müssen, weil das auch eine Sache ist, die rund um die Uhr klappen muß. Melden Sie mir, wenn Sie sich sicher sind, wie Sie das machen wollen. Noch eins – prüfen Sie, ob da ein Tiefenmesser für Taucher bei unseren Sachen ist. Wenn nicht, besorgen Sie sich einen aus der Taucherlast.«

»Mache ich, Herr Kap'tän.«

Richter sah sich noch einmal in der Messe um und rief den Navigationsoffizier zu sich.

»Enzo, wieso wird den Verletzten keine Erste Hilfe gegeben?«

»Ich habe dem bisher keine hohe Priorität eingeräumt, Herr Kap'tän. Ich habe bisher all das zusammensuchen lassen, was wir hier benötigen, und ...«, er machte eine Pause, »also, Herr Kap'tän, wir sind doch alle darin nicht besonders ausgebildet, wenigstens hat da keiner in letzter Zeit irgendeinen Lehrgang gemacht.«

»Das kann doch nicht wahr sein! Setzen Sie sofort den COB darauf an. Sie kennen seine Personalakte, es gibt überhaupt keinen Lehrgang in der Marine, den der noch nicht wenigstens einmal gemacht hätte. Außerdem wird er genau wissen, wer hier in der Besatzung sonst noch irgendwelche medizinischen Kenntnisse hat. Wenn ich mich recht entsinne, sind es außer dem toten Richards noch vier Männer, die eine Ausbildung in Selbst- und Kameradenhilfe erhalten haben.«

»Jawohl, Herr Kap'tän.« Enzo dampfte ab, um Oberstabsbootsmann Steadman zu suchen.

»Noch eins, Enzo.«

Der Navigationsoffizier blieb stehen und sah sich nach Richter um.

»Steadman soll auch die Sache mit den Verletzten und Toten organisieren. Der SAN-Bereich ist viel zu klein für alle. Lassen Sie in der O-Messe Matratzen auslegen. Ich will, daß da eine Sammelstelle für alle Verwundeten eingerichtet wird. Diejenigen, die noch gehen können, sollen in ihren Kojen bleiben. Im Augenblick kommen wir zurecht, wenn wir nur die Unverletzten hier zur Arbeit einteilen. Und sammeln Sie alle medizinischen Bücher, die Sie finden können! Dann haben wir was zum Lesen!«

Richter hatte jetzt schon einige Zeit keinerlei Geräusche mehr von der achteren Notschleuse gehört. Er hatte aber keine Ausrede mehr und mußte zurück in die Zentrale. Er hielt einen Augenblick inne. Er fürchtete, er würde von achtern keine Antwort mehr bekommen, oder, noch schlimmer, er würde Johns letzte Worte hören. Was sollte John das alles noch nützen? Richter versuchte, sich in die Lage Johns zu versetzen. Er hatte das Wichtigste schon gesagt, die Sache mit Marie und den Kindern. Richter war nicht so ganz klar, was John gemeint hatte, als er »kümmer dich um« gesagt hatte. Aber das konnte er später klären. Konnte es sonst noch etwas Wichtiges geben, das John zu sagen hätte? Ja, doch, das war möglich. Richter schlängelte sich durch den Haufen Geräte, die in der Messe aufgehäuft waren, und ging in die Zentrale. Er drehte die Kurbel an dem stromlosen Telefon und lauschte. Keine Antwort. War er zu spät gekommen? Dann hörte Richter den langsamen Atem von John.

»Maschinenleitstand«, meldete sich John. Seine Stimme klang angestrengt, als ob er gleichzeitig seufzen und sprechen wollte. Wenigstens hörte es sich nicht so an, als ob er fröre. Das Klappern der Zähne, das beim letzten Mal seine Stimme so entstellt hatte, war weg. Richter wußte auf einmal nicht mehr, was er noch sagen sollte.

»Du wolltest ja, daß ich dich wieder anrufe, John, hier bin ich.«

Wieder eine Pause.

»Ich wollte dir noch sagen ... ich hab' noch so'n bißchen Geld ...«

Das ist echt nicht so einfach, dachte Richter, sein Freund konnte kaum noch sprechen. »Was meinst du mit Geld, John?«

»Das ist für Marie und die Kinder ... und, natürlich, jetzt auch für dich.«

Richter war verwirrt, John hatte kein Geld, er mußte wohl unter Halluzinationen leiden. »Ich habe da ein Guthaben bei Schwab – da hab' ich mal das Geld eingezahlt, das du mir für das alte Auto gegeben hast. Ich habe nie was davon ausgegeben ... Komisch, ich hatte schon damals ein schlechtes Gefühl, als ich es von dir angenommen habe, und jetzt gehört es wieder dir.«

Richter dachte einen Augenblick nach. Er konnte sich nicht mehr genau erinnern, wieviel er für die nutzlose Kiste bezahlt hatte, aber es waren um die 7000 Dollar gewesen. Wenn John es in einem durchschnittlichen Aktienfonds angelegt hatte, mußte sich das Geld mindestens verzehnfacht haben. Das würde schon mal einen Großteil der Kosten für die Ausbildung der Kinder abdecken.

»Marie weiß das alles.«

Es trat eine längere Stille ein.

Richter bekam Angst: »Bist du noch da, John?«

Sofort wurde ihm klar, was für eine blöde Frage er gestellt hatte. Wo sollte John wohl hin?

»Ich bin sehr müde, GB.« Stille. »Ich werde einen Augenblick schlafen. Mach dir keine Mühe, mich zu wecken.«

Bevor Richter noch irgend etwas sagen konnte, hörte er ein lautes Platschen im Wasser. Dann war wieder Stille. Er war allein in der Zentrale und begann zu weinen.

1900A, USS *Tulsa*

Das Bedürfnis nach Schlaf hatte Richter in den Klauen. Alles andere schien ihm unwichtig, außer der Sache mit der Zusammensetzung der Atemluft. Es klopfte an seiner Kammertür, und Kapitänleutnant Schwartz sah herein.

»Sie wollten Meldung haben, wenn ich das Problem Atemluft geklärt habe, Herr Kap'tän.«

»Kommen Sie rein, Harvey.«

Schwartz schleppte ein ganzes Bündel Bücher mit sich und mehrere Seiten Papier, die mit Notizen und Strichen bedeckt waren.

Richter bot ihm einen Platz an seinem Schreibtisch an. »Zeigen Sie mal, was Sie haben.«

»Bei der Atemluftzusammensetzung wird das Kohlendioxyd mit Abstand unser größtes Problem sein.« Schwartz durchsuchte seine Blätter und zog eine Seite hervor, die voller Gleichungen war. »Wenn der E-Meister das Verteilgerät hinkriegt, werden wir trotzdem nur ein funktionierendes Verteilgerät und 155 Kanister mit Lithiumhydroxyd haben. Nach den schlauen Büchern hier müßten wir damit so gerade etwa vier Tage auskommen.«

»Haben Sie diese Berechnungen noch mal geprüft?«

»Enzo und ich, alle beide, ja, wir haben das beide durchgerechnet. Der Sauerstoff ist nicht das Problem, mit unseren Vorräten sollten wir über zwei Wochen auskommen. Druck muß auch kein Problem werden, solange der ganze Druckkörper und das Schott nach achtern dicht bleiben. Nach dem Tiefenmeßgerät für Taucher haben wir jetzt gerade mal den gleichen Überdruck wie in 60 Zentimeter Wassertiefe, und der Druck ist ziemlich konstant. Wir haben auch keinerlei Lecks von Seewasser oder Druckluft gefunden. Wenn wir aber über die Notschleuse ausschleusen müßten, dann wäre das schwierig. Wir liegen tiefer als die vorgesehene Obergrenze für die Steinke-Hauben. Außerdem wird bei jedem Schleusengang der Druck im Boot steigen, und das bedeutet, daß die letzten Leute, die ausschleusen, wahrscheinlich die Taucherkrankheit bekommen.«

Irgendwie fühlte Richter sich erleichtert. Seine Entscheidung, die Leute achtern über die Notschleuse ausschleusen zu lassen, war eine verzweifelte Maßnahme in einer Situation ohne Alternativen gewesen. Es war eben so, daß die Maschinisten achtern kaum eine Chance gehabt hatten, egal ob sie nun den Schleusenversuch machten oder nicht. Bedauerlich war nur, daß er John nicht noch dieses traumatische Erlebnis des gescheiterten Ausschleusversuches erspart hatte. Auf der anderen Seite war natürlich die Lage, so wie es jetzt aussah, noch deutlich schwieriger als erwartet. Das Ausschleusen war, wenn überhaupt, nur eine allerletzte Möglichkeit. Richter wollte über die ganze Sache noch einmal in Ruhe nachdenken, nachdem er seinen erschöpften Geist und Körper hatte ausruhen können.

»Wie viele von den Verletzten werden wohl überleben?«

»Ich weiß es wirklich nicht, Herr Kap'tän. Der COB betreut sie und versucht, die Schwerverletzten von den anderen zu trennen. Bei Zweien sieht es wirklich schlecht aus, sie sind bewußtlos. Aber auch wenn sie sterben, wird das an unseren Zahlen für die Atemluft wenig ändern.«

»Ich habe auch ein paar Berechnungen angestellt.« Richter öffnete eine Schublade und zog eine Seekarte hervor. »Wir sind hier«, sagte er und zeigte auf einen Ort westlich der Bäreninseln. »Ohne schwarzmalen zu wollen, sind wir leider weit von jedem Hafen entfernt, was unsere Rettung anbetrifft: es sind 1400 Meilen nach Glasgow, 780 Meilen nach Trondheim und noch weiter nach Stavanger. Ich weiß auch nicht, ob ein C5-Transportflugzeug auf dem Flugplatz in Trondheim landen kann.«

»Wahrscheinlich nicht, Herr Kap'tän. Ich glaube, daß Bergen und Stavanger für solche Fälle vorgesehen sind.«

»Wenn es wirklich darauf ankommt, werden sie vielleicht doch in Trondheim landen.« Richter machte eine Pause. »Ich möchte, daß Enzo an unserem Gespräch teilnimmt. Bitte holen Sie ihn.«

Schwartz kam kurz darauf mit dem Navigationsoffizier zurück.

Richter nahm den Faden wieder auf, nachdem er Enzo kurz eingewiesen hatte: »Es wird 60 Stunden dauern, das DSRV zu einem dieser Häfen zu bringen. Nehmen wir mal an, daß wir oder die Briten es schaffen, ein MOSUB in der gleichen Zeit nach Trondheim zu bringen. Rechnen wir – optimistisch! – noch 12 Stunden hinzu, um das Rettungssystem vorzubereiten und auf das U-Boot zu setzen. Bei 10 Knoten Fahrt über Wasser kommen wir insgesamt auf 150 Stunden. Das sind sechs Tage und sechs Stunden.«

»Von dem Zeitpunkt an, an dem sie bemerkt haben, daß wir gesunken sind«, bemerkte Enzo.

»Ja, genau.«

Schwartz sah auf und starrte Richter an. »Herr Kap'tän, haben Sie eine Vorstellung, wann das der Fall sein wird?«

»Nein. Das hängt von den Russen ab. Die haben vielleicht schon den Alarm ausgelöst. Die Leute auf dem Akula-Boot wissen genau, was passiert ist. Sollten sie schweigen, dann ist vielleicht unsere Notfunk-Boje schon von einer der Wetterstationen auf den Bäreninseln empfangen worden. Aber die sind 30 Meilen weg, das ist vielleicht etwas weit. Wahrscheinlicher ist, daß die Boje von irgendeinem Flugzeug gehört wird. Die Flüge nach Spitzbergen müßten ziemlich genau über uns weg gehen, und da gibt es bestimmt mehrere am Tag. Also, ich nehme an, daß unsere Lage bald klar sein wird. Dennoch, wir müssen der Tatsache ins Auge sehen, daß wir deutlich länger hier unten überleben müssen, als Ihre schlauen Gleichungen das vorhersagen. Wir müssen unseren Kohlendioxydausstoß so weit verringern wie möglich. Gute Ideen dazu?«

»Ich wünschte, der Doc wäre noch da, der wüßte bestimmt gut Bescheid«, dachte Harvey laut. »Enzo, steht da was in den medizinischen Büchern?«

»Ich habe nichts drüber gefunden.«

»Da ist ein kurzer Abschnitt in dem Handbuch über die Atemluftzusammensetzung, aber der hilft nicht viel weiter«, antwortete Schwartz. »Ganz offenbar produziert man die geringste Menge Kohlendioxyd, wenn man schläft.«

»Dann werden wir dafür sorgen, daß alle möglichst viel schlafen. Gibt es Schlafmittel im SAN-Bereich?« fragte Richter.

»Das nehme ich an, ich prüfe das«, antwortete Enzo.

»Gut. Behalten Sie aber alles für sich. Die Stimmung ist nicht gerade super im Augenblick, selbst wenn jeder zu tun hat. Wenn erst einmal alle zur Ruhe kommen, könnte es wirklich noch ein Problem geben. Die Lage ist ernst, aber nicht hoffnungslos. Wir haben uns noch keine Gedanken über alternative Rettungsmöglichkeiten gemacht, die vielleicht schneller hier eintreffen könnten. Das schwedische Gerät, ich glaube, man nennt das Urf, ist natürlich näher dran. Es gibt also Licht am Ende des Tunnels.«

Richter versuchte zu lächeln, aber es sah sehr aufgesetzt aus. Außerdem hat es zur Folge, daß wieder ein Blutrinnsal von seiner Schläfe über die linke Wange lief. Er wischte es mit der Hand fort. »Ich will mich jetzt waschen und etwas schlafen. Sie sollten das auch tun.«

»Ja, das machen wir, Herr Kap'tän«, sagten die Kaleus wie aus einem Mund. »Gute Nacht.«

»Fast hätte ich es vergessen«, fragte Richter plötzlich, »hat der E-Meister das Verteilgerät in Gang bekommen, Harvey?«

»Er war noch dabei, es zusammenzubauen, als ich ging. Aber er meinte, es würde wohl klappen.«

»Was wollte er denn mit dem Ventilator aus dem Batterieraum?«

»Da ist ein Gleichstrommotor drin. Die einzigen anderen Gleichstrommotoren im ganzen Vorschiff stecken in den Torpedos, und wir dachten, Sie würden es wohl nicht so gerne sehen, wenn wir die auseinanderbauen.«

»Ja, da habt ihr richtig gedacht. Mir ist klar, daß wir alles wagen müssen, aber ich wäre froh, wenn wir nicht die Torpedos auseinanderschrauben müßten.«

Harvey sah auf seine Uhr und dann auf Richter. Er hatte offenbar Probleme, die Augen offen zu halten.

»Der E-Meister sollte jetzt mit dem Ding fertig sein. Ich melde nur, wenn er keinen Erfolg hatte.«

»Vielen Dank, Harvey. Und richten Sie dem E-Meister ein ›gut gemacht‹ von mir aus. Er hat einen Orden verdient, wenn das klappt. Gute Nacht, meine Herren.«

1910A, RFS *Gepard*

»Herein.«

Korvettenkapitän Zerchev betrat Borzhovs Kammer mit seinem Entwurf für den Funkspruch.

»Hier habe ich den Entwurf für das Flottenkommando, Herr Kap'tän«.

»Gut, nehmen Sie Platz.« Borzhov las den Funkspruch und änderte ein paar Stellen mit roter Tinte. »Wir haben also größere Schäden, als wir ursprünglich angenommen haben?«

»So sieht es wohl aus, aber es sind nur Schäden an der Außenhülle. Der Druckkörper ist heil, Herr Kap'tän.«

»Sie empfehlen als Höchstfahrt 10 Knoten?«

»Das ist wegen der Steuerbord-Torpedorohre. Wenn uns da noch was wegbricht, könnten wir sogar einen Torpedo verlieren.«

»Sind die Taucher aus dem Wasser?«

»Ja, Herr Kap'tän. Sie haben die Schäden untersucht und außerdem diese Notfunk-Boje der Amerikaner eingesammelt und abgestellt.«

»Gut, so werden wir etwas Zeit gewinnen, bevor die Amerikaner rauskriegen, was wirklich passiert ist.«

»Wir können jederzeit Fahrt aufnehmen, wenn Sie es wünschen, Herr Kap'tän.«

»Wir wollen diesen Spruch mit hoher Vorrangstufe absetzen«, sagte Borzhov. Er reichte das Papier zurück an Zerchev. »Hier draußen können wir kaum noch etwas Sinnvolles tun, machen wir uns also auf den Weg nach Hause, mit 10 Knoten. Ich löse Sie um acht Uhr ab.«

»Ja!«

Borzhov konnte das breite Grinsen auf Zerchevs Gesicht nicht übersehen. »Sind Sie froh, daß es nach Hause geht?«

»Na ja, Herr Kap'tän, die Begleitumstände könnten natürlich besser sein. Aber Sie wissen ja, daß ich einen vier Wochen alten Sohn habe, den ich ganz gerne mal kennenlernen möchte. Außerdem wird Natasha auch nicht böse sein, wenn sie noch zwei helfende Hände im Haus hat.«

»Ja, sie wird sich freuen.«

Kapitel 2

Freitag, den 29. Oktober

0600A, USS *Tulsa*

Richter drehte sich um und öffnete langsam die Augen. Sein Kopf fühlte sich wie geschwollen an, und er litt immer noch unter diesem stechenden Kopfschmerz, der ihn seit der Kollision quälte. Aber er war nicht mehr so müde. In dem Dämmerlicht, das schwach vom Gang aus in seine Kammer leuchtete, sah er die Silhouette von Kapitänleutnant Schwartz, der gerade gekommen war.

»Guten Morgen, Harvey. Ich habe gar nicht gehört, wie Sie angeklopft haben.«

»Entschuldigen Sie, Herr Kap'tän, ich habe mehrmals geklopft, aber Sie haben nicht geantwortet. Und da habe ich mich entschlossen, hereinzusehen, ob es Ihnen gutgeht.«

»Ich bin okay.« Er setzte sich, und im gleichen Augenblick bedauerte er das. Das Pochen in seinem Schädel wurde noch schlimmer. »Na, wenigstens meine ich, daß ich okay bin. Bitte, Harvey, besorgen Sie mir ein paar Aspirin.«

»Mache ich.« Schwartz drehte sich um und ging in den SAN-Bereich. Kurz darauf kam er zurück, holte ein Glas Wasser aus der Duschecke und reichte es dem Kommandanten zusammen mit den Tabletten. »Hier, bitte sehr, Herr Kap'tän.«

»Vielen Dank.« Richter schluckte die Tabletten mit etwas Wasser. »Na, wie sieht es aus?« Er bemerkte, daß Schwartz auf sein Kopfkissen starrte, und drehte sich um. Die Platzwunde an seinem Kopf hatte offenbar während der Nacht weiter geblutet, und es sah so aus, als habe jemand in seiner Koje einem Hühnchen den Kopf abgeschlagen. Richter entschloß sich, es nicht zu beachten, und wandte sich wieder Schwartz zu.

»Ich habe ein Wachsystem organisiert, und wir handhaben die Atemluftkontrolle jetzt nach Kapitel 13 des Handbuchs. Allerdings bleiben eine ganze Reihe von Fragen unbeantwortet, in zwei Punkten hätte ich gerne Ihren Rat. Aber wenn es Ihnen lieber ist, Herr Kap'tän, kann ich auch wiederkommen, nachdem Sie in Ruhe aufgestanden sind.«

»Gut, Harvey, geben Sie mir zehn Minuten.« Richter erhob sich von seiner Koje, mußte sich aber sofort an dem kalten Stahlrahmen der Koje festhalten, um nicht zu fallen. Ihm schwindelte. »Scheiße! Das fehlt mir noch«, murmelte er vor sich hin. Er nahm sich fest vor, die Dinge etwas langsamer anzugehen als sonst. Er zog sich an und sah in den Spiegel. Das unklare Bild, das er sah, machte ihm aus zwei Gründen Sorgen: Erstens hatte er nie eine Brille gebraucht, jetzt aber sah er alles nur verschwommen, und zweitens sah er noch schlechter aus, als er sich fühlte. Er blinzelte, rieb sich die Augen und war beruhigt, als das Bild im Spiegel etwas klarer wurde. Er überlegte, ob er sich rasieren sollte, entschied sich dann dagegen. Für den Elektrorasierer war kein Saft da, und eine Naßrasur hätte Wasser verschwendet. So oder so, er mußte ein Beispiel geben. Er fand sich also damit ab, ein Künstlerstoppelfeld im Gesicht zu tragen, das er sonst immer verachtet hatte. Auf jeden Fall wollte er aber das geronnene Blut von seiner linken Gesichtshälfte abwaschen. Kaum hatte er sich an seinen Schreibtisch gesetzt, als auch schon Schwartz wieder hereinkam, mit dem Atemluft-Handbuch unter dem Arm.

»Das Problem ist, Herr Kap'tän, daß dies Buch nichts darüber sagt, wie häufig man den Kohlendioxydanteil der Luft messen soll und wann man die Lithiumhydroxydkanister wechseln muß.«

»Und wie haben Sie das in der Nacht gehalten?«

»Wir haben einfach geschätzt, Herr Kap'tän.«

»Benutzen Sie die Draeger-Röhrchen zum Messen des Kohlendioxydanteils?«

»Ja, das ist ja die einzige Methode, die wir haben.«

»Wie viele Röhrchen haben wir denn noch?«

»Wenn nicht der SAN-Meister noch irgendwo welche versteckt hat, dann sind es nur 38, Herr Kap'tän«, antwortete Schwartz.

Er war erstaunt, daß der Kommandant gleich den wunden Punkt erkannt hatte. Jedes Röhrchen konnte nur einmal verwendet werden, das bedeutete, daß man sie sorgfältig einteilen mußte, um die ganze Zeit, die *Tulsa* hier vermutlich auf dem Meeresgrund zubringen mußte, Messungen machen zu können.

»Sobald die meisten Aktivitäten hier beendet sind und das Bootsinnere immer weiter abkühlt, müßte die Produktion von CO_2 weniger werden«, sinnierte Richter. »Wenn erst alles in eine Routine gelaufen ist, dann wird es leichter werden. Wir müssen nur festlegen, wie die Routine im Detail ablaufen soll.« Richter machte eine Pause. »Wann haben Sie denn die Lithiumhydroxydkanister das letzte Mal gewechselt?« Schwartz sah auf ein Stück Papier, das im Umschlag des Handbuches steckte. Aber das war unnötig.

»Noch gar nicht, Herr Kap'tän.«

»Sie haben das Verteilgerät die ganze Nacht mit demselben Kanister laufen lassen?«

»Ja, Herr Kap'tän.«

»Und wie hoch ist jetzt der CO_2-Anteil?«

Schwartz sah wieder auf seinen Notizzettel: »Ungefähr 2,5 Prozent, Herr Kap'tän.«

»Wie hoch war er, als Sie Ihre Messungen begannen?«

»Etwa 0,5 Prozent.«

»Auf welchem Niveau sollen wir den CO_2-Anteil halten? Was sagt das Handbuch?«

»Also, wir müssen wohl unter 6 Prozent bleiben, das ist nämlich der Wert, bei dem das Handbuch sagt, wir müßten unbedingt einen Notausstieg machen.« Schwartz blätterte durch die Seiten und sah dann auf. »Hier ist eine Graphik mit den Auswirkungen von ansteigendem CO_2-Gehalt beim Menschen. Wenn man danach geht, wäre es gut, wenn wir unter drei Prozent bleiben«, ergänzte der jetzt etwas sicherer gewordene Schwartz. »Wenn der Anteil höher steigt, fühlt man sich müde und schlapp und ist unfähig zu arbeiten.«

»Also drei Prozent.« Richter dachte einen Augenblick nach und fuhr fort: »Wenn man die Sache nochmal überdenkt, ist es doch so, daß wir nur die 155 Kanister Lithiumhydroxyd haben und damit nur eine vorgegebene Menge Luft reinigen können. Haben Sie schon mal ausgerechnet, wieviel das ist?«

»Ja, Herr Kap'tän. Ein Kanister Lithiumhydroxyd kann etwa 40 Kubikfuß CO_2 aufnehmen. Nach dem Handbuch produziert die Besatzung etwa 80 Kubikfuß CO_2 pro Stunde. Dann würden also zwei Kanister pro Stunde verbraucht werden.«

»Dann muß man ja kein Genie sein, um zu erkennen, daß wir nach etwa 80 Stunden kein Lithiumhydroxyd mehr haben werden. Das ist ja noch viel weniger Zeit, als wir gestern ermittelt hatten.«

»Es wird dann ja noch etwas dauern, bis der CO_2-Anteil auf 6 Prozent gestiegen ist.«

»Wie lange, was meinen Sie?«

Schwartz sah wieder auf sein Stück Papier. »Ich habe insgesamt 34 Stunden ausgerechnet, Herr Kap'tän, für einen Anstieg von 0,5 Prozent auf 6 Prozent.«

»Aber wir können den Anteil wohl nicht bei 0,5 Prozent halten. Was ist, wenn wir bei 3 Prozent anfangen?«

Schwartz zog einen Taschenrechner aus seiner Brusttasche und tippte auf ein paar Tasten. »Sagen wir mal 19 Stunden, so in etwa, Herr Kap'tän.«

»Gut, das bedeutet aber immer noch, daß wir bis Dienstag morgen hier raus sein müssen. Es gibt nämlich keine Hoffnung, daß unsere Rettung bis dahin schon erledigt sein könnte. Also werden wir über die Notschleuse aussteigen müssen, falls es uns nicht gelingt, irgendwie die CO_2-Produktion zu reduzieren. Gestern haben wir doch darüber gesprochen, daß mit Schlafmitteln was zu erreichen sei?«

»Ja, wir haben darüber nachgedacht. Ich glaube, Enzo hat weitere Nachforschungen angestellt.«

»Je eher wir zu einer Lösung kommen, desto besser.«

Richter war sich darüber im klaren, daß er schneller atmete als sonst, außerdem transpirierte er leicht, obwohl es recht kalt war.« »Fühlen Sie sich irgendwie ein bißchen komisch, Harvey?«

»Ja, Herr Kap'tän, kurzatmig und dicker Kopf.«

Richter lächelte in sich hinein und widerstand der Versuchung, das Thema zu vertiefen. Harvey war ein netter Kerl, aber er war weit davon entfernt, besonders intelligent zu sein. Spitze Bemerkungen waren jetzt nicht angebracht. Aber die Tatsache, daß Harvey auch nicht hundertprozentig auf dem Damm war, hatte den perversen Effekt, daß Richter sich etwas besser fühlte. Er erinnerte sich daran, daß er sich ähnlich gefühlt hatte, als er vor vielen Jahren mit dem alten Mk5 Tauchgerät in die Tiefe gegangen war. Das Mk5 war so ein Ding mit Kupferhelm und Bleistiefeln. Eines der Probleme dieser Ausrüstung war, daß sich das CO_2 im Helm sammelte, und die Symptome waren so ähnlich wie jetzt im Inneren der *Tulsa* auch. Vielleicht bestanden also die Probleme, die er zur Zeit mit seinem Kopf hatte, nur in der Kohlendioxydvergiftung, und seine Kopfverletzung war gar nicht so schlimm. Er betete im stillen darum.

»Vermutlich geht es uns allen gleich«, antwortete Richter. »Wenn ich mich recht erinnere, gibt es aber Menschen, die von einem erhöhten CO_2-Anteil fast nichts bemerken, während andere empfindlicher sind. Egal, ich glaube, Sie haben Ihre erste Frage schon selbst beantwortet. Wir müssen mit dem Verteilgerät und zwei Kanistern Lithiumhydroxyd pro Stunde arbeiten, wenigstens sollten wir damit anfangen. Das Verteilgerät bläst die Luft durch fünf Kanister gleichzeitig. Also müssen wir diese fünf Kanister alle zweieinhalb Stunden auswechseln. Wenn Sie alle sechs Stunden eine CO_2-Messung machen, dann müßten wir schon bald eine gute Vorstellung davon bekommen, wie sich die Atemluftzusammensetzung hier unten entwickelt. Was gibt es noch?«

»Sauerstoff, Herr Kap'tän. Ich habe keinerlei Vorstellung, wie schnell ich der Atemluft Sauerstoff aus unseren Flaschen zusetzen soll.«

»Wieviel Sauerstoff haben wir denn?«

»Auf den Flaschen sind 180 bar Druck, und wir haben darüber hinaus noch 190 Kerzen aus chlorsaurem Salz, die beim Verbrennen Sauerstoff abgeben. Leider haben wir zu den Sauerstoffflaschen achtern keinen Zugang mehr, da das Verbindungsschott ja geschlossen ist.«

»Wie hoch ist denn jetzt der Sauerstoffanteil?«

Harvey sah wieder auf sein Notizblatt. »Jetzt sind es 17 Prozent, Herr Kap'tän.«

»Es gibt keinen Grund, den Anteil so niedrig zu halten. Wir haben doch genug Sauerstoff. Wie schnell lassen Sie denn jetzt den Sauerstoff in das Bootsinnere?«

»Also, bis jetzt haben wir noch gar nichts in diesem Punkt unternommen.«

»Wenn ich mich recht erinnere, ist in dem Handbuch eine Angabe, wieviel Sauerstoff ein Mensch verbraucht. Es müßte dann doch zu errechnen sein, wieviel Sauerstoff wir bei der vorhandenen Anzahl von Überlebenden zusetzen müssen. Das mit dem Sauerstoff macht mir keine zusätzlichen Kopfschmerzen.«

Schwartz war sauer. Im Gegensatz zum Kommandanten hatte er die ganze Nacht nicht geschlafen, und die kryptischen Formulierungen im Handbuch hatten ihn eher verwirrt, als ihm geholfen. Er zog seine Stirn in Falten. »Tut mir leid, Herr Kap'tän.«

Richter bemerkte die dunklen Ringe unter Schwartz' Augen und seine schweren Augenlider. Er stand auf und klopfte dem jungen Mann auf den Rücken. »Legen Sie sich hin und nehmen Sie 'ne Mütze voll Schlaf, Harvey.«

»Danke.« Schwartz legte eine kleine Pause ein und fuhr fort: »Da ist noch etwas, Herr Kap'tän.«

»Und das wäre?«

»Gestern war ich noch überzeugt, daß der Druck im Boot ziemlich konstant bleibt, und wir hatten ja auch keinerlei Leckagen gefunden, durch die Wasser oder Druckluft ins Boot gelangen könnte.«

»Ja, ich weiß.«

»Lecks haben wir immer noch nicht gefunden, aber der Druck steigt, wenn auch nur langsam.«

»Und wie hoch ist er jetzt?«

Schwartz sah wieder auf sein unsauber bekritzeltes Notizblatt und fand dort die Angabe, nach der er suchte. »Etwas über ein Meter Wassersäule, Herr Kap'tän.«

»Sehr seltsam. Sind Sie sicher, daß der Druck auf den Druckluftflaschen konstant ist?«

»Ja.«

»Halten Sie das im Auge. Der Druck im Boot müßte noch viel weiter steigen, ehe das zum Problem wird. Nun legen Sie sich hin und schlafen Sie. Sie machen hier gute Arbeit, aber schlafen muß schließlich jeder mal.« Dann fügte er noch hinzu: »Sagen Sie doch Kapitänleutnant Raschello und dem COB, daß sie zu mir kommen sollen.«

»Ja, wird erledigt.«

Als Harvey sich umdrehte und ging, fröstelte es Richter. Es wurde kalt. Das Boot kühlte doch deutlich schneller aus, als er erwartet hatte. Er zog eine Schublade auf, nahm einen Pullover heraus und zog ihn an.

Enzo Raschello und der COB standen vor der Kammertür, Enzo klopfte. Harvey hatte sie darauf vorbereitet, daß es Richter nicht sonderlich gutging, und keiner von den beiden war so richtig begierig darauf herauszufinden, was Harvey damit gemeint hatte.

»Herein.«

Enzo schielte um die Tür. »Sie wollten mich sprechen, Herr Kap'tän?«

»Ja, Enzo, herein und nehmen Sie Platz. Sie auch, Herr Oberstabsbootsmann.« Er wies auf zwei Plätze an seinem Schreibtisch. »Wie steht es um unsere Verwundeten?«

Der COB antwortete: »Mir macht der Arm des Ersten Offiziers Sorgen, Herr Kap'tän. Ohne in die Details zu gehen: Er hat unterhalb der Bruchstelle keinerlei Gefühl mehr im Arm. Der Arm ist auch ganz kalt und hat sich blau gefärbt. Das Gute ist allerdings, daß die Blutung steht, aber es hatte sowieso nicht so viel geblutet.«

»Haben Sie sich dazu aus Büchern irgendwie schlau machen können?«

»Ein bißchen, Herr Kap'tän. Das Handbuch für Erste Hilfe ist wirklich das Hilfreichste, was wir haben. Da steht drin, wenn ein gebrochenes Gliedmaß taub ist und wenn man darin keinen Puls mehr spüren kann – und das kann ich beim IO nicht –, dann ist das ein echter Notfall, und man soll den Verunglückten gleich ins Krankenhaus bringen.«

»Ach, und das nennen Sie hilfreich?« antwortete Richter sarkastisch.

Alle grinsten, aber es war nicht lustig.

»Ohne Durchblutung stirbt der Arm doch ab, oder?«

»Ich fürchte, das ist schon passiert, Herr Kap'tän. Jedenfalls im Teil unterhalb des Bruches.«

»Bedeutet das nicht, daß amputiert werden muß? Das wird doch sonst brandig, oder ... ich meine, wenn es nicht durchblutet wird?«

Der Oberstabsbootsmann blickte auf Enzo, und Enzo starrte auf Richter. Es sah nicht so aus, als ob einer das kommentieren wollte. Beide taten so, als sei die Frage des Kommandanten rein rhetorisch.

Es entstand ein Augenblick der Stille, bevor Richter fortfuhr: »Es hilft nicht weiter, wenn wir so tun, als gäbe es das Problem nicht. Durch Hoffen wird die Situation nicht besser. Einer muß die Amputation machen. Wer?«

Enzo wurde klar, daß Harvey mit seiner Aussage über den Kommandanten recht gehabt hatte. Der sah wirklich schlecht aus. Es wäre einfach unfair gegenüber ihm und auch gegenüber dem betroffenen IO, die Amputation dem angegriffenen Richter zu überlassen. Es gab auch keinen zwingenden Grund, warum der COB es machen sollte, der war immer ein bißchen tolpatschig und so ungeschickt mit seinen Händen, daß er es kaum schaffte, einen Bleistift korrekt zu spitzen. Enzo schoß durch den Kopf, daß er keinerlei Ahnung hatte, was da auf ihn zukam und auf was er sich einließ. Er hatte zwar einmal in einem Krankenhaus zur Aushilfe als Techniker gearbeitet, bevor er zur Marine gegangen war, und er hatte sogar einmal mit dem Gedanken gespielt, Medizin zu studieren, aber irgendeine formale Ausbildung auf dem Feld der Medizin hatte er nie erhalten. Es gab auch kein Anleitungsbuch an Bord nach dem Motto: Armamputationen leicht gemacht.

»Ich mach' das«, antwortete Enzo. »Ich muß vorher allerdings alles durchlesen, was ich über das Thema finden kann, außerdem muß ich im SAN-Bereich prüfen, was ich über die Themen Instrumente, Betäubung und dergleichen finden kann.«

»Wie ist das denn mit den Leuten, die in Selbst- und Kameradenhilfe besonders ausgebildet sind?« fragte Richter.

Diesmal wußte Steadman die Antwort sofort: »Sieht nicht so gut aus, Herr Kap'tän. Zwei der Ausgebildeten waren im Achterschiff, und die anderen beiden waren der SAN-Meister natürlich und der Koch Taylor. Die vier sind also ausgefallen.« Er zögerte. »Und ich. Ich habe die Ausbildung auch. Aber mein Wissen ist alt. Ich habe die Ausbildung vor über zehn Jahren gemacht.«

Richter seufzte tief. Er stützte den Kopf in beide Hände. »Ich glaube es nicht. Ich glaube es einfach nicht. Wenn man darüber nachdenkt – die Wahrscheinlichkeit, daß alle sanitätsdienstlich ausgebildeten Leute bei einer Kollision gleichzeitig ausfallen, ist geringer als eins zu tausend. Aber so ist es nun mal. Was habe ich nur getan, damit mir das passieren muß?« Enzo sah Steadman an, der wiederum betrachtete die Decke. Keiner antwortete. Schließlich sagte Richter: »Ich habe dazu nichts mehr zu sagen. Diese Amputation ist Ihre Sache. Das Ganze sollte nicht übereilt werden. Sagen Sie mir Bescheid, wenn Sie soweit sind. Ich werde Ihnen assistieren, soweit ich das nur irgend kann. Wie sieht es denn mit den anderen Verletzten aus?«

Der Oberstabsbootsmann glaubte, antworten zu sollen. Da er dachte, daß der Kommandant wohl zunächst den Sachstand bei den Offizieren wissen wollte, begann er mit dem Versorgungsoffizier: »Kapitänleutnant Gallagher hat ein gebrochenes Jochbein. Die schlauen Bücher nennen es einen Bruch des *os zygomaticum*. Wie das Ding auch heißt, offenbar sind auch irgendwie die Gesichtsnerven betroffen. Bootsmann Maddison und Maat Sanchez sind immer noch bewußtlos. Ich mache mir da echte Sorgen, denn die müssen Flüssigkeit zugeführt bekommen, und es muß wohl auch ein Katheter gesetzt werden, und das letzte Mal, als ich eine intravenöse Infusion gemacht oder einen Katheter gesetzt habe, war Reagan noch Präsident.«

Steadman sah den Navigationsoffizier an.

»Sehen Sie mich doch nicht so an«, reagierte Enzo, dann unterbrach Richter die beiden.

»Enzo, wenn Sie sich schon über einfache Chirurgie so schlau wie möglich machen, dann können Sie auch gleich die anderen Fälle mit übernehmen.«

Der Navigationsoffizier sah irritiert aus, als überdenke er die neue Aufgabe. »Mein neuer Job als Schiffsarzt bringt mir aber nicht die Medizinerzulage, oder doch, Herr Kap'tän?«

Richter und Steadman grinsten.

»Aber klar doch, Enzo, und sollte es wider Erwarten doch nicht der Fall sein, dann werde ich mich dafür einsetzen, daß der Präsident Ihnen eine von diesen seltenen Bronzemedaillen mit einem blauen Band und einem weißen Stern darauf verpaßt«, spielte der Kommandant auf die Ehrennadel an. »Also, Enzo, Sie machen das. Gibt es sonst noch irgendwelche größeren Probleme, Herr Oberstabsbootsmann?«

»Nur noch eins: Gestern bei der Kollision wurde Sonargast Washington durch die Messe geschleudert und ist gegen ein Tischbein geknallt. Er klagte über Schmerzen im Bereich Oberbauch – untere Brust. Ich war eigentlich sicher, daß er sich eine oder zwei Rippen auf der linken Seite gebrochen hätte. Sonst war er gut drauf, vielleicht etwas still, ich habe ihn also in seiner Koje schlafen lassen. Heute morgen schaffte ich es aber nicht, ihn zu wecken, er bewegt sich aber, wenn ich ihn schüttele.«

Richter war kaum in der Lage, alle diese Fälle zu verkraften, er fühlte sich vom Schicksal schlecht behandelt. Warum, um Himmels willen, so fragte er sich, muß denn ausgerechnet auch noch der Sanitätsmeister sterben? War nicht die ganze Situation schon ohne diese medizinischen Erschwernisse ernst genug? »Haben wir irgendeine Ahnung, was es sein könnte?«

»Nein, Herr Kap'tän.«

»Was sitzt denn links unten unter den Rippen?« fragte Richter fast verzweifelt.

»Die Lunge, nehme ich an. Aber er atmet völlig normal, er hustet nicht und wirft auch kein Blut aus. Was kann es denn sonst sein? Es sind da natürlich noch andere Organe, hinten 'ne Niere, vorne sitzt die Milz ...«

Da erinnerte sich Richter an etwas: Bei Autounfällen mußte die Milz manchmal herausgenommen werden, wenn sie gerissen war. Das war bei einem seiner Freunde im College so gewesen. »Glauben Sie, daß er einen Riß in der Milz haben könnte?«

Längeres Schweigen, Oberstabsbootsmann Steadman blätterte in dem Erste-Hilfe-Handbuch, das er mitgebracht hatte. »Oh, Scheiße! Entschuldigen Sie meine Wortwahl, Herr Kap'tän!«

»Was denn nun, Herr Oberstabsbootsmann?«

»Bitte einen Augenblick, ich sehe noch mal eben nach Washington.« Er stand auf und verließ die Kammer. Nach fünf Minuten kam er zurück, etwas außer Atem. »Ich fürchte, Sie könnten recht haben, Herr Kap'tän. Sein ganzer Bauchraum ist aufgebläht, seine Haut ist feucht, und ich kann seinen Puls kaum noch fühlen. Er hat einen Schock.«

Richter sah Enzo an, der eingehend das Deck zu seinen Füßen betrachtete. Auch wenn es vielleicht sinnvoll war, ihn zur Amputation eines Armes oder eines Teils davon aufzufordern, bei einer Operation im Bauchraum herumzuwühlen, das war doch etwas ganz anderes. Der reine Gedanke daran machte Richter angst und bange. Nur Gott allein wußte, was Enzo wirklich dachte. War es überhaupt denkbar, daß er, Richter, Enzo beauftragte, so etwas zu machen? So wie es sich anhörte, ging es Washington wirklich schlecht. Richter wollte Enzo keinesfalls dem Risiko aussetzen, daß später vielleicht der Eindruck entstand, Enzo habe Washington den *coup de grâce* gegeben. Da wäre es besser, wenn er friedlich sterben würde. Das würde Enzo auch mehr Selbstvertrauen belassen, sich an den Arm des Ersten Offiziers zu wagen.

»Haben wir eine andere Möglichkeit, als ihm die Milz herauszuoperieren?«

Der COB sah von seinem Handbuch auf. »Wir können ihn mit Flüssigkeit versorgen, Herr Kap'tän. Da er bewußtlos ist, müßte das intravenös sein.«

Das würde Enzo etwas Übung geben, dachte Richter. »Na, was halten Sie davon, Enzo?«

»Okay, Herr Kap'tän, ich werde mir alle Mühe geben.«

»Noch eins: Sie wollten doch nach den Schlafmitteln sehen. Haben Sie etwas gefunden?«

»Es tut mir wirklich leid. Ich habe das glatt vergessen. Ich werde Ihnen das Ergebnis melden, sobald ich es habe.«

»Danke sehr. Ich komme nachher mal runter, um zu sehen, wie es läuft. Könnten Sie Kapitänleutnant Gallagher bitten, zu mir zu kommen? Bis jetzt habe ich noch nichts zum Frühstück gehabt!«

Enzo und Steadman grinsten und dampften ab. Keiner an Bord hatte bisher irgend etwas zum Frühstück gehabt.

0830C, Hauptquartier der Nordflotte, Severodmorsk

Admiral Konstantin sah von den Papieren auf, über die er sich einen Überblick verschaffen wollte. Er war außer sich vor Wut. »Das hier ist ein Funkspruch mit Vorrangstufe *sofort*«, donnerte er. »Warum bin ich heute nacht nicht informiert worden, als er empfangen wurde? Sagen Sie dem wachhabenden Admiralstabsoffizier, er soll sich bei mir melden um …«, er machte eine Pause, »um 1300 Uhr.«

»Ja, Herr Admiral«, antwortete die Sekretärin und langte nach dem Telefon.

Konstantin richtete es absichtlich so ein, daß der Termin dem Offizier einen Tag Schlaf raubte. Der Idiot war schließlich Wachgänger in der Nacht gewesen und hatte es nicht anders verdient. Die Augen des Admirals wandten sich wieder dem fünfseitigen Fernschreiben zu, das oben auf dem Stapel lag. Das war wirklich eine schlechte Nachricht. Das einzig Positive an Borzhovs Bericht bestand darin, daß nicht beide Boote gesunken waren. Die Frage, die noch heute, nein, noch am Vormittag beantwortet werden mußte, hieß: Wem sollte man was melden? Er dachte nach. Der amerikanische Nachrichtendienst würde über kurz oder lang auf die *Gepard* aufmerksam werden, wenn das nicht schon geschehen war. Aber noch schien das unwahrscheinlich, in dem Seegebiet war es dunkel, es schneite, und die Bewölkung war dicht. Er ging quer durch sein Büro und sah auf das Nachrichtenbrett in der Ecke. Dort hing der neueste Wetterbericht. Vermutlich würden die Amerikaner das Boot erst morgen früh vom Satelliten aus entdecken. Am Abend sollte es nach Einbruch der Dunkelheit aufhören zu schneien, aber die dicke Wolkendecke würde noch die ganze Nacht hindurch bleiben. Der Wind sollte auch zunehmen, wenn die Wettervorhersage stimmte. Aber bis dahin würde die *Gepard* weit in der Barentssee sein.

Er konnte sich vorstellen, welches Bild das U-Boot für einen Satelliten abgeben würde. Ja, sie würden wohl die Verformungen am Bug feststellen, sie würden auch die asymetrische Wellenbildung sehen, und sie würden das Vorschiff mit höchster Auflösung betrachten. Welche Schlußfolgerungen würden sie wohl ziehen? Man konnte natürlich nicht sofort erkennen, daß die *Gepard* zwei Tage zuvor ein 688-Klasse-Boot durch Rammstoß versenkt hatte. Man würde auch aus den Bildern nicht herleiten können, wo der Unfall passiert war. Vielleicht würden sie extra noch einen Aufklärungsflug ansetzen, von Großbritannien oder vermutlich eher von Island aus. Konstantins Blick schweifte zu der großen Karte der arktischen Regionen, die an der Wand hing. Ein

Aufklärungsflug von Island aus würde über das am Meeresboden liegende 688-Boot hinwegführen. Aber nur wenn größere Wrackteile oder Öl an der Oberfläche schwammen, war der Rückschluß auf ein gesunkenes U-Boot wahrscheinlich. Da die Meeresverschmutzung immer mehr wurde, konnte auch so etwas als belanglos gewertet werden.

Borzhov hatte Initiative gezeigt, den Notfunksender der *Tulsa* aufgefischt und an Bord der *Gepard* genommen, auf diesem Wege würde nichts bekannt werden. Wie groß war also die Chance, daß das gesunkene US-Boot überhaupt gefunden wurde? Die Wahrscheinlichkeit, daß das Wetter ausreichend aufklarte für eine Entdeckung der *Gepard*, multipliziert mit der Wahrscheinlichkeit, daß man den Schaden an der *Gepard* bemerken würde, multipliziert mit ...

Konstantin überdachte alle Ereignisse, die nacheinander eintreten mußten, damit das Boot gefunden werden würde. Er kam zu der Überzeugung, daß die Wahrscheinlichkeit nur bei etwa 1:50 lag. Also sehr, sehr wahrscheinlich würden die Amis ihr Boot nicht finden. Wenn sie es nicht innerhalb von 10 Tagen schafften, dann waren die Leute im Boot tot, und der kleine Sonarnotsender würde auch sein Signal nicht mehr senden. Es würde dementsprechend schwieriger werden, das Boot zu finden, wenn niemand mehr im Boot war, der auf die Suche reagieren konnte.

Das US-Boot war auf einem geheimen Einsatz gewesen, also hatte es keine täglichen Positionsmeldungen abgesetzt. COMSUBLANT würde daher das Boot nicht vermissen und auch keine Suche auslösen, wenigstens vorerst nicht. Wann sollte das Boot abgelöst werden? Vielleicht zum Erntedankfest?

Konstantin wußte, daß das US-Boot die *Uriv Dolgorukiy* schon seit fünf Wochen verfolgt hatte. Es hatte etwa eine Woche gedauert, bis das Boot den Atlantik überquert hatte, und man würde eine weitere Woche für den Rückweg eingeplant haben. Jetzt waren es noch vier Wochen bis zum Erntedankfest. Ja, das kam etwa hin, bis dahin würden an Bord auch langsam die Lebensmittel ausgehen. Kurz vor dem Erntedankfest würde das Boot überfällig werden. Konstantin hatte also einen Monat Zeit, die ganze Sache zu vertuschen und das US-Boot zu verstecken. Es konnte nicht allzu schwierig sein, das Wrack des Bootes für Sonar, ja sogar für spezialisierte Suchsonars unsichtbar zu machen. Ein paar tausend Tonnen Sand und anderes Sediment sollten reichen. Sicher, es würde schon schwieriger werden, eine Entdeckung durch einen Sucher für magnetische Anomalien zu verhindern, es sei denn, man versenkte etwas anderes in der Nähe. Aber ein bisher unbekanntes Wrack konnte natürlich eine genauere Untersuchung des ganzen Seegebiets auslösen. Die Chancen, daß das alles so auch klappte? Besser als fünfzig zu fünfzig, davon war der russische Admiral überzeugt.

Konstantin ging zurück an seinen Schreibtisch und setzte sich auf den grünen Ledersessel. Er drückte die Taste der Sprechanlage: »Bitte einen Kaffee.«

»Ja, Herr Admiral«, sagte die Sekretärin, und kurz darauf betrat sie den Raum und stellte einen großen Pott dampfenden schwarzen Kaffees auf einem silbernen Tablett vor den Admiral. Sie benutzte das Tablett, um die grüne Lederabdeckung auf dem Schreibtisch des Admirals zu schonen. Die Sekretärin merkte, daß er tief in Gedanken versunken war. Sein kurzes Nicken in ihre Richtung war aber für sie das Zeichen, den Raum wieder zu verlassen.

Er nahm den Kaffee und schlürfte geräuschvoll an der stechenden schwarzen Flüssigkeit. Er mußte die ganze Sache noch einmal von der anderen Perspektive durchdenken. Vielleicht war es ja möglich, diese Versenkung totzuschweigen, ohne daß es einer merkte? Das hätte den Vorteil, daß man eine unangenehme diplomatische Verwicklung mit politischen und ökonomischen Folgen vermeiden konnte. Das Risiko war natürlich, daß die Amerikaner das Boot fanden und es heben würden. Wenn Borzhovs Beschreibung des Hergangs richtig war und wenn das Steuerbord-Tiefenruder wirklich in dem US-Boot steckte oder dicht neben dem Wrack lag, dann bedurfte es keiner besonderen Intelligenz, um sich das ganze Geschehen zusammenzureimen. Und es wäre dann auch völlig klar, daß die Russen versucht hatten, den Unfall zu vertuschen.

Gab es sonst noch eine Alternative?

Was wäre, wenn Rußland die Kollision mit allen Folgen zugab, den Amerikanern sagte, wo das Wrack lag, und gleichzeitig Hilfe bei der Bergung der Überlebenden anbot? Das amerikanische DSRV war schon erheblich in die Jahre gekommen und entsprach nicht mehr der neuesten Technologie, außerdem hatten die Amis auch ihre U-Boot-Flotte deutlich reduziert, und sie hatten nur noch wenige Boote, mit denen so eine Rettungsoperation durchführbar war. Sie konnten ein britisches Boot abfordern, klar, alle Boote der Vanguard-Klasse waren in der Lage, so etwas zu leisten, das galt natürlich auch für die französischen strategischen Boote. Außerdem hatten die Briten noch ein Rettungsfahrzeug, LR5 genannt, und die Schweden hatten auch eins. Er machte eine Pause und fragte sich, ob das russische DSRV, genannt Projekt 1837, wohl noch einsatzbereit war. Er hatte seit Monaten nichts mehr gehört, obwohl es zu seinem Befehlsbereich gehörte. Konstantin hob den Telefonhörer ab und aktivierte eine gespeicherte Nummer.

Die Antwort war, wie erwartet, niederschmetternd.

Konstantin wußte natürlich ganz genau, daß die augenblicklichen finanziellen Einschnitte es sehr schwierig gestalteten, die U-Boot-Flotte einsatzbereit zu halten. Die Werften Belomorskaya und Zvezdochka in Severodvinsk lagen voller nicht mehr fahrbereiter Boote, die außer Dienst gestellt werden sollten. Nicht alle Boote, die dort lagen, hatten das Ende ihrer normalen Dienstzeit erreicht. Er war also nicht überrascht, als man ihm meldete, daß beide russischen DSRVs nicht einsatzbereit waren: Bei einem war die Einrichtung für das Ankoppeln während eines Unfalls mit einem Kran beschädigt worden, und das andere war schon seit Jahren ausgeschlachtet, um das erste, jetzt beschädigte DSRV einsatzbereit zu halten. Das war aber noch nicht alles. Das U-Boot der India-Klasse, von dem aus die russischen DSRVs eingesetzt werden sollten, lag in Sevmorput in der Werft und wartete auf Instandsetzungen am Rumpf. Es war nicht fahrfähig. Angebote, die Überlebenden auf dem amerikanischen Boot bergen zu wollen, würden also leere Versprechungen sein, aber Hilfe konnte man trotzdem anbieten, und die war auf anderen Gebieten sicher auch möglich. Unfälle konnte es schließlich immer geben. Konstantin wußte gar nicht, wie oft russische U-Boote schon mit NATO-Booten kollidiert waren. Und nicht nur das: Sie kollidierten auch untereinander. Es war noch nicht lange her, daß ein britisches Boot der Sovereign-Klasse bei einem ähnlichen Unfall fast gesunken wäre. Das war Teil der Spiels, und alle Mitspieler wußten das. Er schlürfte noch einmal am Kaffee und drückte wieder einen Knopf auf seiner Sprechanlage. »Fräulein Petrova, bitte machen Sie mir einen Termin bei Admiral Gromyko, heute morgen noch. Es ist sehr dringend.«

»Ja, Herr Admiral.«

0700A, USS *Tulsa*

Kapitänleutnant Gallagher klopfte vorsichtig an die Tür der Kommandantenkammer, im stillen hoffte er, der Kommandant würde das Klopfen nicht hören.

Aber er hörte es.

Als Gallagher die Tür öffnete, sah der Kommandant von seinem Schreibtisch auf. Gallagher hatte sich ganz offenbar dem Erste-Hilfe-Team anvertraut. Der Großteil seines Gesichts war durch einen Verband verdeckt.

»Ah, Tim, wie geht es Ihnen jetzt?«

»Mir geht's soweit gut, Herr Kap'tän. Ich nehme an, Sie möchten wissen, wie es mit der Verpflegung aussieht.«

Richter schaffte es jetzt besser, Gallagher zu verstehen als am Vortag, und dies, obwohl Gallagher immer noch sehr undeutlich sprach.

»Erster Preis, Tim, genau das will ich wissen.«

»Wir können zwei Arten Nahrungsmittel ohne jedes Risiko essen, Herr Kap'tän. Das sind die Dinge aus Dosen und die Trokkenverpflegung. Wenn wir ein ganz kleines Risiko eingehen wollen, können wir noch die Frischverpflegungsartikel essen, also Gemüse und Salate. Das Zeug ist zwar nicht mehr ganz frisch, aber es sollte noch in Ordnung sein. Es sind auch noch massig Früchte da. Da ja die Kühlanlage nicht mehr läuft, sollten wir das Zeug bald essen.«

»Das ganze Boot wird morgen ein einziges Kühlschiff sein, warten Sie nur ab«, wandte Richter ein.

»In der Gefrierlast haben wir Fleisch und Fisch und andere gute Sachen. Noch ist alles gefroren. Ich habe jedem den Zutritt verboten, um es lange gefroren zu halten.«

»Okay, Tim, nehmen wir mal an, wir können noch zehn Tage überleben. Was sollten wir dann als echte Gourmets essen?«

»Also, einen Speiseplan in diesem Sinne habe ich noch nicht aufgestellt, Herr Kap'tän.«

Richter sah ihn ungläubig an. Er war wütend. »Ja, und verdammt noch mal, warum nicht?«

»Der COB hat mich verarztet, ich habe geschlafen und ...«

»Ich habe Sie gestern gefragt, ob Sie das mit der Verpflegung in die Hand nehmen können. Was haben Sie da geantwortet? Ich will es jetzt nicht noch mal hören. Haben Sie eine Liste der verfügbaren und eßbaren Verpflegung aufgestellt?«

»Nur grob, Herr Kap'tän.«

»Was soll das denn heißen? Haben Sie oder haben Sie nicht?«

»Wir führen dauernd eine Bestandsliste, Herr Kap'tän. Es gibt keine Notwendigkeit, jetzt noch mal alles neu zu erfassen.«

»Ist das wirklich so? Ist Ihnen klar, daß unsere Bewegungen beim Auftauchen und beim Sinken etwa einer Laufkippe mit darauf folgendem Felgumschwung entsprachen? Welche Verpflegungsmittel in den Lasten haben das heil überstanden?« Richter hielt einen Augenblick inne, er sah das gequälte Gesicht des jungen Offiziers. War er vielleicht ungerecht zu Gallagher? »Also, ich verstehe, Ihr Kopf schmerzt. Wenn es Sie tröstet, meiner auch. Ich frage Sie jetzt noch einmal: Können Sie das mit der Verpflegung in die Hand nehmen oder nicht?«

Gallagher sah untröstlich aus. »Ja, Herr Kap'tän, ich kann das.«

»Also dann machen Sie doch bitte auch das, worum ich Sie gebeten habe. Ich möchte bis Mittag einen Speiseplan und dann bald darauf ein erstes Essen für die ganze Besatzung.«

Gallagher mied Richters Blick, als er aufstand und sich anschickte, den Raum zu verlassen.

»Noch eins, bevor Sie gehen: Ich wünsche, daß jeder sofort ein ordentliches Glas Wasser oder Fruchtsaft oder so was bekommt, jetzt gleich. In Zukunft will ich, daß das zweimal am Tag ausgegeben wird. Sie sorgen persönlich dafür, daß die Männer das auch trinken. Ist das klar?«

»Ja, Herr Kap'tän«, sagte Gallagher, drehte sich um und verließ die Kammer.

Enzo hob seinen Blick von dem medizinischen Fachbuch, das offen auf seinem Schreibtisch lag, lehnte sich zurück und stützte seinen Kopf mit den Händen. Das ungeheure Ausmaß der Aufgabe, zu der er sich verpflichtet hatte, wurde ihm immer klarer. Warum hatte er sich bloß freiwillig gemeldet, die Aufgaben eines Schiffsarztes zu übernehmen? Nach kurzem Nachdenken war ihm die Antwort selbst wieder klar: Es gab keinen anderen, der in Frage kam. Er hatte nicht die Besatzung befragt und auch nicht besonders die Offiziere, aber er war sich auch so sicher, daß sich keiner freiwillig gemeldet hätte. Also mußte er es erledigen. Das war schon so in seiner Kindheit gewesen. Er war der einzige Junge von insgesamt sechs Kindern gewesen, schon immer hatte er deshalb alles Mögliche übernehmen müssen. Seine Eltern waren arm, das waren damals viele in dem Fischerdorf Swampscott in Massachusetts. Sobald Enzo gelernt hatte, einen Pinsel zu schwingen, mußte er dem Vater jeden Frühling bei der Überholung des Bootes helfen. Später begleitete er ihn regelmäßig bei seinen Fangfahrten, am Ende hatte er auch gelernt, Netze zu flikken. Er half seiner Mutter beim Pflanzen des Gemüses im Garten. Er mußte das Holz hacken, und er mußte die schweren Sachen aus den Läden abholen. Als er zehn wurde, konnte er alles, was man im Leben benötigt.

Gleichzeitig hatte er auch Kenntnis von der finanziell schwierigen Lage der Familie erhalten. Seine fünf Schwestern hatten einen unstillbaren Bedarf an neuen Kleidern, und an der Maschine des Kutters waren dauernd Reparaturen fällig. Die Mädchen hatten eine nach der anderen Liebhaber gefunden, zum Schluß dieser Affären mußte dann die Hochzeit finanziert werden. Sein Vater konnte diesen Ansprüchen nicht mit seinem Verdienst gerecht werden. Das Ergebnis waren wilde Streitereien, die Enzo haßte. Er konnte sich erinnern, wie er nachts wach im Bett gelegen und zugehört hatte, wie seine Eltern sich wegen des Geldes anschrien. Häufig war er weinend eingeschlafen.

An einem Weihnachtsfest war Großvater Raschello zu Besuch gekommen. Enzo hatte ihn gefragt, warum er damals nach dem Krieg die Familie aus Calabrien in die USA gebracht hatte. Es schien ihm keinen Sinn zu machen. Seit seiner frühen Kindheit hatte ihm seine Mutter allerlei Geschichten erzählt, während sie bügelte. Viele davon handelten von den Vorzügen Süditaliens. Sie war erst 1962 in die Staaten gekommen, als sie heiratete. Ihre Erinnerungen an ihre Heimatstadt Scilla waren noch sehr lebendig. Sie kannte die Geschichte Italiens bis zurück ins Altertum. Er hörte, daß es im südlichen Europa einen ausgeprägten Gemeinschaftssinn gab, hatte von den Großfamilien gehört, dem herrlichen Wetter und der gelassenen Lebensart. Es schien ein idyllisches Leben gewesen zu sein, und Enzo hatte sich gefragt, warum man freiwillig fortgehen konnte. Großvater hatte erklärt, daß der Krieg nicht nur alles zerstört hatte, sondern daß auch die Wirtschaft in der Region zusammengebrochen war.

»Du hast keine Vorstellung, was Armut wirklich ist«, sagte er mit seinem starken Akzent. »Sieh doch, ihr habt ein Auto, einen Fernseher, einen Kühlschrank ... So was hatten wir nach dem Krieg alles nicht. Wir hatten kaum etwas anzuziehen und nicht einmal genug zum Essen. Und es ging nicht nur uns so. Viele Tausende haben sich damals zum Auswandern entschieden, Amerika war für uns das Land der unbegrenzten Möglichkeiten, das Land mit Zukunft, da mußte man hin. Und das hat sich ja auch als richtig erwiesen. Das solltest du nie vergessen.«

Schon im März darauf war es so weit, daß er sich die Worte des Großvaters zu eigen machen sollte. Die Streitereien seiner Eltern waren ein Dauerzustand geworden, seine Mutter haßte die langen Winter in Neuengland. Nach einer wilden Auseinandersetzung, die die ganze Familie erfaßt hatte, sagte sie, sie werde nach Italien zurückkehren. Seine zwei Schwestern, die noch zu Hause waren, hatten immer die Partei der Mutter ergriffen, und beide wollten jetzt mit ihr nach Europa zurück. Enzo mußte eine schwere Entscheidung treffen, und er ließ sich damit etwas Zeit. Erst war es ihm so vorgekommen, als könne er diese Entscheidung überhaupt nicht fällen. Letzten Endes hatte er Mitleid mit seinem Vater, und er wollte ihn nicht allein lassen. Zusätzlich dachte er aber auch an die Worte des Großvaters und entschloß sich, in den USA zu bleiben.

Enzo wandte sich wieder den gegenwärtigen Problemen zu. Er mußte Washington eine intravenöse Infusion anlegen und einen Katheter setzen. Er hatte die betreffenden Abschnitte im Buch zweimal gelesen, und er hatte verstanden, was zu tun war. Er mußte aber noch die einzelnen Schritte auswendig lernen. Daher las er alles noch mal durch, er hatte keine Zeit zu verlieren.

1130C, Hauptquartier der Nordflotte, Severodmorsk

»Komm rein, Peter, freut mich, Sie zu sehen. Kann ich Ihnen etwas zu trinken anbieten?«

Konstantin sah in das grobe, pockennarbige Gesicht seines Vorgesetzten, Admiral Gromyko. Nach den rötlichen Augen zu urteilen, wäre das nicht der erste Drink an diesem Tag für Gromyko gewesen.

»Nein danke, vielen Dank, Herr Admiral.«

»Na gut, wie Sie wollen. Dann verraten Sie mal, was es so Dringendes gibt.«

Konstantin überreichte Gromyko eine Kopie von Borzhovs Funkspruch, und er stellte in nur fünf Minuten die Ereignisse des Vortages dar, so detailliert, wie sie ihm selbst bekannt waren. Danach erläuterte er die beiden möglichen Vorgehensweisen, die er sich am Vormittag überlegt hatte.

Der Befehlshaber der Nordflotte hörte zu, ohne zu unterbrechen. Erst als Konstantin seinen Vortrag beendet hatte, brach er sein Schweigen. »Wie konnte das denn nur passieren?« Es war ganz offenbar, daß der Mann wütend war. »Wie lauteten Borzhovs Einsatzbefehle? Sicher hatte er doch keine Genehmigung, US-Boote zu versenken?«

»Nein, Herr Admiral, natürlich nicht. Der Funkspruch stellt eindeutig klar, daß alles ein Unfall war. Sowohl die Kollision als auch die sich daraus ergebende Versenkung waren unbeabsichtigt.«

»Sie werden mir doch nicht erzählen wollen, daß ein Offizier mit der Erfahrung von Borzhov etwas Derartiges einfach so passieren läßt. Das ist doch nicht, als ob man auf der Treppe ausrutscht.«

»Herr Admiral, die Kollision kann durch den Ersten Offizier oder durch irgendeinen anderen jungen Offizier verursacht worden sein. Nach allem, was wir wissen, war es vielleicht sogar die Schuld des Amerikaners. Der Funkspruch nimmt keine Schuldverteilung vor, und ich denke, wir sollten das jetzt auch nicht tun, da wir wirklich nur unzureichende Kenntnis über das Geschehen haben.«

»Mag sein, aber irgend jemand muß doch hier Mist gebaut haben, und der wird herausgefunden und angeklagt werden. Der Kreml wird darauf bestehen und ich übrigens auch.«

»Ja, Herr Admiral, das ist klar. Die dringendere Frage aber ist: Wie geht es weiter? Was machen wir?« Gromyko sah nicht mehr ganz so wütend aus. »Sie meinen, wir haben die Wahl: Entweder sagen wir den Amerikanern alles, und das wird sicher deren Mißfallen auslösen, oder aber wir versuchen die Sache zu vertuschen, das birgt die Gefahr, daß doch alles ans Licht kommt, und dann werden die Amis wahrscheinlich völlig durchdrehen. Glauben Sie wirklich, daß wir bei der zweiten Version eine 50-Prozent-Chance haben, daß es klappt?«

»Vielleicht sind die Erfolgsaussichten sogar noch etwas höher, aber nicht viel. Ich bin überzeugt, die Amis und die Norweger werden so lange in der Barentssee suchen, bis sie das Boot gefunden haben. Es bliebe ihnen auch wohl nichts anderes übrig. Sie müßten sich der Sicherheitsfrage für die anderen Boote stellen, wenn eins verschwindet, und außerdem würden die Angehörigen der Besatzung, die Presse und natürlich der US-Kongreß endlosen Druck ausüben, um herauszufinden, was passiert ist. Sehen Sie sich doch nur mal an, wie sie immer noch versuchen, die Schicksale der Vermißten des Vietnamkrieges aufzuklären. Nach einem Vierteljahrhundert! Ich kann mir gar nicht vorstellen, was alles passieren würde, wenn sie die Reste des 688-Bootes finden, und das unter den Sandhaufen, die wir aufgetürmt haben, um diese Reste zu verbergen! Wenn sie die *Gepard* entdeckt haben, dann wissen sie sogar, wo sie ungefähr suchen müssen.«

»Könnte es sein, daß sie mit ihren Hydrophon-Ketten irgend etwas von dem Geschehen mitbekommen haben? Wie heißt das Zeug denn gleich ... SOSUS?«

»Das ist unwahrscheinlich. Und wenn sie was gehört haben, dann werden sie nicht so recht wissen, wo das war. Wir haben uns das ganze Gebiet ziemlich genau angesehen, bevor wir mit den See-Erprobungen der *Uriv Dolgorukiy* angefangen haben. Wie gesagt, auch wenn sie etwas gehört haben, dann wird es ihnen sehr schwerfallen, das Geschehen zu lokalisieren.«

»Können wir dieses 688-Boot nicht bergen?«

»Ich bin kein Bergungsspezialist, Herr Admiral«, antwortete Konstantin. »Wenn das Boot auf nur 150 Meter Wassertiefe liegt, dann würden wir das wohl können, aber nicht, ohne daß die ganze Welt es mitbekommt. Selbst wenn wir etwas hätten wie die *Glomar Explorer,* würden sie sofort merken, was wir da machen. Im ganzen Seegebiet würde es im Nu von bemannten und unbemannten Tauchfahrzeugen nur so wimmeln.«

»Das Boot liegt doch ziemlich dicht an der Grenze des Kontinentalshelfs, oder?

»Wenn Sie siebzehn Meilen ›dicht‹ nennen, dann ja, Herr Admiral.«

»Könnten wir nicht mit Tauchern eine Trosse an dem Boot festmachen und das US-Boot dann auf tieferes Wasser schleppen? Wenn es so tief absackt, daß es vom Druck zusammengepreßt wird, dann kann doch kein Mensch mehr sagen, was passiert ist, oder?«

»Wir hätten dann einen viel besseren Ausgangspunkt, um alles zu leugnen. Aber ich habe erhebliche Zweifel, ob sich das praktisch durchführen läßt. Ohne den Einsatz von Überwasserfahrzeugen wäre das nicht möglich.«

»Mein Instinkt sagt mir, daß wir diese Episode vertuschen sollten. Sie wissen so gut wie ich, wie das alles bei den Gesprächen mit dem Weltwährungsfonds auf des Messers Schneide steht. Wo ist die *Gepard* jetzt?«

Konstantin ging zu einer großen Seekarte, die das Gebiet der Barents- und Norwegensee zeigte, er wies mit seinem Finger auf eine Stelle, die etwa auf halber Strecke zwischen den Bäreninseln und dem Nordkap lag. »Sie ist aufgetaucht nach Gadzhievo unterwegs. Jetzt müßte sie so in etwa hier sein.«

»Leiten Sie sie nach Severodmorsk um und legen Sie sie in ein überdachtes Dock. So schnell wie möglich. Wenn wir die Sache vertuschen wollen, darf die *Gepard* keine weiteren Verdachtsmomente liefern.« Der Admiral sah von seinem Fenster über das Panorama des Murmansk-Fjordes und über den Hafen. Alles war mit frischem Schnee bedeckt. »Wie lange soll das Schneien hier noch anhalten?«

»Den ganzen Tag.«

»Ich muß mal mit unseren Tauchern und mit den Bergungsexperten sprechen. Das werde ich heute nachmittag erledigen. Bitte nehmen Sie doch auch daran teil. Und bringen Sie mit, wen Sie für nützlich halten. Ich will die Möglichkeit untersuchen, das 688-Boot von einem Typhoon auf tieferes Wasser schleppen zu lassen. Ich werde Ihnen den genauen Zeitpunkt für die Besprechung mitteilen lassen.«

Konstantin beherrschte sich. Er hatte Zweifel, ob Gromyko noch alle Tassen im Schrank hatte. Er hatte von Anfang an nicht daran gezweifelt, daß es zeitweise schwierig sein würde, unter einem Vorgesetzten zu arbeiten, der nie auf einem U-Boot gefahren war. Er beschloß, das Thema zu wechseln.

»Herr Admiral, es gibt noch einen Punkt, den wir nicht besprochen haben.«

»Und der ist?«

»Es sind Überlebende im Boot. Wenn die auch nur die geringste Überlebenschance haben sollen, dann muß die Rettungsaktion sehr bald gestartet werden. Wenn wir die Sache den Amerikanern offenlegen und davon profitieren wollen, dann müssen wir das innerhalb der nächsten zwölf Stunden oder so machen.«

»Vielen Dank, Peter. Diese Entscheidung wird auf politischer Ebene fallen müssen. Ich will nicht Moskau einschalten, ohne die möglichen Vorgehensweisen sorgfältig analysiert zu haben. Für die Möglichkeit einer geheimen Bergungs- oder Abschleppoperation werden wir heute nachmittag einen groben Plan aufstellen. Ich werde für heute abend ein Treffen mit dem Oberbefehlshaber und dem Verteidigungsminister arrangieren. Sie kommen natürlich mit. Sind Sie sicher, daß Sie nicht doch noch einen Wodka nehmen wollen?«

»Nein, vielen Dank, Herr Admiral. Ich muß sofort mit meinen Technikern sprechen.« Konstantin wandte sich um, um zu gehen.

»Also, machen Sie sich nicht allzu viele Sorgen um diese Sache. Ich werde mich schon davor spannen und das Schlimmste verhindern.«

Konstantin lächelte, als er Gromykos Dienstzimmer verließ. Irgendwie mochte er seinen Vorgesetzten, trotz dessen dekadenten Lebenswandels und trotz seiner manchmal absolut unsinnigen Ideen. Gromyko gehörte noch so richtig zur alten Schule, hart wie Eisen und scharf wie eine Nagelspitze, wenn man ihn vor dem Mittagessen sprechen konnte. Er hoffte sehr, daß Gromyko für die nächsten zwölf Stunden seinen Wodkakonsum nicht übertrieb. Sonst konnte die ganze Affäre noch äußerst unangenehm werden.

1200A, USS *Tulsa*

Richter war zu der Überzeugung gelangt, daß er unbedingt einen Rundgang durch das Boot machen mußte. Obwohl er lieber in seiner Kammer geblieben wäre und seinen schmerzenden und klopfenden Kopf ausgeruht hätte, war ihm klar, daß er sich vom Boot und von seinen Männern einen Eindruck verschaffen mußte. Also ging er in die Offiziermesse. Der Tisch war ausgebaut worden, die Schwerverletzten waren alle hier untergebracht worden. Sie lagen auf Matratzen in zwei Reihen an Deck. Richter blieb in der Tür stehen.

»Na, wie sieht es aus, Herr Oberstabsbootsmann?«

Er betrachtete das Gesicht des Mannes, den er seit Jahren kannte, konnte aber den Gesichtsausdruck nicht interpretieren. Der Mann sah erschöpft aus, aber da war noch etwas anderes. Sorge, ja das war es.

Steadman stand auf und kam zur Tür, sorgfältig zwischen den Matratzen hindurch balancierend. »Wir haben Washington auch hierher geholt, Herr Kap'tän. Er liegt da drüben«, sagte er und zeigte in eine der Ecken.

»Kaleu Raschello will gleich eine intravenöse Infusion anlegen. Er hat genau nachgelesen und sich schlau gemacht.«

Wie auf ein Zeichen erschien Enzo am anderen Schott, er trug ein ganzes Bündel medizinisches Gerät unter dem Arm. »Sind Sie gekommen, um dem Schiffsarzt bei der Arbeit zuzusehen, Herr Kap'tän?« fragte er frotzelnd.

»Ja, das auch. Brauchen Sie Hilfe, Enzo?«

»Das ist sehr freundlich, Herr Kap'tän, aber der COB und ich sollten das eigentlich schaffen. Aber bitte bleiben Sie doch hier und sehen Sie sich an, was wir machen.«

»Ja, ich bleibe ein paar Minuten. Ich bin eigentlich unterwegs, um mir etwas zu essen zu besorgen.«

Enzo und Steadman lächelten. Niemand hatte seit dem Untergang gegessen, und auch für sie hatte der Gedanke an was Eßbares eine Menge für sich.

»Sie wissen ja, Herr Kap'tän, daß ich meine Steaks am liebsten kurz gebraten esse«, sagte Enzo.

»Ich fürchte, Fleisch gibt es nur in Form von Gehacktem heute mittag im Restaurant *Chez Gallagher*. Aber ohne Scherz, Sie haben eine gute Mahlzeit verdient. Ich will sehen, was sich machen läßt. Sie sollten sich beide auch mal ordentlich ausruhen.«

Enzo kniete neben Washington nieder und legte das Bündel, das er mitgebracht hatte, an Deck. Er breitete ein großes Stück grünes Papier aus und zog Gummihandschuhe an. Als nächstes zog er eine elastische Binde um Washingtons Oberarm. Er wühlte zwischen seinen Geräten herum und nahm einen Ballen Watte. Darauf goß er etwas Desinfektionsmittel und rieb Washingtons Armbeuge damit ab.

»Da ich noch neu im Geschäft bin, werde ich die größte Vene nehmen, die ich finden kann. Es wird für Washington nicht so ganz schmerzfrei sein, aber das macht bei ihm ja vielleicht im Augenblick nichts. Hier, hier müßte sie sein.« Enzo hörte auf zu reden und zog eine Kanüle aus einem Plastikbehälter. »Füllen Sie doch bitte den Behälter auf, Herr Oberstabsbootsmann.«

»Ja, klar, sagen Sie mir nur, was Sie brauchen.«

Enzo gab noch ein paar Handzeichen, dann waren sie soweit.

»Die Stunde der Wahrheit.« Enzo lächelte und suchte nach der Vene. »Das wird nicht so ganz einfach«, gab er zu. »Wenn Washington ein Weißer wäre, dann könnte ich vielleicht sehen, wo die Vene ist. So wie die Dinge stehen, kann ich nur nach dem Gefühl gehen, und ich will mit der Kanüle ja auch nicht eine Sehne verletzen.« Der Schweiß stand ihm auf der Stirn.

Richter ging dichter heran, kniete neben Enzo nieder und wischte ihm die Stirn mit einem sauberen Taschentuch ab.

»Also, Enzo, Sie können auch nur das tun, was Sie eben können. Brauchen Sie mehr Licht?«

»Ja, das wäre wohl nicht schlecht, Herr Kap'tän.«

Richter stand auf und holte aus der Mannschaftsmesse eine Schiffssicherungslampe. Als er damit zurückkam, grinste Enzo schon von Ohr zu Ohr. Der Grund für seine Freude war klar. Enzo war gerade dabei, den Plastikbehälter mit der Flüssigkeit an die Kanüle in Washingtons Arm anzuschließen. Er hatte die Vene getroffen. Die ganze Sache hatte aber einen Schönheitsfehler: In der Schlauchverbindung zwischen Flüssigkeitsbehälter und Arm stieg langsam das Blut auf, statt daß die Flüssigkeit in den Arm eindrang. Enzo erkannte das Problem.

»Oh, ich muß sofort die Abbindung lösen«, murmelte er.

Danach funktionierte die Infusion wie erwartet.

Die nächste Aufgabe war das Setzen des Katheters. Beflügelt von seinem Erfolg bei der Infusion, war Enzo höchst motiviert. Er nahm sein ganzes Gerät und ging in den Sanitätsbereich. Kurz darauf kam er mit einem neuen Bündel von Hilfsmitteln zurück und kniete wieder neben Washington, der bewußtlos war.

»Herr Kap'tän, würden Sie mal eben helfen? Wir müssen ihm die Hose ausziehen.«

»Sicher«.

Enzo bemerkte, daß der Kommandant sehr blaß aussah und kräftig schlucken mußte. »Geht es Ihnen auch wirklich gut, Herr Kap'tän?« fragte Enzo, und die Sorge hatte das Grinsen aus seinem Gesicht verdrängt.

»Doch, doch. Mir ist nur manchmal schummrig seit der Kollision, aber es wird schon werden.«

Sie zogen Washington Hose und Unterhose aus. Enzo zögerte kurz, er fragte sich, wie sich das Glied eines anderen Mannes wohl anfühlen würde. Ihm war nicht so richtig wohl dabei, deshalb beschäftigte er sich erst einmal damit, die medizinischen Gerätschaften zu sortieren, die er mitgebracht hatte. Er zog ein neues Paar Handschuhe an und prüfte wieder und wieder, ob er alles hatte, was er brauchte. Sein Blick wanderte zwischen dem Katheter und Washingtons Penis hin und her. Hoffentlich war der kurze Gummischlauch lang genug. Es gab nur eine Möglichkeit, das herauszufinden, und er ergriff das Glied. Nachdem er es mit Desinfektionsmitteln gewaschen hatte, quetschte er ordentlich viel schmerzstillendes Gel in die Öffnung und führte das Rohr ein. Seine Sorge erwies sich als nicht begründet. Als er das Rohr immer weiter hineinmassierte, traf ihn auf einmal ein kräftiger Strahl Urin mitten auf die Brust. Damit hatte er nicht gerechnet, er ließ Washingtons Penis aus der Hand und langte nach dem Katheterbeutel.

»Passen Sie auf«, rief Richter, der als nächster den Strahl abbekam. »Können Sie denn nicht einen Pfropfen oder sowas reinstekken?«

»Tut mir leid, Sir«, erwiderte Enzo und unterdrückte ein Kichern. »Ich stülpe diesen Beutel drüber.«

Sie standen beide auf, Enzos Klamotten waren völlig naß von dem Urin, Richter hatte den Strahl nur auf sein linkes Bein bekommen. Sie starrten einander an und brachen gleichzeitig in schallendes Gelächter aus.

1230A, USS *Tulsa*

Nachdem er sich auf die Schnelle umgezogen hatte, ging Richter in die Trockenverpflegungslast. Dort traf er Gallagher.

»Ich habe allerlei Überlegungen zum Speiseplan angestellt, Herr Kap'tän.«

»Gut. Das höre ich gern. Was soll's denn geben?«

»Ich schlage vor, daß wir zwei Mahlzeiten am Tag einnehmen. Sie sagten ja, daß wir nicht zu viel essen sollen.«

»Richtig, es muß uns aber warm halten.«

»Ich habe berücksichtigt, daß wir nicht kochen können. Die Situation wäre aber sehr viel besser, wenn ich wenigstens Wasser erhitzen könnte. Wir haben jede Menge Suppen in Dosen und als Trockennahrung, die ergeben mit Gebäck oder Cerealien für jeden Tag ein gutes Essen. Nur schmeckt es eben viel besser, wenn das Zeug warm ist.«

»Das stimmt. Mal sehen, ob der E-Meister mal wieder helfen kann. Und was ist mit der zweiten täglichen Mahlzeit?«

»Da sind genug Dosen mit Fleisch, Bohnen und Gemüse, daraus kann man einen kräftigen Eintopf machen, der einigermaßen appetitlich sein müßte. Auch hier gilt, wenn wir das dann heiß machen können, dann wird das richtig wohlschmeckend. Wir haben auch noch genügend Fruchtsaft. Jeder kann täglich einen halben Liter bekommen. Der restliche Flüssigkeitsbedarf muß mit Wasser oder Kujambel abgedeckt werden. Wenn wir Wasser erhitzen könnten, dann gäb's natürlich auch Kaffee.«

»Vielen Dank, Tim. Sie haben sich wirklich klar ausgedrückt. Ich stimme Ihrer Planung hinsichtlich der zwei Mahlzeiten pro Tag zu, es gibt keinen Grund, alle Männer dreimal am Tag aufstehen zu lassen. Ich wünsche, daß die Leute möglichst bald etwas zu essen bekommen. Danach können Sie mit Ihrer Verpflegungsroutine anfangen. Die Zeiten für die Mahlzeiten wollen wir auf 0800 Uhr und 1800 Uhr festsetzen. Ich werde mit dem E-Meister sprechen. Es müßte doch möglich sein, eine Heizplatte so umzubauen, daß sie auf Gleichstrom läuft. So ein Ding ist doch auch nichts anderes als ein großer Widerstand.«

1530C, Hauptquartier der Nordflotte, Severodmorsk

Die Besprechung war kurz und intensiv und brachte ein für Konstantin befriedigendes Ergebnis. Die Vorstellung, eine unbemerkte Bergung des US-Bootes durchführen zu können, war zu Grabe getragen worden. Gromyko hatte das nur schwer akzeptieren können. Jetzt saßen sie zusammen hinten in einem Kamov V62-Hubschrauber, der in Richtung auf den Militärflugplatz vor den Toren Murmansks flog. Dort wartete eine alte Antonov AN-32 für den Weiterflug nach Moskau. Die Maschine war für den Gebrauch durch hohe Militärs und Regierungsbeauftragte umgerüstet worden.

Der Lärm im Helikopter verhinderte jede normale Unterhaltung, und Konstantin blieb es vorerst erspart, mit Gromyko zu diskutieren. Der saß mit wichtigem Gesicht neben ihm und lutschte einen Pfefferminzdrops nach dem anderen. Konstantin konnte nicht umhin, wahrzunehmen, daß sein Nachbar auch alkoholische Dämpfe neben dem Pfefferminzgeruch verbreitete. Seine schlimmsten Befürchtungen schienen wahr zu werden. Vermutlich gab es in der Antonov eine gut bestückte Bar, und Konstantin überlegte, wie er es verhindern könnte, daß Gromyko sich während des Fluges nach Moskau durch weiteres Zechen völlig handlungsunfähig machte. Er hatte Ähnliches schon vorher erlebt und kam zu der Überzeugung, daß er kaum etwas dagegen machen konnte, außer daß er selbst nüchtern blieb.

1400A, USS *Tulsa*

Richter war im Boot weiter vorausgegangen bis zum Sanitätsbereich, der kaum größer war als ein Schrank. Da die meisten Gerätschaften und die Kranken jetzt alle in der Offiziermesse lagen, war der Raum ziemlich leer, nur Hauptbootsmann Czapek hielt sich dort auf. Er führte eine routinemäßige Materialerhaltung an der Schleuse für das Ausstoßen von Rauchsignalen an der Decke durch.

»Ist da was nicht in Ordnung?«

»Nein, nein, alles ganz in Ordnung, Herr Kap'tän.«

»Gut. Das ist ja auch so ziemlich die letzte Chance, die wir noch haben, der Außenwelt zu zeigen, wo wir sind. Wie viele von den Rauchpatronen haben wir noch?«

»Meinen Sie eine bestimmte Farbe oder insgesamt?«

»Insgesamt.«

»Ich werde sofort im Pyrotechnikschapp nachsehen, aber ich schätze, daß es noch mehr als dreißig sind. Es sind auch noch zwei Notfunk-Bojen da.«

»Gut. Das sollte ausreichen. Wie geht es Ihnen jetzt?«

»Ich würde lügen, wenn ich behaupten würde, daß ich mich sehr wohl fühle. Aber ich bin okay. Und wie steht es um Sie, Herr Kap'tän? Ihre Kopfwunde sieht nicht gut aus.«

»Ach, das wirkt schlimmer, als es ist. Wenn Sie hier fertig sind, dann werden Sie sich doch auch hinlegen, oder?«

»Ja, das habe ich vor. Was wollen Sie denn als Preis bei dem Langschläferwettbewerb aussetzen? Ich will versuchen, ihn zu gewinnen.«

»Na prima.«

Richter dachte darüber nach, ob er noch weiter vorausgehen sollte, da aber praktisch nur noch Schlafräume folgten, entschied er sich dagegen. Er wollte niemanden wecken. Nur in die Mannschaftsmesse wollte er noch, bevor er in seine Kammer zurückkehrte. In der Mannschaftsmesse herrschte gähnende Leere. Die Männer, die die Atemluft überwachten, mußten wohl gerade unterwegs sein für ihre Ablesungen. Plötzlich sah er eine einsame Figur in einer Ecke. Er war der rothaarige Sonargast Evans, der auf einem Stuhl saß.

»Na, Gefreiter Evans, guten Tag. Was hält Sie hier noch auf? Können Sie etwa nicht schlafen?« Als Richter an den Tisch trat, erkannte er, daß Evans einen Brief schrieb. »An wen schreiben Sie denn?«

»An Kate, meine Freundin, Herr Kap'tän. Ich glaube zwar nicht, daß sie diesen Brief jemals bekommen wird, aber ich dachte mir: Schreib trotzdem. Da fühle ich mich irgendwie besser, wenn ich schreibe.«

»Wie lange kennen Sie denn Ihre Freundin schon?«

»Oh, schon immer. Das Problem ist nur, da wir ja Groton als Heimathafen haben, bekomme ich sie kaum zu sehen. Deshalb schreiben wir uns viel.«

»Wo wohnt sie denn?«

»Eben außerhalb von Pineville in Kentucky.«

»Das ist ja in den Appalachen. Da kommen Sie doch auch her, oder? Ich hörte, es sei dort wirklich sehr schön.«

»Ja, Herr Kap'tän, das ist es wirklich. Kate und ich wohnten schon immer auf Nachbarschaft.«

»Haben Sie schon andere Freundinnen gehabt?«

»Nein, kein Interesse. Eine gute Freundin sollte für jeden Mann genug sein.«

»Wohl wahr. Nur gelingt es den meisten nicht, gleich die

Richtige zu finden. Gibt's auch schon Heiratsideen bei Ihnen?«

»Ja, Herr Kap'tän, im Frühjahr. Am Sonnabend, dem 16. April.«

»Sie freuen sich schon ordentlich drauf?«

»Ich habe mich drauf gefreut, Herr Kap'tän, und ich würde Sie jetzt hier auf der Stelle einladen, wenn ich auch nur für einen Augenblick glauben könnte, daß Sie oder ich da sein werden. Ich sehe keine Chance. Deswegen schreibe ich Kate in diesem Brief, daß es mir leid tut, daß ich sie so im Stiche lasse. Sie war so richtig begeistert von uns als Paar.«

»Na, nun übertreiben Sie aber. Wir haben jede Chance, hier wieder raus zu kommen. Sicher hat die Suche nach uns schon begonnen, und in einer Woche sind wir oben. Sie werden es erleben.«

»Das kann man vielleicht so sehen, Herr Kap'tän, und ich hoffe sehr, daß Sie recht haben. Ich bin da aber längst nicht so sicher, deswegen hab' ich mir gedacht, ich schreib' mal und lasse Kate so an meinen Gefühlen hier unten teilhaben.«

»Ja, das ist sicher richtig. Sie werden sich doch aber auch wieder hinlegen, wenn Sie fertig sind, oder?«

»Ganz sicher, Herr Kap'tän.«

1830A, USS *Tulsa*

Richter lag auf seiner Koje und hatte die Kopfschmerzen, die ihn in den letzten 28 Stunden gequält hatten, fast vergessen. Ein voller Bauch ist doch eine prima Sache, dachte er, alles sieht dann viel positiver aus. Sogar die Belehrung der Besatzung vor dem Essen war besser gelaufen, als er es erwartet hatte. Nach dem Gespräch mit Sonargast Evans hatte er befürchtet, daß alle so denken könnten, das schien aber nicht der Fall zu sein. Dennoch. Es gab ganz klar zwei Gedankenschulen: die Optimisten und die Pessimisten. Immerhin: Die Optimisten waren ganz klar in der Überzahl. Wenn aber nicht bald irgendein Zeichen kam, aus dem hervorging, daß die *Tulsa* gefunden worden war, dann konnte die Stimmungslage umkippen.

Ein Mann machte ihm allerdings Sorgen: Bootsmann Santana. Richter hatte ihn schon immer als schweigsamen Einzelgänger eingeschätzt. Santana hatte nach der Belehrung um ein Gespräch gebeten, und seine Bemerkungen ließen keinen Zweifel daran, daß er die Lage in keiner Weise optimistisch einschätzte. Richter war klar, daß er ab sofort besonders auf Santana achten mußte. Den Portepee-Unteroffizieren kam, was die Stimmung der Besatzung in dieser schwierigen Lage anbetraf, eine Schlüsselrolle zu. Wenn Santana andere mit seiner negativen Haltung ansteckte, dann konnte er die Moral der ganzen Besatzung untergraben.

Es klopfte an der Kammertür. Es war Oberstabsbootsmann Steadman, der seinen Kopf zur Tür herein steckte.

»Tut mir leid, daß ich Sie stören muß, Herr Kap'tän.«

Richter richtete sich ganz langsam auf, aber trotz dieser Vorsichtsmaßnahme stöhnte er wegen des starken Pochens und der wahnsinnigen Schmerzen in seinem Kopf. »Nehmen Sie Platz. Was gibt's?«

»Ich glaube, Washington ist gestorben, Herr Kap'tän.«

Obwohl Richter damit irgendwie gerechnet hatte, konnte er doch nicht das Gefühl unterdrücken, als läge ihm ein dicker Stein in der Magengrube.

»Hat sich Kapitänleutnant Raschello ihn angesehen?«

»Nein, Herr Kap'tän. Kaleu Raschello ist in seiner Kammer, ich glaube, er schläft.«

»Gut, lassen Sie ihn schlafen. Ich komme und sehe selbst nach.«

Sie stiegen ein Deck tiefer und gingen in die Offiziermesse. Dort war es sehr still, und nur um Washingtons Matratze herum brannten ein paar Lampen. Richter kniete neben ihm nieder und fühlte den Puls. Ohne Erfolg. Die Haut fühlte sich kühl an. Wie prüfte man, ob ein Mensch wirklich tot war? Richter beugte sich noch weiter vor, um sein Ohr an Washingtons Nase zu halten, er lauschte und tastete eine ganze Minute. Kein Atem mehr. Plötzlich erinnerte er sich an etwas, das er dutzende Male im Fernsehen gesehen hatte: Die Pupillen reagieren normalerweise auf Licht.

»COB, geben Sie mir bitte eine Taschenlampe.«

Richter öffnete eins von Washingtons Augen. Die Pupille war so geweitet, daß er kaum die braune Iris erkennen konnte. Das sah nicht gut aus. Beim Öffnen des Auges war keinerlei Reaktion festzustellen gewesen. Richter schaltete die Taschenlampe ein und leuchtete direkt in das offene Auge. Keine Reaktion. Er prüfte das andere Auge. Das gleiche Ergebnis. Richter stand langsam wieder auf, verließ die Offiziermesse und sagte draußen zu Steadman: »Ich glaube, Sie haben recht. Er ist tot. Wo lagern wir die Verstorbenen?«

»Im Torpedoraum, Herr Kap'tän.«

»Also, dann soll Washington auch dahin. Sie müssen sich keine Vorwürfe machen. Herr Oberstabsbootsmann, Sie haben getan, was Sie konnten. Ich weiß, daß Sie beide, Sie und Raschello, hier eine wirklich gute Leistung vollbringen, und wenn wir raus kommen, werde ich sicherstellen, daß das auch entsprechende Anerkennung findet.«

Als Richter zu seiner Kammer zurück ging, tauchte Schwartz neben ihm auf. »Wir haben hier eine seltsame Sache, Herr Kap'tän.«

»So, was denn?«

»Nach unserer Unterhaltung habe ich das Sauerstoffentnahmeventil so eingestellt, wie es im Handbuch steht: ein Kubikfuß pro Mann und Tag. Das Seltsame ist nun, daß der Sauerstoffanteil in der Atemluft ansteigt. Ich hatte erwartet, daß er etwa konstant bleibt.«

»Wie hoch ist er jetzt?«

Harvey sah auf ein Blatt Papier, das aus seinem Handbuch hervorragte. »18,4 Prozent, Herr Kap'tän. Es ist von 18 in nur 11 Stunden auf diesen Wert gestiegen. Das wären glatt ein Prozent Anstieg pro Tag, wenn es so weitergeht.«

»Ja, das ist seltsam. Ich sehe da vier Möglichkeiten: Entweder zeigt das Meßgerät falsch an, oder die Ventileinstellung stimmt nicht, vielleicht gibt aber auch das Handbuch einen falschen Wert. Schließlich könnte da noch irgendwie ein Problem mit der Sauerstoffaufnahme in die Luft bestehen. Was macht denn der CO_2-Wert?«

»Ich habe bisher 15 Kanister Lithiumhydroxyd verbraucht, und der Wert ist jetzt 2,8 Prozent.«

»Ich dachte, Sie wollten die Kanister alle zweieinhalb Stunden wechseln?« Richter machte eine Pause, er sah auf seine Uhr und machte eine schnelle Überschlagsrechnung im Kopf. »Sie müßten doch schon 25 Kanister verbraucht haben.« Er blieb vor seiner Kammertür stehen.

»Ja, ich weiß. Aber der E-Meister hatte Schwierigkeiten mit dem Verteilgerät. Gestern hat er das Ding in aller Eile zusammengebaut, heute nachmittag hat er noch mal vier Stunden lang sorgfältig daran gearbeitet.«

»Aber das ist ja sehr gut für uns. Das bedeutet doch, daß wir weniger CO_2 produzieren und weniger Sauerstoff verbrauchen, als das Handbuch vorhergesagt hat. Ja sogar erheblich weniger, etwa 70 Prozent weniger, wenn ich richtig rechne. Oh, das ist wirklich sehr erfreulich.« Richter schlug Schwartz auf die Schulter, als sie in die Kammer eintraten. »Und wie sieht es mit dem Druck im Boot aus?«

»Der steigt immer noch langsam an, jetzt ist er bei etwa 1,2 Meter Wassersäule.«

»Und wir haben keinerlei Anzeichen für ein Leck gefunden?«

»Nein.«

»Haben Sie in den Bilgen nachgesehen?«

»Ja, Herr Kap'tän. Wir haben keine undichte Stelle zum Seewasser.«

»Also, irgendwo muß da doch ein Leck sein, wenn der Druck steigt. Suchen Sie weiter. Haben Sie alle Daten für die Atemluftzusammensetzung?«

»Ja, Herr Kap'tän.«

»Gut. Wir wollen sie uns mal im Detail ansehen.«

2000A, USS *Tulsa*

Enzo hörte auf zu lesen und rieb sich seine müden Augen. Aufgehört zu lesen hatte er nicht, weil er erschöpft war – das war er auch –, sondern weil ihn die vielen Details zu verwirren begannen. Wenn der IO diese Operation überleben sollte, dann mußte er die Dinge einfach halten. Ein Prinzip war in den Büchern, die er studiert hatte, klargeworden: Das Hauptziel der Kriegschirurgie ist, alles abgestorbene Gewebe von der Wunde zu entfernen. Man kann aber darüber streiten, ob dies überhaupt ein Fall von Kriegschirurgie ist, dachte Enzo. Aber das Prinzip war wohl auf jeden Fall richtig. Alles lief darauf hinaus, totes Gewebe so lange wegzunehmen, bis Blut kam. Er ging davon aus, daß er das schaffen würde. Es konnte nicht viel schwieriger sein als das Herauslösen eines Knochens aus einer Lammschulter. Er nahm sich vor, sich weiter nicht darum zu kümmern, wie die Wunde aussah – das würde sowieso kein sonderlich schöner Anblick sein. Die zweite Entscheidung, die er vorab traf, war, daß er die Wunde nicht nähen wollte. Es war offenbar besser, wenn man die Wunde offen ließ. Das senkte die Wahrscheinlichkeit einer Entzündung. Als drittes nahm er sich vor, die natürliche Anatomie des Arms nicht weiter zu beachten. Das war ganz offensichtlich viel zu kompliziert für einen Laien, und schlußendlich war es auch egal, es kam im Augenblick nur darauf an, daß alles tote Gewebe entfernt wurde. Er würde schneiden und hoffen. Wenn etwas anfing zu bluten, dann wollte er die Adern zuklemmen oder abbinden.

Was ihm am meisten Sorge bereitete, war der Umstand, daß er den IO irgendwie betäuben mußte. Künstliche Beatmung oder echte Narkose kam nicht in Betracht, denn ein solches Gerät war natürlich nicht an Bord. Es blieb also nur eine örtliche Betäubung, außerdem konnte er seinen Patienten eine ordentliche Dosis Morphium geben. Da er sich entschieden hatte, sich weiter nicht um die Anatomie des Arms zu kümmern, brauchte er auch nicht zu versuchen, einzelne Nervenstränge besonders zu betäuben. Er würde nur ordentlich viel von dem Zeug in den noch durchbluteten Teil des Arms einspritzen und dann hoffen, daß es wirkte. Erst hatte er erwogen, den Arm weiter oben abzubinden, um den Blutverlust zu reduzieren, aber dann hatte er diesen Gedanken wieder verworfen. Er brauchte den Blutfluß, um zu erkennen, welches Gewebe abgestorben war und welches nicht. Der IO würde hoffentlich ordentlich bluten, und dann mußte Enzo eine weitere intravenöse Infusion durchführen, um den Flüssigkeitsverlust auszugleichen. Das machte ihm keine Sorgen, es wäre seine vierte Infusion, und bisher hatten alle gut geklappt. Allerdings durfte er seine drei vergeblichen Versuche bei Oberbootsmann Maddison nicht mitzählen. Eigentlich war die Sache jedoch immer einfach gewesen, denn alle Patienten waren tief bewußtlos. Wenn er sich beim IO ungeschickt anstellte, würde der sich vielleicht bewegen und damit das Finden der Vene für die Infusion erheblich erschweren. Aber das war letzten Endes alles nur Nebensache. Bisher waren seine ersten Schritte auf dem Gebiet der Medizin erstaunlich unkompliziert verlaufen. Alles klappte soweit gut. Vielleicht hätte er tatsächlich Medizin studieren sollen?

Enzo hatte sich so gut vorbereitet, wie es nur irgend möglich war. Er stand auf und ging in Richtung Offiziermesse. An der Tür traf er den COB.

»Ich habe 'ne schlechte Nachricht, Herr Kaleu. Der Sonargast Washington ist heute am frühen Abend gestorben.«

»Warum hat mir das noch keiner gesagt?« Enzo war eigentlich ein gelassener Mensch, aber jetzt verließ ihn die Ruhe. Er brüllte: »Bin ich der Schiffsarzt oder was ist?«

»Der Kommandant wollte, daß Sie schlafen. Er hat sich den Fall persönlich angesehen. Er möchte noch mit Ihnen sprechen, bevor Sie die Operation am IO durchführen.«

Enzos kurzlebige Euphorie war vorbei. Er langte in seine Tasche, holte sein Taschentuch heraus und schneuzte sich kräftig. Dann ballte er es zusammen und tupfte sich die Augen ab. Sein Mitgefühl bezog sich nicht nur auf Washington. Er hatte den Mann kaum gekannt. Ihm wurde plötzlich klar, daß an dieser medizinischen Tätigkeit doch mehr hing, als man auf den ersten

Blick sah. Der Gedanke, daß er am Ersten Offizier mit einem Messer herumschneiden sollte, erfüllte ihn plötzlich mit Schrekken. Er schneuzte sich erneut und drehte sich um, um sich auf dem Weg zur Kommandantenkammer zu machen.

»Tut mir leid, Herr Oberstabsbootsmann.«

»Was tut Ihnen leid?«

»Na, daß ich eben mit erhobener Stimme ...«

»Das ist schon in Ordnung, Herr Kaleu. Ich bin ja genauso gestreßt wie Sie.«

Als Enzo an Richters Kammertür klopfte, antwortete niemand. Ehe er im ganzen Boot rumsuchte, entschloß Enzo sich, hineinzusehen, um festzustellen, ob der Kommandant da war. Richter war tatsächlich eingeschlafen.

Enzo trat also ein und hustete laut. »Sie wollten mit mir sprechen, Herr Kap'tän?«

Richter drehte sich um und wurde wach. Er blinzelte und rieb sich die Augen.

»Sie brauchen ja doch gar nicht aufzustehen, Herr Kap'tän.«

»Vielen Dank, Enzo. Also, mit Washington, das tut mir leid. Wir wußten alle, daß seine Chancen nicht gut waren. Sie haben getan, was Sie konnten. Ich habe schon dem COB gesagt, und ich sage es Ihnen auch: Wenn wir hier rauskommen, nein, wenn wir erst mal hier raus sind, werde ich berichten, daß Sie beide hier unten eine wirklich bemerkenswerte und anerkennenswerte Arbeit geleistet haben. Außerdem denke ich, daß unsere Chancen, hier heil rauszukommen, deutlich gestiegen sind. Harvey hat herausgefunden, daß wir deutlich weniger CO_2 produzieren, als wir ursprünglich gedacht haben und als auch im Handbuch steht. Das Lithiumhydroxyd reicht unter diesen Umständen wohl für eine ganze Woche.«

»Das ist wirklich eine gute Sache. Ich habe im SAN-Bereich eine ganze Menge Beruhigungsmittel gefunden, Valium und so'n Zeug. Es kann doch nicht schaden, wenn wir das verteilen. Das wird die Leute noch ruhiger und träger machen.«

»Sicher, aber ich will nicht, daß die wichtigen Leute das Zeug nehmen. Wenn die Rettung kommt, dann müssen wir ein gutes Team zur Annahme des Fahrzeuges haben. Doch das ist nicht der Grund, warum ich mit Ihnen reden wollte. Haben Sie schon mit dem IO gesprochen?«

»Wegen der Operation?«

»Nein, über das Schafehüten. Mensch, was denken Sie denn?«

»Nein, Herr Kap'tän. Aber Sie haben recht, einer von uns muß das machen. Ich kann ja wohl nicht mit einem Messer zu ihm gehen und ihm sagen, daß ich nun seinen rechten Arm abschneiden will.«

»Wann meinen Sie, werden Sie soweit sein?«

»Ich bin jetzt soweit. Aber wir müssen noch einen geeigneten Ort finden, in der Offiziermesse ist nicht mehr genügend Platz.«

»Wir benutzen die PUO-Messe. Ich werde Steadman alles vorbereiten lassen. Wir beiden können inzwischen nach nebenan gehen und mit dem IO sprechen.«

Als Richter aufstand, brach ein Stöhnen aus ihm heraus, er hielt sich den Kopf und schwankte auf seinen Füßen. Enzo hielt ihn und half ihm, bis er sicher stand.

»Fragen Sie nichts, mir geht es gut«, sagte Richter. »Aber wenn diese Sache hier unten erst mal zu Ende ist, dann ruhe ich mich ordentlich aus.«

Die Reaktion auf Richters Klopfen an der Tür des IOs war kaum zu hören. Er trat mit Enzo ein. Mitchell lag auf seiner Koje, von mehreren Kissen abgestützt. Trotz der Kälte war seine Stirn mit Schweiß bedeckt, der in einer kleinen Bahn den Hals hinunterrann. Sein Haar war patschnaß, und es sah aus, als dampfe es. Der IO war sehr kurzatmig. Neben seiner Koje lag die Armbinde, er hielt seinen rechten Arm in seltsamer Stellung vor seinem Bauch. Die Hautoberfläche der Finger, ja der ganzen Hand, war grau-blau gefärbt. Der Rest des Arms war von der Binde bedeckt, die Oberstabsbootsmann Steadman angelegt hatte. In der Mitte der Bandage war ein großer dunkelbrauner Fleck, der von einem helleren, strohfarbenem Rand umgeben war. Richter und Enzo nahmen beide den ausgeprägten, üblen Geruch in der Kammer wahr.

»Sie sehen etwas besser aus als letztes Mal«, log Richter.

»Ja, Sie auch, Herr Kap'tän.« Der Erste Offizier versuchte zu lächeln.

»Was macht Ihr Arm?« fragte der Kommandant und setzte sich auf die Kante der Koje.

»Ganz gut. Ich glaube, ich habe da jetzt wieder etwas Gefühl drin. Wenigstens tut es nicht mehr so weh wie am Anfang.«

Richter sah die leere Flasche Tylenol neben der Koje. »Können Sie denn Ihre Hand bewegen?«

»Nein, Herr Kap'tän. Das wird wohl auch noch etwas dauern. Ich bin ganz schön durstig, Enzo. Ob Sie mir etwas Wasser geben?«

»Klar doch.«

Enzo ging in die Toilette, füllte ein Glas mit Wasser und stellte es neben die Koje des IO.

Richter fuhr fort: »Curtis. Sie wissen ja, daß ich es nicht liebe, um die Dinge herum zu reden. Ich will also gleich auf den Punkt kommen. Es ist ganz klar, daß dieser untere Teil Ihres rechten Armes abgestorben ist und daß er entfernt werden muß, wenn wir Ihr Leben retten wollen ...«

»Nein«, protestierte Mitchell.

Richter ignorierte die Unterbrechung und fuhr fort: »Sonst kommt es zum Wundbrand.« Er rümpfte seine Nase. »Wenn das nicht sowieso schon soweit ist.« Er beugte sich vor und fühlte an Mitchells Stirn.

Sie war geradezu heiß, der Mann hatte offenbar Fieber.

Mitchell wußte instinktiv, daß Richter wahrscheinlich recht hatte, aber er konnte sich einfach nicht damit abfinden. »Wir haben keinen Arzt. Wer sollte denn so eine Operation durchführen?«

»Ich«, antwortete Enzo. »Ich habe heute fast den ganzen Tag damit zugebracht, nachzulesen, was man tun muß in so einem Fall. So schwer ist das letzten Endes gar nicht.«

»Aber ich schreibe doch mit der Hand ... ich kann ja gar nicht mehr in der Marine bleiben, wenn ich die rechte Hand verliere«, wandte Mitchell ein und suchte verzweifelt nach weiteren Gründen, warum die Operation nicht durchgeführt werden konnte. »Bei allem Wohlwollen, Enzo, Sie sind schließlich kein Arzt. Woher wollen Sie denn so genau wissen, daß es nicht von selbst wieder besser wird?«

Es trat eine unangenehme Stille ein, die Richter schließlich unterbrach. »Curtis, dazu muß man nicht unbedingt ein Arzt sein. Meine Nase allein sagt mir schon, daß Ihr Arm nicht wieder besser wird. Wollen Sie wirklich, daß das auf den ganzen Körper übergreift? Wenn Sie mir nicht glauben wollen, sehen Sie sich das Ganze doch selbst an. Der Verband muß sowieso abgenommen werden.«

Richter stand auf, um dem Navigationsoffizier seinen Platz auf der Kojenkante frei zu machen. Enzo löste vorsichtig den Verband, den Steadman angelegt hatte, und legte Mitchells Arm frei. Ein Stück Verband klebte an der äußeren Wunde. Alle sahen, daß der Arm sich grün gefärbt hatte, und der unangenehme Geruch verbreitete sich intensiv in der Kammer.

»Sehen Sie, so schlecht sieht es doch gar nicht aus«, begann Mitchell. »Es blutet nicht mehr. Können wir es nicht einfach vorerst so lassen? Ich bin sicher, es wird schon heilen.«

Mitchell hatte die beiden anderen nicht überzeugt, sich selbst im übrigen auch nicht. Alle drei starrten auf die Wunde.

Enzo hatte das Gefühl, daß er etwas sagen sollte, und wenn es nur den Zweck hatte, diese unangenehme Stille zu durchbrechen. »Herr Kap'tän, ich kann natürlich ohne Ihre Zustimmung nichts machen. Geben Sie mir denn nun die Erlaubnis?«

»Und was ist mit einer Betäubung?« antwortete Korvettenkapitän Mitchell. »Hier kann doch niemand eine Narkose verabreichen. Wissen Sie, ich habe mal gelesen, daß die Narkoseärzte mehr Patienten umbringen als die Chirurgen.«

»Wer hat das denn ausgerechnet, frage ich mich«, brummte Enzo. »Jeder Tote bei einer Operation ist doch das Ergebnis des

Versagens des ganzen Teams.« Kaum war es von seiner Zunge, da erkannte Enzo auch schon, welche unglückliche Interpretation seiner letzten Bemerkung möglich war. »Wie dem auch sei, in unserem Fall werden wir keine Narkose benötigen. Eine örtliche Betäubung und Morphium werden ausreichen.«

»Sie meinen, ich soll dabei bei Bewußtsein sein?«

»Ja, Herr Kap'tän.«

»Natürlich können Sie auch noch einen ordentlichen Schluck medizinischen Branntwein bekommen«, bot Richter in dem klar erkennbaren Bemühen an, die Diskussion zu Ende zu bringen. »Ich hoffe, daß wir genügend davon an Bord haben.«

Mitchell sah Enzo an, als würde er jeden Augenblick anfangen zu weinen.

»Bitte, geben Sie mir ein paar Minuten, darüber nachzudenken.« Er hatte fast einen bettelnden Ton, gleichzeitig begann es tief in seiner Brust zu rasseln, das Rasseln wurde immer stärker, und schließlich würgte er hustend und stöhnend einen großen gelblichen, mit hellroten Blutflecken besprenkelten Ball von dickflüssigem gelbem Schleim hervor.

»Okay, Curtis, lassen Sie sich Zeit. Es gibt keinen Grund zu übertriebener Eile«, tröstete ihn Richter. »Sie müssen sich nicht gleich entscheiden. Ein paar Minuten spielen hier keine Rolle. Wir lassen Sie erst einmal in Ruhe. Überlegen Sie.«

Richter nickte Enzo zu, und die beiden verließen den Raum. Draußen blieben sie stehen.

»Er ist ernstlich krank, Enzo«, flüsterte Richter. »Wollen Sie das wirklich auf sich nehmen? Mir will scheinen, daß die Verletzung an der Lunge ihm doch noch den Tod bringen wird, falls er die Sache mit dem Arm überlebt.«

»Mir war bisher nicht klar, daß seine Lunge so stark betroffen ist, Herr Kap'tän. Er wollte nicht in die Offiziermesse kommen. Daher habe ich ihn auch den ganzen Tag noch nicht gesehen. Er braucht bestimmt Antibiotika, und ich muß erst noch nachlesen, was ich ihm geben soll.« Enzo schwieg einen Augenblick. Der Kommandant hatte recht. Mitchell würde es vielleicht nicht schaffen. Aber wenn sie seinen Arm nicht amputierten, dann hatte er überhaupt keine Chance. »Also, Herr Kap'tän, ich bin ja kein Experte. Vielleicht stirbt der IO doch. Vielleicht sterben wir alle hier unten, wir wissen es nicht. Aber er hat überhaupt nur eine Chance, wenn wir ihm das tote Gewebe abnehmen. Da Sie mich nun einmal gefragt haben und da ja auch kein anderer Freiwilliger da ist, der das auf sich nehmen will, denke ich, ich sollte nicht mehr lange fackeln und die Operation durchführen.«

»Sie haben mich nicht richtig verstanden, Enzo. Ich habe Sie nicht gefragt, ob Sie es machen wollen.«

»Vielen Dank. Ich werde es trotzdem machen, wenn Sie und der IO einverstanden sind.«

»In Ordnung. Ich wünsche Ihnen Erfolg. Ich werde den COB beauftragen, den Operationsraum für Sie vorzubereiten.«

2100C, Im Kreml, Moskau

Nachdem alle Hände geschüttelt und die Umarmungen sowie das Schulterklopfen beendet waren, begab sich die kleine Gruppe Männer in den Besprechungsraum des Verteidigungsministers. Dort wurden sie gebeten, Platz an dem großen Tisch in der Mitte des Raumes zu nehmen. Es war eine erlesene Gruppe: Außer dem Minister und Gromyko erkannte Konstantin mehrere hohe Offiziere des Heeres, der Luftwaffe, Repräsentanten des Politbüros des Präsidenten und eben solche aus dem Außenministerium. Nachdem er die Herren begrüßt und sich dafür entschuldigt hatte, daß diese Besprechung so spät am Abend stattfinden mußte, forderte der Minister Konstantin auf, das Problem darzustellen.

Konstantin folgte der Aufforderung und erläuterte alles, was von Fakten unterstützt wurde.

Darauf folgte eine Reihe von irritierten Fragen: »Ist es denn normal, daß U-Boote versuchen, sich zu rammen?« meldete sich ein Heeresoffizier zu Wort. »Warum können die Amerikaner denn nicht genauso lange da unten überleben, als wenn das U-

Boot nicht gesunken und sie unter Wasser weitergefahren wären?« folgte das Juwel, das der Mann aus dem Präsidialbüro beitrug.

Konstantin beantwortete diese Fragen alle sorgfältig und bemühte sich sehr, sich seine Verwunderung über die Inkompetenz nicht anmerken zu lassen. Danach nickte der Minister Gromyko zu und bat ihn, die verschiedenen Möglichkeiten des Handelns aufzuzeigen. Das war der Augenblick, vor dem Konstantin die meiste Angst gehabt hatte.

Er merkte aber bald mit Dankbarkeit, daß seine Sorgen unbegründet waren. Keiner steigt bis zum Admiral der russischen Marine auf, wenn er nicht im entscheidenden Augenblick eine vernünftige Leistung produzieren kann, egal wieviel Wodka er vorher getrunken hat, dachte er.

Konstantin bewunderte Gromyko, der eine brillante Analyse der Lage und gute Darstellung der beiden Lösungsmöglichkeiten präsentierte. Und das, obwohl er sich eine ganze Flasche Stolichnaya während des Fluges durch die Kehle hatte rinnen lassen.

Sie konnten alles zugeben und Hilfe bei der Rettung der Überlebenden anbieten, oder sie konnten versuchen, die ganze Sache zu vertuschen und das Wrack zu verbergen. Anerkennenswerterweise sprach Gromyko die dritte Möglichkeit, die er selbst bevorzugt hätte, die aber am Nachmittag schon zu Grabe getragen worden war, gar nicht mehr an.

Es hagelte weitere Fragen und Kommentare. Diese hatten meist technische Probleme und die Frage der Machbarkeit für das Verstecken des Wracks zum Gegenstand; Leute wollten wissen, wie ein Gerät zur Entdeckung magnetischer Anomalien funktioniert und ob man vielleicht ein U-Boot mit einem anderen Wrack verwechseln könnte. Dies waren Fragen, die an diesem Tag schon mehrfach behandelt worden waren. Zum Schluß faßte der Minister alles zusammen, bedankte sich bei allen, daß sie so kurzfristig gekommen waren, und schob die Besucher förmlich aus seinem Besprechungsraum. Er mußte jetzt zum Präsidenten.

Dem Wunsch des Verteidigungsministers genügend, blieben Gromyko und Konstantin die Nacht über in Moskau, sie hielten sich für den Fall weiterer Entwicklungen verfügbar. Gromykos Sekretärin hatte ihnen Zimmer im Hotel Metropol besorgt, das Offizieren einen erheblichen Rabatt einräumte. Eine ältere, schwarze Zil-Limousine fuhr sie den halben Kilometer vom Kreml zum Hotel. Dort packte Gromyko Konstantin am Arm und zerrte ihn zur Bar. Konstantin konnte aus dieser Situation nicht heraus, er mußte mit. So schickte er sich in sein Schicksal und versuchte, ein tapferes Gesicht zu machen. Er hoffte, die Sauferei zu überleben, wenn er stur bei Bier blieb und keine scharfen Sachen trank.

2300A, USS *Tulsa*

Eine Stunde war schon verstrichen, seit Enzo den Ersten dazu gebracht hatte, 30 Milligramm Valium zu schlucken. Die Wirkung hätte nicht besser sein können. Der IO schlief wie ein kleines Kind und hatte Enzos zwei Versuche, eine intravenöse Infusion zu machen, gar nicht bemerkt. Dann war es soweit. Enzo, der sich einen grünen Umhang angezogen hatte, zog sechs kleine Fläschchen Lignocaine in eine 20-Milliliter-Spritze auf und injizierte das Mittel an verschiedenen Stellen des Unterarms, gerade unterhalb des Ellbogens. Er hoffte, daß er genug genommen und daß er die richtigen Stellen erwischt hatte und wartete 15 Minuten, damit das Zeug seine Wirkung entfalten konnte. Dann entschloß er sich, das Ergebnis dadurch zu testen, daß er die festsitzende Gaze von der Wunde abzog. Bisher hatte Mitchell immer vor Schmerz aufgeschrien, wenn er dies versucht hatte. Nicht so diesmal. Nachdem nun der Verband völlig ab war, begutachteten Enzo, Oberstabsbootsmann Steadman und der Kommandant noch einmal die Verletzung. Aus den Öffnungen in der Haut, aus denen auch die zwei gebrochenen Knochenenden hervorragten, trat langsam eine strohfarbene Flüssigkeit aus. Die zersplitterten Knochenenden waren feucht und schimmerten grünlich. Enzo griff sich frischen Verbandsmull, tränkte den mit Betadine und begann, die Haut zu reinigen. Er machte das gründlich, und es schien erstaunlich, daß der IO dabei nicht aufwachte. Dann zog er sich zwei Handschuhe an. Steadman, der genau wie Enzo angezogen war, stand ihm gegenüber. Er hob den verletzten Arm an, damit Enzo ein wasserfestes Papiertuch über den Körper des Ersten breiten konnte. Darüber legte er noch ein großes grünes Handtuch, das bis zum Kopf alles abdeckte. Enzo band noch ein weiteres steriles Tuch um den Oberarm und sicherte es mit ein paar Klammern.

Nun war die Zeit zum Schneiden gekommen. Enzo nahm ein Skalpell aus der Schale und trennte mit mehreren kräftigen schnellen Schnitten den Unterarm unterhalb der Bruchstelle vom Rest des Körpers. Da Enzo niemanden angewiesen hatte, den verletzten Arm festzuhalten, rutschte dieser von Mitchells Bauch und fiel an Deck. Dort landete er mit hörbarem Aufklatschen. Richter stöhnte. Diese Übung begann gespenstische Züge anzunehmen, und sein Magen drohte sich umzudrehen.

»Nicht drum kümmern, Herr Kaleu«, sagte Steadman, der sich völlig darüber im klaren war, daß die Stimmungslage im Operationsraum angespannt war. »Ich bringe den Unterarm nachher, wenn Sie fertig sind, in den Torpedoraum zu den Leichen.«

»Vielen Dank, Herr Oberstabsbootsmann.« Enzo machte eine Pause und sah sich die Wunde an. »Das war der einfachere Teil. Ich muß jetzt immer weiter Gewebe entfernen, bis es anfängt zu bluten. Bitte passen Sie doch auch mit auf. Wenn ich eine Ader erwische, wäre es gut, wenn Sie gleich eine Klemme auf das Blutgefäß setzten.«

»Ich werde tun, was ich kann, Herr Kaleu.«

»Also, los geht's.« Enzo begann zu schneiden, dann hörte er aber wieder auf und sah Richter an. »Herr Kap'tän, können Sie bitte die Lampe hier auf die Stelle richten?«

Der Kommandant richtete zwei der Lampen aus, die der E-Meister vorher aufgebaut hatte. »Besser so?«

»Ja, viel besser.«

Richter sah voller Staunen zu, wie Enzo dicke Scheiben Gewebe von den Knochen abtrennte. Es blutete kaum. Sehr schnell wurde klar, daß da viel mehr totes Gewebe und abgestorbene Muskulatur waren, als man erwartet hatte. Doch plötzlich spritzte ein pulsierender Blutstrahl aus einer Arterie, die Enzo abgeschnitten hatte. Das Blut traf Richter voll ins Gesicht. Er sprang instinktiv zurück, ihm wurde schwindelig, und die ganze Welt begann sich zu drehen, dann wurde es um ihn herum dunkel.

Steadman drehte sich gerade noch rechtzeitig um und sah den Kommandanten in sich zusammensacken. Enzo, der das Ganze nicht gesehen hatte, weil er auf die Wunde konzentriert war, dachte, der Kommandant sei wegen des Anblicks ohnmächtig geworden.

»Herr Oberstabsbootsmann, der Kommandant liegt da ganz gut, ohnmächtiger kann er nicht mehr werden. Jetzt wollen wir erst diese Arterie abklemmen.«

»Ich glaube nicht, daß er vom Anblick ohnmächtig geworden ist, Herr Kaleu. Er war den ganzen Tag schon wackelig auf den Beinen.«

»Ja, ja, ich weiß. Aber wir müssen diese Blutung stillen, sonst verblutet der IO. Wir kümmern uns gleich danach um den Kommandanten.«

Die zwei Operateure setzten Klammern auf die blutende Stelle und hatten die Blutung schnell im Griff.

»Wir sollten das abbinden, wenn es möglich ist«, fuhr Enzo fort. Er nahm ein Stück schwarzen Faden aus einer Schüssel und band, wenn auch etwas ungeschickt, die Ader ab.

Steadman tupfte die Wunde mit Verbandsgaze ab und sah über seine Schulter, daß Richter sich bewegte. »Ich glaube, der Kommandant wird sich schon berappeln, Herr Kaleu. Kann ich jetzt noch was machen?« fragte er, und seine Mundwinkel zogen sich etwas nach oben, ein ganz, ganz leichtes Lächeln war auf seinem Gesicht zu erkennen.

»Können Sie die Säge raussuchen? Ich muß doch diese vorstehenden Knochenenden absägen. Im übrigen: Kocht das Pech im Kessel schon?«

Steadman brauchte einen Augenblick, bis er verstand, daß der Navigationsoffizier scherzhaft auf eine zweihundert Jahre zuvor gebräuchliche Praxis anspielte. Damals dauerten die Amputationen nur wenige Sekunden, und die Blutung wurde durch das Eintauchen des Amputationsstumpfes in kochendes Pech gestoppt.

»Jawohl, Herr Kaleu, und mein Papagei rührt das Zeug um!« versuchte Steadman auf den Scherz einzugehen.

Beide lachten.

Sie benötigten noch weitere 20 Minuten, um die Amputation abzuschließen. Mitchell hatte sich nur ein einziges Mal bewegt, und das war, als Enzo einen Knochen absägte. Beide Männer betrachteten ihre Arbeit. Auch wenn die Wunde groß war und unregelmäßig über den Arm verlief: Das sichtbare Gewebe war rosarot und nicht mehr grünlich-blau. Enzo überließ es Steadman, einen dicken Verband anzulegen. Er zog die Handschuhe aus und legte den Umhang ab, dann ging er zu Richter, der mit übergeschlagenen Beinen an Deck saß und seinen Kopf mit den Händen stützte.

»Sind Sie in Ordnung, Herr Kap'tän?«

»Es wird schon werden, Enzo. Ich muß gestern wohl eine Gehirnerschütterung bekommen haben, als ich bei der Kollision mit dem Kopf aufgeknallt bin. Ich brauche nur Ruhe.«

»Es war auch ein anstrengender Tag, Herr Kap'tän. Benötigen Sie unsere Hilfe, um in Ihre Kammer zu gehen?«

»Nein, danke, Enzo. Sie müssen selbst sehen, daß Sie ausreichend Schlaf bekommen, wenn Sie hier fertig sind. Leute wie Sie müssen hier richtig in Hochform sein, alle wichtigen Leute, ich auch.«

Enzo war geschmeichelt von dem Vertrauen, das der Kommandant in ihn setzte. Es gab jetzt nichts mehr zu sagen. Richter ging in die Koje, und 30 Minuten später schlief auch Enzo tief und fest, zum ersten Mal nach zwei Tagen.

Kapitel 3

Sonnabend, den 30. Oktober

0200C, US-Botschaft, Moskau

Nachdem seine Frau ihm einen kräftigen Stoß in die Rippen verpaßt hatte und er davon aufgewacht war, wälzte sich der Botschafter im Bett auf die andere Seite und ergriff den Telefonhörer, um endlich das dauernde Klingeln zu beenden. Seinen dicken Kopf hatte er an diesem Morgen den Franzosen zu verdanken, die einen ihrer unvergleichlichen Empfänge gegeben hatten. Er sah auf seine Uhr und fluchte leise. Es war erst zwei Uhr morgens, und er hatte nur 45 Minuten geschlafen. Wer um Himmels willen rief bloß zu solch unmöglicher Zeit an?

»Herr Botschafter?« Es war die Telefonvermittlung, über die alle Anrufe außerhalb der normalen Dienstzeiten liefen. »Herr Botschafter, hier ist der russische Außenminister am Telefon.«

Das ist seltsam, dachte der Botschafter; der Minister erhielt immer Einladungen zu den Veranstaltungen der Botschaften, und meist nahm er auch an den wichtigeren Ereignissen teil. Gestern abend hatte er gefehlt. Da muß etwas Besonderes passiert sein, dachte der Botschafter. »Stellen Sie ihn durch.«

»Es tut mir leid, Sie mitten in der Nacht stören zu müssen, Exzellenz«, entschuldigte sich der Russe.

»Kein Problem, was kann ich für Sie tun, Yuri?« Der Botschafter war bekannt für seine stets genau plazierten informellen Anreden.

»Ich habe hier ein ziemlich delikates Marineproblem, das ich gerne mit Ihnen besprechen möchte. Könnten Sie bitte in mein Büro kommen, sagen wir in etwa einer Stunde?«

Das muß ja wirklich sehr dringend sein, dachte der Botschafter. »Selbstverständlich. Ich komme. Ich bringe meinen Marineattaché mit.«

»Das wäre bestimmt hilfreich.«

»Ich bin in einer Stunde da, Yuri.«

Nachdem er den Attaché und seinen Chauffeur angerufen hatte, stand der Botschafter auf und ging ins Bad. Wenn er zwei Alka Seltzer nahm und starken Kaffee trank, würde er den Problemen der Welt sicherlich besser ins Auge sehen können. Den Kaffee mußte er sich allerdings selber kochen, fiel ihm ein. Dank der Personalkürzungen durch die Erbsenzähler in Washington stand an Wochenenden kein Bereitschaftspersonal für Küchendienste mehr zur Verfügung.

0340C, vor dem Kreml in Moskau

»Na, was halten Sie denn davon?« fragte der Botschafter den Marineattaché, Kapitän zur See Daniel Fairchild, der neben ihm hinten im kugelsicheren Cadillac saß. Sie fuhren nach dem Gespräch mit dem russischen Minister zurück in die US-Botschaft.

»Kaum zu glauben, aber nicht unmöglich. Ich werde von der Botschaft sofort COMSUBLANT anrufen und hören, was die dazu sagen.«

»Benutzen Sie in jedem Fall eine abhörsichere Verbindung. Wenn das alles stimmt, dann müssen wir es möglichst lange geheim halten. Die Presse würde uns sonst das Leben zur Hölle machen«, bemerkte der Botschafter müde. Er war fest entschlossen, in dieser Nacht weitere Störungen möglichst zu vermeiden.

»Selbstverständlich, Sir.«

»Morgen früh informieren Sie mich über alles, was Sie herausgefunden haben. Ich werde dann das Außenministerium informieren, die werden das Weiße Haus und das Verteidigungsministerium in Kenntnis setzen. Ich hoffe, daß COMSUBLANT die Sache für sich behalten wird, bis wir alle zuständigen Stellen informiert haben.«

»Sir, wenn sich diese Sache als real herausstellt, dann muß COMSUBLANT schnell handeln, sonst geht es hier nicht mehr um einen Rettungsfall, sondern nur noch um die Bergung eines Wracks mit Leichen.«

»Was heißt das für die Praxis?«

»Ganz einfach, Sir, in 20 Minuten werde ich wissen, ob das, was die Russen uns mitgeteilt haben, stimmen kann. Und wenn das so ist, dann müssen alle zuständigen Stellen verdammt schnell in Gang kommen.«

Der Botschafter stöhnte wegen der Aussicht, daß er doch keinen Schlaf bekommen könnte. Er hatte diesen Job erhalten, weil er viel für die Republikanische Partei getan und auch gespendet hatte, und er hatte erwartet, daß der Job Spaß machen und ihm Ansehen sowie einen luxuriösen Lebenswandel auf Kosten des Steuerzahlers bringen würde. Leider hatte sich herausgestellt, daß der verdammte Job manchmal ziemlich nervend war, und das war jetzt auch schon wieder so ein Fall.

»Also gut, Sie können mein Büro benutzen für Ihre Telefongespräche, ich koche dann schon mal Kaffee für uns.«

Der Cadillac rollte in das Botschaftsgelände, vorbei an der Wache der Marineinfanterie, die stramm grüßte. Kapitän zur See Fairchild sprang aus dem Auto und eilte mit schnellem Schritt durch den Haupteingang in sein Büro. Dort ergriff er sein persönliches Telefonverzeichnis und begab sich in das Büro des Botschafters. Er hob den Hörer des abhörsicheren Telefons ab und sah auf seine Uhr. In Norfolk war es jetzt acht Uhr abends – der Attaché entschloß sich, gleich beim COMSUBLANT persönlich zu Hause anzurufen. Er blätterte durch die Seiten seines Verzeichnisses, wählte eine lange Nummer und wartete, dabei klopfte er mit den Fingern seiner freien Hand im Takt eines trabenden Pferdes auf den Mahagonitisch des Botschafters. »Admiral Talisker? Hier ist der Attaché in Moskau, Herr Admiral. Bitte entschuldigen Sie, daß ich Sie zu Hause belästige.«

»Sind Sie das, Danny?«

Fairchild war erstaunt darüber, daß der Admiral seine Stimme erkannt hatte und sich auch noch an seinen Vornamen erinnerte. Sie waren nur ein einziges Mal vorher zusammen auf einem Schiff gefahren, und zwar auf der *Grayback*, vor 18 Jahren.

»Ja, Herr Admiral. Lassen Sie mich gleich auf den Punkt kommen. Ich komme soeben von einer Besprechung mit dem russischen Außenminister, dem Verteidigungsminister und dem Oberbefehlshaber.« Er machte ein Pause.

»Was? So früh am Morgen? Was ist denn los?«

»Sie sagen, sie hätten eins von unseren U-Booten versenkt, Herr Admiral.«

»Was? Absichtlich?«

»Nein, Herr Admiral, sie sagen, es sei ein Unfall gewesen, eine Kollision. Operiert eins von unseren 688-Klasse-Booten in der Norwegensee?«

»Wo ungefähr?«

»74°27' Nord, 17°20' Ost«

»Ja, da haben wir tatsächlich eins, die *Tulsa*. Ich kann Ihnen nicht sagen, um was es da geht.«

»Darauf kommt es auch nicht an, Herr Admiral. Hat die *Tulsa* sich in letzter Zeit gemeldet?«

»Wissen Sie, ich kann das so aus dem Stand nicht beantworten. Ich rufe gleich zurück. Sagen Sie mir Ihre Nummer.« Fairchild gab ihm die Telefonnummer. »Je schneller Sie mich informieren können, desto besser, Herr Admiral. Wie es aussieht, wird der Botschafter wohl Washington aufwecken müssen.«

»Danny, ich rufe zurück, sobald ich kann.«

»Vielen Dank, Herr Admiral.«

Als er den Hörer wieder auflegte, kam gerade der Botschafter zur Tür herein und trug zwei große Tassen Kaffee und einen Pappbehälter mit Milch auf einem Silbertablett. »Zucker nehmen Sie doch nicht, oder?«

»Nein, Herr Botschafter.«

»Das wußte ich noch, aber ich konnte mich nicht erinnern, ob Sie Milch nehmen.«

»Nicht zu dieser Nachtzeit.«

»Wie Sie wollen.«

Fairchild fiel es schwer, ernst zu bleiben. Auf der einen Tasse war Garfield, der Kater, abgebildet, er hatte eine Kochsmütze auf, stand vor einem Grill mit Grillwürsten und sagte: »Die armen Würste!« Auf der anderen Tasse war ein Mann abgebildet, der im Begriff war, in einen Haufen Hundekot zu treten. Darüber stand: »Scheiße gibt's überall.« Die beiden Tassen zeigten den Botschafter von einer Seite, die der Attaché bisher noch nicht wahrgenommen hatte. Dieser Mann, oder wer auch immer die Tassen besorgt hatte, verfügte über ein gewisses Maß an Humor.

»COMSUBLANT wird gleich zurückrufen.«

»Gut. Was hat er denn gesagt?«

»Daß es sein könnte, daß die Russen recht haben. Er wird das genauer prüfen.«

Der Botschafter nahm einen großen Schluck aus seiner Tasse. Wie er die heiße Flüssigkeit so schlucken konnte, war Kapitän zur See Fairchild ein Rätsel. Er sah, daß der Botschafter an einen Glasschrank ging, in dem vier Reihen Gläser und darunter eine große Zigarrenkiste standen.

»Nehmen Sie eine Zigarre? Ich habe hier eine gute Auswahl von echten Havannas, die hat mir der russische Außenminister geschenkt.«

»Nein, danke, Herr Botschafter.«

»Aber Sie sind einverstanden, wenn ich eine rauche?«

»Ja, natürlich«, antwortete Danny, er hatte den Verdacht, daß der Botschafter sich auch nicht darum gekümmert hätte, wenn er nicht einverstanden gewesen wäre.

Der Botschafter wählte eine Corona, knipste das Ende gekonnt ab und steckte sie an. Im Nu war sein Kopf von blauem Rauch umhüllt.

»Das war ja 'ne tolle Party, die die Franzosen da gestern abend geschmissen haben«, begann der Botschafter.

»Ja, da haben Sie recht. Ich mußte allerdings früher gehen. Bei uns sind zur Zeit die Eltern meiner Frau Lucy zu Besuch, sie sind schon alt und recht hilfsbedürftig.«

»Ich verstehe. Wenn sie so richtig alt werden, braucht man fast wieder einen Babysitter für sie. Ich habe das nicht durchmachen müssen, weil meine Eltern bei einem Autounfall zu Tode kamen, als sie noch ganz gut in Schuß waren.«

»Oh, das tut mir aber leid, ich wußte das nicht.«

»Das braucht Ihnen nicht leid zu tun. Das ist jetzt schon einige Jahre her, und meinem Bankkonto hat es auch nicht geschadet. Ich glaube, mein Vater würde immer noch die Firma führen, wenn er nicht dieses vorzeitige Ende gefunden hätte.«

Fairchild wußte, daß der Reichtum des Botschafters auf der Teilhaberschaft an einer großen Software-Firma beruhte. Er wollte gerne das Thema wechseln. Der Mann wurde unerträglich, wenn er erst einmal anfing, mit seinen Erfolgen als Direktor dieses Unternehmens zu prahlen. Aber Fairchild brauchte sich nicht anzustrengen, denn das Telefon klingelte. Der Botschafter wollte, daß der Attaché abhob, dabei nahm er einen langen Zug von seiner Zigarre.

»Danny, ich werde jetzt SUBLOOK auslösen, und wir werden sehen, ob das Boot reagiert. Das ist so eine Sache. Die *Tulsa* ist auf einem besonderen Einsatz, aber wir wollen natürlich keine unnötigen Risiken eingehen. Die Russen wissen natürlich von der Anwesenheit unseres Bootes, und die *Tulsa* müßte eigentlich antworten, wenn alles klar ist. Danke für die Information.«

»Ja, danke, Herr Admiral. Wir werden das Außenministerium informieren.« Fairchild legte den Hörer wieder auf und sah den Botschafter an, der kaum noch durch die Rauchwolken zu erkennen war, hinter denen er sich auf seinem Ledersofa verschanzt hatte.

»Sir, der COMSUBLANT wird versuchen, Kontakt zur *Tulsa* aufzunehmen.«

»Das habe ich schon erraten. Ich werde jetzt auch noch ein paar Anrufe tätigen. Vielen Dank für Ihre Unterstützung, Danny. Gehen Sie gleich wieder ins Bett.«

»Vielen Dank, Sir. Ich hoffe, Sie werden auch noch etwas Zeit zur Ruhe haben. Ich meine, jetzt nach der Franzosenparty.«

Der Botschafter grinste. »Ich werde schon überleben«, antwortete er. »Sausen Sie los.«

2130R 29. Oktober, im Hauptquartier der Atlantikflotte, Norfolk, Virginia

»Wir sind uns also einig«, sagte Vizeadmiral Talisker und sah dabei die um ihn herum versammelten Offiziere seines Stabes an, »wir benötigen die Hilfe der Norweger bei dieser Suche und vielleicht späteren Rettungsoperation. Vermutlich würde eine Rettungsoperation von Bodö aus koordiniert werden. Wir müssen dann auch den Flugplatz in Hammerfest benutzen. Ich werde mit dem CNO Verbindung aufnehmen, um diesen Antrag zu stellen. Weiterhin werde ich auch eine Suche aus der Luft durch die Task Force 84 von Keflavik aus beantragen. A3, Sie informieren den Wachhabenden Stabsoffizier in der Marine-Abteilung des Pentagon und den Befehlshaber der U-Boote im Pazifik. Bei den Entfernungen, um die es hier geht, und wegen der Tatsache, daß das Boot vielleicht schon 38 Stunden auf dem Meeresgrund liegt, müssen wir auch dafür sorgen, daß das DSRV und die U-Boot-Rettungskammer sofort einsatzbereit gemacht werden. A6, die Fernmelder sollen auf jede mögliche Ausstrahlung von der *Tulsa* achten. Die Fernmeldegruppe II soll die *Tulsa* auf den vorgesehenen Frequenzen alle 10 Minuten rufen, und die anderen Gruppen sollen mithören. Wenn die *Tulsa* da ist, wo die Russen behaupten, dann müßte ein P3-Seefernaufklärer sie schnell finden, wir könnten dann gleich SUBSUNK auslösen. Wenn wir sie nicht finden und wenn sie auch nicht antwortet ...«, er sah auf seine Uhr, »werde ich in 20 Stunden SUBMISS auslösen.«

Die Offiziere rundum nickten zustimmend.

Der Admiral fuhr fort: »Für den Presseoffizier: Da wir zur Zeit ja nur SUBLOOK ausgelöst haben, müssen wir die Öffentlichkeit nicht informieren. Wenn ich aber SUBMISS oder sogar SUBSUNK auslösen muß, dann müssen wir das veröffentlichen. Ich brauche Ihnen nicht zu erläutern, welches öffentliche Interesse eine solche Sache auslösen würde. Da wird der Teufel los sein. Die Vorschriften wollen es, daß die erste öffentliche Bekanntgabe durch einen Staatssekretär aus dem Ministerium erfolgt. Ich wäre froh, wenn der die ganze Operation führen würde, falls eine solche denn erforderlich werden sollte. Ich bitte den Presseoffizier, eine Einweisung für den Oberbefehlshaber Atlantik, den CNO und den Leiter des Marinenachrichtendienstes vorzubereiten. Außerdem müssen Sie Pressemitteilungen vorbereiten, die Presse wird uns die Tür einrennen, sobald irgend etwas bekannt wird. Ich muß Ihnen ja nicht sagen, was da benötigt wird – die Namen der Männer an Bord, ihre Heimatorte, die Lebensläufe der Offiziere und des COB und so weiter. Sprechen Sie sich mit dem Presseoffizier in Groton ab, den wird man auch belagern. Sie müssen mit ihm zusammen ein gut abgestimmtes Lied singen. Aber ich will auf keinen Fall, daß irgendwelche persönlichen Einzelheiten an die Presse durchsickern, bevor nicht die Angehörigen benachrichtigt worden sind. Ist das absolut klar?«

»Selbstverständlich, Herr Admiral.«

»Meine Herren, ich wiederhole meine Entschuldigung dafür, daß ich Sie an einem Freitagabend herzitiert habe. Ich hoffe genau wie Sie, daß wir ein ruhiges Wochenende haben werden. Wir werden das bald wissen. Ich möchte jetzt noch mit den Leitern der Operationsabteilung, der Logistik, des Rettungs- und Bergungsdienstes, mit einem Experten für Tauchen in großen Tiefen und mit dem Leiter der Sanitätsabteilung sprechen. Dem Rest wünsche ich eine gute Nacht.«

Das übliche Gemurmel, das sonst nach Beendigung der Lagebesprechungen zu hören war, fehlte diesmal völlig. Viele der Anwesenden kannten den Kommandanten der *Tulsa*, Geoff Richter. Und die, die ihn nicht kannten, konnten sich die schwierige Situation, in der er war, vorstellen.

Eine kleine Gruppe versammelte sich am Ende des Tisches bei dem Admiral.

»Ich habe Sie gebeten, noch hierzubleiben, weil wir wohl in Kürze einen Plan für die Rettung benötigen werden. Wir haben unsere Pläne für einen solchen Fall in letzter Zeit weder überarbeitet noch benötigt. Tatsache ist, daß das nächste für einen Rettungseinsatz geeignete U-Boot in Groton liegt und daß der für einen solchen Einsatz geeignete Hafen, der der Position der *Tulsa* am nächsten liegt, Stavanger ist. Die Verzögerung, die durch den Transit des Bootes von Groton nach Stavanger entsteht, ist in keinem Fall akzeptabel. Das ist insbesondere so, weil wir auch noch etwa vier Tage für die Fahrt des mit dem DSRV ausgerüsteten Bootes von Stavanger bis zur Position der *Tulsa* einrechnen müssen.« Der Admiral wandte sich an Flottillenarzt Dr. Mike Selby, den Kommandoarzt. »Wie lange können die Männer da unten überleben, Mike?«

»Das ist 'ne schwierige Frage, Herr Admiral. Da sind viele Unbekannte drin in dieser Rechnung.«

»Na, so in etwa?«

»Bitte geben Sie mir ein paar Augenblicke, Herr Admiral. Ich muß ein paar Berechnungen anstellen.«

»Gut. Ich will von Ihnen erstens eine realistische Abschätzung und eine zweite optimistische Abschätzung, wie lange wir noch irgendeine Aussicht haben, einen einzigen Überlebenden nach oben zu holen.«

»Ja, wird gemacht.« Selby stand auf und verließ den Raum. Er lief in Richtung seines Dienstzimmers. Wie um Himmels willen sollte er diese Fragen beantworten? Er wußte nicht einmal genau, was passiert war, er hatte keine Ahnung, wie viele Leute überlebt hatten, er wußte nicht, wieviel Lithiumhydroxyd die *Tulsa* an Bord hatte und, was vielleicht noch wichtiger war, wo es an Bord verstaut worden war. Er mußte zur Beantwortung der Frage wissen, welche Teile des Bootes unter Wasser standen, wie hoch der Innendruck im Boot war, ob die Stromversorgung noch intakt war ... und so ging es immer weiter. Er kam an seinem Schreibtisch an und suchte seinen Schrank nach dem Handbuch für Atemluftzusammensetzung ab. Ihm blieb fast das Herz stehen, als er es zunächst nicht fand. »Scheiße«, rief er aus, »wo ist das verfluchte Ding?« Er suchte noch einmal mit aller Sorgfalt und fand es schließlich in einem blauen Ordner. Er schlug Kapitel 13 auf und begann damit, einige wichtige Parameter aufzuschreiben.

Es war einfach sinnvoll, anzunehmen, daß das Kohlendioxyd der begrenzende Faktor sein würde, darauf lief es praktisch immer hinaus. Wie viele Leute waren wohl noch dort unten? Wenn die vordere Abteilung vollgelaufen war und nur noch Überlebende in der achteren Abteilung waren, dann waren es vermutlich nur noch wenige, die atmeten, vielleicht etwa 20. Wie viele Kanister mit Lithiumhydroxyd waren wohl achtern verstaut? Das wußte Gott allein. Als reine Annahme schrieb Selby 30 Kanister auf. Er erstellte eine Berechnung, und das Ergebnis war, daß die Leute achtern ungefähr 262 Stunden überleben konnten, was das CO_2 anbetraf. Mensch, dachte er, das sind ja fast 11 Tage. Er stellte noch eine Reihe weiterer Berechnungen an. Es sah wirklich so aus, daß der Sauerstoff noch länger reichen würde, und wenn man annahm, daß es keine Lecks gab und daß kein Feuer ausgebrochen war, dann sollte es auch mit dem Innendruck keine Probleme geben. Eine Leckage am Reaktor? Radioaktivität? Das war unwahrscheinlich, und da er sowieso eine optimistische Berechnung anstellte, entschloß sich Selby, diese Möglichkeit vorerst einmal zu ignorieren. Was war also das Hauptproblem? Wasser sollte kein Problem sein, die Männer da unten konnten das entionisierte Wasser für den Reaktor benutzen.

Die Temperatur? Ja, es würde kalt werden. Achtern hatten sie keinen Zugang zu zusätzlicher Bekleidung, und obwohl es dort viele heiße Maschinenteile gab, würde alles in wenigen Tagen auskühlen. Dann würden die Männer frieren. Und die Sache würde dadurch verschlimmert werden, daß sie keinerlei Nahrung hatten. Was zunächst wie eine gute Ausgangslage ausgesehen hatte, entpuppte sich bei näherem Hinsehen als durchaus schwierig. Achtern würden sie niemals 11 Tage überleben können, wenn die Männer keine zusätzliche Kleidung und keine Nahrung hatten.

Und wie sah es aus, wenn in der vorderen Abteilung Überlebende waren? Er machte sich erneut an eine ganze Reihe von Berechnungen und hatte dann bald die zwei Fälle durchgerechnet, für die der Admiral die Antworten haben wollte. Die realistische Abschätzung war drei Tage, eine ganz optimistische gewährte 11 Tage. Selby sah auf die Uhr. Gerne hätte er seine Ergebnisse von einem zweiten Fachmann prüfen lassen, aber es war schon fast zehn Uhr, und auch die Leute bei der U-Boot-Fachgruppe in San Diego würden schon nach Hause gegangen sein. Er entschloß sich, es trotzdem zu versuchen. Er suchte in seinem Telefonverzeichnis nach der Nummer von Oberstabsarzt Pat Kellman, hatte Glück und fand die Nummer. Der Kollege meldete sich sofort. Er sprach die Lage mit ihm durch, und sie stimmten darin überein, daß diese Sache ihnen wahrscheinlich das Wochenende ruinieren würde. Pat hielt aber auch die von Selby ermittelten Ergebnisse für richtig. So bestätigt, kehrte Selby in den Besprechungsraum zurück.

»Na, wie sehen Ihre Ergebnisse aus, Doc?« fragte Talisker, und Selby meldete seine zwei Zahlen. »Verdammt! Dann haben wir ja wirklich nicht viel Zeit! Lassen Sie mich kurz zusammenfassen, was wir hier inzwischen besprochen haben«, fuhr der Admiral fort: »Wir haben uns entschlossen, das DSRV zu aktivieren, aber wir sind zu der Überzeugung gekommen, daß wir es nur zeitgerecht einsetzen können, wenn die Briten für uns innerhalb von 60 Stunden ein geeignetes U-Boot in Stavanger bereitstellen können. Nur dann kann es so gerade klappen. Ich werde inoffiziell mit Konteradmiral Patterson, dem Chef der britischen U-Boote, sprechen. Danach werden wir einen förmlichen Antrag über den CNO stellen müssen.«

»Als zweite Lösung kommt nur in Frage, ein anderes Rettungsfahrzeug zu benutzen. Auch in diesem Falle werde ich informell bei den Briten anfragen. Den schwedischen Admiral kenne ich nicht. Wir können da also nur offiziell anfragen. Gibt es dazu noch Fragen?«

»Ja, Herr Admiral.« Der Rettungs- und Tauchexperte Fregattenkapitän Sangster hatte sich gemeldet. »Kann der Doc uns seine Überlegungen für die Zeitangabe von drei Tagen sagen? Wir haben nicht die geringste Chance, die Männer so schnell da raus zu kriegen. Ich nehme an, Sie meinen 72 Stunden, wenn Sie von ›drei Tagen‹ reden?«

»Ja, es sind sogar noch etwas weniger«, antwortete Selby.

»Aber das sind ja jetzt nur noch 33 Stunden.«

»Doc?« Der Admiral sah Selby an.

»Ich bin davon ausgegangen, daß die meisten Männer in der vorderen Abteilung überlebt haben. Also, nehmen wir an, es sind 115 Mann. Ich bin auch davon ausgegangen, daß die elektrischen Verteilgeräte nicht betrieben werden können, weil es keine Stromherstellung an Bord mehr gibt. Dadurch wird die Wirksamkeit des Lithiumhydroxyd etwa halbiert. Es könnten bis zu 150 Kanister Lithiumhydroxyd an Bord sein, das heißt, daß sie für etwa 40 Stunden das CO_2 aus der Luft entfernen können. Dann dauert es noch etwa 30 weitere Stunden, bis der CO_2-Anteil in der Atemluft auf 6 Prozent gestiegen ist. Mehr können sie nicht ertragen, dann müssen sie ausschleusen. Das ergibt ein ziemlich deprimierendes Ergebnis von 70 Stunden. Vielleicht sieht es aber sogar noch schlechter aus. Wenn man den Hinweisen im Handbuch für Atemluftzusammensetzung folgt, dann werden sie noch früher ausschleusen, deutlich bevor die 6 Prozent erreicht sind.«

Erstauntes Schweigen rund um den Tisch.

Der Admiral durchbrach die Stille. »Kann es sein, daß diese Zahlen zu pessimistisch sind?«

»Ja, Herr Admiral. Vielleicht ist die Zahl der Überlebenden kleiner, als ich angenommen habe, und vielleicht atmen sie auch weniger CO_2 aus, wenn sie die körperlichen Aktivitäten ganz gezielt reduzieren, wenn sie zum Beispiel die ganze Zeit schlafen. Ein Problem ist dabei, daß sie in den Wohndecks das Lithiumhydroxyd verstreuen müssen, und das schafft nicht die Art Umgebung, in der man gerne schläft.«

»Aber nehmen wir an, daß sie schlafen können – bringt ihnen das einen zusätzlichen Tag?«

»Das wäre eine leicht optimistische Annahme, aber ungefähr käme das wohl hin.«

»Wie sind Sie denn auf Ihre Angabe von 11 Tagen im günstigsten Falle gekommen?« fragte Fregattenkapitän Sangster.

»Ich wiederhole noch einmal, das ist eine wirklich sehr optimistische Abschätzung. Dabei bin ich von nur 50 Überlebenden in der vorderen Abteilung ausgegangen; weiterhin davon, daß die Verteilgeräte betrieben werden können und daß die Männer die ganze Zeit schlafen.«

»Und was ist mit den anderen Männern? Die Boote haben doch 130 Mann oder mehr Besatzung.«

»Ich hab' mir überlegt, daß es ja eine äußerst starke äußere Einwirkung gegeben haben muß, wenn das Boot sinkt. Und dabei, davon bin ich ausgegangen, sind die übrigen Männer eben zu Tode gekommen.«

»Und das nennen Sie eine optimistische Annahme?« fragte der Rettungsexperte bissig.

»Aus der Sicht der Überlebensaussichten, ja«, antwortete Selby.

»Würde eine wirklich optimistische Annahme nicht davon ausgehen müssen, daß der Reaktor noch läuft und die Stromherstellung noch funktioniert?« fragte der Logistik-Stabsoffizier.

»Ja, das ist richtig«, erwiderte Selby, »aber dann müßte man auch davon ausgehen, daß beide Abteilungen des Bootes noch intakt sind. Dann wiederum ist kaum vorstellbar, daß das Boot unter diesen Bedingungen sinkt.«

»Und wieso nehmen Sie an, daß die Verteilgeräte betrieben werden können, wenn das doch so gut wie unmöglich ist?«

Das ist eine echt gute Frage, dachte Selby.

»Die Männer da unten könnten selbst etwas zusammenbauen, um das hinzukriegen. Wie dem auch sei, ich habe Ihnen ja gesagt, daß dies eine sehr optimistische Abschätzung ist.«

»Das ist nicht optimistisch, das ist unmöglich«, insistierte der Logistiker. »Der einzige Fall, wo man so lange Überlebenszeiten erwarten könnte, ist bei einem Überleben von einigen wenigen Männern in der achteren Abteilung.«

»Den Fall habe ich verworfen, sie würden schnell an Unterkühlung sterben, weil sie keine Verpflegung und keine warme Bekleidung haben.«

»Wir nehmen die Zahlen unseres Docs für die weiteren Planungen, wobei wir uns darüber im klaren sind, daß der höhere Wert von 11 Tagen wirklich sehr optimistisch ist«, entschied der Admiral. »Ich denke, wir haben jetzt alles, was wir vorerst brauchen. Ich will ein paar Telefongespräche führen, und danach muß ich den Befehlshaber Atlantik in Kenntnis setzen.«

0300Z, Northwood, Middlessex, England

Konteradmiral Patterson blinzelte, sah auf die mattrot schimmernde Anzeige seines Radioweckers und hob dann den Telefonhörer ab. Es kam selten vor, daß er um diese Zeit mitten in der Nacht zu Hause angerufen wurde, seine Männer wurden meist mit allen Dingen außerhalb der normalen Dienststunden alleine fertig. Als er sich aufrichtete, tat es ihm leid, daß er so lange in der Messe bei der Halloween Party geblieben war. Er hatte Kopfschmerzen und einen völlig ausgetrockneten Mund. »FOSM«, krächzte er.

»Hier ist der ASTO, Herr Admiral.«

»Was gibt's, Carl?«

»Der COMSUBLANT möchte Sie sprechen. Ich wollte nur sehen, ob Sie zu Hause sind und ob Sie einverstanden sind, wenn ich ihm Ihre Privatnummer gebe.«

»Ja, na klar, ich kenne den Mann seit Jahren.«

»Vielen Dank, Herr Admiral. Ich denke, er wird in den nächsten Minuten bei Ihnen anrufen.«

»Gute Nacht, Carl, vielen Dank.«

Patterson stand auf, zog seinen Morgenmantel an und ging die Treppen hinunter. Er wollte seine Frau nicht stören. Aus dem Kühlschrank holte er sich ein Glas 7 UP, nahm einen großen Schluck und ging dann in sein Arbeitszimmer. Er war gerade dort angekommen und hatte das Licht eingeschaltet, als das Telefon auch schon klingelte.

»FOSM.«

»Henry? Hier ist Gerry.« Patterson erkannte die Stimme sofort. Er hatte den jetzigen COMSUBLANT kennengelernt, als er zu Anfang der achtziger Jahre beim britischen Verbindungsstab in Washington gewesen war, sie hatten sich damals angefreundet. »Tut mir wirklich leid, Sie zu dieser unmöglichen Stunde stören zu müssen. Sie haben doch auch eine abhörsichere Verbindung, oder?«

»Ja, natürlich. Was ist los?«

»Wir werden das alles noch auf den offiziellen Kanälen schikken, aber ich wollte Sie vorab zu einigen Dingen befragen.« Talisker erklärte die Lage und formulierte seine Bitte um Unterstützung bei der Such- und Rettungsoperation.

»Also mal inoffiziell zwischen uns beiden«, begann Patterson, »ich sehe da keine besonderen Schwierigkeiten. HMS *Vindictive* liegt in Faslane. Sie führt zur Zeit Instandsetzungen mit Bordmitteln durch, aber sie kann sehr schnell klar zum Auslaufen sein. Mit dem LR5 gibt es auch keine Schwierigkeiten, ich kann meine Leute gleich darauf ansetzen. Wegen der Unterstützung durch ein geeignetes Überwasserschiff muß ich meinen Boß fragen, vielleicht haben wir sogar zwei geeignete Einheiten. Ich kann auch noch unser besonderes U-Boot-Rettungsteam alarmieren, da werden aber mehrere Leute erst anreisen müssen, weil sie sicher ins Wochenende gefahren sind. Wie hoch ist denn die Wahrscheinlichkeit, daß das auch wirklich benötigt wird?«

»Ziemlich hoch, fürchte ich. Und das Dumme ist, daß die *Tulsa* wohl schon fast zwei Tage auf Grund liegt.«

»Scheiße. Wieso?«

»Die Russen haben so lange gebraucht, bis sie sich entschlossen haben, es uns mitzuteilen. Die *Tulsa* war auf einem geheimen Einsatz.«

»Na ja, also, ich kann meine Truppen schon mal vorwärmen, dann sind wir klar, wenn die Suche offiziell losgeht. Also, wenn das dann aber nicht losgeht, dann wäre das natürlich ein ziemlicher Reinfall, und ich kriege Schläge von meinen Leuten.«

»Sie werden überleben, Sie haben ja 'ne ordentliche dicke Speckschicht auf Ihrem Hintern, wenn ich mich recht erinnere.«

»Also, wie konnte ich mich nur darauf einlassen, Ihr Freund zu werden. Aber ich hab' dann einen bei Ihnen gut.«

»Nehmen Sie es als Ausgleich für die Unterstützung im Falkland-Krieg.«

»Es ist nicht einfach, euch Amerikaner zufriedenzustellen. Alles Gute!«

»Ja, danke, lassen Sie von sich hören.«

0330Z, Militärhospital in Haslar, Großbritannien

Oberstabsarzt David Sheppard beendete seine Aufschreibungen und überreichte sie an die Heeres-Krankenschwester neben ihm. »Auf Station D5?«

»Ja, Herr Oberstabsarzt.«

»Vielen Dank für Ihre Hilfe. Ich werde mich jetzt zur Ruhe begeben. Der Patient sollte sich gut erholen«, sagte er, dabei blickte er auf den jungen Mann auf dem Krankenbett. »Wir müssen aber stündlich nach ihm sehen. Ich habe meine Handy-Nummer unten auf das Blatt geschrieben, für den Fall, daß Sie mich brauchen. Aber ich denke, daß der Stationsarzt die Sache fest im Griff haben wird. Für eine Kohlenmonoxydvergiftung ist er gut davon gekommen. Ich mache morgen vormittag noch einen Besuch bei ihm und werde auch mal sehen, ob ich die Psychiater noch für einen weiteren Teenager mit Selbstmordabsichten interessieren kann.«

»Gute Nacht.«

»Gute Nacht.« David Sheppard verließ die Überdruckstation und sprang in sein Auto. Es gab keinen vernünftigen Grund für ihn, das Auto für die Fahrt zum Hospital überhaupt zu benutzen. Er wohnte nur etwa drei Kilometer von Haslar. Er benutzte das Auto aber, weil er es geradezu liebte und weil er es haßte, im Regen mit dem Fahrrad zu fahren. Auch wenn es nur ein klein wenig nach Regen aussah, dann war ihm das Vorwand genug, seine

Garage aufzuschließen und sich in seinen Porsche zu setzen. Er drehte den Zündschlüssel und freute sich, als die Maschine ansprang und hochdrehte. Ich darf nicht zu viel Lärm machen, dachte er noch. Er hatte schon mal einen mündlichen Hinweis vom Spieß erhalten, und der Leitende Sanitätsoffizier hatte ihm ein herablassendes Schreiben geschickt, in dem seine Fahrweise auf dem Gelände des Militärhospitals bemängelt wurde. Wenn er noch mal auffiel, würde ihm wahrscheinlich das Befahren des Geländes verboten werden, und dann mußte er immer zur Überdruckstation mit dem Fahrrad fahren. Mit dem Hospital war es bergab gegangen, seitdem es 1996 vom reinen Marinehospital zu einem Militärhospital für alle drei Teilstreitkräfte umgewandelt worden war; kein Wunder, dachte er sich, daß es jetzt bald geschlossen werden soll.

Sheppard passierte die Hauptwache, bog links ab und trat das Gaspedal durch. Der silberfarbene Boxster raste los und erreichte im Nu 120 km/h, dann mußte der Fahrer wieder bremsen, um die scharfe Linkskurve an der T-Kreuzung am Ende der Straße zu nehmen. Er war einmal sogar auf 130 km/h gekommen, aber das heftige Rütteln beim Bremsen, ausgelöst durch das ABS-System, hatte ihn doch genervt, und er wollte das nicht wiederholen. So nahm er die Kurve mit 50 km/h, die Hinterreifen radierten das Pflaster, und das Heck des Wagens ging hin und her wie bei einem Hundewelpen. Er schaltete in den dritten Gang, trat das Gaspedal wieder durch und röhrte die Fort Road hinunter. Wirklich, er liebte sein Auto. Wie nichts erreichte es 100 km/h und sauste am Institut für Marinemedizin zu seiner Rechten vorbei, wo er den größten Teil der Woche arbeitete. Zur Linken lagen die Labors der Physiologie. Er wäre gern noch schneller gefahren, aber es galt hier eine Geschwindigkeitsbegrenzung auf 50 km/h, und die Straße war auch schmal und kurvig. Vor dem Kreisverkehr schaltete er in den zweiten Gang zurück, er betrachtete so was wie eine Art Schikane auf Rennstrecken, um die es galt, schnell herum zu wieseln. Danach ging es wieder in eine kurze Gerade, bevor er wegen einer scharfen Rechtskurve bremsen mußte. Nur zu dieser nächtlichen Stunde konnte er seinen Wagen so fahren, wie ein Porsche gefahren werden wollte, sonst war das nur noch in entlegenen Ecken auf dem Land möglich. Die Reifen quietschten, als er absichtlich mit allen vier Rädern rutschend eine Kurve nahm und danach in Richtung einer weiteren Rechtskurve beschleunigte. Jetzt mußte er wieder langsamer fahren, dachte Sheppard, er wollte allzu viele Beschwerden seiner Nachbarn vermeiden. Und er würde total in Ungnade fallen, wenn er mit seinem Autolärm seine eigene Frau aufweckte.

Er fuhr vor das an einem Hang gelegene Haus, geradezu ein Musterbeispiel schlechter Architektur aus den sechziger Jahren. Nur das Verteidigungsministerium oder eine völlig korrupte Gemeindeverwaltung konnte so etwas jemals in Auftrag gegeben haben. Er schaltete die Zündung ab und entschied sich, das Auto nicht in die Garage zu fahren, da der sternenklare Himmel eine regenlose Nacht versprach. Kaum hatte er die Haustür geschlossen und sich die Schuhe ausgezogen, um jeden Lärm zu vermeiden, da dudelte sein Handy. »Oh, verdammte Scheiße!« murmelte er und suchte in seiner Jackentasche nach der Höllenmaschine, die ihm keine Ruhe ließ, wenn er Bereitschaftsdienst hatte. »Bereitschafts-Sanitätsoffizier«, meldete er sich leise, dabei schlich er sich in die Küche.

»David?«

»Ja, wer ist denn da?«

»Richard Tremble vom Tauchtank.«

»Hallo, Richard, was um Himmels willen willst du denn? Weißt du, wie spät es ist? Ich dachte, die Leute von der U-Boot-Lehrgruppe gehen um drei nach Hause, sind um neun besoffen und liegen um zehn im Bett.«

»Sehr witzig. Wir haben einen Alarm. FOSM hat SUBLOOK ausgelöst.«

»Scheiße, eins von unseren Booten?«

»Nein, ein Ami.«

»Mein Gott, was ist passiert?«

»Die Einzelheiten sind noch unklar, aber so wie es aussieht, ist wohl ein 688-Klasse-Boot gesunken. Die Luftwaffe hat zur Suche einige Nimrod Seefernaufklärer gestartet, und die Amerikaner und Norweger suchen auch.« Tremble fuhr in seinem Monolog fort: »Das SMERAT ist auch in Bereitschaft versetzt worden, und wir sind in Ein-Stunden-Bereitschaft. Ich dachte mir, ich sollte Sie informieren, weil ihr Ärzte doch bei der ganzen Sache eine wesentliche Rolle spielt.«

»Sollen wir denn jetzt sofort in die Anlage kommen?«

»Nein, nicht erforderlich. Sie brauchen doch Ihren Schönheitsschlaf. Ich werde Sie anrufen, wenn es losgeht.«

»Vielen Dank für den Anruf, Richard. Ich werde mich auch jetzt gleich aufs Ohr hauen. Ich war die ganze Nacht bei einem Patienten. Wie es aussieht, werdet ja nun vielleicht sogar ihr U-Boot-Rettungsleute was für euer Geld tun müssen. Rufen Sie mich an, wenn Sie uns benötigen.«

Schlafen? Warum sollte ich soviel Glück haben? Er wußte nicht so recht, was er tun sollte. Es würde eine halbe Stunde dauern, bis er seine Kollegen alarmiert hatte. Zum Glück wohnten sie alle hier in der Nähe, sie konnten also alle innerhalb einer Stunde in die Kasernenanlage Fort Blockhouse, wo auch der Tauchtank stand, gerufen werden. Er wollte sie schlafen lassen. Wenn da wirklich ein U-Boot gesunken war, dann würde Schlaf noch knapp werden. Er entschloß sich, nicht nach oben in das Schlafzimmer zu gehen, sondern sich im Wohnzimmer auf die Couch zu legen. Aber bevor er sich hinlegte, mußte er noch ein paar Sachen durchlesen. Er ging in sein kleines Arbeitszimmer und suchte in seinem Schreibtisch herum, bis er einen Schnellhefter mit Eselsohren fand. Er setzte sich und begann zu lesen.

Die britische Marine unterhält ein besonderes Beratungsteam, das im Falle von Unfällen mit U-Booten zum Einsatz kommt, SMERAT genannt. Das Team besteht aus 12 U-Boot-Fahrern, die Experten im Ausschleusen und der Rettung aus U-Booten sind. Ebenfalls gehören zum Team einige Ärzte und andere Sanitätsdienstgrade des Instituts für Marinemedizin und der U-Boot-Lehrgruppe. Sie alle sind besonders ausgebildet auf dem Gebiet des Tauchens und der U-Boot-Medizin. Sollte ein U-Boot sinken, reist das SMERAT auf dem schnellstmöglichen Wege zu dem Hafen, in dem das Schiff liegt, das zum Noteinsatz abgeteilt worden ist. Das Schiff übernimmt allerlei besondere Ausrüstung einschließlich einer Druckkammer und läuft mit Höchstfahrt zur Unglücksstelle.

Eine weitere Gruppe, eine besondere Fallschirmspringergruppe für U-Boot-Unfälle, auch SPAG genannt, steht bereit, um an der Stelle eines gesunkenen U-Bootes abzuspringen. Dort können sie dann diejenigen U-Boot-Fahrer unterstützen, die möglicherweise aus dem gesunkenen Boot aufgetaucht sind. Sie verfügen über große Schlauchboote mit Außenbordmotoren und besondere medizinische Ausrüstung für qualifizierte Erste Hilfe.

David war schon seit zwei Jahren beim Institut für Marinemedizin, aber er hatte an der letzten Übung, in der alle diese Verfahren getestet und trainiert worden waren, nicht teilgenommen, weil er mit einer Blinddarmentzündung im Krankenhaus gelegen hatte. Er las all die Planungsanweisungen noch einmal durch, aber das Ganze verwirrte ihn nur. Sein Chef, Flottillenarzt Eric Freeman, mußte die Sache übernehmen. David gähnte, sah auf seine Uhr und fragte sich erneut, ob er seinen Chef nicht anrufen sollte. Aber er entschied sich dagegen. Der Mann war ein rechthaberisches Arschloch, und um 0400 Uhr an einem Sonnabendmorgen würde das auch nicht besser sein. Er schaltete das Licht aus, schlich ins Wohnzimmer und legte sich erschöpft hin. Er schlief sofort ein.

0530A, USS *Tulsa*

Richter wachte auf, weil er heftig geschüttelt wurde. Er hatte das Gefühl, einen riesigen Kopf zu haben, und die Schmerzen darin waren kaum zu ertragen. Jedesmal wenn er geschüttelt wurde, stach der Schmerz wie wahnsinnig. Es dauerte einige Sekunden, bis er richtig bei Bewußtsein war.

»Herr Kap'tän, bitte wachen Sie auf und hören Sie mich an.« Es war dunkel, aber er erkannte klar Enzos Stimme.

»Okay, Enzo, ich bin wach. Was gibt's?«

Enzo brauchte nicht zu antworten, denn man konnte eine Detonation laut und klar hören. Zunächst kam ein gedämpfter Knall und danach folgten eine ganze Reihe von langsam schwächer werdenden Echos, die entstanden, wenn der Schall vom Meeresboden und dann wieder von der Wasseroberfläche reflektiert wurde. Das war vielleicht eine Erleichterung, dachte Richter. Es konnte nur eines bedeuten: Man hatte sie gefunden, und wer auch immer sie gefunden haben mochte, teilte ihnen das mit diesen Detonationen mit, die als Schallsignale dienten. Kamen sie von einem Flugzeug oder von einem Schiff? »Wie viele Detonationen waren da schon?«

»Das war jetzt die siebte, Herr Kap'tän.«

Sie lauschten beide ein paar Minuten erwartungsvoll, aber es passierte nichts weiter.

»So, das war es dann. Sieben Detonationen bedeutet: ›Wir suchen euch.‹ Wir sollten darauf reagieren. Wie hat sich das angehört, Enzo? Waren die Detonationen alle gleich laut?«

»Nein, Herr Kap'tän. Die erste war ziemlich schwach, ich war erst gar nicht sicher, was es war, bis die zweite und die dritte Detonation kamen. Die wurden dann lauter, da habe ich Sie geweckt, damit Sie es selbst hören.«

»Wenn sie von einem Schiff stammen würden, dann wären sie etwa alle gleich laut. Ich denke, daß die Schallsignale von einem Flugzeug abgeworfen wurden, das uns überflogen hat. Vermutlich fliegt es einen Kreis und kommt dann noch einmal zurück. Wenn es tatsächlich ein Flugzeug ist, dann wird es eine P3 oder Nimrod sein, und die da oben werden auch ein oder zwei Sonobojen geworfen haben. Mit dem Ding sollten sie unser Notsonar empfangen, aber wir sollten es ihnen leicht machen. Lassen Sie eine weitere Notfunk-Boje ausstoßen.« Er sah unwillkürlich auf die elektrische Uhr neben seiner Koje, aber die lief nicht. »Wie spät ist es?«

»Halb sechs, Herr Kap'tän.«

»Hmm. Dann ist es noch dunkel oben. Ich glaube nicht, daß man dann ein Rauchsignal vom Flugzeug aus sehen kann. Also, lassen Sie nur die Notfunk-Boje ausstoßen. Das Ding sollten die Herren Flieger gut einpeilen können.«

»Jawohl, Herr Kap'tän, mach' ich sofort.« Enzo ging zur Tür und zögerte noch einmal, bevor er den Raum verließ. »Also, tut mir leid, daß ich Sie geweckt habe, aber ich dachte, Sie sollten die Schallsignale selbst hören.«

»Ja, na klar, das war richtig.«

Als Enzo die Kammer verlassen hatte, wurde Richter erst so richtig klar, daß er sich sehr schlecht fühlte und daß er kurz davor war, sich zu übergeben. In seinem Kopf pochte es und – wie vorher auch schon – wurde ihm ganz schwindlig, als er aus der Koje kletterte und zur Toilette zwischen seiner eigenen Kammer und der des Ersten Offiziers gehen wollte. Er ging in die Knie und erbrach sich mehrfach in das Becken, aber er brachte nicht viel hoch. Mühsam richtete er sich wieder auf, schaltete eine Notbeleuchtungslampe ein und spritzte sich etwas kaltes Wasser ins Gesicht. Das brachte ein etwas besseres Gefühl. Ich muß mir den Magen verdorben haben, dachte er, und machte sich schon Sorgen, weil seine ganze Besatzung natürlich das gleiche wie er selbst gegessen hatte. Er fröstelte und kehrte zurück in die Koje. Dort deckte er sich wieder mit einem Berg Wolldecken zu, die auf der Koje aufgetürmt waren. In der Nacht war es sehr kalt geworden, und er hatte immer wieder so gefroren, daß er davon aufgewacht war. Obwohl er sich sehr unwohl fühlte, war er doch zufriedener als zu irgendeinem anderen Augenblick, seitdem sein Boot gesunken war. Nun, nachdem sie gefunden worden waren, konnte es höchstens noch 6 Tage bis zu ihrer Rettung dauern. Die Ergebnisse der Atemluftüberwachung waren sehr ermutigend – vielleicht konnten sie sogar noch 6 Tage im Boot überleben, obwohl das ganz knapp werden würde.

Richter begann, über die gegenwärtige Krise, die ihn die letzten drei Tage völlig beschäftigt hatte, hinaus zu denken. Sein Leben würde nie wieder in die alten Bahnen zurückkehren können, weil er John dieses Versprechen gegeben hatte. Er hätte sich selbst in den Hintern treten können, daß er sich so festgelegt hatte, aber da war keine Alternative gewesen. Nun blieb ihm nichts anderes übrig, als sich um Marie und die beiden Jungen, Jamie und Geoff, zu kümmern. Natürlich, es gab keine Zeugen für sein Versprechen, und er könnte alles leugnen. Keiner außer ihm kannte die Wahrheit. Aber würde er mit seinem Versagen leben können? Wollte er das überhaupt wissen? Nein, ganz klar, nein. Es gab da auch noch eine ganz praktische Frage. Welche Form sollte das denn nehmen, wenn er sich um die Familie kümmerte? Was bedeutete das überhaupt? Sollte »sich kümmern« nur eine finanzielle Sache sein oder bedeutete es mehr? Er war der Pate des kleinen Geoffrey und hatte damit moralische Pflichten übernommen. Was sollte er denn noch tun? Je mehr er darüber nachdachte, desto schwieriger erschien ihm die ganze Situation. Das Frustrierende an der Sache war, daß es kaum darauf ankam, was er sich selbst überlegte oder ausdachte, er mußte die Sache mit Marie durchsprechen, und sie würde zum Schluß zu entscheiden haben.

Es klopfte an der Tür.

»Herein.«

Wieder war es Enzo. »Ich habe nach dem IO gesehen. Und da konnte ich nicht umhin zu hören, wie Sie sich in der Toilette abgequält haben, Herr Kap'tän. Geht es Ihnen denn auch wirklich erträglich?«

»Klar doch, Enzo. Wahrscheinlich ist mir nur noch von den gastronomischen Horrortaten von Gallagher von gestern abend schlecht geworden. Wie kann man denn nur Muschelsuppe mit Dosenmais und Bohnen kombinieren? Und dann war auch noch alles eiskalt! Ich habe mich sowieso nur rangewagt, weil ich ordentlich Tabasco draufgehauen habe. Ich fürchte, ich werde doch wohl auch nicht der einzige sein, der heute morgen diese Probleme hat?«

»Ich habe noch nicht gehört, daß irgend jemand sonst diesen Brechreiz hätte.«

»Na, ich muß wohl einen besonders empfindlichen Magen haben. Wie geht's dem IO?«

»Er ist wach, Herr Kap'tän. Das Fieber ist etwas gesunken, aber die Geräusche in seiner Brusthöhle hören sich echt schlecht an. Ich habe mir das mit diesen Dingern angehört«, antwortete Enzo und hielt ein Stethoskop hoch. »Da ich nicht so recht weiß, wonach ich überhaupt lauschen soll, bin ich nicht so sicher, was ich höre. Aber der IO war schwer beeindruckt, als ich damit auftauchte.«

»Ja, das bin ich auch.«

Enzo entschloß sich, das Thema zu wechseln. »Das ist doch toll, daß man uns nun gefunden hat. Das hat die Stimmung bei allen verbessert. Jetzt ist eine deutliche Mehrheit davon überzeugt, daß wir doch noch gerettet werden.«

»Das freut mich zu hören. Aber lassen Sie die Erwartungen nicht zu hoch steigen. Es gibt viele Dinge, die noch schiefgehen können, bevor wir hier rauskommen. Wo ist denn Harvey?«

»Ich glaube, er will in Kürze bei Ihnen vorbeischauen, Herr Kap'tän. Aber er wollte nur kommen, wenn Sie wach sind.«

»Gut. Sagen Sie ihm, er soll kommen. Hat der E-Meister eine Herdplatte für Gleichstrom umbauen können? Ich kann nicht noch mal so'n kalten Fraß wie gestern abend ab.«

»Ja, Herr Kap'tän. Er hat eine fliegende Leitung von der vorderen Gleichstrom-Schalttafel verlegt und irgendwie noch einen Widerstand eingebaut, wir haben jetzt eine Herdplatte in Funktion. Es wird jetzt gerade Kaffee gekocht.«

»Na, das hört sich ja toll an, Enzo.«

0200R, Norfolk, Virginia, USA

Admiral Talisker hatte nur eine Stunde geschlafen, als er von seinem Telefon geweckt wurde. Er war sofort hellwach und ergriff den Hörer. »Talisker.«

»Hier ist der ASTO, Herr Admiral, eine P3, die von Keflavik gestartet ist, hat auf der Position, die uns die Russen angegeben haben, ein BQN-13-Notsonar empfangen. Es kann aber keine Verbindung über Unterwassertelefon hergestellt werden. Daher ist auch nicht klar, ob es die *Tulsa* ist.«

»Gibt es sonst noch Informationen?«

»Ja, Herr Admiral. Auf die Schallsignale hin, die die P3 abgeworfen hat, haben sie mit einer Notfunk-Boje reagiert.«

»Das kann ja nur eine Erklärung haben. Lösen Sie sofort SUBSUNK aus. Ich komme.«

0715Z, Fort Blockhouse, Gosport, Großbritannien

Richard Trembles Augen wurden ganz groß, als er die Nachricht vom Stab des FOSM erhielt. Nun war der Fall eingetreten: Es gab ein echtes SUBSUNK. Nach all den Jahren der Ausbildung und des Übens, nach all den vielen Kämpfen, die er hatte führen müssen, um seine kleine Einheit am Leben zu erhalten, nach all dem Druck, dem er hatte sich widersetzen müssen. Jahrelang hatte man immer wieder seine Einheit auflösen wollen, nun endlich wurde sie wirklich benötigt. Endlich gab es die Rechtfertigung gegenüber den Erbsenzählern, gegenüber skeptischen U-Boot-Fahrern und Medizinern, es hatte sich also gelohnt!

»Jock!«

»Ja, Herr Kap'tän«, antwortete Leutnant zur See Sharples.

»Holen Sie unsere Leute, wir müssen ein paar U-Boot-Fahrer retten.«

»Soll ich auch die Ärzte wecken?«

»Nein. Das erledige ich schon. Holen Sie nur unsere Männer.«

Tremble verließ den Aufenthaltsraum und nahm den Fahrstuhl, um in sein Dienstzimmer zu gelangen. Er hatte einen leichten, federnden Gang. Selten vorher hatte er solche innere Erregung gespürt. Als er an seinem Schreibtisch saß und über die gerade erwachende Stadt sah, hämmerte er eine Nummer in das Zahlenfeld seines Telefons und wartete auf eine Antwort. »Los, geh schon ran, David«, murmelte er.

David Sheppard wachte auf, es dauerte einen Augenblick, bis

er wußte, wo er war. Er lag auf dem Sofa, es war hell, und das irritierende Gedudel seines Handys zeigte ihm an, das jemand etwas von ihm wollte. Er nahm das Ding in die Hand und setzte sich. »Hier ist der Sanitätsoffizier vom Dienst.«

»Guten Morgen, David, hier bin ich, Richard.«

»So, und was meinst du, ist gut an diesem Morgen?« maulte Sheppard.

»Das ist jetzt amtlich, wir müssen U-Boot-Fahrer retten.«

»Na, da hab' ich gerade drauf gewartet.« Sheppard rieb sich die Augen. »Und wie soll das Ganze ablaufen?«

»Ich werde das mit der Reise klarmachen, sobald ich weiß, auf welchem Schiff wir einsteigen und in welchem Hafen es liegt. Können Sie mit Ihren Kollegen hier in die Anlage von Fort Blockhouse kommen? Ich denke, bis Sie da sind, habe ich alles organisiert.«

»Klar. Wir brechen sofort auf.« David sah auf die Uhr auf dem Kaminsims, und es wurde ihm klar, daß er nur drei Stunden geschlafen hatte. Da es Sonnabend war, war es sogar noch zu früh für die Tasse Tee, die er sonst morgens trank. Er wollte für sich selbst einen starken Kaffee machen. Das einzige Gute an der Sache war, daß er seinen Boß wecken konnte. Freeman würde das bestimmt nicht gefallen.

»Guten Morgen, meine Herren.« Tremble sah sich die Männer in dem überfüllten Unterrichtsraum an. Der Raum lag im Erdgeschoß des Gebäudes, in dem auch der Übungstank für die Notausstiegsverfahren aus U-Booten war. Nur drei Mann von dem ganzen SMERAT fehlten. »Die Lage ist folgende: Ein amerikanisches U-Boot ist nördlich von Norwegen gesunken, westlich der Bäreninseln. Die ersten Meldungen, daß die Untergangstelle in der Nordsee läge, waren nicht korrekt. Ich vermute aber, daß die Luftwaffe immer noch in der Nordsee sucht.« Ein paar Leute lachten. »Es handelt sich um ein Jagd-U-Boot der Klasse 688, die USS *Tulsa*.« Tremble sah auf seine Uhr. »Nach der Information, die ich habe, ist sie um 1300Z am Donnerstag gesunken, das sind jetzt fast drei Tage her. Wenn es eins von unseren U-Booten wäre, dann könnten wir sicher sein, daß diejenigen, die den eigentlichen Unfall überlebt haben, auch jetzt noch in guter Verfassung sind. Da es sich aber nun einmal um einen Ami handelt, kann ich nur raten, wie es jetzt dort an Bord aussieht. Aber es sollte mich nicht wundern, wenn sie dort unten bis zu den Knöcheln in Lithiumhydroxyd herumspazieren, wenn sie alle durstig, durchgefroren und hungrig sind. Das ist doch so, Oberstabsarzt Stemple?«

Damit sprach er den einzigen Amerikaner in der Runde an, einen Arzt mit Tauchermedizinausbildung, der als Austauschoffizier bei der britischen Marine diente. Obwohl er ganz klar etwas von U-Booten verstand, war der Offizier aber nicht auf einem amerikanischen Boot gefahren. Seine geringe Seefahrtzeit hatte er auf britischen U-Booten während seiner Zeit als Austauschoffizier erworben.

»So wird es wohl sein«, antwortete er.

»Egal, der Befehlshaber der Flotte hat HMS *Wellington*, eine Typ 23 Fregatte, als Rettungsschiff abgeteilt. Sie liegt in Faslane, und das SMERAT wird in Kürze abreisen, um dort an Bord zu gehen. Ein Sea King-Hubschrauber wird uns hier aufnehmen und uns nach Lyneham bringen, von dort geht es weiter mit einer Hercules nach Glasgow. Der Hubschrauber der Fregatte kommt zum Flugplatz in Glasgow und sammelt uns dort auf, um uns an Bord zu bringen. Das SPAG kommt mit uns bis Lyneham, von dort fliegen Sie mit einem anderen Flugzeug nach Hammerfest in Norwegen. Dort sind Sie dann zu Gast bei den Wikingern. Sonst noch Fragen?«

»Von wo wird die SAR-Operation koordiniert?« Die Frage kam von Flottillenarzt Freeman.

»Gute Frage, mit einfacher Antwort: Ich weiß es auch nicht. Aber so wie es aussieht, sind die Amerikaner und auch die Norweger an der ganzen Sache beteiligt. Man würde erwarten, daß die Suche dann vom NATO-Hauptquartier in Bodö in Nordnorwegen geleitet wird.«

»Ich frage, weil es unbedingt erforderlich ist, daß ein gut ausgebildeter Mediziner als Berater eingesetzt wird. Ist in dieser Beziehung überhaupt schon etwas unternommen worden?«

»Ich weiß es nicht, Herr Flottillenarzt.«

»Okay, überlassen Sie das mir. Ich werde beim FOSM klären, was überhaupt los ist.«

»Wissen wir, wie tief das Boot liegt? Wie viele Überlebende es gibt? Ob ein Teil des Bootes voll Wasser ist? ....« David Sheppard fielen noch weitere Fragen ein. »Also, ich meine, wissen wir, wie es in dem verunglückten Boot aussieht?«

»Ich fürchte nicht. Ich glaube aber, daß wir mehr Informationen bekommen, wenn wir auf der *Wellington* angekommen sind.«

Zunächst trat eine Pause ein, dann kam die nächste Frage.

»Herr Kap'tän, stimmt es, daß ein Bier in Norwegen 5 Dollar kostet?«

Der Scherz des Hauptgefreiten Percival wurde mit lautem Lachen quittiert. Da er ein Mitglied des SPAG war, dachte er schon mal darüber nach, wie er denn die langen Abende in Hammerfest verbringen sollte.

Tremble gab auf die Frage keine Antwort.

»Also, wenn es keine weiteren Fragen mehr gibt, dann raus zum Hubschrauber-Landeplatz. Der Hubschrauber muß jeden Augenblick kommen.«

»Richtig. Ich wünsche aber, daß das Sanitätspersonal noch einen Augenblick hier bleibt. Ich muß noch ein oder zwei Dinge klarstellen«, gab Freeman bekannt.

David Sheppard fragte sich, was der tolle Freeman wohl noch zu sagen hatte. Es war ganz offenbar, daß er nicht vor Ort mit dabei sein wollte. Der wollte nur, daß seine Männer nach Norwegen flogen, während er vor dem nächsten Admiral, den er finden konnte und der Zeit hatte, ihm zuzuhören, den Experten spielen konnte. So war das schon öfter gewesen. Zuzugeben war allerdings, daß Freeman allerhand über das Gebiet der Rettung aus gesunkenen U-Booten wußte, und auf der *Wellington* konnte man sein Wissen sicher gut brauchen. Jetzt versammelte sich eine

Gruppe von sieben Ärzten und fünf anderen Sanitätsdienstgraden um den Flottillenarzt.

»Wir werden bei dieser Sache vor Ort so viel Personal benötigen, wie wir nur irgend kriegen können. Ganz sicher müssen Sie dabei sein, David. Übergeben Sie den Bereitschaftsdienst an Michael. Der ist Zivilist und muß hier bleiben. Peter, was machen wir so lange hier mit dem Sanitätsbereich?« fragte er und sah dabei Oberstabsarzt Sweeny an, den Leiter des Sanitätsbereiches in Fort Blockhouse.

»Einfach. Wir machen den Laden dicht. Wenn jemand der sanitätsdienstlichen Betreuung bedarf, kann er in einen der benachbarten Sanitätsbereiche gehen, nach *Collingwood* oder *Sultan*. Das kann die Wache organisieren.«

»Na prima. Dann haben wir also alles, was wir brauchen? Bücher, Signalmittel, tragbare Telefone?« Er sah sich im Kreise um, alle nickten.

»Nehmen wir noch medizinisches Gerät mit?« Freeman redete, ohne lange zu überlegen. Die Frage tat ihm leid, kaum daß er sie gestellt hatte.

»Das sollte nicht erforderlich sein«, antwortete Sweeny. »Die *Wellington* wird schon die Sonderbeladung für SUBSUNK übernommen haben, das sind alles zusammen mehrere Tonnen.«

David hätte fast gelacht, aber er konnte sich beherrschen. Genau wie Sweeny war er immer überzeugt gewesen, daß er in erster Linie Arzt war und erst danach Marineoffizier. Er war auch überzeugt, daß seine Kollegen so denken sollten. An Freeman ärgerte ihn, daß der Mann zwar die Uniform eines Marinearztes trug, aber in keiner Weise die menschlichen Qualitäten zeigte, die man üblicherweise von einem Arzt erwartete. Er war ein großmäuliger, rechthaberischer Mensch, der auch nicht die geringste Qualität hatte, die seine häufig gezeigte Arroganz gerechtfertigt hätte. Damit war Freeman natürlich auch ein ideales Ziel für bissige Bemerkungen, David und Peter Sweeny hatten viel Freude an solchen Bemerkungen Freeman gegenüber.

»Wer hat das Handy«, fragte Freeman.

»Hier, ich, Herr Flottillenarzt«, antwortete Sanitätsmaat Blackman.

»Verbinden Sie mich mit dem Wachhabenden Offizier beim Stab des FOSM.«

Das Telefongespräch kam aber nicht zustande, da der Lärm eines großen Hubschraubers alles übertönte. Es wurde Zeit einzusteigen.

0600R, Im Pentagon, Arlington, Virginia

Der Pressesprecher saß im Rampenlicht der Fernsehkameras und erhielt das Zeichen, daß alle wichtigen Fernsehsender klar zur Aufnahme waren. Er räusperte sich: »Guten Morgen, meine Damen und Herren. Ich habe jetzt eine Bekanntgabe für Sie, und danach werde ich einige Fragen beantworten. Heute morgen um 0200 Uhr ist mir mitgeteilt worden, daß ein amerikanisches U-Boot, die USS *Tulsa*, in eine unglückliche Kollision verwickelt war ...« Er benötigte nur zwei Minuten, um sein Statement zu verlesen, danach wurden von den Reportern Fragen gestellt.

»Wie viele Leute sind an Bord?«

»Das Boot hat normalerweise eine Besatzung von 130 Mann. Ich weiß nicht, wie viele bei dem Untergang getötet oder verletzt worden sind. Wir haben auch noch keinen Kontakt zu den Überlebenden. Sobald ich weitere Einzelheiten erfahre, werde ich Sie informieren, die Familien der Betroffenen sind bereits benachrichtigt worden.«

»Herr Staatssekretär, da sind also Überlebende an Bord?«

»Ja. Wir wissen, daß Überlebende an Bord sind, aber wir wissen noch nicht wie viele.« Er zeigte auf einen anderen Reporter.

»Herr Staatssekretär, wann ist das U-Boot denn gesunken?«

»Wir wissen es nicht genau, aber so wie es aussieht, ist das vor drei Tagen geschehen.«

»Wie lange können die Männer da unten überleben?«

»Warum hat es denn drei Tage gedauert, bis man endlich zugegeben hat, daß ein U-Boot gesunken ist?«

»Woher wissen Sie denn, daß da noch Überlebende sind?«

Die Fragen wurden immer heftiger und überschlugen sich fast. Manche schnitten völlig unter, und nur die ganz einfachen Fragen wurden wirklich richtig beantwortet.

0615R, Groton, Connecticut

Marie Dowling war daran gewöhnt, von ihren Söhnen oder vom Radiowecker geweckt zu werden, nicht aber vom Telefon. Wenigstens nicht, wenn John Dowling auf See war. Sie drehte sich um und ergriff den Hörer. »Hallo?«

»Marie, hier ist Jean.« Jean Houghton war eines der Mitglieder im Marine-Damenclub, sie war mit einem Kameraden von John verheiratet, der zur Zeit eine Landverwendung im Stab des 2. U-Boot-Geschwaders hatte. »Hast du die Nachrichten gesehen?«

»Nein, du hast mich gerade geweckt.«

»Schalt den Fernseher ein. Da ist etwas mit der *Tulsa*.«

»Was meinst du mit etwas?« Marie griff nach der Fernbedienung, und der kleine Fernsehapparat auf der Kommode am Fußende des Bettes flimmerte los. Sie wählte CNN, aber jeder andere Sender hätte das gleiche gebracht. Überall die Meldung: Die *Tulsa* ist gesunken, aber im Boot sind Überlebende. Marie wußte nicht, ob sie weinen oder sich freuen sollte. »Jean, was ist denn bloß geschehen?«

Jean erzählte, was sie wußte. »Soll ich vorbei kommen?«

Marie starrte auf die Mattscheibe. »Nein ... Ich muß die Jungen fertig machen für die Schule.« Erst jetzt wurde ihr klar, daß es Sonnabend war. Sie änderte ihre Meinung. »Ja, doch, komm doch, Jean. In einer halben Stunde.« Marie legte den Hörer wieder auf, ohne die Augen vom Fernseher zu nehmen. Sie kannte diese Art Berichterstattung. Das war dasselbe wie bei dem *Challenger*-Unglück, bei Lockerbie und bei den TWA 800-Unglücken. Der Tod von Prinzessin Diana und Kennedy jr. waren auch Anlässe für derartige Berichterstattung gewesen. Es waren Nachrichten ohne echten Inhalt.

Zunächst wurden Videos von U-Booten gezeigt, dann versuchte ein pensionierter Admiral, der neben dem Ansager saß, zu erklären, wie es überhaupt angehen konnte, daß U-Boote sanken und trotzdem noch Überlebende darin waren. Dann wurde eine Karte von Nordnorwegen gezeigt mit der Position, wo man das U-Boot vermutete. Ein Meteorologe machte eine Wettervorhersage für die Barentssee, danach war wieder der Admiral dran, der nun ein U-Boot-Modell vorführte, das immer wieder in einem Wassertank mit einer Glaswand tauchte und auftauchte. Dann die Standardansage vor der Werbung: »Schalten Sie nicht um. Es geht gleich weiter.«

Auf dem Bildschirm erschien eine ernst, aber gesund aussehende Frau undefinierbaren Alters: »Haben Sie Probleme mit trokkener Haut in gewissen Bereichen?«

Das brachte Marie dazu, aus dem Bett zu springen. Sie hatte im Augenblick keinen Bedarf an Gleitmitteln für die Vagina und wollte noch schnell duschen, bevor die »Nachrichten« weitergingen. Die Dusche machte sie richtig wach, aber ihre Gedanken wurden auch dadurch nicht klarer. Sie kannte Johns fatalistischen Standpunkt zum Thema des möglichen Sinkens seines Bootes sehr gut. Früher, in den ersten Jahren ihrer Ehe, hatten sie öfter darüber geredet, in letzter Zeit war das aber kein Thema mehr gewesen. War sein Fatalismus unangebracht? Es gab Überlebende ... War er einer von ihnen? Wie konnte sie das herausfinden? Wer wußte das überhaupt? Wenn jemand informiert war, dann doch die Leute im Geschwaderstab. Sie trocknete sich ab, ging wieder ans Telefon, checkte die Telefonnummernliste, die John auf dem Telefontisch aufbewahrte, und wählte eine Nummer.

1215A, USS *Tulsa*

Richter war entschlossen, sich nicht um seinen schmerzenden Kopf zu kümmern, der ihn immer mehr dazu drängte, zu ruhen oder zu schlafen. Er machte sich auf den Weg in die Mannschaftsmesse, um nachzusehen, wie die Lage war. Das erwies sich jedoch als erheblich schwieriger, als er gedacht hatte. Nach dem Verlassen der Kammer stieg er in das mittlere Deck hinab, dabei merkte er, daß er deutlich unsicherer auf den Füßen war als noch am Vortag. Er sah alles doppelt, ausgeprägter auch als vorher. Als er die Mannschaftsmesse betrat, bemerkte er, daß jemand sich über das Verteilgerät beugte, aber er war nicht sicher, wer es war.

»Irgendwelche Probleme?« erkundigte sich Richter.

»Oh, guten Tag, Herr Kap'tän. Ich habe hier eine unmögliche Aufgabe, es ist, als ob man aus dem Ohr einer Sau Milch melken soll. Dieser ganze Scheiß hier hätte in den sechziger Jahren schon ins Museum gehört. Man hätte das nie für die Marine zulassen sollen, es ist wohl von einem Scheiß-Blödmann konstruiert worden.« Er hielt einen Augenblick inne. »Entschuldigung, Herr Kap'tän, entschuldigen Sie meine Ausdrucksweise.«

»Brauchen Sie mehr Licht? Es ist doch ziemlich dunkel hier drin.«

»Das Licht reicht, Herr Kap'tän. Dieser verdammte Apparat ist das Problem«, sagte der Mann und bearbeitete den großen grauen Zylinder vor ihm mit einem Schraubenzieher.

»Sie sind doch Hauptbootsmann ... hmm ...«

»Cotton, Herr Kap'tän.«

»Ja, richtig, Cotton.«

»Ja, tut mir leid, E-Meister, mir geht's heute nicht so gut.« Richter ärgerte sich über sich selbst. Er hätte den E-Meister schon an der Stimme erkennen müssen. Aber der E-Meister fluchte sonst eigentlich nie, und deshalb war es vielleicht verständlich, daß er ihn nicht erkannt hatte.

»Sehen Sie das hier?« Der E-Meister zeigte auf den Elektromotor und den Rotor.

Richter bestätigte murmelnd.

»Das hier, Herr Kap'tän, ist ein 200-Watt-Motor. Wenn der an ein modernes Gebläse angeschlossen wäre, dann müßte er dreimal oder viermal soviel Luft durch den Verteiler blasen, als er es jetzt tut. Und warum klappt das nicht? ... weil es eine mistige Konstruktion ist.«

»Ich dachte, das Verteilgerät hätte einen Wechselstrommotor, und der kann jetzt sowieso nicht benutzt werden?«

»Ja, hat es auch. Leider sitzt der Motor hier mitten in dem Luftkanal, den ich auch für den Lüfter benutzen will, den ich aus dem Batterieraum geholt habe. Ich will das Ding daher ausbauen. Das wird dann den Querschnitt erhöhen und so die Wirkung erheblich verbessern.«

»Machen Sie weiter so, E-Meister, und bleiben Sie gelassen bei der ganzen Sache.« Richter klopfte ihm auf die Schulter. »Vergessen Sie nicht: Das Ding braucht nur noch etwa eine Woche zu funktionieren. Machen Sie sich deswegen also keine schlaflosen Nächte.« Er drehte sich um und wollte weitergehen, stieß aber gegen einen Tisch mit mehreren Kanistern darauf. Zwei fielen runter und rollten an Deck.

»Da brauchen Sie sich nicht drum zu kümmern, Herr Kap'tän, das sind welche, die wir schon gebraucht haben«, sagte Harvey Schwartz, der hereingekommen war. »Haben Sie einen Augenblick Zeit, Herr Kap'tän?«

»Sicher.«

»Ich bin die Atemluftdaten noch mal durchgegangen, und das sieht wirklich alles gut aus. Ich schätze, daß die Besatzung nur halb soviel CO_2 produziert und nur halb soviel Sauerstoff verbraucht, wie wir ursprünglich gedacht haben. Das bedeutet, daß wir vielleicht sogar bis Donnerstag hier im Boot aushalten können.«

»Na, das ist ja eine wirklich gute Nachricht.« Richter schwankte auf seinen Beinen hin und her, Schwartz griff sich seinen rechten Arm und stützte ihn.

»Herr Kap'tän, geht es Ihnen auch wirklich gut? Sind Sie okay?«

»Nein, es ist schon alles klar ...« Richter wollte einen Namen hinzusetzen, er war sich auch ziemlich sicher, daß es Harvey war, aber er zögerte.

»Was ist denn los, Herr Kap'tän?«

Ja, es war Harvey. »Tut mir leid, Harvey, ich kann nicht mehr richtig sehen.« Richter drückte seine Fäuste gegen die Augen und blinzelte mehrfach. »So, nun ist es schon etwas besser«, behauptete er. »Ich glaube, ich sollte wieder auf meine Kammer.«

»Ich helfe Ihnen.«

»Danke, Harvey. Ich denke, ich brauche nur etwas Ruhe.«

In der PUO-Messe waren ein paar Männer dabei, Karten zu spielen. Sie hatten am Vorabend damit angefangen, und die Spielerei hatte bis in die frühen Morgenstunden gedauert. Auslöser waren Kälte und Langeweile, sie hatten Bill Hicks und Larry Czapek aus den Kojen getrieben. Ihnen hatten sich Carl Lehner und Mitch Santana angeschlossen. Die vier hatten verschiedene Spiele ausprobiert und sich dann entschlossen, mit Karten um Geld zu spielen.

»Wo ist denn Mitch?« fragte Hauptbootsmann Lehner.

»Ich wunder mich nicht, wenn er immer noch in der Koje liegt«, antwortete Bill Hicks. »Wieviel hat er gestern abend verloren?«

»Ein paar hundert Dollar«, murmelte Hauptbootsmann Czapek. »Los, komm, wir spielen weiter.«

»Wir brauchen einen vierten Mann«, antwortete Hicks, dann ging die Tür auf, und der bisher Vermißte kam an den Tisch.

»Tut mir leid, daß ich zu spät komme, die Toilette spült nicht richtig.«

»Ich gebe«, sagte Lehner, als er das Mischen beendet hatte. »Diese Karten sind hinüber, guck doch bloß mal.« Alle sahen auf die Karten. Die feuchte Luft hatte die Ecken aufgelöst, und Fransen hingen von den Kannten. »Hat einer noch ein paar bessere Karten?«

»Ja, ich habe welche, die sind angeblich aus Plastik.« Santana stand auf und ging hinaus. »Ich bin gleich zurück.«

Lehner hörte auf zu mischen und teilte aus. »Was haltet ihr davon, wenn wir den Einsatz auf fünf Dollar pro Punkt erhöhen?« schlug er vor.

»Für mich ist das in Ordnung«, antwortete Hicks, »was denkst du, Larry?«

»Einverstanden.«

Alle drehten sich um und sahen Santana an.

»Ich muß ja auch irgendwann mal Glück haben ...« Er machte eine Pause. »Oh, verdammt, wozu brauche ich denn das Geld überhaupt noch, stimmt doch, oder?«

»Na, jetzt hast du es kapiert.« Hicks grinste. »Gut, Junge, du hast jetzt die richtige Einstellung. In der nächsten Welt brauchst du kein Geld, der Herr wird dir alles liefern.«

»Laß Gott hier aus dem Spiel, bitte«, schnappte Lehner. »Hier sind die neuen Karten, ich hoffe, diese hier werden dir gefallen, Larry«, sagte er, lächelte und verteilte drei Karten an jeden, mit dem Bild nach unten.

»Hmm«, reagierte Czapek, als er und die anderen ihre Karten aufhoben und sie ansahen. Er war ein gewiefter Kartenspieler und würde den anderen schon zeigen, wie man den Mitspielern das Geld aus der Tasche zog.

1200Z, Glasgow, Schottland

Der Flug in der Herkules war unbequem, und man verlor fast das Gehör wegen des infernalischen Lärms. Die C130 war nicht als Luxustransportmittel gedacht, und das Klappern und der wahnsinnige Lärm unterdrückten jeglichen Versuch eines Gesprächs während des Fluges. Freeman hatte überlegt, ob er den FOSM-Stab vom Flugzeug aus anrufen sollte, hatte sich dann aber entschieden zu warten, bis sie in Schottland angekommen waren.

Als das Team achtern aus dem Flugzeug stieg, wurde es von typischem Glasgower Wetter begrüßt. Der Regen wurde von einem 25 Knoten starken Westwind fast horizontal über die Runway gepeitscht, und es schmerzte, wenn die Tropfen auf die Haut klatschten. Freeman langte sofort nach dem Handy, aber dann erkannte er, daß der Merlin-Hubschrauber der *Wellington* schon neben der Herkules wartete und klar zum Abflug war. Er hatte gerade noch Zeit, den Kälteschutzanzug anzulegen und sich einen der Schutzhelme aufzusetzen, dann mußte auch er in den

Hubschrauber. Da er nun so gut wie keine Chance mehr hatte, den Ablauf der Operation noch grundsätzlich zu beeinflussen, und da nun wohl irgendein Norweger oder Amerikaner die Beraterrolle bei dem Admiral übernehmen würde, gab er sich resignierend damit zufrieden, daß er bei den »Arbeitern« vor Ort mitspielen mußte. Das ärgerte ihn, weil es nur selten solche Gelegenheiten gab, bei denen man einen bleibenden Eindruck bei höheren Vorgesetzten hinterlassen konnte. Seit den letzten Sparbeschlüssen der Regierung für die Streitkräfte waren auch die Beförderungsaussichten für Sanitätsoffiziere deutlich schlechter geworden, solche Gelegenheiten wie diese mußte man nutzen, sich zu profilieren, darauf kam es an. In das NATO-Hauptquartier in Bodö würde er also leider nicht kommen. Er steckte das Handy tief in seine Tasche und nahm widerstrebend seinen Sitz im Hubschrauber ein. Kaum war er an Bord, hob der Hubschrauber schon ab und stieg knatternd in den grauen Himmel.

20 Minuten später waren sie am Westende des Firth of Clyde angekommen, vor der Insel Arran. Unter dem Helikopter konnte Freeman zwischen den vielen Wellen mit weißen Kämmen ein Kriegsschiff erkennen, das an der Spitze eines langen weißen Kielwassers stand. Als der Hubschrauber sich näherte, reduzierte das Schiff seine Fahrt und drehte in den Wind. Im Nu waren sie auf dem bewegten Flugdeck gelandet, ausgestiegen und wurden in den geräumigen Hangar geführt. Dort konnten sie die Kälteschutzanzüge wieder ausziehen. Freeman schloß sich Tremble an, und nachdem sie sich gegenüber dem Schiffswachtmeister identifiziert hatten, gingen sie Richtung Brücke, um sich beim Kommandanten zu melden. Seine Erfahrungen bei früheren Einschiffungen hatten Erics Eifer, sich dort zu melden und vorzustellen, deutlich gedämpft. Allzu häufig wurden die Besucher als unnötige Belästigung empfunden. Aber vielleicht würde der Empfang ja diesmal, immerhin war es ja keine Übung, etwas herzlicher ausfallen.

Fregattenkapitän Muggeridge war auch tatsächlich äußerst freundlich und entgegenkommend. Er war willens, jede Fähigkeit seines Schiffes in den Dienst des Auftrages zu stellen. Seine Aufgabe war zunächst, mit höchstmöglicher Fahrt zum Datum zu laufen, das hieß im Augenblick, daß er mit 25 Knoten gegen Wind und See lief. Montag würde man dort sein, frühestens. Es war also genug Zeit vorhanden, das ganze Gerät in Ruhe auszupacken, alles gut vorzubereiten und vielleicht auch noch die Besatzung der Fregatte und die eigenen Männer in einigen Punkten einzuweisen. Gut war auch, daß der Geschwaderarzt des Fregattengeschwaders und zwei weitere Ärzte aus Faslane an Bord waren. Zusätzlich waren auch noch ein Fachoffizier für die Administration und vier Sanitäter eingeschifft. Hier gab es also so viel Personal, wie Freeman es sich nie hätte träumen lassen. Sollte es jedoch dazu kommen, daß die Bedingungen auf der *Tulsa* sich so weit verschlechterten, daß die Besatzung einen Notausstieg durchführte, dann würde man diese medizinisch geschulten Leute auf der *Wellington* alle dringend benötigen.

Tremble erbat eine Gelegenheit, um die Schiffsbesatzung zu informieren. Es wurde beschlossen, dies in der Mannschaftsmesse um 1600Z durchzuführen. Bis dahin, so wurde angenommen, würde der Informationsstand über den Unfall mit USS *Tulsa* etwas besser geworden sein. Schlecht war, daß die Unterbringungsmöglichkeiten an Bord des Kriegsschiffes kaum ausreichten. Freeman und Tremble wurde eine Offizierkammer zur Verfügung gestellt, aber der Rest des SMERAT mußte im Hubschrauberhangar campieren.

Nachdem sie hinter der Insel Arran in den offenen Atlantik gekommen waren, wurde die See erheblich rauher, und da die *Wellington* mit hoher Fahrt gegen die See lief, wurde das Leben an Bord recht ungemütlich. Obwohl er sich fest vorgenommen hatte, das viele Gerät im Hangar sortieren und klar legen zu lassen, wurde Flottillenarzt Dr. Freeman ein Opfer der Seekrankheit. Es wurde ihm ganz eindeutig schlecht, und er ging in seine Koje.

0730R, Groton, Connecticut

Nach einer kurzen Phase verwirrter Gefühle begann sich Marie wirkliche Sorgen zu machen. Vom Geschwader hatte sie keine guten Nachrichten erhalten. Obwohl sie von dort angerufen worden war und man sie auf den neuesten Wissensstand gebracht hatte, war sie doch nicht schlauer geworden, als sie es durch das Fernsehen schon war. Wenn sie selbst dort anrief, um mehr Einzelheiten zu erfahren, hörte sie immer nur das Besetztzeichen. Sie hatte mehrfach alle möglichen Fernsehkanäle durchprobiert, um mehr Information zu erhalten, jetzt war sie absolut frustriert, weil das keinen Erfolg brachte. Sie hatte es auch im Radio versucht. Gerne hätte sie das alles ignoriert, aber das schaffte sie nicht. Die Medien hatten sie in ihren Bann gezogen ... Und wie sah es bei den Kindern aus? Sie waren gerade sechs und vier Jahre alt, wie sollten Jamie und Geoff die Situation verstehen? Sie hatten einen Fernseher in ihrem Zimmer, was sahen sie sich wohl an? Marie schaltete um auf einen Sender, der immer Zeichentrickfilme brachte. Sie sah erleichtert, daß sich dort nichts geändert hatte. Wenn es nach Jamie ging, guckten die Kinder bestimmt diese Comics. Sie dachte einen Augenblick nach. Und was war, wenn sie doch etwas anderes sahen? Normalerweise brachten fast alle Sender um diese Tageszeit irgendwelche Zeichentrickfilme, aber heute war das anders. Was um Himmels willen sahen die Kinder? Marie zog sich schnell an und ging in das Zimmer ihrer Söhne. Dort verlangte sie, sehr zur Freude der Jungs, daß sie Comics sehen sollten und nichts anderes.

1400A, USS *Tulsa*

Richter fühlte sich schon müde, obwohl er erst seit sechs Stunden wieder wach war. Er lag auf seiner Koje und dachte darüber nach, was Gallagher an diesem Morgen als Frühstück präsentiert hatte. Obwohl dies die erste warme Mahlzeit in drei Tagen war, hatte Richter den größten Teil davon übrig gelassen. Nicht etwa weil die Tomatencremesuppe nicht gut gewesen wäre, sicher, das war ein etwas außergewöhnliches Frühstück, aber die Suppe war wirklich ein Triumph über die Speisen der vorhergehenden Tage. Richter hatte überhaupt keinen Appetit. Der bittere Geschmack der Magensäure, den er in seiner Kehle spürte, hatte ihn davor gewarnt, daß er sich wahrscheinlich übergeben würde, wenn er weiter aß. Er nahm einen kleinen Schluck Wasser, aber das half auch nicht. Seine Kopfschmerzen waren auch noch schlimmer geworden, und er sah weiterhin alles doppelt. Er konnte nicht lesen, und er ärgerte sich immer noch darüber, daß er den E-Meister nicht erkannt hatte. Er wollte vermeiden, daß seine Männer ihn in diesem jämmerlichen Zustand sahen.

Seit seiner Rückkehr in seine Kammer war er laufend beschäftigt gewesen. Zwei Besucher waren gekommen. Enzo hatte von den zwei Männern mit Kopfverletzungen berichtet, die Berichte waren in keiner Weise ermutigend gewesen. Der COB hatte noch unerfreulichere Nachrichten gebracht. Die Fäkalientanks waren voll. Da keine Maschinenleistung verfügbar war, sie gegen den Außendruck leerzupumpen, mußten neue Wege gefunden werden, um die menschlichen Exkremente zu lagern. Steadman hatte dem Kommandanten eine schwarze Mülltüte gebracht, in der die festen Abfälle gesammelt werden sollten. Die flüssige Variante sollte gleich beim Entleeren des Körpers in die Bilgen gehen. Richter hatte es noch vor sich, die Praktikabilität dieses neuen Verfahrens zu testen. Da er große Schwierigkeiten beim Gehen hatte, schien ihm die direkte Entleerung in die Bilgen so gut wie unmöglich.

Dann ging ihm die Aussicht, wieder mit Marie zusammenzukommen, durch den Kopf. Die brutale Wahrheit war, daß er nicht daran glaubte, mit ihr eine lange Beziehung aufbauen zu können. Er hatte es noch nie geschafft, mit einem anderen Menschen länger als ein Jahr zusammenzuleben, ohne eine große Krise zu haben. Schon vor Jahren war er zu der Überzeugung gelangt, daß Männer und Frauen gar nicht dazu geeignet waren, über längere Zeit zusammenzuleben. Oder, und das lief fast auf das gleiche hinaus, die Frau, mit der er zusammenleben konnte, war noch nicht gefunden. Er hatte sich selbst eingeredet, daß das Zusammenleben nur versucht wurde, um den irritierenden, aber sehr starken menschlichen Wunsch zu befriedigen, sich zu vermehren. Dieser Wunsch bereitete ihm selbst gelegentlich große Probleme, besonders auch, weil sein Vater ihn immer wieder daran erinnerte. Das war eine Haltung, für die er wenig Sympathie empfand. Seinen Vater ging das nichts an. Und standen nicht schon genug Richters im Telefonbuch? Das Familienleben, so war er überzeugt, wurde nur immer weiter fortgesetzt, um die Kinder großzuziehen. Unter den Bedingungen des modernen Lebens schafften das nur wenige seiner Bekannten. Andererseits war er auch nicht ganz über den sozialen Druck erhaben, eine Frau oder wenigstens eine feste Freundin zu finden. Er fand es aber unverständlich, daß man von ihm erwartete, angesichts der vielen gescheiterten Beziehungen diesen Pfad zu beschreiten. Der Druck, der auf ihn ausgeübt wurde, war subtil, aber nicht zu verleugnen. Verwirrend daran war, daß er meistens das Zusammensein mit seinen Freundinnen sehr genossen hatte, bis die Sache dann aber unweigerlich irgendwann wieder schiefging.

Während er so darüber nachdachte, wurde ihm klar, daß er in der Vergangenheit niemals zufrieden gewesen war, sei es mit einer Frau oder sei es ohne. In den letzten Jahren hatte er es vorgezogen, keine Freundin zu haben. Das war emotional weniger belastend, als immer wieder durch den Zyklus von Werbung, Zusammenleben, Streit und Trennung zu gehen. Es war auch längst nicht so teuer. Er begann sich zu fragen, warum er so ein Versager beim Erhalten von Beziehungen war. Er konnte bei den zurückliegenden Fällen kein festes Muster erkennen. Die häufigen Trennungen, die es durch seine Seefahrt gegeben hatte, hatten für die Zerwürfnisse nur als Katalysator gedient, der eigentliche Grund für die Auflösung der Beziehungen lag woanders. Eines der Kernprobleme waren die zeitlichen Ansprüche, die seine Bekanntschaften stellten. Er hatte wirklich wenig Freizeit, und er war einfach nicht gewillt, sie für völlig nutzlose Beschäftigungen wie gemeinsames Shopping herzugeben. Unterhaltungen waren ein weiteres Problem. Alle Frauen, die er bisher kennengelernt hatte, liebten es zu reden. Es schien ihnen mehr oder weniger egal, um welches Thema es ging. Es kam offenbar nur darauf an, daß man redete. Er selbst neigte dazu, nur dann etwas zu sagen, wenn es auch erforderlich war, und er wurde der sinnlosen Quatscherei schnell überdrüssig. Diese Haltung hatte zu vielen Streitereien geführt. So war das nun einmal. Wenn sein Verhältnis zu Marie sich je über den jetzigen Status als Freund der Familie hinaus entwickeln sollte, dann mußte er Zeit investieren. Das war aber leichter gesagt, als getan. Richter hatte das Gefühl, das ihm jeden Augenblick der Kopf explodieren könnte, und er wollte ausprobieren, ob zwei Aspirin und etwas Schlaf helfen würden. Er schluckte die Tabletten, knipste die Notbeleuchtung aus, drehte sich um und schloß die Augen.

0800R, Hauptquartier der Atlantikflotte, Norfolk

Talisker sah die Männer an seinem Tisch an. Sie alle machten einen müden Eindruck, und ihm selbst ging es nicht besser. Die Besprechung hatte sich schon eine ganze Stunde hingezogen. Er sah Fregattenkapitän Sangster an und danach den Offizier, der für das Tieftauchen Fachmann war. »Sie wollen mir also erzählen, daß es noch drei Tage dauert, bis das DSRV endlich in Stavanger ist?«

Die beiden sahen sich an und blickten dann dem Admiral ins Gesicht. »Ja, Herr Admiral.«

Der Ärger stand dem COMSUBLANT ins Gesicht geschrieben. Als damals die Entscheidung gefallen war, waren sich alle darüber im klaren gewesen, daß es Risiken beinhaltete, wenn man nur noch ein DSRV für die ganze Marine zur Verfügung hatte. Die Tatsache, daß es 30 Jahre lang keine U-Boot-Unfälle mit Toten gegeben hatte, war der Grund dafür gewesen, daß viele geglaubt hatten, es würde immer so weitergehen. Der Admiral zwang sich, das jetzt anstehende Problem zu bearbeiten, Überlegungen zu grundsätzlichen Verbesserungen konnte man später anstellen.

»Und die Fahrt von Stavanger zum Unfallort wird auch noch mal vier Tage dauern?«

»Wohl eher fünf, Herr Admiral.«

»Das ist nicht gut genug. Sind Sie sicher, daß wir nicht von Hammerfest aus operieren können?«

»Ja, Herr Admiral. Die Runway auf dem Flugplatz dort ist zu kurz für eine C5, und im Hafen gibt es keine geeignete Pier für nuklear angetriebene Schiffe.«

»Okay. Und wie sieht es mit den Briten und den Schweden aus?«

»Von den Briten gibt es eine gute Nachricht. Das LR5 ist einsatzbereit und wird in einer Stunde in Aberdeen auf ein geeignetes Schiff verladen. Mir wurde berichtet, daß das Schiff dann sofort Richtung Untergangsstelle ausläuft. Diese Dampfer haben eine Höchstgeschwindigkeit von 15 Knoten, und das Ding müßte am Mittwoch, dem 3. November, am Datum ankommen. Natürlich nur, wenn das Wetter uns keinen Strich durch die Rechnung macht. Leider ist das schwedische Rettungsfahrzeug zur Zeit in der Instandsetzung und nicht einsatzbereit. Ihnen ist bekannt, Herr Admiral, daß die Russen uns Hilfe angeboten haben?«

»Ja, aber was haben die denn? Wenn ich mich recht erinnere, ist doch deren DSRV schon monatelang nicht mehr im Einsatz gewesen?«

»Murmansk, der Hafen selbst könnte die Hilfe sein. Wenn wir unser DSRV in Murmansk auf ein MOSUB laden, dann können wir die Zeit für die Fahrt zur Untergangsstelle auf unter 40 Stunden reduzieren und 3 Tage gewinnen.« Der Admiral zog die Augenbrauen hoch und hätte fast gelächelt.

»Gut. Das scheint doch die beste Lösung zu sein. A3, teilen Sie San Diego mit, daß wir vielleicht unseren Plan etwas ändern. Ich spreche mit dem CNO und sorge dafür, daß der Antrag gestellt wird, daß wir Murmansk benutzen können. Wir waren uns darüber einig, daß das einzige verfügbare MOSUB ein Boot der britischen Vanguard-Klasse ist. Da muß ich mit FOSM klären, ob die überhaupt gewillt sind, damit in Murmansk einzulaufen. Das gibt bestimmt besorgte Gesichter und allerlei Hin und Her, nehme ich an, aber da die Dinge stehen, wie sie stehen, glaube ich nicht, daß die Briten das ablehnen werden.«

Der Admiral wandte sich an seinen Sanitätsoffizier: »Doktor, können Sie uns informieren, wie das jetzt wohl da unten in der *Tulsa* aussieht? Wie die Lebensbedingungen sind?«

Selby sah etwas verblüfft aus. Darauf war er nicht vorbereitet. »Alles, was ich Ihnen bieten kann, ist eine grobe Abschätzung der Lebensumstände, Herr Admiral.«

»Klar doch. Wir haben ja alle keine Erfahrung in so einer Situation.«

»Also, zur Frage der Atemluftzusammensetzung habe ich schon alles gesagt. Ich nehme an, daß der Kohlendioxydanteil jetzt schon außer Kontrolle geraten ist. Wenn er etwa vier Prozent erreicht hat, werden die Männer sich müde und kurzatmig fühlen. Bei fünf Prozent wird ihnen schwindelig, die Gliedmaßen werden zittern, und sie werden kaum noch sinnvoll arbeiten können. Bei sechs Prozent, also, dann sollten sie raus sein. Ihre Augen werden schmerzen, sie werden nach Luft schnappen, auch wenn sie sich hinlegen, ... soll ich das überhaupt noch weiter ausmalen?«

»Nein, Doktor, wir haben jetzt eine Vorstellung. Gibt es sonst noch etwas, was wir wissen sollten?«

Selby dachte einen Augenblick nach, bevor er antwortete. »Es wird verdammt kalt sein, da unten im Boot, fast wird es frieren. Wenn nun die Luft so kalt wird, kann sie weniger Wasserdampf halten, und das Wasser wird aus der Luft heraus kondensieren, gerade so, als ob eine Wolke vom Wind an einem Berghang hochgeschoben wird.«

»Tatsächlich wie in einer Wolke?« fragte der Logistiker.

»Ja, genau. Ich bin nicht sicher, ob die Luft tatsächlich ein wenig undurchsichtig wird, aber sie haben da unten ja sowieso nicht mehr viel an Beleuchtung, sie werden es also nicht sehen. Der

Punkt ist aber, daß alles feucht wird. Dieser Effekt kommt durch die Feuchtigkeit der ausgeatmeten Luft und durch den Wasserdampf, der bei der Reaktion von Lithiumhydroxyd und CO_2 freigesetzt wird. Alles wird also naß: Schotten, die Bekleidung, das Bettzeug, alles.« Selby machte eine Pause. »Hat jemand den Film ›Das Boot‹ gesehen? Über das deutsche U-Boot, das so lange unter Wasser bleiben mußte, um den Briten zu entkommen? Können Sie sich erinnern, wie feucht alles im Boot wurde?«

»Sicher«, antwortete der Bergungsoffizier, »aber das deutsche Boot hatte auch Wassereinbruch.«

»Auch an Stellen, an denen kein Seewasser war, war alles naß und feucht. So wird das auch bei der *Tulsa* sein. Noch eins: Die Männer werden sich allein gelassen fühlen. Auch wenn sie hören können, daß oben Rettungseinheiten angekommen sind – und ich bezweifle, daß sie die Anwesenheit von Rettungseinheiten überhaupt mitkriegen, falls diese keine Schallsignale geben –, werden sie nicht reagieren können. Sie werden im wörtlichen Sinne taub und stumm sein, sie werden nicht kommunizieren können. Können Sie sich vorstellen, wie frustrierend das ist? Dann kommt noch die vergiftete Luft hinzu, die sie atmen müssen, sie bekommen keinen Kaffee und nichts Warmes zu essen, sie haben ein Gefühl des Eingesperrtseins, das nur noch in einem echten Sarg gesteigert werden könnte. Also wenn man das alles zusammen nimmt, erwarte ich, daß einige von ihnen durchdrehen.« Selby hielt inne, er war selbst über die schwierige Situation, in der sich Richter und seine Besatzung befanden, ins Nachdenken geraten.

»All das ist aber auf der *Squalus* nicht so gewesen«, gab der Chef des Stabes zu bedenken. Er erinnerte damit an ein U-Boot, das 1939 bei Erprobungen vor der Küste Neu-Englands gesunken war.

»Richtig, aber die waren auch nur 36 Stunden oder so unten im Boot.« Selby sagte nichts weiter dazu, er wollte dies Thema nicht vertiefen. »Ich denke, das ist wirklich alles, was ich im Augenblick dazu sagen sollte, Herr Admiral. Mehr kann ich in meiner Kristallkugel wirklich nicht erkennen.«

Rund um den Tisch trat Stille ein. Die langen Gesichter verrieten alles: *Gott sei Dank, ich bin nicht da unten*.

Schließlich durchbrach Talisker die betretene Stille. »Vielen Dank, Doktor. Da wir nur noch sehr begrenzte Zeit haben, bis Richter vielleicht gezwungen ist, mit seinen Männern auszusteigen, werde ich beantragen, daß das britische SPAG-Team möglichst bald eingesetzt wird. A3, prüfen Sie, ob wir da mit einer unserer SEAL-Gruppen helfen können.«

»Ja, ich werde das prüfen, Herr Admiral.«

Der Admiral sah noch einmal in Ruhe im Kreise herum. »Ich sage das nicht gerne, aber es bleibt mir keine andere Wahl: Egal ob wir nun Richter und seine Männer retten können oder nicht, wir müssen das Wrack bergen und untersuchen. A3, nehmen Sie mit dem Bergungsbeauftragten bei NAVSEA Kontakt auf. Der muß die *Grapple* oder die *Grasp* oder beide Bergungsschiffe in die Norwegensee verlegen, wenn wir die *Tulsa* heben wollen. Vermutlich ist es auch das Beste, ein Schwimmdock aus Groton dahin zu bringen.« Talisker wandte seinen Blick wieder seinen Notizen auf dem Tisch vor ihm zu, und er prüfte noch einmal, ob alle Punkte angesprochen worden waren. »Nun, meine Herren, das war die letzte Stabsbesprechung mit voller Besetzung, die wir hier zum Thema *Tulsa* gemacht haben. Wir nennen die ganze Sache jetzt Operation ›Große Hoffnung‹, übrigens. Einige von Ihnen reisen ja jetzt ab, um im NATO-Hauptquartier in Bodö an der Rettungskoordination mitzuarbeiten. Ich wünsche Ihnen Glück und Erfolg. Wir wollen Geoff Richter und seine Männer lebend wieder nach Hause bringen.«

1000R, Groton, Connecticut

Marie hing mit den Augen immer noch am Fernseher, und sie hatte wirklich keine Lust, sich zu unterhalten. Jean fühlte sich dadurch fehlplaziert. Sie war eine ganze Zeit oben bei den Jungen in deren Zimmer gewesen, aber jetzt hätte sie sich wirklich gerne mit einem erwachsenen Menschen unterhalten. Marie hatte aber zuvor alles getan, um dieser Situation zu entgehen, und das aus zwei Gründen: Jean konnte nichts für sich behalten. Alles, was Marie ihr jetzt sagte oder was sie hier erfuhr, würde sofort die Runde machen, kaum daß sie aus dem Haus war. Der zweite Grund war, daß Marie wirklich in Ruhe gelassen werden wollte, sie wollte über die Dinge erst nachdenken, bevor sie mit irgend jemandem darüber reden konnte. Aber genau das war eben schwierig, weil sie kaum eine Ahnung hatte, was wirklich Sache war. Zu gerne hätte sie irgendeine positive Neuigkeit gehört. Sie schaltete wieder SNN ein. Der Sprecher machte gerade eine Pause und lauschte in seinen Kopfhörer.

»Wir haben eine nicht bestätigte Nachricht, daß es auf der USS *Tulsa* 91 Überlebende gibt. Was kann man daraus folgern, Jim?«

Der Sprecher übergab an seinen rechten Nebenmann, einen pensionierten U-Boot-Fahrer, Kapitän zur See McPherson, nach der Bildunterschrift. Der begann nun mit predigender Stimme seine Weisheit zu verstreuen.

»Nun, Dan, daraus kann man allerhand folgern. Das Wichtigste ist, daß die Überlebenden mit großer Wahrscheinlichkeit vorne im Boot sind. Es ist sehr unwahrscheinlich, daß sich in der achteren Abteilung so viele Leute aufgehalten haben.« Die Kamera wurde auf eine Rißzeichnung eines 688-Klasse-U-Bootes gerichtet. »Vermutlich sind sie hier in diesem Teil des Bootes«, er zeigte auf den vorderen Teil, »zwischen dem Bug und der Reaktorabteilung hier achtern.«

»Können auch Überlebende in dem achteren Teil eingeschlossen sein?«

»Ja, aber ich halte das für wenig wahrscheinlich. So ein U-Boot sinkt nur, wenn ein Teil des Bootes voll läuft. Die Besatzung hält sich meist im vorderen Teil des Bootes auf. Dort schlafen und essen sie. Es gibt nur einen schmalen Durchgang von vorn nach achtern in die Maschinenanlage, und nach einer Kollision wird das wasserdichte Schott mit Sicherheit geschlossen. Dann kommen nicht mehr viele Leute in die achtere Abteilung. Wenn es tatsächlich 91 Überlebende gibt, dann ist sehr wahrscheinlich die achtere Abteilung voll gelaufen.« Er zeigte mit einem Zeigestock auf das achtere Ende des Bootes.

»Wieso? Erklären Sie es doch noch mal, Jim.«

Wieder bewegte er den Zeigestock. »Ohne allzusehr in die technischen Details zu gehen: Die Akkumulatoren des Bootes sind hier, ganz unten in der vorderen Abteilung. Wenn nun hier vorne ein größerer Wassereinbruch gewesen wäre, dann würden irgendwann entweder die Akkumulatoren selbst oder eine der Schalttafeln, mit denen der Strom der Akkumulatoren verteilt wird, mit dem Seewasser in Kontakt kommen. Das löst eine Reaktion aus, die man Elektrolyse nennt, vielleicht erinnern Sie sich daran aus der Schule. Da werden Wasserstoff und Sauerstoff frei, aber außerdem entweicht auch noch chlorhaltiges Gas. Das ist hochgiftig und würde jeden in der vorderen Abteilung zwingen, sofort auszuschleusen, um überhaupt zu überleben.«

»Gibt es denn nicht Atemmasken, die die Männer anlegen könnten?«

»Ja, doch, schon. Ich nehme aber an, daß der Luftvorrat, der für die Masken zur Verfügung steht, inzwischen erschöpft wäre, wenn so viele Menschen davon atmen sollen.«

»Könnten die Männer, die normalerweise in der achteren Abteilung Dienst tun, im Falle eines Lecks nach vorne geflüchtet sein?«

»Das kommt wirklich darauf an, wie der Unfall abgelaufen ist. Das wissen wir ja bis jetzt nicht. Das wäre schon denkbar. Aber wenn das der Fall gewesen wäre, dann müßten eben mehr Überlebende da sein.«

»Vielen Dank, Jim.« Der Sprecher wandte sich wieder der Kamera zu. »Jim McPherson ist ein pensionierter Kapitän zur See der US Marine. Er war Kommandant auf einem 688-Klasse-U-Boot, so ähnlich wie die *Tulsa* eins ist.« Er griff unter seinen Tisch und holte ein Telefon hervor. »Jetzt habe ich Dr. Bernhard Salinger am Apparat, er war bis vor einem Jahr Entwicklungsingenieur bei der Electric Boat Division von General Dynamics, das ist die Bauwerft dieser Boote. Dr. Salinger, Sie waren doch an der

Konstruktion der 688-Klasse-Boote in den siebziger Jahren beteiligt. Warum könnte die *Tulsa* gesunken sein?«

»Da sind mehrere Gründe denkbar. Ich nehme doch an, daß es einen Unfall gegeben hat?«

»Ja, es gibt keinerlei Anzeichen für eine kriegerische Auseinandersetzung.«

»Nun, die wahrscheinlichste Ursache ist eine Kollision, sei es mit einem Überwasserschiff oder mit einem anderen U-Boot oder aber auch mit dem Meeresgrund.«

»Ich verstehe. Das hat auch Jim McPherson gerade gesagt. Was ich wirklich meinte, war: Was kann denn den Auftrieb eines U-Bootes so weit vermindern, daß es tatsächlich sinkt?«

»U-Boote sollen untergehen. Daher, ganz anders als bei Überwasserschiffen, haben sie nur sehr wenig Reserveauftrieb. Wenn man die Tauchzellen füllt und auch nur noch ganz wenig Gewicht hinzufügt – zum Beispiel in der Form von Wasser –, dann sinken sie endgültig und verlieren die Fähigkeit, wieder aufzutauchen. Ein weiterer Faktor ist, daß die U-Boote im Laufe der Zeit mit immer größeren Maßen gebaut wurden und daß die Zahl der wasserdichten Abteilungen allmählich reduziert worden ist.«

»Und warum werden die Boote dadurch anfälliger zum Sinken?«

»Wenn es einen Wassereinbruch in einer kleinen Abteilung gibt, der nicht gestoppt werden kann, dann läuft eben nur diese kleine Abteilung voll, und das U-Boot bleibt in der Lage aufzutauchen. Wenn das gleiche aber in einer großen Abteilung passiert, dann wird das viel wahrscheinlicher ...«

»Warum sind weniger wasserdichte Abteilungen eingebaut worden, Dr. Salinger?« unterbrach ihn der Sprecher.

»Um Platz und Gewicht zu sparen. Wie ich schon sagte, ist die Zahl der wasserdichten Abteilungen reduziert worden, so hat ein 688-Klasse-Boot nur noch zwei, und dann noch den Reaktor selbst. Wenn eine davon einen Wassereinbruch erleidet, der nicht gestoppt werden kann, dann reicht das völlig, um das Boot zum Sinken zu bringen. Ein U-Boot kann eventuell auch sinken, wenn nur die Tauchtanks beschädigt sind. Ich müßte das nachrechnen, aber ich bin der Ansicht, daß bei einem 688-Klasse-Boot mehr als ein Tauchtank beschädigt sein muß, um das Boot zum Sinken zu bringen. Bei den meisten U-Booten ist es jedenfalls so, daß das Vollaufen der Tauchtanks alleine nicht ausreicht, um das Boot zum Sinken zu bringen. Die Boote haben ja den Vortrieb durch die Maschinenanlage, sie können sozusagen an die Oberfläche fahren, die Tiefenruder generieren auch dynamischen Auftrieb.«

»Mit anderen Worten, wenn ich Sie richtig verstehe, Herr Doktor, wenn da ein Unfall war, bei dem nur ein Tauchtank beschädigt worden ist, dann müßte das Boot entweder auch den Vortrieb verlieren oder die Tiefenruder müßten beschädigt sein, dann könnte es vielleicht auch sinken?«

»Ja, das ist richtig.«

»Vielen Dank, Herr Dr. Salinger. Bitte bleiben Sie noch in der Leitung. Unser Sendeleiter möchte noch mit Ihnen sprechen.« Der Sprecher ließ den Hörer wieder unter dem Tisch verschwinden und sah dann direkt in die Kamera. Zu seiner Rechten erschien das Bild einer Frau in den Mitdreißigern, sie hatte rotbraune Haare und trug einen beigen Regenmantel. Sie blickte in die Kamera, hatte ein Mikrophon in der Hand, und mit der anderen Hand versuchte sie vergeblich, ihre im Wind wild fliegenden Haare zu bändigen. Der Sprecher reduzierte etwas seine Lautstärke. »Der Untergang der *Tulsa* ist für die Stadt Groton in Connecticut ein Schock, hier ist der Heimathafen des U-Bootes. Unsere Reporterin Mary Ellis steht dort vor einem Supermarkt. Mary, wie reagieren denn die Leute dort in Groton auf den Untergang des Bootes?«

»Also, Dan, geschockt, das kann man schon sagen. Bei mir steht Nancy Richards.« Die Kamera vergrößerte den Bildausschnitt und zeigte beide Frauen. Nancy Richards trug Jeans und eine bunte Skijacke. Dem Aussehen nach war sie vielleicht fünfundzwanzig, sie hatte noch Aknenarben im Gesicht. »Nancy, Ihr Mann ist doch auf der *Tulsa*?«

»Ja, er ist Sanitäter.«

»Sozusagen der Schiffsarzt?«

»Ja, so ungefähr.«

»Was sind denn jetzt Ihre Gefühle, wo das nun passiert ist?«

»Ich weiß gar nicht, was passiert ist.«

»Nun, wir wissen ja, daß die *Tulsa* gesunken ist und daß an Bord 91 Überlebende sind.«

»Ja, ich hoffe, daß mein Denzel einer davon ist.«

Marie konnte es nicht länger ertragen, sie schaltete den Fernseher widerstrebend ab und begann zu weinen. Jean sprang von ihrem Stuhl auf und legte den Arm um sie.

»Hier, nimm dies«, sagte sie und drückte Marie ein Taschentuch in die Hand.

»Danke.« Marie schwieg erst einmal, sie versuchte nicht zu schluchzen. »Jean, du bist sehr lieb zu mir. Es ist echt nett, daß du gekommen bist.«

»Ich bleibe, so lange wie du willst, Marie. Ich weiß genau, daß du das auch für mich tun würdest.«

»Ich brauche einfach etwas Zeit für mich selbst, Jean ... ein wenig Zeit zum Nachdenken.«

»Marie, meine Liebe, jetzt ist doch nicht die Zeit, allein zu sein. Soll ich dir etwas frischen Kaffee machen?«

Marie hätte schon gerne Kaffee gehabt, aber wenn sie das jetzt gesagt hätte, dann hätte das bedeutet, daß Jean eine weitere halbe Stunde geblieben wäre. Jean hatte sich bei der Betreuung der Kinder sehr nützlich gemacht, aber jetzt schien sie sich unbedingt unterhalten zu wollen. Marie dagegen wollte in Ruhe über die Dinge nachdenken. Auch wenn John der STO auf der *Tulsa* war, er war nicht immer achtern in der Maschinenabteilung. Seine Kammer war vorn; John hatte sie ihr gezeigt. Die Kammer war wirklich nicht luxuriös, aber sie war doch viel besser, als Marie sich das vorgestellt hatte. Nachdem John ihr von den beengten Raumverhältnissen auf den schnellen 688-Klasse-Booten erzählt hatte, dachte sie, er schliefe in einer Hängematte zwischen lauter Dampfrohren im Maschinenraum. Da war die Kammer, die John tatsächlich hatte, doch viel besser. Er ging auch nur gelegentlich

Wache im Maschinenraum, es konnte also sehr gut sein, daß er vielleicht gerade in seiner Kammer geschlafen hatte, als der Unfall passierte, oder daß er in der Offiziermesse saß. Wenn SNN berichtete, daß die achtere Abteilung der *Tulsa* unter Wasser stand, dann hieß das noch längst nicht, daß John tot war. Woher wollten die das denn überhaupt wissen, wenn das Geschwader es nicht wußte? Sie beschloß, noch mal beim Geschwader anzurufen.

»Nein, danke«, antwortete sie. »Ich werde das Geschwader anrufen.« Sie stand auf, rieb sich die Augen und ging zum Telefon.

Es dauerte eine Ewigkeit, aber schließlich gelang es ihr durchzukommen. Jean Houghton beugte sich über ihre Schulter, sie wollte unbedingt mitbekommen, was gesagt wurde.

»Ja, hier ist Marie Dowling ... Nein, mein Mann ist der STO ... Ja, das stimmt. Ich habe gerade SNN gesehen, und da habe ich gehört, daß da 91 Überlebende sind ... Wie bitte? ... Wieso können die das denn einfach behaupten? ... Sagen Sie das denen doch mal ... Ja, wenn Sie das nicht machen, wer denn sonst?«

Jean merkte, daß Marie ihre Haltung geändert hatte. Das war nicht mehr die hilflose Frau, sondern die selbstbewußte Marie, vor der Jean schon immer so viel Hochachtung gehabt hatte.

»So, so, und wenn das alles Unsinn ist, wann werden Sie denn wissen ...? Das haut doch überhaupt nicht hin ... Ich habe keine Lust, mir Ihre Entschuldigungen anzuhören. Mein Mann ist mit da unten, und ich will wissen, ob er noch lebt oder nicht, und ich will auch von Ihnen wissen, was Sie unternehmen, um ihn nach oben zu holen. Es geht auch nicht nur um mich allein. 130 anderen Familie geht es genauso ... Wenn Sie da was erfahren, dann teilen Sie das uns allen mit!« Es gab eine längere Pause, dann sagte Marie: »Na, das kann ich denn ja vielleicht für Sie machen.« Sie legte den Hörer auf und drehte sich Jean zu. »Kannst du dir das vorstellen? Sie wissen immer noch nicht, wie viele Leute im Boot noch am Leben sind. Sie wissen nicht, wann sie es wissen werden. Und um der ganzen Sache die Krone aufzusetzen: Sie haben noch nicht einmal die Telefonnummern der Angehörigen, um alle zu informieren.« Marie schwieg einen Augenblick und atmete tief. »Also, das können wir ja mal in die Hand nehmen. Hast du heute sonst noch was vor?« Jean kam nicht dazu, zu antworten. Das Telefon klingelte. »Ich geh 'ran«, sagte Marie. »Hallo?«

»Mein Name ist Marcia Jones, und ich arbeite für SNN. Ihr Gatte ist doch der Schiffstechnische Offizier auf der *Tulsa.*«

»Ja, das stimmt.«

»Ich bin heute in Groton, darf ich bei Ihnen vorbeischauen?«

»Was wollen Sie denn?«

»Nun, mein Kollege John Scott und ich würden Sie gerne interviewen. Nicht daß wir Sie belästigen wollen, wir möchten nur sehen, wie es Ihnen geht, und wir würden gern etwas mehr über John wissen. Der Name Ihres Gatten ist doch John, oder?«

»Woher wissen Sie das denn?«

»Ich habe mich im Stützpunkt erkundigt. Er ist doch da sehr bekannt. Er wäre ein kleiner Rebell, sagen sie, aber eben sehr gut in seiner Arbeit.« Marie wußte nicht, was sie sagen sollte. Die Frau hörte sich freundlich und nett an. »Der Punkt ist«, fuhr Marcia fort, »hier sind eine ganze Reihe von Leuten, die sich Sorgen machen, was wohl mit der *Tulsa* passiert ist. Ich dachte, daß Sie vielleicht die Frau sind, die diese Sorgen vor der ganzen Nation artikulieren kann.«

Marie dachte einen Augenblick nach. Bei ihr hatten schon mehrere andere Frauen von Besatzungsmitgliedern angerufen, und es war auch ganz klar, daß das Geschwader deren Fragen auch nicht beantworten konnte. Vielleicht war es ja eine gute Idee, über das Fernsehen mit den anderen zu kommunizieren und so auch die Marine endlich zum Handeln zu zwingen. SNN: Der Sender ›Satellite Network News‹ war ein kommerzieller Fernsehkanal und nicht gerade bekannt für gründliche Berichterstattung. Was konnte sich sonst noch hinter der Sache verbergen?

»Ich versichere Ihnen, wir wollen nur mit Ihnen über Ihre Stimmungslage sprechen«, fuhr Marcia Jones fort. »Uns ist klar, daß Sie jetzt unter einem gewaltigen Druck stehen. Wie die anderen Familien auch. Meinen Sie, daß Sie als eine Art Vertreter für die anderen sprechen könnten, Frau Dowling?«

Marie dachte nach, bevor sie antwortete. Der Kommandant, Geoff Richter, war nicht verheiratet. Der Erste Offizier, Curtis Mitchell, auch nicht. Sie war daher wohl die ranghöchste Ehefrau, wenn man darüber nachdachte. Sie haßte es, mit dem Dienstgrad ihres Mannes irgendwie in Beziehung gebracht zu werden, aber diesmal mußte es wohl sein. Würde es vielleicht seiner Karriere schaden, wenn sie ein Interview gab? Wieso? Sie war ja nicht diejenige, die die Uniform trug, auch wenn ihr das manchmal so vorkam. Ihr tiefes Mißtrauen gegenüber den Medien schmolz langsam dahin und machte dem Bedürfnis Platz, der Welt mitzuteilen, was sie fühlte. Ja, sie würde das machen. »Werden Sie das mit der Kamera aufnehmen?«

»Ja, das ist für das Fernsehen, das ist mit der Kamera und live. Noch eins – das muß exklusiv für uns sein. Sie müssen sich damit einverstanden erklären, mit keiner anderen Nachrichtenagentur zu sprechen, auch nicht mit Ihrer Lokalzeitung, wie auch immer die sich bei Ihnen nennt.«

»›Der Tag‹ heißt die hier.«

»Ja, richtig.«

Nun hat die Sache noch eine andere Wendung genommen, dachte Marie. Sie war vorher noch nie im Fernsehen erschienen, schon gar nicht live. Aber wenn es die Sache vorantrieb, dann mußte sie das eben machen.

»Gut, wann wollen Sie die Aufnahmen und das Interview machen?«

»Wir werden etwa eine Stunde benötigen, das alles bei Ihnen vorzubereiten. Sollen wir sagen um ein Uhr?«

»Ja, ein Uhr ist in Ordnung.«

1645C, Marinewerft, Severodmorsk

Die Ansteuerung des Hafens war eigentlich nicht weiter schwierig, aber Borzhov kannte ihn nicht. Entsprechend den ständigen

Befehlen hatte er für das letzte Stück einen Lotsen genommen. Borzhov hatte den Lotsen in den letzten zwanzig Minuten überwacht wie der Adler seine Beute. Der Lotse führte das U-Boot entlang des Fjords in die Marinewerft, vorbei an U-Boot-Liegeplätzen hinein in ein versteckt liegendes, überdachtes Schwimmdock, das jetzt recht voraus lag. Borzhov mußte zugeben: Der Mann kannte seinen Job und auch das ganze riesige Hafengebiet. Die Beleuchtung des Docks wirkte richtig anlockend, und die Aussicht, hier unter einer Überdachung liegen zu können, war erfreulich. Auch wenn es kaum noch schneite, waren die bittere Kälte und der schneidende Wind längst durch seine Jacke hindurch gegangen. Borzhov riß sich ordentlich zusammen, um nicht vor Kälte zu bibbern.

»Steuerbord zwei-null, Maschine langsame Fahrt voraus«, befahl der Lotse in sein Mikrophon, das er fest in seiner rechten Hand hielt, die in einem dicken Handschuh steckte.

»Ruder liegt Steuerbord zwei-null«, quakte der Lautsprecher links vom Lotsen.

Kurz danach: »Maschine quittiert ›Voraus Langsame‹.«

»Mittschiffs!« befahl der Lotse mit klarer Stimme.

»Ruder liegt mittschiffs!« kam es kurz danach aus dem Lautsprecher. Die *Gepard* lag gerade vor dem Dock, klar zum Eindokken. Als der beschädigte Vorsteven gerade in das Dock hineinragte, bellte der Lotse: »Maschine stopp!« Er wartete, bis der Aufbau den Dockeingang erreichte, und fügte dann hinzu: »Zurück Langsame.« Die *Gepard* vibrierte leicht, das Boot kam genau zum Stehen, als das Ruder achtern in Höhe des Dockeingangs war. Der Lotse gab noch einige abschließende Befehle in das Mikrophon und reichte es dann zurück an den Kommandanten. »Das Weitere ist Ihre Sache.«

»Vielen Dank. Da haben Sie uns ja gut eingeparkt. Kann ich Ihnen einen Drink anbieten?«

»Nein, vielen Dank, Herr Kap'tän. Ich muß nach Hause. Meine Frau ist immer sauer, wenn ich trinke und danach Auto fahre. Vor zehn Jahren hätte ich Ihr freundliches Angebot noch angenommen, und ich wäre da auch noch nicht nach Hause gefahren. Aber nun ist es anders. Moderne Zeiten.«

»Ja, da haben Sie recht. Aber ich werde Sie an die Stelling bringen.«

»Danke.«

Sie verließen die Brücke, stiegen eine Deckshöhe hinab und verließen den Turm durch einen Ausgang. Die Stelling wurde gerade von Land übernommen.

»Vielen Dank noch einmal.« Borzhov grüßte, als der Lotse von Bord ging, und sah, wie ein Kapitänleutnant mit sauberer Uniform sich durch die Werftarbeiter hindurchzwängte, die sich schon vor der Stelling der *Gepard* versammelt hatten, um die Arbeit aufzunehmen.

»Darf ich an Bord kommen, Herr Kap'tän?«

»Ja, na klar, was kann ich für Sie tun?«

Der Offizier kam zügigen Schrittes an Bord, grüßte und zog einen hellblauen Umschlag aus seiner Brusttasche, den er Borzhov übergab. »Herr Kap'tän, das hier ist sehr dringend.«

Borzhov öffnete den Umschlag und las die kurze Mitteilung, die handgeschrieben auf einem Papier mit dem Briefkopf von Admiral Konstantin stand. »Vielen Dank. Wo ist denn hier das nächste Telefon?«

»Im Büro des Dockaufsehers, Herr Kap'tän. Dort drüben«, antwortete er und zeigte auf ein Gebäude mit großen Fenstern in Richtung des Bugs der *Gepard*.

Borzhov jumpte an Land und ging in Richtung des Gebäudes. Die Tür stand offen, er ging hinein, nahm den Hörer vom Telefon und wählte die Nummer, die Konstantin auf den Zettel geschrieben hatte. Es war die Privatnummer von Konstantin, eine Frau meldete sich.

»Frau Konstantinowa?«

»Ja, wer ist dort?«

»Mein Name ist Borzhov. Ist Ihr Gatte zu Hause?«

»Ja, einen Augenblick bitte.«

Es dauerte einen Augenblick, dann meldete sich Konstantin.

»Borzhov, da sind Sie ja. Ich muß so bald wie möglich mit Ihnen sprechen. Es soll sofort eine Untersuchung wegen der Kollision beginnen. Das wird eine politische Sache, leider. Wir müssen also vorher ein paar Sachen klären.«

Konstantin gab Borzhov seine Anschrift und lud ihn zum Abendessen ein.

1000R, SNN-Zentrale, New York

Am Tisch saßen nur drei Personen: der Intendant des Senders, der Chefreporter und der Militärkorrespondent. Die anderen Konferenzteilnehmer waren auf Bildschirmen zu sehen.

Der Intendant sagte: »Wir hatten beantragt, mit dem DSRV mitfahren zu können, aber das wurde abgelehnt mit der Begründung, daß dort zu wenig Platz sei. Wir haben jetzt ein Team vor Ort, das über die Vorbereitungen und die Abreise berichten wird. Wir können also zwei oder drei Berichte aus San Diego bringen. Die Norweger wollen uns nicht in ihr Hauptquartier in Bodö hineinlassen, aber sie richten ein Pressezentrum ein, auch dort haben wir ein Team vor Ort, das diesen Bereich abdeckt. Die Briten lassen uns auch nicht in ihren Stützpunkt in Faslane, ich denke, da gibt's auch jetzt nichts zu sehen, da die Schiffe alle ausgelaufen sind. Es ist witzlos, die Untergangsstelle zu überfliegen, das kostet viel Geld, und es ist jetzt nichts zu sehen. Wir haben ein weiteres Team auf dem Weg nach Hammerfest, von dort sollen sie dann losfliegen, wenn es wirklich was zu sehen und aufzunehmen gibt. Wie ich hörte, haben die Briten vielleicht schon ein paar besonders ausgebildete Leute vor Ort. Wir werden noch klären, was es damit eigentlich auf sich hat.«

»Wohin wird das DSRV denn geflogen, Fergus?« fragte der Chefreporter.

»Weiß ich auch nicht«, antwortete der Militärkorrespondent, »aber ich werde das klären.«

»Gut«, fuhr der Intendant fort. »Sobald wir das wissen, werden wir da auch ein Team hinschicken. Wir haben unsere Leute im Pentagon und im britischen Verteidigungsministerium, aber von da sollten wir nicht allzuviel erwarten. Wir müssen der Sache den *human touch* geben. Hat da jemand 'ne gute Idee?« Er wandte sich einem Bildschirm zu, auf dem das Bild von John Scott erschien. »John, ich erinnere mich, ihr habt da die Sache mit dieser Marie ... wie war noch der Name?«

»Dowling. Marie Dowling. Wir haben die Exklusivrechte.«

»Prima. Und wir sind so gut wie sicher, daß ihr Mann auch wirklich tot ist?«

Am Tisch und auf den Bildschirmen nickten alle.

»Okay, John, ich bin sicher, daß ihr da was draus macht. Ich bin auch noch an dem allgemeinen Sicherheitsaspekt interessiert. Sind U-Boote sicher? Ihr könnt doch das Interview mit der Marie Dowling benutzen, um dic Sache so richtig loszutreten.« Er sagte zu dem Militärkorrespondenten: »Fergus, haben Sie einen Schiffbauer klar, der im Anschluß an das Interview dran kommt?«

»Sicher, ja, klar.«

Eine junge Frau auf einem der anderen Bildschirme begann zu sprechen: »Wie war das denn bei vorhergehenden Untergängen? Da waren doch zwei in den sechziger Jahren, glaube ich. Sollten wir nicht mit Familienangehörigen sprechen, deren Männer damals zu Tode gekommen sind?«

»Ja, gute Idee, Karen. Machen Sie das.«

»Irgendwo gibt es doch sicher auch einen Gedenkstein, man sollte das Interview vor so einem Denkmal machen«, warf jemand ein.

»Gut, ich sehe, daß wir jetzt über diese Sache richtig nachdenken«, sagte der Intendant. »Hat sonst noch jemand eine gute Idee?« Er sah dabei auf den Bildschirm von John Scott.

»Ich habe Nachforschungen in Groton angestellt. Ihr könnt euch kaum vorstellen, was manche der Lebensgefährtinnen – sei es, daß sie förmlich verheiratet sind, oder sei es, daß sie eine informelle Lebenspartnerschaft haben – während der Abwesenheit ihrer Männer alles anstellen. Wenn keiner mehr aus der *Tulsa* lebend heraus kommt, dann wird das auch eine ganze Menge Ärger und Verwirrung verhindern.«

Der Chefredakteur unterbrach: »Ja, vielleicht richtig, John. Wir könnten aber viele Leute verprellen, wenn wir das aufgreifen. Wir müssen herzzerreißende Sachen bringen, aber nicht Skandale, die den Herzschlag beschleunigen.«

Dem schloß sich der Intendant an: »Das ist richtig. Trotzdem, das andere ist auch ein wichtiger Punkt. Gibt es sonst noch was?«

Niemand meldete sich.

»Also, nun mal los! Etwas Phantasie bitte! Das hier ist die größte Geschichte seit der Explosion in Oklahoma und seit dem TWA-Absturz. Nein, das hier ist sogar noch größer, hier leben noch welche. Wie können wir an die Überlebenden kommen?«

»Warum besorgen wir uns nicht ein kleines U-Boot und suchen selbst nach der *Tulsa*?« fragte Karen.

Der Intendant sah auf den Militärkorrespondenten. »Was hältst du davon, Fergus?«

»Es gibt keinen Grund, warum wir das nicht machen sollten, nur wird es nicht billig sein. Wir untersuchen schon die Möglichkeit, ein Spezialschiff mit einem Mini-U-Boot für zwei Wochen zu chartern. Das kostet wenigstens 100 000 Dollar ... pro Tag. Und dann müssen wir noch den Kraftstoff und die sämtlichen Verbrauchsgüter bezahlen.«

»Aber wir könnten zwei Teams an Bord haben, eins, um die Aktivitäten an der Meeresoberfläche aufzunehmen und das andere in dem Mini-U-Boot für die Rettung unter Wasser. Könnten wir mit den Überlebenden Kontakt aufnehmen?«

»Die haben ein Unterwassertelefon an Bord. Die Tonqualität wird nicht gerade toll sein, die Dinger haben immer starke Verzerrungen, und das ganz besonders, wenn der Schall unter Wasser größere Strecken zurücklegen muß.«

»Aber wir können ja mit unserem U-Boot ganz dicht ran. Das wäre doch eine unglaubliche Sache!«

»Das wird dem Militär aber gar nicht passen.«

»Da haben sie dann Pech gehabt. Wenn wir auch nur halbwegs

vernünftig vorgehen, können sie gar nichts machen. Die *Tulsa* liegt doch in internationalen Gewässern.«

»Ich dachte, die Hoheitsgewässer reichen heutzutage bis 200 Meilen vor der Küste«, unterbrach John Scott. »Dann sind also die Norweger zuständig. Die könnten uns daran hindern.«

»Ich werde das durch die Rechtsverdreher prüfen lassen, aber ich glaube, daß das mit der 200-Meilen-Zone nur für ökonomische Dinge gilt, also für die Fischerei, für das Recht nach Öl zu bohren und auch für Fragen der Umweltverschmutzung. Wir können ein Schiff chartern und es dort parken, solange wie wir wollen. Okay«, setzte der Intendant fort, »ich will, daß Simon und Mick sich dieser Sache annehmen. Es wird noch Tage dauern, bis das erste Bild kommt. Wir brauchen noch Ideen für heute und morgen. Los, Leute, ihr seid doch die phantasievollsten Reporter der ganzen Branche. Laßt euch was einfallen …«

1600Z, HMS *Wellington*

Fregattenkapitän Muggeridge ließ sein Schiff nur so hohe Fahrt laufen, weil er Order hatte, so schnell wie möglich zum Datum zu dampfen. Da das Schiff in Faslane drei Wochen an der Pier gelegen hatte, hatten doch viele seiner Männer ihre Seebeine verloren und litten unter den heftigen Bewegungen der Fregatte. Für diejenigen, die einen widerstandsfähigen Magen hatten, war der Blick von der Brücke ein phantastisches Erlebnis, auch wenn es bereits dunkel wurde. Nachdem das Schiff einen Wellenkamm erklommen hatte, senkte sich das Vorschiff, und die Fregatte rauschte in das nächste Wellental. Mit kniebeugendem Krachen verschwand der Steven in der nächsten Welle, und ein riesiger Gischtberg umhüllte alles. Zunächst schien die *Wellington* in dieser Lage zu verharren, dann lief eine Erschütterungswelle vom Steven längs durch das ganze Schiff, fast wie bei einem Hund, der sich nach einem Bad schüttelt. Nach einigen Sekunden begann das Vorschiff, das von grüner See bedeckt war, sich zu heben. Das Wasser löste sich zum Teil in Gischt auf, diese wurde vom Sturm erfaßt, erst gegen den Turm geschleudert, dann gegen den FK-Starter und danach gegen die Aufbauten. Als sich der Bug weiter hob, wusch das grüne Wasser auf der Back an Deck lang. An jedem Hindernis bildeten sich weiße Schaumflecken, zum Schluß floß das Wasser durch die Speigatten außenbords. Auf dem Gipfel der Welle rollte das Schiff zusätzlich zu dem starken Stampfen leicht, dann ging es abwärts in das nächste Wellental.

Für die Beobachter auf der Brücke war es ein phantastischer Anblick, aber in der Mannschaftsmesse, wo der Nachgeruch des Abendessens noch aus der Kombüse drang und wo die wilden Bewegungen des Schiffes ganz anders zu spüren waren, fühlten sich viele deutlich unwohl. Die ganze Besatzung bis auf die stehende Wache war versammelt, und Richard Tremble begann mit seinen Erklärungen.

»Guten Abend, meine Damen und Herren. Ich weiß, daß es sich im Schiff herumgesprochen hat, daß wir den Auftrag haben, amerikanische U-Boot-Fahrer zu retten. Meine Aufgabe ist es nun, Ihnen zusammen mit Flottillenarzt Freeman zu erläutern, wie das Vorhaben ablaufen soll. Gerne würde ich Ihnen alles in allen Einzelheiten vortragen. Leider sieht die Sache aber so aus, daß wir noch nicht genügend Informationen über das verunglückte U-Boot haben, um die Einzelheiten vorhersagen zu können. Wir wissen noch nicht genau, was auf uns zukommt. Immerhin, ich kann ihnen versichern, daß die Verunglückten von Ihrer, also unserer Hilfe abhängig sind.«

Es gab ein unterdrücktes Gemurmel in der sonst aufmerksamen Zuhörerschaft.

Tremble wandte sich einer Karte zu, die mit einfachen Mitteln hinter ihm am Schott befestigt war. »Das U-Boot, es ist die USS *Tulsa*, liegt hier.« Er zeigte auf einen Ort westlich der Bäreninseln. »Es gibt zwei Wege für die Überlebenden, das U-Boot zu verlassen. Wenn sie Glück haben, können sie so lange aushalten, bis sie gerettet werden. Während ich hier spreche, sind zwei Rettungsfahrzeuge zur Unglücksstelle unterwegs – unseres, das LR5, wird wohl zuerst am Unglücksort eintreffen, das amerikanische

DSRV wird dann später im Laufe der Woche eintreffen. Beide Rettungsfahrzeuge sind in der Lage, die Überlebenden von der *Tulsa* entweder zu einem anderen U-Boot oder an die Oberfläche zu bringen. Wir hoffen, daß die Männer dann nur normale medizinische Betreuung benötigen. Wenn sie dagegen ohne so ein Rettungsmittel aus ihrem Boot ausschleusen müssen, und sie liegen ja tief, auf etwa 155 Meter, und dann schwimmend von da unten an die Oberfläche kommen, ja dann werden sie wahrscheinlich die Taucherkrankheit bekommen und müssen in einer Druckkammer behandelt werden. Flottillenarzt Freeman wird Ihnen das gleich noch näher erläutern. In diesem Falle benötigen wir Ihre Hilfe, um die Leute schnell aus dem Wasser zu bekommen. Ihnen ist klar, daß das Seewasser verdammt kalt ist. Sie müssen die Leute also so schnell wie möglich aus dem Wasser fischen und sie in den Hangar bringen, wo wir eine medizinische Empfangsstation einrichten werden.«

In diesem Augenblick war es soweit: Freeman, der die ganze Zeit schon stark geschwitzt hatte, mußte sich übergeben. Er versuchte noch die Tür zu erreichen, aber da das Schiff stark stampfte, verlor er die Richtung, knallte gegen einen Tisch und fiel hin. Dabei entleerte er den Inhalt seines Magens in mehreren Kotzanfällen unkontrolliert in verschiedene Richtungen. Die größte Reichweite, die er dabei erzielte, war fast ein Meter, die Ladung traf dabei eine Gruppe von Unteroffizieren, die an einem benachbarten Tisch saßen. Nach einem kurzen Augenblick erschrockenen Schweigens brach der Teufel los. Das Gejohle und Gelächter der Mannschaften erfüllte den ganzen Raum, und auch der Kommandant und die Offiziere hatten große Schwierigkeiten, ernste Gesichter zu behalten.

1800A, USS *Tulsa*

»Der Kommandant wollte heute abend teilnehmen und Ihnen erläutern, was alles hier passiert, aber er leidet immer noch an der Kopfverletzung, die er sich bei der Kollision zugezogen hat.

Er hat mich beauftragt, ihn zu entschuldigen, er bedauert, daß er nicht hier sein kann. Er muß ruhen.« Enzo sah auf die Besatzung, die sich in der Manschaftsmesse zur zweiten Mahlzeit des Tages versammelt hatte. Der Geruch des warmen Essens war sehr verlockend. »Ich weiß, daß Sie alle jetzt gerne essen wollen, ich werde mich kurz fassen. Sie haben alle die Schallsignale von der P3 heute morgen gehört. Ja, sie kamen von einem Flugzeug. Kein anderes Fahrzeug hätte uns so schnell finden können. Mir ist klar, daß einige von Ihnen sich sehr gefreut haben und dachten, wir könnten bis morgen hier raus sein. Ich muß Ihnen leider sagen, daß wir hier nicht ganz so schnell raus kommen werden. Ich will Ihnen nicht vorenthalten, daß es noch ein paar Tage dauern wird. Es gilt also all das weiter, was der Kommandant kurz nach der Kollision angeordnet hat: schlafen, schlafen, schlafen. Ihr habt das alle ganz prima gemacht bis jetzt und verdient es, gelobt zu werden. Die meisten haben nur in ihren Kojen gelegen und die ganze Zeit gefilzt. Ist das je in Ihrer Zeit in der Marine so anerkannt worden wie jetzt hier?« Es gab Gelächter, das aber von den knurrenden Mägen fast übertönt worden wäre. »Das ist eigentlich schon fast alles, was ich sagen wollte. Man hat uns gefunden. Wir haben hier alles, was wir brauchen, um noch etwa vier Tage durchzuhalten. E-Meister, reicht unsere Akku-Kapa für das Zubereiten von warmen Mahlzeiten für diese Zeit?«

»Ja, Herr Kaleu, das reicht.«

Alle brüllten begeistert.

»Gut. Essen Sie also und schlafen Sie gut. Ich werde Sie informieren über alles, was oben zu unserer Rettung geschieht, soweit ich das kann. Morgen um diese Zeit spreche ich wieder zu Ihnen.«

Enzo nickte und ging in Richtung Tür. Seine Ohren klangen von dem zustimmenden Gebrüll, und fast hätten die Männer ihn umgerannt, so wild waren sie darauf, an ihr Essen zu kommen.

1300R, Groton, Connecticut

Marie ging an die Tür, als es klingelte. Sie hatte immer noch einigen inneren Vorbehalt gegen dieses Interview. Fast bedauerte sie schon ihre Entscheidung. Wenn John noch lebte, konnte das ungünstige Folgen für seine weitere Karriere haben. Marie wußte ganz genau, wie wichtig es war, daß John bald Erster Offizier auf einem Boot werden würde. Jean hatte fast die ganze Zeit darüber geredet, und die beiden waren sich darin einig, daß es jetzt zu spät war, noch einen Rückzieher zu machen. Marie beschloß, sowenig zu sagen wie möglich. Alles, was sie für die anderen betroffenen Familien tun konnte, war, eine positive Einstellung auszustrahlen und die Sache mit den Überlebenden klarzustellen.

Die Frau an der Tür war blond, jung und ziemlich dünn. Sie hatte ein aufgesetztes strahlendes Lächeln und hellrosa geschminkte, breite Lippen. Mit ihren blauen Augen sah sie Marie direkt an. »Frau Dowling?«

»Ja, das bin ich. Sie sind sicher Marcia Jones?«

»Ja. Freut mich sehr, Sie kennenzulernen. Darf ich Ihnen meinen Kollegen John Scott vorstellen?«

Marie sah einen schlanken, jungen Mann mit dunklen Haaren, der hinter Marcia stand. Er war sauber rasiert, und Marie fielen als erstes sein warmes Lächeln und seine perfekten Zähne auf.

Er trat vor und reichte seine Hand. »Guten Tag, Frau Dowling. Das ist wirklich sehr freundlich, daß Sie uns so kurzfristig diese Gelegenheit geben. Dürfen wir eintreten?«

»O ja, gerne. Kann ich Ihnen irgend etwas anbieten? Tee? Kaffee?«

»Ja, einen Tee, das wäre sehr schön«, antwortete Scott.

»Ich nehme lieber einen Kaffee, falls Sie einen fertig haben, sonst geben Sie mir einfach ein Glas Wasser, das reicht«, fügte Marcia hinzu.

»Haben Sie sonst noch jemanden mitgebracht?«

»Ja, wir sind insgesamt zu viert, die zwei anderen laden gerade die Kameras aus dem Wagen. Haben Sie einen bestimmten Platz, wo wir das Interview machen sollen?«

Marie hatte darüber noch gar nicht nachgedacht. Sie hatte in den kurzen Gesprächspausen während der Unterhaltung mit Jean nur überlegt, was sie anziehen sollte, und sich für eine matt-weiße Seidenbluse und einen Rock mit Blumenmuster entschieden.

»Was halten Sie von der Terrasse?« antwortete sie.

»Ich würde ein Zimmer mit Bildern von der Familie vorziehen«, meinte Scott, »wie wär's mit dem Wohnzimmer?«

»Okay, die meisten Familienbilder sind in einem anderen Raum, aber ich kann ein paar holen und aufstellen, wenn Sie das wünschen.«

»Ja, das wäre doch toll.«

Es dauerte etwas über eine Stunde, bis die diversen Fernsehapparaturen aufgebaut waren. Marie saß in einem Lehnstuhl, John Scott saß in einem anderen Lehnstuhl neben ihr. Sie wurden beide von den grellen Scheinwerfern angestrahlt und trugen kleine Mikrophone auf ihren Aufschlägen. Eine Kamera stand auf einem Dreibein, der Kameramann hielt eine zweite mit den Händen und testete mit ihr verschiedene Aufnahmewinkel. Der Tontechniker schaffte es endlich, die Verstärker richtig einzustellen. Marcia hatte ein paar Notizen auf einem Brett mit Papier gemacht. Am Boden lagen Drähte und Kabel, die zum Schluß alle durch die Tür nach draußen in den Aufnahmewagen führten, oben auf dem Dach des Wagens stand eine große Schüssel zur direkten Weitergabe an den Satelliten.

»Sie haben verstanden, daß alles in unser Studio übertragen wird, wenn wir erst mal angefangen haben, und daß unser Chefredakteur dort dann entscheidet, was und wann gesendet wird? Ich habe darauf keinen Einfluß«, sagte Scott, sich rückversichernd, aber so vertrauenerweckend, wie er nur konnte.

»Ja, ich verstehe«, antwortete Marie.

»Das Ganze wird natürlich auch komplett aufgenommen, und wir können es später dann vielleicht noch mal benutzen.«

»Ja, gut.«

»Möchte noch jemand Tee oder Kaffee«, fragte Jean, die sich irgendwie überflüssig fühlte.

»Das wäre ganz prima, wenn das Interview vorbei ist«, antwortete der Reporter.

»Ja, ich nehme auch noch einen Kaffee«, meldete sich Marie. Sie machte eine kleine Pause, bevor sie fortfuhr: »Kannst du bitte noch mal oben nach den Jungs sehen? Ich habe schon so lange nichts von ihnen gehört. Dann ist meist irgend etwas faul.«

Jean strahlte. »Natürlich, meine Liebe. Überlaß das einfach mir.«

»Gut, Frau Dowling – oder darf ich Sie Marie nennen?«

»Ja, nennen Sie mich ruhig Marie.«

»Marie. Sind Sie soweit?« John Scott sah Marcia an, die in ihr Handy sprach und ihm zunickte.

»Ich bin bereit, besser als jetzt wird es nicht werden«, antwortete Marie.

John Scott begann sein Interview. Es begann mit ein paar Fragen, wie sich Marie und John kennengelernt hatten, dann wurde das Thema gewechselt, und sie sprachen über Johns Dienst bei den U-Booten. Danach kamen die Themen Kinder und der Job als Krankenschwester im örtlichen Krankenhaus. Das alles hatte nur den Zweck, ihr die anfängliche Scheu zu nehmen, und es lief auch gut. Sie kannte sich bei diesen Themen aus, sie fühlte sich recht wohl, und ihre Anspannung ließ nach.

»Hat Ihnen Johns Dienst auf den U-Booten je Sorgen gemacht?«

»Am Anfang mußte ich mich erst daran gewöhnen, aber das ist schon Jahre her. U-Boote sind genauso sicher wie Flugzeuge, wahrscheinlich sogar noch sicherer.«

»Bis irgend etwas schiefgeht.«

»Sicher, aber sehen Sie sich doch mal die Statistik an. In unserer Marine ist in den letzten zwanzig Jahren kein einziges Boot verlorengegangen ... in den letzten dreißig Jahren sogar, glaube ich.«

»Bis letzten Donnerstag. Ist Ihnen klar, daß bei der Konstruktion der neuen U-Boote auf Sicherheit zugunsten der Leistungsfähigkeit verzichtet worden ist? Was sagen Sie dazu, Frau Dowling?«

»Also, ich kann zur Konstruktion von U-Booten nichts sagen. Ich kenne mich da nicht aus. Ich meine, wenn wir von unseren Männern erwarten, daß sie mit Kriegsschiffen zur See fahren, dann sollten die so konstruiert sein, daß sie sicher und leistungsfähig sind. Immerhin, die Boote sollen ja kämpfen, also müssen sie im Krieg gewinnen können. Sonst macht das Ganze doch überhaupt keinen Sinn, oder?«

John Scott änderte das Thema. »Marie, haben Sie gehört, daß es 91 Überlebende da unten auf der *Tulsa* gibt?«

»Das habe ich überprüft. Das Geschwader hier im Stützpunkt kann diese Zahl nicht bestätigen.«

Scott schien verblüfft. »Nehmen wir mal an, diese Zahl wäre richtig. Glauben Sie dann, daß Ihr Gatte einer der Überlebenden ist?«

»Es ist doch klar, daß ich das hoffe«, antwortete Marie. Ihr gefiel die Richtung nicht, in die die Unterhaltung jetzt ging. Sie mußte einfach daran glauben, daß es John gut ging.

»Aber er arbeitet doch in der Maschine, und nach der Aussage von Fachleuten erscheint es sehr wahrscheinlich, daß die Männer in den Maschinenräumen nicht überleben konnten.«

Marie war geschockt. Sie hatte gedacht, dieser John Scott sei ein netter Mensch. Warum sagte er so was? War es nicht schlimm genug, wenn man nicht sicher sein konnte? Warum machte er die Dinge noch schwieriger? Tränen schossen ihr in die Augen, sie konnte nicht dagegen an. Sie nahm ein Taschentuch und putzte sich die Nase.

»Entschuldigen Sie«, sagte sie.

»Es tut mir leid, daß ich Ihnen das sagen muß, Frau Dowling. Aber Sie sind sich doch darüber im klaren, daß John vielleicht nicht zu den Überlebenden gehört?«

Er machte eine Pause. Der Kameramann trat ihr fast auf die Füße, er wollte unbedingt eine Nahaufnahme von Marie in all ihrer Verzweiflung einfangen.

»Meinen Sie nicht auch, daß U-Boote so sicher wie nur irgend möglich gebaut werden sollten?«

Marie versuchte verzweifelt, das Weinen zu unterdrücken. Sie schwankte zwischen Ärger und Verzweiflung, aber sie wußte nicht, welches der Gefühle die Oberhand gewinnen würde. Ihr war klar, daß das Interview wahrscheinlich live im Fernsehen lief, sie wollte so schnell wie möglich aus dieser Situation heraus, das schien ihr jetzt das wichtigste zu sein. Dieser Kerl Scott würde sowieso nicht aufhören, bis er hatte, was er wollte. Für sie war die Antwort daher einfach: »Ja, na klar müssen sie sicher sein. Im Krieg heißt das, sie müssen schneller und leiser sein als die Boote des Feindes. Das muß alles beim Bau von U-Booten berücksichtigt werden. Ich muß Ihnen aber auch sagen, daß ihre Fachleute keine Ahnung …«

Der Monitor vor dem Reporter wurde auf ein Bild aus dem Studio umgeschaltet. Auf den Fernsehschirmen rund um die Welt erschien das Gesicht von Fergus Daugherty mit der Ansage: »Für das Thema der Sicherheit von U-Booten werden wir jetzt mit dem Experten …«

2000Z, Aberdeen, Schottland

Das Motorschiff *Salminster* war wirklich kein imposantes oder elegantes Fahrzeug. Das Schiff war 1986 für das Verteidigungsministerium gebaut worden und wurde jetzt von der Troßschifforganisation der britischen Marine betrieben, die Besatzung bestand aus Zivilisten. Daher war die *Salminster* auch schwarz-gelb gestrichen wie alle Schiffe dieser Organisationseinheit. Sie verdrängte gerade mal 2200 Tonnen. Damit gehörte sie wirklich nicht zu den großen, und da ihre beiden Ruston Diesel zusammen nur 4000 PS leisteten, war sie auch nicht schnell. Bei den jetzt herrschenden Wetterbedingungen – es blies ein frischer Wind aus Nordwesten – schaffte sie kaum 12 Knoten. Wenn die See nicht ganz ruhig war, rollte die *Salminster* wie verrückt.

Zwei vorstehende Hörner am Steven und ein großer Kran auf dem Vorschiff unterschieden sie von anderen Schiffen. Dieser Kran machte es möglich, das LR5-Rettungsfahrzeug von der *Sal-*

minster aus einzusetzen. Das LR5 war im Schiff unterhalb des Krans gelagert. Nachdem sie den Hafen verlassen hatte, steuerte das Schiff zunächst nordöstlichen Kurs, dabei kam die See etwa von querab. In der Offiziermesse hatten sich einige Männer versammelt, um die Einzelheiten der Rettungsoperation zu planen. Nur zwei von ihnen trugen die Uniform der Marine. Der Rest waren Zivilisten, zum größeren Teil das Personal der Eignerfirma, das das LR5 bediente. Keiner von ihnen hatte schon einmal eine echte Rettung erlebt, obwohl sie alle schon an Übungen teilgenommen hatten. Im Raum hing eine triste Niedergeschlagenheit, die dem trostlosen Wetter und dem graubedeckten Himmel draußen entsprach. Wenn das Wetter nicht besser wurde, bevor sie die Unfallstelle erreichten, dann würden sie keinen aus der *Tulsa* bergen können. Die *Salminster* konnte das LR5 nur bei Seegang drei oder weniger einsetzen. Da das Schiff jetzt etwa 20 Grad nach beiden Seiten rollte, war völlig klar, daß das augenblickliche Wetter deutlich jenseits dieser Einsatzgrenzen lag.

2350A, USS *Tulsa*

»Ja, nun, egal. Ich weiß nicht, wie das bei euch aussieht, aber ich bin saumüde. Zeit für mich, die Augendeckel von innen zu betrachten.« Hauptbootsmann Lehner warf seine Karten mit den Bildern nach unten auf den Tisch und rieb sich die Augen.

»Ja, das geht mir auch so«, stimmte ihm Larry Czapek zu.

»Ich hab' auch genug von dieser Spielerei«, schloß sich Bill Hicks an.

»Also, nun reißt euch mal zusammen«, begann Santana. »Glaubt ihr wirklich, daß ihr auch nur eine Minute schlafen könnt, wenn ihr jetzt in die Kojen geht? Wißt ihr noch, wie es beim letzten Mal war, als wir versucht haben einzuschlafen?«

»Mitch, du kannst ja hier sitzen bleiben und die ganze Nacht Solitaire spielen«, antwortete Hicks müde. »Das kannst du doch viel besser als jedes andere Spiel. Ich kann jetzt überall schlafen, egal wo.« Er stand vom Tisch auf.

»Na, denn geh man in deine alte Stinkkoje«, reagierte Santana.

»Bleibt ruhig, Jungs«, unterbrach Lehner. »Wir sind doch alle müde. Kriegt euch jetzt nicht in die Wolle. Was haltet ihr davon, wenn wir morgen früh nach dem Frühstück weiter machen?«

»Für mich ist das in Ordnung«, antwortete Hicks.

Czapek grunzte sein Einverständnis und stand auch auf, um Richtung Koje zu gehen. Hicks und Lehner folgten ihm. Santana nahm die Karten, mischte sie und begann, Solitaire zu spielen.

Enzo knirschte mit den Zähnen, nur um zu verhindern, daß sie dauernd klapperten, er wälzte sich in seiner Koje. Ihm brannten die Augen vor Müdigkeit, aber er konnte nicht schlafen. Es war einfach zu kalt und feucht. Seine Gedanken gingen zurück an die Zeit in Massachusetts, vor 16 Jahren. Es war nicht leicht für ihn gewesen, den ganzen Haushalt zu führen, nachdem seine Mutter und die Schwester fort waren. Sein Vater war in eine tiefe Depression abgeglitten, und es fehlte ihm offenbar die Kraft, daraus wieder frei zu kommen. Er war nur noch gelegentlich zum Fischen aufs Meer gefahren, und auch das Boot hatte er nur noch unregelmäßig einer Pflege unterzogen. Eines Tages im Herbst war die Krise da: Enzo kam aus der Schule zurück, und sein Vater war nicht zu Hause. Er wartete und wartete, aber der Vater kam nicht. Um acht Uhr abends zwang ihn der Hunger, sich etwas alte Fischpastete warm zu machen. Nachdem er etwas gegessen hatte, ging Enzo zum Hafen, dort fand er das Boot, es war aus dem Wasser gehoben, und die Maschine lag neben dem Boot. Sein Vater stand schwankend neben dem Motor und trank aus einer Flasche, die er sofort wieder in einer braunen Tüte zu verstecken versuchte.

»Na, Enzo«, sagte er verbittert, »kommst du, um dir den großen Fischer anzusehen?«

»Hallo Papa. Ist was nicht in Ordnung mit dem Boot oder der Maschine?«

»Nein, alles ist klar mit dem Boot, das ist doch ein ganz tolles

Boot.« Der Vater gestikulierte wild und stolperte dabei hin und her. »Hast du jemals ein hübscheres Boot gesehen?«

»Nein, Papa. Du mußt doch hungrig sein. Zu Hause ist noch Fischpastete. Komm doch nach Hause und iß was!«

Während er sprach, war Enzo zu seinem Vater gegangen, hatte ihn am Ellbogen ergriffen und ihn langsam nach Hause geschoben. Unterwegs hatte der Vater die Flasche fallen lassen, war sogar gefallen, als er versuchte, sie wieder aufzuheben und hatte danach darauf bestanden, mitten auf der Straße zu urinieren, so daß jeder ihn sehen konnte, der zufällig in die Richtung guckte. Enzo war die Sache äußerst peinlich. Zu Hause hatte Enzo die Pastete wieder aufgewärmt, aber der Vater hatte sie nicht gegessen. Er war in einem Lehnstuhl vor dem Fernseher zusammengesackt. Dort blieb er laut schnarchend sitzen bis zum nächsten Morgen.

In den nächsten zwei Tagen wurde das Ausmaß der Krise erst richtig deutlich. Das Boot brauchte einen neuen Motor, aber sie hatten kein Geld. Das Haus war bis zum äußersten mit Hypotheken belastet, und die Bank weigerte sich, noch weitere Kredite zu gewähren. Der Vater hatte Enzo erklärt, daß er viel mehr Geld nach Sizilien überwiesen hatte, als er sich eigentlich leisten konnte, weil er hoffte, daß Frau und Tochter zurückkehren würden. Diese Hoffnung hatte sich nicht erfüllt, und nun waren sie bankrott. Noch nicht einmal das Boot konnten sie verkaufen. Die Zeiten des gewinnbringenden Fischens vor der Küste waren vorbei. Wenn sie überhaupt noch weiter machen wollten, dann brauchten sie ein größeres Boot. Sonst blieb dem Vater nur, als Besatzungsmitglied auf einem Fischereifahrzeug ein unsicheres und hartes Leben zu führen. Das war für einen Mann, der im nächsten Jahr fünfzig wurde, keine gute Perspektive.

Die Rettung war dann in Form eines Briefes mit einem Stempel aus New York gekommen. Enzo hatte seinen Onkel Alberto nur einmal viele Jahre zuvor gesehen. In seine Erinnerung hatten sich vorwiegend die Fotos eingeprägt, die jedes Jahr zu Weihnachten per Post eintrafen und auf denen der Onkel vor einem üppig geschmückten Tannenbaum zu sehen war. Onkel Alberto hatte Massachusetts verlassen, nachdem er das College abgeschlossen hatte. Nach einer Zeit des Herumtreibens hatte er eine Wäscherei in Brooklyn eröffnet. Nach den Fotos zu urteilen, war das eine erfolgreiche Sache geworden. In dem Brief wurden Enzo und sein Vater aufgefordert, nach Brooklyn zu kommen, außerdem wurde seinem Vater eine Arbeit angeboten. So ein Angebot konnten sie in der damaligen Lage unmöglich ablehnen.

Auch wenn Enzo dann das Leben in der Großstadt durchaus genossen hatte, hatte er seine Liebe zur See nie verloren. Das war auch der Grund, warum er sich um einen Platz an der Marine-Akademie beworben hatte. Außerdem waren natürlich auch die Straßen New Yorks nicht mit Gold gepflastert. Enzo war klar, daß seine Erziehung ihn nicht für seine gegenwärtige Aufgabe prädestiniert hatte. Vielleicht gab es aber gar keine Erziehung, die das hätte leisten können. Es war auch nicht wichtig. Er war entschlossen, das beste aus der Lage zu machen, und betete, daß dieses Beste ausreichen würde; dann glitt er langsam hinüber in das Land der Träume.

Kapitel 4

Sonntag, 31. Oktober

0400A, Flughafen Hammerfest

Obwohl es noch drei Stunden hin war, bis die ersten Zivilflugzeuge landen oder starten würden, war doch schon viel los auf dem Flugplatz. In der Bar der Ankunftshalle hatte man drei Tische zusammengestellt, und dort saß das SPAG-Team. Sie trugen schwarze Einsatzanzüge und ihre blauen Marine-Baretts. Die Gruppe wurde von Richard Trembles Stellvertreter, Kapitänleutnant Steve Marchant, geführt. Leutnant Sharples saß neben ihm. Er unterrichtete die Männer gerade über den bevorstehenden Fallschirmabsprung. In wenigen Minuten sollten sie die C130 der britischen Luftwaffe besteigen, die man schon durch die großen Glasfenster auf der Runway sehen konnte. Sharples war eine beeindruckende Erscheinung. Er war schlank und muskulös, etwa 185 cm groß, sein kurzes graues Haar und die braune Haut ließen ihn etwas reifer erscheinen, als er es mit seinen 34 Jahren eigentlich war. Er sprach ausgesprochen langsam, mit dem Akzent der Leute aus Lancashire. Die Bar war sonst leer, nur zwei Damen mittleren Alters schoben zwei Maschinen mit rotierenden Bürsten umher und reinigten den Boden.

Plötzlich ging die Tür auf, und drei Männer traten ein. Einer von ihnen hatte eine Kamera mit einem Scheinwerfer darüber auf seiner Schulter, ein anderer trug ein großes Mikrophon an einer langen Stange. Der dritte hielt ein Klemmbrett mit Notizpapier darauf in der Hand, führte sie direkt zu der Gruppe mit den britischen Marineleuten.

»Kapitänleutnant Marchant, ich bin Donald Forman von

SNN. Können Sie mir sagen, wann Sie und Ihre Männer die Leute aus der *Tulsa* retten werden?«

»Nein, kann ich nicht. Sehen Sie, meine Herren, wir führen hier gerade die Einweisung vor dem Einsatz durch, bitte lassen Sie uns in Ruhe arbeiten.«

»Na, wir müssen alle unsere Arbeit machen. Meine ist es, unsere Zuschauer über die Maßnahmen zu informieren, die zur Rettung der Männer auf der *Tulsa* getroffen werden.«

Das Fernsehteam war an den Tisch getreten, und Donald Forman stand jetzt direkt neben Marchant. Das grelle Licht oberhalb der Kamera blendete den Offizier, er blinzelte und wandte den Blick ab in eine andere Richtung.

»Ich bitte Sie noch einmal in aller Form, uns in Ruhe zu lassen. Durch Ihre Anwesenheit stören Sie und verzögern dadurch die Rettung, über die Sie doch so gerne berichten wollen. Leutnant Sharples, gibt es hier noch einen anderen Raum, in den wir uns zurückziehen können?«

»Soweit ich weiß nicht. Auf diesem Flugplatz ist um diese Zeit fast alles abgeschlossen. Ich kann diese Herren aber gerne hinausbegleiten, wenn Sie das wünschen, Herr Kaleu.« Marchant blickte Forman fragend an.

»Wird das nötig sein? Oder werden Sie von selbst meiner Bitte genügen?«

»Machen Sie, was Sie wollen. Das hier ist kein Militärgelände, wir haben hier die gleichen Rechte wie Sie.«

»Ich habe nicht vor, diese Einweisung vor laufenden Fernsehkameras zu machen. Bitte gehen Sie jetzt.«

Marchant hatte seine Lautstärke leicht gesteigert, dadurch allein war schon klar, daß Sharples die Reporter jetzt hinausschmeißen sollte.

Sofort stand das ganze SPAG-Team auf, umzingelte die Fernsehleute und drängte sie in Richtung Tür. In diesem Augenblick tat der Mann mit dem Mikrophon etwas sehr Unüberlegtes. Er schlug mit seiner Mikrophonangel auf den Kopf des Hauptgefreiten Percival, der drehte sich auf dem Absatz um, schnappte sich das Kabel, das Mikrophon und Kamera verband, riß es ab und schleuderte es in eine Ecke des Raums. Im nächsten Augenblick riß er sein Knie hoch und stieß damit dem Reporter in den Unterleib. Der stöhnte vor Schmerz auf. Eine Sekunde später wurde auch dem Kameramann sein Gerät abgenommen, und es flog dem Mikrophon hinterher. Dabei zerbrach das gute Stück in mehrere Teile. Donald Forman und sein Kameramann traten den Rückzug an. Das SPAG-Team versammelte sich wieder um die Tische, Sharples beendete seine Einweisung, und dann marschierten sie auf den Platz in Richtung C130, die sie in Kürze hinaus auf den kalten Atlantik fliegen sollte.

0500A, USS *Tulsa*

Eingewickelt in eine Wolldecke saß Oberstabsbootsmann Steadman auf einem Stuhl, von dem aus er seine Patienten gut überschauen konnte. Er hatte es irgendwann geschafft, seine kalten Füße zu ignorieren und in dieser Körperhaltung etwas zu schlafen, aber nicht lange, dann wachte er wieder auf. So hörte er, daß einer der Männer ihn rief.

»Ja, ich höre, Jacko, was wollen Sie?«

»Herr Oberstabsbootsmann, ich glaube, Sanchez hat aufgehört zu atmen.«

Steadman stand auf und zwängte sich an den Matratzen vorbei hin zu Maat Sanchez, der hier seit der Kollision bewegungslos lag. Er kontrollierte die intravenöse Infusion, die immer noch langsam, aber stetig Flüssigkeit in den Körper des Maaten abgab; dann kniete er nieder, um den Mann zu untersuchen. Er zog ihm die Wollsocken von den Händen, die er ihm als Handschuhersatz übergezogen hatte, und er führte die gleiche Untersuchung durch, die der Kommandant schon zwei Tage zuvor bei Washington angewendet hatte.

Steadman konnte keinerlei Lebenszeichen feststellen. Sollte er versuchen, eine Wiederbelebung durchzuführen? Er entschied sich dagegen. Kapitänleutnant Raschello und der Kommandant hatten am Tage zuvor über Sanchez und Oberbootsmann Maddison gesprochen, und alle waren sich darüber im klaren gewesen, daß die beiden wohl bald sterben würden. Wiederbelebungsversuche konnten höchstens den Tod etwas hinauszögern, aber sie hätten auch harte Arbeit bedeutet, und das hätte nur zu mehr CO_2 in der Atemluft geführt. Steadman stellte die Infusion ab und entfernte die Kanüle aus Sanchez' Arm.

Die Luft war in den letzten Stunden deutlich feuchter geworden, aber durch den Dunst sah Sanchez immer fast noch genauso aus wie sonst auch. Da die Temperatur in der Offiziermesse nur noch ganz knapp über dem Gefrierpunkt lag, würde Sanchez' Leiche in den nächsten drei Stunden nicht anfangen, unangenehme Gerüche abzusondern. Steadman entschied, daß er die Leiche nach dem Frühstück von ein paar Männern in den Torpedoraum bringen lassen konnte.

0545A, über der USS *Tulsa*

Leutnant Sharples fühlte, wie er an der Schulter gerüttelt wurde, und war sofort wach. Er konnte in fast allen Lebenslagen schlafen, das war das Ergebnis der Tatsache, daß er ein sehr bewegtes Leben hinter sich hatte. Manche Männer des SPAG-Teams machten sich Sorgen wegen dieses Einsatzes, und Sharples dachte sich daher, daß es nicht schaden konnte, wenn er sich sorglos zeigte. Also hatte er sich für ein Nickerchen entschieden. Der Lademeister hatte ihn wieder geweckt und bedeutet, daß sie das Absprunggebiet erreicht hatten. Er sah zu, wie sich achtern die große Heckklappe öffnete. Marchant saß direkt an der Klappe, neben ihm der Sanitäter. Man konnte sich nicht unterhalten, der Höllenlärm der Flugzeugmotoren verhinderte das. Alle starrten in das schwarze Nichts hinter dem Flugzeug. Mitten im Laderaum standen zwei Paletten mit ihren Geräten. Die würden gleich Richtung Heckklappe gerollt werden und dann mit dem ganzen SPAG-Team in der Dunkelheit verschwinden.

Trotz all seiner Erfahrung verspürte Sharples doch vor jedem

Absprung ein gewisses leeres Gefühl in der Magengegend, und heute morgen war es stärker als sonst. Bei der Ausbildung waren sie meist in das relativ warme Wasser des Mittelmeers oder des Englischen Kanals gesprungen, außerdem gab es auch immer leidliches Wetter und Tageslicht. Ein Absprung in schwere See mit starken Winden von über 30 Knoten, und das mitten in der Nacht, vielleicht noch mit Schneefall, das war eine neue, durchaus fordernde Erfahrung. Auch wenn die Männer des SPAG-Teams Trockenanzüge trugen, bestand eben doch die Gefahr, daß sie nach dem Absprung über ein größeres Gebiet verteilt waren und einander und auch ihr Gerät nicht finden konnten. Sharples machte sich durchaus Sorgen, daß die Retter sehr schnell zu den Nächsten werden konnten, die gerettet werden mußten.

Sie mußten nur deshalb zu diesem Zeitpunkt abspringen, weil angenommen wurde, daß die Besatzung der *Tulsa* sehr bald ausschleusen würde und dann ja an die Oberfläche kommen würde. Da die U-Boot-Männer nur die dünne Bekleidung trugen, die sie unten im U-Boot hatten anziehen können, war ihre Überlebenszeit oben im kalten Wasser eher in Minuten als in Stunden zu messen. Wenn es dem SPAG-Team gelang, die U-Boot-Fahrer aus dem Wasser in eins ihrer vier recht großen Schlauchboote zu bringen, dann wäre zumindest dem schnellen Tod durch Unterkühlung oder Ertrinken vorgebeugt. Auch für Verletzte sahen die Chancen in so einem Boot viel besser aus als im kalten Wasser. Da sowohl ein Arzt als auch ein Sanitäter zum SPAG-Team gehörten, würde man auch qualifizierte Erste Hilfe leisten können, obwohl niemals genau geklärt worden war, was man denn unter derartigen Bedingungen überhaupt machen konnte. Ein zweiter Zweck des Absprunges war es, Kontakt mit dem U-Boot aufzunehmen und sich ein genaueres Bild über die Zustände im Boot zu verschaffen. Aber auch das würde nicht so ganz einfach werden. Das erste Flugzeug, das hier gewesen war, hatte es offenbar nicht geschafft, Verbindung mit der *Tulsa* aufzunehmen, und es war bis jetzt unklar, ob das Unterwassertelefon betriebsfähig war oder nicht. Ein Lichtblick war jedoch, daß die *Nordvik*, ein Schiff der norwegischen Küstenwache, in wenigen Stunden über dem Unfallort eintreffen sollte. Es konnte das SPAG-Team und eventuelle Überlebende, die schon aufgetaucht waren, aus der kalten, stürmischen See retten und an Bord nehmen.

Es war dunkel und bitterkalt, der Wind blies in frostigen Böen über die aufgewühlte See, Schnee fegte in eisigen Schauern dahin. Die C130 hatte die Absprungzone schon einmal umkreist, und als sie zum zweiten Kreis ansetzte, öffneten sich drei große Fallschirme achteraus von ihr, dann drei weitere und danach eine ganze Serie von kleineren Fallschirmen. Leutnant Sharples traf auf das Wasser auf und schnappte nach Luft, als das kalte, gefrierende Wasser über sein Gesicht fegte. Irgendwo da draußen, nicht weit entfernt von ihm, mußte ein Schlauchboot mit einem Außenbordmotor sein, er brauchte es nur zu finden. Er griff nach dem Scheinwerfer, der mit einer Leine an seinem Gürtel befestigt war, umklammerte das Ding mit seiner schon jetzt kalt und taub werdenden rechten Hand, fummelte an dem Schalter herum und leuchtete dann in einem Bogen rund um sich. Nur wenn er gerade oben auf einem Wellenkamm schwamm, konnte er überhaupt etwas sehen, aber nirgends konnte er die weißen reflektierenden Streifen entdecken, die an allen Ladungen klebten, die man abgeworfen hatte. Sharples verwehrte es sich selbst, irgendwie in Panik zu geraten. Er wartete, bis er wieder auf einem Wellenkamm war, dann schrie er so laut er konnte, um den Kontakt zu seinen Kameraden herzustellen. Aber niemand antwortete. Dann ging es auf der Leeseite der Welle wieder runter, sie brach über seinem Kopf, und er mußte wieder ordentlich um Luft kämpfen. Er zwang sich, nicht in Panik zu verfallen.

0600A, USS *Tulsa*

»Larry, bist du wach?« flüsterte Hauptbootsmann Lehner seinem Kameraden in der Koje unter ihm zu.

»Nein.«

»Hast du Mitch gesehen?« fuhr Lehner fort. »Ist er in der Koje oder sitzt er immer noch in der Messe?«

»Warum fragst du mich nicht selbst, Carl? Ich bin hier«, antwortete Santana. »Verdammt, weiß Gott, lieber wäre ich nicht hier.«

»Das denken wir doch alle«, unterbrach ihn Czapek. »Und nun haltet die Schnauze, ich will schlafen.«

»Ich hab' das aufgegeben und versuch' schon gar nicht mehr einzuschlafen«, ergänzte Santana, mit den Zähnen klappernd, »es ist ja eine Scheißkälte hier. Ich hab' schon so gezittert, daß ich Muskelkater davon habe. Ich glaub', sogar meine Zehen bibbern.«

»Ich weiß, daß meine Zehen bibbern und mein Pimmel auch, ob du es glaubst oder nicht«, kam es von Czapek.

»Na, das erklärt vieles«, unterbrach Santana.

»Quatsch, Mitch, aber das ist nicht der Punkt. Ich kann schon schlafen, auch wenn es kalt ist, aber nicht, wenn du hier herumblökst wie ein verlorenes kleines Schaf.«

»Da du doch deinen gammeligen Körper so toll beherrschst, solltest du auch deine verfluchten Ohren schließen können«, antwortete Santana, dann machte er eine kurze Pause und fuhr leise fort: »Ich bin nicht so gut dran. Ich hab' fast noch gar nicht geschlafen. Da spricht ja auch manches dagegen, wenn man darüber nachdenkt. Warum sollte man die letzten Stunden seines Lebens verschlafen? Da bin ich doch lieber wach, auch wenn ich meine letzten Stunden mit einem Arschloch wie dir verbringen muß, Larry.«

Hauptbootsmann Hicks wühlte unter dem Haufen Decken, unter denen er lag, streckte seine Beine aus der Koje und setzte sich. »Um Himmels willen, Mitch, hör auf mit diesem Pessimismus! Denk positiv, wir werden hier schon rauskommen!«

»Genau, sei nicht muffelig, Mitch«, schloß sich Lehner an. »Wir werden lebend hier rauskommen, ist doch klar, wart nur ab!«

»Wollen wir wetten?« antwortete Mitch. »Ich hab' das im Gefühl.«

»Na, da freu dich, daß du noch was fühlst. Ich kann hier bei der Kälte überhaupt nichts mehr fühlen«, jammerte Hicks.

»Warum bist du nur so negativ eingestellt, Mitch?« fragte Lehner. »Du hast doch Frau und Kinder, um dafür zu leben. Das ist doch schon mal was. Jedenfalls viel mehr, als ich es habe.«

»Das ist nicht mein Kind, das ist nur Paulas Kind. Der Vater war wohl so ein Basketballstar, den sie in der Schule mal getroffen hat.« Santana machte eine Pause und dachte nach. »Weißt du, wenn ich jetzt eine Bilanz meines Lebens ziehen sollte, dann wüßte ich nicht so recht, ob ich meine Frau unter den Einnahmen oder den Ausgaben eintragen sollte.«

»Wieso denn das? Stimmt was nicht?«

»Das kann man wohl sagen. Aber ich hab' jetzt keine Lust, darüber zu reden.«

»Das muß dann ja wohl auch das einzige verdammte Thema sein, über das du nicht reden willst«, beschwerte sich Czapek im Ton der Verzweiflung. »Oh, verfluchte Scheiße. Ich bin jetzt hellwach. Vielen Dank an euch alle für die fesselnde Unterhaltung.« Er drehte sich in seiner Koje um und trommelte gegen das Deck über ihm. »Wißt ihr, was das Schlimmste ist an dieser verfluchten Kälte? Ich muß hier dauernd wie ein Pferd pissen«, rief er aus. Von der nackten Kopfhaut stieg Dampf auf, er zog sich eine grüne gefütterte Jacke an. »Ich will mal eben die Bilgen auffüllen, und dann gehe ich in die Messe. Wenn noch einer Lust hat, wir können da ja noch 'ne Runde Karten spielen.«

0630A, Radisson SAS Hotel, Bodö

Selby erwachte, als das Telefon klingelte, er murmelte etwas in den Hörer und sah auf die Uhr. Obwohl es schon 0630 Uhr war, hatte er das Gefühl, es sei mitten in der Nacht. Das ist ja auch weiter kein Wunder, dachte er. Draußen war es noch stockdunkel, und zu Hause in Norfolk war es ja tatsächlich noch mitten in der Nacht. Er sprang aus dem Bett und ging in die Dusche, auf dem Wege dorthin schaltete er den Wasserkocher neben dem

Fernseher ein. Dies würde ein langer Tag mit viel Koffein werden, so wie es aussah. Er duschte, zog sich schnell an und hatte gerade noch Zeit, den kaum genießbaren Instant-Kaffee zu schlürfen, dann mußte er in die Hotellobby, um den Transport in das Hauptquartier nicht zu verpassen.

Es war ein kalter Tag mit wolkenbedecktem Himmel, der böige Wind fegte eisig durch die Straßen. Langsam wurde die Gruppe der Wartenden größer, es gab ein paar Versuche, eine Unterhaltung zu starten, aber die verstummten bald wieder. Keiner von den Amerikanern wollte schon gerne unterwegs sein, und keiner hatte Lust auf eine Unterhaltung. Im Bus änderte sich die Stimmung auch nicht, erst am Ende der etwa zwanzigminütigen Fahrt riß der Himmel auf, und das brachte eine Besserung der allgemeinen Stimmungslage.

Als sie dann um einen fast ganz und gar unbewachsenen Felsvorsprung herumfuhren und in das große Militärgelände gelangten, wurde klar, in welcher außerordentlichen geographischen Lage dies Hauptquartier eingerichtet worden war. Man sah nur einen Weg, der in Windungen auf einen Haufen Sandsäcke zuführte, die den Eingang in einen riesigen Berg verdeckten, der den ganzen Blick voraus einnahm. Die Gruppe ging auf diesen Eingang zu. Eine Wache war nicht zu entdecken. Selby sah die dikken, stählernen Tore, die seitlich in den Tunnel eingefahren waren, der Tunnel war von einer langen Reihe von Glühbirnen beleuchtet, die an einem langen Draht von der Decke hingen. Es ging bergan und in Kurven immer weiter in den Berg hinein. Schließlich kam doch eine Wache in Sicht. Ein junger Leutnant der US-Marineinfanterie, der hier im NATO-Stab Dienst tat, erwartete sie. Er stellte sich als Ferdinand Sherman vor. Der Marineinfanterist half allen bei der sorgfältigen Sicherheitskontrolle, jeder erhielt einen Tagesausweis.

Der Weg führte die Männer sechs Minuten lang durch verschiedene Tunnel, vorbei an weiteren Stahltoren, dann ging es in einen Aufzug, und die Gänge waren so gut ausgebaut, daß man kaum noch erkannte, daß man sich unter der Erdoberfläche befand. Nur das Fehlen jeglichen natürlichen Lichts und die große Stille waren Beweis dafür. Man führte die Neuankömmlinge in ein großes Dienstzimmer. Viele Poster von Panzerfahrzeugen, Geschützen und Flugkörperstartern hingen an den Wänden, und es sah aus, als hätte kurz vorher eine international zusammengesetzte Gruppe von Heeresoffizieren Dienst getan. Jedem Besucher wurde ein Tisch und ein Telefon zugeteilt.

»Hier, meine Herren, werden Sie in den nächsten Tagen Dienst leisten«, teilte Sherman mit. »Heute morgen findet um 0830 Uhr eine Lagebesprechung statt, ich komme in zehn Minuten wieder und werde Sie dann in den Besprechungsraum führen. Wenn Sie noch etwas benötigen, erreichen Sie mich unter der Nummer 3349. Noch Fragen?«

Es gibt noch viele Fragen, dachte Selby, aber die haben alle Zeit.

0130R, Groton, Connecticut

Marie wachte auf und setzte sich. Sie hatte das Gefühl, als wäre ihr kalt, und sie merkte, daß das übergroße Hemd, das sie nachts trug, feucht von Schweiß war. Ihr Puls raste. Sie langte zum Schalter und knipste die Nachttischleuchte an. Im Haus war es ganz still, nur das gedämpfte Knacken in der Heizung war zu hören. Ihre Träume waren so realistisch gewesen, daß sie immer noch Zweifel hatte, ob sie jetzt hier zu Hause in ihrem Bett saß. Das Gewehrfeuer in ihrem Traum hatte sie geweckt. Es war das Gewehrfeuer der Ehrengarde, die beim »Stillgestanden!« auf dem Friedhof in Arlington auf der anderen Seite des Grabes ihre Salve geschossen hatte. Sie sah auf ihre Hände und stellte erleichtert fest, daß sie doch nicht die Flagge in Händen hielt, die Johns Sarg bedeckt hatte und die ihr – zu einem blauen Dreieck mit einem fünfzackigen, weißen Stern nach oben zusammengefaltet – überreicht worden war. Sie atmete tief ein und kräftig wieder aus. Im Traum war alles so unheimlich realistisch gewesen.

Da sie sich durstig fühlte, stand Marie auf, schlich am Kinderzimmer vorbei und nach unten in die Küche. Sie hätte ganz gern einen Schluck Whisky genommen, aber sie entschied sich dann doch für Orangensaft. Wenn John weg war, trank sie kaum Alkohol, wenn er zu Hause war, dann sah die Sache schon anders aus. Sie tranken fast immer Wein zum Abendbrot. Ob er je wieder nach Hause kommen würde? Würden sie je wieder zusammen auf dem Sofa kuscheln, wenn die Kinder im Bett waren? Würden sie je wieder dabei beim Fernsehen die Flasche Wein austrinken? Würde er sie je wieder danach ins Bett tragen? Und würde sie je wieder vor Erregung ganz und gar atemlos sein, wenn dieser Mann sie liebkoste? Ihre Mundwinkel begannen zu zucken, sie kämpfte gegen die Tränen, die ihr in die Augen stiegen. Sie hatte Zweifel, ob sie jemals einen Verlust ihres Mannes überwinden könnte. Es würde ein schrecklicher Schlag sein, nicht nur für sie, sondern auch für die Jungs. Es war schon schlimm genug, daß man zur Zeit nicht wußte, ob er lebte oder nicht. Sie nahm ihren Traum als ein Zeichen dafür, daß sie sich innerlich auf diesen Verlust vorbereitete. Vielleicht geschah das ganz unbewußt, das wäre dann aber um so schlimmer, denn es gab ja immer noch eine gute Chance, daß er noch am Leben war – trotz all der schlechten Vorhersagen der Fernsehfritzen. Sie trocknete sich die Augen und zwang sich zu einer positiven Haltung. Es war eben nur ein Traum gewesen, ein schlechter Traum. John lebte, das wußte sie. Na klar, selbstverständlich! Sie nahm das Glas Saft und ging zurück ins Bett.

Nun hatte sie drei Stunden geschlafen, und Marie dachte, es könnte vielleicht neue Nachrichten geben. Sie nahm die Fernbedienung und schaltete den Fernseher ein.

Die Sprecherin der Spätnachrichten berichtete: »Angehörige der britischen Marine haben heute morgen ein SNN-Aufnahme-Team in Hammerfest angegriffen.« Es wurden Bilder von Männern in Fallschirmspringeranzügen gezeigt, und zwar in einem Raum, der aussah wie ein Speiselokal. Es war gut zu erkennen, daß es offenbar eine kleine Schlägerei gegeben hatte. »Die Briten waren gekommen, um von Hammerfest aus in die Arktis zu fliegen und um sich dort an der Rettung der Männer der *Tulsa* zu beteiligen. Der Grund für den Angriff auf die Reporter ist nicht bekannt. Der Sprecher der britischen Botschaft in Oslo gab lediglich bekannt, daß man die Sache am nächsten Tage untersuchen wolle.« Die Sprecherin, eine attraktive Mitdreißigerin, fuhr fort: »Es geht gleich weiter. Bleiben Sie dran.«

Marie fand die Nachricht gut. Aggressive Reporter müßten viel öfter angegriffen werden, dachte sie. Im Fernsehen folgte Reklame: Zwei Frauen, die am Telefon tratschten und sich verabredeten.

»Ich kauf' dir dann sogar ein Eis«, sagte die eine.

»Aber bitte kein Milcheis, du weißt, daß Milchprodukte meinen Magen durcheinanderbringen.«

»Was denn? Hast du Krämpfe, Blähungen und Sodbrennen?«

»Woher weißt du das?«

»Das hatte ich auch immer, bis mein Arzt mir *Lactozym* empfohlen hat. Das ist ein natürlicher Weg, um diese Unverträglichkeit zu überwinden. Jetzt kann ich wieder alles essen.«

Marie nahm die Fernbedienung und schaltete um auf CNN. Vorher war ihr das noch nie so aufgefallen, vielleicht hatte sie sich aber auch daran gewöhnt: Die Anzahl der Werbespots für Gesundheitsprodukte war wirklich erstaunlich. Man konnte fast meinen, daß alle Amerikaner krank sind, dachte sie. Konnte man die Hauptstadt der USA mit Kalkutta vergleichen oder Manhattan mit Manila oder vielleicht Boston mit Bangkok? Ganz sicher nicht. Waren die Amerikaner also alle Hypochonder? Das konnte hinkommen. Man mußte sich nur vor Augen halten, wie diese riesige Nachrichtenmaschine jeden Tag von Unglücken in der ganzen Welt berichtete. Menschen überlebten Hochwasser und Erdbeben, sie litten Not und erlebten herbe Verluste. Und in der gleichen Sendung wurden die Zuschauer mit der Vorstellung gequält, daß Unannehmlichkeiten wie Durchfall oder Hitzewallungen in der Menopause Krisen darstellten, die der sofortigen Abhilfe bedurften. Wer konnte wohl erwarten, daß sie sich für solche Dinge interessierte, falls John sterben würde? Schon eine solche Vorstellung war lächerlich. Marie wurde klar, daß sie unbewußt in ein Muster negativen Denkens gefallen war. Sie wollte sich aber zwingen, positiv zu denken. John war nicht tot. Daran mußte sie einfach glauben. Sie schaltete den Fernseher und die Nachttischlampe aus und wühlte sich in ihr Kissen. Verdauungsschwierigkeiten bei Milch? Wer, du lieber Gott, interessierte sich denn dafür?

0800Z, HMS *Wellington*

Freeman wälzte sich in seiner Koje, soweit das bei der Enge möglich war. Er steckte instinktiv den Zeigefinger in den Tee, den ihm der Steward schon vor einiger Zeit gebracht hatte. Der Tee war inzwischen kalt geworden, also mußte es schon deutlich später als 0730 Uhr sein. Freeman tastete neben der Teetasse nach seiner Uhr. Er fand sie nicht. Er gähnte und öffnete widerstrebend ein Auge. Unter der Kammertür fiel etwas Licht vom Gang herein, Freeman konnte erkennen, daß die Uhr so weit entfernt lag, daß er sie nicht erreichen konnte, ohne aufzustehen. Richard Tremple war schon zum Frühstück gegangen. Wenn Freeman also wissen wollte, wie spät es war, dann mußte er aufstehen.

Aber genau das wollte Freeman gerne vermeiden. Wenn er auch nur den Kopf bewegte, dann wurde ihm schon schlecht. Frühstücken, das würde er auf keinen Fall können, und dann konnte er auch gleich bleiben, wo er war: in der Koje. Freeman war früher auf U-Booten mit strategischen Flugkörpern gefahren, an der eigentlichen Seefahrt war er nie interessiert gewesen. Er hatte nie richtig Gelegenheit gehabt, sich ordentliche Seebeine wachsen zu lassen, obwohl er früher zweimal täglich die Fähre über den Hafen von Portsmouth benutzte. Er hatte die ganze Nacht geschlafen, einige Male hatte er bittere Kotze in das Waschbecken gespuckt. Sein Hals war ganz rauh davon. Sein Oberbauch schmerzte, und er wußte, daß sein Zwerchfell ordentlich durchexerziert worden war. Das letzte Mal war es nach einer durchzechten Nacht während des Studiums gewesen. Er wußte, daß er jetzt erschöpft und matt war, und er wollte nur eins: ruhen. Er hätte auch jedem Patienten in einer solchen Situation geraten, das gleiche zu tun. Aber er hatte nun mal dieses unheimliche Pflichtbewußtsein, und ihm war klar, daß er irgendwie darauf achten mußte, sich nicht zum Gespött der Leute auf diesem schrecklichen Schiff zu machen.

Obwohl also alles in ihm sagte, er solle bleiben, wo er war, fühlte er sich gezwungen, aufzustehen, um die Gerätschaften für ihren Einsatz vorzubereiten. Das lag alles noch im Hangar. Das einzig Gute an diesem Morgen ist, so überlegte er sich, während er versuchte, ein Bein in die Unterhose zu bekommen, daß die wilden Bewegungen der Fregatte gegenüber dem Vortag wohl doch etwas nachgelassen haben.

0830A, norwegisches Hauptquartier in Nordland

Im Lagezimmer hatte sich eine ungewöhnlich große Anzahl von Leuten versammelt. So was war an einem Sonntag sonst nicht üblich. Der normale NATO-Stab war durch das große amerikanische Kontingent verstärkt worden, zusätzlich war noch ein kleineres Kontingent aus Großbritannien eingetroffen. Ferner waren Delegationen weiterer Nationen vertreten.

Konteradmiral Risberg, ein Norweger, sprach alle in fast akzentfreiem Englisch an: »Ich möchte mich bei Ihnen bedanken, daß Sie Ihr Wochenende geopfert haben, um hierher zu reisen. Wir wissen alle, warum wir hier versammelt sind. Bei dieser Lagebesprechung geht es nur um die Rettung der Männer auf der *Tulsa*. Damit wir das so effektiv wie möglich durchführen können, ist es notwendig, daß wir einander kennen. Ich möchte Sie zunächst bitten, daß wir uns kurz vorstellen. Kapitän Eistvig von der norwegischen Küstenwache zu meiner Linken wird anfangen.«

Die Gruppe war bemerkenswert vielfältig zusammengesetzt, es waren Angehörige der norwegischen Luftwaffe, des Heeres und natürlich der Marine vertreten, einer von ihnen war ein Meteorologe. Zwei Herren waren von der norwegischen Rettung-Koordinierungszentrale; NATO-Stabsoffiziere von fast allen nordeuropäischen Nationen, zwei Beamte der Polizei und zwei höhere Beamte aus den norwegischen Ministerien für Gesundheit und Verteidigung. Rechts vom Admiral saß ein Offizier, der etwa fünfundvierzig Jahre alt war, er hatte strahlende blaue Augen, und an den Schläfen begannen sich seine Haare grau zu färben. Es war der blendend aussehende Vertreter der russischen Marine.

Als die Reihe an ihm war, sich vorzustellen, unterbrach ihn Admiral Risberg:

»Vielen Dank, meine Damen und Herren. Ich freue mich sehr, Ihnen hier zu meiner Rechten Kapitän zur See Victor Smetena vorstellen zu können, er ist der Abteilungsleiter Logistik im Stab von Admiral Konstantin, dem stellvertretenden Befehlshaber der Russischen Nordmeerflotte. Er wird uns jede Hilfe der russischen Marine vermitteln, die wir benötigen.« Er machte eine Pause, als ein junger Kapitänleutnant eintrat, der etwas in das Ohr des Admirals flüsterte und dann wieder den Raum verließ. »Bevor ich fortfahre, lassen Sie mich noch etwas Formales erledigen: Wir haben natürlich die Möglichkeit, Simultandolmetscher einzusetzen. Aber ich glaube, daß jeder von uns ausreichend Englisch spricht. Sind alle einverstanden, wenn wir die Lagebesprechungen in Englisch durchführen?« Der Admiral richtete seinen Blick auf die zwei französischen Offiziere am Ende des Tisches, auf der linken Seite.

Niemand widersprach.

»Ich danke Ihnen«, fuhr er fort. »Ich habe keine formale Agenda festgelegt, ich nehme aber an, daß Sie alle eine Kopie der Unterlagen erhalten haben, die mein Stab gestern abend vorbereitet hat. Zunächst möchte ich die detaillierte Lage und die bis jetzt ergriffenen Maßnahmen noch einmal darstellen lassen, dann können wir erörtern, inwieweit diese ausreichen und was noch zu veranlassen ist. Danach werden wir uns auf eine Abfolge der Aktionen verständigen und darauf, wer hier aus unserem Kreise was veranlaßt. Ich darf Ihnen mitteilen, daß ich autorisiert bin, jedes Hilfsmittel, über das Norwegen verfügt, für diese Rettung einzusetzen. Ich weiß auch, daß viele andere Nationen ebenfalls jedes verfügbare Mittel zu diesem Zweck bereitstellen werden, um die Sache zu einem glücklichen Ende zu bringen.« Rund um den Tisch wurde genickt. »Gut. Wir wissen alle einiges darüber, wie es zu diesem Untergang gekommen ist, wenn auch nicht alles. Gibt es da noch was, das wir von der russischen Marine erfahren können?«

Er sah Kapitän Smetena an, der einen Augenblick nachdachte und dann in fehlerfreiem Englisch antwortete: »Die Untersuchung dieser Sache hat gerade erst angefangen, aber ich weiß, daß die USS *Tulsa* letzten Donnerstag um etwa 1400 Uhr Ortszeit eine Kollision mit dem russischen U-Boot *Gepard*, einem Boot der Akula II-Klasse, hatte. Es erscheint wahrscheinlich, daß der achtere Tauchtank der *Tulsa*, zumindest auf der Backbordseite, und ihr Propeller beschädigt wurden. Vielleicht gibt es auch einen Wassereinbruch in den Druckkörper. Nach meinem Wissen gibt es bis jetzt keine direkte Verbindung zu den Überlebenden, die sich sehr wahrscheinlich in der vorderen Abteilung des Bootes aufhalten.«

»Ja, vielen Dank, Herr Kapitän«, antwortete Admiral Risberg. »Meine Damen und Herren, wenn Sie bitte Seite zwei Ihrer Unterlage aufschlagen, ich werde kurz die bereits bisher getroffenen Maßnahmen durchgehen, soweit sie mir bekannt sind. Das britische SPAG-Team ist heute morgen über dem U-Boot abgesprungen. Seine Aufgabe ist, Überlebende zu retten, falls doch schon Besatzungsmitglieder das U-Boot durch die Schleuse verlassen haben sollten. Das SPAG-Team ist ausgerüstet, mit dem U-Boot Verbindung aufzunehmen, und wir werden vielleicht bald mehr über den Zustand in dem verunglückten Boot wissen.«

»Entschuldigen Sie bitte, Herr Admiral«, unterbrach ihn Fregattenkapitän Sangster. »Ich glaube kaum, daß das SPAG-Team Verbindung zu dem U-Boot bekommen wird, wenigstens nicht mit Unterwassertelefon. Das Gerät auf den 688-Klasse-Booten benötigt Wechselstrom. Wenn Kapitän Smetena recht hat, und die achtere Abteilung des Bootes vollgelaufen ist, wird es keinen Wechselstrom mehr auf der *Tulsa* geben.«

Am Tisch trat verblüfftes Schweigen ein. Ein bärtiger britischer Korvettenkapitän hob seine Hand.

»Kapitän Murphy?«

»Ich würde gerne Fregattenkapitän Sangster fragen, wie man denn überhaupt eine Rettung organisieren will, wenn es keine Verbindung über Unterwassertelefon gibt. Nach meinem Wissen ist etwas Derartiges noch nie versucht worden, wenigstens nicht in den Übungen, an denen ich teilgenommen habe.«

»Es gibt Klopfzeichen für alle wichtigen Dinge. Ich denke, das wird kein ernstes Problem sein.«

0915A, Motorschiff *Nordvik*

Die *Nordvik* hatte das SPAG-Team, soweit es denn noch zu finden war, aufgefischt. Die Männer saßen niedergeschlagen vor ihrem Essen, Appetit hatten sie keinen. Leutnant Sharples – sein Kopf steckte in einem dicken Verband – berichtete, was passiert war, nachdem er im Wasser der Arktis am Fallschirm niedergegangen war. »Ich brauche Ihnen ja nicht zu sagen, wie das Wasser war. Mein Gott, es war kalt! Ich konnte nur atmen, wenn ich Wasser trat und meinen Kopf aus dem Wind drehte. Und wenn ich meinen Kopf aus dem Wind drehte, konnte ich nur etwas sehen, während ich kurzzeitig oben auf dem Wellenkamm war. Sonst sah ich nur Gischt … Und was habe ich gesehen? Überhaupt nichts. Nichts habe ich gesehen und das 20 Minuten lang. Dann waren meine Hände und alles mögliche andere vor Kälte völlig taub geworden. Plötzlich knallte einer der Außenbordmotoren von einem unserer Schlauchboote auf meinen Kopf. In dem Augenblick empfand ich gar keinen Schmerz«, er grinste und rieb an seinem Verband, »aber jetzt ist es doch eine ziemlich blutige Sache geworden.«

»Machen Sie sich keine Sorgen, Leutnant Sharples, der Sanitäter der *Nordvik* wird Ihnen das gleich nähen. Ich würde das auch selbst machen, aber ich fühle mich noch ganz benommen, und meine Hände sind immer noch ganz taub«, reagierte Stabsarzt Ward. »Aber ich wollte Sie nicht unterbrechen, bitte, berichten Sie doch weiter.«

»Also, irgendwie bin ich in das Schlauchboot gekommen, und ich habe es auch geschafft, den Motor anzuschmeißen. Ich bin dann immer größere Kreise gefahren, bis ich euch drei gefunden habe.«

»Ja, Herr Leutnant, wir haben Sie denn ja auch freundlich begrüßt, oder?« warf Hauptgefreiter Percival dazwischen. »Ich muß schon sagen, ich begann mich gerade zu fragen, wem es besser geht, den Leuten da unten in dem U-Boot oder uns.«

»Noch eine Stunde im Wasser, und ich hätte keinen Pfennig mehr für uns gegeben ...«

Die anderen drei sahen den Stabsarzt mit sorgenvollen Gesichtern an. Vier ihrer Kameraden waren noch nicht aufgefischt worden, für die konnte es genauso kommen, wie von Percival befürchtet.

Ward sah Leutnant Sharples an und entschloß sich, lieber das Thema zu wechseln: »Nun, sobald wir konnten, haben dann ja über Funk die P3 angerufen, und die hat uns mitgeteilt, daß die *Nordvik* mit Beginn der ersten Dämmerung eintreffen wird. Dann haben wir das Unterwassertelefon klar gemacht, und Martins und ich haben uns darauf vorbereitet, eventuell Leute von der *Tulsa* aufzunehmen.«

Hauptgefreiter Percival konnte ein Lächeln nicht unterdrücken, als er sich an die weiteren Ereignisse erinnerte. »Sobald ich das Unterwassertelefon überprüft hatte, rief ich den Arzt, damit er versuchen sollte, mit der *Tulsa* Verbindung aufzunehmen. Sogar im Licht der Taschenlampe sahen Sie ganz grün aus, Herr Stabsarzt.« Er begann zu kichern. »Ich nehme an, es macht Ihnen nichts aus, wenn ich hier erzähle, was danach passierte.« Der Hauptgefreite wartete nicht auf eine Antwort und fuhr fort: »Der Boß stieg dann von einem anderen Schlauchboot über, und kaum hatte er das Mikrophon in die Hand genommen, schon kotzte er genau darauf.«

Percival konnte sich nicht mehr halten und lachte laut. Die anderen, einschließlich Ward, lachten auch.

»Na, da hab' ich richtig in hohem Bogen gespuckt«, stotterte Ward und wurde dabei knallrot. »Das war dann eine Riesensauerei.«

Alle brüllten vor Lachen.

»Es hat fünfzehn Minuten gedauert, das Mundstück abzunehmen und zu reinigen, bevor wir es wieder benutzen konnten.« Langsam gewann er wieder die Beherrschung, das Lachen hatte auf alle erleichternd gewirkt, und sie sahen die ganze Situation jetzt nicht mehr so negativ. Percival wischte sich die Augen und fuhr in nüchternem Ton fort: »Wir hätten uns aber diese Sache mit dem Unterwassertelefon sparen können. Als wir es dann schließlich versucht haben, kam keine Antwort von der *Tulsa*.«

»Das ist ja toll witzig, wenn Sie sich hier über mich lustig machen, aber mir ging es eben nicht so gut. Ich war echt seekrank«, sagte Ward. »Wir wurden in dem Seegang mit unseren Schlauchbooten wie die Erbsen in einer Dose hin und her geschleudert. Das hat mich davon überzeugt, daß wir uns wirklich Gedanken darüber machen müssen, ob unsere Vorgehensweise in solchen Fällen perfekt ist. Mir ist jetzt völlig klar, daß das Einzige, was wir bei solchem Wetter wohl machen könnten, ist, eventuelle Überlebende aus dem Wasser zu ziehen. Alles, was darüber hinaus geht, ist blanke Phantasie.«

»Da haben Sie wohl recht, Herr Stabsarzt. Wir müssen uns auch damit beschäftigen, wie wir es anstellen können, daß wir über dem verunglückten Boot auch wirklich auf Position bleiben und nicht unbemerkt abtreiben. Nachdem ich 15 Minuten in das Unterwassertelefon gebrüllt hatte, habe ich mit der P3 meine Position überprüft, und siehe da, ich war drei Meilen nach Lee vertrieben. Diese Treibanker auf den Booten nützen genausoviel wie der linke Tritt von einer Ente. Da konnte nie was draus werden. Ich bin überzeugt, daß die in der *Tulsa* uns auch nicht gehört haben.«

»Nur wie der Doktor sein Frühstück geopfert hat, das müssen sie gehört haben.«

»Sehr lustig, Leutnant Sharples«, antwortete Ward. »Ich glaube, wir sollten jetzt erst mal die Wunde auf Ihrem Kopf nähen. Eines will ich aber noch sagen: Es hat sich herausgestellt, daß wir stärkere Motoren für unsere Schlauchboote benötigen. Die 40 PS waren einfach nicht genug, um die Flöße mit den Lasten bei diesen Wetterbedingungen zu schleppen.«

»Da stimme ich Ihnen voll zu«, antwortete Sharples. »Soll ich einen Bericht über unsere Erfahrungen aufsetzen, Herr Stabsarzt?«

»Ja, bitte, je eher Sie damit fertig sind, desto besser. Es gibt bestimmt eine förmliche Untersuchung, wenn wir zurück sind.«

0930A, Norwegisches Hauptquartier in Nordland

Admiral Risberg ging die vorliegenden Fernschreiben durch, danach nannte er die Zeiten, zu denen das Motorschiff *Salminster* und HMS *Wellington* die Untergangsstelle erreichen sollten; er zählte auch die speziellen Fähigkeiten dieser Einheiten auf. Weiterhin erwähnte er, daß das britische U-Boot HMS *Vindictive* in Richtung Murmansk ausgelaufen war, und sprach die Vorbereitung für den Lufttransport des DSRV nach Murmansk an. »Das, meine Damen und Herren, ist alles, was bisher geschehen ist. Die Frage ist nun: Reicht das aus?«

Tiefes Schweigen rund um den Tisch.

»Vielleicht sollten wir nun wahrscheinliche Abläufe des weiteren Geschehens durchdenken und dann prüfen, ob wir mit den jetzt schon getroffenen Vorbereitungen allen Eventualitäten gerecht werden können.« Der Admiral sah die Amerikaner an, die direkt rechts von dem russischen Offizier saßen. »Haben wir irgendwelche Vorstellungen, wie lange die Männer unten im Boot überleben können?«

Mike Selby sah seine Kameraden an, und ihm wurde klar, daß es seine Sache war, zu antworten. »Herr Admiral, ich habe ein paar Berechnungen angestellt, bevor ich von Norfolk abgereist bin. Alles, was ich danach noch zusätzlich erfahren habe, hat die

Ergebnisse dieser Hypothesen nur bestätigt. Es gibt da eine Reihe von uns nicht genau bekannten Einflußfaktoren, aber ich schätze, daß jetzt etwa der Zeitpunkt gekommen ist, zu dem die Männer aus dem Boot ausschleusen müssen.«

»Mein Stab hat ein ähnliches Ergebnis erarbeitet«, antwortete der Admiral. »Daher haben wir ja auch das SPAG-Team heute morgen zum Einsatz gebracht. Jetzt ist die *Nordvik* dort vor Ort, und ich denke, wir können den Fall des Notausschleusens vor Ort gut handhaben.«

»Ich bitte um Nachsicht, Herr Admiral, aber ich kann Ihnen da nicht zustimmen«, unterbrach Selby. »Alles, was dort jetzt erfolgen kann, ist, die Männer aus dem Wasser zu fischen. Es ist doch so, daß sie aus etwa 150 Meter Wassertiefe aufsteigen werden. Die größte Tiefe, in der die Steinke-Hauben je getestet worden sind, ist 120 Meter. Und das liegt mehrere Jahre zurück, es war auch ein reiner Versuch von Spezialisten, nichts, was ein Seemann sofort wiederholen könnte. Wir befinden uns hier auf unbekanntem Gelände, wenn ich das so sagen darf. Das Problem bei diesen Notausschleusungen aus tiefem Wasser ist, daß das Gehirn viel Stickstoff aufnimmt, während die Schleuse unter Druck gesetzt wird und auch während der ersten Phase des Aufstieges durch das Wasser. Das wird dann so viel, daß die Zeit nicht ausreicht, um es auf normalem Wege durch das Blut wieder auszuschwemmen, bevor die Person die Wasseroberfläche erreicht. Was bedeutet das? Es bilden sich Gasbläschen im Gehirn.«

»Sie meinen, die kriegen die Taucherkrankheit?«

»Ja, genau, Herr Admiral.«

»Aber es sind doch schon Ausschleusungen aus größerer Tiefe als 140 Meter gemacht worden?« warf Korvettenkapitän Murphy ein. »Ich erinnere mich, daß wir 1987 eine ganze Reihe von Ausschleusungen aus etwa 180 Meter Wassertiefe gemacht haben, wie der Zufall das fügt, hier in norwegischen Gewässern.«

»Ja, ich weiß wohl«, antwortete Selby. »Aber es gibt gravierende Unterschiede zwischen Ihren Schleusen auf den britischen U-Booten und unseren auf unseren amerikanischen U-Booten.

Auch wenn es mich ärgert, das sagen zu müssen, Ihre britische Konstruktion ist besser als unsere. Zur Zeit werden unsere Boote gerade entsprechend geändert, aber leider hat die *Tulsa* noch das alte System. Es bleibt daher dabei, daß wir nicht so recht wissen, ob ein Ausstieg über die Schleuse aus 150 Meter Wassertiefe sicher möglich ist. Was ich also sagen will ist, daß wir nicht ohne weiteres davon ausgehen können, daß es nicht ernste Probleme bei einem Ausstieg gibt und wir uns auf alle möglichen Schwierigkeiten vorbereiten sollten.«

»Und woran denken Sie da?« fragte der Admiral.

»Herr Admiral, wir müssen in der Lage sein, die Leute nach so einem Notausstieg in einer Druckkammer zu behandeln. Eine Druckkammer brauchen wir auch noch aus anderen Gründen, weil nämlich das menschliche Gehirn auch noch in anderer Weise bei Ausstiegen aus U-Booten in Mitleidenschaft gezogen werden kann.«

»Wie das denn?«

»Um es ganz einfach zu formulieren: Die Luft in den Lungen dehnt sich aus, wenn der Ausgeschleuste im Wasser aufsteigt, das ist das physikalische Gesetz von Boyle. Das bedeutet, der U-Boot-Fahrer muß auf dem Weg nach oben immer nur ausatmen. Sonst dehnen sich die Lungen zu sehr aus, ja sie explodieren gewissermaßen.«

Rundum war Schweigen eingetreten.

»Das hört sich ja ganz gefährlich an«, antwortete der Admiral. »Da besteht ja die Gefahr, daß man hinterher nur noch 'nen Leinensack zum Einnähen braucht und auf die Druckkammer verzichten kann.«

»Das kann tödlich enden, aber normalerweise tut es das nicht. Das größte Problem entsteht, wenn die Luft in den Blutkreislauf gelangt. Das geht dann durch den Kreislauf schnell ins Gehirn und unterbindet ausreichende Sauerstoffversorgung. Das Gehirn mag so was überhaupt nicht.«

»Doc, ich glaube, ich verstehe. HMS *Wellington* wird in ein oder zwei Tagen am Datum ankommen, die haben eine Druckkammer an Bord und Mediziner, die sich um solche Fälle kümmern können. Müssen wir uns Gedanken machen, was denn nun geschehen soll, falls die Männer der *Tulsa* ausschleusen und aufsteigen, bevor die *Wellington* ankommt?«

»Damit rechne ich nicht, Herr Admiral. Ich glaube, ich habe recht, wenn ich sage, daß die Druckkammer auf der *Wellington* ein transportierbares Modell ist, wir nennen sie ›Typ B‹?«

Die Briten nickten.

Selby fuhr fort: »Das ist sicher eine gute Kammer, verstehen Sie mich nicht falsch. Aber, ehrlicherweise muß man sagen, daß da drin nur Platz für drei Patienten und einen Pfleger ist. Wenn sich der Ausstieg aus 160 Meter Tiefe als so gefährlich erweisen sollte, wie ich befürchte, dann nehme ich an, werden wir dort vor Ort deutlich mehr Kapazität in Druckkammern benötigen.«

»Vielen Dank, Herr Flottillenarzt. Meine Damen und Herren, ich bitte um Ihre Vorschläge. Hat jemand eine Idee, wie wir zusätzliche Druckkammern dorthin bringen können?«

Die Diskussion dauerte über 30 Minuten. Es gab zwei Lösungen. Die erste war, einen Bohrinselversorger aus der Nordsee in die Arktik zu schicken, der entsprechende Ausrüstung an Bord hatte. Das Verteidigungsministerium konnte so ein Ding chartern, und die norwegische Marine würde das nötige medizinische Personal stellen. Die zweite Lösung war, die Verunglückten an Land zu fliegen und in eine der zahlreichen geeigneten Kliniken mit Druckkammer in Norwegen zu bringen. Dazu würde dann zusätzliche Lufttransportkapazität benötigt. Das Flugdeck der *Wellington* konnte zwar Hubschrauber bis zur Größe einer Merlin mit drei Triebwerken annehmen, aber alle übrigen Schiffe vor Ort waren dazu nicht in der Lage. Die *Nordvik* konnte nur deutlich kleinere Hubschrauber annehmen, und die *Salminster* hatte gar kein Flugdeck. Da es von Hammerfest bis zum Datum 260 Seemeilen waren, war es für diese Lösung erforderlich, ein Schiff mit einem größeren Flugdeck vor Ort zu haben.

Zusätzlich war es auch wünschenswert, bessere medizinische Möglichkeiten vor Ort bereitzustellen. Die *Wellington* war im

Grunde auch nur für wenig mehr als Erste Hilfe ausgerüstet. Die Briten und Franzosen versprachen zu prüfen, ob es möglich war, einen Flugzeugträger an die Untergangsstelle zu bringen. Kapitän zur See Smetena bot ebenfalls an, zu prüfen, ob ein russischer Träger verfügbar war. Er behauptete, er sei nicht sicher, wie lange es dauern würde, das Schiff für so einen Einsatz vorzubereiten. In Wirklichkeit wußte er ganz genau, das keinerlei Aussicht bestand, einen der russischen Hubschrauberträger im verfügbaren Zeitrahmen einsatzbereit zu machen. Dennoch wurde seine Geste allgemein begrüßt.

0930A, Motorschiff *Nordvik*

Als das Tageslicht anbrach, wurde der Blick frei auf die stürmische See in all ihrer Schönheit und Grausamkeit. Das blaugraue Wasser war von weißen Flecken übersät, der Wind fegte die Gischt von den Wellenkämmen und lagerte sie in weißen Streifen quer zu den Kämmen wieder ab. Auch wenn die Lufttemperatur immer noch gerade über dem Gefrierpunkt war, fühlte es sich wegen des starken Windes viel kälter an. Kein Besatzungsmitglied der *Nordvik* blieb länger an Oberdeck, als es wirklich sein mußte. Das war anders bei den Männern des SPAG-Teams, die sich auf dem Flugdeck zusammendrängten. Sie versuchten den Hubschrauber zu entdecken, der auf dem Rückflug zum Schiff war. Zwei ihrer Kameraden waren noch gefunden worden. Als der Lynx-Hubschrauber dann landete, übermannte sie ihre eigene Freude, und sie rannten los. Schwankend wie Betrunkene, liefen sie über das Flugdeck, wild darauf, ihre schon fast verloren geglaubten Kameraden zu begrüßen. Marchant und der gerettete Sanitätshauptgefreite zitterten derartig, daß sie kaum in der Lage waren zu gehen. Ihre Gesichter waren bleich, sie wurden in den Hangar und dann in den Sanitätsbereich geleitet. Kapitänleutnant Marchant nahm nur langsam den Stand der Dinge beim ganzen SPAG-Team zur Kenntnis. Ihm wurde klar, daß die Überlebenschancen der jetzt immer noch vermißten zwei Männer mit jeder Minute geringer wurden. Wenn sie bei diesen Wetterbedingungen auch nur kurz das Bewußtsein verloren, würden sie mit Sicherheit ertrinken. Vermutlich war es schon jetzt zu spät.

Solche Gedanken standen bei den anderen Männern des SPAG-Teams nicht im Vordergrund. Sogar Leutnant Sharples, der sich gerade im Sanitätsbereich aufhielt, um sich seine Kopfwunde nähen zu lassen, brannte darauf, zu erfahren, wie es den Geretteten ergangen war. Marchant und der Sanitäter zogen sich unter einer heißen Dusche aus und setzten sich unter den Wasserstrahl zum Aufwärmen, dabei berichteten sie mit klappernden Zähnen. Sie waren als erste abgesprungen, und sie hatten, nachdem sie im Wasser gelandet waren, auch bald eins der Schlauchboote gefunden. Sie waren hineingeklettert und hatten versucht, den Motor anzuwerfen. Das Ding hatte sich aber stur geweigert. Sie versuchten alles mögliche, doch der Motor sprang nicht an. Und das war nicht das Einzige, was nicht klappte. Obwohl sie am Vortag überprüft worden war, schien die Batterie ihres Funkgeräts leer zu sein. Den Männern war klar, daß sie schnell von der eigentlichen Absprungstelle abgetrieben wurden. Schließlich gaben sie die Versuche auf, den Motor anzuwerfen. Sie legten sich erschöpft auf den Holzboden des Schlauchbootes und warteten auf den Morgen und die Helligkeit. Es waren mehrfach Wellen über dem Schlauchboot zusammengebrochen, und sie mußten das Boot immer wieder ausschöpfen. Eine besonders große Welle brachte das Boot zum Kentern, sie flogen beide ins Wasser. Zwar schafften sie es, wieder zum Schlauchboot zurück zu schwimmen, aber sie konnten das Boot nicht wieder aufrichten. Jedes Mal wenn einer auf das kieloben treibende Boot geklettert war, wurde er sofort wieder von der See herunter geschleudert. Ihnen wurde klar, daß ihre einzige Hoffnung darin bestand, sich an dem umgedrehten Schlauchboot festzuklammern und dort so lange auszuharren, wie es eben ging. In diesem Zustand wurden sie gefunden. Sie hatten die gesamte Zeit über vom Rest des SPAG-Teams im Wasser nichts gesehen oder gehört.

1000A, Norwegisches Hauptquartier in Nordland

Die Lagebesprechung dauerte nun schon 90 Minuten, und den Frauen und Männern am Tisch wurde klar, daß sie bisher nur die Oberfläche der Probleme angekratzt hatten. Daher wurde entschieden, daß sie in spezialisierten Arbeitsgruppen weiter an den Problemlösungen arbeiten sollten.

»Es gibt da aber noch einen Punkt, der für uns alle in den Arbeitsgruppen von Bedeutung ist und den wir noch nicht angesprochen haben: die Wettervorhersage für das betroffene Seegebiet«, gab der Admiral bekannt. Er drehte sich nach links und sah den Meteorologen an. »Bitte, verraten Sie uns mal, wie es mit dem Wetter weiter geht.«

Der Meteorologe, Fregattenkapitän Larsson, stand auf. »Ich will Sie nicht mit langen Erläuterungen quälen, sondern ich werde gleich auf den Punkt kommen. Über das fragliche Gebiet ist gerade eine sich langsam bewegende Kaltfront hinweggezogen. Sie hat etwas Niederschlag mit sich gebracht, meist in Form von Schnee, der Wind in dieser Kaltfront erreichte in Böen Stärke sieben, das sind etwa 30 Knoten. Ich nehme an, daß der Wind gegen Abend nachlassen wird. Dann gewinnt ein Hochdruckgebiet an Einfluß, der Seegang wird nachlassen, aber es wird deutlich kälter werden. Meine Vorhersage ist also: Nachlassende Winde, bis etwa Stärke drei, nachlassender Seegang, etwa zwei bis drei ab etwa morgen mittag. Die Höchsttemperatur wird etwa null Grad Celsius betragen, nachts werden die Temperaturen auf minus fünfzehn Grad fallen. Ein weiteres Tiefdruckgebiet mit zwei Fronten ist im Anmarsch, es wird aber nicht vor Mittwochabend wirksam werden.«

»Vielen Dank, Kapitän Larsson. Noch Fragen?«

»Ja, Herr Admiral. Wie sicher ist diese Vorhersage denn? Unsere Rettungskapazitäten werden in hohem Maße vom Wetter abhängen.«

»Na, was sagen Sie, Kapitän?« fragte der Admiral.

»Die Wettervorhersagen in diesen Seegebieten sind immer noch ein unsicheres Geschäft. Das ist hier nicht wie in San Diego!« Es gab Gelächter am Tisch. »Je weiter die Vorhersagespanne, desto unsicherer werden die Vorhersagen. Die Vorhersage für morgen, da bin ich zu 90 Prozent sicher. Für Dienstag sinkt diese Sicherheit dann schon auf sagen wir 70 Prozent, und danach, also das ist dann fifty fifty. Ich will aber noch hinzufügen: Ich bin ziemlich sicher, was wettermäßig passieren wird. Aber wann das dann passiert, das ist immer problematisch.«

»Noch eins«, fragte ein britischer Offizier. »Glauben Sie, daß das nächste Tief genauso stark wird, wie es das letzte war?«

»Schwierig zu sagen. Im Augenblick sind es 970 Millibar in dem Tief, und das Barometer fällt weiter. Wenn das so weitergeht, dann wird das neue Tief bestimmt so ausgeprägt wie das letzte.«

»Gut, wenn es also keine Fragen mehr gibt, dann bitte ich die einzelnen Arbeitsgruppen, ihre Arbeit aufzunehmen. Wir treffen uns hier alle um 1300 Uhr wieder.«

Der Admiral wandte sich Kapitän Smetena zu und nahm ihn mit, als er den Raum verließ.

1100, USS *Tulsa*

Enzo war frustriert. Je weiter die Zeit fortschritt, desto wahrscheinlicher wurde es, daß inzwischen oben ein Schiff angekommen war. Wenn das aber keine Schallsignale mit Explosivmitteln gab, dann würden sie das hier unten im U-Boot gar nicht mitbekommen. Das Ganze war Teil eines größeren Problems. Die *Tulsa* konnte eine Reihe von Nachrichten über diese Schallsignale empfangen, aber sie konnten nicht antworten, abgesehen davon, daß sie ihre Position mit Rauchsignalen anzeigen konnte und daß sie ihre letzte Funkboje aufsteigen lassen konnten. Wenn die Männer irgendwelche andere Information absetzen wollten, dann mußte ein anderer Weg beschritten werden. Sie alle hatten Familien und andere Angehörige zu Hause in den Vereinigten Staaten, und sie alle wollten gerne mitteilen, daß sie noch am Leben waren. Enzo mußte sich dringend etwas einfallen lassen, wie man das hinkriegen konnte. Er war sich auch in unangenehmer Weise darüber im klaren, daß er die letzten zwei Tage keinen Stuhlgang gehabt hatte. Er hatte die Angelegenheit immer weiter hinausgeschoben, weil die Aussicht, dazu eine Plastiktüte benutzen zu sollen, ihn einfach abschreckte. Das wurde noch dadurch unangenehmer, daß diese Tüte vermutlich vorher schon von einem anderen für gleiche Zwecke benutzt worden war. Das Ganze war irgendwie ein Tabu, keiner hatte darüber gesprochen. Er selbst fand alles so unangenehm, daß er keine Lust hatte, einen Kameraden zu befragen, der die Sache vielleicht schon erfolgreich hinter sich gebracht hatte. Jedoch, das Gefühl in seinem Darm machte die Dringlichkeit eindeutig klar, und er entschloß sich, den Stier bei den Hörnern zu packen. Sonst hatte er diese Körperfunktion mitunter in der Abgeschiedenheit der Toilette sogar mit Freude hinter sich gebracht, und vielleicht war dies ja auch eine gute Gelegenheit, unter den jetzt gegebenen etwas seltsamen Umständen eigene Erfahrungen zu sammeln, bevor er darüber mit dem Kommandanten sprach. Er wußte, daß Richter heute morgen nicht gestört werden wollte, er wollte deshalb auch erst zum Kommandanten, wenn er einen ausgereiften Vorschlag für die Nachrichtenübermittlung mit den Schiffen oben an der Wasseroberfläche hatte.

Wie er sich das schon gedacht hatte, fand Enzo die Sitzung über dem Plastikbeutel schwierig und fast unmöglich. Er verlor das Gleichgewicht und trat in sein eigenes Produkt, und genau das hatte er unbedingt vermeiden wollen. Nachdem er alles wieder gesäubert hatte, erkannte er, daß es das beste war, die Tüte in einen Stuhl, bei dem man das Sitzkissen herausnehmen konnte, einzuhängen. So erleichtert, überdachte er das Problem mit der Signalgebung vom U-Boot aus an die Schiffe noch mal neu, und auf einmal hatte er eine wunderbare Idee.

1120A, USS *Tulsa*

»Herein.«

Richters Stimme hörte sich müde an, aber Enzo hatte keine andere Wahl, er mußte den Kommandanten aufsuchen.

»Tut mir leid, daß ich Sie stören muß, Herr Kap'tän.«

Richter drehte sich langsam auf die Seite und schob sich ein Kissen unter den Kopf. Dann langte er nach einer Batterieleuchte und schaltete sie ein. Enzo sah sich seinen Kommandanten genau an, wenigstens das bißchen, das er von ihm sehen konnte. Sein Körper war bis auf den Kopf mit mehreren Lagen von Wolldekken bedeckt, aber offenbar schien ihn auch das nicht warm zu halten. Richter klapperte deutlich hörbar mit den Zähnen und sah wirklich sehr schlecht aus. Auch die Bartstoppeln, die sein ganzes Gesicht bedeckten, und der Schatten, den der Schein der Batterieleuchte warf, konnten nicht verschleiern, daß er ganz schrecklich blaß war. Unter den Augen verrieten tiefe dunkle Säkke, wie müde er war; außerdem litt er ganz offenbar erheblich unter Schmerzen. Seine Wangen sahen dünn und hohl aus. Die Kammer des Kommandanten schien noch kälter als der Rest des Bootes, sogar Enzo mußte einen Anflug von Frösteln unterdrükken.

»Ah, Sie sind es, Enzo. Setzen Sie sich. Was gibt's?«

»Wie geht es Ihnen, Herr Kap'tän?«

»Nur für Ihre Ohren: nicht so gut. Ich kann nicht lesen. Ich sehe alles doppelt. Ich will Ihnen das sagen, aber sonst keinem.« Richter versuchte zu lächeln. »Wie geht es Ihnen?«

»Oh, mir geht's gut. Ich habe fast acht Stunden geschlafen in der letzten Nacht und fühle mich jetzt ganz gut. Ich muß Ihnen aber leider melden, daß Maat Sanchez heute morgen gestorben ist. Wir konnten da wirklich nichts mehr machen, das war eben so.«

»Sicherlich. Seien Sie deswegen nicht niedergeschlagen. Ich weiß ja, daß Ihnen der Tod von Washington sehr an die Nieren gegangen ist.«

»Nein, Herr Kap'tän, wir mußten damit rechnen. Und es sieht so aus, als ob Oberbootsmann Maddison auch auf dem gleichen Weg ist. Er atmet sehr unregelmäßig heute morgen.«

Enzo sah, daß Richter versuchte, ein starkes Frösteln zu unterdrücken, und mit den Zähnen knirschte.

»Und wie sieht's mit dem Rest der Besatzung aus?«

»Ich weiß nicht so recht, Herr Kap'tän. Die gute Stimmung, die sich nach den Schallsignalen der P3 breit gemacht hatte, ist weitgehend verflogen. Jetzt haben wir wohl mehr eine sehr gedämpfte Gemütslage bei den meisten. Keiner redet viel, noch nicht einmal beim Frühstück. Es ist ruhig im Boot. Ich glaube, das kommt auch durch das Valium. Immerhin ist noch keiner durchgedreht oder so was. Das ist ja auch schon viel wert.«

»Meinen Sie, daß wir hier noch wieder 'rauskommen?«

Enzo zögerte und rieb sich das Kinn, bevor er antwortete. Er hatte feststellen müssen, daß die erste Phase beim Bart-stehen-Lassen ziemlich stachelig war. »Herr Kap'tän, ich weiß es nicht. Manchmal überrede ich mich selbst, daß es klappen wird, und dann wieder habe ich große Zweifel.«

»Sie wissen ja, warum ich gefragt habe, oder?«

Enzo antwortete nicht gleich, weil der Kommandant einen Schüttelfrostanfall hatte.

Als er den überwunden hatte, zog Richter die Decken noch höher und fuhr fort: »Wissen Sie, wenn Sie nicht sicher sind, daß wir noch gerettet werden, dann können Sie auch die anderen davon nicht überzeugen. Sie haben sicherlich einige starke Seiten, Enzo, aber das Schauspielern gehört ganz bestimmt nicht dazu.«

»Sie meinen, wenn ich nicht von unserer Rettung überzeugt bin, dann sind es die anderen auch nicht?«

»Ja, so ungefähr.«

»Ich werde mir Mühe geben, Herr Kap'tän.« Enzo zögerte wieder, er war sich nicht sicher, ob er den Kommandanten jetzt mit all den kleinen Schwierigkeiten belästigen oder ob er warten sollte, bis es ihm wieder etwas besser ging. Da er aber nicht wußte, wann das der Fall sein würde, schnitt er ein weiteres Thema an. »Es wäre auf jeden Fall hilfreich, wenn wir mit den Schiffen oben kommunizieren könnten, falls welche da sind. Das ist eigentlich der Hauptgrund, warum ich Sie heute morgen hier störe. Wir können den Leuten da oben anzeigen, wo wir sind, aber das ist auch schon alles. Es gibt da noch ein weiteres Problem. Wenn da oben

Schiffe sind, dann werden es wahrscheinlich keine amerikanischen sein. Dazu ist viel zuwenig Zeit vergangen. Wahrscheinlich sind es Norweger oder Russen. Ich habe alles geprüft: Wir haben nicht einmal den NATO-Schallsignal-Schlüssel an Bord und werden also Schwierigkeiten haben, die Norweger zu verstehen, und ich weiß nicht, welche Signale die Russen benutzen. Ich befürchte also, daß wir nur einander signalisieren können: Ich bin hier.«

»Mein Gott«, reagierte Richter und schloß die Augen. »Daran hätte ich längst denken müssen. Lassen Sie mir einen Augenblick Zeit, vielleicht fällt mir etwas ein.«

»Ich habe mir da schon was ausgedacht. Wir könnten eine Nachricht in einen Behälter stecken, ihn an einem Rauchsignal befestigen und das Ganze dann durch das 3-Zoll-Ausstoßrohr nach oben schicken.«

Richter dachte einen Augenblick nach. »Gute Idee, Enzo. Aber da gibt's noch ein paar Schwierigkeiten. Was wollen wir als Behälter benutzen? Das Ding muß ja irgendwie elastisch sein, sonst wird es vom Wasserdruck zerstört, wenn es das Boot verläßt.«

»Ja, es muß außerdem auch noch wasserdicht sein.«

»Richtig. Was halten Sie von zwei Plastiktüten ineinander? Das müßte doch gehen. Wir haben doch die Dinger mit Plastikreißverschluß. Die sind leicht und werden das Rauchsignal nicht am Aufsteigen hindern.«

»Sicher, aber sie sind aus Plastik. Das Rauchsignal wird sehr heiß, wenn es zündet. Wie wollen Sie denn die Plastiktüte daran befestigen? Klebetape wird da nichts nützen.«

»Torpedo-Lenkdraht ist sehr dünn und trotzdem reißfest. Das müßte fast ideal sein.«

»Sie könnten recht haben, Enzo. Versuchen Sie es. Wollen Sie einen Bericht über unsere Lage jetzt gleich losschicken?«

»Ich finde, wir sollten das machen. Wir haben ja genügend von den Rauchsignalen.«

»Stimmt. Zeigen Sie mir Ihren Bericht, bevor Sie ihn abschikken.«

»Ich werde mich gleich an die Arbeit machen, Herr Kap'tän.«

0720R, Groton, Connecticut

Marie mußte widerstrebend einsehen, daß sie nicht mehr einschlafen konnte. Obwohl sie spät ins Bett gegangen war, hatte sie nach dem Alptraum nur noch gedöst. Sie war erschöpft. Im Haus war alles ruhig, die Heizung knackte unregelmäßig. Ihre beiden Söhne schliefen also noch. Es war Sonntag, und sie wollte die Jungen nicht wecken. Nach einiger Überlegung entschloß sie sich, nicht in die Kirche zu gehen. Sie würde dem Mitleid der Leute nicht gewachsen sein. Gestern hatten ihr die vielen Anrufe schon gereicht. Ihr war es so vorgekommen, als hätte jeder angerufen, den sie irgendwann in ihrem Leben einmal kennengelernt hatte. Sicher war das sehr wohlmeinend gewesen, nicht so belauernd und neugierig wie bei der Presse. Aber irgendwann hatte sie den Hörer nicht mehr abgenommen, wenn die Nummernanzeige ihr nicht verriet, daß der Anrufer ein guter Bekannter war. Sie war drauf und dran gewesen, sich von der Telefongesellschaft eine neue geheime Nummer geben zu lassen. Aber da war noch ein weiterer Grund, nicht in die Kirche zu gehen. Gestern hatten Marie und Jean die Verbindung zu allen Angehörigen der Besatzung hergestellt, nur fünf Personen hatten sie nicht erreichen können. Sie kannte die Namen, aber sie mußte herausfinden, wo sie wohnten. Das würde etwas Detektivarbeit bedeuten. Das wollte sie heute morgen nachholen. Plötzlich klingelte das Telefon.

»Hallo?«

»Marie, hier spricht, Jean.«

Marie hatte die Stimme sofort erkannt. Heute war sie wirklich froh, Jean zu hören. Da ihr eigenes Telefon dauernd klingelte, hatte Jean beim Zusammenstellen der Telefonliste der Angehörigen die Batterie in ihrem Handy leer telefoniert. Und dann hatte sie gleichzeitig noch auf die Jungs aufgepaßt. Offenbar ist mein Urteil über Jean vorschnell gewesen, dachte Marie. Eins war sicher, an dem guten Willen von Jean gab es keinen Zweifel.

»Ich habe dich doch nicht geweckt, oder?«

»Nein, ich habe schlecht geschlafen.«

»Das kann man verstehen. Ich habe nur angerufen, um dir zu

sagen, daß ich die Simpsons und die Gallaghers gefunden habe.« In ihrer Stimme hörte man die Freude über den Erfolg.

»Das ist ja toll! Ich fürchte allerdings, das ist auch der einzige Erfolg bisher für heute. Bei mir hat das Telefon die ganze Zeit gebimmelt. Sogar Kommodore Phillips hat mich angerufen.«

»Was wollte der denn?«

»Er hat sich bedankt, daß wir die Anschriften von den Angehörigen alle rausgefunden haben, und dann haben wir noch über das Fernsehinterview gesprochen.«

»Oh. Was hat er denn gesagt?«

»Er war freundlich zu mir, aber es war auch klar, daß er nicht gerade entzückt über die Sache war.«

»Du hattest dir Sorgen gemacht, wie er wohl reagieren würde?«

»Ich glaube, es ist mir gelungen, ihn zu überzeugen, daß ich das nicht noch mal mache, obwohl SNN mir schon 10 000 Dollar für ein weiteres Interview geboten hat.«

»Wieviel haben die dir geboten?«

»Sie haben mir zehn Mille angeboten, wenn ich noch ein Interview mache.«

Einen Augenblick schwiegen beide, und Marie konnte hören, wie Jean tief einatmete.

»Mein lieber Mann! Und du hast das abgelehnt?«

»Jean, das sind doch Bastarde, die manipulieren alles. Es ist nicht einfach, mich zum Weinen zu bringen, aber die haben das gestern sehr schnell geschafft. Das war doch alles, was die wollten, Bilder einer weinenden Witwe, und ich bin noch nicht mal eine Witwe. Ich habe das Interview jetzt glatt abgelehnt. Darum war der Kommodore auch wohl wirklich überzeugt, daß er mich nicht wieder in der Glotze sehen würde.«

»Das würde doch jeden überzeugen.«

»Da ist noch was. Mich hat der Militärpfarrer angerufen. Die bieten den Familien der Besatzung Unterkunft im Marinestützpunkt an. Vielleicht solltest du das den Leuten sagen, wenn du mit ihnen telefonierst.«

»Ist das nur, um sie vor der Presse zu schützen?«

»Ich glaube schon. Aber er hat auch von Beratung gesprochen.«

»Willst du das Angebot denn annehmen?

»Du machst Witze. Wenn ich nur daran denke! Rund um mich herum nur Geistliche, Betreuungsoffiziere und Psychiater! Das ist nicht meine Welt, wirklich nicht.«

Jean antwortete nicht gleich. Marie schien sich wirklich gut zu halten, wenn man bedachte, unter welchem Streß sie stand.

»Ich verstehe, was du meinst. Ich habe ja im Krankenhaus gearbeitet. Möchtest du, daß ich rüber komme? Du weißt, daß mir das wirklich nichts ausmacht.«

»Danke, Jean, aber ich will mich heute morgen meinen Söhnen widmen. Ich muß noch mal in Ruhe mit ihnen über das reden, was passiert ist. Darf ich dich später noch mal anrufen?«

»Natürlich. Und sag mir bitte Bescheid, wenn du eine der drei noch fehlenden Angehörigenfamilien ausfindig machen solltest.«

»Mach' ich. Das gilt umgekehrt auch. Dann erst mal tschüß.«

»Bis dann!«

Marie legte den Hörer wieder auf und überdachte noch einmal ihre Entscheidung, nicht in den Marinestützpunkt zu ziehen. Sie hatte nicht nur Angst vor dem übertriebenen Mitleid dort. Sie war vielmehr stets stolz darauf gewesen, daß sie trotz der langen Abwesenheitszeiten von John immer gut alleine zurechtgekommen war. Sie wollte auch diesen Sturm alleine abwettern. Es war nicht so, daß sie auf jeden Fall ihre Eigenständigkeit demonstrieren wollte, sie war nicht eigenständig. Sie hatte eben nur ihr Leben an der Seite von John bisher selbst organisiert und bestimmt, und sie wollte nicht bei der ersten großen Schwierigkeit klein beigeben. Sie beschloß aber, die Ambulanz im Stützpunkt aufzusuchen und sich etwas gegen ihre Schlaflosigkeit geben lassen. Noch so eine Nacht wie die letzte würde sie nicht ertragen können. Wenn sie sich überhaupt je entschließen sollte, in den Stützpunkt zu ziehen, dann nur aus Erschöpfung und Schlaflosigkeit. Sie hatte schon als Kind sehr darunter gelitten, und erst seit jenem Tag, an dem der Arzt ihr ein starkes Beruhigungsmittel verschrieben hatte, hatte sie zum ersten Mal in ihrem Leben eine ganze Nacht durchschlafen können. Sie wollte versuchen, ob das wieder klappte.

Marie drehte sich um, ergriff die Fernbedienung und schaltete den Fernseher ein. Automatisch zappte sie durch die Nachrichtenkanäle. Aber es gab nichts Neues über die *Tulsa*. Alle Sender brachten das Gleiche. Die Graphiker hatten inzwischen genug Zeit gehabt, eine Unzahl von Bildern und Diagrammen zu produzieren, wie es in der vorderen Abteilung der *Tulsa* aussehen könnte. In einem Kanal spekulierte ein Ernährungswissenschaftler darüber, was die Männer da unten nun wohl essen und trinken würden. In einem anderen Kanal sprachen ein Ingenieur für Lüftungsanlagen, ein ehemaliger U-Boot-Fahrer und ein Physiologe von der Duke Universität darüber, welche Schwierigkeiten die Überlebenden wohl hatten, die Luft im Boot in einer atembaren Zusammensetzung zu halten. Und in noch einem weiteren Kanal wurde die Frage gestellt, wie das DSRV funktionierte, das Ganze wurde unterlegt mit Szenen aus dem Film *Jagd auf Roter Oktober*. Marie fühlte sich irgendwie gezwungen, sich das anzusehen, dieser Zwang war stärker als ihre Absicht, noch einmal einzuschlafen. Sie klopfte sich also ihr Kissen zurecht und starrte vom Bett aus in die Glotze.

Sie wurde aus ihrer tranceartigen Lethargie gerissen, als ein Bild von ihrem eigenen Haus im Fernsehen erschien. Das sah wie eine Live-Übertragung aus, und dieser Bastard John Scott stand mit der Kamera direkt vor ihrem Haus. Neugierig geworden, ging sie zum Fenster, zog vorsichtig die Vorhänge etwas zur Seite und sah hinaus. Sie wollte kaum ihren Augen trauen. Nicht weniger als drei TV-Übertragungswagen standen dort, und Leute liefen um die Wagen herum. Zusätzlich waren eine ganze Reihe von Pressefotographen und eine Gruppe von Männern zu sehen, die vermutlich Journalisten waren. Vor den SNN-Wagen stand, von hellen Lampen angestrahlt, John Scott. Marie zog die Vorhänge wieder zu und kehrte zurück in ihr Bett. Auf dem Schirm wurde jetzt wieder das Interview gezeigt, das sie am Tag zuvor gegeben hatte. Mein Gott, was sehe ich blaß aus, dachte sie. Marie starrte das alles wie hypnotisiert an, und fast hätte sie wieder angefangen zu weinen. Aber sie war entschlossen, eine positive Haltung zu behalten, und als ihr wieder die Tränen kommen wollten, schaltete sie entschlossen den Fernseher ab.

1300A, USS *Tulsa*

Enzo überarbeitete seinen Bericht und ging dann damit zum Kommandanten. Richter wollte diesen Bericht unbedingt lesen, und er stellte fest, daß er, wenn er ein Auge schloß und gerade keinen Schüttelfrostanfall hatte, selbst die Worte nur mühsam entziffern konnte. Mit dem rechten Auge schielend las er:

USS *TULSA*

Zeit des Sinkens	28. Oktober 1400 Uhr
Zeit des Berichts	31. Oktober 1220 Uhr
Dienstältester Überlebender	Fregattenkapitän Richter
Intakte Abteilungen	Nur vordere Abteilung
Geschätzter Überflutungsstand	Vorn: 2 %, achtern: 100 % Reaktorabteilung: unbekannt
Status des Reaktors	Abgeschaltet
Ausstiegstiefe	145 Meter
Trimm	3 °, Bug hoch
Schlagseite	8 ° nach Steuerbord
Anzahl der Überlebenden	97
Innendruck	2 Meter Wassersäule, steigend mit 0,6 Meter pro Tag

Letzte O_2-Messung	19,6 % um 1200A
Letzte CO_2-Messung	(Draeger) 2,9 % um 1200A
Druck auf den Sauerstoffflaschen	Station 1:141 bar Station 2: nicht verfügbar
Unbenutzte Kerzen aus chlorsaurem Salz	172
Unbenutzte Lithium-hydroxydkanister	105
CO_2-Reinigung	Mit modifiziertem Verteilgerät (Lüfter aus Batterieraum)

Schaden am U-Boot: Achterer Tauchtank beschädigt, Stopfbuchse und Propeller bei einer Kollision mit einem Akula-Klasse-Boot beschädigt. Achtere Abteilung vollgelaufen, wasserdichtes Schott hält. Achtere Notausstiegsschleuse klemmt in Stellung offen, ist unbenutzbar. Vordere Notausstiegsschleuse ist einsatzbereit. Bisher keine Notausstiege durch vordere Schleuse versucht.

Verletzte:
FK Geoff Richter
KK Curtis Mitchell
KL Tim Gallagher
Obtsm Richard Madison (schwer verletzt)
Obtsm Adam Percival
Maat Claude Toynbee
Maat Jason Simpson
Maat Carl Hyldegaard
Maat Kevin Goring
Maat Mario Lombardi
Maat Floyd Gruman
Maat Tor Schiffer
Maat Jacko Sherman

Maat Ben Crawford
Maat Joel Goldblatt
Maat Uri Forman
Maat Greg Chapman

Verstorbene:
KK John Dowling
Lt Craig Wagner
HBtsm Felix Armstrong
HBtsm Noel Adams
HBtsm Brian Keeling
HBtsm Joseph Grimaldi
Maat Pete Shaphiro
Maat Eugene Smith
Maat Denzel Richards
Maat Samuel Pierce
Maat Gene Willmot
Maat Terry Prosser
Maat Michael Yokumkus
Maat Robert Taylor
Maat Conran Domico
Maat Tony Edge
Maat Solomon Web
Maat Gresham Moden
Maat Jerry Cramer
Maat Bill Crang
Maat Robb Wong
Maat Euian Forte
Maat Earl Courtney
Maat William Shriver
Maat Proctor Emanuel
Maat Pedro Sanchez
Maat Darrell Boyd
Maat Nathan Shafer
Maat Jacob Washington

Maat Kenedy Belford
Maat Salvatore Deniro
Maat Shaun Tuttle
Maat Dominic Lewis

Besonderheiten: Unterwassertelefon unklar. Es können keine NATO-Schallsignale verstanden werden. Bitte ab sofort US-Marine-Signale benutzen. Bitte geschätzte Zeit der Rettung mitteilen.

Richter zog die Stirn in Falten. »Der Druck im Boot ist auf 2 Meter Wassersäule gestiegen? Ist das der Druck jetzt? Wie kommt denn das? Haben Sie eine Überprüfung der Strahlenintensität im Boot durchgeführt?«

»Nein, nicht seit dem Untergang. Wie Sie ja wissen, gab es bis zu diesem Zeitpunkt keinerlei erhöhte Strahlung im Boot außerhalb des Reaktors.«

»Nehmen Sie eine neue Messung vor. Die Frage ist doch, ob irgend etwas aus dem Reaktorraum hier in die vordere Abteilung gelangt.«

»Selbst wenn das der Fall wäre, müßte es nicht unbedingt radioaktiv sein.«

»Weiß ich doch, Enzo. Sollte der Reaktor aber bei der Kollision beschädigt worden sein, dann könnte Wasser, das von dort in die vordere Abteilung kommt, strahlen. Wenn das nicht der Fall ist, na prima. Dann können wir die Sache mit dem Innendruck erst mal wieder vergessen. Das Leck muß ja sehr klein sein.«

»Und was machen wir, wenn es strahlt?«

»Das klären wir, wenn es soweit ist. Sie wissen so gut wie ich, daß es auf die Dosisrate ankommt. Wenn die hoch sein sollte, dann haben wir die Wahl: Wir können hier unten bleiben und uns verstrahlen lassen, oder wir können versuchen auszuschleusen und an die Oberfläche zu schwimmen. Ich will keine von diesen beiden Lösungen weiter durchdenken, wenn ich das nicht unbedingt muß.« Richter schloß wieder ein Auge und blickte wieder auf den Bericht. »Ich glaube, Sie haben alles Wichtige erfaßt. Das sollte den Leuten da oben genügend Wissen an die Hand geben, um sinnvoll etwas zu unternehmen. Man braucht ihnen wohl nicht zu sagen, daß sie uns hier möglichst bald rausholen sollen?«

»Glaube ich nicht, Herr Kap'tän.«

»Okay, Enzo, schicken Sie das Ding hoch. Wenn wir was vergessen haben sollten, können wir ja immer noch einen weiteren Bericht senden.«

»Jawohl, Herr Kap'tän.« Enzo machte auf den Hacken kehrt und verließ Richters Kammer, um Hauptbootsmann Czapek zu suchen.

1310A, Motorschiff *Nordvik*

Fregattenkapitän Jan Jonsson saß auf der Steuerbordseite der Brücke in seinem Sessel und starrte auf die See. Er liebte schweres Wetter, auch wenn es erhöhte Anforderungen an sein Schiff stellte. Es gab nur wenig auf der Welt, das so imposant aussah, wie die vom Sturm aufgewühlte See. Heute war es aber halb so schlimm mit dem Wetter, die Wolken rissen auf, und es war ganz klar, daß diesem Sturm langsam die Puste ausging. Trotzdem war Jonsson immer noch wie verzaubert von der Gewalt der Elemente, und es gab kaum einen besseren Ort, sie zu beobachten als von seinem Platz hier auf der warmen, trockenen Brücke. Der Nachteil eines solchen Wetters war allerdings, daß es die Leistung seines Sonars ganz erheblich reduzierte. Da die *Nordvik* ein Schiff der Küstenwache war, war sie natürlich nicht ausreichend ausgerüstet, um U-Boote zu jagen. Das Sonar war nur dafür vorgesehen, Eisfelder zu orten. Dennoch hatte Jonsson gehofft, er würde die *Tulsa* damit finden können, und jetzt war er mehr als enttäuscht, daß seine Hoffnung sich nicht bestätigen wollte.

Seine Aufmerksamkeit wurde für einen Augenblick von einer Möwe gefesselt, die scheinbar mühelos im Wind segelte, gerade neben der Steuerbord-Brückennock. Der Kopf der Möwe ging hin und her, sie beobachtete die See unter sich. Mit einem Aufschrei zog die Möwe nach rechts und ging runter auf das Wasser. Sicher hat sie was zum Fressen entdeckt, dachte Jonsson. Sein Blick folgte der Möwe, und er entdeckte eine leichte Verfärbung des Wassers drei Meilen querab an Steuerbord. Er langte nach seinem Fernglas, und es dauerte einen Augenblick, bis er es richtig eingestellt hatte. Aber dann war er sich ganz sicher.

»WO!«

Der junge blonde Kapitänleutnant, der bis jetzt aus dem Backbord-Brückenfenster geguckt hatte, drehte den Kopf und sah den Kommandanten an. »Herr Kap'tän?«

»Sehen Sie sich das doch mal an. Was sehen Sie da?« Er zeigte auf die Verfärbung. »Hier, nehmen Sie mein Glas.« Er gab dem Kapitänleutnant sein Fernglas.

Der junge Mann sah eine ganze Minute hindurch und antwortete dann: »Roten Rauch, Herr Kap'tän.«

»Und das bedeutet?«

»Das kann nur von der *Tulsa* kommen.«

»Genau. Nichts wie hin und dann teilen wir ihr mit, daß wir da sind.«

1330A, USS *Tulsa*

Jeder an Bord hörte sie: sechs schwache Detonationen, eine nach der anderen, und dann Stille. Enzo freute sich sehr. Entweder war das jetzt ein unglaublicher Zufall, oder dort oben war ein Schiff, welches das Rauchsignal entdeckt hatte. Enzo hatte keine Ahnung, was sechs Detonationen bedeuten sollten, aber das war jetzt auch nicht so wichtig. Die Tatsache, daß man miteinander kommunizierte, war das Wichtigste. Wenn die da oben erst einmal seinen Bericht gelesen hatten, dann würden sie irgendwelche Signale geben, die im U-Boot gedeutet werden konnten.

Enzo wußte einen Augenblick lang nicht, was er zuerst machen sollte: Dem Kommandanten das gute Ergebnis der Strahlenmessung melden oder die Reaktion der Besatzung auf die Schallsignale beobachten? Er wählte das Letztere und ging in die Mannschaftsmesse. Dort waren alle wie verwandelt. Die Männer der kleinen Gruppe, die für die Atemluftzusammensetzung verantwortlich war, grinsten über beide Backen und schlugen sich gegenseitig auf die Schultern. Andere kamen aus ihren Kojen und schlossen sich an. Aus den Wohndecks klang freudiges Gebrüll. Man spürte die Erleichterung der Männer. Enzo fragte sich, ob er diesen Enthusiasmus durch eine Prise Realismus dämpfen sollte, es war einfach eine Tatsache, daß es noch ein weiter Weg bis zu ihrer Rettung war. Aber er entschied sich dagegen. Sollten die Männer sich doch zunächst mal freuen, er würde beim Abendbrot noch etwas zur aktuellen Lage sagen.

Nur in der PUO-Messe war die Freude nicht so ausgeprägt wie im Rest des Bootes. Die vier Männer an der einen Back spielten weiter Karten. Inzwischen war der Einsatz auf 25 Dollar pro Punkt gestiegen, und Mitch Santana war todmüde.

Larry Czapek hatte gerade eine Gewinnsträhne. »Na, wie steht's?« fragte er triumphierend.

Hauptbootsmann Hicks sah auf sein Papier und schrieb ein paar Zahlen auf. »Larry hat mal wieder gewonnen. Das kostet jeden von uns 650 Dollar. Zusammen mit dem vorherigen Stand macht das …« Hauptbootsmann Hicks nahm seinen Taschenrechner und tippte die Zahlen ein … »Carl, du gewinnst, du hast plus 8250 Dollar; dann kommt Larry mit plus 3017 Dollar; ich habe minus 1164 Dollar, und Mitch, na was meinst du? Zusammen muß das ja nun mal Null ergeben. Ich habe also die Ehre mitzuteilen, daß du die beeindruckende Summe von insgesamt 10 103 Dollar verloren hast.«

Auch wenn sie nicht an der allgemeinen Freude teilgenommen hatten, die Bedeutung der Schallsignale war an den Kartenspielern nicht vorbeigegangen. Mitch Santanas Überzeugung, daß er sowieso hier bald sterben würde, hatte für ihn auch bedeutet, daß das Spielen um hohe Einsätze für ihn ohne Konsequenz bliebe. Es würde jedoch für seine Ehefrau von Bedeutung sein, wenn die Gewinner tatsächlich jemals auf Auszahlung des Gewinns bestehen sollten. Das war jetzt wieder in den Bereich des Möglichen gerückt. Da steckt irgendwie eine höhere Gerechtigkeit darin, dachte Mitch. Als er das letzte Mal zu Hause gewesen war, hatte er Verdacht geschöpft, daß sie vielleicht untreu war. Es gab einfach zu viele Fälle, bei denen der Anrufer vorgab, die falsche Nummer gewählt zu haben oder sich gar nicht meldete, wenn Mitch an den Apparat gegangen war. Paula hatte den Job nicht gewechselt, aber es kam jetzt vor, daß sie abends angeblich länger bleiben mußte zu irgendwelchen ungeplanten Besprechungen. Und, was noch schlimmer war, als er dann irgendwann im Büro angerufen hatte, um zu fragen, wann sie denn nach Hause käme, da war sie gar nicht mehr im Büro gewesen. Außerdem waren da noch die E-Mails von einer Person namens Alex Hoffmann, die sich als Freundin ausgab, aber die Wortwahl eines geilen männlichen Wesens hatte. Sogar ihr Sexleben hatte einen steilen Abstieg genommen. Wenn sie schon nicht »zu müde« war, dann war sie ungewöhnlich kalt und distanziert. Santana hatte einen Monat gebraucht, sich aus alldem einen Reim zu machen und dadurch keine Zeit mehr gehabt, die Sache mit ihr in ausreichender Weise zu klären, bevor sein nächster Einsatz mit der *Tulsa* anstand. Eines wollte er aber unbedingt vermeiden: auslaufen mit dem Boot, wenn zu Hause gerade alles schieflief. Er hatte sich daher entschlossen, die unvermeidbare Auseinandersetzung auf die Zeit nach seiner Rückkehr zu verschieben. Das würde ihm auch Gelegenheit geben zu prüfen, ob sich etwas geändert hatte, bevor er seine Frau nach der Rückkehr zur Rede stellte.

In den sieben Wochen, die seit dem Auslaufen vergangen waren, hatte er allerdings kaum an etwas anderes denken können. Sein scharfes Gedächtnis und seine Überlegungen hatten ihn von Tag zu Tag unglücklicher werden lassen. Da er mit niemandem darüber sprechen wollte, hatte er sich mehr und mehr in seine Gedankenwelt zurückgezogen, und er war jetzt fest von ihrer Schuld überzeugt. Seit dem Untergang der *Tulsa* hatten seine bitteren Gefühle ihn zu dem Schluß kommen lassen, daß es vielleicht gar nicht so schlecht war, wenn er jetzt hier starb. Die hohe Wahrscheinlichkeit, daß es so kommen würde, und die Aussicht, daß er Paula einen riesigen Schuldenberg hinterlassen würde, mit dem sie alleine fertig werden mußte, hatten dazu geführt, daß jetzt ein neuer Plan ganz im Vordergrund seiner Überlegungen stand.

Larry Czapek brach das Schweigen. »Na, willst du nichts dazu sagen, Mitch?«

Santana wandte seine Gedanken wieder dem Kartenspiel zu. »Das sind nicht die besten Tage für mich«, antwortete er phlegmatisch. Die anderen zogen die Augenbrauen hoch, das veranlaßte Santana fortzufahren: »Ich habe eben dauernd Pech gehabt. Das wird sich schon noch ändern, wartet nur.«

»Also«, antwortete Hicks, »wenn Gott gewollt hätte, daß du reich sein sollst, dann hätte er dir kein Weib gegeben.« Er grinste von Ohr zu Ohr.

Vielleicht weil er so übermüdet war, nahm Santana die Bemerkung ernst und wehrte sich. »Für einen intelligenten Kerl sagst du manchmal unheimlich dumme Sachen, Bill. Erstens hat meine Frau sowieso mehr Geld als ich und zum zweiten: Was um Himmels willen hat Gott mit der Sache zu tun? Mit meiner Heirat hat er schon mal gar nichts zu tun. Ich weiß nicht, wie du auf so blöde Ideen kommst. Was sagst du denn von deiner ›Zuchtstation Hicks‹? Ist das von Gott so gewollt? Oder warst du vielleicht selbst irgendwie daran beteiligt? Wie viele Kinder hast du jetzt? Sechs waren das doch, oder?«

»Fünf.

»Und ihr seid jedem dieser Kinder emotional und finanziell verpflichtet, bis ihr entweder beide tot umfallt oder bis die Kinder tot sind. Nennst du das etwa ein Gottesgeschenk?«

»Ich glaube fest, daß Gott bei der Menschwerdung meiner Kinder eine große Rolle gespielt hat, genau wie sonst auch bei allem, was geschieht.«

»Ach ja, ich hatte ganz vergessen, daß du ja so eine Gehirnwäsche gehabt hast.« Santana war jetzt wirklich wütend auf Bill Hicks, dessen Frömmigkeit und Selbstzufriedenheit ihn schon immer gereizt hatte. Und das Zusammentreffen von Übermüdung, schlechter Luft und Kälte verminderten seine Selbstbeherrschung derartig, daß er erneut verbal auf ihn losging. »Was soll das alles mit Gott und diesem ganzen Scheiß? Das ist doch der größte Beschiß, den es gibt. Vergeßt die Börsen oder Spielhöllen, sogar die Rauschgiftschmuggler. Da gibt es immerhin noch was fürs Geld. Aber was bietet denn die Kirche fürs Geld?« Bevor Bill überhaupt antworten konnte, fuhr Mitch schon fort: »Keine Ahnung, was? Ich will es dir sagen. Heiliges Wasser, seltsame Gerüche und massenweise heiße Luft. O ja, und dann noch ein Buch, das alle dreihundert Jahre einmal überarbeitet wird, um es modern zu halten. Was ein Schwindel.«

»Wir wollen doch die Religion hier rauslassen«, mischte sich Hauptbootsmann Lehner ein. »Halt die Schnauze, Mitch.«

»Bill hat doch damit angefangen. Eins will ich aber noch loswerden.« Er sah sich wie ein Verschwörer im Kreise um und senkte die Stimme. »Wußtet ihr schon, daß das wirklich Geniale an der Kirche ihre Marketingstrategie ist?« Wieder wartete Santana nicht auf eine Antwort. »Das ist unheimlich clever, weil es keinerlei Aufwand erfordert. Sie fordern ihre Herde auf, sich wie die Fliegen zu vermehren. Sie verlassen sich zu Recht darauf, daß die Eltern dann schon die Gehirnwäsche bei der neuen Generation machen. Die Pfaffen halten nur noch die Hand auf und warten darauf, daß die Dummköpfe jede Woche ihre hart erworbenen Dollars ausspucken. Davon kaufen sie sich Häuser und ihre phantasievollen Klamotten. Die Kirche muß nur die Kerle davon überzeugen, daß Geburtenkontrolle von Übel ist, und dann setzt sich das immer weiter fort. Das ist die ultimative Perfektionierung des Parasitentums und, das ist kaum zu glauben, ist auch noch legal. Nun, es wäre noch halb so schlimm, wenn es sich darauf beschränken würde. Die vernünftigen Leute, die das nicht mitmachen wollen, sind nicht nur mit Schimpfworten belegt und auf den Scheiterhaufen verbrannt worden. O nein! Ob ihr es gerne hört oder nicht: Die Leute, die nicht mitmachen wollen, sind in einen Krieg nach dem anderen reingezogen worden, diese Kriege haben alle als Motiv religiöse Probleme. Und in den Phasen des Friedens leiden alle unter den unausweichlichen Folgen der ungesteuerten Vermehrung – Wachsen der Städte, Umweltverschmutzung, Sterben der Wälder, übertriebene Fischerei, lauter Dinge, die letzten Endes unseren Planeten noch ruinieren werden. Das ist Gottes Kirche, die du so preist, meinetwegen kannst du sie dir hinten in den Arsch reinschieben.«

»So? Bist du nun fertig? Fühlst du dich jetzt erleichtert?« fragte Hicks. »Ich werde auf diesen gotteslästernden Unsinn nicht reagieren. Jeder hier soll sich seine eigene Meinung bilden, wer hier intolerant ist.«

»Mensch, nun hört aber auf«, rief Lehner. »Laßt uns lieber Karten spielen.«

»Okay, Carl, aber laß Gott hier aus dem Spiel, wenn du nicht 'ne ordentliche Breitseite haben willst.«

Sie drehten sich alle zur Tür, als sie hörten, wie Oberstabsbootsmann Steadman hereinkam. Der sah nicht so aus, als sei er in guter Stimmung.

»Was ist denn hier los?« wollte er wissen.

»Wir spielen Karten. Gibt's da was gegen zu sagen?«

»Und wieso versuchen alle anderen zu schlafen, um ihre Kohlendioxydproduktion zu minimieren? Nur ihr vier meint, ihr könnt Karten spielen?«

Larry Czapek dachte, er sollte für sie alle eine Antwort geben. »Hast du mal versucht zu schlafen in den letzten Stunden?«

»Vielleicht hast du es nicht gemerkt, aber ich habe mich um die Verwundeten gekümmert. Für etwas Schlaf würde ich jetzt meine Großmutter hergeben.«

»Also, die kannst du gerne behalten. Man kann nicht schlafen. Ich sage dir, ich hatte früher gedacht, der Tag würde nie kommen, an dem ich nicht gerne in meiner Koje gelegen hätte, aber jetzt ist er da. Und so geht uns das hier allen.«

»Ich bin bald durchgedreht in meiner Koje«, sagte Mitch. »Man kann nicht lesen, dazu reicht das Licht nicht, und ich konnte mich auch nicht konzentrieren. Uns sind die Witze ausgegangen, und da haben wir es eben mit dem Kartenspielen versucht. Das ist doch wohl in Ordnung, oder?«

»Ihr seid doch alle PUOs. Von euch wird erwartet, daß ihr ein Beispiel gebt. Glaubt ihr nicht, daß es den anderen wie euch geht? Was würde passieren, wenn sie nun alle eurem Beispiel folgen und aufstehen würden? Ich will es euch sagen: Vermutlich würde das die Zeit, die wir hier unten zum Überleben haben, um einen vollen Tag reduzieren.«

»Weißt du, wir haben da ja nicht drüber geredet. Keiner weiß, daß wir hier sitzen. Vergiß es also. Brauchst du jemanden, der dir hilft in der Offiziermesse bei der Betreuung der Verwundeten?«

»Wann hast du das letzte Mal einen Lehrgang für Selbst- und Kameradenhilfe gemacht, Mitch?«

»Irgendwann im vorigen Jahrhundert.«

»Also dann vielen Dank für dein Angebot, im Sinne von ›Nein, danke‹.« Steadman dachte einen Augenblick nach. »Also gut, ihr könnt hier bleiben. Und solange kein anderer anfängt, Karten zu spielen, könnt ihr auch weiterspielen. Ich habe nichts gesehen.«

»Vielen Dank, Stan.«

»Vielen Dank, Stan«, echoten die drei. Als der COB sich umdrehte, um zu gehen, ging es schon weiter: »Du gibst, und der Einsatz ist immer noch 25 Dollar pro Punkt.«

1500A, Norwegisches Hauptquartier in Nordland

»Das ist ja unglaublich«, rief Mike Selby aus, als er noch einmal den Bericht durchlas, den die *Nordvik* über Funk weitergegeben hatte. »Ganz und gar unglaublich.«

»Was ist denn los«, fragte Flottillenarzt Engelsen, der direkt neben ihm saß und in der Arbeitsgruppe Medizin den Vorsitz führte.

»Ich muß das noch mal mit meinen Unterlagen vergleichen, aber diese Kerle auf der *Tulsa* generieren nur halb soviel CO_2, wie ich das erwartet habe. Sie haben ein Verteilgerät so umgebaut, daß es auf Gleichstrom läuft. Wer auch immer das fertiggebracht hat, der hat etliche Menschenleben gerettet.«

»Zeigen Sie mal her.«

Selby reichte den Bericht weiter an Engelsen, dann langte er unter seinen Tisch und holte seinen Laptop raus. Er rief die Datei auf, die er an diesem Morgen via E-Mail vom Marine-Forschungslabor für U-Boot-Medizin in Groton erhalten hatte. Diese Datei war ein einigermaßen kompliziertes mathematisches Modell der vorderen Abteilung eines 688-Klasse-Bootes, und Selby begann, das Programm mit den Informationen zu füttern, die er mittlerweile über die *Tulsa* erhalten hatte. Er drehte den Bildschirm so, daß Engelsen ihn sehen konnte, und klickte auf die Zeile, in der die CO_2-Rate angegeben war.

»Sehen Sie? Wie ich mir das dachte! Die Kerle scheinen alle die ganze Zeit zu schlafen. Das ist die einzige Möglichkeit, um diese Zahlen zu erklären. Das nimmt doch eine Menge Druck aus dem Kessel. Wenn Sie sich jetzt mal die weitere Vorhersage ansehen«, dabei klickte er auf eine andere Anzeige, »so haben wir noch etwa vier Tage, bevor die Atemluft da unten nicht mehr erträglich sein wird. Ich denke, wir sollten das dem Admiral melden.«

»Kommen Sie bitte mit. Und bringen Sie Ihren Zauberkasten mit. Ich nehme an, der Admiral will das selbst sehen.«

0900R, Groton, Connecticut

Normalerweise schlug Marie die Jungen nie, aber an diesem Morgen trieben die beiden sie dazu. Geoff hatte gerade eine Schüssel umgekippt und den Inhalt über den ganzen Tisch ausgebreitet. Eine Milchlache sickerte langsam in das Tischtuch, das von Schokoflakes bedeckt war. Jamie lachte völlig unbeherrscht und schmierte sich die eingeweichten Flakes in die Haare. Sein Geschrei wurde für Marie wegen ihrer Kopfschmerzen immer unerträglicher. Geoff kicherte zudem die ganze Zeit.

»Nun seid doch mal still, ihr beiden!« rief sie aus. »Habt ihr mich gehört?«

Nein, sie hatten nichts gehört. Sie brüllten vor Lachen.

»Wenn ihr jetzt nicht still seid, dann habt ihr Stubenarrest!«

Um das zu unterstreichen, schlug sie mit der flachen Hand auf den Tisch.

Der Knall erregte einige Aufmerksamkeit, aber die Wirkung hielt nur kurz an, dann begannen das Gelächter und Gekichere erneut.

Marie wurde sich darüber klar, daß ihr langsam die Geduld ausging, und sie war überzeugt, daß das an dem Mangel an Schlaf in der letzten Nacht lag. Sie wollte eigentlich warten, bis die Jungen gegessen hatten, um dann mit ihnen über die Ereignisse auf der *Tulsa* zu sprechen. Aber ihr riß der Geduldsfaden, als ihre Söhne anfingen, sich mit den durchgeweichten Cornflakes gegenseitig zu bewerfen.

»So, Schluß jetzt! Ihr hattet eine Chance, aber ihr habt sie nicht genutzt. Ab in euer Zimmer, alle beide, sofort!«

Das Gelächter hörte auf, die Jungs sahen einander an, standen auf und gingen hinaus.

»Und kein Fernsehen!« rief Marie hinterher, während sie die Treppe hochschlichen. Marie wischte die Schweinerei auf, dabei fiel ihr ein, daß das Kinderzimmer nur ein Fenster zum Hinterhof hatte, von dem aus die Übertragungswagen vor dem Haus sie nicht sehen konnten. Sie hatte also Zeit, das Gespräch noch etwas zu verschieben. Sie konnte aufräumen und in die Zeitung sehen. Wenn sie ihre Gedanken wieder richtig beieinander hatte, wollte sie mit ihren Söhnen reden.

Das Telefon klingelte, und Marie hob ab. Ein Fregattenkapitän Thompson teilte mit, daß er zum Stab der Gruppe 2 im Stützpunkt gehöre, und wollte wissen, ob es Marie paßte, wenn er sie in etwa einer Stunde aufsuchte. Marie stimmte zu. Aber noch bevor sie überhaupt Gelegenheit gehabt hatte zu fragen, ob es irgend etwas Neues gab, hatte der Mann schon aufgelegt. Erst war sie nach dem Telefonanruf verwirrt gewesen, aber dann machte sich eine schreckliche Leere in der Magengrube breit. Ihr Puls raste. Es konnte nur Schlechtes bedeuten, wenn er sie persönlich sprechen wollte. Sie hörte auf aufzuräumen und ließ sich schwer auf einen der hölzernen Stühle fallen. Sie stützte die Ellbogen auf den Tisch, verbarg das Gesicht in den Händen und begann zu weinen. Das Gefühl der Müdigkeit und Verzweiflung, das in den letzten zwei Tagen in ihr immer stärker geworden war, mündete in eine tiefe, alles lähmende Verlorenheit und Einsamkeit.

1430Z, HMS *Wellington*

Das Schiff hatte Kurs geändert und steuerte jetzt einen nordöstlichen Kurs. Die See kam nicht mehr von querab, sondern von achteraus, das Rollen hatte nachgelassen, jetzt war es nur noch eine langsame, deutlich weniger unangenehme Bewegung. Und es gab noch eine wichtige gute Neuigkeit: Das Wetter sollte besser werden. Flottillenarzt Freeman fühlte sich schon deutlich wohler und hatte es sogar geschafft, einige Brocken des Mittagessens bei sich zu behalten. Die Kursänderung hatte es auch viel leichter gemacht, die notwendigen Geräte zu sortieren und für den Einsatz vorzubereiten. Die schweren, sperrigen Teile, wie zum Beispiel die Sauerstoffflaschen, konnte man jetzt transportieren, ohne daß es dabei ein unvertretbares Verletzungsrisiko für die arbeitenden Leute gegeben hätte.

Im Hangar ging es rund, langsam wurde der wilde Haufen von Zusatzgerät kleiner, alles wurde aus den Ladenetzen, in denen es an Bord gehievt worden war, an die richtigen Plätze gebracht. Im Hangar an Backbordseite stand die Dekompressionskammer, ein großer grauer Zylinder, an dem außen meterlange Bronzerohre montiert waren. Neben diesen Rohren sah man eine Bedienkonsole mit Ventilen und Manometern. Vor dieser Kammer war eine Fläche freigeräumt worden, auf der jetzt Plastikkisten mit Medikamenten und medizinischem Gerät standen. Noch davor wurde gerade der Hauptbehandlungsplatz eingerichtet. Zwei Reihen Matratzen, Geräte für Bluttransfusionen, Sauerstoffflaschen und Atemmasken wurden aufgebaut.

Freeman war auf der Steuerbordseite des Hangars in eine hitzige Diskussion mit Sheppard und Sweeny verwickelt um die Dekontaminierung der Überlebenden. Obwohl der Bericht der *Nordvik* aussagte, daß der Reaktor abgeschaltet worden sei, informierte er nicht darüber, ob vorher radioaktives Material freigesetzt worden war. Falls das so war, müßte jeder Überlebende dekontaminiert werden, bevor er behandelt werden konnte.

Sweeny war frustriert: »Um Himmels willen, die können doch kaum kontaminiert sein! Wenn sie an die Oberfläche kommen, sind sie durch 150 Meter Wasser aufgestiegen, und sie werden nicht viel Bekleidung am Körper haben. Selbst wenn die Belastung im Boot hoch gewesen sein sollte, dann sind beim Aufstieg alle verdammten strahlenden Partikel abgewaschen worden!«

»Es gibt keinen Grund zum Fluchen«, entgegnete Freeman. »Ihre Köpfe und Hälse könnten unter der Haube immer noch kontaminiert sein. Außerdem kommt es vielleicht ja nicht zu einem Notausschleusen, sondern zu einer Rettung mit dem DRSV.«

»Oh, entschuldigen Sie, offenbar habe ich hier anderer Leute Zeit verschwendet«, antwortete Sweeny so sarkastisch, wie er konnte. »Ich dachte, wir bereiten uns hier auf den Fall des Notausstieges vor, der jeden Augenblick geschehen könnte.«

»Nach den Angaben des Berichtes der *Nordvik*, wird in den nächsten drei oder vier Tagen kein Notausstieg erforderlich sein.«

»Wenn es zu einem Wassereinbruch oder einem Feuer da unten kommt, dann müssen sie sofort raus«, unterbrach Sweeny und fuhr fort: »Wir sind doch hier, um diese Möglichkeit abzudecken, oder?«

David Sheppard hatte den Eindruck, daß diese Diskussion zu nichts führte, und machte einen Versuch zu vermitteln. »Es wird einige Zeit dauern, bis eine Rettung mit dem DSRV oder LR5 losgehen kann. Wann das soweit ist, werden wir rechtzeitig wissen. Wenn es zu einer solchen Vorgehensweise bei der Rettung kommt, werden wir diese Gerätschaften hier zum großen Teil nicht brauchen.« Er zeigte auf die Druckkammer und den Behandlungsplatz. »Wie es aussieht, werden die Überlebenden auf der *Salminster* ankommen. Sie wird deutlich früher hier sein als die *Vindictive*. Ich schlage daher vor, daß wir hier eine Dekontaminierungsstation einrichten. Außerdem sollten wir die *Nordvik* über Funk bitten herauszufinden, ob es ein Kontaminierungsproblem auf dem verunglückten U-Boot gibt. Wenn Sie zustimmen, Herr Flottillenarzt, werde ich meine Behandlungsstation hier einrichten.«

Die zwei anderen sahen ihn einen Augenblick lang an.

»Hört sich doch gut an«, erwiderte Sweeny. »Was sagen Sie dazu, Chef?«

»Okay, so machen wir das. Der Vorteil scheint mir zu sein, daß wir dann hier viel mehr Platz für eventuelle Verletzte haben. Gut argumentiert, David.«

Sheppard war erstaunt. Freeman hatte ihm nicht nur zugestimmt, sondern er hatte ihn sogar gelobt. Das war es wert, ins Tagebuch eingetragen zu werden.

1530A, Norwegisches Hauptquartier in Nordland

»Ich verstehe das mit dem Kohlendioxyd«, wiederholte Admiral Risberg ein wenig gereizt. »Aber was ist mit dem Innendruck im Boot? Wie wirkt sich das auf die Überlebenden aus?«

Flottillenarzt Selby sah seinen norwegischen Partner, Flottillenarzt Engelsen, an, der nickte ihm zu und signalisierte damit, daß Selby selbst die Frage beantworten sollte.

»Also, Herr Admiral, das hängt davon ab ...«

»Das tut es bei euch Ärzten doch immer, oder?« unterbrach ihn der Admiral.

»Hier hängt es wirklich davon ab. Nämlich von der Ursache für den langsamen Druckanstieg im Boot. Und darüber steht nichts im Bericht. Wenn der erhöhte Druck durch einen langsamen Wassereinbruch verursacht wird, dann wird die Atemluft in der *Tulsa* nur zusammengedrückt, das steigert dann die Dichte aller Gase in der Atmosphäre.«

»Also auch die Dichte des Kohlendioxyds?«

»Ja, Herr Admiral, natürlich. Aber das CO_2 wird durch die Reinigung im Verteilgerät der Atemluft wieder entzogen.«

»Soll das heißen, daß dann das Lithiumhydroxyd nicht so lange vorhält, wie Sie ursprünglich errechnet haben?«

Selby dachte einen Augenblick nach. Admiral Risberg war ganz offenbar kein Dummkopf.

»Da muß ich noch ein paar Berechnungen anstellen, Herr Admiral. Ich glaube aber nicht, daß die Auswirkung stark sein wird, und wie gesagt, das gilt auch nur, wenn der Druckanstieg auf einen Wassereinbruch zurückzuführen ist. Wenn ein Leck in der Druckluftleitung die Ursache ist, dann ist das wohl kein Problem, weil in der Druckluft kaum Kohlendioxyd enthalten ist.«

»Danke. Und wie ist das mit der Auswirkung des erhöhten Drucks auf die Männer? Wird vielleicht das Atmen erschwert?«

»Nein, eigentlich nicht. Nach dem Bericht beträgt der Überdruck jetzt nur 2 Meter Wassersäule. Das ist weniger als ein Viertel atü. Ich glaube nicht, daß das überhaupt irgendeine Auswirkung hat.«

»Gut. Noch eine Frage: Ich meine mich zu erinnern, daß Sie heute morgen von Taucherkrankheit gesprochen haben. Wenn nun der Druck im Boot weiter steigt, werden die Überlebenden dann die Taucherkrankheit bekommen, wenn wir sie rausholen?«

»Dann müßte der Druck noch erheblich zunehmen. Man kann von einem Druck von etwa 0,7 atü direkt an die normale Atmosphäre dekomprimieren. 0,7 atü sind etwa sieben Meter Wassersäule. Wenn der Innendruck im Boot weiter so zunimmt wie bisher – also nur etwa 60 cm Wassersäule pro Tag –, dann wird der Innendruck für die nächsten acht Tage kein Problem werden. Und bis dahin sollten wir die Männer raus haben.«

»Vielen Dank, Sir. Ich bin Ihnen wirklich dankbar. Ich werde Sie bitten, das Ganze noch einmal vorzutragen, wenn wir alle zusammen sind, es ist wichtig, daß wir das alle verstehen.«

»Gerne, Herr Admiral.«

1600A, USS *Tulsa*

Obwohl er versucht hatte einzuschlafen, hatte Richter nur mit geschlossenen Augen in seiner Koje gelegen, dabei hatte er nachgedacht – und vor Kälte gezittert. Obwohl er unter einem halben Dutzend Wolldecken lag, fühlte er sich immer noch durch und durch unterkühlt. In den letzten 24 Stunden hatte er keine Nahrung bei sich behalten können, lediglich kleine Schlucke Wasser mußte er nicht sofort wieder hochbringen. Ihm war selbst klar, daß er ernstlich krank war, und seine Versuche, seinen Zustand auf Gallaghers Verpflegung oder die Zusammensetzung der Atemluft zurückzuführen, überzeugten ihn nicht. Das war auch offenbar nicht nur eine Gehirnerschütterung. Der stechende Kopfschmerz war ein weiteres Anzeichen dafür, daß irgend etwas mit seinem Kopf ernstlich nicht stimmte. Da aber daran nun mal im Augenblick nichts zu ändern war, hatte er Enzo lediglich damit beauftragt, ihm einen ordentlichen Vorrat an schmerzstillenden Medikamenten zu bringen.

Er hatte versucht, ein wenig über Kopfverletzungen nachzulesen, das aber bald wieder aufgegeben. Auch wenn er nur mit einem Auge schielte, konnte er sich nicht auf das Schriftbild konzentrieren, doch seine Kopfschmerzen wurden bei diesen Leseversuchen immer schlimmer. Da nun der Zustand im Boot recht stabil war und er im Grunde nichts vor der eigentlichen Rettung vorbereiten konnte, war er in das Land der Träume geglitten, und er war wieder fünfundzwanzig. Es war Sommer, und er hatte Urlaub, er hatte gerade seine Zeit auf der USS *Groton* beendet. Zum ersten Mal, seit er das College verlassen hatte, war er frei und hatte Zeit. Mehr noch, er hatte sogar Geld. Ein neues Auto, einen offenen Sportwagen zum Beispiel, kaufen und damit losfahren, das war etwas, womit er in Gedanken spielte. Er wollte nur raus aus der Militärunterkunft, eine Tour um die großen Seen machen, soweit das in der verfügbaren Zeit möglich war …

Er suchte jemanden, der mitfuhr, ein Mädchen idealerweise. Obwohl es in seinem Kopf pochte und schmerzte, waren Richters Erinnerungen kristallklar. Im Laufe der Jahre, mit zunehmendem Alter, mit steigendem militärischem Dienstgrad und mit seiner Stellung als Kommandant auf einem Nuklear-U-Boot, hatte Richter allmählich die lähmende Schüchternheit abgelegt, die ihn in seiner Jugend sosehr gequält hatte. Diese Schüchternheit hatte damals fast alles beeinflußt, was er tat. In der Schule hatte sie ihn gehindert, Fragen vor der Klasse zu beantworten, auch wenn er die Lösungen wußte. Seine ersten Versuche, sich frei zu unterhalten, waren auch bei seinen männlichen Freunden erbärmlich gescheitert. Er hatte es noch nicht einmal versuchsweise gewagt, mit einem Mädchen zu sprechen, bis er zwanzig war. Noch immer war seine Schüchternheit gelegentlich ein Problem für ihn, so zum Beispiel bei gesellschaftlichen Veranstaltungen. Aber das waren zum Glück seltene Ereignisse in den operativen Einheiten einer modernen Marine. Vor vierzehn Jahren war das anders gewesen. Sogar die einfachsten sozialen Kontakte hatten ihm Schwierigkeiten bereitet, besonders wenn Frauen dabei waren.

In jenem Sommer war John Dowling noch in der U-Boot-Ausbildung. Seine damalige Freundin, Phoebe, hatte eine Einladung zu einer Party, die eine ihrer Freundinnen, Marie, am Strand gab. Phoebe hatte den Auftrag, ein paar Männer ranzuschleppen, also war auch Richter mitgekommen. Er entdeckte, daß seine Gastgeberin ein paar Jahre jünger war als er, sie hatte gerade den Abschluß auf der Choate Resemary Hall, einer exklusiven Privatschule in Connecticut, gemacht. Normalerweise lebte sie bei ihren Eltern irgendwo in New Jersey, jetzt war sie in das Sommerhaus ihres Vaters am Strand bei Groton Long Point gezogen.

Er hatte bei einem Frisbee Spiel mitgemacht und zugesehen, wie sie Volleyball spielte und im Wasser herumplanschte. Seine Reaktion konnte er selbst nicht verstehen, das war ganz anders, als er es vorher je erlebt hatte. Am Strand wimmelte es von Mädchen, die nach normalem Geschmack eindeutig schöner waren als Marie. Ihre Haare waren kurz, strähnig und wirklich unansehnlich. Sie war nicht braungebrannt und hatte auch sonst nichts Besonderes vorzuweisen, sie war sogar ziemlich dünn geraten. Aber, sie bewegte sich graziös wie eine geborene Athletin. Jede Geste strahlte Eleganz aus. Ihre Stimme war leise und freundlich. Er hatte schon Angst, daß sie merken würde, daß er sie immer anstarrte, aber dann war sein Eindruck, daß auch sie ihm immer häufiger interessierte Blicke zuwarf. Es war ein warmer Tag im Juli, und das Bier floß reichlich. Mit der Zeit wurde er ganz gelassen und entspannt. Er unterhielt sich mit Phoebe und erfuhr mehr über Marie.

Sie war ein Einzelkind. Ihr Vater war Anwalt, der seine Tochter sehr verwöhnte. Er war vor kurzem von Maries Mutter geschieden worden und erneut unglücklich verheiratet. Das Ergebnis war, daß seine Tochter sein ein und alles war. Richter erinnerte sich, wie erstaunt er damals gewesen war, als er erfuhr, daß Marie zum Schulabschluß von ihrem Vater einen Mercedes 500SL geschenkt bekommen hatte. Nicht nur war ihm der Unterkiefer in Endlage gefallen, als er dieses Ausmaß an Großzügigkeit erfuhr, sondern in seinem Kopf klingelten damals auch alle Alarmglocken. Er hatte so etwas schon einmal vorher erlebt. Sicher hatte ihr Vater ehrgeizige Ziele für sie, in die ein U-Boot-Fahrer nicht paßte. Vermutlich würde keiner, der nicht in der Wallstreet oder dicht am Kapitol in Washington arbeitete, in dieser Familie willkommen sein. Antipathie oder direkte Feindschaft, damit war in diesen Kreisen immer zu rechnen.

Er wurde sich klar, daß diese Analyse auf jahrelanger Erfahrung beruhte. Dennoch war er schon von Marie fast gefesselt gewesen, bevor sie einander vorgestellt worden waren. Nach der Beachparty wurden einige ausgesuchte Leute zu einer intimeren Party in das Haus eingeladen. Es hatte ihn gewundert, daß er dabei war. Er erklärte es sich damit, daß Maries flüchtige Blicke in seine Richtung eben doch wohl mehr gewesen waren als reine Neugierde oder eine Reaktion auf die Tatsache, daß er dauernd in ihre Richtung starrte.

Richters Gedanken wurden von einem Klopfen an der Tür unterbrochen. »Herein.«

Enzo trat vorsichtig ein. »Darf ich Sie einen Augenblick stören, Herr Kap'tän?«

»Klar, Enzo, ich habe nicht geschlafen.«

»Tut mir leid, daß ich Sie störe, aber ich muß Ihnen melden, daß Oberbootsmann Maddison gerade gestorben ist.«

»Das tut mir leid«, antwortete Richter ernst. »Das war ein toller Mann. Wissen Sie, dies war das dritte Kommando, auf dem wir zusammen waren.« Er langte unter sein Kissen, wühlte darunter nach einem Taschentuch herum und putzte sich dann die Nase. »Wir beiden wußten ja, daß das kommen würde, Enzo, oder?«

»Ja, das schon, Herr Kap'tän. Man fühlt sich aber erbärmlich, weil man nichts machen kann.«

»Wenn es Sie tröstet, Enzo, ich glaube, auch ein Arzt hätte unter diesen Umständen nichts machen können. Also, in einer Intensivstation, das wäre vielleicht etwas anderes gewesen. Wer will das schon wissen?«

»Wie geht es Ihnen denn, Herr Kap'tän?«

»Wie meinen Sie das?«

»Darf ich Ihnen sagen, was ich denke?«

Richter dachte einen Augenblick nach. »Ja, aber nur zwischen uns beiden. Ich will nicht, daß das hier im Boot die Runde macht.«

»Klar. Ich bin ja jetzt auch Ihr Arzt, Herr Kap'tän, oder?«

»Sicher. Also, was wollen Sie wissen?«

»Wie geht es Ihnen denn wirklich mit Ihrem Kopf?«

Richter sagte Enzo die volle Wahrheit.

1010R, Groton, Connecticut

Marie weinte nicht mehr, und sie hatte sich die Augen ausgewischt, auch wenn die immer noch deutlich gerötet waren. Sie war nach oben gegangen, hatte frisches Make-up aufgelegt und die Lippen nachgezogen. Jetzt konnte sie der Welt wieder ins Auge sehen. Außerdem hatte sie sich entschlossen, das Geschrei aus dem Kinderzimmer einfach zu ignorieren. Wenn der Fregattenkapitän wirklich schlechte Nachrichten brachte, dann hatte sie wenigstens eine Entschuldigung und konnte aus dem Zimmer gehen, um für Ruhe zu sorgen. Sie war fest entschlossen, in seiner Gegenwart nicht die Fassung zu verlieren. Der erste Grund war ihr Stolz. Sie war immer davon überzeugt gewesen, daß die hysterischen Reaktionen von Frauen auf schlechte Nachrichten, wie sie in den Medien und Filmen dargestellt wurden, absolut übertrieben waren. Der zweite Grund war, daß John ja nicht der Einzige war, der gestorben war, wenn es denn so sein sollte. Dieser Fregattenkapitän Thompson hatte sowieso schon eine schwierige Aufgabe, wenn er alle Angehörigen besuchen mußte, da wollte sie es ihm nicht noch problematischer machen.

Sie blickte aus dem Wohnzimmerfenster und sah ein Militärauto hinter dem SNN-Übertragungswagen halten. Ein Marineoffizier stieg aus. Er hatte die normale blaue Uniform an mit drei Ärmelstreifen und einem U-Boot-Fahrerabzeichen vorne auf der Uniformjacke und trug eine Aktentasche. Er suchte sich einen Weg durch die vielen Reporter hindurch, dabei schwenkte er seine Hand abwehrend hin und her und versuchte den Reportern klarzumachen, daß er ihnen nichts mitzuteilen hatte. Ein Reporter konfrontierte ihn mit einem Mikrophon direkt vor seinem Gesicht, aber Marie konnte nicht hören, was gesagt wurde. Sie dachte kurz daran, das Fernsehen wieder einzuschalten, da das Ganze bestimmt live übertragen wurde. Der Offizier ging Richtung Eingangstür, das Geschrei der Reporter folgte ihm. Es war ein grauer, bedeckter Morgen, die Szene vor dem Haus wurde von den Kameraleuchten in ein grelles Licht getaucht. Einige Mikrophone hingen an Galgen, die alles überragten und lange Schatten warfen.

Es klingelte. Marie wurde klar, daß sie es schaffen mußte, nur den Offizier einzulassen. Und was sollte sie tun, wenn das wegen der aufdringlichen Presse nicht möglich war? Sollte sie die Polizei rufen? Auf die Idee war sie vorher nicht gekommen. Jetzt war es wohl zu spät. Sie ging zur Eingangstür und öffnete einen Spalt weit. Die Scheinwerfer konzentrierten sich sofort darauf, außerdem blitzten zahllose Blitzlichter von den Kameras der Bildreporter auf. Der Marineoffizier quetschte sich durch die halb geöffnete Tür und schloß sie direkt hinter sich. Er langte in seine Tasche und zeigte seinen Dienstausweis.

»Frau Dowling? Ich bin Fregattenkapitän Thompson, wir haben vor etwa einer Stunde telefoniert. Ist dieser Presseauflauf hier schon die ganze Nacht so?«

»Ja, ich glaube wohl. Können Sie etwas dagegen machen?«

»Sie wissen ja, daß Sie in den Stützpunkt ziehen können, wenn Sie wollen, nicht?«

»Ja, vielleicht sollte ich darüber ernstlich nachdenken.«

»Gut. Können wir uns setzen?«

»Sicher doch. Lassen Sie uns nach unten gehen, da ist noch ein Zimmer. Ich hoffe, daß die Piranhas von der Presse uns da in Ruhe lassen. Möchten Sie eine Tasse Kaffee?«

»Das ist nett, ja, sehr gerne«, antwortete der Fregattenkapitän. Er folgte Marie in die Küche, sie brachte die Kaffeemaschine in Gang, drei große Löffel dunklen Sumatra-Kaffees sollten wohl den richtigen Geschmack bringen.

»John liebt diese Sorte, wissen Sie. Ich fand das zuerst zu stark, aber ich habe mich daran gewöhnt, jetzt trinke ich diese Sorte sogar, wenn John nicht zu Hause ist.«

Fregattenkapitän Thompson wechselte das Thema. »Kenne ich Sie? Ich meine, ich habe Sie schon gesehen.«

»Wahrscheinlich. Ich war neulich im Fernsehen.«

»Nein, das meine ich nicht. Kegeln Sie?«

»Ja, das habe ich mal gemacht ...« Marie legte eine Pause ein. »Ich glaube, ich erinnere mich: Ihre Frau heißt Julia, oder?«

»Ja, genau.«

»Vor ein paar Jahren waren wir im selben Verein.«

»Sie haben ja ein ausgezeichnetes Gedächtnis«, bemerkte Fregattenkapitän Thompson. »Aber als wir dann nach Norfolk umgezogen sind, hat sich meine Frau die Hand bei einem Autounfall verletzt, und danach war das vorbei mit dem Kegeln.«

»Oh, das tut mir aber leid. Von dem Unfall wußte ich gar nichts.«

»Na, zum Glück war es nicht so schlimm, es geht ihr wirklich wieder gut. Nur unser Kombi ist dabei draufgegangen.«

Marie stellte zwei Tassen, etwas Milch und Zucker auf ein Tablett, die Kaffeemaschine begann zu zischen und zu blubbern. Als der Kaffee fertig war, goß sie beide Tassen gut voll und nahm das Tablett. »So, wir sollten jetzt nach unten gehen.«

»Was ist denn das für ein Lärm da oben?« fragte Thompson.

»Oh, das sind unsere Jungs. Wenn Sie mir schlechte Nachricht bringen, möchte ich, daß sie da oben bleiben«, antwortete Marie. Sie führte ihren Besuch die Treppe hinunter.

Fregattenkapitän Thompson wartete, bis sie saßen, dann sagte er: »Ich habe Nachrichten von der *Tulsa*.«

»Endlich. Ich habe schon mehrfach versucht, vom Geschwader Informationen zu bekommen, aber die konnten mir nicht viel sagen. Was haben Sie denn bloß die ganze Zeit gemacht? Warum konnten wir nicht früher informiert werden?«

»Wissen Sie, ich möchte mich dafür entschuldigen, daß das nicht früher möglich war. Sie können sich nicht vorstellen, was bei uns los war. Wir hatten Befehl, nur Informationen weiterzugeben, deren wir ganz sicher waren und deren Quelle wir genau kannten. Natürlich haben die Leute dauernd bei uns angerufen und wollten wissen, was los ist. Das Ganze war ein Alptraum. Erst heute morgen haben wir handfeste Informationen erhalten. Wir haben Ihnen immer alles gesagt, was wir wußten. Das war allerdings auch nicht mehr als das, was an die Presse ging. Aber warum um Himmels willen campieren die denn da draußen vor Ihrem Haus?«

»Sie wissen doch sicher, daß ich gestern interviewt worden bin?«

»Ja.«

»Die glauben wohl, daß mein Mann bei dem Untergang des Bootes zu Tode gekommen ist. Er ist tot, oder?«

»Frau Dowling ... Marie. Sie machen es mir nicht leicht. Ich hatte etwas vorbereitet, was ich sagen wollte. Aber Sie haben es nun schon vor mir ausgesprochen.«

Marie sah den Mann genau an. Er sah noch jung aus, vielleicht war er nicht viel älter als sie selbst mit ihren zweiunddreißig Jahren. Er hatte blaue Augen und kurze blonde Haare. Sein Gesichtsausdruck war verzweifelt. Ganz offenbar hatte er in seiner gegenwärtigen Aufgabe keinerlei Erfahrung, und besonders vorbereitet oder ausgebildet war er dafür auch nicht. Er sah ungefähr so aus, wie sie sich fühlte. Trotz ihrer festen Absicht, ruhig zu bleiben, und obwohl oben im Kinderzimmer gerade der Dritte Weltkrieg auszubrechen schien, kamen ihr wieder die Tränen. Wohl aus Mitgefühl sah der Fregattenkapitän auch so aus. Seine freundlichen Gesichtszüge waren absolut ungeeignet, den Schmerz zu verbergen, den offenbar auch er empfand.

»Ich kenne Geoff Richter gut, und durch ihn habe ich auch Ihren Gatten John kennengelernt. Nicht sehr gut, nichts was mit Ihnen irgendwie vergleichbar wäre. Aber er war ein guter Kerl, ein toller Mann ...«

Marie konnte es nicht mehr ertragen. Sie stand auf und streckte ihm den Arm entgegen, er erhob sich und umarmte sie. Sie weinten beide.

Durch die teilweise offenen Vorhänge blitzten die Kameras der Reporter.

1700A, USS *Tulsa*

Enzo wurde sich langsam darüber klar, was Richters Zustand für ihn selbst bedeutete. Er wollte noch einmal nach dem Ersten Offizier sehen und dann zusammen mit dem Kommandanten auf dessen Kammer essen. Er hoffte sehr, daß Gallagher irgend etwas halbwegs Eßbares produzieren würde, damit der Kommandant wieder Appetit entwickelte.

Enzo klopfte leise an die Tür der IO-Kammer. Er bekam keine Antwort, trat aber trotzdem ein. Es war dunkel. Die Batterie in der Lampe neben der Tür schaffte nur ein schwaches Glimmen der Birne. Mitchell lag auf dem Rücken, sein Gesicht war von der Tür weggedreht. Er bewegte sich nicht. Enzo bemerkte sofort mit Schrecken, daß der faule Geruch, der eine Zeitlang nach der Operation weg gewesen war, wieder in der Kammer stand. Er ging zur Koje und schüttelte Mitchell an der Schulter. Keine Reaktion. Der Erste Offizier atmete, aber ganz offenbar hatte er Probleme, beim Ausatmen gab er rasselnde Geräusche von sich. Enzo ergriff das Handgelenk, um den Puls zu fühlen. Die Haut war feucht und klebrig, und der Puls ging so schnell, daß Enzo ihn kaum zählen konnte. Er mußte eine bessere Beleuchtung haben, wenn er hier noch was machen wollte. Also verließ er die Kammer und ging in die Mannschaftsmesse, um dort eine Lampe zu holen.

Als er zurückkam, stellte er fest, daß der Erste Offizier sich überhaupt nicht bewegt hatte. Seine Augen waren geschlossen, der Schweiß stand ihm auf der Stirn, und das kurze dunkle Haar war durchgeschwitzt.

Enzo schüttelte ihn erneut. »Ich muß unbedingt mit Ihnen sprechen.« Und wieder schüttelte er ihn. »Bitte, nun sagen Sie doch was.«

Mitchell bewegte sich, aber diese Bewegung hatte ein starkes Rasseln in seiner Brust zur Folge, er hustete mehrfach und konnte kaum noch atmen. Enzo nahm ein Tuch und entfernte den blutigen Schleim, der dem Ersten Offizier aus dem Mund trat. Mitchell öffnete die Augen und wollte sprechen, aber alles, was er schaffte, war ein leises Flüstern.

»Hallo Enzo. Können Sie mir Wasser geben? Ich bin sehr durstig.«

Wieder grummelte es in seiner Brust, ein neuer Hustenanfall raubte ihm die Luft.

Enzo sah, daß die Infusion nicht mehr tropfte, obwohl noch viel Flüssigkeit in dem Plastikbehälter war. Er schüttelte die Leitungen und drückte den Behälter zusammen, aber das half nichts. Was sollte er machen? Er hatte eigentlich mit dem Ersten über die Kopfverletzung des Kommandanten sprechen und gemeinsam zu einem Entschluß kommen wollen, wie es weitergehen sollte. Aber das schien ihm jetzt aussichtslos zu sein. Der IO war ganz offenbar selbst auch todkrank.

Enzo ging in die Toilette und füllte ein Glas mit Wasser. Dann kehrte er in die Kammer zurück und half Mitchell in eine sitzende Position, so daß er trinken konnte. Als er ihn dann wieder auf sein Schweiß getränktes Kissen zurück legte, merkte er ganz klar, daß der faulige Geruch aus dem Verband des amputierten rechten Arms kam. Auch ohne den Verband abzunehmen war es völlig eindeutig, daß hier eine weiterreichende Amputation erforderlich war. Die Frage, die sich unweigerlich stellte, war aber, ob der Erste einer solchen Operation wegen seines Allgemeinzustandes gewachsen war. Und war er, Enzo, dem noch gewachsen? Aus seinem ersten Versuch konnte er nur lernen: Daß seine Arbeit nichts getaugt hatte. Warum sonst hatte der IO sich nicht danach erholt? Er überlegte weiter. Was hatte er falsch gemacht? Entweder hatte er nicht genügend von dem befallenen Gewebe entfernt oder aber er hatte irgendwie die Infektion übertragen. Als er sich den schlechten Zustand des Ersten ansah und über den unerklärlichen stetigen Verfall des Kommandanten nachdachte, wurde ihm klar, daß er wahrscheinlich bald selbst das Kommando würde übernehmen müssen. Und das unter Umständen, die eine Herausforderung für jeden noch so erfahrenen Kommandanten gewesen wären. Er verdrängte die Sorgen und die Angst, so gut er konnte. Enzo sah auf seine Uhr. Es war Zeit, daß er sich nach seiner medizinischen Tätigkeit wusch und danach zur Besatzung sprach. Dann wollte er mit dem Kommandanten essen. Dem IO wollte er noch sagen, daß er Oberstabsbootsmann Steadman schicken würde, damit der den Verband wechselte.

1200R, Pentagon, Arlington in Virginia

Talisker wurde in das mit wertvollen Holzpaneelen ausgekleidete Dienstzimmer des CNO geführt. Eine ganze Reihe von hohen Marineoffizieren saß schon da: CINCLANT, COMSUBPAC,

N87 und COMSUBDEVRON 5. Der CNO erhob sich und begrüßte Talisker.

»Freut mich, Sie zu sehen, Garry. Nehmen Sie Platz.« Der CNO zeigte auf einen der beiden roten Lederstühle.

»Vielen Dank, Herr Admiral. Bitte entschuldigen Sie, daß ich zu spät komme. Ich konnte mich in Norfolk einfach nicht rechtzeitig loseisen.«

»Klar doch. Norman und Scott haben mir schon berichtet, und ich bin jetzt auf dem Stand der Dinge. Meine Herren, wir wissen alle, daß das Sinken der *Tulsa* zu einem Havarieverfahren und zu einer gerichtlichen Untersuchung führen wird. Aber das ist normal. Ich sehe da kein Problem. Ich habe sie vielmehr hierher gebeten, weil es neue politische Entwicklungen gegeben hat, die vermutlich den weiteren Ablauf der Dinge beeinflussen werden. Zwar stehen der Präsident, der Verteidigungsminister und der Marinestaatssekretär hinter uns, aber es kommen unangenehme Töne aus dem Kongreß. Die Namen der Toten sind veröffentlicht worden, und nun wollen die Abgeordneten, die einen Toten in ihrem Wahlkreis haben, aus diesem Umstand politisches Kapital schlagen. Wir müssen uns da auf ein paar sehr unangenehme Fragen gefaßt machen, und das auch, wenn wir den Rest der Besatzung lebendig rausholen. Wenn uns das nicht gelingt – also ich mag gar nicht daran denken, was dann passiert. Dann werden wir wohl gekeult werden, und so wie ich das sehe, sind wenigstens wir sechs dann für die Ernte.« Er machte eine Pause und sah im Raum in die Runde, in die ernsten Gesichter, die ihn anstarrten. »Sie sind hier gefragt, meine Herren, ich habe nicht die Absicht, hier Mikromanagement zu betreiben. Mir bleibt nur zu fragen, ob ich jetzt noch irgend etwas zu einem guten Gelingen beitragen kann?«

CINCLANT antwortete: »Im Augenblick sehe ich das nicht, Bill. Wir können von Murmansk aus operieren, das war erstmal das Wichtigste. Die Briten schicken die *Centaur*. Das ist ein Hubschrauberträger, der Sanitätsbereich auf dem Dampfer wird durch eine Feldeinheit verstärkt, oder was weiß ich, wie die diese eigentlich landgestützten Verstärkungseinheiten nennen. Damit haben wir auch ausreichende Helikopterkapazität am DATUM. Die *Centaur* wird morgen aus Portsmouth auslaufen, Mittwoch wird sie dann bei der *Tulsa* ankommen. Die Norweger tun, was sie können. Mir fällt wirklich nichts mehr ein, was noch gebraucht werden könnte. Oder weißt du noch was, Gerry? Klar, was wir noch brauchen könnten, ist mehr Zeit.« Er sah Talisker an, der ein kurzes Lächeln versuchte. »Ich habe heute morgen ein Fernschreiben von meinem Mediziner erhalten, der fragt, auf welchem Wege die Überlebenden nach der Rettung weiter transportiert werden sollen, wenn wir sie erstmal an Land gebracht haben. Ist das schon geklärt? Soweit ich weiß, sind da ein paar Schwerkranke an Bord, und wenn ein Notausstieg folgt, dann können das leicht noch mehr werden.«

»Ich glaube, die Luftwaffe wird das wohl in die Hand nehmen«, antwortete der CNO, »ich prüfe das noch mal. Normalerweise werden Verwundete aus Europa über den Fliegerhorst in Ramstein und das Lazarett in Landstuhl in Deutschland evakuiert. Ich sehe keinen Grund, das zu ändern. Gibt es sonst noch was?«

Keiner hatte noch was beizutragen.

»Ich muß Ihnen ja nicht sagen, wie ernst diese Lage ist. Die Presse hat uns im Würgegriff. Die werden nicht nachlassen, und wie ich schon sagte, ich fürchte, daß auch noch ein paar Abgeordnete sich auf die Sache stürzen werden. Ich werde mir alle Mühe geben, Ihnen diese Leute vom Hals zu halten, damit Sie ordentlich arbeiten können. Ich kann aber keine Fehler verteidigen. Wir dürfen also keine machen, und es wird keine geben. Das haben alle verstanden, oder?« Der CNO wartete, bis sich seine Worte gesetzt hatten, und sah jeden einzeln an. »Sie wissen auch, meine Herren, daß zur Zeit die Überlegungen für die Auswahl des neuen Stabschefs aller Teilstreitkräfte laufen. Ich habe da gewisse Chancen, und es ist in unser aller Interesse, daß das ein Marinemann wird. Holen Sie die Besatzung aus der *Tulsa* raus, und wir alle können etwas gelassener in die Zukunft sehen. Wenn uns das nicht gelingt, müssen wir uns wohl deutlich früher überlegen, was wir nach der Pensionierung machen wollen, als wir das je vorher gedacht haben.«

1800A, Motorschiff *Nordvik*

Mit dem Ende der Abenddämmerung war die Suche nach den noch vermißten Männern des SPAG-Teams eingestellt worden. Jeder wußte, daß sie damit endgültig aufgegeben worden waren. Auch wenn sie Trockenanzüge trugen, hatten sie keinerlei Chance, bis zum Morgengrauen zu überleben. Die Bedingungen im Wasser waren zu ungünstig. Stabsarzt Ward hatte Marchant davon überzeugt, daß das SPAG-Team zusammen essen sollte, und eine kleine Ecke in der Mannschaftsmesse dafür reservieren lassen. Er wollte erreichen, daß jeder noch einmal Gelegenheit hatte, über die zurückliegenden Ereignisse zu sprechen. Er hoffte, daß die Männer sich dann eher mit dem Ablauf der Dinge abfinden könnten, als wenn sie mit ihren Gedanken allein gelassen wurden. Leider ging die Sache aber total schief. Ward versuchte mehrmals, das Gespräch in vernünftige Bahnen zu lenken, aber jeder Gesprächsansatz führte nach kurzer Zeit zu betretenem Schweigen. Einige Männer taten so, als würden sie das Essen mit besonderer Sorgfalt aussuchen, aber gegessen wurde kaum etwas. Niedergeschlagenheit hatte alle ergriffen.

Marchant bedauerte seine Entscheidung, nicht in der Offiziermesse zu essen. Er hatte versucht, seine Männer aufzuheitern und ihnen klarzumachen, daß der Verlust ihrer Kameraden nicht ihr Fehler gewesen war. Das hatte nur zur Folge gehabt, daß er sich selbst darüber klar wurde, daß es sein eigener Fehler gewesen war. Letztendlich war es seine Entscheidung gewesen, aus dem Flugzeug zu springen, und ganz sicher würde es zu einem Disziplinarverfahren kommen, in dem er sich für diese Entscheidung rechtfertigen mußte. So ein Verfahren gab es immer, wenn jemand im Dienst zu Tode kam. Er sah sich im Geiste schon bei der Anhörung, wie er erklären sollte, warum er sich für diesen Absprung entschlossen hatte, obwohl das Wetter so schlecht war. Die Antwort war natürlich, daß sie schließlich den Befehl hatten zu springen. Aber damit war es nicht getan. Er selbst hätte selbstverständlich ganz einfach den Absprung verschieben können, bis das Wetter besser oder bis es hell wurde. Warum hatte er das nicht getan? Marchant hatte ein schlechtes Gefühl bei dieser Sache.

Leutnant Sharples merkte, daß Marchant an Gewissensbissen litt. »Wir wollten doch auch alle springen, als es soweit war und als Sie die Entscheidung getroffen haben. Jeder von uns, auch Sean und Eddie, Gott sei ihrer Seele gnädig. Und, was noch wichtiger ist, beim nächsten Mal werden wir unter vergleichbaren Bedingungen wieder springen.«

Die anderen Männer des Teams murmelten alle zustimmend.

»Vielen Dank, das hilft mir. Verstehen Sie mich recht, ich glaube, es ist noch zu früh, über das zu sprechen, was passiert ist und was uns jetzt bewegt. Ich brauche noch Zeit. Ich glaube, ich werde meinen Nachtisch in der Offiziermesse essen. Ich will nur noch sagen, daß ich stolz auf Sie alle bin. Was wir gemacht haben, brauchte wirklich 'ne Menge Mut, und Sie haben alle mitgemacht. Ein besseres Team kann ich mir nicht vorstellen.«

Als er aufstand und ging, schloß Stabsarzt Ward sich ihm an, beide gingen in die Offiziermesse.

1800A, USS *Tulsa*

»Nun seid doch mal still!« Enzo wartete, bis sich die Besatzung beruhigte. Es war bemerkenswert, wie sich die allgemeine Stimmung verändert hatte. Die gedämpfte Unterhaltung und die langen Gesichter bei den vorhergehenden Mahlzeiten hatten lebhaftem Gequatsche und Grinsen Platz gemacht. »Hören Sie zu, ich habe ein paar Dinge bekanntzugeben, und ich habe keine Lust, zu brüllen.« Enzo gab mit seinen Händen Zeichen, daß die Männer den Mund halten sollten. »Also, ist ja klar, man hat uns gefunden ...«

Grelle Pfiffe übertönten das allgemeine Freudengeschrei in der Messe. Enzo wedelte wieder mit den Händen. Irgendwie fühlte er sich wie ein Politiker, der Platitüden verbreitete, um die Zustimmung der Masse zu erreichen.

»Aber es ist noch ein weiter Weg. Ich will vermeiden, daß Sie jetzt übersteigerte Hoffnungen entwickeln und dann enttäuscht sind, wenn lange nichts passiert, so wie nach den vorigen Schallsignalen.« Der Lärm ließ nach. »Wir wissen, daß die ersten Schallsignale so gut wie sicher von einem Flugzeug kamen. Diesmal kamen sie mit großer Wahrscheinlichkeit von einem Schiff. Und das, verstehen Sie mich nicht falsch, ist für uns eine gute Nachricht, weil nun jemand da oben ist, der uns aus dem Wasser fischen kann, falls wir doch noch eine Notausschleusung machen müssen. Dann brauchen wir uns da oben nach dem Auftauchen wenigstens nicht zu Tode frieren. Ich nehme aber an, daß es bis zu unserer Rettung noch einigen Zeitverzug geben wird. Wenn ein Schiff in der Lage wäre, eine Rettung durchzuführen, dann hätten wir inzwischen ganz sicher schon viel mehr von ihm gehört.« Alle waren ganz still. »Es kann also durchaus noch ein paar Tage dauern, bis wir hier rauskommen. Ich wünsche, daß wir uns über diese Tatsache im klaren sind. Wir befinden uns sozusagen im letzten Teil des Rennens, aber wir sind noch nicht auf der Zielgeraden. Und deshalb müssen wir auch wieder unsere alte Routine aufnehmen: so viel schlafen wie irgend möglich, nach dem Essen nimmt wieder jeder sein Valium und geht sofort wieder knacken.« Enzo sah die Männer an und wußte, daß er verstanden worden war. War er vielleicht zu direkt gewesen? Wie auch immer, er hatte diesen wichtigen Punkt vermittelt. Er machte noch eine kleine Pause, dann fuhr er fort: »Vielleicht fragen Sie sich, warum der Kommandant nicht zu Ihnen spricht. Ich muß Ihnen leider sagen, daß es ihm nicht gutgeht. Wir wissen nur, daß er sich bei der Kollision eine erhebliche Kopfverletzung zugezogen hat. Offenbar hat er eine Gehirnerschütterung, und es wird immer schlimmer. Ich glaube nicht, daß er seine Kammer in den nächsten Stunden wird verlassen können. Aber er braucht Ruhe.«

Das war für die Besatzung nichts Neues. Es hatte sich schnell herumgesprochen, daß Richter über alles Mögliche gestolpert war und daß er sich nicht mehr an Namen erinnern konnte.

»Und ich muß Ihnen berichten, daß auch der Erste Offizier ernstlich verletzt ist. Neben seinem Problem mit dem Arm hat er eine Art Entzündung in der Brust. Ich kann mit unseren Bordmitteln und meinen Kenntnissen nicht helfen, es bleibt mir nur, für ihn zu beten. Wenn Sie das auch machen wollen, dann man zu.« Enzo senkte kurz den Blick, dann sprach er weiter: »Noch Fragen?« Er hatte mit seinen Worten die übertriebene Begeisterung sicher ordentlich gedämpft.

»Herr Kaleu.« Sonargast Evans meldete sich.

»Ja.«

»Können der Kommandant und der IO denn als erste von Bord gehen, wenn wir gerettet werden?«

Rundum wurde zustimmend genickt.

»Na ja, Herr Evans. Das sollten wir entscheiden, wenn es soweit ist. Ich verspreche Ihnen aber, daß wir alles tun werden, was nötig ist. Sonst noch was?«

Niemand mehr stellte eine Frage. Enzo trollte sich zur Kombüse, ließ sich das Essen des Kommandanten und sein eigenes geben und ging zur Kammer des Kommandanten. Er balancierte das Tablett auf einer Hand, klopfte an und trat ein.

Richter war aufgestanden und räumte gerade seinen Schreibtisch ab, so daß Enzo das Essen dort abstellen konnte.

Richter sah auf die dampfenden Teller. »Was gibt es denn, Enzo?«

»Sie werden es nicht glauben, Herr Kap'tän, unter dem Dampf verstecken sich italienische Spaghetti.«

»Und was ist das für Sauce?«

»Keine Ahnung. Ich habe auch lieber nicht gefragt. Aber so wie sie aussieht, könnten Salami und gehackte Tomaten drin sein.« Er roch an der Sauce. »Und Knoblauch. Also ein Festessen. Das wird bestimmt einer der Renner von ›Gallaghers Tiefsee-Diät‹.«

Richter grinste, obwohl es in seinem Kopf pochte wie verrückt.

»Ich hoffe, daß es etwas Ihren Appetit anregt, Herr Kap'tän. Wenn Sie nichts essen, dann können Sie auch nicht wieder zu Kräften kommen.«

»Enzo, Sie reden wie meine Mutter.«

»Also, wenn sie hier wäre, würde sie mir bestimmt recht geben.« Enzo nahm seine Gabel, stach in die Spaghetti und mischte sie ordentlich mit der Sauce. In seiner linken Hand hielt er einen Löffel, und bald hatte er einen ordentlichen Wickel Spaghetti um seine Gabel gedreht, führte ihn zu Munde und begann zu kauen. »Das schmeckt vorzüglich. Vielleicht ist etwas zu viel Cayenne-Pfeffer dran, aber es ist das beste Essen, das wir bisher hier unten hatten. Mein Urteil ist nicht dadurch beeinflußt, daß es italienische Kost ist. Sie müssen das probieren, Herr Kap'tän!«

Enzo sah Richter an, der wartete, bis sein Schüttelfrost vorbei war, dann ein paar Spaghetti auf seine Gabel nahm und versuchte, sie in den Mund zu führen. Aber er konnte das nicht richtig koordinieren, und das meiste fiel wieder auf den Teller. Richter kaute mechanisch auf dem bißchen herum, das er in den Mund gebracht hatte.

»Ich muß schon sagen, das schmeckt gut. Gut gemacht, Tim Gallagher.«

»Und vergessen Sie den E-Meister nicht, Herr Kap'tän. Ohne ihn hätten wir nur davon träumen können.«

»Ja, wir hätten nur kalte Sachen gekaut«, stimmte Richter zu.

Enzo kicherte. Er freute sich, daß es dem Kommandanten relativ gut zu gehen schien.

»Ich habe gehört, daß Sie beim IO waren. Das waren doch Sie, oder?« fuhr Richter fort

»Ja, das war ich.«

»Wie geht es ihm?«

Enzo zögerte, bevor er antwortete. Er fürchtete, daß die Wahrheit Richter den Appetit verderben könnte. Der kaute tatsächlich schon am dritten Mundvoll und hatte es auch geschafft, seine Gabel richtig zum Mund zu führen.

»Nicht wirklich gut, Herr Kap'tän. Die Sache mit seiner Brust wird immer schlimmer.«

»Sein Arm auch. Ich kann das von unserer gemeinsamen Toilette aus riechen.«

»Das hatte ich mir schon gedacht. Was sollen wir machen?«

Richter dachte einen Augenblick nach und seufzte. Er war niedergeschlagen wegen der dauernden schlechten Nachrichten an der medizinischen Front. »Ich glaube nicht, daß wir da noch viel machen können. Hat er Schmerzen?«

»Ich denke nein. Außer wenn er hustet. Er gerät dann auch richtig außer Atem. Der IO ist kurz davor, das Bewußtsein zu verlieren. Ich glaube, er befindet sich in einem Schockzustand, und wir müssen ihn mit Flüssigkeit versorgen. Ich weiß nicht, was mit der Infusion schiefgelaufen ist. Es sieht so aus, als habe er irgendeine Infektion in seinem Arm. Die Antibiotika, die ich ihm gegeben habe, scheinen keine Wirkung zu haben ...«

Ohne daß es ausgesprochen wurde, erkannte Richter, daß Enzo die Hoffnung für den IO aufgegeben hatte. Und das war auch zu verstehen, wenn man Enzos Bericht hörte. Es gab nur noch zwei Möglichkeiten: Entweder versuchte Enzo noch eine weitere Operation, oder er ließ den Mann so sterben.

»Enzo, bevor wir darüber sprechen, wie wir mit dem IO weiter verfahren, sagen Sie mir: Haben Sie etwas über Kopfverletzungen gelesen? Ich meine, was ist Ihre Diagnose für mich?«

»Herr Kap'tän, ich weiß es wirklich nicht. Die Ärzte brauchen Jahre, um sich zum anerkannten Neurologen weiterzubilden. Sie haben Apparate zur Gehirnuntersuchung, und ich weiß nicht was sonst noch alles.« Er machte eine Pause. »Ich bin kein guter Schiffsarzt, nicht?«

Richter ging davon aus, daß das eine rhetorische Frage war. Sein Eindruck war, daß Enzo eine ganze Menge hätte sagen können, aber nicht wußte, wie er das anstellen sollte.

Schließlich rang Enzo sich doch durch: »Vielleicht haben Sie eine innere Blutung im Kopf. Dadurch wird langsam der Druck im Kopfinneren immer weiter erhöht.«

»Und was passiert dann?«

»Das paßt eben ziemlich genau mit Ihren Symptomen zusammen: Kopfschmerzen, Schwindel, doppelte Bilder ...«

»Nee, das hab' ich nicht gemeint. Ich meinte, wie geht es weiter? Was passiert als nächstes?«

»Also, Herr Kap'tän, ich kann es Ihnen auch sagen: Das kann tödlich verlaufen, wenn niemand den Druck nach außen abläßt. Man verliert das Bewußtsein, und irgendwann hört man auf zu atmen.«

»Mein Gott, ich hätte nicht gedacht, daß es so ernst ist. Ich dachte, ich hätte eine Gehirnerschütterung.« Das war glatt gelogen, Richter wollte Enzo nur die ganze Situation erleichtern. »Haben Sie eine Ahnung, wann ich abhimmeln werde?«

»Herr Kap'tän, wie gesagt, das ist nur eine Vermutung. Vielleicht ist es doch nur eine Gehirnerschütterung. Wenn das aber nicht der Fall ist, und wenn Sie wirklich eine Gehirnblutung haben, dann kann ich auch nicht sagen, was genau wann passiert. Die Bücher legen sich nicht fest, daher vermute ich, daß es starke Schwankungen im zeitlichen Ablauf gibt. Es liegt wohl auch an der Stärke der inneren Blutung. Ich meine, bei Ihnen ist das ja nun schon 80 Stunden her mit dem Unfall. Wer weiß, vielleicht dauert es ja noch weitere 80 Stunden, bis was passiert? Und verdammt, bis dahin sollten wir hier längst 'raus sein.«

Richter hatte aufgehört zu essen. Sein Appetit war weg, und er fühlte sich elend. »Darauf können wir uns nicht verlassen, ich meine, daß ich noch weitere vier Tage bei Bewußtsein bleibe. Das wird immer schlimmer, das wissen wir doch beide. So wie es aussieht, wird der IO auch bald abfackeln, dann müssen Sie hier das Kommando übernehmen. Ihr erstes Kommando als Kommandant auf einem Nuklear-U-Boot, und das als Kapitänleutnant! Herzlichen Glückwunsch!«

Trotz der freundlichen Worte des Kommandanten fühlte sich Enzo keineswegs wohl bei der ganzen Sache. Er hatte keine Ausbildung für diesen Fall. »Na ja, Herr Kap'tän, die *Tulsa* ist zur Zeit nicht sosehr leistungsfähig als Seekriegsmittel, daher werden sich die Anforderungen in operativer Hinsicht in Grenzen halten. Und außerdem: Ganz soweit ist es ja noch nicht, oder?«

»Noch habe ich hier das Kommando, aber das kann schnell kommen. Wir werden es den Offizieren und dem COB sagen, dann kommt das für die Männer nicht so überraschend.«

Richter schwieg. Er stand auf und ging schwerfällig zur Toilette und schloß die Tür hinter sich. Enzo hatte Appetit, er aß schnell den Rest seiner Mahlzeit, obwohl er von nebenan unterdrücktes Stöhnen hörte. Falls er tatsächlich die Rolle des Kommandanten übernehmen mußte, sollte er bei Kräften bleiben und ordentlich essen.

1230R, Groton, Connecticut

Marie hatte fast eine ganze Stunde geweint, nachdem Fregattenkapitän Thompson gegangen war. Sie konnte nicht aufhören. Der gute Mann hatte nicht sagen können, wie John gestorben war, aber sie konnte sich das selbst denken. John mußte ertrunken sein, als der Maschinenraum voll lief. Welch schrecklicher Tod für ihn, der doch das Wasser immer gehaßt hatte. Und als ob es nicht schon genug gewesen wäre, daß sie ihren geliebten Gatten verloren hatte, nein, sie war auch noch eine Gefangene dieser Bastarde und ihrer Kameras, und das in ihrem eigenen Haus. Vielleicht sollte sie die Polizei um Hilfe bitten oder in den Stützpunkt ziehen? Sie zögerte, weil sie vorher mit den Jungen sprechen und ihnen die ganze Wahrheit sagen mußte. Sie hatte sich noch nicht entschlossen, ob sie sich die Worte lieber vorher sorgfältig zurechtlegen sollte. Ihre Gedanken wurden vom Klingeln des Telefons unterbrochen. Sie hob ab, ohne vorher die Nummer des Anrufenden geprüft zu haben: »Hallo.«

»Hallo, Marie.«

Ihre Überraschung war vollkommen, als sie diese wohlbekannte, tiefe, rauhe Stimme hörte. Fast hätte sie den Hörer fallen lassen.

»Hallo, Vater ...« Sie wußte nicht, was sie sagen sollte. »Warum rufst du an?«

»Ich bin gerade aus Irland zurückgekommen. Ich hatte dort geschäftlich zu tun. Ich habe natürlich von der *Tulsa* gehört. Ich glaube, das läuft weltweit im Fernsehen. Aber von John habe ich erst heute morgen gehört. Mir tut das wirklich sehr leid. Ich kann dir nicht sagen, wie sehr mich das trifft.«

»Ich werde schon irgendwann darüber hinwegkommen. Im Augenblick ist das alles noch zu frisch.« Sie mußte sich schneuzen.

»Ich habe dich heute morgen auf SNN gesehen. Belästigt dich die Presse sehr?«

»Ach ja, das. Nein, ich habe mich überreden lassen, das freiwillig zu machen. Aber ich werde das nicht wiederholen, auch wenn sie mir noch soviel Geld bieten. Ich habe Sorgen ...« Sie begann zu weinen, aber versuchte, sich zu beherrschen.

»Was macht dir Sorgen?«

»Die Presse hat unser Haus umstellt«, übertrieb sie.

»Willst du nicht lieber nach Cherry Hill kommen? Bring deine Jungs mit. Wenn die Presse dich hier auf meinem Grund und Boden verfolgt, dann werde ich sie vor Gericht bringen, bis ihnen die Luft wegbleibt.«

Marie dachte einen Augenblick nach. Sie war mit voller Absicht seit Jahren nicht zu Hause gewesen, aber dieses Angebot war zu gut, als daß sie es hätte ablehnen können.

»Ich habe noch eine bessere Idee«, sagte der Vater, »ich komme und hole euch ab. Das sind doch nur zweihundert Meilen. Ich bin da, bevor es dunkel wird.«

Das gab für Marie den Ausschlag. »Ja, gut, Vater. Vielen Dank. Komm so gegen vier. Dann habe ich noch Zeit zum Packen.«

»Vielleicht schaff' ich es etwas früher, das hängt vom Verkehr in New York ab. Bis dann.«

Sie legte den Hörer auf und seufzte. Es war fast 14 Jahre her, daß sie bei ihrem Vater gewesen war. Sie hatte ihre neue Stiefmutter, Christine, nie leiden können. Und diese Antipathie hatte sich allmählich in Haß verwandelt, in einen Haß, der sich auf die ganze Frau erstreckte, von ihrem stets gut frisierten Kopf bis zu den Füßen in teuren Gucci-Schuhen. Marie verachtete Christines affektierten Neuenglandakzent und besonders auch die Art und Weise, in der sie sofort nach der standesamtlichen Trauung auf einer Neueinrichtung von Maries Elternhaus bestanden hatte. Dabei waren ihr Geschmack schlecht und die Kosten horrende. Der Gipfel war, daß die Frau sich auch noch geweigert hatte, einen Ehevertrag zu unterzeichnen. Es hatte darüber ordentlich Streit gegeben. Wider Erwarten war es Christine gelungen, ihren Vater davon zu überzeugen, daß so ein Vertrag völlig unnötig war, und das hatte bestimmt die ganze Gerissenheit dieses Weibes erfordert. Marie hatte sich nur gewundert, welche Druckmittel die Kuh wohl angewandt hatte.

Obwohl Marie ihren Vater in der Frage der Trennung von ihrer Mutter unterstützt hatte, hatte er doch schon kurz nach der Scheidung neue Wege eingeschlagen. Diese führten in Richtung einer weiteren Ehe, von der Marie wußte, daß sie zum Scheitern verurteilt war. Das war damals wohl der eigentliche Grund für die Trennung der Familie gewesen. Schon wenige Monate nach der Hochzeit bestätigten sich ihre schlimmsten Befürchtungen. Die Reibereien zwischen Marie und Christine übertrugen sich auf ihren Vater. Erst war er hin und her gerissen, zu wem er halten sollte, dann aber entschied er sich zugunsten seiner neuen Frau. Um dem zu entkommen, war Marie in das Sommerhaus in Groton gezogen. Sie hatte das nie bereut und wunderte sich auch keineswegs, als sie erfuhr, daß Christine mittlerweile den größten Teil des Jahres nicht mehr in Cherry Hill zubrachte. Vermutlich war sie auch jetzt wieder in der neuen Wohnung, die Christine auf Hawaii als Geschenk erhalten hatte.

Marie wandte sich ihren aktuellen Problemen zu. Wenn sie mit den Jungen nach New Jersey fuhr, mußte sie vorher Jean Bescheid sagen. Sie nahm den Hörer und wählte. »Jean?«

»Hallo Marie. Wie geht es dir?«

»Nicht besonders gut, leider. Bei mir war ein Fregattenkapitän, der mir offiziell mitgeteilt hat, daß John tot ist.« Sie mußte schluchzen.

»Oh, wie schrecklich … Mir fehlen die Worte. Oh, mir tut das so leid. Soll ich rüber kommen?«

»Vielen Dank, Jean. Ich muß packen. Du wirst es kaum glauben, aber mein Vater hat vor wenigen Augenblicken angerufen. Er kommt und holt uns ab, nach Cherry Hill. Ist das für dich in Ordnung? Hast du schon alle Telefonnummern rausgefunden?«

»Mach dir keine Sorgen, es fehlt nur noch eine einzige. Aber auch da habe ich eine Spur, es antwortet nur keiner. Überlaß das ruhig mir. Bleibst du denn lange weg? Soll ich bei dir ab und zu mal nachsehen und die Pflanzen gießen?«

»O ja, das wäre sehr nett. Die Goldfische müssen auch hin und wieder gefüttert werden …« Marie begann wieder zu weinen.

»Hör zu, Marie, laß mich dir beim Packen helfen.«

»Nein, wirklich, das will ich lieber selber machen. Ich muß auch noch mit den Jungen reden. Ich weiß nicht so recht, was ich ihnen sagen soll …« Marie weinte leise in das Telefon. »Ich muß mich zusammenreißen«, sagte sie dann. »Es wird Zeit. Ich rufe dich von New Jersey aus an.«

»Marie, wenn ich dir irgendwie helfen kann, laß es mich wissen. Gute Reise für euch.«

»Vielen Dank. Auf Wiedersehen, Jean.«

2000A, Motorschiff *Nordvik*

Steve Marchant hatte sich entschlossen, in die Koje zu gehen. Im Liegen dachte er noch einmal über den Ablauf des Abends nach. Es war richtig gewesen, daß er die Mannschaftsmesse verlassen hatte. Dort war das Gespräch schlecht verlaufen. In der Offiziermesse wollte Simon einen ausgeben, aber Marchant hatte das abgelehnt. In der Stimmung zum Saufen war er durchaus. Aber er war auch der Leiter des SPAG-Teams, und sie waren auf einem ausländischen Schiff. Es machte bestimmt keinen guten Eindruck, wenn er sich besoff. Die Norweger waren die ganze Zeit sehr freundlich und hilfreich. Auch sie hatten seine schwierige Situation verstanden und ihm Alkohol in Massen angeboten. Sie hätten bestimmt Verständnis gehabt, wenn er einen zuviel genommen hätte, aber er wollte das nicht. Marchant fühlte sich niedergeschlagen und traurig, saufen paßte da nicht. Es hätte auch nichts genützt. Zum Schluß hätte er sich nur irgendwo ausgeweint. Hier in der Koje war er am besten aufgehoben.

Und als er so da lag, stellte er sich immer wieder die gleiche Frage: Warum war er gesprungen? Es war doch ganz klar gewesen, daß das äußerst gefährlich werden würde. Wer würde ihn stützen, wenn es zur Verhandlung kam? Richtig, er hatte den Befehl zum Einsatz. Und richtig auch: Die Wettervorhersage war falsch gewesen, völlig falsch. Richtig, der Flugzeugführer der C130 hatte ihm empfohlen, nicht abzuspringen. Richtig, er hatte Bedenken gehabt, aber ebenso richtig war, daß die Amerikaner von der *Tulsa* mit größter Wahrscheinlichkeit auf das SPAG-Team angewiesen waren. Trotzdem: Warum war er mit seinen Leuten aus der C130 abgesprungen?

Seine Gedanken drehten sich im Kreis. Der wichtigste Faktor war wohl, daß sie sich jahrelang auf einen solchen Einsatz vorbereitet hatten. So einfach war das. Daß daraus so ein Desaster wurde, war eigentlich nicht sein Fehler gewesen. Schließlich war es ihre Aufgabe, an der Untergangsstelle abzuspringen. Der wirkliche Ernstfall war bisher nie eingetreten, und das hatte zur Folge gehabt, daß ihre Übungen immer unrealistischer wurden. Das kann ich zu meiner Rechtfertigung vorbringen, dachte er. Unzureichende Ausbildung – oder vielleicht unzureichend realistische Ausbildung. Das mochte erklären, warum alles so schrecklich schiefgegangen war, nachdem sie aus dem Flugzeug abgesprungen und im kalten Atlantik niedergegangen waren. Es erklärte aber nicht, warum sie abgesprungen waren. Wenn er gewartet hätte, bis das Wetter besser wurde, dann hätten sie gar nicht mehr abzuspringen brauchen, weil dann die *Nordvik* schon das Datum erreicht hatte. Das war vielleicht der Punkt. Er war vor der Wahl gestanden: gleich springen oder gar nicht. Der zweite Fall hätte bedeutet, daß das SPAG-Team bei diesem ersten wirklichen Notfall seinem Daseinszweck nicht hätte genügen können. Das war ihm bei der Entscheidung nicht bewußt gewesen, aber unbewußt hatte es ihn beeinflußt. Seine Überlegung war eben nur gewesen, daß die Besatzung der *Tulsa* vielleicht eine Notausschleusung durchführen konnte und dann das SPAG-Team gebraucht würde. Es hätte sein können, daß die Leute aus dem U-Boot schon im Wasser schwammen. Das SPAG-Team hätte dann Leben retten können.

Die Erschöpfung hinderte Marchant daran, mit seinen Gedanken noch weiter zu kommen. Er hatte die Augen geschlossen und genoß die Wärme und die Tatsache, daß er hier so trocken liegen konnte. Dieser Tag war vorüber, das alptraumartige Erlebnis zu Ende.

1600R, Groton, Connecticut

Jamie und Geoff hatte das Packen Spaß gemacht. Sie hatten immer wieder ganze Arme voll Spielsachen in das Zimmer ihrer Mutter getragen, obwohl völlig klar war, daß nicht alles in die beiden Koffer passen würde, die zum Packen offen auf dem Bett lagen. Marie war verzweifelt, als sie die Spiele, Rollerblades und den Fußball zurücklegen mußte.

»Jamie, nun hör doch mal auf. Benimm dich vernünftig. Was willst du anziehen? Ich habe euch gesagt, daß wir vielleicht länger bei Opa bleiben. Da braucht ihr Sachen zum Anziehen, also, denkt nach. Und du, Geoff, leg das Flugzeug weg und hol Anziehsachen. Sonst muß ich aussuchen, was ihr mitnehmt.«

»Warum, Mami? Wieso? Sonst haben wir doch auch nie Opa besucht«, maulte Jamie.

»Das ist eine Überraschung. Opi hat uns heute morgen angerufen und eingeladen. Ich habe zugesagt.«

»Ich kann mich gar nicht an Opi erinnern. Wie sieht er denn

aus?« Das war Geoffs Beitrag, und er fügte noch hinzu: »Warum will er denn, daß wir kommen und bei ihm wohnen?«

»Jetzt packen wir erst mal, und dann erkläre ich euch alles. Ich glaube, daß Opa bald hier sein wird.«

Die Jungen verließen das Schlafzimmer und kamen kurz darauf mit ihren Lieblingsklamotten zurück. »Danke, Jamie, nun hol noch Schuhe. Du brauchst Wanderschuhe, da gibt es tolle Wege in New Jersey.«

Als das Packen endlich beendet war, schaffte Marie es kaum, die Schlösser der Koffer zum Einschnappen zu bringen. Ihr Vater würde ihr beim Tragen sicher helfen. Sie rief die Jungen, jeder setzte sich auf eine Seite seiner Mutter. »Ihr müßt jetzt ganz tapfer sein, ich muß euch nämlich was Schreckliches sagen. Eurem Vater ist etwas zugestoßen.«

»Soll er jetzt Fregattenkapitän werden, Mami?«

»Nein, Jamie, das soll er nicht. Wißt ihr noch, wie wir letzten Sommer mit dem U-Boot mitgefahren sind bei der Familienfahrt?«

»Ja, ja, das U-Boot. Onkel Geoffrey ist doch der Kapitän da!« erinnerte sich Jamie.

»Das war ganz schwarz angestrichen«, sagte Geoff.

»Ja, das stimmt. Und nun hatte es einen Unfall und ist untergegangen.« Absolute Stille. Geoff fiel der Unterkiefer herunter, aber er sagte nichts. »Papa ist tot.« Mehr brachte Marie nicht heraus, sonst hätte sie die Fassung verloren.

Beide Jungen schwiegen einige Zeit, dann fragte Jamie: »Ist Onkel Geoffrey denn auch tot?«

»Das weiß ich nicht. Das hat uns noch keiner gesagt. Aber es sind noch Männer in dem gesunkenen Boot am Leben. Die Marine wird sie retten. Mit ein bißchen Glück kommt Onkel Geoffrey sicher und gesund nach Hause und dann ...«

Sie wurde unterbrochen, es klingelte. Marie ging zum Fenster und sah durch die Gardinen. Draußen lungerten jetzt deutlich weniger Reporter herum als vorher. Die Intelligenteren hatten wohl inzwischen eingesehen, daß hier nichts mehr zu holen war.

Die anderen bedrängten Maries Vater. Sie konnte hören, wie er sie anbrüllte.

Marie wandte sich den Jungen zu: »Kommt her. Wir gehen nach unten. Opa ist da.«

Sie öffnete die Haustür, und ihr Vater trat ein. Erstaunlicherweise gab es kein Blitzlichtgewitter, er knallte die Tür hinter sich zu.

»Ich habe sie gewarnt. Noch ein veröffentlichtes Bild, und ich zeige die Kerle an. Das ist ein verdammtes Ungeziefer, diese Presse.« Er breitete seine Arme aus. »Wie fühlst du dich, mein Schatz? Laß dich mal ordentlich drücken.«

Marie ging ihm entgegen und wurde umarmt wie von einem Bären. Ihr Vater roch noch genauso wie früher, so ein ganz klein wenig auch nach Paco Rabanne. Und Marie fühlte sich durchaus wohl in den Armen ihres Vaters.

Kapitel 5

Montag, 1. November

0700A, USS *Tulsa*

Oberstabsbootsmann Steadman schüttelte Kapitänleutnant Raschello an der Schulter. »Herr Kaleu …«

Enzo drehte sich in seiner Koje um und öffnete widerstrebend ein Auge. Das war jetzt schon der zweite Morgen, an dem er geweckt werden mußte. »Was gibt's, so früh am Morgen?«

»Herr Kaleu, ich denke, Sie sollten sich den IO ansehen.«

»Was ist denn mit ihm?«

»Ich habe gerade angefangen, seinen Verband zu wechseln. Sein rechter Arm sieht echt schlecht aus. Sein Atem ist auch sehr unregelmäßig, und es gelingt mir nicht, ihn zu wecken.«

»Okay, Herr Oberstabsbootsmann, geben Sie mir fünf Minuten, dann bin ich soweit.

Steadman ging hinaus, Enzo schaltete eine Batterieleuchte ein und freundete sich widerstrebend mit dem Gedanken an, aus der Koje zu müssen. Verdammt, es war kalt. Wenn er ausatmete, kondensierte die Feuchtigkeit in seinem Atem sofort, und es bildete sich eine kleine Wolke vor seinem Mund. Das sah aus, als ob er rauchte. Sein Pflichtgefühl zwang ihn, aufzustehen. Aus reiner Gewohnheit sah er in den Spiegel, der aber war völlig beschlagen, wie fast alles im Boot. Nichts war mehr richtig trocken. Er nahm seinen U-Boot-Fahrer-Anzug und entschloß sich, seine warmen Sachen darunter anzubehalten. Danach wischte er den Spiegel ab und betrachtete das Stoppelfeld in seinem Gesicht. Er wollte sich eigentlich schon immer einen Bart stehen lassen, da aber in der Marine seit der Mitte der achtziger Jahre das Barttragen verboten worden war, schien dies die erste Gelegenheit zu werden, seine Absicht doch noch in die Tat umzusetzen. Nach einer Woche würde er schon einen richtigen, guten Bart vorweisen können. Nachdem das Spiegelbild seine Eitelkeit befriedigt hatte, machte Enzo sich auf den Weg zum IO.

Der Gestank schlug ihm ins Gesicht, als er die Kammertür öffnete. Aus dem schwachen Geruch nach Verrottung war seit gestern ein strenger Verwesungsgeruch geworden. Der war so stark, daß Enzo ein Würgen überfiel. Er hielt sich sein Taschentuch vor den Mund und trat zu Oberstabsbootsmann Steadman, der Mitchells rechten Arm, oder vielmehr das, was davon noch übrig war, entblößt hatte. Es war ein erschreckender Anblick. Der Stumpf war angeschwollen, die Haut hatte sich blau-grau verfärbt, war von Blasen übersät, von denen einige aufgeplatzt waren. Die obere Hälfte des Arms sah auch nicht besser aus. Sogar die Schulter war schon angeschwollen, nur war die Haut dort noch rosa. Das Rasseln, das Mitchell mit jedem Atemzug ausstieß, klang auch noch lauter, sein Atem ging flach und unregelmäßig. Enzo sah auf die Infusion, die nicht mehr funktionierte, und auf die Katheter-Flasche. In ihr hatte sich eine geringe Menge fast brauner Flüssigkeit gesammelt.

»Hat er Anzeichen von Schmerzen von sich gegeben, als Sie den Verband entfernt haben?«

»Nein, Herr Kaleu. Er hat sich seit heute morgen überhaupt nicht bewegt, noch nicht einmal mit einem Augenlid«, antwortete der COB.

»Ich sage das nicht gern, aber ich fürchte, hier ist nichts mehr zu machen.«

»Soll ich den Verband noch mal erneuern?«

»Ich kann keinen Sinn mehr sehen ...« Enzo unterbrach den Satz, denn in diesem Augenblick hatte der IO aufgehört zu atmen. Nach einer längeren Pause atmete er noch einmal, dann trat Stille ein. Die zwei standen da, starrten erst Mitchell und dann einander an. Enzo unterbrach das Schweigen. »Ich fürchte, das war's.« Er versuchte am Hals des Ersten Offiziers den Puls zu fühlen, aber ohne Erfolg.

»Der arme Mann. Was für eine unschöne Art zu sterben.« Enzo sah Steadman an. Er war erstaunt, daß der Oberstabsbootsmann so angegriffen aussah, ja, daß er sich überhaupt eine emotionale Äußerung leistete. Das war sehr selten.

Enzo legte ihm eine Hand auf die Schulter. »Ich finde das nicht. Er hat bei seinem Tod nicht gelitten, wissen Sie. Er hat vor zwei oder drei Tagen bei der Kollision und direkt danach sehr große Probleme gehabt, das stimmt. Aber jetzt ... Wenn ich es mir aussuchen könnte, möchte ich auch so friedlich sterben wie er. Haben Sie ihn irgendwie näher gekannt?«

»Ja, wir waren schon auf zwei vorherigen Kommandos zusammen. Ich kannte ihn schon, da war er noch Oberleutnant. Er war immer ein perfekter Gentleman. Und das auch als Erster Offizier, Sie wissen ja, was es da für Typen gibt, Herr Kaleu. Er war auch immer bei der Besatzung beliebt, ruhig, gelassen und gerecht. Solche Männer gibt es heutzutage nicht mehr viele.« Enzo hielt es für besser, dazu nichts zu sagen. Er hätte auch nicht so recht gewußt, was er angesichts des Toten hätte sagen sollen. Nach einiger Zeit fügte er dann doch hinzu: »Auch bei den Offizieren war er beliebt. Er hatte einen guten Humor. Es ist wichtig, daß man einen IO mit Humor hat.« Jetzt schwieg Steadman. »Ich lasse Sie mit dem Toten allein, Herr Oberstabsbootsmann. Ich muß mich waschen, dann will ich mich im Boot umsehen, und ich muß auch noch das Valium ausgeben. Dem Kommandanten mach' ich später Meldung über den Tod des IO. Es wird ihn nicht überraschen.«

0800A, Norwegisches Hauptquartier in Nordland

Admiral Risberg forderte die Besprechungsrunde zur Ruhe auf. Bevor sie sich wieder in Arbeitsgruppen aufteilten, wollte er noch einmal die Fortschritte durchgehen, die seit dem Vortag erzielt worden waren. Zuerst war das Wetter an der Reihe. Fregattenkapitän Larsson, der Meteorologe, erhob sich und ging an die Wetterkarte, die auf einem großen Bildschirm am Ende des Raumes gezeigt wurde.

Er begann: »Guten Morgen, meine Damen und Herren. Hier sehen wir die neue Wetterkarte.« Er nahm einen Laserzeigestift aus seiner Brusttasche und richtete ihn auf die Karte. »Hier ist das Frontensystem, von dem ich gestern schon gesprochen habe. Es hat die Untergangsstelle der *Tulsa*, das Datum, eindeutig passiert. Dahinter liegt ein Hochdruckgebiet, das für die nächsten ein oder zwei Tage das Wetter über der *Tulsa* bestimmen wird.« Er bewegte seinen Zeigestift nach links. »Und hier folgt schon das nächste Tiefdruckgebiet mit seinem Frontensystem, auch das habe ich gestern schon angesprochen. Wie Sie sehen, ist der Druck schon auf 965 Millibar gesunken, und er fällt weiter. Ich fürchte, das ist ein schlechtes Zeichen. Die Luftbewegungen haben in dem Tief Sturmstärke erreicht. Wenn der Druck noch weiter deutlich fällt, dann kann das noch mehr werden. Was den Seegang anbetrifft, ich sage Seegang fünf oder mehr vorher.«

»Kapitän«, es war der Admiral, der ihn unterbrochen hatte, »Ihnen ist ja wohl klar, daß die Zeit hier ein kritischer Faktor ist. Machen Sie doch mal eine Vorhersage, so gut Sie das können, wie lange wir dort noch Seegang drei oder weniger erwarten können.« Er sah sich um und blickte die britischen Vertreter an. »Das ist doch die obere Einsatzgrenze der *Salminster* für ihr LR5, oder?«

»Ja, Sir«, antwortete Korvettenkapitän Murphy.

»Der Seegang ist seit heute morgen schwächer als drei. Und ich erwarte, daß er auch bis etwa Mittwoch mittag bei drei oder unter drei bleibt.«

»Und danach?«

»Dann werden wohl zwei Tage oder vielleicht auch mehr mit Seegang zum Teil erheblich über drei folgen«, antwortete Fregattenkapitän Larsson.

»Vielen Dank, Kapitän. Hat sonst noch jemand eine Frage zur Meteorologie?« Es meldete sich niemand. »Also gut, weiter. Was gibt es denn von der *Salminster* zu berichten?« Der Admiral sah wieder die Briten an.

Korvettenkapitän Murphy schielte auf den Funkspruch, der ganz oben auf dem Haufen Papier lag, den er vor sich hatte. »Sie kommt gut voran, Herr Admiral, trotz des schlechten Wetters. Ihr letztes ETA am Datum ist für Mittwoch, 0700A Uhr.«

Einige der Offiziere am Tisch sahen sich an oder unterhielten sich leise. Allen war völlig klar, daß es aussichtslos war, einen Rettungsversuch mit der *Salminster* und dem LR5 zu unternehmen, wenn nur fünf Stunden zur Verfügung standen, bevor die See zu grob wurde. Vielleicht verringerte sich die verfügbare Zeit noch dadurch, daß die *Salminster* durch die Schlechtwetterfronten aufgehalten wurde, die sie durchqueren mußte. Und diese optimistischen Annahmen gingen sowieso nur auf, wenn das Wetter den günstigsten der möglichen Verläufe nahm.

Der Admiral ließ die allgemeine halblaute Unterhaltung für einige Zeit zu, er sprach inzwischen leise mit dem Russen neben ihm. Dann sagte er laut: »Demnach sieht es so aus, daß das Wetter die Nutzung des LR5 von der *Salminster* aus bis Freitag sehr problematisch macht. Selbst die optimistischen Rechnungen bezüglich der Atemluft in der *Tulsa* lassen es als wahrscheinlich erscheinen, daß die Überlebenden vor Freitag notausschleusen müssen. Ist das so richtig, Dr. Selby?«

»Ja, Herr Admiral. Ich schätze, daß das Lithiumhydroxyd bis Mittwoch mittag restlos verbraucht sein wird. Wenn die Männer dann aussteigen wollen, bevor die Atemluft gefährlich wird, dann werden sie wohl am Donnerstag abends damit anfangen.«

»Und wie sieht es mit dem DSRV aus?« fuhr der Admiral fort. »Das ist doch unabhängig vom Wetter, weil es vom getauchten U-Boot aus eingesetzt wird.«

»Das sieht besser aus, Herr Admiral«, fuhr Selby fort. »Die Techniker schätzen, daß es in wenigen Stunden klar zum Einsatz sein wird. Dann wird es San Diego morgen um 1400 Uhr Ortszeit verlassen. Mittwoch ist es dann in Murmansk und kann auf die *Vindictive* aufgesetzt werden. Für die *Vindictive* ergibt sich dann für die Ankunft bei der *Tulsa* ein ETA von 0200A Uhr am Freitag.«

»Das geht aber auch davon aus, daß alles sofort klappt und keine technischen Schwierigkeiten eintreten, ist das richtig?«

»Es ist noch ein ganz kleiner Zeitpuffer für unvorhergesehene Schwierigkeiten da, aber es ist ein verdammt enger Zeitplan.«

»Also eine knappe Sache. Wenn die Männer in der *Tulsa* doch am Donnerstag notausschleusen müssen, was haben wir dann vor Ort verfügbar?«

Korvettenkapitän Murphy sah in seine Unterlagen und ergriff das Wort. »Die *Wellington* sollte morgen gegen 2300A am Datum eintreffen. Wir haben gestern über ihre Möglichkeiten zur Hilfeleistung gesprochen. Die *Centaur* lädt gerade zusätzliche Hilfsmittel und nimmt medizinische Spezialisten auf, außerdem bekommt sie noch fünf Druckkammern an Bord, während wir hier unsere Besprechung abhalten. Sie wird in etwas weniger als zwei Stunden Richtung Datum auslaufen. Sie sollte, wenn sie Höchstfahrt läuft, etwa am Mittwochabend am Datum eintreffen. Das läßt ihr dann genug Zeit, sich auf einen eventuellen Notausstieg vorzubereiten.«

Danach wurden noch die Vorbereitungen an Land für die sachgerechte Behandlung eventueller Verletzter durchgesprochen. Ebenso wurde ein amerikanisches Team von Technikern zum Thema angesprochen, das von San Diego nach Murmansk unterwegs war. Zum Schluß wurde überlegt, was zusätzlich für eine erfolgreiche Rettung erforderlich sein könnte. Danach teilten sich die Besprechungsteilnehmer wieder in ihre Arbeitsgruppen auf.

0900A, USS *Tulsa*

Enzo hatte Richter über den Tod des Ersten Offiziers informiert. Nun wußte er nicht mehr so recht, was er noch sagen sollte, ohne den Kommandanten direkt zu fragen, wie es ihm ginge. Er hatte gehofft, daß Richter von selbst dazu etwas sagen würde, aber der hüllte sich in Schweigen. »Enzo, sagen Sie Harvey, daß er kommen soll. Ich will noch mal in Sachen Atemluft von ihm den neuesten Stand hören. Und Sie sollten auch hier bleiben und zuhören.«

»Jawohl, Herr Kap'tän, ich komme gleich wieder.«

Harveys Neuigkeiten waren teilweise positiv und teilweise negativ. Er erläuterte sie mit zwei Schaubildern, auf einem war der Verlauf des Sauerstoffs und des Kohlendioxyds in der Atemluft dargestellt, auf dem anderen war der Druck im Bootsinneren über der Zeit aufgetragen. Das CO_2 war in etwa konstant bei 3 Prozent, der Sauerstoff war ebenfalls praktisch konstant gerade eben unterhalb von 20 Prozent. Diese Werte waren durchaus zufriedenstellend. Dennoch fühlten die drei Männer sich irgendwie kurzatmig. Eine ausgesprochen gute Nachricht war, daß immer noch 65 Kanister mit Lithiumhydroxyd verfügbar waren. Das würde bis Mittwoch reichen, fast eine Woche seit der Kollision und dem Untergang. Nur der Innendruck im Boot war ein Problem. Er war in den vergangenen Tagen langsam immer weiter gestiegen und hatte jetzt 280 cm Wassersäule erreicht.

»Haben Sie denn nun herausgefunden, wo das Leck ist, Harvey?« fragte Richter.

»Ja, Herr Kap'tän. Ich glaube, das Wasser gelangt durch den Lüftungsschaft in den Batterieraum.«

»Aus der Reaktor-Abteilung?«

»So muß es wohl sein. Sonst kann es ja nirgendwo herkommen.«

»Ich habe mich schon immer gefragt, ob diese Klappventile im Falle eines Unterganges wohl dicht halten würden. Nun kennen wir die Antwort.« Richter dachte einen Augenblick nach, bevor er fortfuhr: »Enzo, Sie haben doch gestern diese Strahlungsmessung gemacht, und da war alles in Ordnung. Haben Sie auch im Lüfterraum gemessen?«

»Nein, Herr Kap'tän, aber im oberen Deck war alles unbelastet.«

»Also los, messen Sie noch mal!«

»Machen wir, Herr Kapitän.«

Obwohl das Gespräch weniger als eine halbe Stunde gedauert hatte, sah Richter müde aus. Enzo und Harvey sahen einander an und nickten sich zu. Es war Zeit, daß sie gingen. Der Kommandant brauchte Ruhe.

Richter, der ja nicht wußte, wie angegriffen er aussah, war hellwach. Nachdem er wieder alleine war, gingen seine Gedanken erneut zurück in frühere Zeiten, zu jener Party, bei der er zum ersten Mal wie verzaubert von Marie war. Vielleicht war das jetzt auch eine Folge seiner Kopfverletzung, aber noch nie zuvor hatte er derartig lebendige Erinnerungen an jenen Abend gehabt. Sie hatte sich umgezogen, trug ein leuchtend rotes Kleid und passende Schuhe, eine dünne goldene Kette um den Hals und eine noch etwas dünnere um das linke Fußgelenk. Trotz des vielen Biers, das Richter an jenem Nachmittag getrunken hatte, hatte er es immer noch nicht geschafft, mit ihr ein Gespräch anzufangen. Statt dessen saß er mit John und Phoebe an einem Tisch, unterhielt sich über irgendwelchen unwichtigen Kram und gab sich damit zufrieden, hin und wieder einen Blick in Richtung Marie zu werfen. Irgendwann hatte Phoebe gemerkt, was sich abspielte. Sie war aufgestanden und hatte Marie an den Tisch geholt.

Das war der Beginn einer Romanze, wie er sie sich immer erträumt hatte. Der Abend war wie im Traum vergangen, ein Tanz mit Marie folgte dem anderen, alle waren langsam und hocherotisch. Seine Sinne waren von der Musik, dem Gefühl seiner Hände an ihrem Körper, der Süße ihres Atems und dem Geruch ihres Haares wie betäubt. Er wollte sie nur noch ins Bett bringen, und er war zuversichtlich, daß sie seinem Vorschlag zugestimmt hätte. Am Ende jedoch entschloß er sich, allein in seine Militärunterkunft zurückzukehren. Nicht, weil er Angst vor ihrer Ablehnung gehabt hätte, sondern weil sich in naher Zukunft sicher noch viel bessere Gelegenheiten ergeben würden: Marie hatte versprochen, ihn auf seiner Tour um die großen Seen zu begleiten, ja mehr noch. Die Tour sollte in ihrem tollen Auto stattfinden.

Es wurde ein herrlicher Urlaub. Am nächsten Morgen kam sie

in ihrem Mercedes und holte ihn ab. Da es nur ein Zweisitzer war, hatten sie sich entschlossen, nur wenig Gepäck mitzunehmen. Er hatte seine sieben Sachen in einen Leinenbeutel gestopft. Maries Interpretation von »wenig« sah etwas anders aus. Sie hatte den Kofferraum mit Koffern und diversen Taschen vollgestopft, und sie hatte sogar einen Regenmantel und einen Regenschirm dabei, obwohl die Temperaturen deutlich über fünfundzwanzig Grad Celsius lagen. Sie hatte auch darauf bestanden, daß er den Wagen fuhr.

Obwohl er in den folgenden Jahren mehrfach versucht hatte, sich an irgendwelche Einzelheiten der Fahrt nach Dunkirk am Lake Erie zu erinnern, war ihm das nie gelungen. Alles war wie vernebelt in seiner Erinnerung. Das Verdeck des Cabriolet war offen, dennoch hatten sie sich die ganze Zeit unterhalten. Wenn er mal so richtig Gas gab, dann mußten sie wegen der Windgeräusche ordentlich schreien. In New York und in Corning hatten sie sich verfahren, dennoch waren sie abends kurz nach sieben nach 650 Kilometern Fahrt in Dunkirk angekommen. Marie hatte eine Übernachtung im Haus ihrer Freundin Chrissy organisiert, und sie hatten glatte 40 Minuten gebraucht, das Haus zu finden, da Marie die Anschrift vergessen hatte.

Chrissy und ihre Eltern lebten eigentlich in der Nähe von Cherry Hill, und sie kannten Marie schon seit ihrer Kindheit. So wurde sie wie ein Familienmitglied begrüßt. Richter hatte im Auto von Marie erfahren, daß Marie und Chrissy seit etwa fünf Jahren Freundinnen waren, seit sie beide dreizehn waren. Damals hatte Chrissy fast noch eine Figur wie eine Bohnenstange gehabt, aber kurz darauf begann sie Formen wie die Frauen bei Rubens zu entwickeln. Sie war die erste in der Schule, die mit Jungen ausging. Grausamerweise hatte sie in der Schule den Spitznamen ›Das große Euter‹ bekommen, so war das bei den Mädchen. Marie hatte für Chrissys Situation Verständnis, und das hatte zu einer guten Freundschaft beigetragen. Die immer noch hielt. Bei seiner Unterhaltung mit Chrissys Eltern hatte Richter den Eindruck, daß er als U-Boot-Fahrer bei ihnen Anerkennung fand, trotzdem waren sie irgendwie zurückhaltend. Chrissys Vater war ein Schönheitschirurg, der offenbar ordentlich Geld verdient hatte, wie man an Größe und Ausstattung des Sommerhauses sehen konnte. Genau wie Maries Eltern gehörte auch Chrissys Familie, ihr Name war Schoenfeld, eindeutig zu den oberen Schichten von New Jersey und Pennsylvania. Richter hatte immer gedacht, daß die Offiziere der Streitkräfte eine Art neutrale Nische in der sozialen Struktur der Bevölkerung innehätten. Das änderte sich aber, als er Zugang zu diesen Kreisen bekam.

Obwohl die Gastgeber schon gegessen hatten und obwohl Richter protestierte, wurde noch ein Essen für die Besucher zubereitet. Marie und Chrissy redeten in einer Tour. Nach dem Essen gingen die drei auf Richters Vorschlag an den Erie-See hinunter, um am Sandstrand entlang zu wandern und den Sonnenuntergang zu beobachten. Es war ein herrlicher Abend. In einer Bar tranken sie ein kleines Bier, bevor sie sich auf den Rückweg machten. Dann war auch schon bald Bettzeit. Als er allein in das riesige Doppelbett sank, dachte er an das Glück, das er hier genoß. Er war wie verzaubert von Marie. Mit ihr zusammen zu sein, war schon faszinierend. Die Aussicht auf eine andauernde Beziehung mit ihr war für ihn zu schön, um wahr zu sein. Sein Leben war bisher hart gewesen. Wenn ich jetzt alles richtig mache, so überlegte er sich, dann gibt es die gute Chance, daß es in Zukunft deutlich besser wird.

Die Fahrt war lang gewesen, und Richter waren die Augen schnell zugefallen. Sein Atem ging langsam und regelmäßig, und er war gerade dabei, in Morpheus Armen zu versinken. Plötzlich weckte ihn Parfümgeruch. Marie hatte sich leise zu ihm ins Bett geschlichen und lag nun neben ihm. Sie umarmte ihn und kuschelte sich an ihn.

»Ich verlaufe mich hier in diesem Haus immer wieder«, flüsterte sie in vorwurfsvollem Ton in sein Ohr. »Aber du hast ja schon beim Autofahren gemerkt, daß Navigation nicht gerade meine Stärke ist.«

Richter drehte sich ihr zu und legte seinen Arm um sie. Sie war nackt. »Also, die Sache mit der Navigation kannst du mir überlassen. Ich finde mich auch im dunkeln zurecht. Sieh nur, hier hab' ich auf Anhieb einen Mund gefunden.« Sie küßten sich, und dabei wanderten ihre Hände immer weiter auf dem Körper des anderen. »Kartenlesen ist meine besondere Spezialität«, murmelte er zwischen den Küssen. Er nahm eine ihrer seidenen Brüste in eine Hand und massierte sie. »Wenn ich mich nicht irre, ist auf der Spitze dieses Hügels ein Vermessungspunkt. Wußtest du schon, daß diese besonderen Punkte von den Vermessern zur Orientierung im Gelände genutzt werden?« Marie kicherte, als er mit ihrer Brustwarze spielte. Dann schritt er mit Zeige- und Mittelfinger von der Brust ihren Bauch hinunter. »Und was haben wir denn hier? Einen kleinen Wald? Vielleicht einen Obstgarten? Nein, es fühlt sich mehr wie Marschenland an.« Sie hörte auf zu kichern, als Richter das Gelände zwischen ihren Beinen erforschte. »Was ist das denn hier? Eine Schneise für die Eisenbahn? Nein, es scheint ein Tunnel zu sein.« Er nagte an ihrem Ohr, in das er bis zu diesem Augenblick geflüstert hatte. »Ich glaube, ich muß den Tunnel näher untersuchen.« Er ließ das Ohr wieder los, und sein Mund folgte dem Weg, den vorher seine Finger genommen hatten. Auf dem Weg nach unten küßte er mehrfach ihre Haut und ihre Brüste. Nur langsam setzte er den Weg fort, er wollte die Erregung immer weiter steigern, bald jedoch konnte er sich selbst nicht mehr beherrschen und drang in sie ein. Maries Kichern wurde zu tiefem Stöhnen.

0900A, Motorschiff *Pelican*, Hafen von Bergen, Norwegen

Aus Platzmangel mußten Simon Bannerman und Mick Russell sich eine Kammer teilen. So etwas hatten sie vorher noch nie gemacht, SNN war immer sehr großzügig, was Reisekosten und Hotelunterkünfte anbetraf. Aber die *Pelican* war ein kleines Schiff, und zwei vollständige Kamerateams mit all ihrem Gerät zwangen dazu, daß die beiden die Unbequemlichkeit akzeptieren mußten. In der Nacht war das problemlos gewesen. Sie waren müde, die hektischen Vorbereitungen und der Transatlantikflug hatten für guten Schlaf gesorgt. Am nächsten Morgen wurden sie von den Vibrationen der Hauptmaschine geweckt, und da hatten sich die Schwierigkeiten der gemeinsamen Unterkunft zum ersten Mal gezeigt.

Simon redete nicht gerne darüber, aber Mick hatte einige Schwierigkeiten mit seinem Verdauungstrakt. Schon in der Schule hatte man ihn damit gehänselt, aber das wurde auch als Mißgunst seiner Schulkameraden ausgelegt. Seitdem er erwachsen war, hatte er diese Schwierigkeiten weitgehend verbergen können, bis er sich vor kurzem entschloß, Vegetarier zu werden. Welche Vorteile auch immer diese Ernährung mit vielen Ballaststoffen haben mochte, und auch wenn sie es einem erlaubte, sich bei anderen wegen des Umgangs mit Tieren aufzuspielen, so war es doch eine Tatsache, daß diese Art der Ernährung sein Problem gewaltig verschlimmert hatte. Er ließ einer fast explosionsartigen Blähung freien Lauf, und das war schon die dritte in der letzten halben Stunde.

Simon hatte die erste einfach ignoriert und bei der zweiten leichten Protest eingelegt. Aber jetzt bei der dritten entschloß er sich, seinem Kollegen die Meinung zu sagen. »Verdammter Mist, was soll das Gefurze, Mick!?«

»Mir macht das nichts aus, da kann ich nichts dran machen.« Diese Antwort verschlimmerte die ganze Situation noch, als Mick zu lachen begann und eine weitere geräuschvolle und übelriechende Ladung losließ.

»Mein Gott, Mick. Steck dir einen Korken rein, sonst mach' ich das, glaub' mir.« Simon stieg inzwischen aus seiner unteren Koje, nahm sein Kissen in die Hand und schlug es Mick auf den Kopf. »Wir kommen mindestens eine Woche nicht von diesem elenden kleinen Dampfer runter. Wenn du das nicht in den Griff kriegst, kannst du auf dem Oberdeck schlafen, hast du verstanden?«

Mick hatte aufgehört zu lachen. Er war deutlich größer als Simon, und er bückte sich, um ihm direkt ins Gesicht zu sehen. So standen sie einander in ihren Pyjamas gegenüber. »Wenn hier einer an Oberdeck schläft, dann bist du das!« Mick stieß ihn mit seinem Zeigefinger gegen die Schulter. »Wir sind nur aus einem einzigen Grunde hier: Wir müssen diese verdammte U-Boot-Story in den Kasten kriegen, kapiert? Wenigstens ist das für mich der einzige Grund. Wenn dir irgend etwas nicht paßt, dann kannst du dich bei Max beschweren. Ansonsten behalte deine Meinung für dich. Ich gehe duschen.«

1300C, Hauptquartier der Nordflotte in Severodmorsk
Borzhov saß geduldig in der Ecke eines grünen Ledersofas und versuchte, dem Blick von Meltzer auszuweichen, der am anderen Ende saß. Beide Offiziere hatten eine gute blaue Marineoffizieruniform an. Außerdem war eine Sekretärin mittleren Alters in dem mit Holzpaneelen verkleideten Vorzimmer und tippte fleißig auf ihrer Schreibmaschine herum. Sonst war nur das Ticken einer alten Standuhr in einer Ecke des Raumes zu hören. Den Männern gegenüber war eine Tür, die in das Zimmer führte, in dem sie bald ihre Antworten auf die sicherlich nicht ganz einfachen Fragen würden geben müssen.

Konstantin hatte Borzhov betreut und ausgebildet, sie waren sich symphatisch und trauten einander. Borzhov hatte sich daher auch nicht gewundert, als der Admiral am Sonntag beim Abendessen frei von der Leber gesprochen hatte. Er hatte erläutert, wie ernst die Lage war, und dann von seiner Reise nach Moskau berichtet. Dieses Abendessen war der Schlußpunkt eines anstrengenden Tages für den Admiral gewesen. Erst gegen 0300 Uhr hatte Gromyko ihn am Vortag schließlich ins Bett entlassen. Also hatte er nur vier Stunden schlafen können, bis die beiden wieder in den Kreml mußten. Wie sein Boß aussah, konnte man vermuten, daß er überhaupt nicht im Bett gewesen war. Den ganzen Vormittag hatten beide dem Verteidigungsminister erläutern müssen, welche Hilfe die russische Marine den Amerikanern bei der Rettung ihrer

U-Boot-Fahrer wohl würde gewähren können. Das war eine unangenehme Sache gewesen, denn die Russen hatten im Grunde nichts zu bieten auf dem Gebiet des Rettungswesens. Nur wenige Kriegsschiffe waren wirklich einsatzbereit, und keines konnte zur Rettung etwas Maßgebendes beitragen. Der Minister stellte sich sehr erschreckt, als er erfahren mußte, daß die russischen DSRVs nicht funktionsfähig waren. Nur das geschickte Vorgehen von Gromyko hatte ihn davon abgebracht, sofort alle russischen U-Boot-Operationen zu verbieten, bis die russischen Rettungsmittel wieder einsatzbereit waren. Die Besprechung hatte damit geendet, daß der Minister hochrot vor Wut war. Er hatte erkennen müssen, daß Rußland trotz des vielen Geldes, das in die Rüstung gesteckt worden war, nichts zur Rettung der Besatzung der *Tulsa* beitragen konnte. Nun hatte er die Aufgabe, dies dem Staatspräsidenten zu erklären. Der Minister hatte ganz klar gesagt, daß derjenige, der diesen jetzigen Zustand zu verantworten hatte, dafür würde teuer bezahlen müssen.

Borzhov war dankbar dafür, daß er dies erst kurz vor dem Nachtisch erfuhr, so hatten ihm wenigstens die Gänge davor noch gut gemundet. Wenn Konstantin das sofort gesagt hätte, wäre das ganze Essen versaut gewesen. Beim Kaffee am Kamin hatte der Admiral dann erläutert, wie es wohl weitergehen würde. Er selbst würde eine Voruntersuchung leiten, die am Montag anlaufen sollte. Wegen des politischen Druckes war es jedoch unvermeidlich, daß es später zu einem Verfahren vor der Militärgerichtsbarkeit kommen würde. Daß Meltzer dann ein Teil der Marinegeschichte werden würde, war ohne Zweifel. Nicht ganz klar war aber zu diesem Zeitpunkt, ob man auch Borzhov auf den Scheiterhaufen führen würde. Konstantin hatte ihm versichert, daß er alles tun würde, um ihn vor solchen Nachstellungen zu bewahren.

Borzhov kehrte mit seinen Gedanken in die Gegenwart zurück. Nach einer Wartezeit, die ihm wie eine Ewigkeit vorgekommen war, kam endlich Zerchev wieder aus dem Verhandlungsraum. Ihm folgte ein Kapitänleutnant, der Borzhov direkt ansah.

»Herr Kap'tän, bitte kommen Sie doch mit in den Verhandlungsraum.«

Borzhov stand auf, zog sein Jackett gerade und ging auf die Tür zu. Obwohl er gerade vor zehn Minuten seine Blase entleert hatte, verspürte er ein dringendes Bedürfnis nach Wiederholung.

0800R, Cherry Hill, New Jersey

Marie hatte ganz vergessen, wie riesengroß ihr Elternhaus war. Und auch die Inneneinrichtung war ihr fremd. Christine hatte nicht weniger als sechsmal alles neu renovieren lassen, und Marie kannte kein einziges Möbelstück mehr. Nur ein Zimmer war verschont geblieben: das Arbeitszimmer ihres Vaters. Aber ganz sicher war sich Marie auch hier nicht; niemand außer dem Hausherrn durfte das Zimmer betreten. Marie gefiel nicht, was Christine hier im Haus angestellt hatte. Ganz offenbar war ihr Geschmack im Laufe der Jahre nicht besser geworden. Die Mode brachte immer neue Sachen heraus, und Christine war bei jedem Raum einem anderen Modetrend nachgelaufen, nun wirkte das Ganze irgendwie wie die Ausstellungshalle eines Möbelgeschäftes. Zum Glück war Christine nicht zu Hause – darauf hatte Marie schon gehofft –, sie besuchte Freunde in Singapur.

Marie hatte wirklich gut geschlafen. Zweifellos: Ihr neues Medikament half gut. Das späte Essen und die Getränke danach, die ihr Vater großzügig ausgeschenkt hatte, hatten sicher auch zu einer guten Nachtruhe beigetragen. Dies war die erste Nacht seit dem Untergang der *Tulsa* gewesen, in der sie nicht wenigstens zweimal den Fernseher angemacht hatte, um die neuesten Nachrichten zu verfolgen. Es waren keine besonderen Neuigkeiten von der *Tulsa* zu erwarten, die man sich wirklich sofort anhören mußte. Die einzige Ausnahme wäre gewesen, wenn ihr jemand mitgeteilt hätte, daß alles ein schrecklicher Irrtum gewesen war und daß John noch lebte. Aber wie wahrscheinlich war das? Ganz, ganz unwahrscheinlich, dachte sie. Marie lag im Bett, fühlte sich schlecht und entschloß sich, noch im Bett zu bleiben, zumindest bis die Jungen hoch waren und herumliefen. Sie dachte über den zurückliegenden Tag nach, ihre Gedanken nahmen eigene Wege. Der Verlust von John machte sie irgendwie benommen. Ihr kam es vor, als habe sie schon vorher gespürt, daß er gestorben war, und sie hätte sich nur geweigert, diese Wahrheit anzuerkennen. Jetzt war es bittere Realität, dennoch würde es dauern, bis sie es innerlich akzeptierte. Der Grund war klar: Es war für sie normal gewesen, daß John nicht zu Hause war. Da fiel es ihr jetzt schwer zu glauben, daß er wirklich nie wiederkommen würde.

Sie erinnerte sich an etwas, das Jamie gesagt hatte, als sie nach dem Packen nebeneinander auf dem Bett gesessen hatten.

»Ist Onkel Geoffrey auch tot?« hatte er gefragt.

Sie hatte in dem Augenblick nicht die Zeit gehabt, auf die Frage vernünftig zu antworten. Je mehr sie darüber nachdachte, desto mehr wurde ihr klar, daß sie verzweifelt hoffte, daß Geoff nicht tot war. Er war für sie und für John ein sehr guter Freund gewesen. Vielleicht gab es doch noch interessante Neuigkeiten im Fernsehen, vielleicht brachten die etwas Neues. Sie setzte sich erst im Bett auf und entschloß sich dann, aufzustehen. Um ihren Bademantel wickelte sie einen Gürtel und ging in die Küche. Als sie am Arbeitszimmer ihres Vaters vorbeikam, glaubte sie, Lachen zu hören, aber von ihren Jungen kam das nicht. Die hatten zum ersten Mal in ihrem Leben jeder ein Zimmer für sich und schliefen, da kein Bruder störte, länger als sonst. Was für ein Segen!

Hier im Hause ihrer Eltern hatten sich nicht nur die Tapeten und Möbel geändert. Da Christine so häufig und lange abwesend war, und da ihr Vater viel arbeitete, mußte irgend jemand für Ordnung und Sauberkeit im Hause sorgen. Die Lösung war Carmen, eine junges und verblüffend hübsches Mädchen aus Costa Rica. Als Marie sie am Vortag kurz gesehen hatte, war ihr gleich die Frage gekommen, ob Carmen wohl die nötigen Papiere für einen Aufenthalt in den USA hatte. Aber das konnte Marie letzten Endes egal sein. Carmen kochte sehr gut und hielt das Haus blitzblank.

Auf dem Tisch lag eine Morgenzeitung. Die Titelseite war schwarz umrandet, mit einem alten Photo von der *Tulsa* und einer Liste der Toten. Vermutlich war es wegen seines Dienstgrads: Johns Namen stand an erster Stelle. Marie konnte sich nicht dazu durchringen, den ganzen Artikel zu lesen, und legte die Zeitung wieder auf den Tisch. Ihr war, als höre sie jemanden die Treppe herunterkommen, und als sie sich umdrehte, sah sie Carmen. Ihr Haar hätte einen Kamm gut vertragen können, und sie zog ihr kurzes schwarzes Kleid zurecht.

»Es tut mir leid, Frau Dowling. Möchten Sie etwas Kaffee zum Frühstück? Ich mache sofort welchen.«

»Kaffee, ja das hört sich gut an, Carmen, aber essen werde ich wohl nichts. Sie haben es gestern abend zu gut mit uns gemeint.«

»Nein, nein, gar nicht. Sie müssen ordentlich frühstücken.«

Marie drehte sich wieder um, denn jetzt stürmte ihr Vater in das Zimmer und setzte sich an den Frühstückstisch. »Ich habe schon immer gesagt, das Frühstück ist die wichtigste Mahlzeit. Mutter und ich haben dir das auch früher schon vorgehalten.«

»Ja, Vater. Aber seitdem hat sich viel verändert.«

»Ich weiß. Laß uns heute abend darüber reden. Carmen, für mich das Übliche, bitte.« Er wandte sich wieder Marie zu. »Bist du sicher, daß du nichts willst? Carmens Toast mit Schinken ist absolut exquisit!«

»Nein, vielen Dank, Vater. Ich habe überhaupt keinen Hunger.«

Ihr Vater sah auf die Titelseite der Zeitung, die auf dem Tisch lag. »Na ja, ich verstehe.« Er wechselte das Thema. »Ich muß heute leider ins Büro. Ich war sowieso schon zu lange weg. Aber ich komme zurück, sobald das geht. Dann müssen wir reden. Wie geht's den Jungen?«

»Die habe ich heute morgen überhaupt noch nicht gesehen. Aber bei ihnen gilt die Devise: Keine Neuigkeit ist gute Neuigkeit.«

»Hast du dir schon vorgenommen, was du heute mit ihnen machen willst?«

»Nein, nicht so richtig. Wir müssen uns hier auch erst einmal eingewöhnen.«

»Nun, hier gibt's mehr Vergnügungen als früher. Ich habe von den Simpsons noch ein paar Hektar dazugekauft, da ist jetzt ein kleiner See, in dem ich Forellen ausgesetzt habe. Vielleicht haben die Jungen ja Lust zum Angeln.«

»Ja, gute Idee.«

Ihr Vater frühstückte hastig seinen Toast und den Schinken, stand auf und verabschiedete sich von Marie mit einem kurzen Kuß. »Ich muß los. Bis später.«

1700C, Hauptquartier der Nordflotte, Sverodmorsk

Borzhov fühlte sich wie ausgequetscht. Als er das Verhandlungszimmer verließ, seufzte er erleichtert auf. Er war froh darüber, daß die Qual für diesen Tag beendet war. Morgen würde es weitergehen. Er teilte Meltzer mit, daß er die Nacht über nach Hause gehen könne. Die Befragung war gründlich, ja ermüdend gewesen. Am Anfang war eigentlich alles gar nicht so schlecht gelaufen. Sie hatten sich gut geschlagen. Borzhov war den Ablauf der Ereignisse vor und nach der Kollision durchgegangen, bis zu dem Zeitpunkt, als die *Gepard* die Unfallstelle verlassen hatte. Dabei hatte er alles nach seinem besten Wissen dargestellt. Zu seiner Überraschung hatte keiner bemängelt, daß er den Unfall nicht früher gemeldet hatte, obwohl das ja eindeutig ein schwerwiegender Verstoß gegen die internationalen Vorschriften war. Ja, er war sogar dafür gelobt worden, daß er die Notfunk-Boje der *Tulsa* hatte einsammeln und sendeunfähig machen lassen. So war er es, der es der Flottenführung ermöglicht hatte, die ganze Sache ohne unangemessenen Zeitdruck zu überdenken, bevor dann Entscheidungen getroffen wurden.

Die Schwierigkeiten in der Verhandlung kamen für Bhorzov, als er erklären sollte, warum er Meltzer in so einem kritischen Augenblick das Kommando überlassen hatte. Er war nicht umhin gekommen, einen Eiertanz um seine medizinischen Probleme aufzuführen. Nicht verschweigen konnte er, daß er die Ruhr gehabt hatte, das stand in seiner Gesundheitsakte, und ebendieser Akte konnte man auch entnehmen, daß die medizinische Behandlung bei ihm zunächst kaum angeschlagen hatte. Der Grund, aus dem er dann zu weiteren Behandlungen auch nach Aufforderung nicht erschienen war, lag in seiner Abwesenheit wegen Seefahrt. Er hatte es bis zu diesem Augenblick geschafft zu verschleiern, daß er von der Ruhr nie richtig genesen war. Morgen würde sich zeigen, ob das weiterhin gelingen konnte. Was ihn beunruhigte, war die unheimliche Detailversessenheit, mit der die Verhandlung geführt wurde.

Vor zwei Tagen beim Essen hatte Konstantin bei Borzhov noch den Eindruck erweckt, als könne er die Wölfe auf Abstand halten und als habe er die ganze Sache im Griff, so daß Borzhov nichts passieren würde. So war das mit den Versprechungen und der Freundschaft. Je mehr er darüber nachdachte, desto mehr ärgerte sich Borzhov. Nachdem das Gericht ihn erst an der Nase herumgeführt und ihm Vertrauen in die Verhandlung suggeriert hatte, hatten die Verhörenden dann plötzlich bissige Fragen nach einzelnen Besatzungsmitgliedern gestellt. Alles wollten sie wissen, über Zerchev, über seine Fähigkeiten, über seinen Lebenswandel. Dann war Meltzer dran. Sie quälten ihn mit allen Details über Meltzers Vergangenheit und Fähigkeiten. Sie gingen jede Beurteilung durch, die Borzhov über Meltzer geschrieben hatte. Er dankte Gott, daß diese Beurteilungen ganz allgemein immer so formuliert wurden, daß man nie die platte Wahrheit schrieb. Da konnte sich eine schlechte Beurteilung für einen Außenstehenden immer noch anhören wie die Laudatio für einen Nobelpreis. Sie hatten auf einer Beurteilung herumgehackt, in der er Meltzer bestätigt hatte, er sei »ein Mann mit außergewöhnlichen Fähigkeiten«, genauso hatte er es formuliert. Zum Glück war ihnen die Ironie nicht aufgegangen, die in dieser Wortwahl steckte. Außergewöhnlich waren Meltzer Fähigkeiten tatsächlich, und zwar außergewöhnlich gering. Egal, hier war der Eindruck geblieben, daß es durchaus vernünftig gewesen war, Meltzer in diesem Augenblick das Kommando zu überlassen. Er war immerhin ein Offizier mit »großer Erfahrung und außergewöhnlichen Fähigkeiten«.

Er hätte schon gleich mißtrauisch werden sollen, als klar wurde, daß Zerchev vor ihm verhört wurde, dachte Borzhov jetzt. Zurückblickend hatte das den Verhörenden aber nichts genutzt. Er hatte ein gutes Verhältnis zu seinem Ersten Offizier. Sicherlich waren sie keine richtigen Freunde – Borzhov hatte es schon immer vermieden, zu Untergebenen ein zu enges Verhältnis zu haben –, aber sie vertrauten einander. Zumindest war das bis zu diesem Nachmittag so gewesen. Borzhov fragte sich jetzt, was Zerchev dem Gericht wohl über Meltzer gesagt hatte und auch über sein Verhältnis zu seinem Kommandanten. Er selbst wollte dem Ersten Offizier mitteilen, was er ausgesagt hatte, im Grunde konnte er sich nicht vorstellen, daß diese Verhandlung das Vertrauensverhältnis zu seinem Ersten untergraben könnte. Sie mußten die Beurteilungen für die Männer an Bord immer beide unterschreiben, und sie sprachen stets vorher intensiv darüber. Zerchev hatte auch seinen Wutanfall nach der Kollision miterlebt. Jetzt aber war sich Borzhov zu 99 Prozent sicher, daß Zerchev dies dem Gericht alles berichtet hatte. Wenn das so war, dann war das auch eine Erklärung für die unangenehme Wendung gewesen, die das Verhör für ihn plötzlich genommen hatte. Mehrere Mitglieder des Gerichts hatten seine Entscheidung, Meltzer im entscheidenden Augenblick das Kommando zu überlassen, immer wieder hinterfragt. Das konnte eigentlich nur durch Zerchevs Aussagen veranlaßt worden sein.

Borzhov war erschüttert über seine eigene Situation. Zunächst war da die Erschöpfung, die er verspürte, aber dann war da auch der Ärger über etwas, das er als Betrug ansah. Er war frustriert, weil er nicht wußte, woran er war. Er war desillusioniert, weil Konstantin nicht ehrlich zu ihm gewesen war. Wollte man ihn vorführen? Welche andere Erklärung konnte es für dieses verdammte Verhör geben? Er wußte keine. Eigentlich wollte er nur in die nächste Bar gehen und sich dort so lange besaufen, bis ihm alles egal wurde.

Der junge Kapitänleutnant, der ihn vorher schon in das Verhandlungszimmer geführt hatte, kam jetzt auf ihn zu, grüßte und übergab ihm einen Umschlag. »Mit einer Empfehlung von Admiral Konstantin, Herr Kap'tän.«

Borzhov sah den jungen Mann direkt an, erwiderte den Gruß und nahm den Umschlag.

Der Kapitänleutnant ging zurück in das Verhandlungszimmer. Borzhov öffnete den Umschlag und las die kurze, handgeschriebene Mitteilung, dann steckte er sie wieder in den Umschlag zurück und ging durch die Gänge auf der Suche nach einem Reißwolf. Freundlichkeiten oder Schmeicheleien von Konstantin wollte er jetzt nicht hören oder lesen, egal wie sie formuliert waren. Tatsache war, daß man ihn in erbärmlicher Weise im Stich gelassen hatte, und daran war jetzt nichts mehr zu ändern.

1700A, USS *Tulsa*

Richter fror die ganze Zeit. Er legte sich auf die Seite und zog seine Knie bis an sein Kinn, um warm zu werden oder zumindest, um nicht noch weiter auszukühlen. In seinem Kopf pochte es immer noch, und er fühlte sich völlig kraftlos. Er war durstig, konnte sich aber nicht dazu entschließen, aufzustehen und ein Glas Wasser zu trinken. Wenn er es nicht selbst besser gewußt hätte, wäre er auf die Idee gekommen, er hätte einen unglaublichen Kater nach einer Sauferei. Was ihn beunruhigte, war außerdem die Tatsache, daß sich ein neues Symptom zeigte: Er war sehr kurzatmig. Das war im Laufe des Tages deutlich ausgeprägter geworden.

Jemand klopfte an die Tür.

»Herein.« Richter bereute sofort, mit lauter Stimme gerufen zu haben, denn von dieser geringen Anstrengung nahm das Pochen in seinem Kopf stark zu.

Enzo öffnete die Tür und kam herein. Zu Richters Überraschung war auch er offenbar sehr kurzatmig.

»Herr Kap'tän, ich weiß nicht, was im Augenblick los ist, aber irgend etwas ist faul mit unserer Atemluft. Ich bin durch die ganze Abteilung gewandert, viele Leute haben schlimme Kopfschmerzen und sind sehr kurzatmig. Ich hoffe es paßt Ihnen: Ich habe Harvey mit seinen Unterlagen hierher bestellt.«

»Sicher, ich will wissen, was los ist.«

Noch bevor Richter mehr sagen konnte, kam Harvey herein. Er schnappte ordentlich nach Luft, denn er war einen Niedergang in das obere Deck hinauf gestiegen.

Jetzt schüttelte er seinen Kopf. »Ich habe keine Ahnung, was schiefläuft, Herr Kap'tän. Unsere Messungen ergeben gute Werte.« Mit diesen Worten trat er an Richters Koje und legte ihm seine Schaubilder auf die Decken. »Sehen Sie? Der Sauerstoffanteil ist nur ganz geringfügig geringer als heute morgen, und das Kohlendioxyd ist völlig unverändert.«

Richter schielte nur kurz auf die Schaubilder, aber das war nur eine Geste, kein echter Versuch, die Daten zu überprüfen. Harvey ist vielleicht nicht der intelligenteste Offizier hier an Bord, dachte Richter, aber er hat diese Daten bestimmt sorgfältig zusammengetragen.

»Warum sind denn bloß alle so kurzatmig?« antwortete Richter.

»Mir fällt da nichts anderes ein: Irgendwie können die Daten nicht stimmen.«

»Welche meinen Sie, Herr Kap'tän?«

»Ich hatte gehofft, Sie würden mir das sagen.«

»Harvey«, begann Enzo, »man kann so ein Draeger Meßröhrchen ja kaum falsch ablesen, es sei denn, man benutzt die Pumpe nicht richtig. Sicherlich hast du doch überprüft, daß das richtig gemacht wird?«

»Ja, das habe ich. Ich habe die letzten zwei Messungen sogar selbst gemacht. Mir ist klar, daß diese Meßmethode nicht sehr genau ist, aber völlig daneben sollten die Werte nicht sein.«

»Ja, das sehe ich auch so. Sie haben das Handbuch über die Atemluftzusammensetzung gelesen, wie ich auch. Danach führt doch ein hoher Kohlendioxydanteil zu Kurzatmigkeit, nicht?«

»Genau, so steht das da.«

»Aber es steht auch da, daß ein niedriger Sauerstoffanteil in der Atemluft die Auswirkungen eines erhöhten Kohlendioxydanteils verstärkt. Wie sicher sind denn unsere Sauerstoffmessungen?«

Harvey antwortete nicht sofort.

Daher fuhr Enzo fort: »Ich möchte also wissen, ob unser Sauerstoffmeßgerät richtig funktioniert.«

Harvey machte einen verblüfften Eindruck. Er hatte seine Stirn in Falten gezogen, mit seiner rechten Hand rieb er sich sein stoppeliges Kinn.

»Holen Sie doch bitte das Sauerstoffmeßgerät, Harvey«, bat Richter ruhig, »und bringen Sie die Bedienungsanleitung auch gleich mit.«

Kapitänleutnant Schwartz drehte sich um und verließ die Kommandantenkammer.

»Mir fällt sonst nichts ein, woran es liegen könnte, oder Ihnen, Herr Kap'tän?«

»Nein, Enzo«, antwortete Richter müde, »mir auch nicht.«

1900C, Hauptquartier der Nordflotte, Severodmorsk

Als er das Gebäude verließ, sah Borzhov Zerchev und ging direkt auf ihn zu. »Vladimir! Gut, daß ich Sie erwische. Wir müssen miteinander reden.«

»Herr Kap'tän, ich habe ausdrücklichen Befehl, nicht mit den Zeugen zu sprechen.«

»Ach Quatsch! Lassen Sie uns ein Bier trinken. Wir können doch über alles mögliche reden, es muß ja nicht das Verfahren sein.«

»Wenn Sie darauf bestehen, Herr Kap'tän.«

»Ja, genau. Das tue ich.«

Sie riefen ein Taxi und fuhren Richtung Murmansk, sie wollten vermeiden, daß man sie hier in der Nähe des Stützpunktes zusammen sah.

»Das ist eine traurige Geschichte, Herr Kap'tän. Ich meine, es macht mich traurig, daß wir hier die Puppen in einem Marionettentheater sind. Sie werden erkannt haben, daß es fast egal ist, was wir aussagen. Das Ganze ist ein Schauspiel zur Befriedigung der Politiker.«

»Denken Sie das wirklich, Vladimir?«

»Ja, ja, das ist so.«

»Also, ich denke, Sie haben da weitgehend recht. Der einzige Zweck dieses ganzen Verfahrens ist, dem politischen Befehl zu folgen und Schuldige zu finden. Einen wird es in jedem Falle geben. Aber es ist an uns, den Schaden zu begrenzen. Es gibt keinen Grund, warum wir hier alle auf den Opfertisch sollten.«

»Das sehe ich anders, Herr Kap'tän. Ich glaube, daß die Entscheidungen darüber längst gefallen sind. Zur Zeit werden nur die Begründungen und Entschuldigungen für das gesammelt, was unweigerlich folgen wird.«

»Sie haben es sehr nett ausgedrückt. Wir müssen eben aufpassen, daß wir denen keine Begründungen liefern. Ich wünschte, wir hätten darüber gesprochen, bevor das Verfahren heute morgen eröffnet wurde. Sie waren da vier Stunden drin. Haben Sie denen etwas an die Hand gegeben?«

»Herr Kap'tän, das ist doch unfair. Ich kann darauf keine Antwort geben.«

»Na gut, Vladimir, dann beantworten Sie doch folgende Frage: Hat Ihnen irgend jemand vorher gesagt, was Sie aussagen sollen?«

Zerchev sah nach unten und dann aus dem Fenster des Taxis. Er hatte einen völlig abwesenden Gesichtsausdruck.

»Nun antworten Sie doch. Oder haben Sie vielleicht Befehl, auch diese Frage nicht zu beantworten?«

»Herr Kap'tän, Sie wissen ja, wie ich zu Ihnen stehe. Wir sind zwei Jahre zusammen auf der *Gepard* gefahren. Das waren gute Jahre. Ich habe vor Ihnen große Hochachtung. Aber Sie wissen auch, daß ich eine Frau und jetzt auch einen Sohn habe. Die Marine und die U-Boote, das ist alles, wovon ich etwas verstehe. Auch wenn das Geld manchmal zu spät kommt, ist das ein sicherer Job nach den Maßstäben, die sonst in Rußland herrschen. Ich kann es mir nicht leisten, diesen Job zu verlieren.«

Borzhov dachte nach. »Hat Ihnen jemand etwas eingeflüstert für die Aussagen, Vladimir?«

»Dazu sage ich gleich was, Herr Kap'tän. Als Sie am Sonnabend mit Admiral Konstantin zum Essen waren, mußte ich mich bei seinem Chef des Stabes melden. Der wollte nur eins wissen: Wie leistungsfähig war Meltzer wirklich an Bord? Ich habe natürlich nur das gesagt, was wir gemeinsam in seine Beurteilung geschrieben haben. Es wäre einfach dumm gewesen, etwas anderes zu sagen. Aber der Chef des Stabes war damit nicht zufrieden. Er hat mich immer weiter bearbeitet, ich sollte mehr sagen. Nach einiger Zeit hat er mir die verschiedenen Alternativen genannt, die für mich vorgesehen waren, falls ich ihm nicht sagte, was er wollte. Keine von diesen Alternativen war auch nur im geringsten attraktiv.«

Zerchev schluckte schwer und senkte wieder seinen Blick. Er pulte wie abwesend an einem Fingernagel herum, Borzhov kannte das, das machte Vladimir immer, wenn er im Streß war.

Das Taxi war an der Bar angekommen, und sie stiegen aus. Borzhov bezahlte und schob Zerchev hinein.

»Was hätten Sie gern, Vladimir?«

»Ein Bier bitte, Herr Kap'tän.«

»Das wollte ich auch erst, aber ich habe es mir anders überlegt. Ich nehme einen Wodka.« Nachdem die Drinks gekommen waren, erhob Borzhov sein Glas: »Auf unsere alte und auch auf unsere weitere Freundschaft.«

»Auf die Freundschaft«, antwortete Zerchev.

Borzhov setzte sein Glas an die Lippen und schluckte die klare Flüssigkeit in einem Zug hinunter. Dann schüttelte er seinen Kopf, als der hochprozentige Alkohol im Magen ankam. Zerchev leerte seinen Krug in kräftigen Zügen und stellte ihn dann auf die Theke zurück.

»Bedienung, das Gleiche noch einmal!«

Der Barkeeper füllte die Gläser wieder auf.

»Vladimir, lassen Sie mich sagen, daß ich schon immer vorhatte, daß wir mal zusammen einen trinken gehen, wenn wir von der Seefahrt zurück sind. Ich muß doch mal mit Ihnen auf das Baby anstoßen.«

»Ja, na klar, Herr Kap'tän.« Vladimir hatte ein erleichtertes Lächeln auf dem Gesicht, er freute sich darüber, daß das Gespräch jetzt eine andere Wendung genommen hatte. Und er freute sich auch darüber, daß sein Kommandant an seinen Sohn dachte.

»Wie heißt er denn?« fragte Borzhov.

Zerchev sah etwas verlegen drein. »Wir haben uns entschieden, ihn Anatole zu nennen.«

»Was, nach mir? Da staune ich wirklich!«

Zerchev brachte es nicht fertig, zu sagen, daß der Großvater mütterlicherseits auch Anatole hieß. »Ja, Herr Kap'tän, wir haben ihm Ihren Namen gegeben.«

»Darauf stoßen wir an!« Borzhov erhob sein Glas. »Auf den kleinen Anatole!«

Wieder leerte er sein Glas in einem Zug und knallte es auf die Theke. Zerchev quälte auch sein Bier runter, wischte sich dann das Kinn ab und rülpste laut.

»Herr Kap'tän, das hier ist meine Runde, und wenn ich mit Ihnen mithalten will, dann muß ich wohl auch Wodka trinken.« Er rülpste wieder, und beide lachten. Doch zu Zerchevs Enttäuschung kam das Gespräch nach der sechsten Runde doch wieder auf das alte Thema zurück. »Dann hat also der Chef des Stabes Sie überredet, doch zuzugeben, daß Meltzer ausgeprägte Schwächen hat?«

Zerchev wirkte gequält und nickte. »Ja, Herr Kap'tän, und ich habe das auch leider getan.«

»Heute morgen bei dem Verhör in dem Verfahren haben Sie das auch ausgesagt?«

»Ich habe doch schon gesagt, daß ich dazu nichts sagen kann.«

»Können Sie nicht oder wollen Sie nicht?«

Zerchev fühlte sich ausgesprochen unwohl, man konnte das auf seinem Gesicht sehen. Er pulte wieder an seinen Nägeln.

»Verstehen Sie, warum ich das wissen muß, Vladimir? Davon hängt ganz entscheidend ab, was ich morgen bei der Verhandlung aussage.«

»Das ist mir schon klar, Herr Kap'tän. Ich habe denen gesagt, daß Sie ihn von der *Gepard* runter haben wollten und daß Sie seine Entlassung aus der Marine vorschlagen wollten.«

»Wegen seiner Inkompetenz?«

»Ja, Herr Kap'tän, und wegen seiner Arroganz.«

»Vielen Dank, Vladimir. Darauf werde ich noch einen trinken. Nehmen Sie auch noch einen Wodka?«

Zerchev nickte. »Ich finde gut, daß Sie mithalten. Wir können aus dieser Nacht noch was machen.«

1930A, USS *Tulsa*

»O mein Gott, was ist das denn!« rief Enzo aus, während er das Handbuch für das Sauerstoffmeßgerät studierte. »Man muß das Ding jedesmal vor dem Gebrauch kalibrieren!«

»Und wie soll das gehen?« fragte Richter und hatte förmlich Angst vor der Antwort. »Das macht normalerweise der SAN-Meister. Ich glaube, er findet den Nullpunkt, in dem er reinen Stickstoff benutzt, und dann nimmt er auch noch Daten von dem zentralen automatischen System, das ja sonst laufend die Atemluftzusammensetzung überprüft. Aber das funktioniert jetzt nicht mehr, daher befürchte ich, daß wir dieses Meßgerät wohl nicht werden kalibrieren können.«

»Aber da wird sich doch wohl nicht allzuviel seit der letzten richtigen Kalibrierung geändert haben«, dachte Harvey laut. Er hatte inzwischen die Batterien in dem Meßgerät überprüft.

»Wissen wir, wann die letzte richtige Kalibrierung durchgeführt wurde?« fragte Richter.

»Ich weiß es nicht, weißt du das, Harvey?«

»Keine Ahnung. Sicher hat der SAN-Meister das irgendwo aufgeschrieben, aber wo, das weiß der Himmel.«

»Hier steht noch etwas Interessantes«, sagte Enzo, der weiter in der Bedienungsanleitung gelesen hatte. »Es hilft uns vielleicht nicht viel, aber die Meßtemperatur spielt eine Rolle bei den Messungen mit dem Gerät. Es muß bei der Temperatur kalibriert werden, bei der es auch benutzt wird. Auch wenn es direkt vor der Kollision kalibriert worden sein sollte, dann müßte das jetzt wiederholt werden, weil es doch hier unten jetzt so kalt ist.« Er las weiter. »Und das ist noch nicht alles. Das Ding wird auch noch von der Luftfeuchtigkeit beeinflußt. Jetzt, wo hier alles kondensiert, da sind es bestimmt fast 100 Prozent Luftfeuchtigkeit. Da sind also bestimmt die Messungen völlig falsch. Wahrscheinlich sind die Anzeigen schon die ganze Zeit ungenau gewesen.«

Harvey ließ das Instrument an Deck fallen, dort landete es mit lautem Krachen. Richter und Enzo sahen einander an, dann ging ihr Blick zu Harvey.

»Oh, tut mir leid, das war mein Fehler«, gab er zu, er sah wirklich zerknirscht aus.

»Nein, ist es nicht. Es ist doch jetzt völlig klar, daß dieses Meßgerät nicht für so einen Fall in einem verunglückten U-Boot ausgelegt ist. Das ist wohl eher was für den Laborgebrauch an Land«, tröstete ihn Richter.

Keinem fiel noch was zu dem Thema ein.

Enzo unterbrach die auf einmal eingetretene Stille. »Harvey, haben Sie die Kanister im Verteilgerät im gleichen Zeitabstand gewechselt oder hat sich das geändert?«

»Ich glaube, die Abstände waren immer gleich, ich prüfe das.« Er langte nach seinen Unterlagen auf Richters Koje, nahm ein paar Papiere, auf denen seine Aufzeichnungen zu erkennen waren, und ging diese Aufzeichnungen durch.

»Woran denken Sie, Enzo?« fragte Richter.

»Wenn man darüber nachdenkt, es ist doch so, daß die Geschwindigkeit, mit der wir Sauerstoff verbrauchen und Kohlendioxyd produzieren, doch einigermaßen konstant sein müßte. Wenn wir die Rate, mit der wir die Kanister im Verteilgerät erneuern und mit der wir der Atemluft Sauerstoff zusetzen, in etwa in den letzten Tagen konstant gehalten haben, dann müßte doch eigentlich alles in Ordnung sein.«

»Also, Enzo, entschuldigen Sie, aber der Punkt ist doch der, daß wir ein Problem haben und daß eben nicht alles in Ordnung ist.«

»Okay, vielleicht habe ich mich jetzt gerade ungeschickt ausgedrückt ...«

»Richtig«, sagte Harvey, der nun endlich von seinen Aufzeichnungen wieder aufsah. »Am Sonnabendmittag haben wir zum letzten Mal die Frequenz geändert, mit der wir die Kanister im Verteilgerät austauschen.«

»Hast du da auch die Sauerstoffmenge pro Zeiteinheit verändert, die der Atemluft laufend zugesetzt wird?« fragte Enzo angespannt.

»Nein, die ist seit Freitag unverändert. Die Sauerstoffmessungen haben konstante Werte ergeben.«

»Da stimmt doch was nicht«, meinte Enzo. »Wenn wir weniger Kohlendioxyd produziert haben, als wir dachten, dann müßten wir doch auch weniger Sauerstoff verbraucht haben.«

»Und wenn das der Fall gewesen wäre, dann hätte der Sauerstoffanteil steigen müssen«, ergänzte Richter. »Sie haben recht, Enzo. Das bestätigt die Vermutung, daß das Sauerstoffmeßgerät nicht richtig anzeigt. Aber ich weiß immer noch nicht richtig, warum wir alle so kurzatmig sind.«

»Ja, das ist doch jetzt klar. Wir wissen, daß all die Sauerstoffwerte, die wir abgelesen haben, falsch waren. Wir wissen auch, daß ein erhöhter Sauerstoffanteil den Effekt eines erhöhten Kohlendioxydanteils in gewissem Umfang ausgleicht.«

»Und was soll daraus folgen?« unterbrach Harvey.

»Also, mein Lieber, es muß irgend etwas mit der Sauerstoffabgabe an die Atemluft nicht stimmen. Haben Sie das vor kurzem überprüft?«

»Nein, das war auch nicht nötig. Der Sauerstoffanteil war ja ...« Harvey verstummte.

»Laß uns runter gehen und im Lüfterraum nachsehen.«

Die zwei Kapitänleutnante standen auf, um die Kammer des Kommandanten zu verlassen. »Sind Sie einverstanden, Herr Kap'tän?«

»Nur zu, Enzo. Melden Sie mir, was Sie herausfinden.«

1600R, Cherry Hill, New Jersey

Das Knirschen der Kieselsteine und das Geräusch der Autotür verrieten, daß Maries Vater zurückkam. Marie stand auf und ging ihm entgegen in den Flur.

Er stellte seine Aktentasche auf dem Queen-Anne-Tisch vor der Tür des Arbeitszimmers ab und umarmte sie. »Na, wie ist es euch heute ergangen?«

»Also, wenn du dich darauf verlassen hast, daß wir das Abendbrot fangen, dann werden wir wohl hungern müssen. Das mit dem Angeln war nicht so recht erfolgreich, wir haben auch noch den Catcher verloren.«

»Schade. Hatte ich euch nicht meine Angel gegeben?«

»Nein. Wir haben versucht, in der Garage selbst eine zu basteln, aber das haben wir nicht richtig hingekriegt.« Sie zeigte auf ein Pflaster auf ihrer Hand, wo der Angelhaken seine Spuren hinterlassen hatte. »So wie es aussieht, bin ich der einzige Fang.«

»Na, so schlimm wird es nicht werden. Glücklicherweise wird Carmen in der Stadt etwas eingekauft haben. Ich muß euch wohl mal zeigen, wie man Forellen fängt. Morgen machen wir das, ich habe mir für morgen einen Tag frei genommen. Laß uns jetzt eine Tasse Tee trinken. Ist dir das recht?«

Marie lehnte ab, ihr Vater ging also alleine in die Küche und kam mit einer Porzellantasse und einer Untertasse wieder und ließ sich in seinen Lehnstuhl sinken. Er nippte an seinem Tee und stellte die Tasse dann sorgfältig auf dem Teewagen ab.

Man sah ihm an, daß er sich nicht wohl fühlte, als er begann: »Was ich jetzt sagen will, ist für mich so schwierig in Worte zu kleiden, wie es vielleicht für dich unangenehm sein wird, es zu hören. Zunächst laß mich sagen, daß deine Mutter und ich für dich immer nur das Beste gewollt haben. Immer nur das Beste. Ich habe hart gearbeitet, damit du dir dieses Beste würdest leisten können: die beste Schule, die besten Ferien. Als du achtzehn warst, hattest du schon mehr Länder gesehen als irgend jemand in dem Alter. Du hattest immer die teuersten Kleider und immer ein schönes Auto. Kannst du dich noch an den Mercedes erinnern?«

»Ja, natürlich. Das war sehr großzügig von dir. Leider mußte ich ihn dann verkaufen.«

»Als es zwischen deiner Mutter und mir zu kriseln begann, kamen wir beide uns ja wohl etwas näher, ich glaube, das kann man so sagen. Du warst für mich mein ein und alles ...«

»Bis Christine auftauchte«, unterbrach Marie. »Ich habe nie verstanden, was du an ihr gefunden hast. Und ich weiß auch jetzt nicht, warum du dich weiter mit ihr arrangierst.«

»Ich habe mich damals so entschieden, das solltest du respektieren.«

»Aber es war ganz offensichtlich, daß die Frau nichts für dich war – und außerdem hat sie mich gehaßt.«

»Sieh mal, Marie, jetzt im nachhinein ist es einfach, mir zu sagen, was ich falsch gemacht habe. Weißt du, das könnte ich bei dir auch. Die Art, in der du dich gegenüber Christine hast gehenlassen, war manchmal wirklich unerträglich.«

»Sie hat mich provoziert. Sie wollte sich zwischen dich und mich drängen. Es störte sie, daß wir ein so gutes Verhältnis hatten.«

»Da magst du recht haben.«

Vater langte nach der Tasse, nippte noch einmal umständlich an seinem Tee und stellte dann die Tasse zurück. »Hast du deswegen mit diesem Kerl von der Marine angebandelt? Wie hieß er noch mal? Godfrey?«

»Nein, Geoffrey.«

»Gut, Geoffrey. Bist du wegen des Streites mit Christine mit ihm in den Urlaub gefahren?«

»Nein. Ich fand ihn nett. Er hatte Humor, er brachte mich zum Lachen, und ich habe ihn auch geliebt.«

»Das haben mir die Schoenfelds berichtet. Die hat das ebenso gewundert wie Christine und mich und deine Mutter übrigens auch.«

»Na gut. Was soll das jetzt? Das hilft doch jetzt alles nicht weiter.«

»Wie ich schon sagte, wir wollten alle nur dein Bestes. Wir hatten uns gedacht, daß du weiter eine erstklassige Ausbildung durchlaufen solltest, um dich für eine glanzvolle Karriere vorzubereiten. Ich hatte gehofft, du würdest meine Alma Mater aussuchen, Princeton. Wir wollten dir nicht vorschreiben, was du später mal machen solltest, aber wir wollten dir die Freiheit ermöglichen, die so ein Universitätsabschluß nun einmal im Leben bietet. An dieser Universität hättest du nette junge Männer mit guten Beziehungen getroffen. Männer, die überall in der Welt zu Hause sind.« Er machte eine Pause. »Aber du wolltest ja offenbar nicht. Dieser Geoffrey, der kam doch wohl wirklich nicht aus den, na sagen wir, allerbesten Kreisen, oder?«

»Er ist Ingenieur für Nuklearanlagen, Vater, ein hochintelligenter Mann. Er hat sein Elternhaus nicht zu vertreten. Wenn ich darüber nachdenke, dann hat er viel mehr geleistet und erreicht, als wenn irgendein Kennedy in den Kongreß gewählt wird. Du hast nur die Nase gerümpft, weil sein Vater kein Geld hatte. Das habt ihr alle gemacht.« Marie wurde wütend, und man merkte das.

»Der war doch auch viel älter als du, nicht?«

»Was sind schon sechs Jahre? Wie alt ist denn Christine? Du bist mindestens zwölf Jahre älter als sie, und so, wie sie sich zurecht macht, sieht es aus, als sei der Unterschied noch größer.«

Marie war erfreut, als sie feststellte, daß ihr Vater ziemlich verblüfft über ihre Argumentation war und erst mal seine Gedanken ordnen mußte, bevor er antwortete. »Wie dem auch sei«, sagte er schließlich, »Godfrey hat dann ja wohl auch die richtigen Folgerungen daraus gezogen.«

»Vater, er heißt *Geoffrey*, und die richtigen Folgerungen hat er auch nicht gezogen.« Marie blieb die Sprache weg. Schlechte Erinnerungen kamen zurück, Vater und Christine hatten ihr damals nicht erlaubt, Geoff nach Hause einzuladen, und sie hatten sich sogar geweigert, ihn kennenzulernen. Marie erinnerte sich auch daran, wie Geoff damals geschrieben und sich dafür entschuldigt hatte, daß er eine für die Familie schwierige Situation verursacht hatte. Dann war er wieder zur See gefahren und hatte nichts mehr von sich hören lassen. Als er zurück in die USA kam, hatte er laufend neue Ausreden erfunden, um sich nicht mit ihr zu treffen. »Ich habe in meinem ganzen Leben keine solchen Schmerzen mehr empfunden wie damals, als er sich von mir getrennt hat«, fuhr sie fort. »Wenigstens bis vor kurzem nicht. Kannst du dir überhaupt vorstellen, wie ich mich damals gefühlt habe? Ich wurde bestraft, weil du und diese blöde Kuh von einer Frau ihn nicht akzeptierten.« Marie nahm sich ein Kleenex vom Tisch und tupfte ihre Augen ab.

Ihr Vater sah ganz betroffen aus. Es dauerte ein paar Minuten, bis er antworten konnte: »So wie sich die Dinge dann weiter entwickelt haben, sieht es wohl so aus, als ob wir damals nicht gerade taktvoll waren. Mir tut das sehr leid. Was kann ich sonst dazu sagen? Ich habe dich hier nach Hause eingeladen, um über diese Dinge zu sprechen, damit wir zu einer Versöhnung kommen. Das ist natürlich ein schmerzhafter Prozeß.«

»Also dann sollten wir ganz klar sagen, daß das, was du mir und John angetan hast, wirklich schrecklich war. War das nötig?« Sie schwieg für einen Augenblick. »Und ich will jetzt nicht wieder hören, daß du meintest, es sei das Beste für mich.«

»Sonst habe ich kaum noch was dazu zu sagen.«

»Willst du mir erzählen, daß du der Meinung warst, es sei das Beste für mich, uns quasi zu exkommunizieren und zu zwingen, mit dem kleinen Gehalt eines Oberleutnants auszukommen?« Sie sprach etwas lauter. »Daß du deinen einzigen Enkelkindern die Fürsorge ihres Opas vorenthälst? Wie kann es das Beste für sie sein? Wie kann es das Beste für dich sein?« In ihren Augen bildeten sich wieder Tränen, aber sie wollte nicht weinen. Ihre Wut war immer noch stärker als ihre Traurigkeit. »Weißt du, daß ich den Kindern erst mal erklären mußte, wer du bist, ehe wir zu dir fuhren?«

»Nun, meine Haltung mag hart gewirkt haben, aber wie konnte ich dir sonst klarmachen, daß du im Begriff warst, dir dein ganzes Leben zu ruinieren. Du hast dir sozusagen dein eigenes Bett gemacht, da war es dann auch deine Sache, in dem Bett zu schlafen.«

»Sieh mal, Vater, das ist doch nicht konsequent. Du hast doch gerade selbst gesagt, daß ich mein eigenes Leben gestaltet hätte. Warum kannst du es mich denn nicht auch in gleicher Weise, wie andere Eltern das auch machen, leben lassen? Ich habe mich nun mal entschieden, John zu heiraten. Es war mir völlig egal, ob du dachtest, ich hätte jemand Besseren finden können. Es war meine Wahl und Entscheidung, nicht? Was ging das dich an?«

»Es ging mich viel an. Ich hatte keine Lust, ein Leben zu finanzieren, das ich schon im Ansatz für dumm hielt. Ich wollte mich ganz klar davon distanzieren – und genau das habe ich auch getan.«

Marie dachte einen Augenblick nach, bevor sie antwortete. »Warum dachtest du denn, meine Liebe sei dumm? Hast du je versucht, John kennenzulernen? Die Antwort ist ein klares Nein. Wie oft hast du mit ihm gesprochen? Ich glaube insgesamt zweimal. Und du nennst dich einen Juristen? Da soll man doch von Tatsachen ausgehen? Auf welchen Tatsachen basiert deine Überzeugung, daß ich hätte was Besseres finden können?«

»Der Mann kam doch aus einer Arbeiterfamilie.«

Marie glaubte, sie hätte sich verhört. »Wie bitte? Was hast du gerade gesagt?«

»Sein Vater war Lastwagenfahrer, und seine Mutter war Kellnerin in einem Straßencafé. Und dann waren sie auch noch geschieden. Das ist nicht die Herkunft, die ich mir für meinen Schwiegersohn vorgestellt hatte.«

»So. So. Wir leben hier im Amerika des 21. Jahrhunderts, nicht in England zu Zeiten der Königin Viktoria. Wie kannst du nur so urteilen! Was ist denn so Besonderes an dem mächtigen Charles

Goetschl, ha? Was war denn dein Vater von Beruf? Kannst du dich nicht mehr erinnern? Ich sage es dir: Er war ein Ladenbesitzer. Also gut, zugegeben, es war ein großer Laden. Aber die Größe ist nicht entscheidend, oder? Haben seine Arbeit und seine Stellung *dich* irgendwie bei der Auswahl deiner Frau beeinflußt? Nein. Und warum nicht? Weil dein Vater nicht so ein verschrobener Snob war, wie sein Sohn es ist.«

Marie war hochrot im Gesicht, weniger aus Ärger, mehr wegen der Erregung, die sie gepackt hatte. Sie spürte, daß sie die Oberhand gewann. Trotz all der harten Jahre hatte sie nie über die Persönlichkeit ihres Vaters nachgedacht, sie trug immer noch das Bild ihrer Kindheit von ihm in sich, das mehr durch Idealvorstellungen als durch Realität geprägt war. Erst jetzt war sie sich darüber klargeworden, daß der Hauptgrund für all ihre Schwierigkeiten miteinander seine Hochnäsigkeit war, und diesen Charakterzug teilte Christine voll mit ihm. War es das, was die beiden verband? Ihr Vater saß bewegungslos auf seinem Stuhl.

Marie nahm den Faden wieder auf. »Und geschieden? Daß du das überhaupt ansprechen magst. Du und Christine, für euch ist es doch auch die zweite Ehe. Soll das dann bedeuten, daß ich nie heiraten sollte, weil meine Eltern geschieden sind? Deine Logik, daß man Nachkommen von geschiedenen Eltern nicht heiraten sollte, würde ja bedeuten, daß sich für mich nie einer gefunden hätte ...«

Ihr Vater dachte lange nach, ehe er antwortete: »Du wirst es nicht nachvollziehen können, wie man sich fühlt, wenn man ein Kind wie dich großgezogen hat. Ich war unsäglich stolz auf dich. Du hattest einen Start ins Leben, den ich nicht hatte. Der Laden meines Vaters war nicht groß, als ich ein Kind war. Wenn ich es nicht geschafft hätte, ein Stipendium zu bekommen, hätte ich nie nach Princeton gehen können.« Vater langte in seine Tasche, zog ein sauber gebügeltes Taschentuch hervor und tupfte sich das rechte Auge aus. »Ist dir klar, daß du die höchsten Schichten unserer Gesellschaft hättest erreichen können? Du hättest Senatorin werden können oder sogar die Frau eines Präsidenten der Vereinigten Staaten, wenn du deine Karten geschickt gespielt hättest. Mit achtzehn, da wußtest du eben nicht, wie man diese Karten einsetzen muß. Ich wollte dir dabei helfen, ich wollte, daß du weiter geschult würdest und mehr lerntest. Ich wollte, daß du etwas aus dir selbst machtest. Aber du fingst an, mit diesem Godfrey herumzutändeln, und dann bist du einfach weggerannt und hast diesen John geheiratet. Kannst du dir vorstellen, wie ich mich fühlte? Ich war sauer auf dich, wirklich sauer. Ich habe dich damals auch enterbt.«

»Was wolltest du damit erreichen? Dachtest du etwa, ich würde es mir anders überlegen und John fallenlassen? Klein beigeben? Wieder hier zu Hause angerannt kommen und mich dann in Princeton einschreiben?«

»Ja, genau, das hatte ich gehofft. Ich habe mich damals gewundert, daß du durchgehalten hast. Aber du kennst mich ja. Wenn ich mich erst mal zu etwas entschlossen habe, dann bleibe ich auch meist dabei.«

»Ja, ich auch«, antwortete sie selbstbewußt. Marie wurde klar, daß sie sich jetzt beide festgerannt hatten und daß es nichts brachte, noch weiter zu insistieren. Es war an der Zeit, aufeinander zuzugehen. »Und wie soll es jetzt weitergehen? Soll ich die zurückliegenden 14 Jahre einfach so vergessen? Soll ich all den Schmerz und Ärger einfach aus meiner Erinnerung streichen?« fragte sie.

»Nein, das erwarte ich nicht. Das könnte ich auch nicht. Aber du solltest die Sache als abgeschlossen betrachten und in die Zukunft sehen. Das habe ich mir wenigstens vorgenommen. Ich will versuchen, ein wenig die Härten auszugleichen, die du in dieser Zeit hast durchmachen müssen.«

»Es wäre wirklich schön, wenn du dich entschuldigen würdest.«

»Na, ich dachte, das hätte ich gerade getan. Sieh mal, Marie, es tut mir wirklich leid, wie das Ganze gelaufen ist. Reicht dir das?«

»Ja, ich denke, ja. Heißt das denn auch, daß ich mir zukünftig frei einen Lebenspartner aussuchen darf, wenn ich das noch einmal will? Ohne daß ich 13 Jahre ins Exil muß?«

»Nun«, reagierte ihr Vater, »ich hoffe natürlich immer noch, daß du dir anhörst, was ich dir zu sagen habe, und daß du meine Ratschläge zur Kenntnis nimmst.«

»Ja, zuhören, das werde ich. Das habe ich schon immer getan. Aber ich bin dir eben nicht immer gefolgt bei deinen Empfehlungen.«

»Nein, das bist du nicht. Sieh mal, Tochter, ich bin ja auch kein besonderes Vorbild, was die Partnerwahl anbetrifft. Ich muß zugeben, daß ich noch nicht einmal richtig weiß, was für mich selbst das Beste ist, geschweige denn, was für dich das Beste sein könnte. Meinetwegen kannst du dir aussuchen, wen auch immer du willst. Du bist ja auch keine achtzehn mehr.«

»Vielen Dank, Vater. Ich freue mich sehr, daß du das eingesehen hast.«

2000A, USS *Tulsa*

Als sie etwas atemlos vor der Tür der Kommandantenkammer angekommen waren, sah Harvey Schwartz Enzo an und sagte: »Willst du es dem Kommandanten sagen oder soll ich das machen?«

»Wieso, was ist denn?«

»Na, viel Unterschied macht es nicht. Ich stehe ja sowieso wie ein Blödmann da. Ich hätte eben die Sauerstoffdaten laufend notieren sollen.«

Harvey klopfte, und sie warteten auf eine Reaktion.

»Laß mich das mal dem Kommandanten beibringen«, entgegnete Enzo.

Harvey klopfte noch einmal. »Glaubst du, daß er schläft?«

»Ich schau mal rein.« Enzo öffnete die Tür. Im Schein der Batterieleuchte konnte Enzo erkennen, daß Richter tatsächlich fest schlief. »Was meinen Sie«, flüsterte er, »soll ich ihn wekken?«

»Er hat ja gesagt, daß er wissen will, was wir herausfinden. Und das ist doch 'ne wichtige Sache.«

»Okay.« Enzo ging hinein und schüttelte den Kommandanten an der Schulter. Keine Reaktion. Er schüttelte noch einmal. »Herr Kap'tän, wir haben ein Problem.«

Richter bewegte sich, rieb sich die Augen und öffnete sie dann. »Was gibt's denn?«

»Das Ventil an den Sauerstoffflaschen ist eingefroren. Das ist ein einziger Eisblock, und da kommt überhaupt kein Sauerstoff mehr raus.«

Richter setzte sich vorsichtig aufrecht. »Und seit wann ist das so?«

»Das wissen wir nicht. Der Druck auf den Flaschen ist seit unserem Bericht gestern unverändert«, gab Harvey zu. »Es tut mir leid, ich hätte das prüfen müssen.«

Richter kratzte sich am Kopf und rieb sich wieder die Augen. »Die Ventile sind doch beheizbar, geht die Heizung denn nicht?«

»Nein, Herr Kap'tän, Sie kennen diese Geschichte schon, die Heizung läuft auf Wechselstrom!«

»Perfekt.« Richter begann zu frösteln. Er langte mit vorsichtigen Bewegungen nach der gefütterten Jacke, die neben seiner Koje an Deck lag, und legte sie sich über seine Schultern. »Was sagt der E-Meister dazu? Kann er da was machen?«

Enzo sah Harvey an und bedeutete ihm, zu antworten.

»Wir haben darüber nachgedacht, aber wir haben uns dann dagegen entschieden, ihn damit zu beauftragen. Das ist zu gefährlich. Wenn sich der kleinste Funken bildet, könnte das zu einer großen Explosion führen.«

»Ja, richtig. Gütiger Gott! Warum kann ich so etwas nicht mehr selbst erkennen?«

»Wir haben eine andere Idee«, warf Enzo ein. »Wir haben ja kochendes Wasser. Wir können es damit auftauen.«

»Ja, das sollten wir machen, oder wir verbrennen ein paar Kerzen aus chlorsaurem Salz, um das Eis aufzutauen. Auf jeden Fall muß da sofort etwas passieren«, sagte Richter müde. »Ich glaube, ich habe mich noch nie in meinem Leben so schlecht gefühlt.«

»Dann sollten wir beides machen«, stellte Enzo mit selbstsicherer Stimme fest. »Das dürfte auch die beste Methode sein, den Sauerstoffanteil in der Atemluft wieder hochzukriegen. Wir werden Ihnen morgen früh melden, was wir erreicht haben, Herr Kap'tän.«

»Falls das nicht klappt, will ich das sofort wissen. Ich habe es bis jetzt nicht ausgesprochen, aber wenn ihr das nicht hinkriegt, werden wir mit dem Notausschleusen beginnen müssen.«

»Nicht klappt?« antwortete Enzo locker. »Das gibt es bei uns nicht. Wir werden das schon hinkriegen!«

»Gut. Nehmen wir an, ihr schafft das. Wie wollt ihr denn wissen, wann der Sauerstoffanteil wieder normal ist? Ich will, daß der nicht zu hoch steigt, das ist doch auch ganz klar, warum.«

»Ich nehme Harvey als Versuchskaninchen. Ich weiß nicht, ob sie es schon bemerkt haben, Herr Kap'tän, aber seine Atemfrequenz ist direkt von der Atemluftzusammensetzung abhängig.« Die zwei Kapitänleutnante drehten sich um, sie wollten die Kammer verlassen. »Soll ich das Licht anlassen, oder sollen wir es ausmachen?«

»Das kann ich selbst, Enzo. Ich wünsche Ihnen beiden eine erfolgreiche und auch gute Nacht.«

»Gute Nacht, Herr Kap'tän«, kam es wie aus einem Munde, dann gingen die jungen Offiziere.

Enzo ging in seine Kammer und knipste aus reiner Gewohnheit den Lichtschalter an. »Scheiße!« murmelte er und tastete sich zu seiner Koje, dort schaltete er eine Batterieleuchte ein. Er zog seine Schuhe aus und schlüpfte unter die Bettdecke. Es wird nicht mehr lange dauern, bis der Kommandant das Bewußtsein verliert, dachte er. Es war allzu offenbar, daß Richters hellwacher Geist nicht mehr wie sonst funktionierte. Enzo fielen die Augen zu, er fühlte sich restlos erschöpft und löschte das Licht. Erschöpfung war ein Gefühl, das er seit seinen Tagen in New York gut kannte. In Brooklyn hatte sein Leben fast nur aus Arbeit bestanden. Er mußte in der Schule viel nachholen, und wenn er nicht für die Schule arbeitete, dann half er in der Wäscherei von Onkel Alberto. Das war körperlich harte Arbeit bei großer Hitze, die einem alles abverlangte. Er hatte dort gelernt durchzuhalten, und diese Ausdauer hatte ihm bei seinem Werdegang in der Marine sehr geholfen. Hätte er je vorhersehen können, daß ihm etwas wie dies hier zustoßen könnte, wäre er dann auch zur Marine gegangen? Er beantwortete sich die Frage nicht, langsam versank er in einen tiefen Schlaf.

2345C, Severnaya Hotel, Murmansk

Nachdem Zerchev Borzhov mehr oder weniger in sein Zimmer getragen hatte, half er ihm, das nähere der beiden Betten zu erreichen, und legte ihn darauf ab. Er zog ihm die Schuhe aus, nahm den Schlips ab und legte den Zimmerschlüssel auf den Nachttisch. Dann ging er ans Fenster. Vor dem Hotel wartete das Taxi, Zerchev hatte den Fahrer darum gebeten. Da stand er, in der Profsoyuzov Straße und wartete darauf, ihn wieder in den Stützpunkt zu bringen. Es war sehr kalt geworden, hinter dem Auspuff des Taxis bildete sich eine Wolke, die fast das halbe Auto verdeckte. Zerchev mußte los. Er durchquerte den Raum, ging hinaus und schloß die Tür leise hinter sich.

»Ihr Freund hat zuviel getrunken«, bemerkte der Taxifahrer.

»Ja, er trinkt nur selten. Daher kann er nicht so viel ab. Er hat heute einen schlechten Tag gehabt.«

»Das ist ein teures Hotel. Sonst steigen da nur die Touristen ab.«

»Weiß ich wohl. Aber er wollte eben heute hier übernachten. Ich denke, daß er morgen wieder in den Stützpunkt zurückkehren wird.«

Zerchev schwieg. Er war selbst nicht klar im Kopf, der Abend war schlecht gelaufen. Borzhovs Stimmung hatte starken Schwankungen unterlegen. Zeitweilig war er lustig gewesen und hatte Witze gerissen. Er hatte Admiral Gromyko in phantastischer Weise nachgeahmt, und das war irre witzig. Aber im Laufe des Abends war Borzhov immer melancholischer und trauriger geworden. Offensichtlich war er davon überzeugt, daß seine Marinekarriere zu Ende war, und dabei blieb er, egal was Zerchev dazu sagte. Und er hatte wahrscheinlich recht. Zerchev fühlte sich jetzt schlecht, weil er Borzhov allein gelassen hatte, aber der hatte darauf bestanden. Zerchevs Gewissen wurde dann aber durch den Gedanken erleichtert, daß Borzhov bei dem vielen Wodka, den er in sich hatte, sicher tief und fest schlafen würde.

Kurz nachdem Zerchev gegangen war, erhob sich Borzhov von seinem Bett. Er hatte eine Dusche nötig, dazu zog er seine Uniform aus und legte sie sorgfältig über das zweite Bett. Es überraschte ihn selbst, aber er fühlte sich recht nüchtern. Er hatte sich Zerchev gegenüber betrunkener gestellt, als er es wirklich war. Das war die einfachste Methode, ihn los zu werden. Im Laufe des Abends war Zerchev immer anhänglicher, zum Schluß geradezu lästig geworden, sicherlich hatte sich in ihm ein Schuldgefühl entwickelt wegen der Art und Weise, in der er seinen Kommandanten hintergangen hatte. Aber Zerchev ist ein guter Mensch, und sicher ist das alles für ihn auch ein schwerer Schritt gewesen, dachte Borzhov. Konnte man Zerchevs Verhalten entschuldigen? Wohl nicht, nichts an der jetzigen Situation war zu entschuldigen.

Nachdem er geduscht hatte, fühlte er sich im Kopf noch klarer. Er trocknete sich ab, ging zur Zimmertür, öffnete und hing das Schild ›Bitte nicht stören‹ über die Türklinke. Er wollte jetzt absolute Ruhe haben und auch das Telefon nicht abnehmen, wenn es denn klingeln sollte. Dann ging er ans Fenster und sah hinaus. Die Straße war leer, auch im gegenüberliegenden Gebäude waren keine Lichter zu sehen. Dennoch zog er es vor, die Vorhänge zu schließen. Am Tisch stand ein Stuhl, den holte er sich an das Fenster. Auf dem Stuhl stehend, prüfte er die Festigkeit der dicken Messinggardinenstangen. Die würden sein Gewicht tragen. Als nächsten Schritt holte er sich einen der Drahtkleiderbügel aus dem Schrank und zog den Ledergürtel aus seiner Hose. Das Ende des Gürtels steckte er durch die Gürtelschnalle, so daß sich eine Schlaufe bildete. Dann legte er das Ende um die Gardinenstange und befestigte es, indem er den Draht des Kleiderbügels durch zwei der für die Gürtelschnallen vorgesehenen Löcher im Gürtel führte. Als er alles vorbereitet hatte, brauchte er nur noch einen kleinen Abschiedsbrief zu schreiben. Er ging an den Schreibtisch und nahm ein Blatt Schreibpapier, auf dem links oben der Briefkopf des Hotels gedruckt war. Auf dieses Papier schrieb er mit dem Hotel-Reklame-Kugelschreiber seine letzten Zeilen an die Besatzung seines Bootes, die *Gepard*. Borzhov hatte keine Familie oder nahe Verwandte.

Als er fertig war, legte er den Kugelschreiber auf den Tisch und sah sich in seinem Hotelzimmer um. Alles war sauber. Er trat zu dem Stuhl am Fenster und stieg hinauf, steckte seinen Kopf durch die vorbereitete Schlaufe seines Gürtels, zog sie um seinen Hals fest und drehte die Schnalle so hin, daß sie unter seinem linken Ohr saß. Dann langte er nach oben, ergriff mit kräftigen Händen die Messingstange und stieg auf die Stuhllehne. Der Stuhl kippelte unter ihm hin und her, und zum ersten Mal merkte Borzhov, daß der Alkohol seine Reaktionsfähigkeit beeinflußte. Er wollte sich noch – auf der Stuhllehne balancierend – so drehen, daß sein Rücken der Zimmertür zugewandt war. Halb hing er an seinen starken Armen, und so gelang es ihm, die gewünschte Stellung zu erreichen. Alles war jetzt, wie er es haben wollte. Sein Blick ging zur Decke und dann zum Fußboden. Die Fallhöhe sollte ausreichen, ihm das Genick zu brechen, wenigstens hoffte er das sehr. Ein langsamer Tod durch Ersticken war nicht das, was er wollte. Der Stuhl wackelte wieder stark. Die Zeit war gekommen. Er prüfte noch einmal mit seiner rechten Hand die Gürtelschnalle, ja, die Schlaufe saß richtig. Nun mußte er nur noch mit der linken Hand die Messingstange loslassen und den Stuhl wegstoßen.

Kapitel 6

Dienstag, 2. November

0500C, Fjord vor Murmansk
Es waren schon eine ganze Reihe Überwasserschiffe der britischen Marine in russische Häfen eingelaufen, seit der Kalte Krieg vorüber war. Aber ein britisches Atom-U-Boot, geschweige den eines mit ballistischen Flugkörpern, hatte Rußland noch nie besucht. Noch vor wenigen Jahren wäre schon die reine Vorstellung, daß so etwas einmal geschehen könnte, als völlig abwegig angesehen worden. Aber die Zeiten hatten sich geändert, und inzwischen hatten sich die Dinge so weit entwickelt, daß das Retten von Leben Vorrang vor militärischer Sicherheit und anderen operativen Erwägungen nahm.
Fregattenkapitän Philip Todhunter sah auf die Lichter der Stadt, die sich im Wasser vor dem U-Boot spiegelten. Gewiß, dies war für ihn ein unbekanntes Revier. Er dachte darüber nach, wie sehr sich doch die Umstände während seiner zwanzigjährigen Dienstzeit geändert hatten. Da waren die ruhigen Zeiten der Thatcher-Reagan-Ära, die Säckel für das Militär waren gut gefüllt, und der Dienst machte Freude. Er verglich das mit den inzwischen stark reduzierten Streitkräften, auch er hatte es letzten Endes Margret Thatcher zu verdanken, daß er heute das Kommando über dieses phantastische U-Boot führen durfte. Es war fast unvorstellbar, daß Leute wie Major oder Blair derartig aufwendige Systeme beschaffen würden. Ja, vieles hatte sich geändert, und diese Änderungen waren tiefgreifend gewesen.

Sein Blick wanderte zu der phosphoreszierenden Hecksee. Der runde Bug der *Vindictive* schob sich mühelos durch das eiskalte

Wasser, und Philip schätzte die Peilung zur Hafeneinfahrt, die voraus in Sicht gekommen war. Er gab sich zwar den Anschein, als genieße er die vorbeiziehende Szenerie, aber in Wirklichkeit paßte er höllenscharf auf das auf, was der russische Lotse tat. Der gab hin und wieder in schlechtem Englisch, aber mit sicherer Stimme Kommandos in das Mikrophon, das er in seiner Hand hielt.

Da er vorher noch nie an einem Einsatz mit einem DSRV beteiligt war, hatte Todhunter am Vorabend die gesamte Dokumentation durchstudiert, die über das DSRV an Bord vorhanden war. Nun wußte er, wie das Ding funktionierte und was man von seinem Boot erwartete, wenn es als MOSUB fungierte. Im Prinzip war das wirklich einfach. Nach der Montage des DSRV an Deck der *Vindictive* würde er ein Probetauchen durchführen und dann über Wasser in Richtung auf das Datum, die Position der gesunkenen *Tulsa*, losdampfen. Dort würden sie wieder tauchen, so dicht wie die Sicherheit es zuließ, an die *Tulsa* heranmanövrieren und in dieser Position verharren. Sein Boot konnte dies alles bewältigen, er erwartete keine größeren Schwierigkeiten. Auch das Auffinden der *Tulsa* sollte einfach sein. Sowohl die *Nordvik* als auch die *Wellington* mußten den Standort inzwischen eindeutig festgestellt haben. Als nächstes konnte dann die Besatzung des DSRV ihr Unterwasserfahrzeug besteigen, sich von der *Vindictive* lösen und hinunter zur *Tulsa* fahren. Sie mußten die Luke der vorderen Notschleuse finden und das DSRV auf den dafür vorgesehenen Ring über der Schleuse absetzen. Dieser Vorgang wurde »ankoppeln« genannt. Sobald die Verbindung wasserdicht war, mußte das Wasser aus dem Zwischenraum abgepumpt werden, die Luke unter dem DSRV konnte geöffnet werden, und der Weg war frei vom DSRV zum verunglückten U-Boot. Menschen und Material wurden ausgetauscht, und das ganze Verfahren mit umgekehrter Reihenfolge erneut durchexerziert. Da das DSRV auf einmal bis zu 24 Personen befördern konnte, würden wohl vier Fahrten des DSRVs von der *Vindictive* zur *Tulsa* erforderlich werden. Zwischendurch waren aber zwei, vielleicht drei Pausen zum Aufladen der Batterien des DSRVs erforderlich, aber auch das sollte eigentlich unproblematisch bleiben. Wenn mit der ersten Ladung des DSRV erst einmal Geräte zur Kontrolle und zur Verbesserung der Atemluft in die *Tulsa* hinübergeschafft worden waren, war der ganze zeitliche Druck aus dem Manöver heraus. Nur eines beunruhigte ihn: In einem Funkspruch war mitgeteilt worden, daß es nicht gelang, mit der *Tulsa* Sprachkommunikation herzustellen. Das würde den ganzen Ablauf verkomplizieren und Verzögerungen verursachen. Erhöhte es auch die Wahrscheinlichkeit eines Unfalles? Vermindern würde es sie auf jeden Fall nicht. Aber als er länger darüber nachdachte, schwanden seine Sorgen. Die US-Marine hatte derartige Boote seit fast 30 Jahren im Dienst und ganz sicher diese Sorte Problem im Griff. Für die *Vindictive* würde es sowieso kein Sicherheitsproblem in dieser Beziehung geben, da er jederzeit mit dem DSRV kommunizieren konnte. In gewisser Weise gab es da also vielleicht ein Problem für die Männer auf der *Tulsa*, aber nicht für die *Vindictive*. Aber sein schlechtes Gefühl konnte das nicht wegblasen. Er wußte aus eigener Erfahrung, daß die Übungen beim Militär nicht immer der Realität entsprachen. So etwas gab es immer wieder. Probleme, die Menschenleben gefährdeten oder deren Lösung allzuviel Geld kostete, wurden mitunter auf die lange Bank geschoben, und es wurde mit irgendeiner Kunstlösung darüber hinweggegangen. Durch diese Methode geriet das Problem manchmal völlig in Vergessenheit. Da das DSRV noch nie in einem Ernstfall eingesetzt worden war, stellte sich schon die Frage, ob jetzt in der bitteren Wirklichkeit alles funktionieren würde. Ob schon jemals versucht worden war, eine Rettung ohne Sprachverbindung durch Unterwassertelefon zu üben? Vor dem Abtauchen zur *Tulsa* sollten noch einige Amerikaner an Bord der *Vindictive* kommen. Todhunter nahm sich vor, ihnen diese Frage zu stellen.

1000C, im Hafen von Severodmorsk

Die Besatzung der *Gepard* war in zwei Reihen vor dem beschädigten Boot im Dock angetreten. Obwohl das U-Boot in einem

Dock mit Dach lag, war es bitter kalt. Die Männer traten von einem Fuß auf den anderen und schlugen mit den Händen gegeneinander, um sich zu wärmen. Im Laufe des Morgens waren Gerüchte durch das Boot gelaufen, das irgend etwas mit dem Kommandanten war. Er war nicht an Bord gekommen, das hatte die seltsamsten Vermutungen beflügelt, obwohl einige Männer ja wußten, daß er nicht kommen würde, da er noch immer diesen Verhandlungstermin wegen der Kollision hatte.

Ein Auto hielt am Ende des Docks, und der Erste Offizier stieg zusammen mit Kapitänleutnant Meltzer aus. Sie schritten auf die wartende Besatzung zu und stellten sich vor die Front. Der dienstälteste PUO machte Meldung. Die allgemeine Spannung war förmlich faßbar.

Korvettenkapitän Zerchev fühlte sich nicht gerade wohl in seiner Haut, nach der Sauferei am Vorabend in Murmansk mußte er jetzt den Männern diese Mitteilung machen, die er auch nicht im entferntesten vorhergesehen hatte. Es war keine einfache Aufgabe, den Tod von Fregattenkapitän Borzhov bekanntgeben zu müssen. Er räusperte sich. »Offiziere und Männer der *Gepard.*« Er machte eine kleine Pause, in seinen Schläfen pochte es. »Einigen von Ihnen wird klar sein, daß der Kommandant in den letzten Tagen hier unter erheblichem Druck gestanden hat. Es ist meine schwere Pflicht, Ihnen mitzuteilen, daß er sich gestern abend das Leben genommen hat.«

Zerchev mußte unterbrechen, sein Puls raste. Das gab Raum für allgemeines Murmeln. Nach den meisten Gerüchten, die umgelaufen waren, sollte der Kommandant festgenommen worden sein und wegen der Kollision verurteilt werden. Aber diese Nachricht jetzt schlug ein wie eine Bombe.

Zerchev hob eine Hand, um Ruhe herzustellen. »Jeder von uns hat seine eigenen Erinnerungen an den Kommandanten. Ich nehme aber an, daß meine Erinnerungen sich nicht sehr von den Ihren unterscheiden. Ich hatte größte Hochachtung vor ihm. Er war ein anständiger und ehrlicher Mann. Wir alle wissen, daß diese Eigenschaften heute in der russischen Marine immer seltener werden. Er war auch ohne Zweifel hochintelligent, er war freundlich und wohlwollend, und ich weiß, daß er sich um jedes Besatzungsmitglied gekümmert hat. Sein Tod ist ein bitterer Verlust für uns alle.«

Zerchev hatte das Gefühl, als ob ihm gleich schlecht würde. Seine Uniformmütze schnürte seinen Kopf wie ein Schraubstock. Das Pochen in seinem Schädel wurde immer stärker. Er mußte die Musterung hier rasch beenden. Aus seiner Manteltasche zog er ein Blatt Papier, eine Fotokopie des Abschiedsschreibens, das Borzhov auf dem Hotelpapier in seinem Hotelzimmer geschrieben hatte. »Bevor er gestorben ist, hat der Kommandant einen Abschiedsbrief geschrieben. Sie werden ja wohl wissen, daß er keine Familie hatte, er hat daher diesen Brief an uns gerichtet. Der Brief lautet wie folgt, ich lese vor:

Liebe Kameraden, Männer der Gepard!
Was ich jetzt vor mir habe, hat nicht das Ziel, Sie in irgendeiner Weise zu verletzen oder zu kränken. Das Gegenteil ist der Fall. Ich möchte mich daher bei all denen unter Ihnen entschuldigen, die vielleicht wegen meines Todes trauern oder meinen Tod als Verlust empfinden. Obwohl ich weiterhin gerne bei Ihnen wäre und Sie gerne unterstützen würde, muß ich zu meinem Bedauern feststellen, daß das nicht möglich ist. Ich kann Ihnen nur versichern, daß all das Leiden, das sie empfinden und durchmachen, nichts ist im Vergleich zu dem, was ich in den letzten Tagen habe erleben müssen. Wir leben in schwierigen Zeiten. Sowohl unser Vaterland als auch unsere Marine stehen vor riesigen Problemen. Es gibt Leute in der Hierarchie über uns, die all diese Probleme lösen wollen. Aber sie sind offenbar bereit, zur Lösung dieser Probleme einige Verhaltensregeln zu opfern, die ich für unverzichtbar und sakrosankt halte. Ich bin daher zu der Überzeugung gelangt, daß ich dieser Organisation nicht mehr als Offizier dienen kann. Da ich keine Hoffnung haben kann, daß einem Entlassungsgesuch stattgegeben würde, bleiben mir nicht mehr viele Möglichkeiten.

Sie, meine Besatzung, so im Stich zu lassen, ist für mich der schwierigste Teil an diesem Schritt. Meine Verbindung zu Ihnen ist enger, als Sie es je wissen werden. Sie, Männer der Gepard, *sind meine Familie, mein Lebenssinn. Ich muß jetzt diesen Schritt gehen, um Ihnen all die Nachstellungen wegen der Ereignisse während unseres letzten Einsatzes zu ersparen. Ich allein habe den Gang der Dinge zu verantworten, der sich in den letzten Tagen ergeben hat. Ich bin überzeugt, daß mein Handeln jetzt für Sie alle und auch für mich die beste Möglichkeit ist.*

Ich werde Sie sehr vermissen.

Absolute Ruhe bei der ganzen Besatzung trat ein. Alle sahen geschockt aus. Einer weinte: Kapitänleutnant Meltzer. Zerchev starrte vor sich auf den Boden des Docks und sprach ein leises Gebet. In der ganzen riesigen Dockhalle war kein einziger Laut zu hören.

»Es gibt da noch einen Punkt«, sagte dann Zerchev, »wie Sie ja wissen, war der Kommandant ein stiller, für sich lebender Mensch. Mir wurde gesagt, daß es sein Wunsch ist, ganz im stillen beigesetzt zu werden. Es wird also kein öffentliches Begräbnis geben. An Stelle eines Begräbnisses wird Admiral Konstantin eine Trauerfeier für Fregattenkapitän Borzhov veranstalten, am Freitag um 1400 Uhr. Sobald Näheres bekannt ist, werde ich es Ihnen mitteilen.«

0800A, USS *Tulsa*

Enzo machte sich Sorgen. Richter hatte in keiner Weise reagiert, als er an seine Tür geklopft hatte, und er hatte auch keine Reaktion gezeigt, als er dann eintrat. Erst jetzt, nachdem er schon etwa 20 Sekunden die Schulter des Kommandanten hin und her geschüttelt hatte, schien er zu Bewußtsein zu kommen.

»Herr Kap'tän, geht es Ihnen gut?« Enzo schüttelte ihn wieder. »Bitte, sagen Sie doch was! Ist alles in Ordnung?«

Richter bewegte sich und öffnete ein Auge, schloß es aber

gleich wieder. »Ach, Sie sind das, Enzo?« Seine Stimme war leiser als sonst, und Enzo hatte den Eindruck, daß die Aussprache unklar war. »Ja, ich bin okay. Meine Kopfschmerzen sind aber immer noch da, ich habe auch Durst, aber sonst geht's mir gut.«

»Harvey hat das mit der Atemluft wieder voll im Griff. Wir haben beide das Gefühl, daß der Sauerstoffanteil jetzt wieder in Ordnung ist. Ich bin auf dem Weg hierher nicht ins Schnaufen geraten. Und ich habe auch wie ein Bär geschlafen.«

»Ja, ich kann auch wieder viel besser atmen. Gut gemacht, Harvey.« Richter leckte sich die trockenen Lippen.

»Ich hole Ihnen ein Glas Wasser, Herr Kap'tän«, sagte Enzo, nahm ein leeres Glas und trat an das Waschbecken. Dann stellte er es neben Richters Koje ab.

Richter ergriff das Glas und nahm einen ordentlichen Schluck. »Na, das ist ja 'ne Wohltat. Vielen Dank, Enzo.«

Richter hatte wieder das unangenehme Gefühl, wie ihm die Magensäure bis in die Kehle aufstieg. Er schluckte, aber das half nicht. Bevor er auch nur die Beine unter der Bettdecke rauskriegte, um aufzustehen, mußte er sich schon übergeben, das Erbrochene flog an Deck, gerade noch an Enzo vorbei. Unter seinem Kopfkissen zog Richter ein schon mit grünen Flecken übersätes Taschentuch hervor, damit wischte er sich den Mund ab. »O mein Gott, nicht schon wieder«, jammerte er. Richters Stimme war leise und schwach, seine Zähne klapperten, so fror er. »Ich habe schon gestern nichts bei mir behalten können, aber ich habe wenigstens noch trinken können. Das scheint nun ja auch nicht mehr zu funktionieren. Da ist wohl nicht mehr viel Hoffnung für mich, oder, Enzo?«

»Lassen Sie uns abwarten, wie es Ihnen heute weiter ergehen wird, Herr Kap'tän. Das wird seine Zeit brauchen. Ich hole Ihnen etwas Orangensaft. Der schmeckt doch auch viel besser.«

»Das ist sehr nett, aber der Geschmack ist nicht das Problem. Wasser ist eigentlich schon das Richtige.«

»Ja, aber Sie haben doch auch seit zwei Tagen keinerlei Nahrung mit irgendwelchem Kaloriengehalt zu sich genommen. Wollen Sie mal Kakao probieren? Da werden Sie sich bestimmt besser fühlen, wenn Sie was Warmes, Süßes trinken. Es hilft Ihnen auch, mit der Kälte fertigzuwerden.«

»In Ordnung, Enzo, wir versuchen das.«

Richter ließ sich wieder auf seine Koje fallen, und Enzo verließ die Kammer.

Zum ersten Mal, seitdem die *Tulsa* von den Suchkräften gefunden worden war, brach in Richter die Sorge durch, ob er überleben würde. Noch nie vorher hatte er sich so schlecht gefühlt. Das mochte dadurch verursacht sein, daß er noch nie vorher ernstlich in Lebensgefahr gewesen war, aber das war jetzt auch egal. Zum ersten Mal hatte er Angst zu sterben, das war Tatsache. Vielleicht war er in diesem Punkte bisher eher dickfällig gewesen, weil er keine Familie und keine entsprechende Verantwortung trug. Vielleicht war es auch ein gewisser Grad von Fatalismus, wie man ihn häufig bei Menschen mit Gefahr geneigten Tätigkeiten findet. Bisher hatte er auch in gefährlichen Situationen, und deren hatte es in seinem Leben eine ganze Reihe gegeben, nie das Gefühl gehabt, es könne ihm ernstlich etwas zustoßen oder er könne sterben. Es klopfte an der Tür.

»Herein!« Richter war sich selbst darüber klar, daß seine Stimme leise und schwach war, aber Enzo mußte sie gehört haben, denn er trat ein.

»Hier für Sie, Herr Kap'tän, zwei Tafeln Schokolade. Ich werde Sie jetzt in Ruhe lassen. Wenn es Ihnen recht ist, werde ich aber alle paar Stunden bei Ihnen 'reinsehen.«

»Ja, prima, Enzo, und vielen Dank.«

Richter fing an, darüber nachzudenken, warum sich seine Haltung zum Tod geändert hatte. Warum hatte er auf einmal Angst davor zu sterben? Ein Grund fiel ihm gleich ein: Marie und die Jungen. In den letzten fünf Tagen war er zu der Überzeugung gelangt, daß er jetzt eine gewisse Verantwortung für ihr Wohlergehen hatte, er wollte ihnen seine Fürsorge zumindest anbieten. Das war er John schuldig, keine Frage. Aber langsam wurde ihm klar, daß ihm auch für sich selbst am Leben gelegen war. Er war erstaunt, daß diese fünf Tage seine Einstellung so hatten verändern können. Für ihn waren es fünf Tage der Selbstbesinnung gewesen, wie er sie vorher noch nicht erlebt hatte.

Richter drehte sich um und öffnete die oberste Schublade des Spindes neben seiner Koje. Er entnahm ihr zwei gerahmte Fotos, lehnte sich zurück und betrachtete sie. Dann stellte er noch die Batterieleuchte zurecht und schloß ein Auge, damit er die Bilder nicht doppelt sah. Eigentlich hätte er die Bilder sowieso gerne offen aufgestellt, da aber John nun mal der STO auf der *Tulsa* war, hatte er sie in der Schublade gelassen. Das erste Foto zeigte Marie, er hatte es vor 14 Jahren in einem Vorort von Toronto aufgenommen, als sie ihren ersten und einzigen gemeinsamen Urlaub gemacht hatten. Das Bild hatte er behalten, obwohl sie das Negativ und auch alle Abzüge von ihm verlangt hatte. Auf dem Foto trug sie enge Shorts und ein knappes T-Shirt. Einen BH trug sie nicht, das tat sie damals nie. Sie lag im Gras, den Kopf auf einen Ellbogen gestützt, ihre Beine waren ganz leicht gespreizt. Ihre Brustwarzen waren ganz deutlich zu erkennen, der Gesichtsausdruck verriet hintergründiges Vergnügen. Er hatte das Bild bestimmt schon tausendmal angesehen, und immer noch regte es ihn sexuell an. Das zweite Foto war neueren Datums, es war von Johns Vater vor zwei Jahren zu Weihnachten aufgenommen worden. Es zeigte John und Richter vor einem reichlich geschmückten Weihnachtsbaum, zwischen ihnen stand Marie. Jamie saß bei John auf dem Schoß und Geoff bei Richter. Er liebte dieses Bild, alle machten einen so glücklichen und zufriedenen Eindruck. Marie sah ebenfalls sehr vorteilhaft aus, die Jahre hatten sie kaum altern lassen, sie wirkte immer noch jugendlich und in gewisser Weise verschmitzt.

Er machte sich Gedanken, ob sie wohl seinem Angebot zustimmen würde, eine größere Rolle in ihrem und im Leben der Jungen zu spielen. Vielleicht lehnte sie das ab, und ein größeres Problem könnte auch die Reaktion ihrer Angehörigen werden. Ihr Vater war ein arroganter, überheblicher Mensch, der zutiefst davon überzeugt war, daß er allein wußte, was für seine Tochter gut war.

So wie die Dinge gelaufen waren, hatte das dann dazu geführt, daß Marie den Kontakt zu ihren Angehörigen so gut wie verloren hatte. Richter hatte damals einen riesigen Konflikt auf sich zukommen sehen, wenn er sein Verhältnis mit Marie nicht beendet hätte; er hatte sich von ihr zurückgezogen. Und er hatte auch John gewarnt, daß einiges auf ihn zukommen würde, falls er Marie heiratete. Es war unklar geblieben, ob John ihm nicht geglaubt hatte oder ob er gedacht hatte, der Ärger würde schnell vorübergehen. So oder so, er hatte sich geirrt, und Richter glaubte, daß John seine Entscheidung mitunter bereut hatte. Er hatte als Marineoffizier nie den Lebensstandard bezahlen können, den Marie gewohnt war und den er gerne für seine Familie gehabt hätte. Die Bezahlung bei der Marine war zwar ausreichend, aber eben nicht gerade großzügig. Auch als Korvettenkapitän mit U-Boot-Zulage hatte er für seine ganze Familie weniger bekommen, als Maries Taschengeld als Teenager betragen hatte. Marie, das mußte man anerkennen, redete nie vom Geld, noch nicht einmal, wenn es am Monatsende absolut knapp war. Sicherlich dachte sie auch, daß sie ja selbst mit Schuld war an den knappen Finanzen der Dowlings. Auch wenn er es nie aussprach: Richter wußte, daß es John durchaus geärgert hatte, daß er nicht besser für seine Familie sorgen konnte. Noch nicht einmal ein eigenes Haus besaßen die Dowlings.

Richter war nur eine halbe Stunde wach gewesen, dennoch fühlte er sich wieder müde. In den letzten zwei Tagen hatte er fast nur geschlafen, dennoch war er völlig erschöpft. Seine Kopfschmerzen waren derartig stark geworden, daß er dachte, sein Schädel könne jeden Augenblick platzen. Er nahm eine Tafel Schokolade, brach ein Stück ab und steckte es in den Mund. Der war aber derartig trocken, daß Richter erst warten mußte, bis die Schokolade zu schmelzen begann, bevor er sie kauen konnte. Aber der Geschmack war gut. Er spülte sie mit einigen kleinen Schlucken Wasser runter und legte seinen Kopf wieder auf das Kissen. Die Augen fielen ihm zu, und er schlief sofort wieder ein.

0400R, Cherry Hill, New Jersey
Marie wurde plötzlich wach, sie fuhr im Bett hoch und schrie. Sie war völlig durchgeschwitzt, ihr Herz pochte, und sie war durch die Realitätsnähe ihres Traums geschockt. Fregattenkapitän Thompson hatte ihr das Wenige berichtet, was über den Untergang der *Tulsa* bekannt war, aber ihre Phantasie hatte den Rest hinzugefügt. Sie war immer noch entsetzt über die schrecklichen, grausamen Einzelheiten, die ihre eigene Phantasie erfunden hatte. Sie hatte John gesehen, wie er mit den Armen im Wasser herumschlug, das Gesicht gegen das Deck über ihm gepreßt und nach dem letzten bißchen Luft schnappend, das noch vorhanden war. Er war blaß, er fror, und er hatte schreckliche Angst, seine Augen waren weit aufgerissen. Das Schlagen der Arme wurde immer wilder, das Wasser stieg und begann Nase und Mund zu bedecken. Er konnte machen, was er wollte, er mußte das Wasser einatmen, und er erstickte. In diesem Augenblick war sie aufgewacht. Ihr Traum jagte ihr Angst ein. Sie war hochgeschreckt, bevor das letzte schreckliche geschehen war, bevor eben bei John der Tod eingetreten war. Würden diese Alpträume jetzt immer wieder kommen? Gnädiger Gott! Sie konnte das nicht ertragen. Nicht einen einzigen derartigen Traum konnte sie noch aushalten. Ihr fiel plötzlich ein, daß sie am Vorabend vergessen hatte, ihr Beruhigungsmittel zu nehmen. Das durfte nicht noch einmal passieren.

Marie war jetzt hellwach und wollte nicht wieder einschlafen. Sie entschied sich, in die Küche zu gehen und über den Kühlschrank herzufallen. Am Abend hatte sie keinen rechten Appetit gehabt, aber jetzt knurrte ihr Magen, und sie wollte gerne irgendetwas knabbern und auch etwas trinken. Sonst hatte sie nie ohne Gesellschaft Alkohol getrunken, jetzt wollte sie sich einen Scotch Whisky genehmigen. In den alten Filmen war das immer ein erfolgreiches Mittel gegen Verzweiflung und Niedergeschlagenheit.

Sie zog sich ihren Bademantel eng um den Körper und ging in die Küche. Der Kühlschrank war riesig und bis zum Rand mit allen möglichen Nahrungsmitteln gefüllt. Zuerst überkam sie Appetit auf ein Stück Cheddarkäse, zusammen mit einem Apfel und etwas englischem Senf. Sicher, die Zusammenstellung war etwas seltsam, aber Marie mochte das eben. Dann sah sie den Obstkuchen mit Sahne, den ihr Vater gekauft hatte, um sie und die Enkel willkommen zu heißen. Die Versuchung war zu groß. Sie schnitt sich ein ordentliches Stück ab. Dann ging sie an den Getränkeschrank und nahm sich einen Whisky, von dort verzog sie sich in das Lesezimmer, in dem sie sich auf einem roten Ledersessel mit Fußstützen niederließ. Es war schon über 24 Stunden her, daß sie Fernsehen oder Radio eingeschaltet hatte, sie wollte jetzt wissen, wie es mit den Rettungsoperationen bei der *Tulsa* weitergegangen war, wer überlebt hatte, insbesondere, ob Geoff dabei war. Marie wünschte sich sehr, daß er überlebt hätte, das war ihr selbst klar. Wenn die aber im Fernsehen nur über die Toten berichteten, dann wollte sie den Kasten gleich wieder abstellen. Sie drückte die Fernbedienung.

Wie sie schon vermutet hatte, liefen *Tulsa*-Berichte auf fast allen Kanälen, auch wenn es gerade mal vier Uhr am frühen Morgen war. Sie schaltete SNN ein. Das sah so aus, als würde ein Interview des Vortages noch einmal gezeigt. Drei Männer saßen um einen halbrunden Tisch. Auf der einen Seite des Redakteurs saß Senator Sorenson, der Vorsitzende des Militärausschusses des Senats, und auf der anderen Seite saß ein Staatssekretär aus dem Verteidigungsministerium.

Der Redakteur sagte gerade: »Herr Staatssekretär, nun haben wir ja gerade diesen Film gesehen, den die Marine uns zur Verfügung gestellt hat und in dem gezeigt wurde, wie U-Boot-Fahrer aus einem gesunkenen U-Boot ausschleusen können. Warum konnte denn in diesem konkreten Fall keiner achtern aus dem Boot und sich retten?«

»Also, Bernhard, wir sammeln immer noch Informationen zu diesem Unfall, wir werden das alles erst wissen, wenn wir die Überlebenden befragt haben und wenn wir das Boot gehoben haben. Aber wenn ich eine Vermutung äußern darf, dann ist wahrscheinlich die Ausstiegsschleuse bei der Kollision beschädigt worden.«

»Haben Sie denn keine Informationen von den Überlebenden im vorderen Teil des Bootes bekommen können?«

»Nein, leider kaum. Die Bedingungen sind dergestalt, daß man kaum kommunizieren kann.«

Der Senator warf dazwischen: »Aber es sind doch Überwasserschiffe direkt über der *Tulsa* jetzt, oder?«

»Ja, die sind da. Es ist da ein Schiff der norwegischen Küstenwache, die *Nordvik,* und ein britisches Kriegsschiff, die *Wellington*, soll auch in Kürze dort eintreffen.«

Der Senator hakte nach. »Die Schiffe sind doch mit Unterwassertelefon ausgerüstet, da müssen die doch mit den Männern unten in der *Tulsa* sprechen können!«

Der Staatssekretär begann unruhig zu werden: »Ich muß Ihnen ja sicher nicht erklären, daß diese Unterwassertelefone nicht immer sehr zuverlässig sind. Das Funktionieren hängt vom Seegang und von diesen thermischen Schichtungen ab, um nur mal zwei der zahlreichen Probleme anzusprechen. Wie Sie wissen, war es da oben bei den Bäreninseln recht stürmisch in den zurückliegenden Tagen, und ich nehme an, daß das wohl das größte Problem war.«

Der Senator hatte sich an dem Thema festgebissen und gab noch nicht auf: »Wollen Sie mir erzählen, daß wir mit einem Weltraumfahrzeug auf dem Mars kommunizieren können, aber nicht mit einem U-Boot in 150 Meter Tiefe? Ich meine, es mag ja sein, daß die thermischen Schichtungen und der Seegang diese Schallwellen verzerren, aber sie werden sie doch nicht völlig zerstören. Ich dachte auch, daß es besondere Signale gäbe, wenn die Übertragungsbedingungen sehr schlecht sind.«

»Herr Senator, beim besten Willen, ich bin nicht der Mann, der Ihnen hier die technischen Einzelheiten bei der Schallübertragung im Wasser erläutern könnte. Ich kann nur sagen, daß es sehr schwierig ist, mit der *Tulsa* zu kommunizieren.«

Jetzt ergriff der Redakteur das Wort: »Die Männer in der *Tulsa* wissen, daß die Rettung naht, nehme ich an?«

»Ja, ja. Die Überwasserschiffe benutzen kleine Explosionsschallsignale, um dem U-Boot mitzuteilen, daß sie da sind. Das ist auch schon geschehen.«

»Wenn die Verständigung aber nun so schlecht ist, woher wissen denn die Männer im U-Boot, wann dies DSRV kommt?«

»Das DSRV wird von einem zweiten U-Boot dorthin gebracht. Es müßte wohl für ein U-Boot sehr viel einfacher sein, mit der *Tulsa* Verbindung aufzunehmen, als für Überwasserschiffe.«

Das Thema Kommunikation mit der *Tulsa* schien erschöpft, der Redakteur warf eine neue Frage auf. »Herr Staatssekretär, Sie sagten, daß das DSRV von einem anderen U-Boot zur *Tulsa* gebracht wird. Ist es richtig, daß das ein britisches U-Boot ist?«

»Ja, Bernie, Sie haben recht. Wir haben schon seit vielen Jahren eine Abmachung mit den Briten, was die Zusammenarbeit bei der Rettung von U-Boot-Fahrern anbetrifft. Sie werden auch wissen, daß die Briten ein weiteres Rettungsschiff zur Rettung unserer Besatzung entsenden.«

»Warum gab es denn kein amerikanisches Boot, das diese Aufgabe hätte übernehmen können?« wollte Senator Sorenson wissen.

»Nun, wir haben schon eines dafür. Aber hier ist die Zeit der entscheidende Faktor. Es ist nun mal so, daß die Briten ein Boot verfügbar hatten, das schneller am Unfallort sein kann. Das ist ja auch kein Wunder, der Unfallort liegt viel dichter an Großbritannien als an den USA.«

»Ist es nicht auch so, daß die Anzahl derjenigen US-Boote, die ein DSRV tragen können, in den letzten Jahren gesunken ist?« fragte der Redakteur.

»Ja, auch das stimmt. Aber wir haben unsere gesamte U-Boot-Flotte verkleinert, daher durfte man annehmen, daß die Wahrscheinlichkeit eines solchen Unfalls in den letzten Jahren ebenfalls gesunken ist.«

»Das mag der Fall sein, Herr Staatssekretär. Aber ist es nicht so, daß auf jedes einzelne Boot wegen der Reduzierung der Gesamtzahl mehr Aufgaben zukommen? Die Boote sind immer mehr auf See, und die Abstände zwischen den Werftliegezeiten sind gestreckt worden. Da könnte man ja auch argumentieren, daß die Wahrscheinlichkeit von Unfällen eben doch nicht gesunken ist.«

Der Staatssekretär schwieg einen Augenblick und dachte nach. Diese Sache hier wurde kompliziert. »Die US-Marine betreibt jetzt seit 40 Jahren Nuklear-U-Boote, und zwar nach den höchsten Sicherheitsstandards. Wir haben mit Abstand die größte U-Boot-Flotte der Welt, und dies ist jetzt das erste Boot, das wir seit dem Verlust der *Skorpion* 1968 verloren haben. Ich denke, diese Tatsachen sprechen für sich. Wenn Sie hier unterstellen wollen, daß wir nachlässig mit den Sicherheitsaspekten umgehen, weise ich das entschieden zurück.«

Senator Sörenson war noch nicht zufrieden. »Jim, Sie wissen so gut wie ich, daß bei den U-Booten häufiger potentiell gefährliche Situationen vorkommen. Es kommt dauernd vor, daß U-Boote ungewollte Grundberührungen oder auch Kollisionen haben, daß Feuer ausbrechen. Wenn Sie mir nicht glauben, bitte fragen Sie doch beim Marinesicherheitszentrum nach, dort wird das alles dokumentiert. Mir ist durchaus bekannt, daß die Statistiken der Marine, soweit sie den Verlust von U-Booten anbetreffen, gut sind. Da kann man leicht in Gefahr kommen, sich zufrieden zurückzulehnen. Aber unterhalb dieser Oberfläche gibt es sehr viele Unfälle, von denen jeder einzelne mit dem Verlust eines Bootes hätte enden können. Diesmal hat die *Tulsa* Pech gehabt.«

Der Redakteur hätte diesen Gedankengang noch weiter verfolgt, aber er mußte seine Sendung für die Werbung unterbrechen. »Vielen Dank, meine Herren«, bedankte er sich bei seinen Gesprächspartnern. »Gleich geht's weiter. Bleiben Sie dran!«

Nun erschien eine sehr gesund aussehende Endvierzigerin auf dem Bildschirm. »Manchmal kann ich nachts wegen Schmerzen nicht schlafen. Daher habe ich jetzt Somwell Schmerztabletten versucht. Das lindert nicht nur den Schmerz, sondern es unterstützt auch den natürlichen Schlaf, am nächsten Morgen ist man frisch und munter ...«

Marie schaltete ab. Warum brachten die nicht mal etwas, das man auch wirklich gebrauchen konnte? Etwas, das die Schmerzen lindert, wenn man seinen Ehemann verloren hat? Sie schluckte den Rest ihres Whiskys und ging zurück in ihr Bett.

1000A, Norwegisches Hauptquartier in Bodö

Wie viele seiner Kameraden hatte Mike Selby die Nase voll von seinem dauernd bimmelnden Handy. Er hatte seine Nummer nur wenigen verraten, als er hier in Norwegen angekommen war, und das mit gutem Grund, wie sich jetzt zeigte. Trotzdem schien sie jedermann zu kennen, und sogar aus den Staaten wollten alle möglichen Leute wissen, wie die Dinge standen. Der Zeitunterschied von sechs Stunden war auch nicht gerade hilfreich. Am Vormittag war es relativ ruhig, aber abends hielten ihn die Anrufer bis weit nach Mitternacht wach. Das Pentagon selbst ging mit schlechtem Beispiel voran, dann kamen die anderen Marinestäbe in Washington und auch in Groton. Alle hatten sie das dringende Bedürfnis, ganz genau zu wissen, wie es mit der *Tulsa* weiterging. Ursache dafür war zweifellos zum großen Teil der Zwang, die alles verschlingenden Medien zufriedenzustellen, aber es steckte in einigen Fällen noch mehr dahinter. Freunde und Kollegen von Überlebenden im Boot hatten ihn angerufen, ja sogar der Militärpfarrer in Groton wollte wissen, was er denn den trauernden Angehörigen sagen könne. Und das dumme war eben, daß Mike Selby selbst auch nicht mehr als die anderen wußte.

Wieder klingelte das Telefon.

»Selby.«

»Mike, hier ist David Sangster. Ich war gerade in einer Besprechung mit dem Admiral, und er hat mich beauftragt, ein paar Dinge mit dir durchzusprechen. Hast du einen Augenblick Zeit?«

»Sicher. Soll ich rüber kommen?«

»Nein, nicht nötig, das geht am Telefon. Sonst verirrst du dich nur wieder in diesem Kaninchenbau.«

Mike errötete kurz, er hatte sich doch tatsächlich letztes Mal in den unterirdischen Gängen so verlaufen, daß er 35 Minuten zu spät zur Besprechung des Admirals gekommen war.

»Ich habe mich mit der Methode beschäftigt, die die Briten zur Entfernung des CO_2 aus der Atemluft benutzen. Die haben andere Geräte als wir – andere Verteilgeräte, ihre Kanister haben andere Ausmaße, und sie nehmen auch ein anderes Absorptionsmittel, also kein Lithiumhydroxyd.«

»Heißt das, daß die Sachen von der *Salminster* nicht mit den Einrichtungen auf der *Tulsa* zusammenpassen?«

»Ja, genau. Aber es gibt wohl eine Lösung. Heute werden noch vom Militär-Transportkommando etliche frische Kanister nach Hammerfest geflogen. Die müssen dann mit Hubschraubern auf die *Salminster* gebracht werden, bevor das LR5 eingesetzt wird.«

»Haben die auch Verteilgeräte mit Gleichstrommotoren?«

»Nein, das war wohl in der Kürze der Zeit nicht machbar. Man hat aber einen Wechselrichter mitgegeben, der an die Notbeleuchtung auf der *Tulsa* angeschlossen werden kann, und der dann die Wechselstrom-Verteilgeräte mit Strom versorgen kann. Das Ganze soll dann mit der ersten Ladung zusammen mit den Ärzten auf die *Tulsa* gebracht werden.«

»Ist es dir recht, wenn ich nach Hammerfest fahre und mir die Kanister ansehe? Du weißt ja, die Versorger bringen alles Mögliche durcheinander.«

»Okay, aber komm zurück, so schnell du kannst. Ich muß schon zugeben, daß wir hier ohne dein Wissen als Taucharzt nicht weit gekommen wären.«

Selby zog die Augenbrauen hoch. Er und Sangster waren nie die dicksten Freunde gewesen, und er hatte in der Vergangenheit mitunter den Eindruck gehabt, daß Sangster ihm seine bessere Bezahlung neidete. Es war daher etwas überraschend, daß jetzt seine Bedeutung für die Rettungsoperation so klar bestätigt wurde. Ob das lange anhalten würde?

»Ja, klar, Dave. Ich komme sofort zurück.«

Mike Selby lehnte sich zurück und starrte an die Decke. Es war wieder Kaffeezeit, aber er war sich nicht sicher, ob er es noch mal wagen sollte, diesen unheimlich starken norwegischen Kaffee zu trinken. Die Leute hier waren wirklich sehr freundlich, aber was den Kaffee anbetraf, da waren sie völlig von der Rolle. Irgendwann wollte er ihnen doch noch den Tipp geben, daß man ruhig schon einen neuen Kaffee aufsetzen könnte, bevor der alte zu einer dickflüssigen, teerartigen Soße kondensiert war. Aber sein Koffeinbedarf war schließlich stärker als seine geschmacklichen Bedenken, also stand er auf und ging doch in die Kaffee-Ecke. Zu seiner Überraschung duftete die warme braune Flüssigkeit ganz frisch, er nahm sich einen Becher. Dann kehrte er zurück an seinen Schreibtisch, fuhr seinen Computer hoch und führte noch ein paar Berechnungen durch. Er vermutete, daß jetzt noch etwa 45 Kanister mit Lithiumhydroxyd auf der *Tulsa* vorhanden waren. Morgen abend irgendwann würden auch die restlos aufgebraucht sein, dann würde die Atemluft langsam immer schlechter werden, bis sie am Sonnabend wohl eine für den Menschen tödliche Zusammensetzung erreichte.

1430A, USS *Tulsa*

Enzo hatte Oberstabsbootsmann Steadman gebeten, sich den Zustand des Kommandanten anzusehen. Es war ihm nicht gelungen, den Kommandanten zu wecken. Enzo suchte jetzt eigentlich moralische Unterstützung, sonst nichts.

»Ich kann ja mal versuchen, ihn aufzuwecken, Herr Kaleu, aber wenn Sie das nicht schaffen, dann wird es mir auch wohl nicht gelingen.«

»Na gut, ich versuche es selbst noch mal, Herr Oberstabsbootsmann.« Enzo schüttelte Richter kräftig an der Schulter und hielt sein Ohr ganz dicht an seinen Mund. »Herr Kap'tän, bitte wachen Sie auf. Öffnen Sie doch nur eben die Augen, wenn Sie mich hören.«

Beide, Enzo und der COB, starrten in Richters Gesicht, aber es bewegte sich nichts.

»Der Puls ist klar zu spüren, er geht noch nicht mal besonders schnell – fühlen Sie selbst.«

Steadman ergriff Richters Handgelenk und nickte. »Kann man was an den Augen erkennen?«

»Mal sehen.« Enzo zog eine Taschenlampe aus seiner Jackentasche und öffnete das linke Auge des Kommandanten. Die Pupille war zwar sehr klein, aber sie reagierte auf Licht. Dagegen war die rechte Pupille etwa normal groß und reagierte ausgeprägt auf den Lichtschein der Taschenlampe. »Na, das sieht doch in Ordnung aus, finde ich. Er ist wohl nur irgendwie bewußtlos. Ist Ihnen klar, daß wir eine Infusion anlegen müssen und den Kommandanten auch katheterisieren müssen?«

»Ich hatte schon Sorgen, daß Sie damit kommen würden, Herr Kaleu. Meinen Sie, wir sollten ihn in die Offiziermesse verlegen?«

»Nein, ich finde nicht. Ich will nicht, daß die ganze Besatzung ihn in diesem Zustand sieht. Das ist nicht gut für die allgemeine Stimmung. Ich bleibe erst mal hier und beobachte ihn weiter.« Enzo kam noch ein weiterer Gedanke. »Das heißt dann ja wohl auch, daß ich nun das Kommando habe.«

»Das denke ich auch. Herzlichen Glückwunsch, Herr Kaleu.«

»Unter anderen Umständen hätte ich mich über diese Glückwünsche gefreut, Herr Oberstabsbootsmann, aber so wie die Dinge stehen, bin ich mir da nicht sicher. Ich hoffe sehr, daß ich das hier unten alles im Griff behalte, bis die faulen Säcke oben uns hier endlich rausholen.« Steadman wußte nicht so recht, was er sagen sollte. »Ja, tut mir leid, ich hätte das nicht sagen sollen. Wissen Sie, der Kommandant, der ist so, also er ist klug und weiß immer alles. Da fühlt man sich manchmal echt doof im Vergleich zu ihm.« Dann fuhr der COB fort: »Herr Kaleu, Sie sind nun der Beste, den wir hier haben. Und ich weiß auch, daß Kapitän Richter Ihnen völlig vertraut hat, und wenn es Ihnen hilft: Ich tue das auch.«

»Das ist wirklich sehr freundlich. Ich werde auch ganz sicher jede Hilfe benötigen, die ich bekommen kann.«

»Herr Kaleu, ich werde Sie bei allem unterstützen, das wissen

Sie ja. Nach Ihrer Aufgabe hier würde sich keiner drängen, der noch bei Verstand ist. Sie werden auch feststellen, daß die ganze Besatzung froh sein wird, daß Sie diese Aufgabe übernommen haben, auch wenn schwierige Entscheidungen getroffen werden müssen.«

Enzo sah Steadman an, der fast doppelt so alt war wie er selbst. Sein Stoppelbart hatte am Kinn mehrere graue Stellen, und die Krähenfüße an seinen Augen saßen tief in seiner blassen Haut.

Steadman fuhr fort: »Nur noch eins, Herr Kaleu. Wenn ich Ihnen einen Vorschlag machen darf: Sie sollten die anderen Offiziere möglichst weitgehend in alles einbinden, zumindest die Kapitänleutnante. Geteilte Sorgen sind doch immer halbe Sorgen, und die werden es auch anerkennen, wenn sie um ihre Meinung gefragt werden.«

»Vielen Dank, Herr Oberstabsbootsmann. Sie haben recht, zusammen können wir mehr leisten.«

In der PUO-Messe war die Sache immer ernster geworden. In einem verzweifelten Versuch, seine Verluste wieder auszugleichen, hatte Santana seine Kameraden überredet, um 100 Dollar pro Gewinnpunkt zu spielen. Er teilte jetzt auch die Karten aus, weil Bill Hicks Lehner der Mogelei bezichtigt hatte. Hicks Verluste waren im Vergleich zu Santana klein, aber er war jetzt wieder optimistisch, was das Überleben der Männer der *Tulsa* anbetraf. Er brauchte jeden Cent für seine Familie.

»Also, ich gebe jetzt, 100 Dollar pro Punkt, alles klar?« fragte Mitch.

Alle nickten.

»Wie ist denn eigentlich der Spielstand?« fügte er noch hinzu.

»Willst du das wirklich wissen?« fragte Czapek.

»Warum frage ich sonst wohl?«

Hicks sah auf das Papier vor ihm. Das war ganz feucht, aber obwohl es immer schwieriger wurde, darauf überhaupt noch zu schreiben, konnten sie doch alle die Endsumme deutlich erkennen.

»Mitch, du bist mit 34 753 Dollar in den Miesen, ich selbst habe 3664 Dollar Miese, Carl hat 26 325 Dollar gewonnen, und Larry hat auch 12 092 Dollar gut gemacht.« Mitch schaffte es nicht, seinen Ärger über Lehners selbstzufriedenen Gesichtsausdruck zu verbergen.

»Los, gib schon. Der Teufel soll euch holen. Diemal krieg' ich euch Säcke zu fassen.«

Die Tür ging auf und Oberstabsbootsmann Steadman steckte den Kopf in die Messe.

»Larry, du kannst noch eine rauchen.«

»Ich komme sofort, Stan.« Hauptbootsmann Czapek erhob sich. »Du mußt einen Augenblick warten, Santana, ich komme gleich wieder.«

Mitch reagierte wie ein verzweifelter Spieler und antwortete mit muffiger Stimme: »Die Uhr läuft.«

Sonargast Evans lag auf seiner Koje, er nahm seine Umgebung kaum wahr. Sicherlich würde er den ersten Preis im Wettschlafen gewinnen. In seinen Gedanken und Träumen spazierte er viele Meilen entfernt mit seiner Freundin Kate durch ein bewaldetes Tal in Kentucky. Er bückte sich und warf einen Stein in den murmelnden Bach, an dem sie nun schon eine Stunde lang entlang gewandert waren. Kate nahm einen noch größeren Stein und tat das Gleiche. Aber das Werfen war nicht ihre Stärke, der Stein plumste ins Wasser und spritzte sie beide naß. Sie lachten. Kates weißes T-Shirt war vorne ganz naß und an einigen Stellen fast durchsichtig, man konnte die linke Brustwarze deutlich erkennen. Er wollte mehr sehen. Deshalb nahm er einen dicken Stein und schleuderte ihn in den Bach. Das Wasser spritzte nur so durch die Gegend. Er sah hin und richtig: Kates Brüste waren jetzt in ihrer ganzen Schönheit zu erkennen. Dann wischte er sich mit seinem Taschentuch das Gesicht ab und leckte sich die Lippen. Seltsam, dachte er, das Wasser war salzig. Er spürte, daß weiter kaltes Wasser auf sein Gesicht tropfte, und auch das war salzig. Das riß ihn hoch, und er erkannte, daß das Wasser aus dem Lüftungsschacht direkt neben ihm kam. Das war Seewasser. Woher kommt das nur, fragte er sich.

»Was ist denn das, verdammte Scheiße«, schrie Sonargast Ballard in der Koje über ihm.

»Wo kommt denn all das Wasser her?« hörte man eine Stimme vom anderen Ende des Raumes.

Evans kletterte aus seiner Koje und sah sich um. Wasser tropfte aus allen Lüftungsschächten. Die blauen Vorhänge vor den Kojen, die den Männern ein gewisses Mindestmaß an Privatsphäre erhalten sollten, bewegten sich fast alle: Die Männer krochen aus ihren Kojen, sie hatten die Wahl, aufzustehen oder naß zu werden.

Enzo und Kapitänleutnant Trost kamen kurz darauf in das Wohndeck, um sich das Debakel anzusehen. Das sah fast aus wie an einem regnerischen Tag in Wimbledon. Wo auch immer sie hinsahen: Das Wasser kam aus allen Ecken und Ritzen der Lüftungsanlage. Im Hilfsmaschinenraum war es das gleiche. Bald waren sie beide patschnaß, Enzos langes, lockiges Haar klebte ihm im Gesicht. Er schob es zur Seite, damit es nicht in sein rechtes Auge kam.

»Also, klar, Paul, hier müssen die Leute alle raus, es nützt nichts. Die sollen sich ihre Matratzen und Wertsachen schnappen, ihre warme Kleidung mitnehmen und dann ein Deck höher ziehen ...«

»Okay, Enzo.«

»Halt, ich bin noch nicht fertig. Lassen Sie jemanden oben im Lüfterraum die Lüfterschächte voraus von den Klappventilen öffnen und überprüfen. Wir müssen da irgendwie eine Notableitung für das Wasser bauen, das Wasser muß in den Hilfsmaschinenraum oder in den Tank darunter geführt werden.«

»Machen wir.«

»Lassen Sie mich wissen, wenn das fertig ist. Wir müssen dann ein paar Leute runter schicken, die das Wasser im Batterieraum auflösen und auffeudeln. Es darf kein Wasser in die Batterien gelangen.«

»Klar.«

Enzo bibberte vor Kälte. Seine Zähne klapperten, und auch wenn er noch mehr hätte sagen wollen, er hätte Schwierigkeiten gehabt, sich verständlich zu machen. Er ging hoch in seine Kammer, um sich etwas Trockenes anzuziehen – oder wenigstens etwas, das nicht ganz so naß war wie die Sachen, die er jetzt anhatte. Der Gedanke, daß der Batterieraum vollaufen könnte, erschreckte ihn sehr. Wenn Seewasser in Kontakt mit der Batteriesäure kam, war das ganze Boot im Nu voller Chlorgas. Sie wären dann gezwungen, sofort mit dem Notausschleusen zu beginnen. Die Alternative war nur, in dem stechenden, grünlichen Gas zu ersticken, wie es so vielen Soldaten in den Schützengräben des Ersten Weltkrieges ergangen war.

0930R, Cherry Hill, New Jersey

Da sie schon in der Nacht zuvor so schlecht geschlafen hatte, nahm Marie eine ihrer Tabletten und kehrte wieder ins Bett zurück. Die Jungen konnten ja mit ihrem Opa fischen gehen. Es war gut, wenn sie etwas zusammen unternahmen, sie mußten sich richtig kennenlernen. Wenn sie sich wieder mit ihrem Vater vertrug, würde das viele Vorteile haben, besonders unter den jetzigen Umständen. Klar, der Vater konnte John nicht ersetzen, er konnte nicht die Lücke füllen, die in ihr Leben gerissen worden war. Aber ihn zu haben war besser als nichts.

Ihr liefen die Gedanken durcheinander, und sie schloß die Augen. Und wie war das mit Geoff? Wenn ihr Vater nicht wieder alles durcheinanderbringen würde, wollte sie dann Geoff Zutritt in ihr Leben gewähren? Wollte er das überhaupt? Marie dachte darüber nach. Wenn sie nicht so schläfrig gewesen wäre, hätte sie sich vielleicht über ihr eigenes Verhalten geärgert, damals, als sie sich kennengelernt hatten. Ein kurzes Lächeln flog über ihr Gesicht, als sie sich an ihren ersten und einzigen gemeinsamen Urlaub erinnerte. Eifersüchtig war sie damals gewesen. Sie hatte gesehen, wie Geoffs Blicke beim ersten Abendbrot in Dunkirk

Chrissy abtasteten. Das hatte sie mehr als alles andere veranlaßt, in sein Zimmer zu gehen. Sie wollte ihn nicht an Chrissy verlieren oder an irgendeine andere Frau. Wieder lächelte sie. Hatte es ihr hinterher leid getan? Nein! Wirklich nicht! Er war ein toller Liebhaber, besser als jeder andere, den sie vorher gehabt hatte. Geärgert hatte sie sich nur über die Reaktion ihres Vaters und dieser Hexe, Christine. Die beiden waren einfach gnadenlos gewesen. Aber das hatte nur zur Folge gehabt, daß Marie um so entschlossener war, sich dem nächsten Mann, der kommen würde, an den Hals zu werfen. Der arme John hatte nie so richtig kapiert, was mit ihm passiert war. Es war ihr damals schwergefallen, ihm die Reaktion ihrer Eltern auf ihre Ehe zu erklären, aber er schien das zu verstehen und die Situation zu akzeptieren. Richtig, auch er wollte gern heiraten. Bei Geoff war das anders. Bei dem hatte sie nie das Gefühl gehabt, daß er heiraten wollte. Vielleicht irrte sie sich. Ob sich das mit der Zeit geändert hatte? Wollte sie das überhaupt wissen? Die Tablette wirkte, sie konnte nicht mehr klar denken. Sie würde noch genug Zeit haben, darüber nachzudenken. Jetzt war das zu verwirrend.

1430A, Motorschiff *Nordvik*

Die letzten zweieinhalb Tage waren fast die Hölle gewesen für Steve Marchant. Er hatte die Zeit vor dem Absprung hundertmal neu durchlebt, und immer wieder hatte er seine eigene Entscheidung in Frage gestellt. Gestern hatte er den ganzen Abend nichts anderes gemacht. Er war jetzt überzeugt, daß er in dem anstehenden Verfahren für schuldig am Tode zweier seiner Männer befunden werden und daß das Disziplinarverfahren zumindest mit seiner Entlassung aus der Marine enden würde. Er war niedergeschlagen und verzweifelt.

Die Botschaft in Oslo hatte angefragt, was denn in Hammerfest passiert sei, und er hatte darauf geantwortet, so gut er das konnte. Der Ablauf war damals so schnell gewesen, daß weder er noch Percival noch Jock Sharples sich genau erinnern konnten, was im Detail geschehen war. Er hatte auch angefangen, einen Brief an die Eltern der Vermißten zu schreiben, er wollte seinem Bedauern über ihren Tod Ausdruck geben und versuchen zu erläutern, wie es dazu gekommen war. Aber das war unendlich schwierig, und er hatte aufgegeben, verärgert über sich selbst und darüber, daß er unfähig war, die Abläufe sachlich und klar darzustellen. Nun wollte er warten, bis sein Vorgesetzter am Abend mit der *Wellington* eintraf. Tremble war ein netter Mensch, solange alles klappte. Aber wenn etwas schiefging, dann konnte er wie ein Verrückter reagieren. Der Betroffene hatte dabei immer viel zu ertragen, und meist bekamen Unbeteiligte auch noch etwas mit ab.

Um sich irgendwie nützlich zu machen und um seine Gedanken abzulenken, hatte Steve angeboten, Wache auf der Brücke zu gehen. Fregattenkapitän Jonsson hatte sich bedankt, aber das Angebot abgelehnt, weil er Sprachschwierigkeiten befürchtete und weil er meinte, Steve solle sich erst einmal ordentlich von der ganzen Strapaze erholen. Der Kommandant war in entwaffnender Weise freundlich und entgegenkommend, aber er hatte ihm nicht diese Ablenkung von seinen quälenden Gedanken erlaubt. Nun stand Marchant also auf der Backbordseite der Brücke und starrte durch das dicke Glas, während die *Nordvik* langsam über der *Tulsa* ihre Kreise zog.

Das Wetter war erheblich besser geworden. Die von weißen Schaumkronen bedeckten Wellenberge waren verschwunden, jetzt zog eine lange Dünung über diesen Teil der Arktis, und die Wasseroberfläche wurde nur von schwachem Wind gekräuselt. Die Sonne war im Südwesten verschwunden, ganz langsam war die Dämmerung in Dunkelheit übergegangen, gerade so als ob ein Lichttechniker ganz vorsichtig am himmlischen Dämmerungsregler gedreht hätte. Oben an den hohen Cirruswolken hatte man das Sonnenlicht noch sehen können, dann war alles in das Blaugrau des dunklen Nachthimmels geflossen. Millionen von Sternen leuchteten von dem sonst schwarzen Himmel auf die See herunter. Wenn seine Stimmung danach gewesen wäre, hätte Marchant die Szene als von majestätischer Schönheit empfinden können. Aber seine Stimmung war eben ganz anders, er verglich diesen Tag mit seiner Marinelaufbahn, beide waren so gut wie vorüber.

Plötzlich sah er ein rötliches Leuchten im Wasser, ungefähr eine halbe Meile querab. Er nahm ein Fernglas und sah es sich genau an, dann wandte er sich an den Wachhabenden Offizier. »Sven, da ist ein Rauchsignal an Backbord querab.«

Kapitänleutnant Nordvahl sah durch sein Glas, nachdem er es scharf gestellt hatte. »Danke, Steve«, sagte er hastig, dann ergriff er das Brückentelefon und rief den Kommandanten an.

Die *Nordvik* nahm Kurs auf das Signal, setzte ein Boot aus und nahm das Rauchsignal mit dem daran befestigten Bericht der *Tulsa* an Bord. Sobald er auf der Brücke angekommen war, bat Fregattenkapitän Jonsson Steve, den Bericht zu lesen und zu interpretieren, damit alle verstanden, was auf der *Tulsa* los war. Es waren keine guten Nachrichten. Unten im Boot ging langsam das Lithiumhydroxyd aus, und die Männer hatten angefangen, Sauerstoffkerzen abzubrennen. Der Druck im Boot stieg immer weiter an, und es gab einen Wassereinbruch. Der Tod des Ersten Offiziers und der Zustand des Kommandanten hatten dazu geführt, daß jetzt ein jüngerer Offizier, ein Kapitänleutnant Raschello, das Kommando führte. Offensichtlich wurde die Stimmung im Boot immer schlechter. Aber dieser Kapitänleutnant Raschello war offenbar kein Dummkopf. Er bat um eine Abschätzung, wie lange es noch bis zum Beginn der Rettung hin war, und hatte gleichzeitig eine Signalmethode für Explosionsschallsignale vorgeschlagen, mit der diese Nachricht übermittelt werden sollte: drei Detonationen für weniger als vier Stunden, vier für weniger als acht Stunden, fünf für weniger als zwölf Stunden und so weiter. Zwei Detonationen sollten anzeigen, daß der Bericht gefunden und gelesen worden war. Eine einzelne Detonation, die den zweien in fünf Minuten Abstand folgte, sollte anzeigen, daß die *Tulsa* auf weitere Signale warten müsse, da diese nicht sofort gegeben werden konnten.

Wie viele Detonationen sollte die *Nordvik* jetzt also loslassen?

Für Fregattenkapitän Jonsson war die Sache klar. Sie mußten jetzt sofort zwei Detonationen loslassen, als Zeichen, daß sie den Bericht gelesen hatten. Dann, nach fünf Minuten, eine einzelne Weitere. Diesen zweiten Bericht der *Tulsa* würde er sofort an das Hauptquartier senden, dann konnten die sich überlegen, was er antworten sollte.

1445A, Flughafen Hammerfest

Der Hubschrauber des norwegischen Heeres landete mit dem Höllenlärm, den Hubschrauber immer machen; nach der Landung übertönte das Heulen der Turbine bald das Blubbern des Rotors. Hinten aus dem Hubschrauber beobachtete Flottillenarzt Selby, das eine C130 des US-Militär-Transport-Kommandos am Hauptterminal entladen wurde, und er fragte sich, ob das Flugzeug schon vor der eigentlich geplanten Ankunftszeit eingetroffen war. Hatte er selbst sich verspätet? Oder wurden die zusätzlichen Kanister Lithiumhydroxyd, die er bestellt hatte, mit einer zweiten Maschine gebracht? Er bat den Piloten des Hubschraubers, auf ihn zu warten, bis die Sache geklärt war.

Am Terminal suchte Selby jemanden, der ihm die gewünschte Auskunft geben konnte. Nach ein paar Minuten mußte er erkennen, daß niemand zu finden war, und er entschloß sich, die Männer im Flugzeug zu fragen. Als er die Tür zum Flugfeld gefunden hatte, kam dort gerade die Flugzeugbesatzung heraus. Der Flugzeugkommandant, ein Hauptmann der US-Luftwaffe, sagte ihm, daß der Lademeister eine Kopie der Beladungspapiere habe. Selby vertiefte sich in diese Liste, je weiter er kam, desto mehr sackte ihm das Herz in die Hose. Nicht 200 Kanister Lithiumhydroxyd waren gerade in Norwegen angekommen, sondern 200 Kerzen aus chlorsaurem Salz waren geliefert worden. Das Einzige, was die Männer unten in der *Tulsa* im Überfluß zu haben schienen, war Sauerstoff. Die Kerzen würden ungefähr den gleichen Nutzen haben wie ein Pelzmantel am FKK-Strand.

»Mein Gott!« rief er voller Verzweiflung aus.

»Stimmt was nicht, Herr Flottillenarzt?« fragte der Lademeister.

»Allerdings, aber dafür können Sie nichts.« Selby dachte nach. Es war witzlos, am Flugplatz weiter zu warten. Das Beste war, er flog zurück, ging an seinen Schreibtisch und erledigte ein paar dringende Telefonate. Wenn er es nicht schaffte, daß die Heinis in den Staaten das richtige Zeug lieferten – vielleicht waren ja die Kerle in den Stützpunkten in Neapel, in Rota oder auf den Azoren mehr auf Zack.

»Danke, Herr Hauptfeldwebel.«

Der Lademeister grüßte, Selby erwiderte den Gruß und rannte zurück zu seinem Hubschrauber. Er war stinksauer.

1500A, Norwegisches Hauptquartier in Bodö

Admiral Risberg hatte den Meteorologen, die Amerikaner und die Briten sowie Kapitän zur See Smetena zu sich gerufen. Nachdem sie alle den von der *Nordvik* weitergegebenen letzten Bericht der *Tulsa* gelesen hatten, bat Risberg um eine Wettervorhersage für das Unglücksgebiet. Fregattenkapitän Larsson stand auf und trat an die Tafel, an der die aktuelle Wetterkarte hing. Die allgemeine Wetterlage hatte sich kaum geändert.

Das britische Contingent berichtete, daß die *Salminster* am nächsten Morgen gegen 0800 Uhr am Datum eintreffen werde. Es würde dann noch etwas dauern, bis man das LR5 einsetzen konnte, es erschien daher wahrscheinlich, daß man gerade noch einen Einsatz mit dem LR5 würde fahren können, bevor das Wetter zu schlecht wurde und die Einsätze von einem Überwasserschiff verhinderte. Positiv war, daß der Transport des DSRV im Zeitplan war und in zwei Stunden in Murmansk eintreffen sollte. Kapitän Smetena berichtete, daß eine Straße vom Flugplatz zum Hafen für jeglichen Verkehr gesperrt worden war, extra für das DSRV. Wenn das Aufsetzen des DSRV auf die *Vindictive* problemlos klappte, dann konnte das U-Boot gegen Mitternacht auslaufen, und die ersten Rettungseinsätze von der *Vindictive* aus waren am Freitagmorgen möglich.

Admiral Risberg faßte zusammen: »Also, meine Herren, der Sachstand ist folgender: Vielleicht ist ein Einsatz in 18 Stunden von der *Salminster* aus möglich, dieser ist aber stark von der weiteren Wetterentwicklung abhängig. In etwa 55 Stunden ist ein wetterunabhängiger Einsatz von der *Vindictive* aus möglich. Die Frage ist nun: Was sollen wir der *Tulsa* mitteilen? Und wir können auch nicht den ganzen Tag über unserer Antwort brüten, die Männer da unten erwarten eine schnelle Reaktion.«

Allgemeines Gemurmel rund um den Tisch. Die Briten und die Amerikaner redeten besonders viel. Nach einiger Zeit trat wieder Ruhe ein. »Nun, sollen wir 7 Detonationen machen oder 15, das ist doch die Frage. Ich schlage vor: 7. Stimmt irgend jemand nicht zu?«

»Das ist mehr eine Frage der Psychologie als alles andere, Herr Admiral«, begann Korvettenkapitän Murphy. »Wenn wir nun den früheren Termin nehmen und ihn dann aber wegen des Wetters nicht einhalten können, dann sind die Leute in dem verunglückten U-Boot mit ihren Nerven am Ende.«

»Guter Punkt. Ich denke aber anders. Es wird etwas dauern, bis der zunehmende Wind wirklich Einfluß auf den Seegang hat. Wenn wir auch nur einen Rettungsgang von der *Salminster* aus durchführen können, dann werden wir mit diesem Rettungsgang neue Vorräte in das verunglückte Boot bringen, und es werden auch Ärzte an Bord gehen, die die Besatzung betreuen können. Und natürlich werden wir die am stärksten betroffenen Besatzungsmitglieder abbergen. Ein einziger gelungener Rettungseinsatz mit dem DSRV oder dem LR5, das würde gewaltig was bringen. Ich glaube, wir haben eigentlich gar keine Alternative.« Rund um den Tisch wurde genickt. »Dann sind wir da also einer Meinung. Wir machen entsprechenden Funkspruch an die *Nordvik*, die *Salminster* und die *Wellington* und natürlich auch all die anderen Adressaten, die den Spruch nachrichtlich erhalten. Gut. Meine Herren, ich glaube, wir nähern uns der Zielgeraden, um in der Sprache der Mittelstreckenläufer zu reden.«

Murphy hatte immer noch schweren Zweifel, ob es Sinn

machte, von der *Salminster* aus einen Einsatz zu wagen, wenn die Wetterbedingungen zweifelhaft waren.

Der Admiral erhob sich. »Die Besprechung morgen früh möchte ich auf 0700 Uhr verschieben. Bis dahin müßte alles soweit klar sein für eine, wie ich sehr hoffe, erfolgreiche Rettungsaktion.«

Die Offiziere standen auf, als der Admiral den Raum verließ. Die Briten und Amerikaner trafen sich noch einmal, um sicherzustellen, daß auch wirklich alles, was gebraucht wurde, während der Nacht zur *Nordvik* geflogen werden konnte.

1430Z, HMS *Wellington*

Fregattenkapitän Muggeridge lehnte sich in seinem Stuhl auf der Steuerbordseite der Brücke zurück und reichte den Funkspruch, den sie vom norwegischen Hauptquartier erhalten hatten, an Flottillenarzt Freeman weiter, der neben ihm stand.

»Es sieht so aus, als ob man einen frühen Versuch mit dem LR5 von der *Salminster* aus machen will. Ist alles klar dafür?«

Freeman war verblüfft. Seine Männer und er hatten sich so auf den Fall einer Notausschleusung konzentriert, daß sie an die Möglichkeit einer Rettung mit dem LR5 oder DSRV kaum noch gedacht hatten. Die *Salminster* war doch noch nicht einmal am Datum angekommen.

»Alles, was wir tun können, ist medizinische Unterstützung vor Ort zu leisten, wenn der erste Rettungseinsatz gefahren wird. Wir werden dann dort unten die Überlebenden in verschiedene Kategorien einteilen, also diejenigen raus suchen, die am dringensten der Hilfe bedürfen. Wir werden auch Geräte zur Kontrolle und Korrektur der Atemluftzusammensetzung hinunter bringen. Ich schlage vor, daß die Oberstabsärzte Stemple und Sheppard mit nach unten gehen. Das medizinische Gerät können wir sehr kurzfristig zusammenstellen. Mir ist nicht klar, ob die *Salminster* selbst über solche Ausrüstung verfügt. Ich werde das mal herausfinden.«

»Ja, machen Sie das. Wenn die an Bord der *Salminster* keine solche Ausrüstung verfügbar haben, dann frage ich mich, ob es wirklich empfehlenswert ist, diesen ersten Rettungsversuch von dem Schiff aus zu wagen, wenn das eine echte Grenzwetterlage ist.«

Freeman dachte einen Augenblick nach, bevor er antwortete. »Ich bin ziemlich sicher, daß es sich lohnt. Das LR5 kann bis zu neun Leute transportieren. Wenn wir diese neun Menschen von der *Tulsa* abbergen, wird die Atemluft für die verbleibenden entsprechend länger reichen. Wir könnten die am schwersten gesundheitlich Betroffenen retten und sie an Land fliegen lassen. So wie es sich anhört, bedarf der Kommandant eines chirurgischen Eingriffs im Kopf. Wir können medizinische Hilfe leisten, wir können eine Liste für Klopfsignale an Bord bringen und vielleicht sogar ein funktionierendes Unterwassertelefon. Das sind doch eine Menge Vorteile, ohne überhaupt die Frage der Stimmungslage im Boot anzusprechen. Ich finde, wir können gar nicht anders, wir müssen es einfach versuchen, wenn sich die Möglichkeit ergibt.«

»Na, dann machen Sie sich fertig.«

Freeman verließ die Brücke und ging in den Sanitätsbereich. Sanitätsmaat Harper saß am Schreibtisch und ging die Gesundheitsakten durch.

»Maat Harper, bitte rufen Sie doch alle Ärzte und Sanis zusammen. Wir müssen die Rettung mit dem LR5 vorbereiten. Die meisten werden wohl im Hangar sein und dort noch Ausbildung in Erster Hilfe machen.«

Freeman gefiel es eigentlich nicht, den Maaten als Läufer zu mißbrauchen, aber er benötigte etwas Zeit und Ruhe, um seine eigenen Gedanken zu sortieren. Er war im Begriff, Sheppard und Temple mit etwas zu beauftragen, das potentiell sehr gefährlich werden konnte. Sie mußten auf der *Tulsa* bleiben, bis das Wetter besser wurde oder bis sie mit dem DSRV von der *Vindictive* aus abgeborgen werden würden. Das waren mindestens zwei Tage, und falls mit dem ersten Einsatz nicht die notwendigen Geräte zur Besserung der Atemluft hinuntergebracht werden konnten, dann mußten die Männer zusehen, wie sie in der immer schlechter werdenden Luft überlebten. Das wird wohl nur gehen, wenn sie das freiwillig mitmachen, dachte Freeman sich. Befehlen konnte er das kaum. Seine Phantasie arbeitete weiter. Was war, wenn einer von ihnen, oder vielleicht sogar beide, ablehnten? Das konnte dann sehr schwierig werden. Mußte er dann selbst runter? Herr Gott – das wäre ein echter Testfall für ihn. Er konnte natürlich behaupten, daß er die medizinischen Aktivitäten hier oben koordinieren mußte, und da er an mehr Übungen als irgendein anderer teilgenommen hatte, wäre die Behauptung auch wohl gerechtfertigt gewesen. Das Ärgerliche an der ganzen Sache war aber, daß es ganz offenbar war, daß solche Argumentation sofort als Ausrede durchschaut und eingestuft werden würde. Wie konnte er denn von jemandem erwarten, etwas freiwillig zu tun, was er selbst nicht willens war, auf sich zu nehmen?

Die Tür des Sanitätsbereichs öffnete sich, und die Mitarbeiter strömten herein. Sheppard und Stemple stellten sich nebeneinander und bemerkten beide den besorgten Gesichtsausdruck bei Freeman. Er hatte die Hände auf dem Rücken gefaltet und wippte rhythmisch auf den Fußballen. Zunächst hüstelte Freeman, dann erläuterte er den Sachstand der Bergungsvorbereitungen. Niemand unterbrach. Als er fertig war, gab es nur ein ganz kurzes Geflüster, und die Männer sahen einander an.

Oberstabsarzt Sweeny, der auf der gegenüberliegenden Seite des Sanitätsbereiches stand, ergriff das Wort: »Wenn ich das jetzt richtig verstanden habe, Herr Flottillenarzt, dann müssen also zwei von uns runter zum verunglückten Boot?«

»Na ja, runter und später wieder rauf. Aber zwischen den beiden Teilen der Reise werden wohl zwei Tage liegen.«

Unter anderen Umständen hätte diese ungeschickte Bemerkung, die außerdem noch mit derartig viel versteckter Bedeutung beladen war, röhrendes Gelächter geerntet. Aber jetzt lachte niemand.

»Haben Sie sich schon überlegt, wer Sie begleiten soll, Herr Flottillenarzt?« antwortete Sweeny.

Sheppard war völlig verblüfft über soviel Unverschämtheit. Freeman war wie versteinert. Dann bewegte sich sein Mund, aber er brachte nichts hervor. Erst nach einiger Zeit gewann er die Fassung wieder:

»Ich habe Sie rufen lassen, weil ich Freiwillige suche.«

»Entschuldigen Sie, Herr Flottillenarzt, warum sollen denn gleich zwei Ärzte da runter?« schoß Sweeny zurück. »Wäre einer nicht genug? Ich meine, wenn zwei runter gehen, dann produzieren die doch auch gleich wieder mehr Kohlendioxyd, oder?«

Freeman hörte auf, auf seinen Fußballen zu wippen, sein Gesichtsausdruck wurde verbissen und aggressiv. »Meinen Sie vielleicht, ich hätte über diesen Punkt nicht schon längst nachgedacht, Dr. Sweeny? Die Auswirkung, die eine zusätzliche Person auf die Atemluftzusammensetzung hat, ist so gut wie vernachlässigbar. Um diesen Punkt brauchen wir uns keine Sorgen zu machen. Wollen Sie denn gerne alleine runter?«

Bevor Sweeny antworten konnte, ergriff Oberstabsarzt Stemple das Wort: »Die da unten sind Amerikaner wie ich. Ich gehe. Und bevor Sie mich fragen können, sage ich Ihnen: Ich bin gerne bereit, allein zu gehen. Ich sehe keinen Grund, warum sich noch einer von Ihnen in Gefahr bringen sollte. Wir sollten jetzt nur noch klären, was ich zur Vorbereitung tun und was ich mitnehmen muß.«

»Möchte jemand Dr. Stemple begleiten?« Freeman sah sich suchend im Raum um.

David Sheppard unterbrach das Schweigen. »Ich gehe mit. Ganz sicher kann man vorher nicht alle Eventualitäten erfassen, und da sind dann zwei Köpfe sicher besser als einer. Ich bin dabei.«

Freeman sah richtig erleichtert aus. Es war ganz offenbar gewesen, daß er selbst nicht bereit war, mit zum U-Boot zu tauchen, und David Sheppards Meinung über seinen Boß war so schlecht wie nie zuvor.

1800A, USS *Tulsa*

»Guten Abend, alle Mann.«

Das Echo klang nicht so begeistert, wie Enzo das erwartet hatte.

»Ich weiß, daß Sie jetzt alle nach dem Essen wieder in die Kojen wollen, aber ich dachte, es ist für Sie interessant zu hören, daß der Wassereinbruch beinahe gestoppt ist. Unser weiteres Überleben ist zumindest im Augenblick nicht gefährdet. Klar? Wir werden hier heil rauskommen, verstanden?«

In der Zuhörerschaft war zustimmendes Murmeln zu hören. Immerhin war einigen Besatzungsmitgliedern inzwischen derartig kalt, daß sie sich ein weiteres Überleben für Stunden oder Tage bei diesen Temperaturen kaum noch vorstellen konnten.

»Außerdem«, fuhr Enzo so locker fort, wie es ging, »haben Sie ja alle die sieben Detonationen kurz nach Mittag gehört.«

Die Männer nickten und die Stimmung schien besser zu werden.

»Das war eine gute Nachricht. Wir können davon ausgehen, daß der erste Rettungseinsatz morgen gegen elf Uhr laufen wird.«

»Wie sicher sind Sie, daß das stimmt, Herr Kaleu?« fragte Hauptbootsmann Czapek.

»Na, so sicher, wie man eben sein kann. Diese sieben Detonationen waren ja die Antwort auf eine Frage, die ich in dem Bericht gestellt habe, den Sie selbst heute mittag sozusagen als Anlage zum Rauchsignal nach oben geschickt haben. Ich weiß nicht, welches Rettungsfahrzeug eingesetzt werden wird, aber das ist doch auch nicht wichtig. Ganz sicher wird man uns Geräte zur Verbesserung der Atemluft mit nach unten schicken und sicher auch ein paar Ärzte, die sich hier bei uns um die Verletzten kümmern können.«

»Vielen Dank, Herr Kaleu. Hoffen wir, daß Sie recht behalten«, antwortete der Hauptbootsmann.

Enzo sah sich in der Messe um. Hier sah es aus wie in einer Sauna. Die Luft war mit Wasserdampf angereichert, der von den Männern aufstieg und vom zurückliegenden Essen stammte. Auf den Gesichtern stand die Sorge um das weitere Überleben.

»Ich weiß, daß alle, die im unteren Deck wohnten, heute morgen ziemlich hart geweckt wurden. Wie ich gesehen habe, haben alle einen Platz gefunden, wo sie ihre Matratze hinlegen können. Ich hoffe, daß das so einigermaßen geht.« Enzo sah auf seinen Zettel, auf dem er sich ein paar Notizen für dieses Meeting nach dem Essen gemacht hatte. »Ich muß Ihnen leider berichten, daß es dem Kommandanten immer noch nicht bessergeht. Ich habe auch noch mal über das nachgedacht, was unser Sonargast Evans gestern gesagt hat. Ich denke, er hat recht. Ich werde also sicherstellen, daß der Kommandant morgen beim ersten Rettungseinsatz mit von Bord geht.«

Das traf auf allgemeine Zustimmung, einige applaudierten sogar.

»Also, klar, so machen wir das.« Enzo lächelte. So wie es aussah, war die Stimmung doch nicht so schlecht. Er wollte, daß die Besatzung den Optimismus nicht verlor, ohne allerdings leichtfertig oder fahrlässig zu werden. Nicht zwingend notwendige Aktivitäten mußten natürlich vermieden werden, um den Lithiumhydroxydverbrauch nicht unnütz zu steigern. Es war Zeit, die Männer zu entlassen.

Oberstabsbootsmann Steadman glaubte, daß die PUO-Messe bald für andere Zwecke benötigt werden würde, und er wollte die Kartenspielerei dort beenden. Er ging auf Hauptbootsmann Czapek zu. »Larry, die Spielerei muß jetzt aufhören, und ihr vier müßt jetzt in eure Kojen gehen.«

»Was?«

»Die Offiziere brauchen Platz, um den weiteren Rettungsablauf zu planen, und da ja die Offiziermesse als Notlazarett voller Verletzter ist, bleibt nur unsere Messe als einzige Ausweichmöglichkeit.«

»Richtig. Du hast recht. Ich nehme das in die Hand.«

2000C, im Hafen von Murmansk

Nach dem letzten Funkspruch war die Maschine mit dem DSRV vor über zwei Stunden auf dem Flugplatz von Murmansk gelandet. Fregattenkapitän Todhunter ging auf der Brücke hin und her, er fröstelte bei diesen Temperaturen unter null Grad. Wo bleibt das verdammte Ding, fragte er sich. Seine Gedanken wurden von fernem Sirenengeheul unterbrochen. Das mußte das DSRV sein. Er machte über das Brückenmikrophon eine Durchsage in das Innere seines U-Bootes, damit die Männer sich zum Empfang des DSRV klar machten. Hoffentlich kommen mit dem Apparat ein paar echte Kenner der Technik aus Amerika, dachte Todhunter. Sonst konnte die Montage oben auf der *Vindictive* noch eine längere Arbeit bei großer Kälte werden.

Das Heulen der Sirenen wurde schnell lauter, dann erschien eine ganze Reihe von Motorrädern und Autos mit blinkenden Warnlichtern am Ende der Pier. Langsam kam der Konvoi auf die *Vindictive* zu. Am Ende fuhr ein großer roter Traktor, der einen glänzenden schwarzen Zylinder auf einem Tieflader hinter sich her zog. Das mußte das DSRV sein. Da Todhunter nie an einer der nur alle sechs Jahre stattfindenden Übungen teilgenommen hatte, bei denen ein britisches U-Boot die Zusammenarbeit mit dem DSRV erprobte, hatte er bisher immer nur Bilder von dem Ding gesehen. Jetzt sah das Ganze fast surrealistisch aus, die Lichter der Warnleuchten reflektierten auf der glatten Oberfläche des DSRV. Mit quietschenden Bremsen kam der Konvoi zum Stehen, und Todhunter bereitete sich darauf vor, seine neuen Gäste an Bord zu begrüßen.

Als er an der Stelling ankam, war auch inzwischen die Flutlichtanlage auf der Pier eingeschaltet worden, und sie tauchte das Geschehen in gleißendes weißes Licht. Das Ganze sah aus wie ein riesiger Ameisenhaufen. Aus der großen Menschenmenge löste sich eine kleine Gruppe von amerikanischen Marineoffizieren.

Einer von ihnen rief Todhunter zu: »Bitte um Genehmigung, an Bord kommen zu dürfen!«

»Ja, bitte, ich freue mich, Sie endlich hier zu sehen!« Todhunter bedeutete dem Maaten der Wache, eine Seite zu pfeifen, wenn die Offiziere an Bord kamen. Es mochte alles sehr eilig und wichtig sein und der Hafen noch so fremd und das Vorhaben noch so neuartig, die Abläufe des Bordzeremoniells sollte das alles in keinem Falle stören. Ausländische Offiziere in Uniform bekamen immer eine Seite, also auch hier in Murmansk.

Nachdem sie sich kurz vorgestellt hatten, führte er die Besucher durch die Tür im Turm in die Offiziermesse, dort stießen der Erste Offizier und der STO dazu. Ein Steward schenkte Kaffee ein und verließ dann die Messe.

Todhunter begann: »Zur Sache, meine Herren. Ich kann mir denken, daß Sie alle von Ihrer Reise sehr müde sind, aber ich sage Ihnen, ich muß zusehen, daß ich hier möglichst bald rauskomme aus diesem Hafen. Diejenigen von Ihnen, die an Bord bleiben und mit zur See fahren, können nach dem Auslaufen so viel schlafen wie sie wollen. Wir werde aufgetaucht bis zur Untergangsstelle der *Tulsa* dampfen, und ich muß Ihnen sagen, daß die Wettervorhersage nicht gut aussieht. Es wird wohl ordentlich schaukeln.«

Die Männer lächelten.

»Also, ich halte es für gut, wenn wir hier einmal abgleichen, was denn in den nächsten Stunden alles passieren soll, wenn das DSRV hier bei uns an Bord kommt. Vielleicht fangen Sie an, Fregattenkapitän Tyson.«

Der Leiter der Tieftaucheinheit aus San Diego erklärte in seinem charakteristischen Südstaaten-Slang das Verfahren, in dem das DSRV an Bord installiert wurde. Alle hörten aufmerksam zu. Todhunter seufzte erleichtert, wenn auch kaum hörbar. Die Amerikaner hatten einen echten Fachmann mitgebracht, er hatte eine Sorge weniger.

1820A, USS *Tulsa*

Enzo saß am Kopfende des Tisches in der PUO-Messe. Ihm zur Seite saßen die Kapitänleutnante Gallagher und Trost. Harvey Schwartz sollte noch zu ihnen stoßen, wenn er seine Eintragungen in das Logbuch für die Atemluftzusammensetzung fertig hatte. Enzo wollte, daß sie vier ungestört ihr Abendbrot zusammen aßen, dabei und danach wollte er seine Kameraden in die für die nächsten Tage so wichtigen Entscheidungen einbeziehen. Er hatte sich entschlossen, sich nur durch seine Befehlsgewalt durchzusetzen, falls ein Patt bei der Meinungsbildung entstehen sollte. Auch wenn das Militär natürlich normalerweise ein streng hierarchisches System ist, dies war keine normale Situation – ganz und gar nicht. Der COB hatte schon recht, ein bißchen Demokratie war wünschenswert in diesem Fall.

Das Essen sah nicht gerade appetitlich aus. Es war eine Art Eintopf nach irischem Rezept, nur hatten die Köche Rindfleisch an Stelle von Lammfleisch genommen. Aber immerhin, es war warm und es schmeckte gut, wenn man es ordentlich pfefferte. Die vier Männer aßen mit gutem Appetit.

»Das war wirklich eine gute Idee, diesen Code für den zeitlichen Beginn der Rettungsoperationen vorzuschlagen, Enzo«, begann Paul Trost die Unterhaltung. »Dadurch haben wir die erste gute Nachricht seit sechs Tagen erhalten.«

»Die haben ja auch ganz schön lange gebraucht, bis sie die Antwort gegeben haben. Meinst du nicht, daß sie die sieben Detonationen nur losgelassen haben, um unsere Moral zu stärken?« war der mal wieder typisch negative Beitrag von Gallagher.

»Ach was, warum sollten sie uns belügen?« antwortete Paul. »Da können sie doch nichts erreichen. Denk doch mal nach. Jetzt haben sie sechs ganze Tage Zeit gehabt, die Rettung zu organisieren. Ich finde das absolut glaubwürdig, daß sie morgen früh endlich soweit sein werden, uns hier rauszuholen. Also wenn nicht, dann würde mir das auch echt stinken!«

»Könnt ihr euch an die Zeitberechnung erinnern, die der Kommandant kurz nach der Kollision angestellt hat, in bezug auf die Frage, wie lange es wohl dauern könnte, bis wir gerettet werden?« fragte Enzo.

»Ja, ich erinnere mich«, antwortete Paul. »Er schätzte damals sechs Tage. Und siehste? Recht hat er gehabt. Wie geht es ihm eigentlich?«

»Noch genauso wie heute vormittag. Das heißt aber auch, daß

keine Besserung da ist. Ich will unbedingt sicherstellen, daß er mit der ersten Gruppe hochgebracht wird.«

»Sieht das echt schlecht aus für ihn?« wollte Paul wissen.

»Ich fürchte ja. Ich habe alle möglichen Bücher hier an Bord gewälzt, und ich könnte wetten, daß er eine Blutung im Gehirn hat. Und wenn das so ist, dann würde das tödlich enden, wenn er keine qualifizierte Hilfe bekommt. Seit der Kollision ist es stetig mit ihm immer schlechter geworden.«

»Das wäre eine Schande. Er ist der beste Kommandant, den ich bisher hatte.«

»So, Schluß jetzt«, unterbrach Enzo. »Wenn wir ihn morgen hier raus kriegen, wird er es schaffen. Wir müssen ein Team zusammenstellen, das die Schleuse bedient und das DSRV in Empfang nimmt. Paul, kannst du das in die Hand nehmen?«

»Klar. Willst du noch was dazu sagen?«

»Lies die entsprechenden Seiten im Handbuch durch, probier, ob die Schleuse richtig funktioniert, stell sicher, daß nicht irgendwelche Klamotten im Weg liegen und alle Durchgänge frei sind. Laß die Leute die Handgriffe üben, bis sie sie im Schlaf beherrschen. Nimm dir, wen auch immer du brauchst für diese Sache, nur den COB, den laß mir. Und noch eines: Ab jetzt ist Schluß mit dem Valium. Morgen müssen die Männer richtig auf Zack sein.«

»Ja, alles klar. Wir machen heute abend eine Einweisung in die Funktionsweise der Schleuse und ab morgen früh üben wir das, bis die Retter erscheinen.«

Die Tür ging auf, und Harvey kam herein, er hatte einen Stoß Papier bei sich, den er jetzt immer mit sich herumtrug.

»Setz dich, Harvey«, sagte Enzo. »Hunger?«

»Oh, ja, ich eß' gleich was. Das hier müßt ihr sehen.« Er nahm ein Blatt Papier und legte es vor Enzo auf den Tisch. »Der Druck steigt jetzt schneller an als vorher.«

»Wieviel schneller?«

»Das kann ich noch nicht genau sagen, da brauche ich noch etwas Zeit. Aber sicher ein Meter Wassersäule pro Tag, vielleicht sogar ein Meter zwanzig.«

Die Männer machten besorgte Gesichter.

»Ich habe mal gerechnet: So wie es jetzt aussieht, wird der Batterieraum irgendwann am Donnerstag unter Wasser stehen.«

»Bei welcher Geschwindigkeit des Wassereinbruchs?« fragte Enzo und versuchte, seine Stimme ruhig klingen zu lassen.

»Bei der geringeren, die einen Druckanstieg von einem Meter Wassersäule pro Tag verursacht.«

»Dann müssen wir den Batterieraum wasserdicht abdichten«, meinte Gallagher. »Ich hab' Berge von Silicondichtmasse und Tape in der Versorgung.«

»Langsam, langsam, wir wollen das gut überlegen. Wenn Harveys Berechnungen auch nur in etwa hinkommen, haben wir noch morgen den ganzen Tag, um uns in Ruhe zu überlegen, was wir machen sollen. Und bis dahin wissen wir genauer, wie schnell das Wasser steigt.«

»Harveys Berechnungen haben doch bis jetzt noch nie gestimmt. Ich finde, wir sollten den Batterieraum jetzt gleich abdichten.«

»Man hat den Eindruck, daß du aus deinen dauernden Beleidigungen irgendwie Freude ziehst, Timm.« Enzo war absolut sauer. »Wenn ich irgendeine Hoffnung hätte, daß du es besser machen würdest, dann würde ich dich das alles von Harvey übernehmen lassen. Dann würden wir mal sehen, wie es dir ginge, wenn du so wenig Schlaf bekommen würdest, wie Harvey ihn in den letzten sechs Tagen hatte. Aber nach allem, was du hier gezeigt hast, würde ich dir noch nicht mal zutrauen, ein Ei vernünftig zu kochen. Und niemals würde ich dir unsere Atemluft anvertrauen. Tim, ich warne dich. Noch weiter solche negativen Bemerkungen und du nimmst nicht mehr an diesen Besprechungen teil. Dann kannst du in deiner Kammer Daumen drehen. Ich hoffe, du hast mich verstanden.«

»Absolut. Ich werde euch meine Meinung nicht mehr sagen, sondern nur noch Beifall klatschen.«

»Du weißt genau, was ich meine. Harvey, vielen Dank. Aber sonst die Atemluft in Ordnung?«

»Ja, ich denke schon. Wie ihr wißt, ist das Kohlendioxyd die Hauptsorge. Es wird knapp werden, aber die Rettung wird wohl gerade dann kommen, wenn auch unsere letzten Kanister mit Lithiumhydroxyd verbraucht sind. Das ist wirklich ein gutes Timing.«

»Gut. Gibt es sonst noch was Neues?«

»Nicht daß ich wüßte, Enzo.«

»Na, dann los, hol dir was zu essen. In diesem Falle muß ich aber doch den Versorgungsoffizier loben. Dieses Essen könnte ein echter Bestseller werden. Wer hat das gekocht?«

»Also, das habe ich selbst organisiert«, begann Gallagher. Er war erfreut darüber, daß Enzo mal etwas lobte, was er gemacht hatte.

»Wir können doch hier gut spielen.« Santana zeigte auf ihre Kojenecke. Vier Kojen bildeten zusammen mit einigen Spinden ein Rechteck.

»Du verstehst wohl nicht, Mitch? Der COB hat es doch ganz klar gesagt: Er will, daß wir nicht weiterspielen.«

»Wie passend.« Santana sprach mit erhobener Stimme. »Ihr habt 17000 Dollar gewonnen, und jetzt wollt ihr nicht mehr spielen. Das ist doch nicht in Ordnung, und ich werde mich nicht damit abfinden. Wir spielen hier auf den Kojen weiter.« Er langte in seine Tasche, zog das Kartenspiel heraus und begann, die Karten zu mischen.

»Steck die Karten wieder ein, Mitch. Ich bin echt müde, und ich will 'ne Runde schlafen. Ich finde, du solltest das auch.«

»Toll. Vielen Dank, Carl. Vielen, vielen Dank. Habt ihr nicht den Mut, mich etwas Geld zurückgewinnen zu lassen?«

Niemand antwortete.

»Hört zu, ich kann es mir einfach nicht leisten, so viel Geld zu verlieren.« Sein Tonfall hatte sich geändert. In seinen Augen bildeten sich Tränen. Er wischte sie schnell mit seinem Handrücken ab. »Los, Leute, das könnt ihr mir nicht antuen.«

»Vielleicht bezahlt ja deine Frau deine Schulden«, antwortete

Carl Hicks. »Schlaf 'ne Runde, und wenn es dich tröstet: Ich habe ja auch 10 000 Dollar verloren, und ich kann mir das auch nicht leisten.«

»Ihr seid Arschlöcher. Ich habe keine Lust, hier mit einem Haufen Blödmännern zu schlafen.«

»Ich kann schlechte Verlierer nicht ab«, grunzte Hauptbootsmann Lehner, als Mitch aufstand und wegging. »Er ist der Blödmann, und das muß er lernen.« Er fröstelte und zog sich seine Decke über die Schulter. »Verdammt. Es ist kalt. Gute Nacht bis morgen früh.«

Mitch schloß die Tür und blieb einen Augenblick lang im Gang stehen. Er war erschöpft und sehr niedergeschlagen. Was sollte ihm die Zukunft noch bringen, auch wenn morgen die Rettung kommen sollte? Konnte er mit einer untreuen Frau leben? Zur Hölle: nein. Und der Junge, dieser Bastard. Dreizehn Jahre alt und schon ein gewalttätiger Krimineller. Mitch Santana traute sich nicht mehr, ihn zu bestrafen, weil er Angst hatte vor den gewalttätigen Reaktionen, die ihn vielleicht bei Nacht, oder wenn er sonst hilflos war, treffen konnten. Wofür sollte er noch leben? Wenn es hier mit der Rettung nicht klappen sollte, dann würde er wie die anderen einen langsamen Tod des Erstikkens sterben. Auch nicht gerade attraktiv. Wenn er sich selbst das Leben nahm, dann war das zumindest schmerzlos. Doch wenn es offenbar würde, daß er Selbstmord begangen hatte, dann würde nicht einmal die Lebensversicherung zahlen, und Paula säße auf den Schulden. Das war wohl der beste Weg aus diesem Schlamassel.

2320A, HMS *Wellington*

Der Hubschrauber war von der *Salminster* zurückgekehrt und hatte eine ganze Minute über der Schanz geschwebt, bevor er auf dem Flugdeck gelandet war. Das Hubschrauberpersonal sicherte die Maschine, gleichzeitig wurde die Antriebsturbine abgestellt. Die Tür zur Passagierkabine wurde geöffnet, und die Männer des

SPAG-Teams, angeführt von Kapitänleutnant Marchant und Stabsarzt Ward, stiegen aus. Im Hangar meldeten sie sich beim Wachtmeister, und danach verschwanden sie im Schiff.

Richard Tremble begrüßte seine Kameraden und schüttelte ihnen die Hand. »Willkommen zu Hause, Steve und Simon!«

»Vielen Dank«, antwortete Marchant. »Es kommt mir vor wie eine Ewigkeit, seit wir den Stützpunkt in Großbritannien verlassen haben, obwohl es doch in Wirklichkeit nur vier Tage her ist.«

»Ja, ich weiß wohl. Kommen Sie, wir gehen in die Offiziermesse, wir müssen uns unterhalten.«

Marchant und Ward legten hastig ihre Helme ab und zogen die Kälteschutzanzüge aus, dann folgten sie Tremble durch den Längsgang in die Offiziermesse. Die Messe war so gut wie leer. Nachdem der abendliche Film zu Ende war, hatten sich fast alle, bis auf die Mittelwächter und Flottillenarzt Freeman, in ihre Kojen zurückgezogen. Die Männer schüttelten einander die Hände und setzten sich dann an den großen Tisch in der Messe.

»Möchte jemand etwas zu trinken?« fragte Freeman. Die zwei jungen Offiziere sahen einander an, und Freeman fuhr fort: »Das ist schon ganz in Ordnung. Sie haben doch allerhand durchgemacht, da haben Sie sich 'nen Drink verdient. Das kommt nicht jeden Tag vor, daß ich gewillt bin, einen auszugeben. Wenn Sie das aber lieber wollen, können Sie natürlich auch 'nen Kaffee hatten. Was soll's nun sein?«

»Na, wenn Sie das so anbieten, Herr Flottillenarzt, dann nehm' ich einen Scotch«, antwortete Ward.

»Ich auch. Vielen Dank«, schloß sich Marchant an.

»Ich nehme doch an, einen Doppelten?« Das war eine rhetorische Frage.

»Klar, warum nicht? Vielen Dank.«

So begann die informelle Nachbesprechung. Die einzelnen Schritte des Unternehmens und alle Entscheidungen bis zum Absprung über der *Tulsa* wurden noch einmal durchgegangen. Dann wurde nachgeschenkt, und beim zweiten Glas kamen die Ereignisse im Wasser nach dem Absprung an die Reihe, zum

Schluß wurde die tolle Gastfreundschaft der Norweger auf der *Nordvik* gelobt. Inzwischen war es darüber auch schon ein Uhr am frühen Morgen geworden. Alle waren ordentlich müde.

Freeman lehnte sich zurück und verschränkte die Hände hinter seinem Kopf.

»Steve, ich nehme an, daß Sie sich Vorwürfe gemacht haben wegen des Verlustes von Menschenleben. Das ist auch ganz natürlich, aber ich denke, es gibt keinerlei Grund dafür. Ich finde, Sie haben vielmehr einen Orden verdient. Sie alle haben das. Was Sie gemacht haben, war doch einfach heroisch. Oder was denken Sie darüber, Richard?«

»Ja, das sehe ich auch so. Wir haben zwar noch nichts davon gehört, wie die zu Hause an Land darauf reagieren, aber es würde mich doch sehr erstaunen, wenn dieser mutige, selbstlose Einsatz nicht überall Anerkennung findet. Das heißt doch dann immer, ›eine Leistung in der besten Tradition der Marine‹.«

Steve Marchant war überwältigt. In den letzten Tagen war er zu der Überzeugung gekommen, daß seine Marinelaufbahn zu Ende war, daß ihm nur noch das Disziplinarverfahren vor seiner Entlassung blieb. Er hatte sich selbst vorgeworfen, am Tod von zweien seiner Männer direkt schuld zu sein. Er trug für das ganze Fiasko die Verantwortung. Von Tremble hatte er einen ordentlichen Anpfiff erwartet, von dem Zuspruch und dem Lob war er jetzt absolut überrascht. Er schüttelte den Kopf, und die Tränen liefen ihm über die Wangen. Dann verschränkte er seine Arme auf dem Tisch, lehnte sich vor und legte sein Gesicht auf die Arme. Sein anfängliches Stöhnen ging in ein tiefes Schluchzen über, das er nicht unterdrücken konnte. Die wohlwollenden Bemerkungen seines Vorgesetzten hatten seine Stimmungslage erstaunlicherweise nicht verbessert, vielmehr brachten diese Bemerkungen das ganze innere Elend zutage, das er seit der erfolglosen Suche nach seinen Männern in sich aufgestaut hatte.

Tremble klopfte ihm auf den Rücken. »Kommen Sie mit, alter Junge, wir finden jetzt erst mal einen Platz, wo sie sich ordentlich ausschlafen können. Sie müssen ja völlig erschöpft sein.«

Es klopfte an der Tür. Freeman stand auf, um nachzusehen, wer das war. Es war ein Funkgast.

»Der Kommandant hat mir gesagt, ich soll Ihnen diesen Funkspruch zeigen, Herr Flottillenarzt.«

Freeman las den Spruch und zeichnete ihn ab. Dies war einer der seltenen Fälle, in denen die Bewegungen eines U-Bootes mit strategischen Flugkörpern mitgeteilt wurden, ohne daß der Funkspruch als »Streng geheim« eingestuft war.

»Vielen Dank.« Freeman ging wieder zurück an den Tisch und sah auf seine Uhr. »Also, meine Herren, die Sache sieht nicht schlecht aus. Die *Vindictive* hat Murmansk vor zwei Stunden verlassen.«

Kapitel 7

Mittwoch, 3. November

0100A, Norwegisches Hauptquartier in Bodö
Flottillenarzt Selby legte das Telefon auf, lehnte sich zurück und rieb sich die Augen. Er ärgerte sich, daß er so bereitwillig die Aufgabe übernommen hatte, zusätzliche Kanister mit Lithiumhydroxyd zu besorgen. Das war eigentlich Sache der Logistiker, und die hätte es auch bleiben können, wenn er nicht bei der letzten Besprechung sein Maul so weit aufgerissen hätte. Seine Suche nach Lithiumhydroxydkanistern, die unbedingt erforderlich waren, wenn der erste Rettungseinsatz des LR5 hin zur *Tulsa* sich wirklich lohnen sollte, hatte zu einer endlosen Reihe von Telefongesprächen durch ganz Europa und in die verschiedensten Winkel der USA geführt. Dabei war das Problem nicht nur, herauszufinden, wo das Zeug gelagert wurde; nein, es ging auch darum, sicherzustellen, daß das Zeug rechtzeitig genug nach Hammerfest kam, um noch zur *Salminster* geflogen zu werden, bevor die Briten mit ihrem ersten Tauchgang begannen. Trotz all des Ärgers war er stolz darauf, daß bereits 100 Kanister in einer schnellen Düsenmaschine über dem Atlantik in Richtung Hammerfest unterwegs waren. Um 0400 Uhr sollten die Kanister eintreffen, rechtzeitig genug, um vom Hubschrauber der *Wellington* auf die *Salminster* gebracht zu werden.

Selby starrte auf das viele Papier auf seinem Schreibtisch. Es war im Laufe des Abends immer mehr geworden. Die Blätter waren alle mit seiner schwer leserlichen Schrift bekritzelt. Wie um seine Frustration mit Personen zu verbinden, standen dort etliche Namen, die mehrfach mit Tinte umrahmt waren. Er hatte sich fest vorgenommen, dafür zu sorgen, daß die alle unangenehme Briefe vom Befehlshaber der U-Boote im Atlantik erhalten würden. Irgendwie freute er sich darauf, diese Briefe zu entwerfen, das kompensierte den Ärger dieses Abends etwas.

Er sah auf die Uhr, es war Zeit, ins Bett zu gehen. Selby hatte überlegt, ob er wieder nach Hammerfest fliegen sollte, um sicherzustellen, daß diesmal die richtigen Kanister kamen. Aber wenn das tatsächlich wieder nicht der Fall sein sollte, dann konnte er es auch nicht ändern. Es war ihm auch nicht gelungen, Admiral Risberg davon zu überzeugen, daß er hier im Stab eigentlich entbehrlich war. Er wäre gerne mit dem LR5 zur *Tulsa* getaucht, aber das ging nicht, weil er in Norwegen bleiben mußte. Seine Hoffnung, beim ersten Einsatz des LR5 zur *Tulsa* mit dabei zu sein, war endgültig zunichte gemacht worden, als ein Funkspruch von der *Wellington* eintraf, in dem mitgeteilt wurde, daß dort ein amerikanischer Marinearzt an Bord sei und daß der zur *Salminster* übersetzen würde, um den Einsatz des LR5 zu begleiten. Er war erstaunt zu lesen, daß der Mann Stemple hieß, er hatte vorher noch nie von ihm gehört, und das sollte in der kleinen Welt der Tauchermedizin etwas heißen. Aber immerhin, der Mann war U-Boot-Fahrer und mußte sein Handwerk ja wohl kennen. Selby versuchte ganz bewußt, all die vielen Gedanken zu unterdrücken, die durch seinen Kopf schossen. Morgen würde ein schwieriger und spannender Tag werden. Es war wichtig, ausgeschlafen zu sein, daher entschloß er sich, zurück ins Hotel zu fahren und sich aufs Ohr zu hauen.

0630A, Motorschiff *Salminster*

Da die kleine *Salminster* kein Flugdeck hatte, mußten die beiden Ärzte und das Gerät zur Atemluftverbesserung vom Hubschrauber abgewinscht werden. Am Heck des Schiffes stand ein kleines Empfangskomitee, die Männer traten von einem Fuß auf den anderen und starrten zu dem riesigen, hell erleuchteten Hubschrauber hoch, der 15 Meter über ihnen schwebte. Die Temperatur war gerade oberhalb des Gefrierpunktes, es war sowieso schon verdammt kalt. Der von dem Hubschrauberrotor verursachte Abwind ging durch Mark und Bein.

David Sheppard, der das Auf- und Abwinschen von Hubschraubern schon öfter erlebt hatte, als ihm lieb war, ging freiwillig als erster runter auf die *Salminster*. Er saß in der offenen Tür des Helikopters, seine Füße baumelten in der Luft, und ein Helikopterstropp sicherte ihn unter seinen Armen. Er konnte die Abgase der Hubschrauberturbine deutlich riechen. Unter sich sah er die *Salminster*, der für das Abwinschen verantwortliche Mann im Hubschrauber sprach über das Mikrophon im Helm mit dem Piloten. Sheppard sah mal wieder, wie hoch 15 Meter sind, wenn man von oben guckt, und er konnte auch noch in Ruhe beobachten, wie die kleine *Salminster* wie verrückt im Seegang rollte. Er drehte sich nach Stemple um, der hinter ihm saß.

»Hank, was glaubst du, wieviel Seegang das ist?«

Stemple formte mit beiden Händen einen Schalltrichter an seinem einen Ohr und wandte dies Sheppard zu. Er hatte nicht verstanden. David schrie so laut er konnte und zeigte auf die *Salminster*.

»Nein, ein großes Schiff ist das nicht gerade«, brüllte Stemple zurück.

Der Lärm des Rotors und der Turbine erstickte jede weitere Unterhaltung. Sheppard sah wieder nach unten. Bei ihm hatte sich in der Magengegend ein leeres Gefühl eingestellt. Er fühlte ein Klopfen auf seiner Schulter. Der Mann an der Winsch zeigte mit einem Daumen nach oben, und Sheppard nickte. Der Stropp kam steif, und er wurde angehoben, dann ging's raus aus der Hubschraubertür. Er widerstand der Versuchung, sich mit den Händen an dem Seil über ihm festzuhalten, sondern ließ die Arme einfach nach unten hängen. Dem Drang, nach unten zu gucken, konnte er aber nicht widerstehen. Ohne sein Zutun hatte er begonnen, sich zu drehen, und das Achterschiff der *Salminster* verschwand gerade hinter seiner linken Schulter. Alles, was er noch sehen konnte, war die schwarze See, von der gelegentliche

Schaumkämme weiß abstachen. Dann ging es runter, die Drehung verlangsamte sich und änderte dann die Richtung. Die *Salminster* kam wieder in Sicht. Er setzte an Deck auf, und es kam ordentlich Lose in den Stropp. Sheppard streifte den Stropp ab und sah zum Hubschrauber hoch. Oben schielte Stemples Gesicht aus der Tür des Hubschraubers. Er sah ganz schön ängstlich aus.

Nachdem die zwei Sanitätsoffiziere und die Gerätschaften zur Atemluftverbesserung auf der *Salminster* angekommen und die Kälteschutzanzüge und die Helme wieder vom Hubschrauber aufgewinscht worden waren, machte dieser kehrt und verschwand im Nu in der Dunkelheit. Sheppard und Stemple wurden von einem jungen Offizier in Empfang genommen und in die Offiziermesse geführt, wo gerade die Einsatzbesprechung für den bevorstehenden LR5-Einsatz stattfand. Am Tisch saßen Frank Williams, ein Fregattenkapitän der britischen Königlichen Marine, er war für die Charterung des LR5 verantwortlich. Dann waren da noch Susan Alderdyce, die Vertreterin der Firma, der das LR5 gehörte, Henry Dawson, der Kapitän der *Salminster,* und Michael Formby, der Leitende Ingenieur. Nachdem man sich vorgestellt hatte, übernahm Frank Williams den Vorsitz.

Er kam gleich zur Sache: »Meine Dame, meine Herren, wir sind zügig vorangekommen und werden das Datum in Kürze erreichen. Wir müssen uns nun entscheiden: Wollen wir oder wollen wir nicht?« Er machte eine Pause, löste seine Krawatte und machte den obersten Kragenknopf auf. »Im Kern ist das eine Frage des Risikos, das wir gewillt sind einzugehen. Wenn wir versuchen, das LR5 einzusetzen, dann könnte das eine Beschädigung des Geräts und dieses Schiffes zur Folge haben, aber auch die Insassen des LR5 könnten dabei zu Schaden kommen. Wenn das Wetter schlechter wird, und das sagt die Vorhersage für heute nachmittag voraus, dann steigen natürlich diese Risiken. Der Vorteil eines Einsatzes kann natürlich andererseits sein – aber na ja, das wissen wir ja alle. Deshalb sind wir überhaupt hier. Hat jemand dazu eine Meinung?«

In der jetzt eintretenden Pause sah Sheppard sich die Gesichter der Männer am Tisch an. Alle waren ernst und gefaßt. Henry Dawson sah aus wie ein alter Seebär, er mochte in der zweiten Hälfte der Fünfziger sein. Seine Haut war braun, und in das Gesicht waren tiefe Furchen und Linien eingeprägt. Seine Nase war groß und gut durchblutet, man durfte bei ihm wohl durchaus auf eine ausgeprägte Vorliebe für hochprozentige Sachen vermuten. Die Haare waren recht lang und silberweiß. Sheppard vermutete, daß das wohl schon seit einigen Jahren der Fall war. Er richtete seinen Blick auf Dawsons Hände: groß, irgendwie geradezu abgenutzt, aber sehr kräftig. Sheppard hatte schon eine ganze Reihe von Hilfsschiffen der Marine besucht, und er hatte die Erfahrung gemacht, daß deren Kapitäne sich in zwei Arten unterscheiden ließen: Es gab die, die stolz auf ihre Schiffe waren, sie pflegten und darauf achteten, daß alles klar und einsatzbereit war, und dann gab es die, die ihre Schiffe nur als Arbeitsmittel im Besitze der Regierung betrachteten. Nach dem, was er an Oberdeck gesehen hatte, gehörte Dawson ganz eindeutig zu der ersten Kategorie.

Der Leitende Ingenieur war deutlich jünger als der Kapitän, vielleicht Anfang vierzig. Er hatte blasse Haut, und dieser Eindruck wurde noch dadurch verstärkt, daß er sich offenbar an diesem Tag noch nicht rasiert hatte. In seinem linken Ohr steckte ein Hörgerät, er schien wirklich schwerhörig zu sein. Die wenigen Worte, die er gesagt hatte, waren stotternd vorgebracht worden. Der Eindruck der Unsicherheit wurde noch durch den dauernd hin und her wechselnden Blick verstärkt. Susan Alderdyce war da ganz anders. Sie trug einen weißen Pullover mit Polokragen und hatte sich offenbar gut zurechtgemacht. Unter anderen Umständen hätte sie sicher ein Kostüm getragen, dachte sich Sheppard. Sie wirkte durchtrainiert und mochte etwa vierzig Jahre alt sein. Ihre Brille war ein teures, randloses Modell, und sie war ganz offenbar erst vor kurzem bei einem guten Friseur gewesen.

Frank Williams sah aus wie immer, ein klein wenig zu ungepflegt für einen britischen Marineoffizier. Ganz offenbar hatte er in der letzten Nacht wenig geschlafen, und er trug das Hemd, das er auch schon am Tage zuvor angehabt hatte. Der Kragenknopf war offen, und sein Schlips hing schlapp auf Halbmast. Geduscht hatte er an diesem Tag auch noch nicht. Sein dunkles, lockiges Haar sah etwas fettig aus, und er hatte merklichen Körpergeruch. Eine flüchtige Rasur schien der einzige Tribut an die Körperhygiene gewesen zu sein, den er gezollt hatte. Gleichwohl, sein ganzes Gebaren am Tisch in der Offiziermesse ließ keinen Zweifel daran aufkommen, daß er hier der Wortführer war, und er ließ auch keinen Zweifel daran, daß er nicht gewillt war, die anstehende Entscheidung auch nur eine Minute länger zu verschieben als unbedingt nötig.

Während der Fahrt von Aberdeen zum Datum hatten sie die meisten Punkte bereits durchgesprochen, die eventuelles schlechtes Wetter betrafen. Aber das war eben alles Theorie gewesen. Jetzt war der Augenblick gekommen, und jetzt galt es zu entscheiden. Williams hatte keinen Zweifel, wie die Entscheidung lauten sollte. Da zu seiner Enttäuschung keiner auf seine Frage reagiert hatte, versuchte er einen anderen Weg: »Also gut, ich will das mal anders formulieren: Wenn ich jetzt sage, wir machen einen Einsatz mit dem LR5, würde dem einer von Ihnen widersprechen?«

Sofort meldeten sich die anderen zu Wort.

»Ja, ich auf jeden Fall, das sage ich Ihnen!« antwortete Dawson in breitem Yorkshire-Dialekt. »Ich werde hier meine Leute und auch dies Schiff nicht Gefahren aussetzen für Einsätze, die außerhalb der festgelegten wettermäßigen Einsatzgrenzen erfolgen sollen. Wenn der Seegang mehr als drei ist, und das war er ganz sicher, als ich vorhin 'rausgesehen habe, dann können Sie das vergessen.«

»Vielleicht sollte ich darauf hinweisen«, sagte Susan Alderdyce in ruhigem Ton, »daß mein Unternehmen bei einer Beschädigung unseres LR5 bei einem Einsatz außerhalb der normalen Einsatzgrenzen selbstverständlich auf Entschädigung bestehen wird. Instandsetzungen und insbesondere auch Entschädigungen für den

Fall, das Menschen zu Schaden kommen sollten, wären ganz sicher durch das Verteidigungsministerium zu zahlen.«

Fregattenkapitän Williams hätte am liebsten mit der Faust auf den Tisch geschlagen. Wenn er seinen Gefühlen freien Lauf hätte lassen können, dann hätte er vielleicht sogar Dawson und auch Alderdyce eine geknallt. Aber so wie die Dinge standen, mußte er befürchten, daß Dawson zurückgeschlagen hätte, und der hatte vermutlich die härtere Faust. Er unterdrückte daher seinen Wunsch, irgend etwas mit seiner Faust zu machen, und reagierte so ruhig und gelassen, wie er das noch fertig brachte.

»Frau Alderdyce und meine Herren, wir sind jetzt über 1000 Meilen hieraus gedampft mit der *Salminster*, das Wetter war nicht das beste unterwegs. Das alles nur mit dem Ziel, die Überlebenden aus der *Tulsa* zu retten. Ich zumindest bin nicht hierhergekommen, um mich über das Kleingedruckte in Verträgen zu unterhalten, das irgendwelche Juristen, die von der Seefahrt keinerlei Ahnung haben, sich an ihren Schreibtischen an Land aus den Fingern gesogen haben. Ich bin ganz sicher, die Ärzte hier können uns erläutern, was mit den Männern auf der *Tulsa* passiert, wenn wir hier oben uns nicht entscheiden können.« Er achtete gar nicht darauf, daß die gerade angekommenen Ärzte tatsächlich nickten, denn in ihm war der Drang, auf den Tisch zu hauen, inzwischen zu stark geworden. Er unterstrich also seine Aussage mit einem kräftigen Schlag seines Zeigefingers auf die Tischkante. »Jetzt müssen wir handeln«, betonte er. »Mir ist es völlig egal, wer hier was bezahlt. Buchhaltung ist nicht unser Thema. Wir sind hier, um tapfere Männer zu retten, die sich in ernster Gefahr befinden. Da ist es absolut irrelevant, daß vielleicht die Gefahr besteht, daß irgendwo etwas Blech verbogen oder Farbe beschädigt wird. Das kann man reparieren. Wenn aber die Männer da unten sterben, ist das endgültig. Ich möchte auch nicht herausfinden, ob ich vielleicht nachts noch schlafen kann, wenn ich mir vorwerfen müßte, hier nicht alles getan zu haben, was möglich war.« Er drehte sich um und sah den Kapitän der *Salminster* direkt an. »Herr Dawson, falls Sie das wünschen, unterzeichne ich Ihnen ein Papier, in dem ich bestätige, daß ich für alle Schäden an der *Salminster*, die bei diesem Einsatz entstehen, die direkte Verantwortung trage.« Williams widerstand nur mühsam der Versuchung, die *Salminster* noch mit einem herablassenden Eigenschaftswort zu belegen. »Frau Alderdyce, für das LR5 gilt das gleiche. Wenn Ihnen das nicht reicht, werde ich sowohl die Flottillenführung für die Troßschiffe als auch Ihre Unternehmensleitung anrufen, um sie davon zu überzeugen, daß wir den Einsatz fahren müssen. Gerne werde ich das aber nicht machen, weil wir damit kostbare Zeit verlieren.« Er machte eine Pause, um den anderen Zeit zum Nachdenken zu geben.

Dawson und Formby ergriffen die Gelegenheit, miteinander zu flüstern. Susan Alderdyce schob ihr Haar am linken Ohr zurecht. Die Spannung in der Messe war klar spürbar.

»So, Frau Alderdyce und meine Herren, ich wiederhole meine Frage: Wenn ich sage, wir fahren einen Einsatz mit dem LR5, widerspricht einer von Ihnen?«

Wieder war es Dawson, der das Wort ergriff. »Und was ist, wenn sich jemand ernstlich verletzt? Meine Männer könnten dabei körperlichen Schaden davontragen.«

Fregattenkapitän Dawsons Augen waren nur noch schmale Schlitze. Sein Gesicht war gerötet, und an den Schläfen traten einzelne Adern hervor. »Herr Dawson, es gilt das, was ich eben gesagt habe.«

»Sehen Sie, Frank«, sagte Susan Alderdyce – sie hatte Fregattenkapitän Frank Williams in den letzten Minuten genau beobachtet und erkannt, daß etwas Ruhe in die Diskussion gebracht werden mußte, »ich wünschte, die Sache wäre so einfach. Nehmen wir einmal an, wir beginnen jetzt mit dem Einsatz des LR5. Es wird mindestens eine halbe Stunde dauern, bis das Gerät zur *Tulsa* getaucht ist und die Andockluke gefunden hat. Es könnte aber auch sehr leicht deutlich länger dauern, das hängt davon ab, wie klar das Wasser dort unten ist. Ich vermute, daß wir hier felsigen Meeresboden mit dünnen Schlickablagerungen haben. Auf dem U-Boot sind auch keine weißen Markierungen, die zu der Luke hinführen, wie das meist bei den Übungen so ist. Sagen wir also, es dauert 40 Minuten. Das Andocken und das Öffnen der Luke im U-Boot dauert auch etwa eine Stunde, daraus können leicht zwei werden, falls da irgendwelche Schäden sind, die die Sache erschweren. Der Austausch der Personen und des Materials wird eine Dreiviertelstunde in Anspruch nehmen und dann die Rückfahrt und das Auftauchen sagen wir nochmal 15 Minuten. Dann muß das LR5 an den Haken und wieder an Bord genommen werden, das sind nochmal 20 Minuten. Wegen der schwierigen Wetterlage sollten wir vielleicht lieber das Doppelte dafür ansetzen. Das macht nach meiner Rechnung insgesamt drei Stunden für den ersten Einsatz, es können aber auch leicht vier daraus werden. Wie wird der Seegang in vier Stunden sein? Das Wetter in diesen Breiten ist kaum vorhersagbar – selbst in der letzten Vorhersage von gestern abend hatte man noch nicht erkannt, daß die Front so schnell hier sein würde. Es könnte also leicht so kommen, daß es wegen des schlechten Wetters gefährlicher ist, das LR5 wieder an Bord zu nehmen, als es im Wasser zu lassen. Nun stellen Sie sich mal vor, wie es dann in dem Ding aussehen wird: Das LR5 wird von der schweren See hin und her geschleudert, in ihm sind die Leute der *Tulsa*, die bei der Kollision am schwersten verletzt worden sind. Ein Arzt ist nicht da, alle sind ja in die *Tulsa* umgestiegen. Es wird auch nicht genügend Batteriekapazität vorhanden sein, um die zwei Tage durchzuhalten, die es dauert, bis das Wetter wieder besser wird und bis wir das LR5 wieder an Bord nehmen können. Ich bin überzeugt, daß alle Betroffenen unter solchen Umständen besser da bleiben, wo sie jetzt sind.«

Williams hatte sich etwas beruhigt, während er Susan Alderdyce zuhörte. Sie war eine Frau, die sich artikulieren konnte und die Dinge rational beurteilte. »Ja, daran habe ich auch schon gedacht«, stimmte er zu. »Wir müssen immer guten Kontakt zum LR5 halten. Wir haben exzellente Fernmeldeverbindungen zum LR5 und können es jederzeit zurück rufen. Mir ist durchaus klar, daß wir jetzt eine Grenzwetterlage haben, aber ich finde, daß die

Operation eben noch durchführbar ist. Wenn es drei Stunden lang so bleibt, wie es jetzt ist, dann können wir entscheidende Hilfe leisten.«

»Und was passiert, wenn das Wetter schlechter wird?« Wieder war es Dawson, der Bedenken artikulierte.

Williams kannte ihn genau und wußte, was in Dawsons Gehirn vorging. Der wollte sich mit Sicherheit nicht von dieser eleganten Geschäftsfrau auf der anderen Seite des Tisches die Initiative wegnehmen lassen.

»Wenn das Wetter schlechter wird, wie das ja auch vorhergesagt ist«, fuhr er fort, »dann führt das dazu, daß wir das verdammte Ding aussetzen, um es dann zurückrufen zu müssen, bevor irgend etwas erreicht worden ist. Und dann hat mein Schiff das Problem, den Vogel bei starkem Seegang wieder einzusetzen. Dann erreichen wir nichts außer einer verflucht hohen Rechnung.«

»Vielen Dank, Herr Dawson. Vielleicht glauben Sie ja, ich hätte diese Möglichkeit noch nicht in Betracht gezogen. Bitte lassen Sie doch die Kostenfrage völlig aus dieser Entscheidung heraus. Es mag Ihnen ja schwerfallen, aber verlassen Sie sich auf mich in dieser Frage.«

»Das ist nicht nur eine Frage des Geldes, Herr Williams. Wenn wir das LR5 beschädigen, dann wird es eben auch nicht mehr zur Verfügung stehen, wenn das Wetter in einigen Tagen besser wird. Und dann, wenn das Wetter erst einmal besser geworden ist, können wir das LR5 sicher und zweckgerichtet einsetzen.«

Williams hatte dies Risiko auch schon durchdacht, er war aber von Dawsons Hartnäckigkeit überrascht.

»Bis dahin ist die *Vindictive* mit dem DSRV hier und hat die Sache sicher schon fest im Griff. Wenn wir hier jetzt noch länger rumsitzen und alle möglichen Eventualitäten bedenken, werden wir dabei unsere einzige Chance verpassen. Wir müssen jetzt entscheiden: Fahren wir den Einsatz oder fahren wir ihn nicht!«

Eine unangenehme Stille trat ein. Sogar Sheppard war sich nicht mehr so sicher, was denn nun die klügste Vorgehensweise war. Wenn sich die Sache so entwickelte, wie Dawson sie vorhergesagt hatte, dann stand ihm und Stemple eine äußerst unangenehme Erfahrung bevor. Im günstigsten Fall. Sheppard war froh, daß er diese Entscheidung nicht zu treffen brauchte. Frank Williams bezog das Fregattenkapitänsgehalt, sollte der entscheiden. Sheppard wunderte sich etwas, daß Williams überhaupt versucht hatte, die ganze Gruppe hier am Tisch auf seine Vorstellung einzuschwören. Dann dachte Sheppard mehr an seine eigenen Probleme. Da von allen, die hier am Tisch saßen, er und Stemple als einzige bei einem Einsatz des LR5 ein echtes persönliches körperliches Risiko auf sich nahmen, fühlte er sich verpflichtet, einen Kommentar abzugeben.

»Ich bin gekommen, um den Männern der *Tulsa* zu helfen. Mir war immer klar, daß das nicht einfach sein würde. Aber ich habe mich freiwillig gemeldet, und nun will ich es auch zu Ende bringen. Hank, siehst du das auch so?«

Stemple sah ihn fragend an. Er war nicht in die US-Marine eingetreten, um aberwitzige Abenteuer zu bestehen. Nein, er war damals eingetreten, weil er sein Medizinstudium auf Staatskosten absolvieren und weil er danach ein klar geordnetes Leben führen konnte. Obendrein gab es noch die Uniform und die Möglichkeit, seinen Beruf als Mediziner auszuüben. Eine Situation, wie sie jetzt eingetreten war, war in seinen wildesten Phantasien nicht vorgekommen. Aber immerhin, er hatte sich nun einmal freiwillig gemeldet, jetzt gab es kein zurück mehr. Also nickte er zustimmend. Schließlich nickten auch Susan Alderdyce, Dawson und der Leitende Ingenieur der *Salminster*. Der Einsatz mit dem LR5 war damit beschlossene Sache.

0710A, Norwegisches Hauptquartier in Bodö

»Meine Damen und Herren«, ergriff Admiral Risberg das Wort, »ich habe soeben einen Funkspruch von der *Salminster* erhalten.« Er hielt ein Stück Papier in die Luft. »Trotz der Grenzwetterlage, die dort im Augenblick herrscht, wird in Kürze der Einsatz des LR5 beginnen.« Einige der Männer am Tisch sahen sich an. Die übrigen brachen bis auf Fregattenkapitän Larsson spontan in Beifall aus. Man konnte die allgemeine Erleichterung im Raum spüren.

»So, und nun weiter mit unserer Aufgabe«, fuhr Admiral Risberg fort. »Fregattenkapitän Larsson, es ist ja schon zur Tradition geworden, daß Sie anfangen, aber heute ist das auch wirklich zwingend notwendig. Bitte lassen Sie uns doch wissen, was wir vom Wetter zu erwarten haben.«

Larsson stand auf, und die neueste Wetterkarte wurde auf die Leinwand am Kopfende des Tisches projiziert.

»Danke, Herr Admiral. Ich wünschte, ich könnte mit einer besseren Vorhersage aufwarten.« Er zog einen bleistiftgroßen Laserzeiger aus der Tasche und fummelte daran herum, bis ein heller roter Punkt auf dem Bildschirm erschien. »Hier ist die Wetterlage, wie wir sie in etwa schon seit Tagen kennen. Die neue Front trifft jetzt gerade bei der *Salminster* ein. Der Wind hat über Nacht zugenommen und weht jetzt mit Stärke sechs aus Südwesten. Bis heute mittag wird er bis zu Stärke neun zunehmen. Der Seegang hat jetzt Stärke vier und wird bis zum frühen Nachmittag Stärke sechs oder sieben erreichen. Es tut mir leid, aber ideales Wetter für eine Rettungsoperation ist das natürlich nicht.« Larsson spürte, wie die allgemeine Freude verflog, die nur wenige Augenblicke zuvor noch den Raum gefüllt hatte. »Bitte, ich kann das auch nicht ändern, ich berichte hier nur, was die Elemente machen. Beeinflussen kann ich sie nicht.«

»Vielen Dank, Kapitän. Haben wir diese Vorhersage an die *Salminster* weitergegeben?«

»Diese Vorhersage ist noch ganz neu, Herr Admiral. Sie wird gerade in diesem Moment weitergegeben. Aber ich wußte nicht, daß sie jetzt einen Einsatz mit dem LR5 machen, daher habe ich dem Funkspruch, mit dem die Weitergabe erfolgt, keine hohe Vorrangstufe gegeben.«

»Na, darum machen wir ja hier diese Lagebesprechungen. Setzen Sie den Spruch noch einmal mit hoher Vorrangstufe ab, damit die *Salminster* ihn auch gleich erhält. Vielleicht können wir den Einsatz ja noch anhalten, bevor Menschen oder Material zu Schaden kommen.«

0710A, Motorschiff *Salminster*

Das LR5, ein graues, etwa neun Meter langes Mini-U-Boot mit einer großen Plexiglaskuppel, mehreren Scheinwerfern und Greifarmen vorne am Vorsteven, war klar zum Einsatz. Im Inneren des LR5 hockten David Sheppard und Hank Stemple. Die Enge zwang sie, Arme und Beine anzuziehen und den Rücken zu krümmen. Das Schott, das den Platz des »Piloten« vom Laderaum trennte, stand offen, so konnten die beiden jungen Ärzte gut hinaussehen und verfolgen, was draußen passierte. Das helle Licht, mit dem der Vorsteven des LR5 angestrahlt wurde, drang durch die Plexiglaskuppel und vermischte sich im Inneren mit der Beleuchtung der Instrumente in dem Rettungsfahrzeug. Noch saß das LR5 auf der *Salminster,* und sie konnten das Stampfen des Schiffes spüren, das seinen stumpfen Bug in die See gedreht hatte. Mit diesem Manöver sollte das Rollen möglichst weitgehend reduziert werden, der Seegang nahm stetig zu. Nun warteten die Männer im LR5 darauf, daß es endlich weiter ging.

Stemple fummelte an der Revolvertasche aus Segeltuch herum, und er konnte das kalte Metall des .45 Colt spüren, den er sich auf der *Wellington* ausgeliehen hatte und den er unbedingt mitnehmen wollte. Man konnte nicht wissen, was sie auf der *Tulsa* erwartete, und er hielt es für denkbar, daß dort erst für Ordnung gesorgt werden mußte. Die Männer waren seit über einer Woche eingepfercht, und das U-Boot mußte ihnen inzwischen wie ein gewaltiger Sarg vorkommen. Ganz sicher waren sie wild darauf, raus zu kommen. Er hatte nicht die Absicht, die Waffe zu benutzen, aber wenn man sie nur zeigte, mochte das einen erheblichen disziplinierenden Einfluß haben, wenn der Andrang zum Ausstieg zu wild wurde. Sollten dort unten Männer auf Tragen zu bergen sein, dann konnte man nur sehr wenige beim ersten Einsatz mitnehmen. Er hoffte sehr, daß den Überlebenden dieser Umstand klar war.

Plötzlich gab es einen Ruck, und das LR5 schwebte in der Luft. Das 22 Tonnen schwere Tauchgerät hing an dem Draht des Auslegers vom Kran der *Salminster*. Langsam schwang der Kran das Gerät nach außen, weg über die Backbordreling, und dann hing es über der offenen See. Davids Kenntnisse der Seemannschaft waren recht spärlich, aber ihm wurde klar, daß das LR5 sehr bald ein ausgeprägtes Eigenleben entwickeln würde, wenn es jetzt nicht sehr schnell ins Wasser gefiert wurde. Das Hin- und Herschwingen nahm immer mehr zu, und es brauchte seine Richtung auch nur ein klein wenig zu ändern, dann knallte es in die Bordwand der *Salminster*. Dawsons Alptraum konnte schnell Wirklichkeit werden. Es gab ein paar wilde Bewegungen, und David hatte ein Gefühl, als ob sein Herz ihm bis in die Kehle sprang. Dann platschte das LR5 ins Wasser. Im Nu kam ein Schlauchboot längsseits, und ein Matrose der *Salminster* löste den Schäkel, mit dem das Mini-U-Boot am Kran befestigt war. Dann war alles klar für den Einsatz.

»Alles klar achtern?« fragte auch der Pilot in dem lustigen Sprachrhythmus der Leute aus Glasgow. Er drehte seinen Sitz und sah über die Schulter zurück. »Tut mir leid, daß das bis jetzt so ein bißchen ruckelig war, aber es wird besser werden, besonders wenn wir erst mal getaucht sind.«

Die Ärzte antworteten nicht, aber der Mann, der neben Stemple hockte, meldete sich. »Alles klar achtern, Peter. Los, an die Arbeit.«

»Gut, dann geht's los. Wir tauchen.«

Man hörte die Luft aus den Tauchtanks zischen, und im Nu waren sie unter der Wasseroberfläche verschwunden. Das stetige Summen des elektrischen Antriebsmotors trat an die Stelle des Zischens der aus den Tanks entweichenden Luft, und das LR5 nahm zunehmend Fahrt voraus auf.

Der Pilot nahm den Hörer des Unterwassertelefons ab und sprach langsam und betont in das Mikrophon: »*Salminster*, *Sal-*

minster, Salminster, hier ist LR5, LR5, LR5. Hören Sie mich, hören Sie mich, hören Sie mich, over.«

Er schaltete den Lautsprecher ein, so daß alle mithören konnten. Die Antwort kam verzerrt, aber verständlich. Die Unterwassertelefonverbindung klappte.

Es war dunkel geworden, und der Pilot schaltete die Scheinwerfer außerhalb der Plexiglaskuppel an. Dennoch konnte man nicht viel sehen. Kleine Sedimentpartikel und Bläschen tanzten in dem grellen Licht. Eins war klar: Die *Tulsa* mit menschlichem Auge zu finden würde sehr lange dauern, die Sicht schwankte zwischen drei und fünf Meter. Aber die Konstrukteure der Tauchmaschine hatten diese Situation vorhergesehen und ein Sonar eingebaut. Der Pilot betrachtete das Sonarbild sorgfältig, während sie in einer Spirale in Richtung Meeresgrund abtauchten. So konnten sie die Umgebung optisch und mit Sonar nach der *Tulsa* absuchen. Es herrschte eine fast unwirkliche Stille. Sheppard beobachtete sich selbst, ihm war klar, daß sein Herz ganz erheblich pochte und daß sein Atem schneller ging als sonst. Dann sah er auf Stemple, der gerade seine Augenbrauen hochzog und grinste, bevor er wieder durch die Plexiglaskuppel hinaus starrte. Sheppard fror. Es wurde eindeutig kalt in diesem winzigen Ding, und die Anspannung stieg. Er hatte keine Ahnung, wie es weitergehen würde. Draußen war nichts zu erkennen außer dem Lichtschein, der nach etwa drei Metern im Nichts zu verschwinden schien.

Als sie auf 120 Meter Tiefe waren, drehte sich der Pilot um und sagte über seine linke Schulter hinweg: »Ich habe die *Tulsa* auf dem Sonar. Wir sind nur noch ungefähr 50 Meter von ihrem Heck weg. Wenn wir jetzt zur *Tulsa* kommen, werde ich sie mit Video aufnehmen, um den Schaden am U-Boot zu dokumentieren. Ich nehme doch an, daß die Leute im Pentagon daran interessiert sein werden.«

Das LR5 tauchte immer tiefer, bis der Meeresboden in Sicht kam. Dann ging der Pilot in horizontale Fahrt über, und sie bewegten sich langsam mit gerade mal zwei Knoten Geschwindigkeit weiter vorwärts. 15 Sekunden später kam die *Tulsa* durch das trübe Wasser hindurch in Sicht. Das erste, was sie erkennen konnten, war, daß zwei der riesigen Propellerblätter völlig fehlten und daß alle anderen völlig verbogen waren. Auch das Ruderblatt und die Backbord-Stabilisatorflosse waren stark beschädigt. Der Pilot steuerte das Mini-U-Boot Richtung Heck und über das Achterschiff der *Tulsa* hinweg. Die äußere Hülle der *Tulsa* sah hier achtern aus wie die Verpackung eines Weihnachtsgeschenks, das ungeduldige Kinderfinger aufgerissen hatten. Diese Beschädigungen erstreckten sich über etwa 10 Meter Schiffslänge, beginnend bei einem Punkt drei Meter voraus von der Schiffsschraube. Der Druckzylinder, der stellenweise durch die aufgerissene Außenhülle zu erkennen war, schien aber intakt zu sein. Als sie sich langsam der achteren Notschleuse näherten, kam etwas Rötliches mit einem hellen weißen Streifen in Sicht. David schnappte erschreckt nach Luft, bei weiterer Annäherung wurde deutlich, worum es sich handelte: Es war eine Steinke-Haube, die oben auf dem Körper eines U-Boot-Fahrers saß. Sie schien voll Wasser gelaufen zu sein, dennoch starrte das blasse Gesicht des Mannes durch das völlig klare Plastikfenster in der Haube in die Scheinwerfer des LR5. Es sah so aus, als ob der arme Mann durch den Deckel der Ausstiegsluke fast in zwei Teile zerschnitten worden war. Ein Arm steckte noch in der Luke, der andere schwankte draußen hin und her, bewegt durch die schwache Strömung des Wassers am Meeresgrund. Auf der Hand saß eine große Krabbe, die das gut eingeweichte Fleisch als Frühstück genoß. Das Ganze war eine schreckliche, groteske Szene.

Die geisterhafte Stille, die im Tauchboot herrschte, wurde vom Piloten durchbrochen. »Haben Sie jetzt genug gesehen, meine Herren, oder sollen wir noch eine Runde drehen?«

»Nein, weiter mit der Arbeit«, antwortete Sheppard, deutlich erschüttert durch den grauenhaften Anblick. »Wir müssen am U-Boot andocken und so schnell nach oben zurück wie möglich. Hier können wir durch reines Beobachten nichts mehr erreichen.«

»LR5, LR5, LR5 hier ist die *Salminster*, *Salminster*, *Salminster*. Hören Sie mich? Over.«

Der Pilot antwortete und bejahte die Frage.

»LR5, LR5, LR5, abbrechen, abbrechen, abbrechen«, kam es von der *Salminster*.

»Haben Sie gehört, meine Herren? Wir werden zurückgerufen«, erläuterte der Pilot überflüssigerweise. Unter normalen Umständen hätte David diese Nachricht als große Enttäuschung empfunden. Aber so wie seine Gefühle im Augenblick waren, schien er doch irgendwie erleichtert. Der alte Dawson hat recht behalten, dachte Sheppard.

»Das kann nur wegen des Wetters sein. Sie sollten das bestätigen«, sagte er.

»Ja, das mache ich. Alle Mann festhalten, es geht ab nach Hause.«

Obwohl sie erst eine halbe Stunde unterwegs waren und ohne jeden Erfolg umkehren mußten, war sich Sheppard völlig darüber im Klaren, daß ihr Einsatz noch nicht gelaufen war. Das Einsetzen des LR5 auf die *Salminster* hatte durchaus das Potential, jede Fahrt in einem der modernen Karussells auf den Jahrmärkten deutlich zu überbieten. Es gab gute Chance auf Schrecken und blasse Gesichter. Jeder wußte, daß auf den Jahrmärkten dauernd Sicherheitsüberprüfungen stattfanden und die sogenannten Fahrgeschäfte nur deshalb als nahezu risikolos für den Benutzer eingestuft wurden. Für die Rückkehr zur *Salminster* gab es keine solche Garantie. Während des Aufstiegs wurde es langsam immer heller, bis der Pilot kurz unter der Oberfläche sogar die Scheinwerfer abschalten konnte. Und noch bevor sie endgültig auftauchten, konnten sie den Seegang merken. Sheppard war überzeugt, daß jetzt deutlich mehr Seegang stand, als das noch vor 40 Minuten der Fall gewesen war. Als sie dann die Oberfläche durchbrachen, schlugen die Wellen mehrfach über dem Mini-U-Boot zusammen, und die Lithiumhydroxydkanister, die achtern sauber aufgestapelt waren, flogen durcheinander. 20 oder 30 dieser Kanister rollten an Deck hin und her, sie kollidierten untereinander und knallten gegen Teile des LR5. Draußen war ein Außenbordmotor zu hören, vermutlich war es der Motor des Schlauchbootes der *Salminster*, das sie am Kran einpicken sollte. Dies wurde dann dadurch bestätigt, daß das Geräusch eines Menschen zu hören war, der auf das Mini-U-Boot sprang; danach war das metallene Geräusch des Einpickens am Haken des *Salminster*-Krans wahrzunehmen.

Sheppard fühlte sich überhaupt nicht wohl. Dieses miese Gefühl hatte eingesetzt, als er den Mann sah, der in dem Ausstiegsluk der achteren Notschleuse der *Tulsa* eingeklemmt war. Jetzt, während das LR5 im Seegang hin und her geworfen wurde, nahm es rasant zu. Er fürchtete fast, sich übergeben zu müssen. Das Herausziehen aus dem Wasser geschah fast unmerklich. Mit geschlossenen Augen hätte Sheppard es wahrscheinlich gar nicht realisiert. Dann kam die Plexiglaskuppel ganz aus dem Wasser heraus, und das bekannte Bild des ausladenden Stevens der *Salminster* füllte die rechte Seite des Blickfeldes. Sheppard fühlte sich erleichtert bei diesem Anblick. Vielleicht hatte er sich unnütze Sorgen gemacht.

Fregattenkapitän Williams wußte nicht so recht, ob er sich das Wiedereinsetzen des LR5 ansehen sollte. Er war leicht irritiert, weil sich das Wetter entsprechend Dawsons Vorhersage entwikkelt hatte. Er wollte sich selbst gern die Situation ersparen, daß Dawson auch noch anfing, diese Tatsache irgendwie auszukosten. Aber er war immerhin verantwortlich für das LR5, und im gewissen Sinne auch für die Leute darin, denn er hatte das Mini-U-Boot gechartert. Da konnte er jetzt nicht einfach in seiner Kammer bleiben. Außerdem, sollte doch noch etwas schiefgehen, dann wollte er Zeuge dabei sein. Wenn es ein schwerwiegender Schaden sein sollte, dann war es gut, wenn er bei dem Havarieverfahren klare Aussagen liefern konnte. Nun stand er also mit innerem Widerwillen in der Backbord-Brückennock und sah auf das Vorschiff hinunter. Die Sicht wurde durch den schweren, feuchten Schnee behindert, der in dicken Flocken aus dem schiefergrauen Himmel fiel und der von dem nun fast mit Sturmstärke wehenden Wind gegen die Brückenfenster geklatscht wurde. Williams schaltete den Scheibenwischer ein, der sich leise in horizontalen Zügen über das Panzerglas des Brückenfensters hin und her bewegte.

Der Kapitän der *Salminster* gab mit im Wind flatternden weißen Haaren dem Kran das Zeichen, das LR5 aus dem Wasser zu hieven. Williams sackte das Herz in die Hose, denn kaum war das Tauchgerät aus dem Wasser heraus, begann es wild hin und her zu schwingen. Am Haken waren noch zwei weitere Leinen befestigt, eine führte nach voraus, Richtung Bug, und die andere nach achtern, Richtung Heck der *Salminster*. Der Zweck dieser Leinen bestand darin, das Hin- und Herschwingen des LR5 zu vermindern. Und sie bewegten sich heftig, allerdings in der Voraus- und Achteraus-Richtung. Die Leinen waren aber ungeeignet, die Schwingbewegungen in Richtung auf die Bordwand der *Salminster* zu unterdrücken, die durch das Rollen des Schiffes ausgelöst wurden. So begann das Mini-U-Boot auf die *Salminster* zuzuschwingen, und die Bewegung endete nur wenige Zentimeter vor der Bordwand. Dann schwang das Tauchvehikel weg vom Schiff, ein klein wenig von den anderen Leinen gehalten. Weit weg von der Bordwand hielt es inne, Wasser tropfte immer noch in Massen vom LR5 ab. Anschließend begann sich der Zyklus zu wiederholen, Williams konnte sich ungefähr vorstellen, wie die Männer im LR5 sich dabei fühlen mochten.

Und dann passierte es! Bei der nächsten Schwingung knallte das LR5 mit lautem Krachen gegen die Bordwand der *Salminster*. Williams ergriff ein Fernglas, und richtete es auf das Mini-U-Boot. Als es dann wieder vom Schiff weg schwang, suchte Williams es mit dem Glas nach Schäden ab. Er war erleichtert, als er keinen Schaden entdecken konnte. Aber der Aufprall hatte eine andere fatale Auswirkung: Das LR5 begann sich am Haken langsam zu drehen, und als es beim nächsten Mal auf die *Salminster* zuschwang, zeigte der Plexiglasdom direkt in Richtung Bordwand des Schiffes. Williams konnte es fast nicht aushalten, das Unausweichliche mit anzusehen, aber er wollte natürlich genau wissen, was denn nun passierte. Er sah, wie der Pilot des Mini-U-Bootes wie angestochen aus seinem Sitz schnellte und weiter hinten verschwand, wenige Sekunden, bevor der Aufprall passierte. Es folgte ein lautes Krachen, und kleine Stücke Plexiglas flogen durch die Luft. Dann, als das LR5 wieder nach außen schwang, konnte Williams den Schaden ohne Fernglas deutlich erkennen: Der Dom, die ihn umgebenden Metallrahmen und die ganzen Scheinwerfer auf dem LR5 waren zerschlagen und verbeult. Damit fiel das Tauchgerät für einen weiteren Einsatz bei dem Rettungseinsatz für die *Tulsa* aus.

Williams war entsetzt. Er bedeckte sein Gesicht mit seinen Händen und nahm sie dann nur ganz langsam wieder herunter. Es hatte einfach so kommen müssen. Tief im Unterbewußtsein hatte er immer gefühlt, daß Dawson wahrscheinlich recht gehabt hatte, aber er hatte sich moralisch verpflichtet gefühlt, alles, aber auch alles zu tun, um die Männer aus der *Tulsa* zu holen. Er sah aus dem Brückenfenster und mußte mit Entsetzen erkennen, daß sich das Debakel beim nächsten Schwung offenbar noch einmal wiederholen würde. Warum ließ denn Dawson das verdammte Ding nicht weiter aufhieven? Worauf wartete der Kerl noch? Es gab nur den einen Weg, das war doch klar. Zurück ins Wasser konnte man das LR5 nicht mehr setzen, es würde wegen der Beschädigungen sofort sinken. Es mußte jetzt an Bord genommen werden. Wieder knallte das Mini-U-Boot gegen die Bordwand, diesmal mit noch lauterem Krach. Williams fragte sich, ob nicht sogar das Schiff beschädigt worden war. Während er noch darüber nachdachte, ob er sich Schlechtwetterzeug anziehen und über die Bordwand schauen sollte, sah er, daß Dawson über die Back ging und sich über das Schanzkleid beugte. Dann begann Dawson, wild mit dem Kranfahrer zu gestikulieren und den Männern an den zwei Halteleinen Anweisungen zu geben. Offenbar sollte die Arbeit also weitergehen. Das LR5 war inzwischen auf der von der Bordwand entfernten Seite angekommen, und aus dem beschädigten Dom waren etliche Kanister mit Lithiumhydroxyd in die See gefallen. Jetzt schwang es wieder auf die *Sal-*

minster zu. Gleichzeitig begann der Kran zu hieven, und so kam es, daß das LR5 diesmal nicht die Bordwand, sondern das Schanzkleid traf. Noch vor wenigen Augenblicken hatte Dawson da gestanden, aber nun war er wieder an eine andere Stelle der Back ausgewichen. Das Schanzkleid wurde eingedrückt, und der hölzerne Schandeckel zersplitterte in viele Stücke.

Doch dieser erneute Aufprall des Mini-U-Bootes auf das Schiff hatte auch sein Gutes: Die heftigen Schwingungen des LR5 wurden gedämpft, und nachdem Dawson erneut wie wild gestikuliert hatte, setzte der Kranfahrer das Tauchboot mit lautem Krachen an Deck der *Salminster* ab. Wieder flogen eine ganze Reihe von Lithiumhydroxydkanistern aus der beschädigten Kuppel, und eine ganze Wolke aus weißem Staub drang aus der Öffnung in der Plexiglaskuppel. Die Kanister fielen an Deck und rutschten dort hin und her. Stille trat ein, nur der Wind heulte durch die Takelage der *Salminster*, und das leise Brummen der Hauptmaschine war zu hören, sie machte nur Umdrehungen für langsame Fahrt, das reichte gerade aus, den Steven des Schiffes im Wind zu halten.

Dawson ging an die Öffnung im LR5 heran, bückte sich und sah hinein. »Alles klar dort?« fragte er in seiner ruhigen, durch nichts zu störenden Art.

Er hörte Stöhnen und Husten. Die Männer im LR5 waren wie Kugeln in einer Lotteriemaschine hin und her geschleudert worden, sie alle hatten diverse Schnittwunden und Prellungen. Einer der Lithiumhydroxydkanister war aufgeplatzt. Sonst schien aber nichts Ernsthaftes passiert zu sein, und zum Glück war niemand durch die umherfliegenden Plexiglasstücke verletzt worden. Sobald es ging, stand Sheppard auf und bahnte sich seinen Weg nach draußen an Deck der *Salminster*. Seine Augen brannten, sein Kragen war mit Blut getränkt, denn er hatte eine ordentliche Platzwunde am Hinterkopf. Der eiskalte Wind und das Schneegestöber trafen ihn völlig überraschend. Er nickte Dawson nur kurz zu und ging Richtung Schiffsinneres und warme Dusche, dabei hustete er heftig. Hank Stemple hatte einen tiefen Schnitt in seinem Unterarm, er humpelte hinterher, ihm folgten der Pilot und der vierte Mann, der im LR5 gewesen war. Alle vier konnten ihre roten Augen kaum öffnen und litten unter heftigen Hustenanfällen.

Williams trat von hinten an Dawson heran und klopfte ihm auf die Schulter. »Ich muß zugeben, daß Sie heute morgen recht hatten. Aber Sie wissen, was ich dachte. Mir ging es um die Leute dort unten«, er zeigte mit dem Finger auf die See, »die müssen immer Vorrang haben.«

Dawson sah ihn an und lächelte, erfreut oder herablassend? »Wenn wir nicht das Loch in unserer Bordwand reparieren, werden wir auch bald da unten sein«, antwortete er.

Williams, der durch das, was der alte Kapitän gerade gesagt hatte, erschreckt war, schritt schnell zur Backbordseite und sah sich selbst die Bordwand an.

»Seien Sie vorsichtig«, schrie Dawson, »ich habe keine Lust, Sie auch noch aus dem Wasser fischen zu müssen. Heute hatten wir schon genug Ärger.«

Williams mußte zugeben, daß Dawson es wahrscheinlich nur gut mit ihm meinte. Deshalb ging er in die Hocke und schaute dann außenbords. Er erkannte, was Dawson Sorgen machte. In der Seite der *Salminster* klaffte ein Loch. Das sah aber vermutlich schlimmer aus, als es war. Das Loch mochte etwa 30 Zentimeter Durchmesser haben, und es lag weit über der Wasserlinie. Die Farbe hatte dagegen unter dem Auftreffen des LR5 ganz erheblich gelitten. Die schöne schwarze Oberfläche war großflächig abgeplatzt oder abgescheuert, und man konnte den Rost und teilweise die rote Mennige erkennen, die darunter saß. Williams drehte sich um, kroch ein kleines Stück und erhob sich.

»Na, das tut mir natürlich leid, aber es sieht wohl schlimmer aus, als es ist«, begann Williams. »Was liegt im Schiff hinter dem Loch?«

Dawsons Lächeln wurde immer breiter. »Ich glaube, das ist Ihre Kammer, dahinter.«

0900A, USS *Tulsa*

»Wie oft soll ich das denn noch sagen, Tim? Wenn du schon nichts Positives zu der Sache sagen kannst, dann wär es mir lieber, wenn du gar nichts sagst.« Enzos Verärgerung war sowohl in seinem Gesicht als auch an dem geradezu strengen Ton seiner Reaktion zu erkennen. Aber Gallagher war nicht so leicht zum Schweigen zu bringen.

»Das ist hier keine Märchenstunde, Enzo. Etliches ist hier schiefgegangen. Und das wird auch weiterhin der Fall sein. Ich will nur erreichen, daß wir hier nicht den Blick für die Realitäten verlieren. Wir können uns natürlich durchaus hier um den Tisch setzen, uns alle freundlich anlächeln und uns dabei gegenseitig vormachen, daß alles ganz prima ist. Dann können wir uns noch fragen, warum wir auf den anderen Fahrten vorher nicht so viel Spaß hatten ...«

An dieser Stelle wurde er von Harvey Schwartz unterbrochen: »Warum mußt du immer alles so übertreiben? Du bist nie damit zufrieden, deinen Punkt zu machen, jedesmal übertreibst du so maßlos. Macht dir das eine besondere Freude, Tim?«

»Ich weiß nicht, worauf du hinaus willst. Ich sage doch nur, daß die sich da oben mit ihren Rettungsanstrengungen schon verspätet haben, und ich wette, daß die nie kommen werden. Das hab' ich im Gefühl, und der Kommandant hat uns doch aufgefordert zu sagen, was wir denken. Und das ist auch der Grund, warum Enzo hier die PUO-Messe mit Beschlag belegt hat, damit wir vier zusammen unsere Mahlzeiten einnehmen und uns gegenseitig unsere Gedanken mitteilen können. Und wo ist denn überhaupt die Übertreibung zum Beispiel jetzt bei dieser Unterhaltung?«

»Also, nun seid doch mal vernünftig«, begann Enzo. »Zunächst mal: Tim, die Rettung ist erst nach 1100 Uhr verspätet, nicht schon jetzt. Aber darauf kommt es mir nicht an. Mich nervt einfach dein dauerndes Gemecker und dein negatives Denken. Das nützt jetzt überhaupt nichts, und ich dachte, ich hätte mich gestern schon deutlich genug ausgedrückt. Aber bitte, vertritt eine andere Meinung, du mußt sie nur verdammt gut begründen können, wenn du willst, daß ich dir überhaupt noch weiter zuhöre.«

»Wie meinst du das denn?«

»Du hast gerade selbst ein gutes Beispiel geliefert. Du glaubst also nicht, daß wir gerettet werden. Und was ist die Begründung für diesen Glauben? Oben an der Oberfläche treffen jetzt die Rettungskräfte ein, und die Möglichkeiten, die die da haben, werden immer besser. Weißt du etwas in dieser Sache, das ich nicht weiß? Was ist denn bloß los mit dir, Tim?«

Gallagher zog die Stirn in Falten und dachte einen Augenblick nach, bevor er antwortete. »Die haben über zwei Tage gebraucht, bis sie uns gefunden und festgestellt haben, daß wir gesunken sind. Das DSRV ist auch nicht immer einsatzklar, und es gibt ja auch nur noch eins von den Dingern. Ich wette, daß das jetzt gerade in San Diego in der Instandsetzung ist.«

»Und was glaubst du, warum haben die uns gestern mit diesen Schallsignalen mitgeteilt, daß sie in 20 Stunden mit der Rettung beginnen werden?« wollte Harvey wissen.

»Wie ich ja gestern schon gesagt habe: Die wollen hier unten die Stimmung hoch halten.«

Enzo erinnerte sich daran, daß Gallagher nicht an den anfänglichen Gesprächen beim Kommandanten über die Wahrscheinlichkeit einer Rettung teilgenommen hatte und auch die Diskussionen über die Rettungssysteme anderer Staaten, die Alternativen zum DSRV, nicht kannte. Das ist jetzt eine gute Gelegenheit, ihn darüber zu informieren, überlegte sich Enzo.

»Ist dir bekannt, daß es noch andere Rettungssysteme gibt als das DSRV?«

»Ja, die Briten haben noch eins.«

»Und die Russen auch und die Schweden, die Italiener, die Japaner, die Australier ... Das ließe sich noch fortsetzen. Selbst wenn du mit dem DSRV richtig liegen solltest, kannst du dir irgendeinen Grund vorstellen, warum nicht eins der anderen Systeme für unsere Rettung benutzt werden sollte?«

»Es kann ja auch leicht sein, daß das Wetter zu schlecht ist. Soweit ich weiß, haben nur die Russen ein System, bei dem der Einsatz des Rettungsfahrzeuges von einem U-Boot aus erfolgen kann.«

»Danke sehr, Tim. Siehst du? Jetzt kommen wir weiter.«

»Nein, ich nicht. Ohne das allzusehr zu betonen – aber wir sind ja immer noch in diesem verdammten, lecken Sarg.«

Enzo war wütend, aber er wollte es noch einmal mit Gallagher versuchen, bevor er ihn von den Besprechungen ausschloß. »Wir hatten eine vernünftige, sachliche Unterhaltung, bis du angefangen hast, deinen Pessimismus zu verbreiten. Jeder hier hat sich eine Meinung gebildet, ob deine Bemerkungen irgendeinen sinnvollen Beitrag leisten. Das beurteilt jeder für sich. Das Ganze war ein vernünftiger Vorgang und nicht eine systematische Schwarzmalerei, wie das bei dir der Fall ist. Verstehst du das?«

»Sicher. Du willst also von mir nicht hören, daß wir hier unten alle sterben werden, sondern ich soll dir genau sagen, wie wir sterben werden und wann.«

»Ja, so in etwa. Wenn wir dann alle denken, daß das, was du sagst, großer Quatsch ist, können wir es dir gleich sagen.«

»Na gut.« Gallagher wechselte das Thema. »Ich wollte euch alle eine Wette anbieten, ob und wann wir hier 'raus kommen. Wißt ihr, warum ich es nicht getan habe?« Gallagher sah die anderen an. Da offenbar niemand seine Frage beantworten wollte, fügte er hinzu: »Ich will es euch sagen. Ich hätte niemals gewinnen können! Selbst wenn ich die Wette gewonnen hätte, hätte ich ja nicht mehr gelebt und hätte meinen Gewinn nicht einstreichen können.«

»Halt jetzt deine Klappe, Tim.« Es war Paul Trost, der das Wort ergriffen hatte.

Enzo war klar, daß Trost und Gallagher sich nie hatten leiden können, und im Ton von Trosts Stimme hörte man das auch. Enzo schob seinen leere Cornflakesteller zur Seite und stand auf.

»Bevor ich gehe und nach dem Kommandanten sehe, möchte

ich noch mal einen neuen Sachstand in der Frage des Wassereinbruchs hier bei uns haben. Wie sieht das aus, Harvey?«

Schwartz sah auf seinen geliebten Haufen Papier. Die dunklen Ringe unter seinen Augen verrieten, daß er wieder wenig Schlaf gehabt hatte in der Nacht zuvor. »Das ist ziemlich genauso, wie ich es gestern vorhergesagt habe. Der Druck im Boot entspricht jetzt etwa 4 Meter 50 Wassersäule, und die unteren Hilfstanks sind bereits vollgelaufen. Ich schätze, daß die Flurplatten im unteren Deck morgen abend unter Wasser stehen werden.«

»Okay, Harvey, dann haben wir ja noch etwas Zeit, und wenn die Rettung tatsächlich bald losgeht, dann muß uns das weiter keine Sorgen machen. Hört mal zu, Leute, wenn ich gleich weg bin, dann macht mal was echt Wichtiges. Ich will wieder einen Lagebericht nach oben schicken, und ich will einen Code für Schallsignale mit Explosivkörpern mitgeben. Ziel ist dabei, den Code so zu gestalten, daß die oben uns mitteilen können, wann wir denn nun mit dem Rettungsfahrzeug zu rechnen haben und was zum Einsatz kommen wird. Es ist ja auch so, daß wir vielleicht ein Verständigungsproblem haben werden, wenn das da oben keine Briten oder Italiener sind. Und wenn ihr so einen Code aufstellt, dann überlegt, ob euch noch was anderes Wichtiges einfällt, das man als Code festlegen sollte. Wenn ich zurückkomme, können wir darüber reden. Paul, ich nehme an, daß du noch einmal mit den Leuten für die Notschleuse üben willst. Mach das auf jeden Fall, wann auch immer.«

Oberstabsbootsmann Steadman kam es seltsam vor, daß seit dem vergangenen Abend niemand Bootsmann Santana gesehen hatte. Als Santana nicht zum Frühstück erschienen war, hatte Steadman im stillen schon vermutet, daß irgend etwas nicht in Ordnung war. Daß Santana freiwillig eine Mahlzeit verpaßte, war etwa so unwahrscheinlich, als ob ein Eskimo beim Jagen vergessen hätte, den Reißverschluß in seinem Hosenstall zuzumachen. Als Steadman in das Wohndeck kam und sich auf die leere Koje von Mitch

Santana setzte, sah er zu Hauptbootsmann Hicks. »Erzähl doch mal, was hier los war. Da stimmt doch was nicht.«

»Weißt du, Stan, Mitch Santana hatte eben eine Pechsträhne, und da wurde er sauer. Sonst war da weiter nichts.«

»Wollt ihr noch was dazu sagen?« Der COB sah die anderen beiden Männer an.

»Nein. Nichts Besonderes. Der ist eben ein schlechter Verlierer.«

»Carl hat recht«, fügte Czapek hinzu. »Der hat sich echt doof angestellt.«

»Wenn das so ist, dann werdet ihr ihn ja leicht finden können. Ich muß jetzt wieder in die Offiziermesse zu den Verletzten. Sagt mir Bescheid, wenn ihr wißt, wo Santana steckt.«

0900A, Norwegisches Hauptquartier in Bodö

Es war eine halbstündige Pause eingelegt worden, die Männer hatten so Zeit, zu prüfen, ob sie E-Mails oder Faxe erhalten hatten. Danach wurde die Lagebesprechung fortgesetzt. Der Funkspruch von der *Salminster* war so niederschmetternd wie auch schon manche andere vorher, die im Hauptquartier angekommen waren. Ein kleiner Trost war, daß niemand bei dem Versuch ernstlich verletzt worden war, die Rettung mit dem LR5 durchzuführen. Der Adjutant des Admirals hatte gerade einen weiteren Funkspruch hereingebracht, und, zum ersten Mal seit zwei Stunden, der Admiral lächelte.

»Meine Damen und Herren, ich freue mich, Ihnen mitteilen zu können, daß die *Vindictive* das DSRV erfolgreich an Bord genommen hat und daß sie inzwischen mit etwa 12 Knoten und nicht 10 Knoten, wie ursprünglich angenommen, in Richtung Datum gedampft ist. So wie es aussieht, wird ihr ETA am Datum damit etwa 1400A morgen sein.« Er wandte sich an Flottillenarzt Selby. »Wie wird es bis dahin mit der Atemluft in der *Tulsa* bestellt sein?«

»Wenn wir den Bericht der *Tulsa* von gestern zugrunde legen,

Herr Admiral, dann wird denen da unten bis dahin das Lithiumhydroxyd ausgegangen sein, und die CO_2-Konzentration wird langsam steigen. Sie werden sich unwohl fühlen, aber die Rettung mag gerade noch rechtzeitig kommen.«

»Entschuldigen Sie, wenn ich unterbreche«, sagte Fregattenkapitän Larsson. »Ich verstehe nicht allzuviel von diesen DSRV-Einsätzen, aber hat die höhere Vormarschgeschwindigkeit der *Vindictive* etwas mit dem Seegang zu tun?«

»Herr Sangster, wollen Sie das bitte mal erklären?«

»Ja, Herr Admiral. Das DSRV wird auf dem U-Boot in einer Art Wiege aus Stahl abgesetzt, diese Wiege wurde in Murmansk auf der *Vindictive* aufgebaut. Je nach der Klasse des U-Bootes kann das DSRV in seiner Wiege also ziemlich dicht an der Wasseroberfläche sein, auch wenn das U-Boot voll aufgetaucht ist. Man muß deshalb vermeiden, daß das DSRV von schweren Seen getroffen wird, die es beschädigen oder sogar von der Wiege abheben können.«

»Die Fahrt, die die *Vindictive* laufen kann, hängt also vom Seegang ab?«

»Ja. Die *Vindictive* hat eine etwas seltsame Rumpfform. Der Durchmesser des Rumpfes ist achteraus von den Flugkörpersilos deutlich geringer als beim Rest des Bootes, dadurch kommt es, daß die Wiege mit dem DSRV ziemlich dicht über der Wasseroberfläche ist.« Fregattenkapitän Larsson schien das gerade Gehörte gar nicht zu gefallen. »Es gibt Gelegenheiten, da macht mir mein Beruf als Meteorologe keine Freude. Jetzt ist das so ein Fall. Ich schätze, daß die *Vindictive* in etwa drei Stunden auf das gleiche Tiefdrucksystem treffen wird, das schon der *Salminster* so viel Ärger bereitet hat. Nachdem ich das jetzt gehört habe, muß ich annehmen, daß es ihre Fahrt deutlich reduzieren wird. Wir werden uns wohl darauf einrichten müssen, daß sie später als erwartet am Datum eintreffen wird.«

»Und wieviel wird das wohl ausmachen, was glauben Sie?« fragte der Admiral.

»Na ja, in etwa so wie ich das schon heute morgen prognostiziert habe. Seegang sechs oder sieben, das ist durchaus wahrscheinlich. Die Wellenhöhe wird wohl sechs oder sieben Meter erreichen.«

Alle zogen besorgte Gesichter.

Korvettenkapitän Murphy ergriff das Wort: »Wenn es wirklich so schlecht wird, wird die *Vindictive* vielleicht tauchen müssen und den Sturm getaucht abreiten. Das würde ihre Ankunft natürlich ganz erheblich verzögern. Wie lange wird denn der Sturm wohl dauern?«

»Morgen mittag müßte er vorbei sein.«

»Wann ist die Ankunftszeit am Datum unter diesen Bedingungen?« wollte der Admiral wissen.

Korvettenkapitän Murphy hatte auf einem Stück Papier ein paar Berechnungen angestellt. »Etwa um 1000 Uhr am Freitag.«

»Und können sie es da unten so lange aushalten, Dr. Selby, was meinen Sie?«

Selby hatte seinen Laptop hochgefahren und studierte den Bildschirm. »Sie werden sich bis dahin sterbenskrank fühlen, aber am Leben werden sie bleiben. Ich schätze, daß der CO_2-Anteil an der Atemluft bis Freitag mittag auf etwa 7 Prozent gestiegen sein wird. Also, das ist dann aber wirklich höchste Zeit, daß die Rettung kommt.«

»Ich danke Ihnen, meine Damen und Herren. Es sieht so aus, als ob wir uns wie immer in Gottes Hand befinden. Lassen Sie uns beten, daß Gott Erbarmen hat.« Mit diesen Worten erhob sich Admiral Risberg und ging.

1000A, USS *Tulsa*

Enzo hatte Richter untersucht und war besorgt, weil er keinerlei Besserung feststellen konnte. Er war sich auch darüber im klaren, daß seine Kenntnisse und Fähigkeiten in dieser Sache nur sehr rudimentär waren. Die Infusion schien richtig zu laufen, und auch der Katheter brachte die gewünschten Ergebnisse. Die Farbe des Inhalts des Plastikbehälters war hellgelb wie erhofft. Enzo las die Notizen, die der COB aufgeschrieben hatte. Wie es aussah, war der Flüssigkeitshaushalt des Kommandanten in Ordnung – das, was sie in seinen Arm hatten hineintropfen lassen, war so in etwa als Menge auch wieder im Katheterbeutel angekommen.

Enzo sagte zu Steadman: »Wenn die Rettung aus irgendeinem Grunde heute morgen nicht losgeht, ist der Kommandant einer der Hauptleidtragenden. Wir können noch einen Tag oder so durchhalten, was die Atemluft anbetrifft. Wie das aber beim Kommandanten aussieht, das weiß ich wirklich nicht.«

»Ja, ich sehe es, Herr Kaleu. Die Sache beunruhigt mich auch. Wissen wir genau, daß die überhaupt noch planen, uns zu holen?«

»Nein, ich fürchte, wir wissen es nicht.« Enzo sah, daß Steadman dunkle Ränder unter seinen Augen hatte und daß er noch blasser war als sonst. »Haben Sie in der letzten Nacht ordentlich geschlafen, Herr Oberstabsbootsmann?«

»Ein bißchen, Herr Kaleu.«

Enzo wußte, daß der COB nicht die Wahrheit sagte.

»Ich setze gerade einen neuen Lagebericht auf. Danach komme ich und löse Sie hier beim Kommandanten ab. Dann legen Sie sich hin und schlafen.«

Steadman nickte, Enzo verließ die Kammer und ging zurück in die PUO-Messe. Gallagher und Schwartz sahen auf, als er eintrat. Auf dem Tisch lagen diverse Blätter Papier, Schwartz sammelte sie bis auf eines alle ein.

»Das sind die Unterlagen für die Atemluftzusammensetzung, Enzo. Ich habe daraus entnommen, was die da oben wissen müssen, und wir haben es in unseren Lagebericht integriert.«

»Gut. Und wie sieht es mit den Schallsignalen aus? Habt ihr euch da was einfallen lassen?«

»Ja, wir haben Signale zusammengestellt. Sieh sie dir an.« Schwartz schob das einzelne Blatt Papier über den Tisch, und Enzo las es sorgfältig. Auf dem Papier stand:

Schallsignale der Überwassereinheiten für das U-Boot

Detonationen	Sequenz der Detonationen	Bedeutung
2	In 30 Sekunden Abstand	Achtung, es folgt ein Signal
4	Kurzer Abstand zwischen den Signalen	Rettung unterbrochen
5	Kurzer Abstand zwischen den Signalen	Rettung unmöglich, mit dem Notausschleusen beginnen
6	Zwei Gruppen von je drei Detonationen	Die Anzahl der Minuten zwischen den Gruppen ist die Anzahl der Stunden bis zum Beginn des Rettungseinsatzes
6	Kurzer Abstand zwischen den Signalen	Rettung beginnt, den Empfang eines Rettungsfahrzeuges vorbereiten

»Ja, das ist doch schon ganz gut, Leute. Besonders gefällt mir die Flexibilität, die bei der Zeitangabe für die Zeit bis zum Rettungsbeginn möglich ist. Da sparen die da oben Signalkörper. Ich will aber, daß wir noch in die Liste aufnehmen, daß das Signal zum Ausschleusen nach etwa fünf Minuten wiederholt werden muß. Davon hängt viel ab. Wenn auch nur ein Schallkörper nicht detoniert, dann könnte das Signal ›Rettung beginnt‹ für das Signal ›Mit dem Notausschleusen beginnen‹ gehalten werden. Und das wäre ein schreckliches Mißverständnis. Ich wollte eigentlich auch noch anfragen, welches Rettungsfahrzeug wir denn nun zu erwarten haben. Aber das ist vielleicht gar nicht so wichtig, Hauptsache, sie benutzen unsere amerikanischen Klopfsignale und bringen die richtigen Geräte zur Verbesserung der Atemluft mit. Ich kann mir einfach nicht vorstellen, daß die das da oben inzwischen nicht fest im Griff haben.« Enzo sah sich noch den Rest des Lageberichtes an und gab ihn dann an Gallagher zurück. »Tim, wenn du bitte die Änderung hinzufügst, dann kann Hauptbootsmann Czapek den Bericht mit einem Rauchsignal nach oben schicken. Ich werde Oberstabsbootsmann Steadman bei der Wache beim Kommandanten ablösen. Der Mann ist echt völlig übermüdet.«

1200A, Motorschiff *Pelican*

Der VHF-Empfänger war auf Kanal 16 eingestellt, es knisterte im Lautsprecher, und dann war eine Stimme zu hören: »Schiff an meiner Steuerbord-Seite, Schiff an meiner Steuerbord-Seite, hier ist das Kriegsschiff *Wellington*, Kriegsschiff *Wellington*, over.«

Der Kapitän der *Pelican* sah Simon Bannerman fragend an. »Wir müssen da irgendwann antworten«, sagte er. »Dies ist das vierte Mal, daß sie uns angerufen haben. Was wünschen Sie, daß ich tue?«

»Wie weit sind die jetzt weg von uns?« fragte Bannerman.

Der Kapitän trat an das Radar und drehte an ein paar Knöpfen. Dann antwortete er: »Zehn Meilen.«

»Das ist doch offenbar ein britisches Schiff, antworten Sie auf norwegisch. Dann werden sie erstmal nicht weiter wissen. Wie viele Schiffe sind denn sonst noch da?«

»Zwei«, antwortete der Kapitän in seiner knappen, kurzen Art.

»Das ist ehrlich gesagt nicht ganz das, was ich hier erwartet habe«, sagte Mick Russell zu seinem Kollegen.

Die zwei standen auf der Brücke der *Pelican* und starrten auf die vom Sturm aufgewühlte See.

»Nein«, antwortete Bannerman. »Wir hatten wohl beide erwartet, daß hier mehr los sein würde.«

»Und was machen wir, wenn das Kriegsschiff auf norwegisch antwortet?«

»Mal sehen. Wir haben absolut das Recht, uns hier aufzuhalten. Da können sie uns nicht dran hindern.« Bannerman wechselte das Thema und sagte zum Kapitän: »Ich hatte nicht erwartet, daß das Wetter so schlecht sein würde. Was sind denn die Wettergrenzen für den Einsatz des Tauchgeräts?«

»Wie Sie gesehen haben, haben wir diese besondere Heckform. Damit können wir das Tauchgerät bis Windstärke sechs einsetzen. Aber jetzt haben wir 40 Knoten Wind, das ist einfach zuviel. Wir müssen warten, bis das Wetter sich etwas beruhigt hat.«

»Verdammt. Ich brenne wirklich darauf, mir die Sache da unter Wasser anzusehen und zu versuchen, mit den Überlebenden Kontakt aufzunehmen. Wann werden wir starten können?«

»Schwierig vorherzusagen«, antwortete der Kapitän. »Kann sein, daß es heute noch möglich sein wird, kann aber auch sein, daß wir bis morgen warten müssen.«

Als er diesen Satz beendet hatte, glitt die *Pelican* in ein tiefes Wellental, und ihr Steven vergrub sich in der nächsten riesigen anrollenden See. Explosionsartig verteilte sich der Gischtberg über die Steuerbordseite des Schiffes. Es reduzierte die Fahrt und schüttelte sich. Langsam stieg das Vorschiff dann wieder aus der Welle empor, und ganze Ströme von Wasser liefen über Back und Vorschiff, bis sie gegen die weißen Aufbauten knallten.

Der Kapitän lächelte: »Sie werden sicher einsehen, daß man bei diesem Wetter mit dem kleinen Tauchgerät nichts machen kann.«

Bannerman nickte widerstrebend. Er hatte keine Lust, von diesen Seen in dem Tauchgerät hin und her geschleudert zu werden, und war froh, daß er warten konnte, bis die Wetterlage sich besserte. Alle wollten warten, bis die Rettungsarmada kam, um dann über die Ereignisse zu berichten. Von ihrem Tauchgerät sollte aber erst einmal nichts bekannt werden, vermutlich konnte man schon vorher gute Aufnahmen von den anderen Schiffen fürs Fernsehen machen. Er mußte sie identifizieren. In seiner

Kammer lag eine Ausgabe von ›Jane's Fighting Ships‹. Er wußte, daß die Schiffe in diesem Buch alle abgebildet und beschrieben waren. Das würde die Leute vom Sender in New York hoffentlich erst mal zufriedenstellen.

1400B, HMS *Vindictive*

Fregattenkapitän Todhunter machte sich Sorgen. Er hatte schon zweimal die Fahrt reduziert, jetzt machte er gerade noch 8 Knoten gegen die immer schwerer werdende See. Die *Vindictive* rollte 15 Grad hin und her, und sein Magen machte sich immer deutlicher bemerkbar. Er starrte nach Backbord voraus in den Wind und hoffte, Anzeichen einer Wetterverbesserung erkennen zu können. Aber seine Hoffnung wurde enttäuscht. Der schwarze Himmel sah so aus, als solle es noch ordentlich Schnee geben. Kalt genug war es mit Sicherheit. Er drehte sich um und sah nach achtern. Die Wellen schlugen jetzt regelmäßig über das Heck, und wenn das U-Boot sich nach Backbord überlegte, erfaßten die Wellen auch das DSRV. Das durfte auf keinen Fall stärker werden. Todhunter hatte einem Funkspruch entnommen, daß das LR5 auf der *Salminster* beschädigt worden war. Wenn er jetzt das DSRV im Seegang verlor, waren die Männer auf der *Tulsa* zum Tode verurteilt.

Er hatte zwei Möglichkeiten: Er konnte den Kurs ändern und mit langsamer Fahrt direkt gegen die See laufen. Das würde seinem kleinen Passagier auf dem Achterdeck den größtmöglichen Schutz gewähren, denn er war dann in Lee des großen Flugkörpersilos. Der Nachteil war aber, daß sie dem Datum nicht näher kommen würden. Die Alternative war zu tauchen. Sie würden unter Wasser nur etwa fünf Knoten laufen können, das allerdings in die richtige Richtung. Wie auch immer er sich entschied, sie würden sich verspäten. Todhunter ärgerte sich, daß er sich in seinem letzten Lagebericht vor vier Stunden so optimistisch in puncto seines ETA am Datum geäußert hatte.

Inzwischen hatte es auch angefangen zu schneien. Große, nasse Flocken wurden vom Sturm beinahe horizontal über die See gefegt. Das machte die Entscheidung leicht. Tauchen! Eine Wache am Sehrohr würde deutlich angenehmer sein als hier auf der offenen Brücke, wo man langsam, aber sicher zum Schneemann wurde. Er sprach kurz mit dem Wachhabenden Offizier und stieg dann in die Zentrale hinab.

1400A, Motorschiff *Salminster*

Fast alle hatten gegessen und waren an ihre Dienst- und Arbeitsstellen zurückgekehrt. Frank Williams saß allein in der Offiziermesse und las eine zerfledderte, vier Tage alte Ausgabe des *Daily Telegraph*. Normalerweise trank er auf See keinen Alkohol, aber heute war der Tag für eine Ausnahme. Neben ihm stand ein Glas voll Cutty Sark Whisky mit zwei Würfeln Eis. Es war ein langer Tag für ihn gewesen, und im Grunde war es ihm jetzt egal, was noch passierte. Er hatte darüber nachgedacht, ob er nicht lieber wieder nach Hause zurückkehren sollte, als hier im eisigen Norden noch länger auf diesem alten Rosteimer herumschaukeln. Das Wetter war wirklich zum Kotzen, sogar nach englischen Maßstäben. Der Zustand in seiner Kammer hatte seine Laune auch nicht verbessert. Seine Familienfotos, seine beste Jacke und andere persönliche Dinge waren völlig vom Seewasser durchnäßt, das durch das Loch in der Bordwand hereingewaschen war. Also mußte er auch noch in eine kleinere Kammer umziehen, damit die Maschinisten der *Salminster* das Loch dichtsetzen konnten. Er ergriff das Glas und füllte sich den Mund mit der glänzenden, bernsteinfarbenen Flüssigkeit. Das warme Glühen in seiner Magengegend nach dem Schlucken gefiel ihm ausgezeichnet. Nach einigem Nachdenken hatte er sich doch entschlossen, die *Salminster* hier zu belassen. Sie hatte nämlich noch ein ganz kleines, unbemanntes Tauchgerät an Bord, das vielleicht helfen konnte, das DSRV von der *Vindictive* an die *Tulsa* heranzuführen.

Williams sah auf und bemerkte, daß Hank Stemple erschienen war und irgendwie mißbilligend in seine Richtung sah.

Fregattenkapitän Williams stand also auf, ging auf den jungen Amerikaner zu und sagte: »Wir haben uns heute morgen ja noch gar nicht richtig bekannt machen können, ich bin Frank Williams.«

»Freut mich, Herr Kap'tän«, antwortete Hank Stemple zurückhaltend, »ich bin Hank Stemple. Ich bin der Austauschoffizier der US-Marine beim britischen Institut für Marinemedizin.«

Sie schüttelten einander kurz die Hände.

»Ich kannte einige von Ihren Vorgängern«, antwortete Williams. »Prima Leute. Sind Sie schon lange in Großbritannien?«

»Nein, gerade mal sechs Monate.«

»Das ist doch wirklich anders als in den Staaten, nicht?«

»Ich war erstaunt, wie viel doch sehr ähnlich ist. Aber daß Sie auf der falschen Seite fahren im Straßenverkehr, das hat schon etwas gedauert, bis ich mich daran gewöhnt habe.«

»Na, es scheint ja geklappt zu haben. Sie sind noch ganz unversehrt.«

»Ich schon. Aber wenn Sie mein Auto sehen würden! Das hat ein paar Beulen abbekommen in den vielen Kreisverkehren, die Sie bei jeder noch so kleinen Kreuzung einrichten.«

Williams grinste. »Wissen Sie, es tut mir leid, daß das heute morgen so gelaufen ist. Sie sind da ja ganz schön durchgeschaukelt worden. Trinken Sie 'nen Whisky mit? Ich gebe einen aus.«

»Nein, danke, Herr Kap'tän. Ich trinke tagsüber nie.«

»Wissen Sie, ich eigentlich auch nicht. Heute hat es mich aber überkommen. Der 3. November wird in meinen Memoiren nicht der beste Tag sein. Bisher ist heute noch nichts passiert, an das ich mich später noch irgendwie erinnern möchte.« Er ging zur Bar und füllte sein Glas neu auf. »Sind Sie sicher, daß ich Sie nicht doch in Versuchung bringen kann?«

»Ja, ja, ich bin sicher. Vielen Dank. Wissen Sie, das Unangenehmste heute morgen war nicht etwa die Schaukelei beim Aussetzen oder beim Einnehmen des LR5 oder die Tatsache, daß wir mit Lithiumhydroxyd gepudert wurden. Das war alles kein Vergnügen. Aber wissen Sie, daß wir da unten die *Tulsa* gesehen haben?«

»Nein. Hat denn die kurze Zeit gereicht, überhaupt etwas zu erkennen?«

»Ja, durchaus. Die *Salminster* muß direkt über dem Wrack gestanden haben. Ich bin kein Ingenieur, aber es war sofort zu erkennen, warum die *Tulsa* gesunken ist. Das ganze Heck ist kaputt.«

»Das wundert mich nicht. Die russischen Akulas sind große Dinger. Da geht was kaputt, wenn man mit denen zusammenknallt.«

»Das Schlimmste war, daß da ein Mann in der Luke des achteren Notausstiegs eingeklemmt ist. Es sieht so aus, als ob sie das Luk von innen schließen wollten, und dann saß da sein Körper dazwischen, ohne daß die im Boot das wußten. Das war sicher ein schrecklicher Tod. Der Mann ist wohl ertrunken und hatte dabei noch ganz fürchterliche Schmerzen.« Stemples Gesicht sah angestrengt und niedergeschlagen aus, und seine Unterlippe zitterte ganz leicht.

»Sie müssen jetzt ein Glas mit mir trinken, keine Ausreden mehr.« Williams schenkte ein zweites Glas voll Whisky und reichte es Stemple, der es widerstrebend annahm. »Ich weiß, ihr Ärzte habt zwar gelernt, mit Krankheit und Tod umzugehen, aber so etwas ist natürlich ein besonderer Fall.«

»Nein, ist es eigentlich nicht.« Stemple nahm einen ordentlichen Schluck aus seinem Glas und wechselte das Thema. »Wissen Sie, daß Sie gerade einen der anderen großen Unterschiede zwischen den USA und Großbritannien vorgeführt haben?«

»Wie meinen Sie das?« fragte Williams.

»Sie sind hier nicht so puritanisch wie wir in Amerika. Was wir hier machen, wäre undenkbar auf einem Schiff der US-Marine.«

»Na, das tut mir aber leid«, antwortete Williams. »Dann nutzen Sie das ordentlich aus während Ihrer Zeit bei uns. Bei uns gibt's neuerdings aber auch so was wie Puritanismus in der Marine. Das begann damit, daß wir jetzt Frauen auf den Schiffen haben. Wir sind das Opfer der *political correctness* geworden, und all die sozialen Quälereien, die ihr euch da drüben auf der anderen Seite des Atlantiks einfallen laßt, kommen irgendwann auch bei uns an. Vielleicht ist es weniger augenfällig, aber ich fürchte, das breitet sich aus wie ein Krebsgeschwür.« Williams sah sich den jungen Mann vor ihm noch einmal genau an. Er hatte ein aufgewecktes Gesicht, war schlank und ganz offenbar hellwach. »Eines zum Beispiel kann ich überhaupt nicht ab, und das ist, daß keiner mehr sagen darf, was er wirklich meint, wenn irgendein anderer sich verletzt fühlen könnte. Wenn es jemandem nicht gefällt, was ich sage, dann kann er es ja vergessen, von mir aus. Ich denke, daß jeder frei sein sollte zu sagen, was er denkt. Und das steht über den Empfindlichkeiten derjenigen, die das Privileg haben, mir zuzuhören.« Er nahm noch einen ordentlichen Schluck Whisky. »Auf Ihrer Seite des Atlantiks hatten die Gründungsväter der USA ja die Weisheit, dieses Recht in die Verfassung aufzunehmen. Es ist wirklich ein Jammer, daß wir hier in Großbritannien so was nicht haben. Aber ich warne Sie: Fordern Sie mich nicht heraus, das Thema ist eines meiner Lieblingsthemen. Da gerate ich immer unheimlich in Rage.«

Die Messetür ging auf, und David Sheppard kam herein. Er sah die zwei Männer an der Bar an. »Na, was ist das denn? Heben Sie jetzt schon einen?«

»Ja, genau das machen wir«, antwortete Williams. »Was um Himmels willen ist denn mit Ihnen passiert?«

Sheppards gutaussehendes Gesicht war geschwollen, und die Haut war knallrot. Sein linkes Auge war halb geschlossen, und Tränen liefen ihm über seine linke Wange. »Ich fürchte, das kommt von dem Lithiumhydroxyd. Ich scheine wohl sehr ausgeprägt drauf zu reagieren. Deswegen schaue ich auch hier rein. Ich muß zurück auf die *Wellington*. Hier auf der *Salminster* gibt es kaum Medikamente, und ich muß mein Auge behandeln lassen. Wie geht es dir denn, Hank?«

Stemple sah auf Sheppards Hände und bemerkte, daß die Haut an den Händen genauso gereizt war wie im Gesicht. »Es geht mir gut. Vielen Dank, David. Soll ich dich begleiten?«

»Nein, das ist nicht notwendig. Ich weiß nicht, was unser hoher Boß Freeman noch vorhat, aber wenn er dich dort haben will, werde ich es dich wissen lassen. Kannst du die LR5-Besatzung weiter im Auge behalten? So wie es jetzt aussieht, scheint alles gut gegangen zu sein, aber die Reaktionen auf diese chemischen Sachen entwickeln sich ja manchmal nur langsam.«

»Klar doch. Gutes Übersetzen auf die *Wellington.*«

1410A, USS *Tulsa*

»Ihr braucht Tim nicht zu holen, ich will mit euch beiden reden, das reicht mir«, sagte Enzo in ernstem Ton, die drei jungen Offiziere saßen am Tisch in der PUO-Messe. »Wir müssen uns wohl damit abfinden, daß die Rettung nun doch noch nicht so schnell starten wird.«

»Das ist sehr frustrierend!« rief Trost und schlug mit der Faust auf den Tisch. »Wenn sie uns wenigstens mitteilen würden, was denn los ist da oben.«

»Ja, das denken wir alle, Paul.« Enzo klopfte ihm auf den Rükken. »Wir drei müssen aber eine positive Haltung bewahren. Das Problem ist, daß wir uns jetzt, nachdem eine weitere Verzögerung eingetreten ist, was ausdenken müssen, wie wir das steigende Wasser von den Batterien weghalten. Ich habe darüber gegrübelt, was Tim gestern vorgeschlagen hat, ich glaube aber nicht, daß es reicht, wenn wir nur die Batterien abdichten. Wenn wir auch nur den geringsten Fehler dabei machen, und es kommt doch die Elektrolyse zustande, dann bildet sich eine explosive Mischung von Sauerstoff und Wasserstoff und außerdem noch Chlorgas. Wenn das eine gewisse Temperatur übersteigt oder irgendwo ein Funke entsteht, dann werden wir dieses Leben beenden und können nur noch auf das nächste hoffen. Ich zumindest habe das noch nicht vor. Wir müssen uns also was anderes einfallen lassen. Habt ihr dazu irgendwelche Vorschläge?«

Alle drei saßen ganz still da und dachten einen Augenblick lang nach.

»Glaubt ihr, daß der E-Meister eine Art Kofferdamm bauen könnte?« fragte Schwartz. »Damit müßte er natürlich ziemlich bald anfangen, denn das Ding müßte ja wasserdicht und robust sein. Der Damm muß auch den Wasserdruck aushalten, wenn die sich da oben noch weiter Zeit lassen. Falls dann die Rettung auch noch ein oder zwei Tage dauert, bis der letzte hier raus ist, dann könnte das Wasser vor dem Damm glatt 80 bis 90 Zentimeter hoch stehen.«

»Hm, was meinst du, Paul?«

»Wir haben da nicht viele Möglichkeiten. Wir könnten auch versuchen, die Batterien völlig zu entladen, dann würde es nur ganz geringe Elektrolyse geben, selbst wenn Seewasser eindringt. Ich denke, wir müssen uns nicht nur um die Batterien selbst kümmern, sondern auch die Schalttafeln schützen.«

»Guter Punkt. Dann gibt's natürlich nur noch Kaltverpflegung, wenn wir die Batterien entleeren ...«, stöhnte Schwartz.

»Besser als wenn wir die Atemschutzhauben aufsetzen müssen, weil die Luft vergiftet ist. Das würde dann bedeuten, daß wir gar nichts mehr essen und trinken können«, widersprach Trost.

»Na, vielen Dank für eure Beiträge. Ich denke, die Antwort ist klar. Wir machen beides, wir bauen einen Kofferdamm, und wir entladen die Batterien. Ich werde gleich mit dem E-Meister sprechen.«

1430A, Northwood in England

Admiral Patterson saß an seinem Schreibtisch, als sein Chef des Stabes anklopfte und eintrat. Er legte dem Admiral zwei Funksprüche vor.

»Diese Sprüche sollten Sie sich ansehen, Herr Admiral.«

Patterson überflog den ersten Spruch. Er kam von der *Salminster* und enthielt eine ausführliche Beschreibung des Schadens an der *Tulsa*, wie er vom LR5 aus beobachtet worden war. Die aufgenommenen Videos wurden zur Zeit gerade auf der *Wellington* digitalisiert und sollten sobald wie möglich übermittelt werden.

Der zweite Spruch kam von der *Wellington*, er war wenig erfreulich. Die Presse war an der Untergangsstelle der *Tulsa* auf einem Schiff namens *Pelican* eingetroffen, und es sah so aus, als ob sie Tauchgeräte für Unterwasseraufnahmen mitgebracht hätten. Ganz sicher war der Kommandant der *Wellington*, Fregattenkapitän Muggeridge, nicht, er konnte die Frage wegen des schlechten Wetters zur Zeit nicht eindeutig klären. Der Admiral sah den Chef des Stabes an, der nickte.

»Ja, die Presse ist vor Ort, keine Frage. SNN hat gerade einen Bericht von der *Pelican* gesendet.«

»O Gott«, antwortete der Admiral. »Das haben wir doch alle nicht erwartet.«

»Vielleicht hätten wir uns das schon denken können nach dem Vorfall in Hammerfest.«

»Ja, vielleicht. Was machen wir nun?«

Der Chef des Stabes zog die Augenbrauen hoch und steckte seine Hände in die Taschen. »Viel können wir da nichts machen. Das ist Hohe See, internationales Gewässer.«

»Aber die Norweger, diese alten Wikinger, die können sich doch was einfallen lassen. Können Sie das prüfen? Ich rufe Garry Talisker an und höre mir an, was der darüber denkt.«

»Ja, Herr Admiral. Ich werde auch den Rechtsberater darauf ansetzen. Eins begünstigt uns zur Zeit da oben: Das Wetter ist echt schlecht. Ich würde mich sehr wundern, wenn die ihr Mini-U-Boot aussetzen können, bevor das Wetter sich deutlich beruhigt hat.«

»Gut.« Der Admiral griff nach dem Telefonhörer und wartete einen Augenblick. »Bitte stellen Sie mich doch zum Befehlshaber der US-Atlantik-U-Boote durch. Es ist dringend.«

1500A, USS *Tulsa*

Enzo ging wieder einmal zu Richter und überzeugte sich, daß ihm nichts passiert war. Der Infusionsbehälter war fast leer, in einer halben Stunde würde er ihn erneuern müssen. Er begann sich auch Sorge zu machen wegen der Druckstellen, die sein Patient vom Liegen bekommen würde. Sobald Oberstabsbootsmann Steadman zurück war, mußten sie den Kommandanten drehen. Enzo hatte in einem Handbuch Bilder von entzündeten Druckstellen gesehen. Dergleichen wollte er dem Kommandanten unbedingt ersparen. Im Grunde aber wußte Enzo nicht mehr so recht, wie es weitergehen sollte. Vor ein paar Stunden hatten sie vier Detonationen gehört, also war der Rettungsversuch abgebrochen worden. Das hatte die allgemeine Stimmung schwer erschüttert, und, was noch schlimmer war, es hatte dazu geführt, daß Tim Gallaghers negative Haltung noch prononcierter wurde. So was hatte er bei seinen Kameraden vorher kaum jemals erlebt, Enzo wollte auch mit Tim Gallagher nie wieder zusammen auf einem Schiff fahren. Er war fest entschlossen, ihm in Zukunft aus dem Weg zu gehen. Vielleicht war das ja übertrieben, aber mit Leuten wie Gallagher konnte man keinen Krieg gewinnen.

Es war auch völlig klar, daß es ein Verfahren mit wer weiß wie vielen Verhören geben würde, wenn sie erst einmal zu Hause waren. Enzo war entschlossen, das Verhalten des Versorgungsoffiziers so negativ wie möglich darzustellen, soweit das eben möglich war, sofern er bei der Wahrheit blieb.

Schon beim letzten Besuch hatte Enzo gesehen, daß ein Tagebuch neben der Koje des Kommandanten lag. Er hatte es ganz offenbar nicht mehr weglegen können, bevor er das Bewußtsein verlor. Für Enzo war die Versuchung groß, es in die Hand zu nehmen und darin zu lesen. Er fragte sich, ob der COB der gleichen Versuchung ausgesetzt gewesen war. Schließlich siegte seine Neugierde, und er nahm das Tagebuch. Sicher war das interessanter als diese medizinischen Lehrbücher, die in den letzten Tagen fast seine ausschließliche Lektüre gewesen waren. Er blätterte bis zum 28. Oktober zurück und war völlig überrascht über die Eintragungen zu John Dowling und zu Richters früherem Verhältnis zur Ehefrau von John Dowling. Er hatte von der Sache nichts gewußt und auch nicht, daß Richter John Dowling vor seinem Tod versprochen hatte, sich zukünftig um dessen Frau und die Kinder zu kümmern. Seine Bewunderung für den Kommandanten stieg, je weiter er las. Enzo war fest entschlossen, Richter lebend aus der *Tulsa* herauszubekommen, und wenn das sein eigenes Leben gefährden sollte.

Es klopfte, und kurz darauf steckte der COB seinen Kopf durch die Tür. »Tut mir leid, Sie zu stören, Herr Kaleu, aber Sie müssen wirklich mal kommen und sich was ansehen.«

»Was gibt's denn?«

»Erkläre ich Ihnen gleich, wenn wir zum Kühlraum kommen.«

Enzo wollte schon fragen, was das sollte, überlegte es sich dann aber anders und folgte dem Oberstabsbootsmann. Die POUs Hicks, Lehner und Czapek warteten vor dem Kühlraum.

Jetzt konnte Enzo seine Neugierde nicht mehr zurückhalten. »Also, was soll das? Was ist denn los?«

»Sehen Sie mal hier hinein, Herr Kaleu.«

Mit diesen Worten öffnete Hauptbootsmann Hicks den Kühlraum. Enzo fiel der Unterkiefer herunter. In der hinteren Ecke lag, nur mit einer Unterhose bekleidet, ein Körper. Enzo konnte nicht sofort erkennen, wer es war, da er das Gesicht nicht sehen konnte, der Hinterkopf war ihm zugewandt.

»Kann mir mal einer erklären, was hier vorgeht? Ich denke, wir lagern alle Toten in Leichensäcken im Torpedoraum!«

»Das ist Bootsmann Santana, Herr Kaleu. So wie es aussieht, ist er selbst hier herein gegangen und dann erfroren.«

»Warum sollte er das wohl tun?« Enzo drehte sich um und sah die Portepee-Unteroffiziere an. »Sie schlafen doch mit ihm in einer Kabine, Sie müssen es doch wissen. Stimmt da was nicht?«

Der COB antwortete: »Sie sollten wissen, Herr Kaleu, daß er gestern beim Kartenspielen verloren hat. Ganz offenbar hat ihn das sehr geärgert.«

»Wollen Sie mir erzählen, daß ein Mensch, der noch ganz bei Sinnen ist, so was macht, weil er beim Kartenspielen verloren hat?« Enzo dachte einen Augenblick nach. »Da ist doch was faul, oder? Sie haben um Geld gespielt, stimmt's?« Er sah jedem einzeln in die Augen. Sie brauchten nicht zu antworten. »Wieviel hat er verloren?«

Hicks sah Lehner an, der blickte auf Czapek.

Schließlich antwortete Lehner. »Er hat fast 50 000 Dollar verloren.«

»Was? Habe ich richtig verstanden? 50 000? Seid ihr denn alle völlig verrückt geworden? Was ist denn bloß in euch gefahren? So was geht vor das Truppendienstgericht!« Enzos Gedanken rasten. Was sollte er jetzt bloß machen? Auf jeden Fall mußte Stillschweigen gewahrt werden. »Sie packen Santanas Leiche in einen Leichensack, und dann bringen Sie ihn in den Torpedoraum. Hierüber wird nicht gesprochen. Ist das klar?«

»Jawohl, Herr Kaleu!« antworteten die PUOs wie aus einem Mund.

»Ich werde mir überlegen, was in diesem Falle zu tun ist, und ich werde es Ihnen dann mitteilen. Herr Oberstabsbootsmann, Sie kommen mit mir.«

1800B, HMS *Vindictive*

Die letzten vier Stunden waren für Fregattenkapitän Todhunter eine einzige Qual gewesen. Er wollte gerne auftauchen und dann mit ordentlich Fahrt zum Datum laufen. Aber das Wetter blieb widerwärtig und schlecht. Das einzige Positive war, daß der Wind aus Nordwesten blies und daß es jetzt möglich war, in Richtung Datum zu dampfen und dabei das DSRV genau in Lee des großen Flugkörpersilos zu haben. Aber etwas Risiko lag da sicher drin, denn die See oben lief durcheinander und nicht schön stetig aus einer Richtung. Die Dünung aus dem Westen würde auch weiterhin eine gewisse Gefahr für den kleinen Passagier darstellen, den die *Vindictive* huckepack trug. Todhunter wägte ab. Er durfte auf keinen Fall riskieren, das DSRV im Seegang zu verlieren. Das LR5 war definitiv so stark beschädigt, daß es für diese Operation ausfiel. Dieses amerikanische Rettungsfahrzeug war jetzt die einzige Chance für die Männer der *Tulsa*, aus dem gesunkenen Boot herauszukommen, wenn sie keine Notausschleusung mit all den damit verbundenen Risiken machen wollten. Die Windgeschwindigkeit sollte nach der Vorhersage jetzt noch etwa 28 Knoten betragen, und wahrscheinlich nahm der Sturm weiter ab. Er entschloß sich, aufzutauchen und auszuprobieren, wie schnell er ohne Gefährdung des DSRV in Richtung Datum laufen konnte. Wenn das weniger als fünf Knoten waren, wollte er wieder tauchen und es zwei Stunden später noch einmal probieren. Es hatte auch aufgehört zu schneien. Da würde es oben auf der offenen Brücke nicht mehr so unangenehm sein, wie es das morgens gewesen war.

KAPITEL 8

DONNERSTAG, 4. NOVEMBER

0700A, USS *Tulsa*

Obwohl er sich alles angezogen hatte, was er finden konnte, und aussah, wie der kleine dicke Mann von der Michelin-Reklame, und obwohl er sich mit mehreren Wolldecken zugedeckt hatte, fror Enzo entsetzlich. Er hatte schlecht geschlafen, mehrfach war er wegen irgendwelcher Meldungen geweckt worden, zusätzlich hatten ihn Fröstelanfälle aus dem Schlaf gerissen. Als er zwischen den Schlafperioden wach gelegen hatte, hatte er sich vorgestellt, was wohl gerade oben an der Wasseroberfläche passierte. Während sie vorher kaum Informationen von oben erhalten hatten, wurden sie jetzt geradezu damit überschwemmt. In der Nacht waren ihnen zweimal neue Zeiten für den Beginn der Rettung mitgeteilt worden. Zwei Dinge waren ihm durch den Kopf gegangen: Wahrscheinlich war oben schlechtes Wetter, das schien die einzige Erklärung für die häufig wechselnden Vorhersagen des Rettungsbeginns zu sein. Und außerdem lag der Termin, der als letzter durch die Schallsignale übermittelt worden war, vor dem vorherigen. Das mochte dadurch begründet sein, daß das Wetter besser wurde. Enzo war es aber nach wie vor ein Rätsel, warum der Rettungsversuch, der für den Morgen des Vortages angekündigt worden war, nicht durchgeführt worden war. Er kam zu dem Schluß, daß wahrscheinlich eines der Rettungsfahrzeuge schon oben angekommen war, sich aber als nicht einsatzbereit herausgestellt hatte. Hatte es vielleicht einen technischen Schaden gegeben? Wurde das Rettungsgerät repariert? Er kannte das: Die Techniker konnten nie richtig vorhersagen, wie lange sie für eine

Arbeit brauchen würden, schon gar nicht, wenn sie noch nicht genau wußten, warum ein Gerät nicht richtig funktionierte. Oder stimmte sonst irgend etwas da oben nicht?

Enzo hatte diese Gedanken gewälzt, weil er zu gerne gewußt hätte, wie es weitergehen konnte. Er wollte der Besatzung gerne eine gute Nachricht überbringen oder, falls das nicht möglich war, zumindest einen positiven Gedanken. Der Ausfall der Rettung gestern war ein ziemlicher Schlag für die Stimmung in der *Tulsa* gewesen, auch bei den Offizieren. Es war klar, das Gallagher negativ reagieren würde, aber auch Schwartz und Trost waren jetzt offenbar niedergeschlagen. Sogar der COB, der eigentlich durch nichts zu beeindrucken war, hatte seinen Sorgen Ausdruck gegeben: Diese Verzögerung könnte sich schlimm für den Kommandanten auswirken ... Es bestand die Gefahr, daß die Besatzung die Hoffnung verlor, ja sich sogar im Stich gelassen fühlte.

Der stetige Wasseranstieg im Boot war ein weiterer Grund zur Sorge. Es war nicht möglich gewesen, der Besatzung dieses Problem zu verheimlichen. Alle Glühbirnen waren in die Notbeleuchtung eingedreht worden, um die Hauptbatterie zu entleeren. Die vordere Abteilung der *Tulsa*, die vorher nur spärlich beleuchtet gewesen war, glänzte jetzt wie eine Einkaufsstraße zu Weihnachten. Aber trotz dieser hellen Beleuchtung schien die trübsinnige Stimmung im Boot sich immer mehr auszubreiten und von Stunde zu Stunde intensiver zu werden. Wenn Enzo nur gewußt hätte, was oben wirklich passierte, dann hätte er Begründungen liefern können, dafür, daß es noch nicht losging, und er hätte erklären können, woran die Verzögerung lag. Er hätte die Männer überzeugen können, daß es beim nächsten Versuch klappen würde, und auch, daß sie gerettet werden würden, bevor sie an einer Chlorgasvergiftung starben.

Dann hatte noch Santanas Selbstmord Enzo beschäftigt. Wie konnte ein sonst vernünftiger Mann sich auf diese Glücksspielerei einlassen? Ganz offenbar hatte zumindest Santana, aber vielleicht auch die anderen Spieler, nicht mehr damit gerechnet, jemals wieder aus der *Tulsa* zu kommen. Enzo erkannte die Ironie der Tatsache durchaus, daß Santana sich umgebracht hatte, weil eine Rettung immer wahrscheinlicher wurde. Was sollte, was konnte er tun? Sollte er die Besatzung informieren? Und, was noch wichtiger war, was sollte er bei den Untersuchungen nach der Rettung aussagen? Es stand außer Frage, daß man bei Santana eine Autopsie durchführen würde. Mit der Aussage, er sei bei der Kollision oder bei dem Brand gestorben, würde man nicht durchkommen, Santana hatte auch nicht die geringste äußere Verletzung. Die Besatzung hatte ihn ja auch noch zu den Mahlzeiten gesehen, alle wußten, daß er den eigentlichen Untergang überlebt hatte. Vielleicht konnte er, Enzo, es ja schaffen, daß die drei anderen Spieler und der COB eine vorher abgesprochene Aussage machten? Aber bei der ganzen Besatzung war das aussichtslos. Was also konnte er tun? Er wollte darüber nach dem Frühstück mit dem COB sprechen.

0800A, Norwegisches Hauptquartier in Bodö

Irgend jemand war auf die Idee gekommen, die *Pelican* einer großen Inspektion in Sachen Umweltschutz zu unterziehen, und diese Idee war zwischen dem britischen und dem norwegischen Verteidigungsministerium sowie einer Reihe weiterer norwegischer Behörden intensiv erörtert worden. Der Vorschlag hatte immer mehr Anhänger gefunden und wurde jetzt auch in Bodø ein Thema. Nur die wenigsten in Oslo und auch diejenigen, die hier in Bodö um den Tisch versammelt waren, verstanden wirklich, warum es so wichtig war, das Schiff mit der Presse an Bord von der *Tulsa* wegzubekommen. Fast alle hatten den kurzen Fernsehspot über die *Pelican* und ihr Mini-U-Boot gesehen. Manche hatten sich dahingehend geäußert, daß sie es für geschmacklos und aufdringlich hielten, die *Tulsa* zu filmen, während die Männer um ihr Leben kämpften. Aber dieses Argument war natürlich kein Grund für eine Beschlagnahme der *Pelican*, insbesondere nicht, weil sie doch ein norwegisches Schiff war. Die Presse würde völlig verrückt spielen, wenn man nicht einen sehr guten Grund für ein Vorgehen gegen die *Pelican* fand oder zumindest klare Beweise für ein Fehlverhalten vorlegen konnte. Admiral Risberg tat es schon leid, daß er das Thema überhaupt angeschnitten hatte. Nachdem etwa 15 Minuten lang diskutiert worden war, ergriff Korvettenkapitän Murphy das Wort.

»Herr Admiral, vielleicht sollte ich einmal klarstellen, daß es keinen Einsatz der *Vindictive* mit dem DSRV geben wird, solange dieses Mini-U-Boot mit der Presse da vor Ort ist.«

Sofort trat allgemeine Stille ein.

»Würden Sie bitte erklären, warum das so ist?« fragte eine Vertreterin des norwegischen Gesundheitsministeriums.

»Ich kann nicht in die Einzelheiten gehen. Aber es ist aus britischer Sicht nicht hinnehmbar, daß ein strategisches U-Boot, in diesem Falle die *Vindictive*, unter Wasser gefilmt und in anderer Art beobachtet wird. Wir sind seit einer Woche hier, und wir haben alle nur ein Ziel: die Männer aus der *Tulsa* heraus zu bekommen. Ich gehe davon aus, daß das unser wichtigstes Ziel bleibt. Wenigstens ist es das primäre Ziel für meine Regierung. So wie ich das sehe, können wir das Problem friedlich beenden, indem wir das Schiff beschlagnahmen. Auch könnte, wenn die norwegische Regierung zustimmt, die *Wellington* angewiesen werden, die *Pelican* manövrierunfähig zu machen oder zu versenken. Das hätte natürlich ein paar unangenehme Begleiterscheinungen. Es könnte jemand dabei zu körperlichem Schaden kommen. Aber ich möchte keinen Zweifel daran lassen, daß es nur zwei Möglichkeiten gibt: Die *Pelican* wird entfernt, oder die Männer auf der *Tulsa* müssen einen Notausstieg über die Notschleuse machen, und das würde bedeuten, daß zumindest einige verletzt werden oder sogar sterben müssen. Es tut mir leid, daß ich das hier in dieser Härte sagen muß, aber das sind die beiden einzigen Alternativen. Es scheint mir wirklich der beste Weg zu sein, wenn die norwegische Regierung die *Pelican* einer Inspektion über Einhaltung von Umweltschutzvorschriften unterzieht und sie zum sofortigen Einlaufen in einen norwegischen Hafen zwingt.«

»Das läßt die ganze Sache ja schon anders aussehen«, antwortete die Beamtin aus dem Gesundheitsministerium. »Wir müssen uns aber auch Gedanken darüber machen, welchen Eindruck ein solches Vorgehen bei der Öffentlichkeit hinterläßt.«

Man konnte Korvettenkapitän Murphy seine Verzweiflung trotz des Bartes, der einen Großteils seines Gesichtes bedeckte, ansehen. »Gnädige Frau, ehrlich gesagt, ich will die Bedeutung der Wirkung auf die Öffentlichkeit nicht unterschätzen, aber das ist in diesem Falle wirklich nur sekundär. Hier geht es um Menschenleben.«

»Sehen Sie, hier unterscheiden sich unsere Meinungen. Auf der *Pelican* sind Reporter, und zwar nicht irgendwelche Reporter, sondern SNN-Reporter. Die sind bekanntlich nicht gerade zurückhaltend oder ängstlich. Sicher hat SNN eine Menge Geld ausgegeben, um die *Pelican* zu chartern und sie vor Ort zu bringen. Wir sind ja vielleicht gewillt hinzunehmen, daß die örtliche Presse gehässig berichtet, wenn wir gegen die *Pelican* vorgehen. Aber daß SNN heftig reagiert, können wir uns nicht leisten.«

»Mir ist das völlig egal, was die machen oder berichten«, antwortete Murphy. Dann unterbrach er sich, weil Kapitän Eistvig von der norwegischen Küstenwache den Arm gehoben hatte.

»Ich bin durchaus bereit, das Schiff unter den gegebenen Umständen zum Einlaufen zu zwingen. Vielleicht interessiert es Sie, wenn ich Ihnen sage, daß dieses Schiff schon einmal beschlagnahmt worden ist. Zwar nicht wegen einer Umweltverschmutzung, aber wegen Drogenschmuggels. Ich kann mir gut vorstellen, daß wir wieder was finden, wenn wir die *Pelican* durchsuchen. Der Erste Offizier auf dem Dampfer ist ein alter Kunde in diesen Dingen.«

Alle am Tisch redeten durcheinander, aber bald darauf trat wieder Ruhe ein.

Admiral Risberg war froh, diesen Teil der Sitzung beenden zu können. »Vielen Dank, Kapitän Eistvig. Ich werde dafür sorgen, daß die *Nordvik* entsprechende Anweisungen erhält. Je schneller die *Pelican* verschwindet, desto besser. Wir legen jetzt eine kleine

Pause ein und treffen uns wieder«, er sah auf seine Uhr, »in 20 Minuten, meine Damen und Herren.«

Der Admiral lehnte sich über den Tisch und flüsterte Kapitän Eistvig zu: »Vielen Dank für diese Hilfe. Wann ist denn die *Pelican* wegen Schmuggel aufgefallen?«

»1973, damals war ich ein junger Spund, und es war das erste Schiff, das ich jemals beschlagnahmt habe. Ich muß zugeben, ich weiß gar nicht genau, ob das immer noch dasselbe Schiff mit diesem Namen ist. Selbst wenn das so ist, dann wäre es auch fast unmöglich, daß da immer noch derselbe Erste Offizier ist. Der war damals schon recht alt und ist inzwischen sicherlich längst Rentner.«

Admiral Risberg grinste über beide Ohren und unterdrückte ein lautes Lachen.

»Ihnen ist doch klar, daß die Küstenwache auch mit der Presse fertig werden muß, wenn Sie das Schiff zu so einer Untersuchung zwingen?«

»Ja, ja, das ist mir völlig klar. Das kommt ja auch öfter vor bei uns.«

»Was kommt öfter vor bei ihnen?«

»Na, daß wir Fehler machen oder uns irren. Irren ist menschlich«, antwortete Eistvig.

»Die Computer irren sich doch auch öfter. Schieben Sie es doch darauf. Ich mache das auch manchmal.«

0800A, USS *Tulsa*

Enzo und Oberstabsbootsmann Steadman saßen am Schreibtisch des Kommandanten und kauten lustlos auf ihrem Frühstück herum. »Ich habe Sie hierher gebeten, weil ich mich mit Ihnen unterhalten möchte, ohne daß es ein anderer hört.«

»Das habe ich mir schon gedacht. Es geht um Santana, oder?«

»Ja, das ist richtig. Wir müssen uns überlegen, wie wir das handhaben wollen, und das sehr schnell. Ich fürchte, daß uns in diesem Fall die einfache Wahrheit nicht weiterhelfen wird. Was denken Sie?« Steadman sah auf, legte seinen Löffel hin und schluckte. »So wie ich das sehe, müssen wir zwei verschiedenen Gruppen eine Erklärung liefern. Die erste Gruppe ist die Besatzung hier unten, und die zweite Gruppe besteht aus den vielen Juristen und Leuten an Land bei den Befragungen nach der Rettung.«

»Da stimme ich Ihnen zu.«

»Tatsache ist, daß Santana Selbstmord begangen hat.«

Enzo hörte auf zu essen und sah Steadman direkt ins Gesicht. »Sind Sie da sicher?«

»Ja, so gut wie. Die einzige andere Möglichkeit wäre, daß er in den Kühlraum gegangen ist und dann nicht mehr raus konnte oder daß ihn jemand nicht mehr raus gelassen hat. Das wird aber keiner Untersuchung standhalten. Der Türverschluß ist ganz einwandfrei intakt, man kann die Tür von innen öffnen. Wenn er versucht hätte, drinnen Lärm zu machen und die Tür aufzubrechen, dann hätte er sich dabei die Hände verletzt. Aber die sind ganz und gar in Ordnung. Ich bin überzeugt, er hat sich selbst aus freien Stücken umgebracht.«

»Bleibt also nur die Frage nach dem Warum. Die einzigen, die von der Kartenspielerei wissen, sind die drei PUOs und wir beiden. Das stimmt doch, oder?«

»Ja, Herr Kaleu, das stimmt.«

»Ist Ihnen klar, daß wir alle fünf hinter Gitter kommen, wenn das mit dem Kartenspielen um Geld rauskommt?« Steadman brauchte nicht zu antworten. Enzo war gerade auf eine Idee gekommen. »Wußten Sie schon von dem Spiel der drei, bevor Santana Selbstmord beging?«

»Ja, Herr Kaleu. Aber ich wußte nicht, daß sie um Geld spielten. Es lag nie Geld auf dem Tisch. Ich dachte, die spielten nur so, zum Zeitvertreib.«

»Ich glaube Ihnen das sofort. Aber meinen Sie, daß Ihnen das ein Staatsanwalt abnimmt?« Enzo machte eine Pause, sie waren etwas vom Thema abgekommen. »Wir müssen uns einen anderen Grund ausdenken, warum er Selbstmord begangen hat. Haben Sie eine Idee? Sie kannten Bootsmann Santana doch besser als ich.«

»Mir fällt da im Moment nichts ein. Er war eigentlich ein ganz normaler Mensch. Vielleicht manchmal etwas still, ja geradezu melancholisch, besonders bei den längeren Einsätzen, aber er war glücklich verheiratet, soweit ich das weiß. Er war erfolgreich in seiner Marinelaufbahn, er sollte doch bald zum Oberbootsmann befördert werden. Und Geldsorgen hatte er auch keine, nehme ich an.«

»Und in der Gesundheitsakte, ist da nichts drin?«

»Keine Ahnung. Ich suche die mal raus und prüfe das nach.«

Enzo suchte verzweifelt nach einer Argumentation, die in einem Verfahren glaubwürdig blieb. Er nahm noch einmal einen Löffel voll Cornflakes, dann fiel ihm plötzlich etwas ein. »Hat er einen Abschiedsbrief oder so etwas hinterlassen?«

»Nein, ich habe zumindest nichts gesehen.«

»Seltsam, finden Sie nicht auch?«

Steadman wußte nicht so recht, was er von der letzten Frage Enzos halten sollte. »Finde ich nicht seltsam. Aber ich bin kein Detektiv.«

»Ich auch nicht, aber ich glaube, daß Selbstmörder häufig einen Abschiedsbrief hinterlassen. Wenn er das gemacht haben sollte, dann müssen wir unbedingt wissen, was darin steht. Das müssen Sie jetzt sofort klären, Herr Oberstabsbootsmann. Bitte sprechen Sie doch auch mit Hicks, Lehner und Czapek. Wir müssen uns was ausdenken, warum er Selbstmord begangen hat. Lassen Sie uns darüber heute nachmittag noch mal beraten.«

»Jawohl, Herr Kaleu.«

1000A, HMS *Vindictive*

Um für alle Beteiligten Platz zu haben, hatte Fregattenkapitän Todhunter die Mannschaftsmesse als Besprechungsraum festgelegt. Das ganze DSRV-Team und alle Besatzungsmitglieder, die mit der Rettungsoperation zu tun hatten, mußten anwesend sein.

Als alle versammelt waren, begann er: »Meine Herren! Wir werden in etwa 12 Stunden am Datum eintreffen und dann mit der Rettungsoperation beginnen können. Ich glaube, daß es nur Sinn macht, wenn wir vorher noch einmal alle zusammenkommen und durchsprechen, was vor uns liegt. Manche von uns Briten hier an Bord werden sich schon gefragt haben, wozu all das viele Zeug gut sein soll, das in Murmansk an Bord geschleppt wurde, und warum diese weißen Streifen bei uns auf den Rumpf gemalt worden sind. Sicherlich werden sich auch einige der amerikanischen Gäste fragen, ob das auf einem britischen U-Boot auch alles so klappen wird, wie sie es gewohnt sind oder es erwarten. Ich darf Sie in diesem Punkt beruhigen. Einige haben an der Übung im Jahre 1996 teilgenommen, in der bewiesen wurde, daß diese Rettungseinsätze auch von britischen U-Booten aus möglich sind. Trotzdem kann es nur hilfreich sein, wenn wir jetzt noch einmal unsere Vorstellungen abgleichen. Ich hoffe, daß dann hinterher alles wie am Schnürchen klappen wird.« Danach stellte Fregattenkapitän Todhunter die anwesenden Männer seiner Besatzung vor und wandte sich an den amerikanischen Delegationsführer zu seiner Rechten: »Kapitän Tyson, wollen Sie noch etwas sagen, bevor Sie Ihre Leute vorstellen?«

»Ja, vielen Dank. Ich will mich kurz fassen und der britischen Marine und der ganzen Besatzung der *Vindictive* meinen persönlichen Dank aussprechen, daß sie uns hier bei der Rettungsaktion unterstützen. Wir sind hier an Bord sehr freundlich empfangen worden, obwohl ich weiß, daß einige von Ihnen aus dem Urlaub zurückgerufen worden sind und daß andere ihre Urlaubspläne ändern mußten. Ich darf Ihnen versichern, daß wir das zu würdigen wissen, und ich kann nur hoffen, daß uns irgend etwas einfällt, um unsere Anerkennung zum Ausdruck zu bringen.« Dann stellte er sein Team vor und schloß mit den Worten: »Ich werde jetzt Korvettenkapitän Sheridan bitten, Ihnen die Funktionsweise des DSRV zu erläutern. Das ist doch das, was Sie von uns erwarten, Kapitän Todhunter, oder?«

»Ja, genau.«

Korvettenkapitän Sheridan stand auf und stellte sich vor das achtere Schott der Mannschaftsmesse, an dem eine Rißzeichnung des DSRV hing. Er erklärte die Konstruktion: Drei stählerne Kugeln waren durch Verbindungsstücke zu einem Tauchboot vereinigt, in der vordersten Kugel saßen die zwei Piloten mit dem ganzen Navigationsgerät und der Steuerungseinrichtung, die mittlere und die achtere Kugel waren für die Passagiere und die Ladung bestimmt. Dann erläuterte Korvettenkapitän Sheridan die Funktionsweise der Schürze für das Ankoppeln an ein verunglücktes U-Boot. Sie hatte einen gepufferten äußeren Ring zur Absorption von Stößen. Auch die Stützen zur Montage auf dem Transport-U-Boot wurden erläutert. Das komplizierte Trimmsystem und die Steuerung des Ballastwassers waren die nächsten Themen. Alle Einrichtungen waren erforderlich, um die Auftriebskräfte konstant zu halten, egal, ob sich Passagiere an Bord befanden oder nicht. Zum Schluß wurden noch die den Einsatz des Mini-U-Bootes begrenzenden Faktoren angesprochen: Die Höchstgeschwindigkeit betrug nur vier Knoten, und die Batterieausdauer war recht begrenzt.

»Ich kann mir denken, daß einige von Ihnen daran interessiert sind, wie unser DSRV manövriert und wie die Navigation funktioniert. Der Antrieb erfolgt durch diesen großen Propeller am Heck, aber es sind auch noch zwei vertikale und zwei horizontale Wasserstrahler vorhanden, so daß der Pilot mit großer Präzision manövrieren kann. Vier bewegliche Kameras mit Scheinwerfern und zusätzliche Scheinwerfer im Bereich der Ankopplungsschürze erleichtern das Ankoppeln, die Navigation wird durch mehrere Sonars für den Nah- und Mittelbereich unterstützt.«

Zum Schluß ließ der Vortragende Fragen zur Funktionsweise zu.

Nach kurzer Pause meldete sich einer der Maate der *Vindictive*: »Herr Kap'tän, wenn das Ding nur vier Knoten Höchstfahrt hat, wird das dann nicht durch Unterwasserströmungen ganz erheblich in seinen Möglichkeiten beeinträchtigt?«

»Ja, das ist in gewissem Maße so. Aber wir haben eine gute

Nachricht von der *Salminster*, die uns mitteilt, daß am Datum fast keine Unterwasserströmungen sind. Daher sollte die geringe Höchstgeschwindigkeit des DSRV diesmal kein Problem sein.«

Sofort kam die nächste Frage: »Ich kann nicht sehen, wie Sie die Batterien laden wollen, ohne gleichzeitig Luken in der Ankopplungsschleuse für längere Zeit offen zu haben. Das ist ein Zustand, den wir aus Gründen der Sicherheit möglichst vermeiden wollen.«

»In der achteren Notschleuse befindet sich eine elektrische Anschlußstelle. Die obere Luke der Schleuse muß also geöffnet werden, aber die untere kann während des Ladens der Batterie des DSRV geschlossen bleiben. Um die Sicherheit der *Vindictive* brauchen Sie sich also in diesem Punkt keine Sorgen zu machen. Wir haben auch schon direkt nach dem Auslaufen aus Murmansk die Dichtigkeit der Schürze überprüft, da ist alles in Ordnung. Und die Stützen halten das DSRV gut fest, alles sitzt, wie es soll.«

»Herr Kap'tän, ich weiß, daß es uns hier auf der *Vindictive* nur indirekt betrifft, aber was muß denn die Crew auf der *Tulsa* dabei machen? Ich meine, wenn sie doch nun alle von der schlechten Luft ganz krank sind, und das muß man doch wohl annehmen, können Sie die Männer denn auch retten, falls sie völlig handlungsunfähig sind?«

»Auch das. Die U-Boot-Besatzung muß eigentlich gar nichts machen. Wie Sie wissen, sind zwei Luken in der Notschleuse, die Konstruktion auf der *Tulsa* ist im Prinzip genau wie bei Ihnen. Im normalen Schiffsbetrieb werden beide Luken geschlossen gehalten. Die obere Luke, also die äußere, öffnet direkt nach außen auf das Deck, sie ist so ausgelegt, daß sie im Notfall von außen geöffnet werden kann. Das DSRV hat jedenfalls die Möglichkeit, diese Luke von außen zu öffnen. Nachdem die Männer von außen in die Schleuse eingestiegen sind, ist es kein Problem, auch die innere Luke von der Schleuse aus zu öffnen. Wenn die Besatzung der *Tulsa* uns dabei noch unterstützen kann, dann kann sie den Ablauf etwas beschleunigen. Das ist recht einfach, und die Männer haben eine entsprechende Betriebsanleitung an Bord.«

Korvettenkapitän Sheridan sah sich im Raum um. Offenbar gab es keine weiteren Fragen.

»Vielen Dank.« Fregattenkapitän Todhunter machte eine kurze Pause, dann fuhr er fort: »Wir müssen jetzt noch die Frage ansprechen, wie wir die Überlebenden einer guten medizinischen Behandlung zuführen.« Er sah seinen Schiffsarzt, Stabsarzt Ferguson, fragend an. »Ohne Ihnen zu nahe treten zu wollen, Doc, wir werden wohl zugeben müssen, daß wir hier an Bord dazu nicht ausreichend ausgerüstet und vorbereitet sind. Für mich sieht das so aus, daß wir beim ersten Einsatz die am schwersten Verletzten abbergen und den anderen Hilfe bringen müssen, soweit das eben möglich ist. Ich denke daher, daß die Ärzte Samways und Kellman mit zur *Tulsa* fahren sollten ...«

»Ja, ja, das haben wir schon so beschlossen«, unterbrach ihn Fregattenkapitän Tyson. »Aber lassen Sie uns noch kurz über das weitere Vorgehen bei der Rettung sprechen. Da gibt es keine Vorschriften, wir können also alles nach eigenem Dafürhalten organisieren. Ich denke, daß wir versuchen sollten, gleich beim ersten Einsatz so viele Überlebende abzubergen wie möglich. Das würde dann bedeuten, daß wir bei den ersten drei oder vier Einsätzen nur diejenigen mitnehmen, die noch gehen können. Die Verletzten, die auf Tragen befördert werden müssen, holen wir später. Sehen Sie das auch so, Doc?« Diese Frage war an Flottillenarzt Samways gerichtet.

»Also, für den ersten Einsatz haben Sie sicher recht. Es wird ja einige Zeit dauern, bis Pat und ich die Verletzten untersucht haben, und da wäre es doch absoluter Blödsinn, wenn das DSRV in dieser Zeit nur daliegen und warten würde. Ich schlage aber vor, daß wir dann das weitere Vorgehen nach Lage unten im Boot entscheiden. Wenn erst mal die Atemluftzusammensetzung wieder richtig unter Kontrolle ist, gibt es eigentlich keine Zeitgrenze mehr für die Überlebenden da unten. Aber es kann sehr wohl so sein, daß es für einzelne Verletzte zeitlich eng wird.«

»Wenn ich mir die Zahlen ansehe«, unterbrach ihn Pat Kellman, »schätze ich, daß das DSRV mindestens neun Einsätze fahren muß, um alle abzubergen. Das wird den größten Teil des nächsten Wochenendes in Anspruch nehmen. Ich stimme Ihrem Vorschlag zu. Wir sollten flexibel sein, wenn wir einen Überblick über die Lage da unten haben.«

»Wie lange wollen Sie denn in der *Tulsa* bleiben?« fragte Fregattenkapitän Todhunter.

»Solange das erforderlich ist. Ganz sicher werden wir erst das Boot verlassen, wenn auch der letzte Verletzte abgeborgen ist.«

»Ich mache mir doch Sorgen, ob wir auf der *Vindictive* genug für die Verletzten tun können. Am liebsten würde ich sie so schnell wie möglich von Bord in gute Pflege geben, aber dazu müßte das Wetter viel besser werden. Doc, können Sie mit den Verletzten hier fertig werden?«

»Herr Kap'tän, der Sanitätsabschnitt wird sich alle Mühe geben. Es sollte uns gelingen, die Männer am Leben zu halten. Wenn wir erst wissen, um welche Verletzungen es geht, kann ich Ihnen die Frage schon genauer beantworten. Auf der *Centaur* haben sie alle Möglichkeiten, materiell und personell. Wir sollten also zusehen, daß wir die Verletzten sobald wie möglich dorthin abgeben.«

»Dem kann ich nur zustimmen.« Todhunter sah Fregattenkapitän Tyson an. »Ich denke, wir haben jetzt alles Wichtige angesprochen.«

»Lassen Sie mich noch einmal meinen Dank wiederholen. Jetzt brauchen wir die Männer da unten nur noch rauszuholen.«

1030A, USS *Tulsa*

Enzo stieg in das unterste Deck hinab und ging achteraus, wo er in die geöffnete Inspektionsluke des Tanks schauen konnte. Der E-Meister stand neben Kapitänleutnant Trost, der mit einer Taschenlampe die ölige Wasseroberfläche beleuchtete. Der Flüssigkeitsstand war gerade unterhalb der Inspektionsluke, und das hineinfließende Wasser hörte sich an wie ein kleiner Wasserfall.

»Der Zufluß ist nicht weniger geworden, nehme ich an?« fragte Enzo, mehr um die herrschende gespannte Stimmung aufzulösen, als um eine konkrete Antwort zu bekommen.

»Nein, Herr Kaleu«, antwortete der E-Meister. »Nicht mehr lange, dann können wir hier Eintrittskarten für die ›Badeanstalt zum unteren Deck‹ verkaufen.«

»Da werden Sie aber auch nicht reich bei werden, fürchte ich, E-Meister. Das Wasser ist ein ganz klein bißchen zu kalt.«

»Och, das wird schon wärmer werden, wenn es erst mal die Batteriepole erreicht«, antwortete der E-Meister trocken.

»Wie sieht das denn mit dem Kofferdamm aus?«

»Sehen Sie sich das Ding an, Herr Kaleu.« Die drei Männer gingen nach voraus. »Ich habe getan, was ich mit den verfügbaren Mitteln machen konnte. Aber ohne Bohrmaschine und Elektrosäge geht das kaum besser. Es fehlt mir auch an geeignetem Holz.« Sie waren bei dem Kunstwerk aus Holz und Plastikfolie angekommen, das der E-Meister geschaffen hatte. Es sollte die Eingangsluke zum Batterieraum gegen steigendes Wasser abdichten.

»Ich finde, das sieht ganz schön stabil und robust aus, E-Meister. Herzlichen Glückwunsch.« Kapitänleutnant Trost zog Luft zwischen den Zähnen durch, bevor er seinen Kommentar gab.

»Wir haben das natürlich nicht testen können, Enzo. Es muß gleich halten, nachbessern können wir nicht.«

»Der E-Meister hat die anderen Sachen auch geschafft, denk nur mal an das Verteilgerät.« Dem Gesichtsausdruck nach war dem E-Meister die Sache aber nur unangenehm.

»Also, bei dem Verteilgerät hat erst der zweite Versuch den Erfolg gebracht.«

»Aber seitdem läuft es ohne Probleme.« Enzo wollte gerne das Thema wechseln. »Und wie ist das denn nun mit der Batterie? Wann, schätzen Sie, wird sie völlig entladen sein?«

»Wir entladen sie, so schnell es geht. Wir werden das dann an den Lampen sehen. Wenn die schwächer leuchten, haben wir das Ziel bald erreicht.«

Enzo sah auf eine der Glühlampen der Notbeleuchtung. Die brannte immer noch in voller Stärke.

»Dann wird das ja noch eine ganze Zeit dauern.«

»So sieht es wohl aus, Herr Kaleu. Da unten in der Batterie stecken eben verdammt viele Ampere-Stunden.«

»Versuchen Sie Ihr Bestes, E-Meister.« Enzo drehte sich um, er wollte gehen. Dann sagte er aber noch zu Kapitänleutnant Trost: »Ich nehme an, daß die Notschleuse klar ist zum Annehmen des DSRV?«

»Ja, ist klar.«

»Gut.«

»Nur noch eins, Enzo. Harvey hat mir aufgetragen, dir zu melden, daß die letzten Lithiumhydroxydkanister jetzt im Verteilgerät stecken.«

»Und warum sagt er mir das nicht selbst?«

»Du warst mit dem COB unterwegs, und Harvey hat sich jetzt hingelegt.«

»Ja, das kann ich verstehen. Er hat sich wirklich verdient gemacht mit der Steuerung der Atemluftzusammensetzung. Vielen Dank für die Meldung.«

0800R, Cherry Hill, New Jersey

Zwischen der Oberfläche des Wassers und dem Deck waren nur wenige Zentimeter Zwischenraum. John hatte seinen Körper so positioniert, daß seine Nase gerade noch über die Wasseroberfläche hinausragte. Er schnappte nach Luft. Plötzlich verlor er offenbar den Halt, denn seine Nase verschwand unter der Wasseroberfläche. Seine Augen traten voller Schrecken aus den Höhlen, er merkte, daß er Wasser durch die Nase einatmete. Seine Schleimhäute reagierten gereizt, und er mußte nießen. Dann atmete er unfreiwillig Wasser ein. Mehr und mehr Wasser drang in seine Lungen …

Marie erwachte und schoß hoch. Ihr Puls raste, und sie war in Schweiß gebadet. Sie setzte sich auf die Bettkante und versuchte, ruhiger zu werden. So ging das nicht weiter mit diesen Alpträumen. Sie war der Lage nicht mehr gewachsen, und ganz offenbar reichten die Beruhigungsmittel auch nicht mehr aus, solche Träume zu verhindern. Sie versuchte zu analysieren, was in ihrem Kopf vorging. Die Träume ähnelten einander immer wieder, auch wenn die Einzelheiten variierten. Und sie wachte immer fast an der gleichen Stelle des Ablaufes auf. Immer ging es in diesen Träumen darum, wie John zu Tode gekommen war. Das Verwirrende war dabei, daß sie nicht wußte, was im Einzelnen wirklich passiert war. Vielleicht war er schon bei der Kollision zu Tode gekommen? Vielleicht hatte es einen Brand gegeben? Vielleicht war er auf seinen Kopf gefallen? Woher wollte sie wissen, daß er ertrunken war? Offenbar verlangte ihr Unterbewußtsein danach, zu erfahren, wie John zu Tode gekommen war, und da nun mal keine Fakten bekannt waren, erfand ihre Phantasie im Traum Antworten auf ihre Fragen. Wie aber sollte sie die Fakten in Erfahrung bringen? Es war witzlos, die Dienststelle in Groton wieder anzurufen. Selbst wenn sie durchkam, bekam sie keine Antworten. Solange die Überlebenden nicht gerettet und befragt worden waren, wußte auch der Stützpunkt nichts Näheres.

Marie seufzte tief und überlegte, was sie heute tun sollte. Sie hatte noch keine Lust, aufzustehen, aber sie wollte auch nicht mehr weiter schlafen, weil sie Angst hatte, der Traum könne sich wiederholen. Lust hatte sie eigentlich zu gar nichts. Obwohl er gesagt hatte, daß er etwas Urlaub machen wolle, hatte ihr Vater am Vorabend dann doch angekündigt, daß er wieder zur Arbeit müsse. Carmen konnte sich um die Jungen kümmern – sie schienen die junge Frau sympathisch zu finden, und Carmen genoß offenbar auch die Gesellschaft der beiden.

Innerlich verspürte Marie eine Art Zwang, über John nachzudenken. Auch wenn sie überzeugt war, daß er nicht zurückkehren würde, ganz sicher war sie sich nicht. Schließlich waren die Nachrichten knapp und von zweifelhafter Qualität gewesen. In der Marine war es nichts Besonderes, wenn der Ehegatte nicht zu Hause war. Wenn erst die Zeit weiter fortschritt und wenn die anderen Besatzungsmitglieder wieder zu Hause sein würden und wenn John dann immer noch nicht kam, dann würde ihr seine Abwesenheit sicher schmerzlicher klarwerden. Ihre Söhne hatten in unglaublicher Weise auf die Nachricht reagiert. Es hatte kaum Tränen und Fragen um den Tod des Vaters gegeben. Marie hatte keine Vorstellung davon, wie Kinder üblicherweise auf den Tod eines Elternteils reagierten, aber sie war sich sicher, daß sie eine altersgemäße Reaktion auf individuelle Weise und zu einem ihnen angemessenen Zeitpunkt zeigen würden.

Sie wollte sich eigentlich zur Zeit nicht weiter in ihren Gedanken mit John beschäftigen, weil es doch nur in Tränen und Trauer enden konnte. Sie versuchte deshalb, über die Diskussionen mit ihrem Vater nachzudenken. Was wollte er? Früher hatte er sich nie so verhalten wie jetzt. Er war jahrelang sehr abweisend gewesen, jetzt hatte er ganz plötzlich seine Haltung geändert und wollte alles, was vorher geschehen war, vergessen machen. Doch was war mit Christine? Was würde die zu dieser Änderung der Situation sagen? Wahrscheinlich würde es ihr nicht gefallen. Wenn Marie wieder dazu gehörte, würde sie für Christine eine Art Bedrohung darstellen, eine Wettbewerberin um die Gunst und um das Portemonnaie des Vaters. Außerdem zeigte die Anwesenheit von Carmen – und wer wußte schon, wie viele »Carmen« es im Laufe der Jahre gegeben hatte –, daß Christine vermutlich nie die einzige gewesen war, die die Zuwendung des alten Herrn genossen hatte. Der wirkliche Ärger würde beginnen, falls Christine die Geldzuwendungen gekürzt werden sollten. Christine war selbstsüchtig und stets bereit, ihren Vater hinter Maries Rücken aufzuhetzen. Das konnte eine Menge Ärger geben. Marie war sich nicht einmal sicher, zu wem ihr Vater halten würde, falls es erneut zum Grabenkrieg kam. Er hatte schon einmal zu Christine gehalten. Marie konnte diese Situation natürlich vermeiden, indem sie von ihrem Vater nicht die geringste finanzielle Zuwendung erwartete.

Sie dachte darüber eine ganze Weile nach, dabei stellte sich noch eine ganz andere Frage: Wie wollte sie ohne finanzielle Zuwendung des Vaters auskommen? Sie würde die übliche Witwenpension von der Marine erhalten, aber das würde deutlich weniger sein als Johns Gehalt. Irgendwo und irgendwie mußte sie ja auch mit den Kindern leben. Außerdem mußte sie die von der Marine zur Verfügung gestellte Wohnung verlassen. Aber wohin dann? John hatte etwas Geld für die Ausbildung der Söhne zurückgelegt, aber groß waren die Rücklagen nicht. Was sollte sie machen? Sie konnte jedenfalls nicht auf Dauer hier bei ihrem Vater bleiben. Das würde Christine niemals dulden.

1330A, Motorschiff *Nordvik*

Der Flugzeugträger *Centaur* war am Datum angekommen und hatte die Leitung der Rettungsaktion übernommen. Fregattenkapitän Jonsson bereitete sich mental darauf vor, daß der Befehl zum Aufbringen der *Pelican* sehr bald eintreffen würde. Diese Aufgabe war ihm und der *Nordvik* zugedacht. Er hoffte, daß die *Pelican* nicht allzuviel Aufhebens davon machen würde. Oder würde der Kapitän versuchen, abzuhauen? Wenn er darüber nachdachte, schien ihm das eher unwahrscheinlich, weil der Kapitän der *Pelican* damit nichts erreichen könnte. Nicht nur nahm es den eingeschifften Reportern jede Gelegenheit, ihre Fotos zu schießen; die *Pelican* war auch nicht schneller als die *Nordvik*, geschweige denn die *Wellington* oder die *Centaur*.

Jonsson kannte den Kapitän der *Pelican* nicht, aber es war auch so klar, daß der den Auftrag erledigen wollte, weil er den Eignern der *Pelican* viel Geld einbrachte und der Kapitän daran bestimmt mit einem ordentlichen Prozentsatz beteiligt war. Vielleicht zeigte er sich hartleibig und bestand auf dem Recht der ungehinderten Seefahrt. Je mehr er darüber nachdachte, desto mehr kam er zu der Überzeugung, daß er wohl erheblichen Druck würde ausüben müssen, um die *Pelican* zum Einlenken zu bringen und sie dazu zu zwingen, ein Durchsuchungskommando an Bord zu dulden. Jonsson sah aus dem Brückenfenster auf sein 57-Millimeter-Geschütz, das auf der Back der *Nordvik* stand. Mit so einem Ding kann man schlecht diskutieren, dachte er. Bisher hatte er kaum jemals diese Waffe einsetzen müssen, aber er war durchaus dazu entschlossen, falls es erforderlich war. Das Geschütz konnte Geschosse mit 23 Kilogramm Gewicht fast zehn Seemeilen weit schießen. Bei dem aktuellen Wetter war die Genauigkeit nicht sehr groß, aber es sollte ausreichen, jedermann auf der *Pelican* klarzumachen, daß Aufgeben die einzige Möglichkeit war. Ein Schuß vor den Bug wirkte vermutlich auch in diesem Fall Wunder.

1400A, HMS *Centaur*

»Funkspruch aus Bodö, mit Vorrang, Herr Kap'tän.«

Kapitän zur See Temple drehte sich in seinem Stuhl herum und sah den Funkgasten an, der links hinter ihm stand. Er nahm ihm den Funkspruch aus der Hand, es war der Befehl, die *Pelican* aufzubringen.

»Na, das wird interessant«, sagte er vor sich hin, ohne damit jemanden konkret anzusprechen. Auf einem Vordruck entwarf er seinen Funkspruch an die *Nordvik:* Pelican *aufbringen und nach Hammerfest geleiten. Dort erfolgt Untersuchung wegen Verdacht auf Drogenschmuggel. Sie sind autorisiert, erforderliche Zwangsmaßnahmen ohne Gefährdung von Menschenleben anzuwenden.* »Dies sofort an die *Nordvik* absetzen.« Temple drehte sich wieder zurück und starrte aus dem Brückenfenster. Die *Pelican* war jetzt nur ein kleiner Flecken im Wasser, etwa sechs Meilen entfernt an Steuerbord voraus. »Wachhabender Offizier!«

»Herr Kap'tän?« Ein junger Kapitänleutnant sah vom Radargerät auf.

»Wir wollen mal ein bißchen dichter ran an das Geschehen. Gehen Sie bis auf eine Meile an die *Pelican* heran.«

»Jawohl, Herr Kap'tän. Steuerbord 10, Umdrehungen für 15

Knoten«, befahl der Wachhabende Offizier, und einen Augenblick später legte sich das große, graue Kriegsschiff leicht über, als es dem Ruderdruck folgte. »Mittschiffs.«

»Ruder liegt mittschiffs«, meldete nach kurzer Zeit der Rudergänger.

Kapitän Temple griff in die Tasche an der Seite seines Brückenstuhls und holte sein Fernglas heraus. Dann richtete er es auf die *Pelican* und focussierte die Optik. Der Dampfer sah nicht gerade elegant aus. Bei der Konstruktion hatten die praktischen Gesichtspunkte offenbar die Ästhetik verdrängt. Am Bug hatte das Schiff viel Freibord, nach achtern nahm dieser stark ab, etwa so wie bei einem Schlepper. Der viel zu große weiße Aufbau hatte als oberstes Deck, noch über der Brücke, einen kleinen Hubschrauberlandeplatz. Achtern stand ein großer A-Mast. Temple schätzte, daß die *Pelican* nicht mehr als 4000 Tonnen verdrängte. Die Höchstfahrt mochte bei vielleicht 15 Knoten liegen.

Als er sich umdrehte, sah er, daß die *Nordvik* etwa drei Meilen querab an Steuerbordseite stand. Offenbar war der Funkspruch gerade bei ihr angekommen. Sie änderte den Kurs. Bisher hatte sie so manövriert, daß es der *Pelican* möglichst schwer gemacht werden sollte, auf die Stelle direkt über der *Tulsa* zu gelangen. Jetzt dampfte die *Nordvik* direkt auf die *Pelican* zu. Aus ihrem Schornstein kamen ein paar dunkle Rauchwolken, und das Wasser hinter ihrem Heck sah aus, als ob es kochte, als sie die Fahrt erhöhte. Im VHF-Gerät begann es zu knistern, und Temple konnte hören, wie die zwei Schiffe auf Kanal 16 miteinander sprachen. Die *Nordvik* hatte die *Pelican* auf englisch angerufen, aber die antwortete auf norwegisch. Nun redeten beide norwegisch. Er verstand kein Wort, aber man konnte hören, daß die Unterhaltung immer lauter und daß die Stimmen immer energischer wurden. Bei der *Pelican* konnte er keine Kurs- oder Fahrtänderung feststellen. Wieder war eine laute Anweisung von der *Nordvik* zu hören. War das jetzt das Ultimatum, fragte sich Temple. Die *Pelican* antwortete und reagierte nicht, weder auf VHF noch durch eine Kursänderung.

1410A, Motorschiff *Pelican*

Simon Bannerman verließ seine Kammer und rannte auf die Brücke, er war über die Schifflautsprechanlage darum gebeten worden.

»Was ist denn los?«

Der Kapitän sprach in ein Mikrophon, das er in seiner rechten Hand hielt, und mit seiner linken Hand zeigte er nach Backbord auf das graue Schiff der norwegischen Küstenwache, das genau auf sie zugedampft kam. Er hörte auf, in das Mikrophon zu sprechen, und sagte zu Bannerman: »Die wollen, daß wir beidrehen. Und dann soll ein Durchsuchungskommando hier bei uns an Bord kommen«, fügte er noch auf Englisch mit starkem Akzent hinzu.

»Und was wollen Sie nun machen?«

»Ich muß gehorchen.«

»Zur Hölle, das werden Sie nicht! Sie erhalten Ihre Anweisungen von mir! Wissen Sie überhaupt, wieviel SNN Ihrem Eigner jeden Tag für diese Blechdose hier bezahlt?«

»Herr Bannerman, ich bin verantwortlich für die Sicherheit dieses Schiffes, seiner Besatzung und auch der Passagiere. Das schließt Sie mit ein. Ich weiß nicht, ob Sie es schon gesehen haben, aber das Schiff da drüben hat eine Kanone, sogar eine ziemlich große. Die drohen damit, sie zu benutzen, falls wir nicht beidrehen und das Durchsuchungskommando an Bord lassen. Und da drüben ist auch noch ein Flugzeugträger.« Er zeigte auf die *Centaur*. »Mit denen möchte ich mich nicht auf einen Streit einlassen.«

»Was um Himmels willen ist denn hier los? Wir befinden uns in internationalen Gewässern. Weder die britische Marine noch irgend so ein hergelaufener norwegischer Küstenwachdampfer haben das Recht, uns hier anzuhalten. Habe ich mich klar genug ausgedrückt?«

»Völlig. Aber sie behaupten, wir hätten Drogen an Bord, und sie haben das Recht, uns daraufhin zu durchsuchen.«

»Das ist doch Scheiße! Hier sind doch gar keine Drogen an

Bord – stimmt's?« insistierte Bannerman. Er hörte sich aber schon nicht mehr ganz so selbstsicher an.

»Nicht daß ich davon wüßte.«

»Dann sagen Sie es denen doch! Bestehen Sie auf Ihrem Recht zur freien Passage!«

»Glauben Sie vielleicht ...« Der Kapitän wurde durch das VHF-Gerät unterbrochen. Die *Nordvik* drohte ganz eindeutig mit Waffeneinsatz, und auch Bannerman verstand das. »Was soll ich denen denn nun sagen? Sie bestehen darauf, daß wir beidrehen.«

»Geben Sie mir das Ding.« Bannerman durchquerte die Brükke und ergriff das Mikrophon. »Hier ist Simon Bannerman von SNN; ich habe dies Fahrzeug gechartert. Wir befinden uns in internationalen Gewässern und haben das Recht ...«

Er wurde von einem dumpfen Knall und hellem Kreischen unterbrochen. Als er den Kopf drehte, sah er, daß vom Wind gerade eine kleine Rauchwolke von der Rohrmündung des Geschützes der *Nordvik* weggeblasen wurde. Das Kreischen wurde immer greller, und plötzlich stieg eine große weiße Wasserfontäne ungefähr 100 Meter vor dem Bug der *Pelican* aus der See.

»Verdammte Hölle!« schrie Bannerman.

»Beide Maschinen stopp«, wies der Kapitän mit ruhiger Stimme den Rudergänger an, der auch den Maschinentelegraphen bediente.

»Nein, das ist doch zum Lachen!« widersprach Bannerman mit sich überschlagender Stimme. »Lassen Sie mich erst mit New York sprechen. Die werden da ein Wörtchen mitreden wollen. Sie können sofort an die norwegische Botschaft in den USA herangehen und diesen Wahnsinn zu einem schnellen Ende bringen.«

Der Rudergänger fand die ganze Sache offenbar sehr unterhaltsam, er wußte aber nicht so recht, was er von dieser chaotischen Szene auf der Brücke halten sollte.

»Das tut mir leid, Herr Bannerman, dazu ist jetzt nicht die Zeit. Ich muß beidrehen, bevor die uns treffen.«

Bannerman drückte wieder den Knopf am Mikrophon und

schrie: »Hier ist Simon Bannerman von SNN. Seien Sie sich darüber im klaren, daß wir diesen Akt der Piraterie filmen und dokumentieren und daß wir auch in keiner Weise zögern werden, ihn weltweit zu …«

Wieder gab es einen dumpfen Knall, diesmal schon deutlich lauter, denn die *Nordvik* war inzwischen näher gekommen. Das Kreischen des Geschosses schmerzte in den Ohren, es ging knapp über die Brücke der *Pelican* weg und schlug 50 Meter hinter der *Pelican* im Wasser auf.

»Beide Maschinen stopp!« brüllte der Kapitän erneut.

»Beide Maschinen stopp!« wiederholte der Rudergänger, dann legte er beide Hebel des Maschinentelegraphen auf STOPP.

Die *Pelican* verlor schnell an Fahrt, und kurz darauf dümpelte sie gestoppt in der immer noch ziemlich bewegten See.

Auch die *Nordvik* reduzierte die Fahrt und setzte ein großes Schlauchboot aus, dessen Besatzung orangenfarbene Kälteschutzanzüge trug. Sofort schoß es mit hoher Fahrt auf die *Pelican* zu. Simon Bannerman starrte mit resigniertem und niedergeschlagenem Blick aus einem Brückenfenster an der Backbordseite. Diese eigentlich großartige Chance auf einen der besten Fernsehberichte der letzten Zeit löste sich vor seinen Augen in Nichts auf. Ihm blieb nur ein ordentlicher Rachefeldzug. Beginnen würde das mit dem Film, den Mick Russell jetzt gerade über diese Aufbringung hier drehte. Als nächstes mußte es darum gehen, ein Gericht in den USA für diesen Fall zu interessieren.

0930R, Cherry Hill, New Jersey

Das Frühstück fand etwas später als sonst statt. Carmen rührte gerade die Eier für das Omelette an, das Vater sich erbeten hatte. Die Jungen saßen schweigend am Tisch und muffelten in ihre Cornflakes. Marie saß ihnen gegenüber. Die dunklen Ränder unter ihren Augen verrieten, daß sie schlecht geschlafen hatte. Kaum hatte sie Platz genommen, kam ihr Vater herein.

»Guten Morgen«, sagte er und setzte sich auf seinen Stuhl am

Kopfende des Tisches. »Wie geht es euch denn so?« Er sah sich am Tisch um.

Marie antwortete für ihre Söhne. »Gut, wirklich gut, vielen Dank, Vater.«

»Hmmm«, gab er zurück, dann hörte man ein lautes Brutzeln, als Carmen in der Küche das Omelette in die Pfanne rührte.

»Möchten Sie auch ein Omelette, Frau Dowling?« fragte Carmen höflich.

»Nein, danke, nur etwas Toast, bitte.«

»Du ißt nicht genug«, diagnostizierte ihr Vater. »Die Spatzen im Garten haben mehr Appetit als du.«

»Das mag schon sein, aber mir ist zur Zeit einfach nicht nach Essen zumute.«

Er entschloß sich, das Thema zu wechseln. »Na, ihr Racker, und was habt ihr heute vor?«

»Wir haben darüber noch gar nicht gesprochen«, unterbrach Marie. »Im Kino spielt ein neuer Walt-Disney-Film. Wollt ihr euch den nicht ansehen?«

»Nur wenn Carmen mitkommt«, antwortete Jamie.

»Wie sieht es aus, Carmen?«

Sie sah von der Bratpfanne auf. »Ich würde gerne mitkommen. Ich gehe gerne mit den beiden, wenn Sie sich mal ordentlich ausruhen möchten, Frau Dowling.«

»Ja, danke, das ist nett. Das wäre wunderbar.«

Für einen Augenblick trat Stille ein. Schließlich ergriff der Vater das Wort. »Ich habe es mir anders überlegt, ich gehe heute nicht ins Büro. Wir müssen uns mal in Ruhe unterhalten, Liebling. Hast du nach dem Frühstück etwas Zeit?«

Marie antwortete nicht gleich und knabberte noch ein kleines Stückchen von ihrem Toast ab. Über was um Himmels willen will er denn jetzt wohl reden, fragte sie sich. »Sicher.«

Marie wurde zum ersten Mal in ihrem Leben von ihrem Vater in sein Arbeitszimmer gebeten. Sie war erstaunt über das, was sie sah. Da nur er diesen Raum benutzte, und da sie seine Abneigung gegen alle Hausarbeit kannte, hatte sie einen ungepflegten Raum mit knietiefem Staub erwartet. Tatsächlich war aber alles bemerkenswert sauber, ja fast fleckenlos, und offenbar war erst vor kurzem Staub gewischt worden. Das Zimmer war beeindruckend. Die Wände waren mit wertvollen Eichenpaneelen bedeckt, und an zwei Seiten standen Regale mit in Leder gebundenen Büchern. Ein großer, offenbar antiker Mahagonischreibtisch füllte den Raum schräg vor dem nach Süden sich öffnenden Fenster, durch das viel Tageslicht hereinfiel. Neben dem Schreibtisch luden zwei bequeme, mit rotem Leder bezogene Stühle zum Sitzen ein. An der vierten Wand hingen große Ölporträts von den Großeltern. An einer Stelle waren die Paneele unterbrochen, und man konnte den Schirm eines modernen Fernsehers sehen. Auf dem Boden lagen wertvolle Teppiche. Der Vater zeigte auf den nahestehenden Lederstuhl und bat sie, Platz zu nehmen. Dann ging er um den Schreibtisch herum und setzte sich. »Ich nehme an, du wirst dich fragen, was ich mit dir besprechen will.«

»Ja, allerdings, ich habe mich schon gewundert.«

»Ich habe mich in den zurückliegenden Tagen um die Zukunft deiner Finanzen gekümmert.«

Marie war sprachlos. Konnte er Gedanken lesen?

»John hatte ja eine Lebensversicherung über die Marine abgeschlossen, und du wirst daraus etwas Geld erhalten. Das wird wohl etwa eine Viertelmillionen Dollar alles in allem sein. Du bekommst dann ja auch noch eine kleine Pension und hast ein paar andere geldwerte Vorteile. Die Marine wird zum Beispiel alle Kosten für die Beerdigung übernehmen, und John hat das Recht, auf dem Ehrenfriedhof in Arlington beigesetzt zu werden, wenn du das willst. Ich weiß, es hört sich unglaublich an, aber du mußt diese Sachen beantragen, sonst passiert nichts. Die nötigen Formulare sind hier in diesem Umschlag.«

Er öffnete eine Schublade in seinem Schreibtisch, nahm einen großen braunen Umschlag heraus und reichte ihn ihr über den Tisch hinweg. »Ich habe schon alles ausgefüllt. Zwei oder drei Passagen mußt du aber selbst ausfüllen. Der Punkt dabei ist,

Marie, daß das alles für dich und die Jungen nicht ausreichen wird. Du hast ja nicht einmal ein eigenes Haus. Wir haben schon vor ein paar Tagen darüber gesprochen, und ich habe mich entschlossen, dein Vermögen auf eine Million Dollar aufzufüllen. Ich werde dir außerdem ein Haus kaufen. In dem Umschlag findest du einen Scheck. Das Haus sollst du dir selbst aussuchen, ich weiß ja nicht, wo du wohnen willst. So, das ist eigentlich alles, was ich dir sagen wollte.«

Marie war sprachlos.

Ihr Vater unterbrach das Schweigen. »Ich weiß wohl, daß dich die Sache sehr überrascht, sag also erst mal nichts. Schlaf drüber, wie man so sagt. Vielleicht willst du ja irgendwo in der Nähe wohnen? Ich würde mich sehr freuen.«

»Hmm«, antwortete sie zögerlich. »Ich weiß nicht recht. Ich habe überhaupt keine Vorstellung.« Ihre Gefühle gingen völlig durcheinander. Zunächst war da mal Erleichterung. Noch am Morgen hatte sie sich völlig verrückt gemacht wegen der Geldsorgen; so wie es jetzt aussah, war das durchaus überflüssig gewesen. Irgendwie fühlte sie sich gleichzeitig innerlich völlig leer. In den letzten zwölf Jahren hatte sie sich ihren Wohnort nie selbst aussuchen können. Sie war immer an den Ort gezogen, an den John versetzt worden war, und sie hatte das gerne getan. Irgendwie hatte sie im Unterbewußtsein damit kalkuliert, daß das immer so weitergehen würde – zumindest bis zu Johns Pensionierung. Und jetzt, plötzlich, sollte sie selbst etwas entscheiden, das vorher nie zur Entscheidung gestanden hatte? Der Verlust von John begann auf einmal große praktische Bedeutung anzunehmen. Wo sollte sie leben? Auf Hawaii? Da sie einmal dort gewohnt hatten, hatten John und sie immer gesagt, sie würden später wieder dorthin zurückkehren. Aber wollte sie allein dorthin? Wahrscheinlich nicht, und schon gar nicht auf die Insel Maui. Da war Christine. Marie wußte nicht weiter. Die Tränen stiegen ihr in die Augen. Sie griff in die Tasche, nahm ein Taschentuch und schneuzte sich. Marie wollte nicht weinen, nur weil ihr Vater sich so großzügig gezeigt hatte. »Ich schlafe mal drüber«, sagte sie und legte eine Pause ein, um die Tränen zurückzudrängen. »Was wird denn Christine dazu sagen, wenn du mir so viel Geld gibst?«

»Wie meinst du das?«

»Ich meine, früher war sie doch eifersüchtig darauf bedacht, daß unser Verhältnis nicht zu gut wurde. Wenn sich das nun so bessert, und wenn du dann auch noch so großzügig mir gegenüber bist, wird sie dann nicht wieder eifersüchtig reagieren?«

»Mag schon sein. Aber laß das mein Problem sein. Sie hat immer alles von mir bekommen, was sie sich nur wünschen konnte, und so wird es auch bleiben. Ich wüßte eigentlich nicht, was sie dagegen haben könnte, wenn ich dir etwas gebe. Dennoch, das Beste ist, wenn sie von dem Geld und auch dem Haus, das ich dir kaufen werde, nie etwas erfährt. Wir müssen sie ja nicht provozieren, oder?«

»Du hast sicher recht. Dann will ich nur hoffen, daß sie glaubt, daß mein zukünftiger Lebensstandard in so großzügiger Weise vom amerikanischen Staat bezahlt wird.«

»Ja, genau.«

1000R, Norfolk in Virginia

Admiral Talisker hatte die Offiziere seines Stabes zusammengerufen, um Vorbereitungen für den bevorstehenden Untersuchungsausschuß des Kongresses zu treffen. Er konnte kaum seine Wut darüber im Zaum halten, daß diese Bastarde auf dem Kapitol eine Hexenjagd wegen des Verlustes eines U-Bootes veranstalten wollten. Und das aus reinem politischen Opportunismus, noch bevor die Überlebenden überhaupt gerettet waren. Die Aufgabe, die sie meistern mußten, hatte sich keiner am Tisch gewünscht. »So wie ich das sehe«, sagte er, »müssen wir uns mit jedem Aspekt der Rettung aus U-Booten, sowohl was unsere Absichten als auch, was unsere tatsächlichen Fähigkeiten anbetrifft, seit dem Untergang der USS *Thresher* beschäftigen. Da gibt es 'ne Menge zu tun. Sicher kann man sagen, daß wir die Besten auf der ganzen Welt sind, was die technischen Vorkehrungen an Land für die Rettung aus U-Booten anbetrifft. Daher nehme ich an, daß die Möglichkeiten des Notausschleusens aus verunglückten U-Booten ohne Nutzung des DSRV in besonderer Weise vom Ausschuß untersucht werden wird.«

»Genau da liegt das Problem, Herr Admiral«, unterbrach der Chef des Stabes. »Da werden doch schon seit Jahren Witze drüber gemacht, sowohl hier bei unseren U-Boot-Fahrern und auch im Ausland.«

»Ich sehe das aus einer anderen Perspektive als die meisten anderen hier im Stab«, sagte der Logistik-Stabsoffizier. »Ich habe nicht so viel U-Boot-Erfahrung wie Sie. Kann mir mal jemand erklären, warum das Notausschleusen Gegenstand von Witzen ist oder gewesen ist und warum es als Rettungsmöglichkeit nicht ernst genommen wird?«

»Da gibt es eine ganze Anzahl von Gründen«, antwortete der Admiral. »Der erste ist ganz sicher, daß die beiden einzigen modernen U-Boote, die wir verloren haben, auf tiefem Wasser gesunken sind. Die Wassertiefe war viel zu groß, als daß man auch nur an Notausschleusen oder Rettung hätte denken können. Niemand hat diese Sache mit dem Notausschleusen jemals so richtig ernst genommen. Ein weiterer Grund ist natürlich, daß wir dieses vorzügliche Rettungssystem DSRV haben, daher stand die Idee des Notausschleusens immer an zweiter Stelle.«

»Das finde ich seltsam«, antwortete der Logistiker. »Wenn man befürchtet, daß die U-Boote in Wassertiefen sinken, die ein Notausschleusen oder eine Rettung mit dem DSRV unmöglich machen, warum hat man denn so viel Geld dafür ausgegeben?«

»Das hat der Kongreß so gewollt, damals nach dem Unglück mit der USS *Thresher*.«

»An diesen Witzen ist mehr dran, als man vielleicht denken sollte«, unterbrach der Chef des Stabes. »Das ist so eine Art selbsterfüllende Vorhersage. Nachdem die Tauchtanks für die Ausbildung in Pearl Harbour und New London in der Mitte der siebziger Jahre geschlossen worden waren, nahmen die Zweifel daran, ob die ganze Notausschleuserei überhaupt Sinn macht, immer mehr zu. Wenn man Zweifel daran hat, ob das Notausschleusen erfolgreich sein kann, weil man eben auch wenig darüber weiß, dann vernachlässigt man diese Form der Rettung. Und wenn man sie vernachlässigt und die Einrichtungen nicht pflegt und modern erhält, und wenn man dann die Leute auch nicht ausbildet, ja was meinen Sie, was dann passiert? Dann vergammelt das alles und taugt tatsächlich nichts mehr. Interessant ist doch, daß die Briten und mehrere andere Nationen, so die Kanadier, die Australier und auch die Norweger, die dieses Prinzip des Notausschleusens pflegen und nutzen, ihr System modern erhalten haben und die Ausbildung daran fast mit religiöser Inbrunst betreiben. Die sind fest davon überzeugt, daß das Notausschleusen aus verunglückten U-Booten eine durchaus erfolgversprechende Vorgehensweise ist.«

»Wir modernisieren unsere Ausstiegssysteme doch«, erwiderte der Admiral mißgelaunt. »Das Problem dabei ist nur, daß alles so lange dauert, und die *Tulsa* ist eben noch nicht dran gewesen mit dieser Modernisierung.«

»Der Kongreß-Ausschuß wird natürlich wissen wollen, warum das so lange dauert«, fuhr der Chef des Stabes fort. »Aber das läßt sich ja wirklich eindeutig beantworten.«

»Das ist zum Glück nicht meine Zuständigkeit«, sagte erleichtert der Admiral. »Das sollen NAVSEA und N87 den Politikern erklären. Ich habe das Notausschleusungsverfahren für die U-Boote schon viele Jahre lang energisch unterstützt, das können nicht alle von sich sagen.« Dabei sah er den Chef des Stabes an, der seine Unterlagen vor sich sortierte.

Der zuständige Stabsoffizier unterbrach die etwas peinliche Stille. »Wir werden unsere starke Unterstützung der Rettungsmethoden mit dem DSRV aber begründen müssen. Fast alle Beinahunfälle, die wir in den letzten Jahren hatten – ich denke dabei an ungewollte Grundberührungen, Kollisionen und Brände –, sind auf flachem Wasser passiert. Ich habe mich auch einmal damit beschäftigt, wie lange die Atemluft in den Booten nach einem Unglück reichen kann. Aus dem Ergebnis errechnet sich, daß das Notausschleusen nicht bloß eine unwahrscheinliche Lösung ist, sondern in den meisten Fällen unvermeidbar wird, weil das Heranschaffen des DSRV zu lange dauert. Sehen Sie nur, wie lange das jetzt gedauert hat, bis wir das DSRV in die Norwegensee gebracht haben. Eigentlich hätten die Männer in der *Tulsa* schon längst ausschleusen und dann wahrscheinlich wegen Unterkühlung im eiskalten Seewasser sterben müssen – falls sie überhaupt heil aus dem Boot gekommen wären. Daß sie immer noch da unten atmen und leben können ist, offen gestanden, mehr eine Art Wunder als ein Erfolg aus sorgfältiger Planung.«

»Ja, wir werden unser Vertrauen in das DSRV begründen müssen«, räumte der Admiral etwas trübsinnig ein.

Der Logistiker steigerte sich noch: »Wissen Sie, ich habe auch den Eindruck – und bitte korrigieren Sie mich, wenn das nicht stimmt –, daß die U-Boot-Fahrer irgendwie davon überzeugt sind, daß moderne U-Boote gar nicht sinken können. Irgendwie wird die Möglichkeit des Sinkens immer verdrängt. Niemand will freiwillig in einer Todesfalle zur See fahren. Wenn man also nicht an die Rettungsmethoden glaubt und wenn man trotzdem U-Boot-Fahrer sein will, dann muß man einfach davon ausgehen, daß U-Boote nicht sinken können.«

»Sie meinen, das ist so eine Art *Titanic*-Effekt?« stichelte sarkastisch der Chef des Stabes.

»Nett formuliert. Ja, genau das meine ich.«

»Nun passen Sie mal auf«, unterbrach der Admiral, »ich würde ja gerne hier den ganzen Vormittag damit zubringen, über irgendwelche Fragen der U-Boot-Fahrerei zu philosophieren, aber so kommen wir nicht weiter. Wir müssen geordnet vorgehen. Es sind ja auch schon einige Bereiche klargeworden, die vom Ausschuß in Frage gestellt werden könnten. Zu folgenden Punkten erbitte ich eine Zusammenstellung der Argumente ...«

Er teilte danach den einzelnen Abteilungen seines Stabes die Themen zu und beauftragte sie, entsprechende Positionspapiere vorzubereiten. Es waren nur 48 Stunden Zeit dafür.

1800A, Motorschiff *Pelican*

Kapitänleutnant Nordvahl war in die Offiziermesse gekommen und hatte auf dem Sessel, der extra für ihn frei gehalten worden war, Platz genommen. Nur eine kleine Falte an seiner Nasenwurzel verriet, daß er den leichten Schwefelgeruch wahrgenommen hatte, der von dem Wurzel- und Linseneintopf herrührte, von dem Mick Russell am Vorabend zwei Teller voll gegessen hatte. »Als erstes möchte ich mich dafür bedanken, daß Sie, Kapitän Petersen und Ihre Besatzung, so mit uns kooperiert haben. Wir haben die einstweilige Durchsuchung Ihres Schiffes abgeschlossen ...«

»Und? Haben Sie Drogen gefunden?« unterbrach ihn Simon Bannerman.

»Herr Bannerman, auf See sind uns gewisse Grenzen gesetzt.«

»Das war nicht meine Frage. Haben Sie Drogen gefunden?«

»Wir haben eine ganze Reihe von Substanzen gefunden, die der Laboruntersuchung an Land bedürfen. Mehr kann ich im Augenblick nicht sagen.«

»Damit werden Sie nicht durchkommen«, warf Russell ein. »Wir sind durch Ihre Untersuchung an unseren absolut gesetzeskonformen Aktivitäten gehindert worden. Ich bestehe darauf, daß Sie uns mitteilen, ob das Ergebnis Ihrer Durchsuchung Ihre Maßnahmen rechtfertigt oder nicht. Ihnen wird klar sein, daß dies sehr schnell ein internationaler Vorfall werden wird, wenn Sie nicht handfeste Gründe mit stichhaltigen Beweisen für Ihr Handeln vorlegen können. Sie dürfen sich darauf verlassen, daß unser Sender SNN schon dafür sorgen wird.«

»Herr Russell, meine Männer und ich haben hier auf See nur eine kurze visuelle Inspektion des Schiffes durchführen können. Wir werden jetzt nach Hammerfest fahren, dort wird eine sorgfältige Untersuchung durchgeführt. Wenn die abgeschlossen ist und wenn uns die Ergebnisse der Laboruntersuchungen vorliegen, dann werde ich Ihre Fragen beantworten. Ich verstehe Ihre Frustration, aber bitte, haben Sie Geduld.«

»Wann werden wir Genaues wissen?« drängte Bannerman.

»Wir werden etwa 21 Stunden bis Hammerfest brauchen, dann mindestens einen Tag für eine sorgfältige Durchsuchung und etwa eine Woche für die Laboruntersuchungen.« Er zog einen Kalender aus seiner Jackentasche. »Lassen Sie mal sehen. Heute ist der vierte November. Also, bis ... Montag, den fünfzehnten November, müßten wir das alles fertig haben.«

»Das ist nicht zu fassen!« rief Bannerman aus und hämmerte mit seinem Zeigefinger auf den Tisch. »Das ist absolut nicht zu fassen. So was gibt es sonst nur in den Diktaturen der Dritten Welt. Sie müssen wissen, ich bin da sehr mißtrauisch, warum diese Untersuchung überhaupt angesetzt worden ist, und ich habe die feste Absicht, dieser Sache auf den Grund zu gehen. Wenn Sie etwa glauben, daß Sie es geschafft haben, uns erst mal nach Hammerfest zu verfrachten, dann sollten Sie lieber noch mal neu nachdenken.«

»Herr Bannerman, ich führe hier nur Befehle aus.«

»Das haben schon die Nazis in Nürnberg als Argument vorgebracht, und Sie wissen ja, wohin diese Haltung geführt hat. Das reicht einfach nicht, Sir. Ich werde jetzt mit meinen Chefs bei SNN reden, und die werden diesen Vorgang sehr schnell eskalieren, glauben Sie mir.«

»Das steht Ihnen natürlich frei, Herr Bannerman. Ich muß auch mit meinen Vorgesetzten reden, wenn Sie mich daher bitte entschuldigen wollen.«

2230A, HMS *Vindictive*

Fregattenkapitän Todhunter zeichnete den Funkspruch ab, den er gerade gelesen hatte, und gab ihn dem Funkgasten zurück. Dann wandte er sich an Fregattenkapitän Tyson, der in der Zentrale neben ihm stand. »Also, Philip, alles in Ordnung, wir haben die Genehmigung, mit dem Einsatz des DSRV zu beginnen. Ist bei Ihrem Team alles klar?«

»Ja, sicher. Wenn Sie soweit sind, sind wir es auch.«

»Na gut. Die nächste Haltestelle heißt *Tulsa*.«

Der Tauchvorgang verlief routinemäßig, und Fregattenkapitän Todhunter brachte das riesige strategische U-Boot in eine Position 20 Meter über dem Meeresboden und 40 Meter querab an Steuerbord von der verunglückten *Tulsa*. Die *Vindictive* steuerte direkt gegen die schwache, nur etwa einen halben Knoten starke Meeresströmung. Da das DSRV mit dieser Strömung so oder so fertig werden mußte, war die Position der *Vindictive* gut gewählt.

Todhunter sah auf den Koppeltisch. »Ich denke, so haut das hin. So können wir konstanten Abstand und konstante Peilung zur *Tulsa* halten. Jetzt ist es an euch, Philip, die Besatzung der *Tulsa* zu holen.«

»Ja, sehr gut. Das geht sofort los.« Er sah den Kommandanten fragend an. »Darf ich mal Ihre Gegensprechanlage benutzen?«

»Ja, na klar.«

Fregattenkapitän Tyson nahm den Hörer ab und sprach mit einem seiner Männer im Maschinenraum: »DSRV lösen.«

»Die Videoanlage des Periskops auf die Kamera am Rumpf umschalten«, befahl der Kommandant.

»Jawohl, Herr Kap'tän«, kam die Antwort von irgendwo in der Zentrale.

Auf dem Bildschirm begann es zu flimmern.

Todhunter wandte sich an seinen amerikanischen Kameraden: »Wir sollten uns das hier ansehen, Ihre Leute haben ja in Murmansk dazu extra eine Kamera draußen am Rumpf angebracht.«

Ein amerikanischer Maat saß an einer kleinen Konsole, die auch in Murmansk in der Zentrale installiert worden war. Von hier aus wurden die Kamera und die dazugehörigen Scheinwerfer gesteuert. Nach kurzer Zeit erschien ein scharfes Bild des runden Vorstevens des DSRV, das immer noch über dem achteren Notausstieg der *Vindictive* auf seinen weißen Stützen stand, auf dem Monitor. In der vorderen Kugel des DSRV saßen der Pilot und Korvettenkapitän Sheridan auf den einzigen halbwegs komfortablen Sitzen, vor ihnen gab es eine ganze Reihe von Anzeigen und Instrumenten, die sich auch in einem Raumschiff gut gemacht hätten. In der mittleren Kugel saßen das dritte Besatzungsmitglied und die zwei Ärzte auf einer kreisrunden Bank, die rund um das Ankopplungsluk angeordnet war. Durch dieses Luk würden sie selbst und auch die Geräte zur Atemluftverbesserung in das verunglückte U-Boot gebracht werden. Diese mittlere Kugel schien schon so gut wie voll zu sein, wenn die drei Männer darin waren. Wie jemals noch neun weitere Menschen da hinein passen sollten, war kaum vorstellbar. Und daß darüber hinaus auch noch zwölf weitere Männer der *Tulsa* in die achtere Kugel gequetscht werden sollten, konnte Kellman sich einfach nicht vorstellen.

Im Unterwassertelefon knisterte es, und der Befehl zum Abkoppeln wurde auf diesem Wege gegeben.

»Da gehen sie hin«, rief Fregattenkapitän Tyson, seine Stimme klang erleichtert, aber auch ein wenig stolz. »Ich schätze, daß sie jetzt zwei Stunden bis zur Rückkehr brauchen werden. Die haben viel vor sich.«

»Wollen wir hoffen, daß alles klappt«, antwortete Todhunter. »Wir können nur noch warten.«

2350A, USS *Tulsa*

Obwohl Enzo schon vor drei Stunden in die Koje gegangen und obwohl er völlig erschöpft war, konnte er nicht schlafen. Dafür gab es zwei Gründe: Er bibberte vor Kälte, und er konnte seine Gedanken nicht von der kurz bevorstehenden Rettungsoperation lösen. Wenigstens hoffte er, daß es losgehen würde, sobald das letzte Signal stimmte, das mit Schallsignalen übermittelt worden war. Es mußte auch bald losgehen. Der Kofferdamm, den der E-Meister gebaut hatte, hielt immer noch, aber jetzt waren es schon etwa 25 Zentimeter Wasser, die diese selbstgebaute Konstruktion abhalten mußte. Wenn das Wasser noch weiter stieg, würde der Damm sicher irgendwann nachgeben. Wann genau? Das wußte keiner. Die Notbeleuchtung war schon schwächer geworden. Noch würde es eine heftige chemische Reaktion geben, wenn Seewasser in die Akkumulatoren gelangte.

Auf Enzos Koje türmte sich ein Berg klammer Wolldecken, irgendwie war das wie in einem Iglu, nur sein Kopf guckte raus. Oben drüber schwebte eine Dampfwolke, die sich jedesmal, wenn Enzo ausatmetete, auszudehnen schien. Sein Atem ging deutlich schneller als normal. Wieder biß er die Zähne zusammen, um das Klappern zu verhindern. Jetzt, da die Rettung klar absehbar war, schien ihm diese dauernde, bis auf die Knochen gehende Kälte der unerträglichste Teil an der Situation zu sein. Paul Trost hatte mit dem Team für die Schleuse so viel geübt, daß er ganz sicher war, daß die Schleusenbedienung kein Problem sein würde. Enzo drehte sich auf die linke Seite und zog die Knie bis an die Brust, um warm zu werden. Dann versuchte er seine Gedanken auf den Fall Santana zu konzentrieren. Er wollte gerne etwas Schlaf bekommen, aber noch wichtiger war es ihm, daß er nichts übersah, was für die Rettung bedeutsam werden konnte.

Auch eine positive Neuigkeit hatte es in den letzten Stunden gegeben: Hauptbootsmann Czapek hatte einen Abschiedsbrief von Santana gefunden. Das Erstaunliche daran war, daß dieser Brief keinerlei Hinweis auf das Kartenspielen enthielt. Die Zeilen waren ganz offenbar von jemandem geschrieben worden, der heftig gezittert hatte, an manchen Stellen waren sie kaum zu lesen. In seinem Brief beklagte Santana die Zustände im Boot und die zunehmende Verzweiflung über die Tatsache, daß von oben keine Rettungsaktion gestartet wurde. Eine längere Passage befaßte sich mit seiner Liebe zu seiner Frau und seinem Sohn und auch damit, daß er nicht damit fertig werden konnte, daß er sie nie wiedersehen würde. Es war der Brief eines Verzweifelten, der keinerlei Hoffnung mehr hatte. Nach Meinung des COB hatte der Atheismus von Santana erheblich zu seinem verzweifelten Geisteszustand beigetragen. Enzo hatte Zweifel an dieser Theorie, aber widerlegen konnte er sie nicht. Dieser Abschiedsbrief war jedenfalls die Lösung: Alle waren reingewaschen, und man brauchte keine Geschichte zwecks Erklärung des Selbstmords zu erfinden. Die drei PUOs hatten sich geeinigt, die Spielschulden zu vergessen und sich geschworen, mit niemandem darüber zu reden. Das Thema war beendet. Enzo hatte sich entschlossen, den Männern an Bord von Santanas Tod nichts zu sagen, auch um zu vermeiden, daß noch andere auf solche Ideen kamen. Der Besatzung hatte er mitgeteilt, daß Bootsmann Santana erkrankt sei. Das war glaubwürdig, weil es keinem mehr so richtig gutging. Alle waren kurzatmig, hatten Kopfschmerzen und litten unter Brechreiz. Das waren die Ergebnisse des zu hohen Kohlendioxydanteils in der Atemluft. Da jetzt kein Lithiumhydroxyd mehr verfügbar war, stieg dieser Anteil der Atemluft stetig an. Auch Enzo brummte der Schädel, und er konnte sich kaum noch konzentrieren. Hatte er irgend etwas Wichtiges übersehen? Er glaubte nicht. Wieder begann er vor Kälte zu bibbern.

Oberstabsbootsmann Steadman klopfte leise an die Tür. Er wußte nicht so recht, ob er Kapitänleutnant Raschello wecken sollte. In den vorherigen Fällen hatte er ihn zu dieser Nachtzeit nicht geweckt, als jemand gestorben war, aber jetzt war das ein besonderer Fall. Er klopfte wieder, diesmal etwas stärker.

»Herein.«

Der COB schielte durch die Tür und leuchtete mit einer Schiffssicherungslampe in die Kammer. Er konnte nur den Wolldeckeniglu sehen.

»Herr Kaleu«, begann er etwas unschlüssig, »Sie müssen bitte mit zum Kommandanten kommen und sich ihn ansehen.«

Der Iglu bewegte sich, als Enzo sich umdrehte. »Was ist denn los, Herr Oberstabsbootsmann?«

»Herr Kaleu, ich glaube, er ist tot.«

Enzo antwortete nicht gleich. Als er diese Nachricht begriff, war es, als ob in seiner Magengegend eine Falltür aufgesprungen sei und als ob sein Inneres in ein dunkles Nichts fiel. Dieses Gefühl hatte er schon einmal gehabt, als seine Großmutter gestorben war. Aber obwohl er den Kommandanten längst nicht so gut gekannt hatte wie seine Großmutter, war das Gefühl jetzt noch ausgeprägter. Die Großmutter war alt und krank gewesen, und jeder hatte mit ihrem Tod gerechnet. Bei Richter war das jetzt anders. Sicher, es war ihm seit der Kollision schlecht gegangen, aber Enzo hatte sich die ganze Zeit über geweigert, an einen möglichen Tod des Kommandanten zu glauben.

»Ja, Herr Oberstabsbootsmann, ich komme sofort.«

Steadman drehte sich um, verließ die Kammer, schloß die Tür hinter sich und ging zurück in die Kommandantenkammer. Er fühlte sich sehr niedergeschlagen. Eine Möglichkeit, den Zustand des Kommandanten wirklich zu beeinflussen, hatte er nie gehabt, und von dem Augenblick ab, an dem Richter das Bewußtsein verloren hatte, hatte Steadman ihn so gut gepflegt, wie er das mit seinen begrenzten Mitteln eben konnte. Er hatte das Bettzeug gewechselt und immer nur die trockensten und saubersten Laken benutzt, die er auftreiben konnte. Er hatte den Flüssigkeitshaushalt des Kommandanten fast perfekt gesteuert, er hatte ihn häufig gewendet und die Druckstellen mit Talg massiert. Es war eine geradezu liebevolle Behandlung gewesen. Zwar hatte Steadman das bis zu diesem Augenblick selbst nicht so empfunden, aber jetzt, wenn er den leblosen Körper ansah, hatte er eben doch dieses Gefühl. Seit seiner Kindheit hatte dieser Mann nicht mehr geweint, und er hatte auch jetzt nicht die Absicht, Tränen zu vergießen, aber aus irgendeinem Grund konnte er nicht mehr richtig gucken. Instinktiv wischte er sich die Augen.

Kurz darauf kam Enzo. Nachdem er die Tür geöffnet hatte, starrte er auf Richter und versuchte, wieder zu Atem zu kommen. Ein paar Augenblicke später trat er ganz ein und schloß die Tür hinter sich.

»Er hat sich nicht mehr bewegt, Herr Kaleu. Ich kann keinen Puls mehr fühlen, und atmen tut er scheinbar auch nicht mehr.«

Enzo trat langsam an die Koje des Kommandanten heran und sah ihn an. Er sah zufrieden aus. Der Oberstabsbootsmann hatte die Koje sauber zurecht gezogen, das hätte so glatt in einem Krankenhaus durchgehen können. Enzo fühlte Richters Stirn. Sie war kühl, beinahe kalt. Daß er offenbar nicht atmete, war schon daran zu sehen, daß sich vor seiner Nase keine Dampfwolke bildete. Enzo langte nach Richters Handgelenk und versuchte, den

Puls zu fühlen. Sein Herz schlug heftig, er glaubte, etwas gespürt zu haben, eine ganz leichte Bewegung unter der Haut, aber dann wiederholte sich das nicht.

Enzo sah Steadman in die Augen und dann runter an Deck. »Ich nehme an, Sie haben auch schon die Pupillen geprüft?«

»Ja, Herr Kaleu. Da rührt sich nichts.«

Sie wußten beide, daß da nichts mehr zu machen war.

»Ich denke, wir sollten ihn hier liegen lassen. Ich will nicht, daß die Besatzung das erfährt. Die Stimmungslage ist jetzt sehr auf der Kippe. Wenn wir jetzt noch eine weitere Verschiebung des Rettungsbeginns haben oder wenn jetzt der Tod des Kommandanten bekannt wird, dann bricht hier alles zusammen. Auch wenn die faulen Hunde da oben endlich mit der Rettung beginnen, wird es noch einen weiteren Tag dauern, bis wir alle hier raus sind. Wir müssen versuchen, daß alle eine positive Einstellung behalten.« Enzo machte eine Pause, er war sich der ganzen Sache keineswegs selbst ganz sicher. »Wir behalten das für uns, ohne jede Ausnahme, klar?«

»Jawohl, Herr Kaleu. Was soll ich mit der Leiche machen? Soll ich die Infusion rausnehmen und den Katheter entfernen?«

Enzo überlegte. »Nein. Drehen Sie nur den Tropf ab. Sie können auch den Katheterbeutel wegnehmen, der ist nur im Weg. Es wird sowieso schwierig genug sein, ihn durch die Mannlöcher hoch in die Schleuse und in das DSRV zu bringen. Nachher reißt das noch ab, und der ganze Körper wird mit Urin beschmiert.« Er dachte noch einen Augenblick nach. »Wissen Sie, ich will immer noch, daß er mit der ersten Ladung des DSRV nach oben geht. Mir ist durchaus klar, daß er 'ne Menge Platz wegnehmen wird und daß einige Gesunde dann nicht gleich mitkönnen. Aber es werden ja neue Kanister mit Lithiumhydroxyd hier ankommen, und dann können wir leicht noch weiter leben trotz des steigenden Wassers. Wenn wir behaupten, er sei noch am Leben, dann erwartet die Besatzung auch, daß er beim ersten Einsatz abgeborgen wird. Da dürfen wir sie nicht enttäuschen.«

»Hört sich gut an, Herr Kaleu.«

»Es freut mich, daß Sie das auch so sehen. Und da wir nun einmal davon reden: Ich will, daß Sie auch mit beim ersten Einsatz des DSRV hier von Bord gehen. Sie müssen denen da oben Bericht erstatten. Sie haben einen Überblick wie kaum ein anderer von uns.«

»Bei allem Respekt, Herr Kaleu, aber ich bin der dienstälteste PUO an Bord, und mein Platz ist hier und nirgendwo anders.«

»Ja, ich habe Ihren Widerspruch zur Kenntnis genommen, aber es bleibt dabei, Sie gehen gleich mit raus.«

»Jawohl, Herr Kaleu. Sie sind der Boß.«

Diese Bemerkung hatte auf Enzo eine seltsame Wirkung. Ja, er war jetzt wirklich der Boß. USS *Tulsa* stand eindeutig unter seinem Kommando.

Kapitel 9

Freitag, 5. November

0045A, DSRV

Die *Tulsa* war nicht schwierig zu finden, und die Manöver, die erforderlich gewesen waren, um in die richtige Andockposition zu kommen, waren glatt abgelaufen.

»Gut gemacht, Maat Avila«, lobte Korvettenkapitän Sheridan.

»Danke, Herr Kap'tän. Nach all dem vielen Üben war das wirklich einfach.«

Das helle Surren der Pumpe verstummte, und Sheridan sah auf die Anzeigen vor ihm. Der Durchgang, der jetzt die mittlere Kugel des DSRV mit der *Tulsa* verband, mußte leer gepumpt sein. Wenn die Druckverhältnisse stimmten, konnten höchstens noch ganz geringe Wassermengen durch die Abdichtungsstellen eindringen.

»Abdichtungsstellen dicht, Zwischenraum entwässert. Sieht ganz so aus, als wenn die Abdichtung wirklich gut sitzt.« Er blickte über die Schulter. »So, und nun die Luke auf, und dann wollen wir mal sehen!«

Obermaat Loeffler öffnete mit geübten Händen die Luke in wenigen Sekunden. Die drei Männer in der mittleren Kugel des DSRV sahen in den dunklen Raum oberhalb der äußeren Schleusenluke der *Tulsa*. Ein feiner Wasserstrahl spritzte horizontal aus einer undichten Stelle zwischen dem DSRV und der *Tulsa*, aber er war so hauchdünn, daß er keinerlei Problem darstellte.

»Sieht gut aus«, meldete Loeffler. »Ich will denen mal mitteilen, daß die Rettung naht.« Er nahm einen großen Schraubenschlüssel und stieg durch die Luke auf das U-Boot. »Das wird sich für die armen Schweine wie Musik anhören«, fügte er noch hinzu. Dann knallte er den Schlüssel achtmal auf den Rumpf der *Tulsa*.

0100A, USS *Tulsa*

Enzo mußte sich zwingen, nicht selbst die Vorbereitungen für die Annahme des DSRV zu überprüfen, er hatte schließlich Paul Trost mit der Durchführung der Vorbereitungen beauftragt. Ihm waren unnötige Einmischungen von Vorgesetzten in seinen eigenen Zuständigkeitsbereich immer sehr unangenehm gewesen, und er wollte jetzt nicht Paul Trost verärgern, indem er selbst den gleichen Fehler machte. Er wollte warten, bis beide Luken der Schleuse offen waren und sich dann den Besuchern vorstellen. Das war nicht leicht durchzuhalten. Ebenso war er zu der Überzeugung gekommen, daß es nicht weiterführen würde, wenn er zum x-ten Male den Kofferdamm des E-Meisters überprüfte. Bis jetzt hielt das Ding ausgezeichnet, der Wasserstand vor dem Damm war etwa 40 Zentimeter, und der E-Meister würde sofort melden, wenn irgend etwas nicht mehr in Ordnung war. Weitere Kommentare zum Entladungsstand der Akkumulatoren waren ebenfalls nicht angebracht. Auch in diesem Punkt hatte der E-Meister getan, was er konnte, und die nur noch ganz schwach glimmende Notbeleuchtung zeigte, daß er weitgehend erfolgreich war. Enzo unterdrückte ein Frösteln und wandte sich wieder den Instruktionen zu, die die Rettungsverfahren für die 688-Klasse-Boote beschrieben. Er wußte schon gar nicht mehr, wie oft er diese Anleitungen in den letzten zwei Tagen durchgelesen hatte, aber irgendwie glaubte er, er habe noch etwas übersehen. Er kam nur nicht darauf, was es war.

Zu seinem eigenen Ärger fand er es schwierig, sich zu konzentrieren. Die gnadenlose Kälte im Boot zehrte an seinen Kräften, und der immer weiter steigende Anteil von Kohlendioxyd in der Atemluft machte ihm das Denken nicht einfacher. Seit 24 Stunden hatte er das Gefühl, einen riesigen, dicken Kopf zu haben, und er konnte einfach nichts dagegen machen. Daneben hatte er auch intensive Kopfschmerzen und war sehr kurzatmig. Enzo versuchte, einen neuen Fröstelanfall zu unterdrücken, aber er schaffte es nicht. Seine Zähne klapperten, ohne daß er etwas dagegen machen konnte. Die ganze Situation erinnerte ihn an einen Bericht, den er als Kind gelesen hatte. Gegenstand dieses Berichtes waren die letzten Tage im Leben des Polarforschers Robert Scott gewesen. Der war mit seinen Kameraden in einem Zelt in der Antarktis an Unterkühlung gestorben, und zwar, nachdem er den Wettlauf zum Südpol gegen den Norweger Amundsen verloren hatte. Also, zugegeben, dachte Enzo, es ist hier im Boot nicht so kalt wie in der Antarktis, und es gibt auch im Gegensatz zu Scotts Situation eine reelle Chance auf Rettung. Aber konnte man hier wirklich Vergleiche ziehen? Wie war er nur auf den blöden Gedanken gekommen? Er riß sich zusammen und versuchte, sich auf den vor ihm liegenden Text zu konzentrieren. Irgend etwas hatte er übersehen, was war das nur?

Hauptbootsmann Czapek hörte das Klopfsignal ebenso wie die anderen Männer der *Tulsa*, die unten an der Leiter zur Schleuse standen. Sein deprimierter Gesichtsausdruck machte sofort einem breiten Grinsen Platz, er zeigte seine schönen Zähne. »Na also, da kommt ja schon der Automobilclub! Schnelle Hilfe bei jeder Panne!«

Die Stille, die die *Tulsa* nun seit so vielen Tagen umgeben hatte, war endlich von den Geräuschen des DSRV beim Ankoppeln und jetzt auch noch von den Klopfsignalen abgelöst worden. Die kleine Gruppe, die die Retter empfangen sollte, brach in ein Freudengeheul aus.

Kapitänleutnant Trost ließ dem Geschrei eine ganze Weile freie Bahn, dann hob er die Hand, um wieder Ruhe herzustellen. »Prima, Jungs. Jetzt sind wir dran.« Er sah auf das feuchte Stück Papier mit Eselsohren, das er in der Hand hielt. Dort war der Ablauf der Rettung beschrieben, sie hatten das ganze Verfahren bis zum Erbrechen durchexerziert. »Wenn das DSRV klar zeigt, werden wir die untere Luke öffnen«, sagte er.

Das Geheul verstummte.

Hauptbootsmann Czapek ergriff wieder das Wort: »Und wie teilen die uns mit, daß es soweit ist?«

Kapitänleutnant Trost hob den Blick. »Wie meinen Sie das?«

»Wie teilen die uns mit, daß wir die Luke öffnen können?«

»Klopfsignale, nehme ich an. So laut brüllen, daß wir das verstehen, werden sie wohl nicht können.«

»Aber ...« Paul Trost wurde auch langsam klar, wo das Problem lag. »Wie konnten wir das nur übersehen? Dafür ist kein bestimmtes Klopfsignal festgelegt ... Warten Sie, ich will mal fragen, ob Kapitänleutnant Raschello etwas dazu einfällt.«

Er ging zu Enzos Kammer und klopfte an. Trost ärgerte sich über sich selbst. Sie hatten alles nun zwei Tage lang geübt, und er hatte nicht bemerkt, daß es noch dieses Verständigungsproblem gab. Warum war Hauptbootsmann Czapek erst jetzt diese Lücke in der Verständigung aufgefallen?

»Herein.« Enzo blickte auf. »Was gibt's, Paul?«

»Erinnerst du dich an die Schallsignale, die wir gestern mit dem Rauchsignal hochgeschickt haben?«

»Ja, wieso, ist was nicht in Ordnung?«

»Also«, Trost schluckte und schnappte nach Luft, »wir haben keinerlei Klopfsignale für die Rettung hochgegeben.«

»Aber die stehen doch in den Handbüchern, da gibt's doch gar keine Notwendigkeit für eine zusätzliche Vereinbarung.«

»Wir warten jetzt gerade auf das Signal, daß wir die untere Luke öffnen können«, Paul mußte sich unterbrechen, er kämpfte um Luft, seine kräftige Brust ging auf und ab. »Mir ist nicht klar, wie die uns das mitteilen wollen. Es gibt kein Signal dafür.«

Enzo traf diese Erkenntnis wie ein Blitzschlag. Das war es, was er die ganze Zeit gesucht hatte. Er war wütend auf sich selbst. »Verdammt!« explodierte er und schlug mit der geballten Faust auf den Tisch. »Verdammt, verdammt, verdammt!« Bei jedem Wort schlug er kräftig auf den Tisch, und das bißchen Anstrengung machte ihn gleich atemlos. »Ich wußte doch, daß noch was fehlte! Das war es.« Enzo machte eine Pause und versuchte, ruhig zu werden. »Was sollen wir nun machen, Paul?«

»Mir fällt nur ein, daß man vielleicht Morsezeichen benützen könnte. Das wird den Ablauf sicher etwas verzögern, so richtig effektiv ist das nicht.«

»Kennst du denn die Morsezeichen?«

»Nee, natürlich nicht. Alles was ich weiß ist, daß SOS kurz, kurz, kurz, lang, lang, lang, kurz, kurz, kurz ist.«

»Toll. Da kannst du dann ja leicht durchgeben: Die untere Luke kann geöffnet werden!« antwortete Enzo sarkastisch. Er schüttelte seinen Kopf und schloß und öffnete seine Faust immer wieder. »Tut mir leid, Paul, das ist nicht dein Fehler. Aber einer von den Funkern oder Elektronikern wird bestimmt noch den guten alten Morsecode können. Und sollte das nicht der Fall sein, dann finden wir den Morsecode bestimmt in irgendeiner Vorschrift hier an Bord. Geh wieder zur Schleuse und laß alle Signale aufschreiben, die vom DSRV vielleicht gegeben werden. Ich werde mal prüfen, ob Hauptbootsmann Baxter den Morsecode kennt. So alt wie der ist, hat er den vielleicht noch benutzt, damals, in grauer Vorzeit.«

0130A, DSRV

Im DSRV standen die Dinge nicht viel besser. Da aus dem U-Boot auf die acht Schläge keine Antwort kam, wußten die Männer im DSRV nicht so recht, was sie von der Situation halten sollten.

Maat Avila sah von einem Handbuch auf, in dem er gelesen hatte. »Nach diesem Buch hier sollen sie auch gar nicht auf die acht Schläge antworten, solange sie nicht die Entwässerung für die Schleusenkammer aufgedreht haben. Und das sollen sie erst tun, nachdem wir ihnen mitgeteilt haben, daß sie die untere Luke öffnen können. Und wie teilen wir ihnen das mit?«

»Weiß ich nicht. Wieso hat denn diese Frage keiner vorher geklärt?« fragte Korvettenkapitän Sheridan in den leeren Raum.

»Bei den Übungen haben wir immer ein Unterwassertelefon benutzt.«

»Verdammter Mist! Dann werden wir wohl Morsezeichen benutzen müssen. Selbst wenn die uns verstehen sollten, wenn wir ein Unterwassertelefon benutzen, können sie uns nicht antworten.« Sheridan drehte sich um und fragte alle in der mittleren Kugel des DSRV: »Kann einer morsen?«

Stille, keiner meldete sich.

»Wir können doch mal auf der *Vindictive* nachfragen, was die davon halten«, schlug Avila vor.

»Aber wenn die uns den ganzen Morsecode erst durchgeben sollen, dauert das Ewigkeiten. Und wenn wir wieder zurückfahren, um uns den Code zu holen, dauert das doch genauso lange.«

Obermaat Loeffler war wieder in die mittlere Kugel des DSRV geklettert. »Warum machen wir nicht einfach weiter und öffnen die obere Luke und dann die untere Luke von außen? Das Schlimmste, was passieren kann, ist, daß ein bißchen restliches Wasser, das noch in dem Raum zwischen uns und der *Tulsa* ist, in die *Tulsa* läuft. Wenn da dann gerade welche stehen, kriegen sie eben eine kalte Dusche, aber das ist auch schon alles.«

»Ich bin dafür«, sagte Oberstabsarzt Samways.

»Ich auch«, schloß sich Oberstabsarzt Kellman an.

»Mir macht nur Sorge, daß die Männer in der *Tulsa* irgend etwas ganz Verrücktes machen könnten. Zum Beispiel die Schleusenkammer unter Druckluft setzen, weil sie nicht wissen, was gerade Sache ist«, sorgte sich Sheridan.

»Auf keinen Fall dürfen wir die Luke öffnen, solange die Schleuse unter Druck steht. Obermaat Loeffler würde von dem aufspringenden Deckel mit Sicherheit erschlagen werden, und wir würden mit dem ganzen DSRV von der *Tulsa* weggeblasen und danach absaufen. Zumindest würden alle unsere Instrumente völlig kaputt sein.«

»Da haben Sie recht. Daran hatte ich nicht gedacht«, antwortete Samways.

»So was Dummes würden die doch niemals machen. Das

macht kein U-Boot-Fahrer.« Loeffler hatte das mit selbstsicherer Stimme gesagt, aber eigentlich hatte er doch Zweifel.

»Da kann man doch nicht so sicher sein«, antwortete Kellman. »Da unten im Boot ist es saukalt, und die Männer werden durch den hohen Kohlendioxydanteil in ihrer Atemluft sowieso nicht mehr klar denken können. Unter solchen Bedingungen kann der intelligenteste Mensch zu völlig verrückten Überlegungen kommen. Wir können uns da gar nicht reindenken.«

Niemand mochte dem noch etwas hinzufügen.

Nach einiger Zeit durchbrach Korvettenkapitän Sheridan das Schweigen: »Also gut. Ich werde die *Vindictive* anrufen und fragen, ob die was wissen. Wollen hoffen, daß wir bald eine Antwort auf diese Frage finden. Die *Tulsa* braucht unser Zeug hier dringend für die Atemluftverbesserung.«

0145A, HMS *Vindictive*

Fregattenkapitän Todhunter hörte, was ihm die Amerikaner vortrugen, und er glaubte, seinen Ohren nicht trauen zu können. Es schien ihm kaum glaubwürdig, daß das DSRV nun schon seit über zwanzig Jahren im Gebrauch war und daß die einfachsten Klopfsignale noch immer nicht klar waren. In Gedanken erinnerte er sich an die vielen Übungskünstlichkeiten, die es eben immer bei Übungen und Manövern gab. Das hier schien ein perfektes Beispiel zu sein. Aber jetzt war nicht die Zeit zum Philosophieren. Die Lage in der *Tulsa* war sehr ernst, und eine Lösung mußte schnellstens gefunden werden. »Sehen Sie«, begann er, »so wie das Wetter ist, haben wir sehr schlechte Übertragungsbedingungen für das Unterwassertelefon. Es würde eine Ewigkeit dauern, bis wir den ganzen Morsecode an das DSRV übermittelt haben, zumal das DSRV auch alles wiederholen muß, damit sich kein Fehler einschleicht. Das ist also keine Lösung. Aber brauchen die denn das ganze Alphabet? Welches Signal fehlt denn?«

»Irgendwie so was wie ÖFFNET DIE UNTERE LUKE«, antwortete Fregattenkapitän Tyson. »Wenn die erst mal auf ist, müßten die übrigen bekannten Klopfsignale ausreichen.«

»Na, das macht die Sache doch schon viel leichter. Das sind nur zwölf verschiedene Buchstaben.«

»Können Sie noch dichter an die *Tulsa* heranmanövrieren? Das würde sicherlich die Übermittlung über das Unterwassertelefon erleichtern.«

Todhunter wollte aber nicht noch dichter an die *Tulsa* heran. Wenn irgend etwas schiefging, gab es keine Reserven mehr für Korrekturen, und es war leicht möglich, daß das DSRV durch eine Berührung mit der *Vindictive* beschädigt wurde. Das war ihm zu riskant.

»Nur wenn ich es unbedingt muß«, antwortete er.

Beide Männer dachten nach. Das DSRV konnte bis zu fünf Stunden im Einsatz sein, bevor die Batterie nachgeladen werden mußte. Es war zwei Stunden unterwegs, und bis jetzt war noch keine Luke der Schleuse auf der *Tulsa* geöffnet. Die Zeit war knapp, und das Ausladen des Materials für die Atemluftverbesserung brauchte ebenfalls seine Zeit. Dann sollten noch Männer aufgenommen werden, und das DSRV mußte zur *Vindictive* zurück.

»Wissen Sie, ich kann mir nicht vorstellen, daß sie die Schleuse unter Druck gesetzt haben. Wozu sollte das gut sein?«

»Ja, gute Überlegung«, antwortete Tyson. »Die Männer im DSRV mußten sogar hören können, wenn die Schleuse unter Druck gesetzt wird. Dann wären sie vorgewarnt.«

»Hmm. Es ist natürlich auch denkbar, daß die Schleuse schon vorher unter Druck gesetzt wurde, bevor das DSRV am Boot ankam. Ich wüßte zwar auch dann nicht, warum sie das tun sollten, aber möglich wäre es. Kann man denn nicht den Druck in der Schleuse irgendwie herausfinden?«

»Doch, das ist möglich.«

»Na, das ist doch dann die Lösung«, freute sich Todhunter. »Die sollen also erst mal den Druck prüfen und dann das obere Luk öffnen.«

»Richtig. Die Überlebenden unten im Boot können ja weiterschlafen, wenn sie wollen.«

0200A, USS *Tulsa*

Kapitänleutnant Trost sah auf seine Uhr. Die Warterei auf ein weiteres Klopfsignal schien ihm endlos. Er empfand die gesamte Situation als absolut frustrierend. »Tut mir leid, Jungs. Wir müssen Geduld haben und warten. Ich will nichts machen, was die Lage irgendwie kompliziert.« Er stampfte mit den Füßen auf, um seinen Kreislauf zu aktivieren und sich gegen die Kälte zu schützen. Erfolg hatte das aber keinen. Plötzlich hörte er ein Kratzen und danach wieder ein Klopfsignal.

Hauptbootsmann Czapek notierte alles, was er hörte. Das ist aber eine lange Nachricht, die die senden, dachte sich Trost. Die Klopferei dauerte eine ganze Weile an, dann war sie plötzlich zu Ende. Hauptbootsmann Czapek zeigte dem Offizier seine Notizen.

»Da kann ich keinen Sinn erkennen, Herr Kaleu.«

»Sie kennen doch das Morsealphabet nicht. Das haben Sie doch gesagt, oder?«

»Nein, Herr Kaleu, kenne ich nicht. Aber die haben doch in einem durch geklopft, das waren doch keine abgesetzten Buchstaben oder Wörter.«

»Lassen Sie mich mal ansehen.«

Trost ging in die Hocke und sah auf den Zettel. Der Hauptbootsmann hatte recht. Czapek hatte zuerst neun kurz und ein lang gehört. Trost sah auf das Morsealphabet und versuchte, den Zeichen einen Sinn zu geben. Das könnte die Zahl 54 sein, dachte er, aber das war doch sinnlos, wenigstens jetzt hier, unter diesen Bedingungen. Er suchte weiter. Es konnte natürlich auch irgendeine Zusammensetzung aus E, H, I und S sein, und der letzte Buchstabe war vielleicht ein T, U oder V. Alles endete mit einem langen Zeichen. Er konnte keinen vernünftigen Sinn in das Ganze bringen. Plötzlich hörte er eine weitere Reihe von Schlägen, und er versuchte mitzuschreiben. Bei Gott, das ist kaum zu machen, dachte er, diese Schläge klingen alle gleich. Wie sollte er wissen, was ein kurzes Zeichen und was ein langes Zeichen war?

Dann hörte das Klopfen wieder auf, und Hauptbootsmann Czapek betrachtete den Gesichtsausdruck des Offiziers. Der zog die Augenbrauen hoch und kratzte sich die feuchten Haare.

»Herr Kaleu, ich glaube nicht, daß das Klopfsignale sind.«

»Was sagen Sie da?«

»Die Klopferei soll kein Signal sein. Ich glaube, die sind dabei, die äußere Luke von außen zu öffnen, da müssen sie erst ein Stück Verkleidung abbauen. Die wollen uns hier rausholen.«

Paul überlegte einen Augenblick. Das konnte stimmen. Aber was konnte er dann tun? Sollte er die untere Luke öffnen lassen? Sollte er die Entwässerung für die Schleusenkammer öffnen?

Hauptbootsmann Czapek sagte: »Das Beste wird sein, wenn wir erst mal abwarten und die da draußen arbeiten lassen. Sicher, wenn unsere Annahme stimmt, dann könnten wir von hier aus die Sache beschleunigen, aber wir könnten auch vielleicht ein Unglück provozieren, wenn wir die Luke im falschen Augenblick öffnen.«

»Ich glaube, Sie haben recht. Wir wollen nur noch Kaleu Raschello melden, wie die Dinge hier stehen.«

0300A, DSRV

Obermaat Loeffler war schon ganz außer Atem, so anstrengend war es, Zugang zur *Tulsa* zu bekommen. Sein Overall war durchgeschwitzt, er war ziemlich erschöpft. Bisher hatte er nur zwei Teile der Verkleidung über der Luke losbekommen, jetzt kam er nicht weiter, weil eine Schraube festsaß. Ganz offenbar hatte sich zu viel Farbe in die Gewindegänge gesetzt.

Loeffler kletterte zurück in das DSRV, um sich etwas auszuruhen. »Tut mir leid, aber ich muß erst mal Luft schnappen«, sagte er.

»Na, Sie haben das doch schon toll hingekriegt«, antwortete

Kellman. »Ist es Ihnen recht, wenn ich mich auch mal daran versuche?«

»Nur zu, Herr Oberstabsarzt.«

»Ja, die Zeit bleibt nicht stehen, und wir müssen sie nutzen.« Kellman kletterte auf den Rumpf der *Tulsa* herunter und setzte einen Schraubenschlüssel auf den festsitzenden Bolzen. Dann versetzte er dem anderen Ende des Schlüssels ein paar kräftige Schläge mit dem Ein-Kilogramm-Fäustel, den auch Loeffler benutzt hatte. Beim fünften Schlag passierte es.

»Sch... Sch... Scheiße!« stieß Kellman aus, ließ Fäustel und Schraubenschlüssel fallen und wedelte mit der linken Hand auf und ab. »Mein Gott, das tut weh!« Er hielt die Hand still und betrachtete sie sorgfältig. Er hatte mit dem Fäustel seinen Daumen getroffen, der jetzt blau anlief und immer dicker wurde. »Ich hoffe, ich habe mir da nichts gebrochen«, fuhr er fort, und schüttelte wieder seine linke Hand.

»Vielleicht sollten Sie das doch lieber mir überlassen, Herr Oberstabsarzt«, bemerkte Loeffler widerstrebend, als er realisierte, daß seine Pause doch wohl nur kurz werden würde. »Ich übernehme wieder.«

Kellman und Loeffler wechselten die Plätze, und dann ertönten wieder die rhythmischen Schläge des Fäustels auf dem Schraubenschlüssel.

0345A, USS *Tulsa*

Pat Kellman hielt die Luft an, als er in das Boot hinabstieg, und er mußte ein Würgen unterdrücken. Der Gestank in der *Tulsa* war absolut widerlich. Man brauchte nicht viel Phantasie, sich auszumalen, warum das so war. Das Stechen in der Luft rührte offenbar von einem Brand her. Außerdem hatten hier über 100 Männer auf engsten Raum für über eine Woche gelebt, ohne eine Möglichkeit zum Duschen zu haben. Sie hatten die Toiletten nicht spülen können, und die Faulgase hatten sich in der Luft gesammelt. Irgendwo im Boot verwesten zwölf Leichen.

Zur Überraschung von Kellman schien sich die Besatzung der *Tulsa* dieses infernalischen Gestankes gar nicht bewußt zu sein. Er atmete noch einmal tief ein und versuchte, die Luft anzuhalten, bis er die Leiter hinabgestiegen war. Aber das war ein zweckloses Unterfangen. Der hohe Kohlendioxydanteil zwang ihn, sofort wieder zu atmen und dann noch einmal. Im Nu hechelte er, als sei er gerade 5000 Meter gelaufen.

Die Szene, die sich ihm darbot, überstieg alles, was er bisher gesehen hatte. Jeder der Männer im Empfangskomitee trug einen Bart, nur die Farbe und der Grad der Vollendung variierten. Sie waren mit den verschiedensten Sachen bekleidet, aber alle hatten irgendeine wärmende Kopfbedeckung auf, die meisten trugen offenbar mehrere Schichten Bekleidung übereinander. Zwei erinnerten an Wikinger, sie trugen lange Wolldecken als Umhänge. Ihnen fehlten nur noch ein Schwert und der Helm mit den berühmten Hörnern. Die Luft war kalt und feucht, den Wasserdampf des Atems der Besatzung konnte man deutlich sehen. Im Vorraum zur Schleuse verminderte der Dampf die Sicht derartig, daß man fast klaustrophobische Anwandlungen bekommen mußte. Vor jeder Taschenlampe und um die schwach glimmenden Lampen der Notbeleuchtung bildeten sich durch die Strahlenbrechung an den Feuchtigkeitspartikeln in der Luft vielfarbige Lichthöfe. Kondenswasser lief an den Schotten herunter und tropfte von der Decke. Aber die Männer hatten alle ein Lächeln auf dem Gesicht. Als Kellman ein paar Schritte nach vorne trat, um seinen Kameraden Platz zu machen, die hinter ihm die Leiter herabgestiegen kamen, drängte sich Enzo gerade durch die Menge und ergriff Kellmans Hand.

»Dr. Livingstone, nehme ich an?« fragte er mit breitem Grinsen.

»In Wirklichkeit heiße ich Pat Kellman«, antwortete dieser und sah sich um. »Und dies hier ist Oberstabsarzt Samways. Sie sind vermutlich Kapitänleutnant Raschello?«

»Ja, das bin ich. Und Sie können sich gar nicht vorstellen, was für eine Freude es ist, Sie hier unten zu begrüßen. Haben Sie sonst noch jemanden mitgebracht?«

»Ja«, schnappte Kellman nach Luft, »Obermaat Loeffler wird Ihnen beim Ausladen der Geräte und Vorräte, die wir mitgebracht haben, helfen. Wir müssen die Verteilgeräte gleich in Gang bringen.«

»Natürlich. Das ist Kapitänleutnant Trost.« Enzo sah Paul an. »Er organisiert das Entladen der Geräte und Vorräte aus dem DSRV. Kommen Sie doch bitte mit in die Offiziermesse, dort können wir besprechen, wie es weitergehen soll. Oder ... nein, lassen Sie uns lieber meine Kammer benutzen.«

Enzo drehte sich um und führte die Besucher in seine Kammer.

»Entschuldigen Sie bitte dieses schreckliche Durcheinander hier, ich bin in den letzten Tagen nicht zum Aufräumen gekommen.«

»Ist doch unwichtig«, antwortete Samways, er war ordentlich außer Atem. »Hätte mich auch gewundert, wenn Sie dazu Zeit gefunden hätten.«

Die drei quetschten sich in die Kammer, und Kellman schloß die Tür.

Enzo mußte wieder erst nach Luft schnappen, ehe er begann: »Ich muß Ihnen leider mitteilen, daß der Kommandant vor ein paar Stunden gestorben ist, die Besatzung weiß das aber nicht. Die Männer glauben, er sei nur krank. Wie Sie sich vielleicht denken können, war die Stimmung hier unten nicht die beste, als die Rettung immer wieder verschoben wurde. Ich wollte die Männer nicht noch weiter beunruhigen. Ich wünsche aber, daß der Kommandant zuerst von Bord gebracht wird.«

»Nun mal langsam«, antwortete Samways. »Wir haben nur wenig Zeit, und wir werden beim ersten Aufstieg so viele Gesunde mitnehmen wie möglich. Danach holen wir die Verletzten, und die Toten werden ...«

»Ich glaube, Sie haben mich nicht verstanden«, unterbrach ihn Enzo mit scharfem Ton. »Was ich gesagt habe, steht nicht zur Diskussion. Die erste Person, die die *Tulsa* verläßt, ist der Kommandant. Habe ich das jetzt klar ausgedrückt?«

»Ja, das haben Sie. Aber wir haben das anders geplant. Es gibt gute Gründe, die Gesunden zuerst rauszuholen. Das DSRV kann 23 gehfähige Überlebende mitnehmen und den Piloten. Wenn wir dagegen einen Mann auf einer Trage mitnehmen, dann passen nur noch insgesamt 14 Männer in das DSRV. Es macht doch Sinn, beim ersten Mal so viele Männer wie möglich mitzunehmen. Je weniger Menschen hier unten bleiben, desto leichter wird es gelingen, die Atemluft zu verbessern.«

Enzo verlor die Geduld. Diese Offiziere hatten einen höheren Dienstgrad als er, aber er war jetzt hier unten Kommandant. Ihm fehlte die Geduld zum Diskutieren. »Sie verstehen mich offenbar nicht. Entweder kommt Fregattenkapitän Richter beim ersten Mal mit, oder es kommt gar keiner mit. Dann können Sie leer zur *Vindictive* zurückkehren. Mehr habe ich dazu nicht zu sagen.«

Oberstabsarzt Dr. Samways war verblüfft. Kapitänleutnant Raschello sah überanstrengt und erschöpft aus. Ganz offenbar hatte er in der zurückliegenden Woche erheblich unter Streß gestanden. War er im Begriff durchzudrehen? Er hatte auf ein vernünftig vorgebrachtes Argument in wenig überzeugender Weise reagiert. Ihm selbst begann der Kopf zu schmerzen, und er mußte wie verrückt nach Luft japsen. Vielleicht war es ganz natürlich, daß Raschello nicht mehr klar denken konnte?

Samways versuchte es noch einmal: »Da gibt es noch etwas, das wir bedenken müssen. Wir haben nicht viel Zeit, um das DSRV zu beladen. Die Akkumulatoren sind ziemlich leer und müssen bei der *Vindictive* nachgeladen werden. Wenn wir versuchen, eine Trage, auf der ein Mensch liegt, durch das U-Boot, dann durch die Schleuse und schließlich in das DSRV zu manövrieren, werden wir viel Zeit verlieren.«

Enzo antwortete nicht. Er sah Oberstabsarzt Samways gerade ins Gesicht. Sein Blick verriet wilde Entschlossenheit.

»Sicher, die Leute hier auf der *Tulsa* sind Ihnen unterstellt«, fuhr Samways fort, einlenkend. »Sie müssen den Männern klarmachen, warum nicht mehr beim ersten Mal mit dem DSRV mitkommen können, wenn wir bei der ersten Ladung den Kommandanten auf einer Trage abtransportieren.«

»Das wird nicht erforderlich sein. Wir alle hier gehen davon aus, daß der Kommandant als erster das Boot verläßt. Sobald er im DSRV ist, bitte ich um Ihre Beratung, die Verwundeten betreffend. Oberstabsbootsmann Steadman kann Sie einweisen. Danach kann Kapitänleutnant Trost mit Ihnen das Problem der Atemluftverbesserung anpacken. Ich nehme an, daß Sie hier unten bleiben werden, um uns weiter zu helfen?«

»So ist das vorgesehen, wenn Sie einverstanden sind.«

»Ich fürchte, wir werden bei der Atemluft noch Schwierigkeiten haben. Haben Sie Verteilgeräte mitgebracht?«

»Sicher, klar. Und wir können sie sofort an die große Batterie anschließen, wir haben Wechselrichter mitgebracht, die den Gleichstrom in Wechselstrom verwandeln.«

»Prima. Das Problem ist nur, daß in der Batterie kaum noch Saft ist, wie Sie an dem schwachen Glimmen der Notbeleuchtung sehen können.«

»Das haben Sie in Ihren Berichten nicht mitgeteilt«, antwortete Samways, nach Luft schnappend.

»Ich habe Ihnen doch von dem Wassereinbruch berichtet. Können Sie sich nicht denken, was wir machen mußten?« Ohne auf eine Antwort zu warten, fuhr Enzo fort: »Der Batterieraum kann jeden Augenblick vollaufen, und dann ist es mit den Akkus sowieso vorbei. Wir haben die Batterien also so schnell und so tief wie möglich entladen, um die Bildung von Chlorgas zu vermeiden, falls der Batterieraum absaufen sollte.«

»Aber wenn wir die Atemluft nicht reinigen können, dann sieht es wirklich schlecht aus. Wir müssen in punkto Kohlendioxyd jetzt schon wirklich dicht an der Grenze des maximal Erträglichen sein.«

»Richtig. Darum sollten wir auch zusehen, daß wir weiterkommen. Bitte, entschuldigen Sie mich, ich muß noch dem COB ein paar Anweisungen geben, bevor er das Boot verläßt.«

0410A, HMS *Vindictive*

Fregattenkapitän Tyson sah besorgt auf seine Uhr. Das DSRV war auf der Rückfahrt, aber es mußte dabei gegen den Strom zur *Vindictive* zurück. Hoffentlich schafften die Batterien das. Er konnte nur beten. Die Stille in der Zentrale wurde durch ein Knistern im Unterwassertelefon unterbrochen. Korvettenkapitän Sheridan war mit der ersten Ladung Überlebender ungefähr 12 Meter über der Ankoppelstelle der *Vindictive* angekommen, und das DSRV war klar zum Andocken.

»Wissen Sie«, sagte Todhunter zu Tyson, »das Beste ist, wenn Sie diesen Ablauf in die Hand nehmen. Sagen Sie mir nur Bescheid, wenn Sie soweit sind, daß wir die Luke öffnen können und wenn Sie sonst irgendwelche Unterstützung benötigen.«

»Ja, vielen Dank. Los geht's!«

Die Amerikaner führten den Ankopplungsvorgang gekonnt und schnell durch. Das Mini-U-Boot setzte sich – gesteuert durch die Vertikaldüsen – auf die Ankoppelstelle. Ein Dämpfungsring fing den Aufstoß auf die *Vindictive* ab, dann wurden die Haltekrallen aktiviert. Nachdem der Koppelzwischenraum entwässert war, konnten die Luken geöffnet werden.

Schwartz stieg als erster Überlebender die Leiter vom DSRV zur *Vindictive* hinab. Die Fregattenkapitäne Todhunter und Tyson begrüßten die Männer von der *Tulsa* am Fuß der Leiter: »Willkommen an Bord.«

Todhunter trat einen Schritt vor und streckte Schwartz die Hand entgegen, als dieser unten ankam.

»Vielen Dank, Herr Kap'tän. Ich kann gar nicht sagen, wie es mich freut, hier bei Ihnen zu sein.«

Dann schüttelte Fregattenkapitän Tyson ihm die Hand, er schaffte es aber nicht, ein instinktives Hochziehen seiner Nase zu unterdrücken, als er den widerlichen Gestank wahrnahm, den sein Landsmann verbreitete.

»Ich nehme an, daß Sie gerne duschen wollen und auch andere Kleidung brauchen«, sagte er mit einem Blick auf die Klamotten, die Schwartz trug und die so gar nicht den Dienstvorschriften der

US Navy entsprachen. »Vielleicht freut es Sie ja zu hören, daß wir frische Sachen mitgebracht haben.«

»Da wollen sicher viele duschen. Wir haben in den letzten acht Tagen kaum ein Stück Seife gesehen. Vermutlich merkt man das?«

»Ist mir schon klar geworden.«

»Herr Kap'tän, es gibt ein paar Dinge, die ich mit Ihnen besprechen möchte, bevor ich unter die Dusche gehe. Wo ist das möglich?« fragte Schwartz.

»Gehen wir auf meine Kammer.«

0420A, USS *Tulsa*

Nachdem das DSRV wieder weg war, ging Enzo in die Offiziermesse, um zu hören, was die Ärzte hinsichtlich der Verletzten dachten. Der COB war im Gespräch mit den zwei Ärzten vertieft.

»Herr Oberstabsbootsmann, ich dachte, Sie sind mit der ersten Ladung von Bord gegangen?«

»Das wollte ich auch, Herr Kaleu. Aber ich mußte ja auch die Ärzte hier einweisen. Beides ging nicht.«

»Sie hatten nie vor, mit der ersten Ladung mitzufahren, geben Sie es doch zu!« Enzo versuchte, ein Grinsen zu unterdrücken, aber er schaffte es nicht.

»Doch, doch, ganz bestimmt, Herr Kaleu«, log der PUO. Enzo freute sich, daß die Stimmung des COB sich gebessert hatte und daß er wieder dieses gewisse Lachen um die Augen hatte. In einer Ecke der Messe lief schon eines der neuen Verteilgeräte. Auch wenn nur noch wenig Kraft in der Batterie war, so merkte man schon, wie die Luft besser wurde. Sogar die Kälte schien nachzulassen. Das Lithiumhydroxyd reagierte heftig mit dem Kohlendioxyd der Atemluft, dabei erwärmte es sich ganz erheblich. Enzo bemerkte, daß ihm das Atmen wieder viel leichter fiel, und zum ersten Mal seit Tagen wurden auch die Kopfschmerzen wieder erträglich.

»Na, wie sieht es denn nun aus, meine Herren Ärzte?«

Oberstabsarzt Samways sah von einem Schaubild auf und antwortete: »Ich glaube, daß Sie und Ihre Männer hier wirklich gute Arbeit geleistet haben, wenn man bedenkt, unter welchen Umständen Sie gearbeitet haben. Hier ist zur Zeit niemand in Lebensgefahr. Dennoch: Es ist notwendig, daß Kapitänleutnant Gallagher sobald wie möglich chirurgisch behandelt wird. Er sollte mit der nächsten Ladung von Bord, und das gilt auch für Maat Toynbee. Wenn bei Gallagher nicht schnell etwas geschieht, könnte er einen dauerhaften Schaden erleiden. Wie es aussieht, haben sich die verbrannten Hautstellen bei Toynbee entzündet und infiziert, das bedarf sorgfältiger Reinigung. Ansonsten können die Kranken warten, bis die noch gehfähigen Besatzungsmitglieder von Bord sind.«

»Gut. Wie ich schon sagte, bin ich sehr damit einverstanden, wenn Sie die weitere Reihenfolge festlegen, in der wir die *Tulsa* räumen. Bitte berücksichtigen Sie aber, daß ich erst mit der letzten Ladung von Bord gehen werde.«

»Das ist Ihre Entscheidung, Herr Kapitänleutnant.«

»Sie können mich gerne Enzo nennen.«

»Na, prima.« Raschello wandte sich wieder an den COB: »Wenn Sie also nicht mit der ersten Ladung von Bord gegangen sind, wer ist an Ihre Stelle getreten?«

»Kapitänleutnant Schwartz, Herr Kaleu. Ich habe alles an ihn weitergegeben, und er hat mir die Unterlagen zur Atemluftzusammensetzung hier gelassen.«

»Gut so. Ich will mal sehen, ob Kapitänleutnant Trost mit den Leuten vom DSRV inzwischen Klopfsignale vereinbart hat. Die nächsten Andockmanöver des DSRV müssen besser klappen. Wenn alles gut und schnell abläuft, können wir vielleicht zwei Fahrten schaffen, bevor die Batterien von dem Ding wieder nachgeladen werden müssen.«

0430A, HMS *Vindictive*

Fregattenkapitän Todhunter sah besorgt aus. Er hatte einige Offiziere in der Offiziermesse zusammenrufen lassen, sie nahmen gerade Platz. »Ich habe Sie hierher gebeten, weil die Lage in der *Tulsa* schlechter ist, als wir dachten. Kapitänleutnant Schwartz, würden Sie das bitte erläutern?«

»Vielen Dank, Herr Kap'tän. Das Hauptproblem ist der Wassereinbruch. Es ist nur noch eine Frage der Zeit, bis das Wasser den Batterieraum überschwemmt. Und das bedeutet, daß es keinen Strom mehr geben wird für die Verteilgeräte und daß wir die Atemluft nicht mehr reinigen können. Als ich von Bord ging, war der Kohlendioxydanteil an der Atemluft eben unter sechs Prozent, und ich darf Ihnen sagen: Angenehm ist das nicht.«

»Die Männer können doch die Atemmasken aufsetzen«, schlug Fregattenkapitän Tyson vor. »Dann steht etwas zusätzliche Zeit zur Verfügung.«

»Das ist sicher richtig«, stimmte Stabsarzt Ferguson zu. »Aber man darf den Druck dabei nicht vergessen. Wie hoch war er, als Sie von Bord gingen?« fragte er.

»Es sind jetzt etwa sechs Meter Wassersäule, und der Druck steigt mit ca. ein Meter zwanzig Wassersäule pro Tag.«

»Verdammt, das sind also 1,6 Atmosphären, und bis heute Abend werden es 1,7 sein. Noch etwas mehr, und wir kriegen das Problem mit der Taucherkrankheit bei den Geretteten.«

»Oh.«

»Das würde bedeuten, daß wir sie in eine Druckkammer zur Dekompression bringen müssen. Lassen Sie es mich so sagen: Es würde die Logistik dieses Rettungsunternehmens ganz erheblich komplizieren.«

»Ja, vielen Dank, Doktor«, bemerkte Todhunter dankbar. »Das bedeutet also, daß wir das DSRV sobald wie möglich wieder losschicken müssen. Ich bin da ja kein Experte: Hat jemand Vorschläge?«

Fregattenkapitän Tyson reagierte: »Wir können das Batterieladen zur Not auf drei Stunden verkürzen. Aber es gibt da noch eine Möglichkeit. Hier setzt doch eine Unterwasserströmung, oder?«

»Ja, das ist der Fall«, antwortete Korvettenkapitän Sheridan.

»Zur Zeit ist es da unten bei der *Tulsa* etwa ein Knoten, schätze ich.«

»Das mag vielleicht etwas umständlich sein, aber ich schlage vor, daß wir das DSRV so aussetzen, daß es mit der Strömung zur *Tulsa* driften kann. Dann nehmen wir mit der *Vindictive* so Position, daß es sich wieder mit der Strömung zu uns zurück bewegen kann. Das hat zwei Vorteile: Wir sparen Zeit, das DSRV kann die Fahrt in beide Richtungen mit fast fünf Knoten durchführen, und außerdem spart es auch noch Strom. Die Akkus des DSRV werden weniger belastet.«

»Das klingt machbar«, antwortete Todhunter freundlich. »Nehmen wir mal an, wir kriegen das so hin. Wie lange wird dann die Rettung insgesamt dauern?«

Fregattenkapitän Tyson flüsterte etwas mit Korvettenkapitän Sheridan, dann warf er ein paar Berechnungen auf einen kleinen Zettel.

»Jetzt ist es fast fünf Uhr morgens. Wenn alles klappt, könnten wir bis heute nachmittag drei Uhr die Männer oben haben.«

»Gut. Dann nichts wie los!« Fregattenkapitän Todhunter stand auf, die anderen folgten seinem Beispiel.

Harvey Schwartz sprach noch Stabsarzt Ferguson an, als dieser die Messe verlassen wollte: »Doktor, kann ich Sie etwas fragen?«

»Was kann ich für Sie tun?«

»Haben Sie sich schon mal unseren Kommandanten angesehen? Sicher, er ist tot, aber trotzdem ...«

»Nein, noch nicht, aber ich will das gerade machen. Wollen Sie mitkommen? Sie können mir ja berichten, wie das alles abgelaufen ist.«

»Ja, gerne.«

Die beiden verließen die Messe und gingen in den Sanitätsbereich.

Fregattenkapitän Richter lag im Sanitätsbereich. Ferguson hatte ohne Erfolg versucht, ihm den Puls zu fühlen, und sah sich nun die Augen an. Seine linke Hand hatte er auf Richters Stirn gelegt. Sie fühlte sich kalt an. Beide Pupillen waren weit geöffnet, aber war da nicht die Andeutung eines Reflexes? Er fragte Schwartz: »Wann ist er gestorben?«

»Ich glaube, es war etwa elf Uhr, gestern abend.«

»Also vor sechs Stunden?«

»Ja, so ungefähr.«

Der Sanitätsoffizier wandte sich an den Sanitätsmaaten. »Maat Clifford, holen Sie doch bitte sofort das Spezialthermometer für niedrige Körpertemperaturen.«

»Sofort.«

Fergusons Gedanken gingen hin und her. Es war möglich, daß dieser Patient stark unterkühlt, aber nicht tot war. Die Kopfverletzung war eine Tatsache, aber sonst hatte Harvey Schwartz nur unklare Angaben darüber machen können, wie es dem Kommandanten ergangen war, bevor er das Bewußtsein verlor. Die Wunde auf der linken Kopfseite war gravierend, ganz offenbar war der Patient auf etwas sehr Hartem aufgeschlagen. Falls er eine subdurale Blutung erlitten hatte, dann würde das die stetig fortschreitende Verschlechterung seines Zustandes erklären. Eine Gehirnblutung aus einer Arterie wäre dagegen vermutlich schon tödlich verlaufen.

Clifford kam mit dem Spezialthermometer zurück, sie drehten Richter auf die Seite, und Ferguson führte das Thermometer in den Anus ein.

»Wir müssen ein oder zwei Minuten warten«, sagte er, mehr um die eingetretene Stille zu unterbrechen als aus irgendeinem anderen Grund.

Dies war keine Sache, die er häufig machte. Während er wartete, bemerkte er, daß auf den Katheterschlauch kein Pfropfen gesetzt worden war und daß in der Wolldecke an dieser Stelle ein größerer nasser Fleck war. Das sieht doch vielversprechend aus, dachte er, Tote urinieren nicht.

Als die Zeit um war, sahen die drei auf das Thermometer.

»Ich glaube, er lebt«, sagte Ferguson. »Seine Kerntemperatur ist 25° Celsius. Gegeben die Temperatur in der *Tulsa* und gegeben die Tatsache, daß er schon tagelang da unten gefroren hat, wäre die Temperatur keinesfalls mehr so hoch, wenn er tot wäre.«

»Das ist ja nicht zu glauben«, rief Schwartz aus. »Ich werde den DSRV-Leuten sagen, sie sollen das unten im Boot bekannt geben. Das ist ja eine tolle Neuigkeit!«

»Langsam, langsam«, sagte Ferguson. »Das ist ein schwerkranker Mann. Ich fürchte, daß seine Überlebenschancen keineswegs gut sind. Ich schlage vor, daß wir schweigen, solange er nicht auf der *Centaur* ist und die Fachärzte da drüben sich ihn angesehen haben.« Ferguson machte eine Pause. »Ich hoffe sehr, daß es nicht zu kompliziert und langwierig ist, ihn zu transportieren. Das Wetter ist allerdings bisher absolut beschissen gewesen. Haben Sie schon mal einen Personentransfer mit Hubschrauber von einem U-Boot aus bei wirklich schlechtem Wetter erlebt, Harvey?«

»Nein.«

»Wünschen Sie sich das nicht.«

0100R, Cherry Hill, New Jersey

Marie war vor ein paar Minuten aufgewacht und saß jetzt mit verschlafenen Augen vor dem Fernseher in ihrem Zimmer. Warum sie schon so früh aufgewacht war, wußte sie selbst nicht. Wahrscheinlich hat das mit der Rettungsoperation zu tun, überlegte sie sich. Sie hatte nun schon drei Werbesendungen für Mittel gegen Magenübersäuerung über sich ergehen lassen, und fragte sich, ob Amerika von einer Sodbrennepidemie bedroht war. Sie wollte gerade wieder ins Bett gehen, als der Nachrichtensprecher auf dem Bildschirm erschien.

»Wie wir soeben erfahren haben, sind die ersten Überlebenden der *Tulsa* durch das DSRV auf das britische U-Boot *Vindictive* gebracht worden. Unser Berichterstatter, Robert Cross, ist auf HMS *Centaur*. Robert?«

»Ja, danke, Sam. Ich bin hier auf dem Flugdeck von HMS *Cen-*

taur, einem britischen Hubschrauberträger. Die *Centaur* ist das Führungsschiff für die Operation ›Tiefe Hoffnung‹ hier in der Norwegensee. Neben mir steht der Kommandant des Schiffes, Kapitän zur See Temple.«

Die Kamera stellte den Zoom neu ein und zeigte die beiden Männer nebeneinander. Der Kommandant trug einen dunkelblauen Pullover mit vier Streifen auf den Schultern. Er hatte eine blaue Kopfbedeckung auf und schielte mit etwas zusammengekniffenen Augen in die Kamerascheinwerfer, die das Licht des beginnenden Morgens verstärkten. Eine leichte Brise bewegte die dünnen, braunen Haare des Reporters.

»Herr Kapitän, können Sie mir sagen, was denn nun eigentlich läuft?«

Die Antwort kam in der abgehackten Sprechweise, wie sie auf den britischen Privatschulen vermittelt wird: »Das Rettungsfahrzeug hat den ersten Einsatz beendet. Alles hat gut geklappt, das DSRV lädt jetzt seine Batterien auf, danach geht es wieder zurück zur *Tulsa*. 15 Überlebende wurden von der *Tulsa* zur *Vindictive* transportiert, ich nehme an, daß die gerade duschen und sich auf ein ordentliches Frühstück freuen.«

»Gibt es etwas Neues über den Zustand der Überlebenden?«

»Nein, im Augenblick nicht. Wie ich höre, geht es einem der Männer nicht so ganz gut, aber sonst kenne ich keine Details.«

»Und was ist mit den anderen 14 Geretteten?«

»Soweit ich weiß, sind alle frisch und munter.«

»Herr Kapitän, wie wird es jetzt weitergehen?«

»Nun, es dauert mehrere Stunden, die Batterien des DSRV wieder aufzuladen. Daher passiert jetzt erst mal nichts weiter.«

»Und was ist mit dem Verletzten? Wird der auf der *Vindictive* behandelt?«

»Ja, auf der *Vindictive* ist ein Arzt, da wird er also eine qualifizierte Erstversorgung erhalten.«

»Vielen Dank, Herr Kapitän.« Die Kamera nahm wieder nur den Reporter ins Bild. »Das ist im Augenblick alles, was es zu berichten gibt, Sam.«

Der Nachrichtensprecher kam wieder ins Bild und fragte den Reporter auf der *Centaur*: »Robert, der Kommandant hat ja gerade behauptet, daß der erste Rettungseinsatz des DSRV glatt verlaufen ist. Hat er denn irgendeine Erklärung für die dauernden Verzögerungen bei der Rettung geliefert? Wir hatten doch erwartet, daß alles viel schneller gehen würde.«

»Man hat mir bisher keinerlei Erklärungen für diese Verzögerungen gegeben. Soweit ich weiß, gab es Schwierigkeiten bei der Verständigung mit der *Vindictive*. Das könnte eine Erklärung sein.«

»Vielen Dank, Robert. Wir kehren sofort zurück, wenn es irgendwas Neues gibt.« Der Nachrichtensprecher drehte sich um und sah wieder in die Kamera. »In seiner Ansprache an die Nation hat der Präsident heute abend erneut versichert, daß alles, was möglich ist, getan wird, um die Überlebenden aus der *Tulsa* zu retten ...«

Marie hatte am Vorabend die Ansprache des Präsidenten live im Fernsehen verfolgt und wollte sie nicht noch mal hören. Es handelte sich um eine dieser schönfärberischen Quatschereien der Politiker. Es war jetzt mitten in der Nacht, und es sah so aus, als würde es in den nächsten Stunden keine weiteren Neuigkeiten geben. Also beschloß Marie, noch etwas zu schlafen. Sie nahm das Röhrchen mit den Schlaftabletten und las den Aufkleber. Eine Tablette wurde empfohlen, bevor man ins Bett ging. Maries Gefühl nach wäre es das beste gewesen, wenn sie alle Tabletten genommen hätte. Bitte, Gott, keine Alpträume mehr, dachte sie, dann schluckte sie eine Tablette.

0700A, HMS *Vindictive*

Fregattenkapitän Todhunter stand auf dem Turm und suchte den Horizont ab. Der Himmel war jetzt wolkenlos, und man konnte viele tausend Sterne sehen. Das Wetter war erheblich besser geworden. Bis zum Sonnenaufgang waren es noch mehrere Stunden hin, aber im Süden leuchteten schon die ersten Zeichen der

Dämmerung auf. Der Seegang hatte über Nacht erheblich nachgelassen, der Wind blies gerade noch mit Stärke drei, nur die Dünung stand noch und verriet, daß vor kurzem hier ein ordentlicher Sturm getobt hatte.

Todhunter sah achteraus auf seinen kleinen Passagier, der über der achteren Notschleuse saß und dessen Batterien vor seiner nächsten Fahrt zur *Tulsa* gerade wieder aufgeladen wurden. Er sah auf die Uhr.

In den letzten Stunden hatte ihn einer der DSRV-Passagiere gedanklich sehr beschäftigt. Er hatte bis jetzt mit dem Auftauchen und der Abgabe von Fregattenkapitän Richter gewartet, um sicherzustellen, daß das Wetter sich in ausreichender Weise gebessert hatte. Jetzt aber durfte er auf keinen Fall den nächsten Einsatz des DSRV verzögern. Zum ersten Mal auf dieser verdammten Reise schien das Wetter mitzuspielen. Er sah wieder nach voraus, auf den Bug seines großen U-Bootes. Es machte gerade so viel Fahrt, daß es steuerfähig war und das Datum langsam umkreisen konnte. Die Bugwelle war klein, und die vordere Ausstiegsluke war frei vom Wasser. Durch diese Luke würde man Richter an Deck bringen, und ein Hubschrauber sollte den Rest erledigen. Todhunter nahm das Mikrophon und drückte auf den Knopf an der Seite: »Wann wird der Hubschrauber von der *Centaur* hier sein?«

»Einen Augenblick, Herr Kap'tän«, kam die Antwort, dann: »Müßte in 15 Minuten ankommen, der Hubschrauber.«

»Gut. Informieren Sie den SAN-Bereich. Die sollen den Patienten rechtzeitig an Deck bringen und den vorderen Ausstieg benutzen.«

»Jawohl, Herr Kap'tän.«

Stabsarzt Ferguson und der Sanitätsmaat hatten fieberhaft gearbeitet, um Richter für den kurzen Flug vorzubereiten. Sie hatten ihn in mehrere Wolldecken gewickelt, die äußere war eine besondere Decke mit einer blanken, metallenen Beschichtung, die den Wind abhalten sollte. Danach war er auf eine besondere Trage gelegt worden, die nur aus Bambusstäben und Segeltuch bestand. Diese Tragen hatten sich am besten bewährt, um einen schutzbedürftigen menschlichen Körper durch die engen, kurvenreichen Gänge und die Schleusen eines U-Bootes zu manövrieren. Der Körper auf der Trage wurde dann einfach in den Behälter eingepaßt, den der Hubschrauber herabließ, und dort festgelascht. Alles war klar für den Transfer.

Der Lautsprecher neben Todhunter knisterte wieder. »Von der *Centaur*, Herr Kap'tän, der Hubschrauber ist unterwegs.«

»Ja, danke.« Er sah zum östlichen Horizont. Dort, in etwa drei Meilen Entfernung, stand der Träger. Ein blinkendes Licht verließ gerade den Träger, dann kam es direkt auf Todhunter zu. Zu hören war nichts. Erst allmählich ertönte das dumpfe Pochen der Rotorblätter des Hubschraubers, wurde immer lauter, bis es zusammen mit dem Lärm der Antriebsturbine alles andere übertönte. Die vordere Luke ging auf, und eine Gruppe von Seeleuten mit hellen Jacken, blauen Hosen und orangefarbenen Rettungswesten erschien an Deck. Unter ihnen war auch Stabsarzt Ferguson, der volles Schlechtwetterzeug trug und eine blaue Mütze auf dem Kopf hatte. Der Helikopter war angekommen und hoverte genau über dem Vorschiff, vor dem Turm, auf dem Todhunter stand. Der Kapitän hielt sich mit den Händen die Ohren zu, um den Lärm etwas zu mindern, den der Sea King-Hubschrauber produzierte, aber auch, um sie vor dem eiskalten Abwind zu schützen, den der Rotor des Hubschraubers nach unten fegte. Der Helikopter drehte langsam in eine Position, bei der die offene Kabinentür direkt über der Gruppe an Deck der *Vindictive* stand. Ein Mann und eine Art Wiege aus Metall wurden herabgelassen, und in kurzer Zeit wurde Richter verladen, festgelascht und aufgewinscht. Todhunter konnte durch die offene Tür erkennen, wie die Männer im Hubschrauber sich um den Kranken kümmerten, dann wurde Oberstabsarzt Ferguson ebenfalls aufgewinscht, er wollte bei seinem Patienten bleiben. Der Pilot winkte kurz, dann kippte der Helikopter etwas nach vorn, und ab ging's Richtung *Centaur*. Wenn nur alle Helikoptertransfers so einfach wären, dachte Todhunter noch.

0710A, USS *Tulsa*

Es klopfte kräftig an der Tür der Offiziermesse, und Enzo stand auf, um zu öffnen. Der E-Meister stand mit sorgenvollem Gesicht in dem dunklen Gang vor der Tür. Er bibberte vor Kälte und atmete schwer.

»Herr Kaleu, der Kofferdamm ist gebrochen«, sagte er, nach Luft ringend. »Vor einer Minute war es soweit. Jetzt stehen glatte 90 Zentimeter Wasser unten im Batterieraum.« Enzo sah auf die Notbeleuchtung, die Lampen glimmten nur noch schwach, so daß man fast nichts mehr erkennen konnte. Das Verteilgerät in der Offiziermesse war vor etwa einer halben Stunde stehengeblieben.

»Mit etwas Glück wird nicht viel passieren. Ihr Kofferdamm hat uns sehr geholfen, er hat uns den Zeitpuffer verschafft, den wir so dringend brauchten.«

Während er sprach, verlöschten die Glühlampen in der Notbeleuchtung völlig, und es blieb nur der Lichtschein, der durch die Tür der Offiziermesse in den Gang fiel. Enzo drehte sich um, verschwand in der Messe und kam kurz darauf mit einer Taschenlampe zurück.

»Hier, nehmen Sie die und gehen Sie wieder in das untere Deck. Passen Sie auf, daß Sie nicht allzu naß werden, und prüfen Sie, ob Sie Chlorgas riechen können. Dann lassen Sie mich das Ergebnis wissen. Wenn da doch noch irgendeine nennenswerte chemische Reaktion zwischen dem Seewasser und der Batteriesäure stattfinden sollte, dann müßte das innerhalb der nächsten halben Stunde passieren.«

»Jawohl, Herr Kaleu.«

»Übrigens, E-Meister.«

»Ja, was ist?«

»Sie gehen mit der nächsten DSRV-Ladung raus. Ich glaube, Sie müssen mal duschen. Für Sie wird es hier ohnehin nichts mehr zu tun geben, wenn das DSRV endlich wieder da ist.«

Der E-Meister grinste breit. »Jawohl, Herr Kaleu.«

1000A, HMS *Centaur*

Ferguson tippte Sheppard auf die Schulter, um anzudeuten, daß sie den Behandlungsraum verlassen sollten. »Sieh mal, David, ich will nicht so lange hier bei euch bleiben«, begann er, als sie im Vorraum ankamen und die Mundtücher abgenommen hatten, »ich muß zurück auf die *Vindictive*. Sie wird in Kürze wieder auftauchen, und dann muß ich hin.«

»Gut, daß Sie bis jetzt geblieben sind. Dieser Mann verdankt Ihnen sein Leben.«

»Da können doch eher dieser Kapitänleutnant und der Oberstabsbootsmann auf der *Tulsa* Anspruch drauf erheben!«

»Sicher, die haben getan, was sie konnten, mit ihren bescheidenen Mitteln. Aber Sie waren es doch, der bemerkt hat, daß der Mann nur unterkühlt und nicht tot ist. Ich weiß nicht, wie viele Ärzte so gründlich gewesen wären.«

»Sie sind sehr freundlich. Ich weiß nicht recht, was ich dazu sagen soll – der Patient hat noch einen schweren Weg vor sich.«

»Da haben Sie recht. Die Tatsache, daß das Blutgerinsel aus seinem Schädel entfernt werden konnte, beweist noch nicht, daß er auch überleben wird, und erst recht nicht, daß er sich einmal wird bei Ihnen bedanken können. Er hat immer noch Untertemperatur, und es wird noch ein paar Tage dauern, bis man genau weiß, ob er einen bleibenden Gehirnschaden davonträgt.«

Man sah Ferguson an, daß er sich unwohl fühlte und daß er los wollte.

Sheppard wechselte das Thema. »Ich will Sie nicht aufhalten. Ich werde Sie weiter informieren, wie es Fregattenkapitän Richter geht. Wenn Sie Zeit haben, kommen Sie doch morgen noch mal. Ich hab' das Gefühl, als ob dann schon alles ganz anders aussieht bei unserem Patienten.«

»Aber nur, wenn das Wetter so gut ist wie jetzt. Ich habe wirklich keine Lust, hier in der Arktis schwimmen zu gehen.«

0700R, Cherry Hill, New Jersey

Marie wurde nur ganz langsam richtig wach. Die Schlaftabletten hatten gut gewirkt, aber jetzt hatte sie einen dicken Kopf; immerhin waren ihr weitere Alpträume erspart geblieben. Es dauerte noch einen Augenblick, bis sie wieder klar denken konnte. Sie sah auf die Uhr auf dem Nachttisch und hoffte, daß es inzwischen Neuigkeiten über die *Tulsa* gab. Sofort schaltete sie den Fernseher ein. Robert Cross berichtete wieder vom Deck der *Centaur*. Der Wind hatte offenbar nachgelassen, und der Mann stand jetzt da in hellem Sonnenschein.

»Ich habe soeben weitere Information erhalten über den verletzten Überlebenden, der beim ersten Einsatz des DSRV gestern abend abgeborgen wurde.« Er schaute auf das Blatt Papier in seiner Hand. »Der Verletzte ist der Kommandant der *Tulsa*, Fregattenkapitän Geoffrey Richter. Er wurde hier an Bord einer Notoperation unterzogen, um ein Blutgerinnsel aus seinem Gehirn zu entfernen. Dieses Blutgerinnsel war offenbar verursacht durch eine Kopfverletzung, die er sich bei der Kollision mit dem russischen U-Boot, der *Gepard*, zugezogen hatte.«

Marie war sprachlos. Sie hatte sich Geoff nie als Verletzten oder Kranken vorstellen können, in ihrer Vorstellung war er immer bei bester Gesundheit. Er hatte immer gelacht oder mit den Jungs gespielt oder aber ernsthaft mit John diskutiert. In ihrer Erinnerung war er ein Adonis, der Mann, den sie unbedingt heiraten wollte. Ein Blutgerinnsel im Gehirn? Das hörte sich ernst an.

»Mir wurde auch mitgeteilt«, fuhr der Reporter fort, »daß es da unten in der *Tulsa* sehr kalt ist und daß der Patient unterkühlt ist. Das heißt also, daß seine Körpertemperatur deutlich unter 37 Grad gesunken ist.«

»Robert?« Die weibliche Stimme kam von der Fernsehsprecherin. »Haben die Mediziner auf der *Centaur* etwas gesagt, wie es dem Verletzten weiter ergehen wird?«

Der Reporter sah in die Kamera und drückte seinen Kopfhörer mit dem rechten Zeigefinger gegen das Ohr. Ganz offenbar hatte er Schwierigkeiten, die Kollegin zu verstehen.

»Die wollen sich nicht festlegen, obwohl es einen gewissen seltsam glückhaften Zusammenhang gibt.«

»Inwiefern, Robert?«

»So wie es aussieht, hat vielleicht die Unterkühlung Fregattenkapitän Richter das Leben gerettet.«

»Wieso das?«

»Diese Unterkühlung hat den Sauerstoffbedarf des Gehirns ganz erheblich reduziert. Und dadurch waren die negativen Auswirkungen des Blutgerinnsels nicht so schwerwiegend. So wie die Dinge liegen, sind die Chancen auf eine völlige Wiederherstellung durch die Unterkühlung drastisch erhöht worden.«

»Das hört sich so an, als sei diese Unterkühlung ein Glücksfall gewesen?«

»Leider scheint die Wiedererwärmung recht problematisch zu sein. Aber die Mediziner hören sich ganz optimistisch an. Die haben hier an Bord wohl allerlei Erfahrung auf diesem Gebiet.«

»Wie viele Männer sind denn bis zu diesem Augenblick gerettet worden?«

Robert Cross sah wieder auf seinen Zettel, bevor er in die Kamera sprach.

»Insgesamt sind bis jetzt 63 abgeborgen worden ...«

Marie war ganz versunken in ihre Gedanken. Waren das nun gute oder schlechte Neuigkeiten? Würde Geoff überleben? Würde er wieder richtig gesund werden? Die Liste der Todesfälle schien bisher nicht korrigiert worden zu sein. Vielleicht hatte sie diese Meldung ja verpaßt, als sie noch schlief? Aber sie fühlte instinktiv, daß John tot war. Sie konzentrierte sich wieder auf das Fernsehen.

»Die *Vindictive* ist wieder getaucht, und der nächste Einsatz des DSRV läuft.«

»Wir schalten gleich wieder zurück zu dir, Robert. Vielen Dank.« Das Bild zeigte jetzt wieder die Moderatorin vor ihrem Laptop. »Lassen Sie mich noch einmal zusammenfassen: Die Liste derjenigen, die bei dem Unfall das Leben verloren haben, ist bestätigt worden. So wie es aussieht, werden die restlichen Überlebenden bis heute nachmittag Ortszeit gerettet werden, das entspricht etwa elf Uhr in New York. Gestern abend hat der CNO der Toten auf der *Tulsa* gedacht ...«

Sie hatte John verloren, und vielleicht würde sie auch noch Geoff verlieren. Marie konnte keinen klaren Gedanken fassen, und sie fühlte sich hundeelend. Das Beste war, wenn sie noch eine Schlaftablette nahm und sich wieder hinlegte. Wozu sollte sie denn heute überhaupt noch wieder aufwachen?

1620A, HMS *Centaur*

Die letzten Spuren der Dämmerung waren schon vor zwei Stunden hinter dem Horizont verschwunden. Das Flugdeck war jetzt von der Flutlichtanlage hell erleuchtet, zusätzlich brannten die Scheinwerfer der Kameramänner, die neben dem großen Inselaufbau auf der Steuerbordseite des Schiffes standen. Fast alle Männer der *Tulsa* waren mittlerweile an Bord des Trägers gebracht worden. Ein Sea King-Hubschrauber landete, und die Kabinentür flog auf. Vor dem Helikopter versammelte sich eine Traube von Menschen, Männer von der *Tulsa* und Reporter. Als die Oberstabsärzte Samways und Kellman ausstiegen, gab es lautes Beifallsgebrüll, das dann noch lauter wurde, als Oberstabsbootsmann Steadman, Kapitänleutnant Trost und schließlich Enzo aus dem Helikopter kletterten. Sie hatten sich umgezogen, waren aber immer noch unrasiert. Alle grinsten breit und winkten den Leuten und den Kameras zu.

Enzo sah in den Himmel, knuffte den Oberstabsbootsmann in die Seite und sagte: »Na, sieht das nicht toll aus?«

»Was denn, Herr Kaleu?«

»Der Himmel, die Sterne. Riechen Sie doch nur die frische Luft.«

Paul Trost sah auch in den Himmel, in seinen Augenwinkeln hatten sich Tränen gebildet. »Enzo, es gab Augenblicke, da habe ich nicht mehr daran geglaubt, den Himmel noch einmal zu sehen. Aber wir haben es geschafft.« Er schlug ihm heftig auf den

Rücken, als Enzo sich umdrehte, um Paul kräftig in die Arme zu nehmen.

»Ja, wir haben es geschafft.«

Ein Reporter hielt Paul Trost das Mikrophon vor die Nase.

»Kapitänleutnant Raschello, wie fühlen Sie sich hier, an der frischen Luft?«

Enzo hielt es für richtig zu antworten: »Na, großartig, das kann ich Ihnen sagen.«

Der Reporter drehte das Mikrophon Enzo zu: »Wie hat das mit der Rettung zum Schluß geklappt? Ich habe gehört, daß die *Tulsa* langsam vollief?«

»Ja, das ist richtig. Wir hatten keinen Saft mehr in den Batterien und konnten die Atemluft nicht mehr reinigen. Der Druck im Boot stieg langsam, und das Atmen wurde sehr schwierig.«

»Mußten Sie Atemgeräte benutzen?«

»Nein, wir kamen mit der Luft im Boot aus.«

Fregattenkapitän Roberts, der Erste Offizier der *Centaur*, ging auf die Herde von Reportern zu, die sich jetzt um Enzo geschart hatte. »Bitte, meine Damen und Herren, Sie können Ihre Fragen später stellen. Die Männer müssen sich erst mal satt essen, Sie werden sicherlich Verständnis aufbringen können.« Dann begleitete er seine Gäste zu einer Tür, die in das Innere des inselartigen Aufbaus führte. Von dort ging es in den Hangar, wo sie der Kommandant, Kapitän zur See Temple, erwartete.

»Meine Herren, ich freue mich, Sie hier an Bord willkommen zu heißen. Ich werde Sie nicht lange aufhalten – ich weiß, daß einige von Ihnen noch duschen wollen und daß Sie guten Appetit auf eine vernünftige Mahlzeit haben. Wir haben Sie von der *Vindictive* hierher geholt, weil wir hier viel mehr Platz haben und weil wir die notwendigen medizinischen Untersuchungen durchführen müssen.«

Plötzlich dämmerte es Enzo, daß es angebracht wäre, wenn auch er ein paar Worte sagte. Er stellte sich neben Kapitän zur See Temple.

»Vielen Dank für Ihre freundlichen Worte, Herr Kap'tän. Wir

sind wirklich froh, bei Ihnen zu sein.« Seine Zuhörer von der *Tulsa* brüllten Beifall, und der Hangar hallte wider vom Geschrei und Gepfeife der Männer. Enzo wartete eine ganze Minute, dann hob er den Arm, um das Freudengeschrei zu beenden. In seiner linken Schulter spürte er einen scharfen, stechenden Schmerz. Der Lärm ließ nach. »Alles andere kann warten, bis wir gegessen haben.« Und dann, an den Kommandanten der *Centaur* gewandt: »Herr Kap'tän, gibt es für uns hier an Bord eine Messe oder einen anderen Raum, wo wir später nochmal zusammenkommen können?«

»Sie können Ihre Männer alle gleichzeitig in der Mannschaftsmesse mustern, wenn Sie das wünschen.«

»Vielen Dank, Herr Kap'tän.« Enzo wandte sich wieder an alle Zuhörer. »Wir sehen uns später. Guten Appetit.« Oberstabsarzt Samways drängte sich durch die Menge und tippte Enzo auf die Schulter. »Enzo, ich habe gesehen, wie Sie gerade das Gesicht verzogen haben. Ist etwas nicht in Ordnung?«

»Nein, nein. Es ist mir noch nie besser gegangen als in diesem Augenblick«, log er, der Schmerz in seiner Schulter war aber geblieben.

»Schmerzen in der Schulter sind ein klassisches Zeichen für die Taucherkrankheit, und Sie waren da unten doch unter Überdruck. Sind Sie sicher, daß alles in Ordnung ist?«

»Wenn ich Beschwerden bekommen sollte, werde ich mich bei Ihnen sehen lassen. Jetzt möchte ich sehr gerne Fregattenkapitän Richter besuchen, noch bevor ich mich der Körperpflege widme.«

»Aber kommen Sie unbedingt noch in den Sanitätsbereich. Diese Schmerzen können sich auch auf das Nervensystem ausbreiten. Sie brauchen nur ein paar Stunden in die Druckkammer.«

»Ich werde daran denken, Herr Oberstabsarzt.«

2030A, HMS *Centaur*

Der Beifall, den Enzos Bemerkungen ausgelöst hatten, wiederholte sich, als er aufstand, um die Überlebenden noch einmal anzusprechen: »Also, Leute, jetzt aber mal Ruhe! Ich habe keine Lust, hier zu brüllen wie ein Stier.« Das Geschrei verstummte. »Als erstes lassen Sie mich mitteilen, daß es Kap'tän Richter, unserem Kommandanten, gutgeht. Er ist zwar noch bewußtlos, aber er ist wieder auf normaler Temperatur, und die Operation ist erfolgreich verlaufen.«

Wieder lautes Gebrüll. Enzos Besuch bei Oberstabsarzt Samways wegen seiner Schulter würde noch etwas warten müssen. Er hatte aber mittlerweile ein kribbeliges Gefühl im linken Oberarm, und zweifellos mußte da etwas passieren. Er wollte aber eigentlich nicht die nächsten Stunden in einer Druckkammer absitzen.

Enzo fuhr fort: »Als nächstes möchte ich Sie alle beglückwünschen. Die letzten neun Tage waren für uns nicht ganz einfach. Wir wären niemals erfolgreich gewesen, wenn Sie nicht alle diese vorzügliche Professionalität und diesen beeindruckenden Durchhaltewillen gezeigt hätten. Das hat mir die Arbeit erträglich und möglich gemacht. Wenn Sie sich nicht alle so kameradschaftlich verhalten hätten, könnten wir jetzt nicht die Gastfreundschaft der britischen Marine genießen.« Wieder zollten die Männer Beifall, sie hoben die Dosen mit Bier, die ihnen von den Gastgebern gespendet worden waren. »Damit komme ich zu meinem Preis, den ich für den besten Schläfer ausgesetzt habe. Viele von Ihnen würden einen würdigen Gewinner abgeben! Aber einer ist ganz klar der Beste, und ich bitte Sonargast Evans vorzutreten und seinen Gewinn abzuholen.« Begleitet vom Beifall kam Sonargast Evans nach vorn und wurde knallrot. »Leider hatten wir keine Zeit und Gelegenheit, einen Pokal herstellen zu lassen, den erhalten Sie, sobald er fertig ist. Erst einmal soll dies der Preis sein.«

Enzo bückte sich und überreichte Evans einen Kasten Bier.

»Vielen Dank, Herr Kaleu«, strahlte Evans.

»Aber trinken Sie nicht alles auf einmal!«

Evans ging zurück auf seinen Platz, und sofort war er von durstigen Kameraden umlagert.

Enzo fuhr fort: »Ich möchte mich noch bei vielen bedanken,

aber zwei von Ihnen muß ich gesondert erwähnen. E-Meister, ich kann Ihnen gar nicht genug danken für alles. Sie haben das Verteilgerät zum Laufen gebracht und das Wasser von den Akkumulatoren abgehalten ... Keiner von uns würde noch leben, wenn Sie nicht gewesen wären.«

Lautes Beifallsgeschrei von allen war zu hören.

Enzo erhob seine Stimme: »Und Oberstabsbootsmann Steadman – manche von uns wissen gar nicht, welch phantastische Arbeit Sie geleistet haben, als Sie sich um die Verletzten gekümmert haben. Jetzt werden alle von Medizinern betreut, aber ohne Ihre Bemühungen wären sie nicht hier.«

Er langte wieder unter den Tisch, nahm zwei Sechserpacks Bier und stellte sie vor Steadman und den E-Meister auf den Tisch. »Dies soll unserem Dank Ausdruck verleihen, denn mehr haben wir im Augenblick nicht zu verteilen.«

»Kann mir auch gar nichts Besseres vorstellen«, witzelte der E-Meister.

Der allgemeine Beifall wurde jetzt von Fußtrampeln begleitet.

Enzo ging auf seinen Platz zurück und wartete ab, bis sich der Lärm gelegt hatte. »Als Letztes will ich noch sagen, daß Sie sich alle mal ordentlich in warmen Kojen ausschlafen sollen.«

Diesmal gab es lautes Gelächter, die meisten hatten in den letzten neun Tagen nichts anderes gemacht als immer nur geschlafen. Das Gelächter ließ nach.

»Der Grund, warum ich Sie aufgefordert habe, sich auszuschlafen, ist, daß morgen ein Team des Judge Advocate General, des bekannten JAG, an Bord kommt, um mit den Ermittlungen zu beginnen. Da müssen Sie alle hellwach sein!«

Nachwort

Freitag, 17. Dezember

1230Z, Schiffahrtmedizinisches Institut der Marine, Alverstoke, Großbritannien

Flottillenarzt Freeman ließ seine Tasche auf den Boden seines Dienstzimmers fallen und bedeutete seinen Gästen, das Gleiche zu tun. »Gut. Richard, Steve, wir haben noch Zeit, auf die Schnelle in der Offiziermesse ein Bier zu trinken und ein paar Tapas zu essen. Zum Glück war das Weihnachtsessen ja schon gestern, sonst hätten wir bestimmt hier noch Truthahn mit Beilagen konsumieren müssen.« Er führte sie aus seinem Dienstzimmer durch einige Korridore, ein paar Treppen hinunter und dann ins Freie. »Ich nehme doch an, daß David und Roger gleich kommen.« Sie gingen hinüber in die Offiziermesse. Dort war schon ein halbes Dutzend Offiziere versammelt. Als er an die Theke ging, bemerkte Freeman den Leiter des Instituts. »Herr Flottenarzt, kennen Sie Korvettenkapitän Tremble und Kapitänleutnant Marchant?«

»Ja, ich glaube, ja. Herzlich willkommen, meine Herren. Wie war's in San Diego?«

»Nur zu kurz, Herr Flottenarzt«, antwortete Tremble müde. »Aber wir haben geschafft, was wir uns vorgenommen hatten. Es gibt 'ne Menge Arbeit für das gemeinsame Komitee für Rettung aus U-Booten, doch die Amerikaner haben noch mehr zu tun als wir.«

»Dann sind Sie sicher alle urlaubsreif. Sie waren ja ordentlich in Gang in der letzten Zeit.«

»Nachdem wir aus Norwegen zurück waren, ging es hier erst richtig los.«

»Sie haben Ihren Urlaub verdient, und die Lehren und Konsequenzen aus dem Fall können auch noch etwas warten. Das ist nach jedem Unfall und nach jedem Einsatz dasselbe. Endlose Untersuchungen von Ereignissen, die niemand vorhersehen konnte, und Nachforschungen zu teuren Systemen, die überhaupt nicht oder nur schlecht funktioniert haben. Da kommt selten was bei raus. Meist sind es Einfallsreichtum, Mut und festes Zugreifen Einzelner, die den Erfolg bringen, und dabei wird es wohl auch in Zukunft bleiben.« Alle nickten zustimmend. »Im übrigen bin ich der Auffassung, daß in diesem Fall eine Menge Lob und Anerkennung angebracht sind. Das war auch die Meinung der Untersuchungskommission. Da müssen Sie doch beide sehr erleichtert sein. Trinken Sie einen mit?«

»Ja, danke. Ich nehme ein großes Bier«, antwortete Tremble.

»Ich auch, vielen Dank«, fügte Marchant hinzu. »Ja, ich war sehr erleichtert. Bei mir war es soweit, daß ich selbst nicht mehr sicher war, ob wir die richtige Entscheidung getroffen hatten. Ich bin froh, daß jetzt alles vorbei ist.«

»Nehmen Sie auch einen Drink?« fragte der Leiter Eric Freeman.

»Ja, danke, ein großes Bier, das wäre mir sehr recht.« Er schwieg einen Augenblick, dann fügte er hinzu: »Eines der Resultate der Besprechung in San Diego ist der Vorschlag, einen Offizier zwischen unserer Dienststelle hier und der Dienststelle in San Diego auszutauschen. Es ist wirklich notwendig, daß wir die Bemühungen zur Rettung aus Notfällen auf U-Booten besser koordinieren. Vielleicht kann Steve ja ein paar Jahre in die Sonne Kaliforniens versetzt werden.« Marchant strahlte richtig, als die Drinks gebracht wurden.

»Ich wünsche Ihnen Glück, verdient hätten Sie es ja.« Roger Stemple und David Sheppard kamen noch hinzu. Der Leiter gab auch ihnen einen Drink aus. »Auf einen guten Weihnachtsurlaub. Erholen Sie sich und feiern Sie ein frohes Fest. Sie können alle sehr mit dem zufrieden sein, was Sie erreicht haben.«

Sonntag, 19. Dezember

1000R, Bethesda Marine-Krankenhaus

Richter erwachte plötzlich und öffnete die Augen.

Eine Krankenschwester schüttelte ihn sanft an der Schulter. »Fregattenkapitän Richter, hier ist Besuch für Sie.«

»Wer ist denn da?«

»Frau Dowling, Herr Kap'tän.«

Richter dachte einen Augenblick lang nach, der Name kam ihm bekannt vor.

Die Krankenschwester sah ihn an. »Erinnern Sie sich? Ihr Mann ist bei der Kollision zu Tode gekommen.«

Richter versuchte, sich seine Verwirrung nicht anmerken zu lassen.

»Sie sagt, Sie sei eine Bekannte von Ihnen. Das ist jetzt schon das dritte Mal, daß Sie versucht, Sie zu besuchen.«

»Ja, ja, natürlich, bitten Sie sie doch herein«, antwortete er mit nuscheliger Stimme.

Während er sich unbeholfen aufsetzte, beobachtete er durch die offene Tür, wie die Schwester den Raum verließ und offenbar in das Stationszimmer ging. Sie sprach mit einer Frau mit kurzen Haaren, die einen schwarzen Mantel trug. Die Besucherin nickte und ging dann in die Richtung, in die die Schwester zeigte. Er sah ihr Lächeln, ein Lächeln, das immer deutlicher wurde, je näher sie kam.

Schließlich umarmte sie ihn. »Wie geht es dir, Geoff?« Marie ließ ihn los, trat einen Schritt zurück und sah ihm ins Gesicht. Ihr Lächeln blieb.

Richter erwiderte das Lächeln, wenn auch etwas gezwungen, da seine rechte Gesichtshälfte immer noch nicht wieder komplett bewegungsfähig war.

»Oh, mir geht es gut ... ich bin zwar müde, aber es geht mir gut. Ich muß hier schwer arbeiten, alle möglichen Therapien, mehrfach am Tag, Schwimmen, Sprachschulung ...«

»Die Schwester sagte, daß du wirklich gute Fortschritte machst und daß du wohl bald ohne Hilfe laufen können wirst.«

»Wird auch langsam Zeit. Mir kommt das so vor, als läge ich schon seit Ewigkeiten im Bett.«

Es trat eine unangenehme Stille ein. Marie fragte sich, wie gut es Geoff wohl wirklich ging. Er sah eigentlich ganz passabel aus, vielleicht etwas abgemagert, aber er war irgendwie verändert.

»Sieh mal«, sagte sie, »ich habe dir etwas Obst mitgebracht.« Sie suchte in ihrer Tasche herum. »Hier sind ein paar Weintrauben und ein paar Kiwis, die magst du doch so gerne.« Sie sah auf und bot ihm die Weintrauben an.

Über sein Gesicht ging ein Lächeln. »Danke sehr«, antwortete er und schob sich eine Traube in den Mund. »Ich mache mir Sorgen. Die Untersuchungskommission läßt die Arbeit ruhen, bis die technischen Gutachten vorliegen. Die *Tulsa* ist gehoben worden, und wenn sie erst mal in Groton liegt, werden die Spezialisten alles ganz genau untersuchen. Ich mache mir ernste Sorgen, wie das weitergeht, wenn der Ausschuß wieder die Arbeit aufnimmt. Mein Berater fürchtet, es könnte ein echtes Kesseltreiben nach Schuldigen einsetzen, und ich bin da natürlich ein ganz klares Ziel.«

»Ach was. Ihr seid doch jetzt die Helden der Nation.«

»Ja, noch. Ich freue mich, daß Enzo diesen Orden erhalten hat.«

»Das ist noch nicht alles. Ich habe vor kurzem in den Nachrichten gehört, daß Oberstabsbootsmann Steadman und Hauptbootsmann Cotton auch Orden erhalten sollen, und ich nehme an, daß das noch mehr werden, die Orden kriegen.«

»Du wirst bemerkt haben, daß ich nicht zu den Ordensempfängern gehöre. Mag sein, daß es jetzt gerade in ist, für die Besatzung der *Tulsa* zu schwärmen, aber wenn das erstmal vorbei ist, dann werden die Messer gewetzt. Die Marine liebt es nicht, wenn

U-Boote verlorengehen. Ich war der Kommandant, also habe ich die Schuld. Das ist wirklich ganz einfach.« Richter schwieg und sah Marie an. »Das Problem ist, daß ich mich nicht richtig verteidigen kann.«

»So wie jetzt habe ich dich sonst noch nie reden hören.«

»Ich kann mich nicht erinnern. Ich weiß nichts mehr von der Kollision und der Zeit danach. Meine Erinnerung setzt erst wieder ein mit dem Augenblick, als ich im Krankenhaus in Tromsö wieder zu Bewußtsein kam. Mir fehlen zwei Wochen meines Lebens, ganz und gar. Mein Erinnerungsvermögen an alles, was vor der Kollision geschehen ist, ist nur lückenhaft. Wie soll ich mich verteidigen, wenn ich nicht weiß, was passiert ist?«

»Sicher werden Harvey und Enzo doch zu deinen Gunsten aussagen?«

»Das nehme ich an, aber die müssen natürlich auch erst mal an sich denken ...«

»Nun, eine der Informationen, die ich dir geben kann, ist, daß mein Vater willens ist, dich zu verteidigen. Und der wird schwere Geschütze auffahren, damit du da heil raus kommst, darauf kannst du dich verlassen.«

»Das ist sehr freundlich von ihm. Ich kann das doch gar nicht ablehnen, oder?«

»Nein, das meine ich auch.«

Nach einigem Zögern fügte Marie hinzu: »Geoff, man wird dich hier bald entlassen. Wo willst du dann wohnen?«

Richter steckte sich eine weitere Weintraube in den Mund und kaute langsam. »Ich weiß es nicht. Wegen meiner Therapie, wegen der laufenden Untersuchungen und auch wegen der noch geplanten Anhörungen vor dem Ausschuß des Kongresses muß ich wohl hier im Raum Washington bleiben. Im Marine-Stützpunkt gibt es Unterkünfte. Ich nehme mal an, daß ich da unterkommen kann.«

»Weißt du, Geoff, ich muß aus Groton weg. Das ist für mich alles voller Erinnerungen an John. Außerdem habe ich auch keinen Anspruch mehr auf eine Dienstwohnung. Ich habe die letzten Wochen bei meinem Vater in Cherry Hill gewohnt, aber das ist auch kein Dauerzustand. Christine ist wieder da. Sie ist zwar freundlich, aber das ist alles nur vorgetäuscht. Und die Jungs mögen sie auch nicht. Ich habe mich also auch schon mal nach einer neuen Wohnung umgesehen. Es hat eine ganze Weile gedauert, bis ich mich entschieden habe, weil ich erst nicht so recht wußte, was ich wollte.« Sie nahm sich eine der Weintrauben und kaute sie gedankenvoll. »Ich habe ja viel mit dem Untergang der *Tulsa* zu tun gehabt, und da ist mir die Idee gekommen, in die Politik zu gehen. Mein Vater ist davon ganz begeistert, das wollte er ja schon immer. Was hältst du davon?«

»Das ist eine tolle Idee. Und eine Herausforderung. Willst du dich als Kandidat bei einer Wahl bewerben, oder willst du als Mitarbeiterin in einem Büro auf dem Kapitol tätig werden?«

»Weiß ich noch nicht. Eins aber ist ganz sicher: Wenn ich Erfolg haben will, dann brauche ich mehr Ausbildung. Ich denke da an die Georgetown Universität. Da kann man einen in der ganzen Welt angesehenen Abschluß in ›Politischer Ökonomie‹ machen.«

»Das würde bedeuten, daß du auch in Washington wohnen willst?«

»Ja, in Chevy Chase. Das ist eine nette Gegend, und da gibt es gute Schulen für die Jungen. Vielleicht werde ich da ein Haus kaufen.«

»In Chevy Chase? Das ist doch gleich um die Ecke, nicht?«

»Ja, klar.«

»Na, dann werden wir ja Nachbarn.«

»Das stimmt. Und wenn dir in deiner Militärunterkunft das Dach auf den Kopf fällt, kannst du jederzeit vorbeikommen, ich koche was Schönes.«

1200R, U-Boot-Stützpunkt in Groton, Connecticut

Enzo sprang in das Becken, tauchte einmal die Breite und kam neben Kapitänleutnant Schwartz hoch. »Na, Harvey, warst du auch zu faul zum Joggen?«

»Mir ist das zu kalt. Ich weiß nicht warum, aber immer, wenn ich in letzter Zeit bei kaltem Wetter laufe, fange ich an zu keuchen wie verrückt.«

»Warst du mal beim Arzt?«

»Nein, was soll der wohl machen? Ich gehe sowieso lieber zum Schwimmen.«

»Morgen muß ich wieder nach Norfolk. Beim COMSUBLANT wollen sie nochmal mit mir sprechen.«

»Und warum?«

»Keine Ahnung. Aber es soll mich nicht wundern, wenn es um die Auszeichnungen geht, die ich doch noch vorgeschlagen habe.«

»Ich dachte, das hätten die jetzt hier beim Geschwader geklärt?«

»Ja, das dachte ich auch. Aber da sind wohl noch offene Fragen.« Enzo machte eine Pause, dann fuhr er fort: »Ich will vielleicht in Washington den Kommandanten besuchen.«

»Er durfte doch eine ganze Zeit keinen Besuch empfangen.«

»Ich habe gestern mit ihm telefoniert.«

»Und wie geht es ihm?«

»Schwer zu sagen, Harvey. Er spricht immer noch schleppend, und er kann sich nicht erinnern, was passiert ist. Er hört sich auch ziemlich niedergeschlagen an. Ich will mal sehen, ob ich ihn etwas aufheitern kann. Er hat er eine Menge Pech gehabt. Keiner von uns wäre noch am Leben, wenn er nicht so kaltblütig den Überblick bewahrt hätte; ich finde, das sollte ihm auf jeden Fall mal einer sagen. Ich will ihm auch noch sein Tagebuch und ein paar Fotos geben, die ich aus seiner Kammer für ihn mitgenommen habe. Ich glaube, da wird er sich drüber freuen.«

»Enzo, glaubst du nicht, daß die beim COMSUBLANT über Bootsmann Santana etwas hören wollen?« Enzo zog die Augenbrauen hoch.

»Warum das denn? Das war doch ein ganz klarer Selbstmord. Der Mann war der Situation nicht mehr gewachsen. Mir tut er leid und seine Familie auch.«

»Meinst du nicht, daß es etwas seltsam ist, daß er als einziger so reagiert hat? Ich habe gehört, daß ein paar PUOs Glücksspiele gemacht haben und daß Santana eine Menge Geld verloren haben soll.«

»Was sagst du?« sagte Enzo mit lauter Stimme und sah sich um, ob noch irgend jemand mitgekriegt hatte, was Schwartz gerade gesagt hatte. »Wo hast du das denn bloß her?« fügte er flüsternd hinzu.

»Paul Trost hat das erzählt.«

»Und woher will er das wissen?«

»Keine Ahnung. Stimmt das denn?«

Enzo dachte einen Augenblick nach, bevor er antwortete: »Harvey, ich weiß nichts Genaues. Aber ich werde mit Paul Trost und dem COB reden müssen. Das wäre doch wirklich häßlich, wenn jetzt hier auch noch solche Gerüchte umliefen. Behalte alles für dich, ja?«

»Sicher doch, Enzo.«

»Gut. Sollen wir mal ein paar Bahnen um die Wette schwimmen?«

»Ja, vier Bahnen. Der Verlierer gibt 'n Bier aus.«

»Kannst du schon bestellen.«

Fachbegriffe und Abkürzungen

1 MC	Schifflautsprechanlage (SLA) auf US Schiffen.
688-Klasse	US U-Boot-Klasse, aufgetaucht 6082 tons. Nuklear angetrieben. Insgesamt wurden 62 solcher Boote gebaut.
A3	Stabsoffizier für Operation und Ausbildung.
A6	Stabsoffizier für Kommunikation.
Akula-Klasse	Russische U-Boot-Klasse, aufgetaucht 7500 tons. Nuklear angetrieben. Insgesamt wurden 16 solcher Boote gebaut.
ASTO	Admiralstabsoffizier, Wachhabender Stabsoffizier im Stab.
Betadine	In den USA gebräuchliches Desinfektionsmittel.
BQN-13	Kleines, mit Batterie betriebenes Sonar, das die Position eines gesunkenen U-Bootes anzeigt.
BÜ	Befehls-Übermittler, kann Person oder Gerät sein.
CINCLANT	Commander in Chief, Atlantic, Befehlshaber der US Atlantik-Flotte.
CNO	Chief of Naval Operations, Befehlshaber der US Marine.
COB	Chief of the Boat, dienstältester PUO eines U-Bootes bei der USN.
COMSUBDEVRON 5	Commander Submarine Development Squadron 5, Kommandeur des für das

	DSRV verantwortlichen Geschwaders in San Diego.
COMSUBLANT	Commander Submarine Forces US Atlantic Fleet, Befehlshaber der U-Boote der US Atlantik-Flotte.
COMSUBPAC	Commander Submarine Forces, US Pacific Fleet, Befehlshaber der US U-Boote Pazifik.
CPA	Closest Point of Approximation, Peilung und Abstand zweier Fahrzeuge im Punkte ihrer dichtesten Annäherung aneinander.
Datum oder DATUM	Marineausdruck für einen bestimmten Ort, an dem ein U-Boot gesichtet oder auf andere Weise geortet wurde; hier: der Untergangsort der *Tulsa*.
dekontaminieren	Von eventuell verstrahlten Partikeln reinigen.
DSRV	Deep Submergence Rescue Vehicle, US Kleinst-U-Boot zur Rettung von Menschen aus gesunkenen U-Booten. Ist luftverlastbar.
E-Meister	Der für die Elektrotechnik zuständige PUO an Bord.
ETA	Estimated Time of Arrival, geschätzte Ankunftszeit.
FOSM	Flag Officer Submarines, Befehlshaber der britischen U-Boote.
Glomar Explorer	Großes Bergungsschiff zum Heben gesunkener U-Boote (USA).
HMS	Her Majesty's Ship, britisches Kriegsschiff.
Hydrophon	Anlage zur Aufnahme von Schall in jeder Form unter Wasser.
JAG	Judge Advocate General, Organisation

	der USN, die Untersuchungen bei Verdacht auf schwere Dienstvergehen oder in Unglücksfällen durchführt.
Kujambel	Marineausdruck für aus Konzentrat durch Verdünnung hergestelltes Getränk zum Durstlöschen.
Lidocaine oder Lignocaine	In den USA gebräuchliches Mittel zur örtlichen Betäubung.
Lithiumhydroxyd	Chemische Zusammensetzung, die Kohlendioxyd aus der Luft binden kann.
LR5	Britische Version des DSRV, im Besitz einer privaten Betreiberfirma.
MOSUB	Ein normales U-Boot, das zum Tragen und Einsetzen des DSRV oder LR5 geeignet und eingeteilt ist.
N87	Der für das Tieftauchen verantwortliche Admiral im Stab des CNO.
NAVSEA	Naval Sea Systems Command, Fachkommando für alle Betriebsfragen in der USN.
Nimrod	Flugzeug, britischer Seefernaufklärer.
P3	US Flugzeug, Seefernaufklärer mit besonderen Fähigkeiten zur Ortung von U-Booten.
PUO	Unteroffizier im Dienstgrad Bootsmann bis Oberstabsbootsmann.
RFS	Russian Federation Ship, russisches Kriegsschiff.
SAR	Search And Rescue, Suche und Rettung, zusammenfassender Begriff für alle Rettungsoperationen.
SEAL	Sea Air Land, Kommando-Einheit der US Marine, eine Art Kampfschwimmer.
Seite pfeifen	Ehrenbezeugung für gewisse Personen beim Betreten eines Kriegsschiffes.
SLA	Schifflautsprechanlage, von zentraler Stelle

können alle Räume des Schiffes über Lautsprecher erreicht werden.

SLOT-Boje — Submarine Launched One Way Transmitter, Notfunk-Boje für U-Boote, kann aus dem gesunkenen U-Boot an die Oberfläche aufsteigen und dort Notfunksignale absetzen.

SMERAT — Submarine Escape and Rescue Advisory Team. Eine Gruppe von Experten auf dem Gebiet der Rettung aus U-Booten. Beraten den zuständigen Befehlshaber.

Sonoboje — Von einem Flugzeug abgeworfene Boje, die Schallortung unter Wasser durchführt und das Ergebnis über Funk an das Flugzeug meldet.

SOSUS — Sound Underwater Surveillance System, über große Seegebiete verteiltes System von Hydrophonen zur Entdeckung und Verfolgung von U-Booten.

SPAG — Submarine Parachute Assistance Group, Gruppe zur Rettung von aus einem verunglückten U-Boot auftauchenden U-Boot-Fahrern. Diese Gruppe ist besonders ausgebildet und ausgerüstet. Springt an Fallschirmen an der Untergangsstelle ab.

Steinke-Haube — Aufblasbare Schwimmweste mit einer Haube, die über den Kopf gestülpt wird. Wird benötigt zum Ausstieg aus einem gesunkenen U-Boot. In der Haube wird eine gewisse Menge Atemluft verfügbar gehalten, die während des Ausstiegs eingeatmet werden kann. Da die Hauben nur sehr selten benutzt werden, müssen sie vor jedem Einsatz überprüft werden.

STO — Schiffstechnischer Offizier, früher: Leitender Ingenieur.

SUBLOOK — Ein Verfahren, um die verlorengegangene (Funk-) Verbindung mit einem U-Boot wieder herzustellen.

SUBMISS	Eine Operation zum Auffinden eines U-Bootes, mit dem trotz SUBLOOK keine Verbindung hergestellt werden konnte.
SUBSUNK	Bezeichnet die Situation, in der ein U-Boot gesunken ist und nicht mit eigenen Kräften auftauchen kann. Dies wird eine Rettungsoperation auslösen.
Task Force	Etwa: Schlaggruppe, Marineverband für bestimmte Aufgaben.
Towed Array	Geschlepptes Sonar.
Trimm	Lage eines Schiffes/Bootes in Längsrichtung.
Tylenol	In den USA gebräuchliches Kopfschmerzmittel.
Typhoon-Klasse	Russische U-Boot-Klasse, aufgetaucht 21 500 tons, nuklear angetrieben, insgesamt wurden etwa sechs solcher Schiffe gebaut.
UHF	Ultra High Frequency, Sprech- und Datenfunkfrequenz zwischen Kriegsschiffen und Flugzeugen.
USN	United States Navy, Marine der USA.
USS	United States Ship, US Kriegsschiff.
VHF	Very High Frequency, öffentliche Sprechfunkfrequenz für Seefunk.
WO	Wachhabender Offizier.
Zeitzonen, zum Beispiel: A, R	Zeitangaben werden mit Buchstaben versehen, um die Zeitzone festzulegen. Mitteleuropäische Zeitzone ist zum Beispiel A, Norfolk in den USA hat Zeitzone R.